Una Navidad muy fun, fun, fun

Una Navidad muy fun, fun, fun

Megan Maxwell

Esencia/Planeta

Avda. Diagonal, 662-664, 08034 Barcelona (España)
www.esenciaeditorial.com
www.planetadelibros.com

Primera edición: noviembre de 2024
Segunda impresión: diciembre de 2024
ISBN: 978-84-08-29439-9
Depósito legal: B. 15.824-2024
Composición: Realización Planeta
Impresión y encuadernación: Elcograf S.p.A.
Printed in Italy - Impreso en Italia

Para mis Guerreras/os.
El paso de los años nos enseña que la vida es
para equivocarse, que el amor sirve para curarse y que solo
los que nos quieren incondicionalmente se van a quedar.
Por eso, en cualquier época del año, pero sobre todo
en Navidad, es tan importante tener a nuestro lado
a la familia de vida, sangre o corazón.
Dicho esto, ¡disfrutadla!, ¡queredla!, ¡valoradla!
Congelad junto a ellos preciosos momentos en el tiempo
y, sobre todo, vivid una ¡FELIZ NAVIDAD!
Con amor,

MEGAN

Capítulo 1

Deacon

Nueva York, 12 de diciembre de 2023

Cuando salgo del estudio donde acabo de grabar unas *covers*, veo que en la calle hay un montón de fotógrafos y periodistas. ¡Siempre es lo mismo!

Mientras ignoro las preguntas impertinentes de algunos de ellos, firmo folios, fotos, CD y camisetas a los fans que esperan, y lo hago sonriente a pesar de que me aguardan en un plató de televisión para una entrevista. Hace frío. Mucho frío. Pero ellos, mi público, mi gente, están aquí, y es lo mínimo que se merecen, a pesar del agobio que me genera la prensa.

—Deacon... Deacon..., por favor, una foto con mi hijo.

Observo a la mujer que me tiende al bebé. Los niños y yo como que no... No son lo mío. Así pues, sin perder la sonrisa ni tocarlo, miro al diminuto ser con chupete y cogiéndole el teléfono móvil de la mano a su madre indico:

—Hagámonos la foto los tres.

Al moverme noto que piso algo en el suelo. Miro hacia abajo y veo que es un excremento de perro. ¡Mierda!, y nunca mejor dicho. Pero, con lo supersticioso que soy, no me quejo. Pisarlo de forma accidental da suerte. Y eso en mi trabajo nunca está de más.

Tras un rato de firmas y fotos con mi público, cuando los periodistas se ponen excesivamente pesados con las preguntas me despido de todo el mundo. Camino con celeridad hacia el coche con cristales tintados que me está esperando, y al entrar oigo a Frankie, mi mejor amigo y representante, que dice hablando al teléfono:

—Sí, cariño. No te preocupes. Todo irá bien, como siempre. ¿Por qué te martirizas tanto?

En silencio, lo oigo hablar con Susan mientras el coche se pone en marcha, y sonrío. Susan y Frankie son mi familia. A él lo conocí cuando éramos unos críos, un día, jugando al baloncesto en el barrio. Y a partir de ahí surgió entre nosotros una amistad que, por suerte para mí, ha perdurado en el tiempo.

A los dieciséis años Frankie y yo decidimos montar nuestra propia banda de rock, a la que llamamos ConKie, el final de nuestros respectivos nombres. Nos encantaba la música y ambos tocábamos la guitarra, y yo, además, cantaba.

Con diecisiete años, apoyados por mi madre, comenzamos a movernos por los pequeños locales de Nueva York, donde dábamos conciertos para diez o veinte personas, y en uno de ellos conocimos a Susan. El amor entre Frankie y ella surgió de inmediato. Según ellos, fue un auténtico flechazo. Según yo, eso son tonterías. Los flechazos no existen. Y, bueno, mientras ellos viven su eterna luna de miel, por mi vida han ido pasando distintas mujeres, hasta que conocí a Emma.

A los veinte años, un día me llamaron de una discográfica para hacerme una prueba. Buscaban un cantante para una banda de rock, y aunque en un principio me negué, pues éramos dos, al final, animado por Frankie, fui a hacer la prueba. Les gusté y firmé un contrato de cinco años con ellos.

En esos cinco años, en los que lideré la banda llamada The Bats, «Los Murciélagos», mi mundo cambió en todos los sentidos. Pasé de poder caminar por la calle con tranquilidad a apenas poder salir de casa a no ser que fuera camuflado. Me hice tremendamente popular.

Frankie, por su parte, prosiguió su historia de amor con Susan, decidió aparcar la guitarra y estudiar Derecho, carrera en la que terminó graduándose.

Pasados esos cinco años, y con una experiencia enorme a mis espaldas, tanto de cosas buenas como regulares y malas, decidí no renovar con la discográfica y lanzarme en solitario. Quería hacer música. Mi música. La música de Deacon Black. Y, aunque me amenazaron con que eso nunca funcionaría, se equivocaron. El chico de un barrio humilde de Nueva York les hizo ver su error.

En un principio intenté que Frankie se uniera al nuevo proyecto. Y aunque Susan me ayudó, fue imposible. Él ya solo deseaba tocar la guitarra como aficionado, no le apetecía subirse a un escenario ni sufrir el acoso mediático al que yo estaba sometido, por lo que finalmente le ofrecí que fuera mi *manager* y *tour manager*.

¿Quién mejor que él para hacerlo?

Frankie aceptó el reto. Y, meses después, al salir mi nuevo trabajo en solitario al mercado, la respuesta de mi público fue inmensa. La mejor.

—Deacon... Deacon...

Al oír mi nombre dejo de mirar las luces de Navidad y miro a Frankie, que me pregunta:

—¿No hueles raro?

Divertido, levanto el pie con el que he pisado el excremento y él, con mofa, murmura:

—¡Viva la buena suerte!

Ambos reímos y entonces añade:

—Susan dice que ha comprado varias botellas de ese vino español que tanto te gusta para Navidad.

Oír eso me hace sonreír, y, guiñándole el ojo, indico:

—Este año las pasaré con Emma, en un precioso hotel en Maldivas.

—A Susan no le va a gustar oír eso —replica.

Ambos sonreímos, y Frankie vuelve a su conversación telefónica mientras yo miro de nuevo la decoración navideña de colores verdes, rojos y dorados que hay en las calles de Nueva York. Ver a la gente feliz me hace sonreír, aunque a mí la Navidad no es algo que me apasione.

Pienso en Emma, la mujer con la que llevo los últimos diez años de mi vida, y, aunque la quiero, sé que no estoy enamorado. Ella es modelo, yo cantante, y ambos somos reconocidos y populares. Nuestra relación ha sido intermitente más por ella que por mí, a pesar de que en los titulares el malo siempre soy yo. ¿Por qué? Pues porque ella es la modelo y la hija de una reconocidísima y querida familia de diseñadores y yo, el roquero con tatuajes que se ha criado en la calle.

En muchas de mis canciones hablo de amor, aunque no creo ni

en él ni en los flechazos, pero en cambio sí creo en las conexiones. Siempre he pensado que el amor es ese sentimiento irracional y recíproco entre dos personas que alegra la vida, llena de energía y pocos lo viven. Y no, no es lo que yo tengo con Emma, aunque llevemos tantos años juntos.

A diferencia de Frankie, Susan o Emma, pasé mis primeros años de vida en un orfanato. Por duro que resulte saberlo, me abandonaron siendo un bebé de apenas dos meses en Central Park. Un hombre que paseaba a su perro me encontró a los pies de un árbol, envuelto en una manta, y llamó a la policía. Ese dato me atormentó durante años y me hizo ser algo rebelde.

¿Por qué me abandonaron?

¿Por qué no me quisieron?

Acaricio el anillo que llevo colgado en la cadena de plata que rodea mi cuello. Es mi amuleto: el anillo de mi madre.

Hoy en día no sé quién es mi familia biológica, y, la verdad, no me interesa. De niño pasé por distintos hogares de acogida en los que no encajé, o por mi rebeldía o porque los hijos de esas familias no me querían allí, hasta que con diez años llegué al hogar de Ángela Black. Desde un principio me entendió, no me agobió, no me asfixió. Supo ganarse mi cariño, mi confianza y mi respeto, hablando muchísimo conmigo e implicándose en cosas que a mí me interesaban, como por ejemplo la música.

Mamá me regaló su preciosa guitarra el día que me adoptó a los doce años. Le encantaba que la llamara «mamá». Sus ojos se humedecían cada vez que lo hacía, y me demostraba lo orgullosa que se sentía de mí. El día que me adoptó y legalmente pasé a llamarme Deacon Black fue un día muy especial para nosotros. El mejor de mi vida, porque ella, con su amor, me hizo sentir que tenía una familia y que alguien me necesitaba y me quería.

Los casi veinte años que pasamos juntos fue mi madre. Mi amor. Mi mundo. Mi gran conexión. Una madre maravillosa que no solo me quiso, sino que además me protegió, me dio un hogar y me crio trabajando demasiadas horas cosiendo para poder salir adelante.

Nunca olvidaré su rostro de satisfacción el día que la llevé a uno de los multitudinarios conciertos en el campo de los Yankees. Para ella, saber que toda esa gente que llenaba el estadio había ido a verme a mí, a su hijo, Deacon Black, la llenó de orgullo y felicidad. Consciente de ello la cuidé, la quise y la protegí todo lo que pude hasta que murió de cáncer.

Mamá siempre me enseñó que nacemos para vivir y morir, y me hizo prometer en su lecho de muerte que sería feliz, que no volvería a ser el chico difícil y rebelde que un día fui, y que sobre todo respetaría y cuidaría a quienes me respetaran y me cuidaran. Su pérdida fue lo peor que me ha pasado nunca. No hay día que no piense en ella, y estoy seguro de que así será para el resto de mi vida.

Estoy mirando el tatuaje que llevo en el brazo con el nombre de mi madre y de la guitarra que me regaló, cuando oigo:

—Cada año igual... —Frankie guarda su teléfono—. Llega la Navidad y Susan se pone de los nervios con el tema de su familia y mi familia, cuando sabe de sobra que los puñales volarán, pero nadie saldrá herido...

Asiento. Eso lo sé hasta yo, y, viendo su gesto, pregunto:

—¿Cómo está hoy Susan?

Frankie me mira. Sabe el porqué de mi pregunta.

—Bien, a pesar de estar triste —cuchichea—. Anoche quería tirar la toalla en cuanto a la adopción, pero la convencí para continuar, aunque entiendo que emocionalmente esté agotada. Se ilusiona mucho para luego nada.

Con cariño, pongo la mano sobre la pierna de mi amigo. Susan y él llevan años queriendo tener hijos, pero, tras cuatro abortos y dos adopciones fallidas, siento que sus fuerzas comienzan a flaquear.

—Ella no es de tirar la toalla, ni tú tampoco —digo.

—Y por eso no la vamos a tirar. Lo bueno se persigue, y sé que llegará —afirma sonriendo.

Nos miramos con complicidad, sé que es un asunto delicado para ellos. Luego mi amigo cambia de tema y musita:

—La entrevista a la que vamos es grabada. Se emitirá mañana.

—¡Perfecto!

A continuación, Frankie abre su iPad.

—Buenas noticias —dice—. Tu última canción sigue batiendo récords.

—¡Estupendo!

—Por cierto, me han propuesto unas fechas para...

—¡No!

Él sonríe, sabía cuál iba a ser mi respuesta antes de oírla, e indica:

—Dentro de seis días tocas en Nueva Jersey, y el 20 diciembre en Filadelfia, donde terminamos la gira americana. Pero me proponen el 23 y el 26 de diciembre en el Radio City Music Hall de Nueva York, y el 29 de diciembre y el 2 de enero, en el Ed Mirvish Theatre de Canadá. Al parecer, el artista que tenían contratado se les ha caído, buscan con urgencia a alguien y pagan muy bien.

Afirmo con la cabeza al oírlo; esos teatros son maravillosos, sitios emblemáticos. Pero justo después niego con la cabeza e indico, volviendo a acariciar el anillo de mi madre:

—Prefiero escaparme a ese hotel de Maldivas con Emma.

—Lo imaginaba —asegura Frankie—. Aun así, mi obligación era decírtelo y que tú decidieras.

Con una mirada nos entendemos. El respeto entre nosotros es fundamental.

—Comenzamos a cerrar fechas para la gira europea —dice él entonces—. Empezarás el 16 de abril de 2024 en Ámsterdam. De ahí saltamos a Dinamarca, Alemania y, bueno, he de decirte que dentro de unos días cerraré otras ciudades. ¿Qué te parece?

—Bien. Pero en septiembre quiero haberla acabado para poder hacer lo que tú ya sabes.

Frankie resopla, sé lo que piensa.

—¿Qué hacemos con la gira asiática? —pregunta.

—La dejamos para 2025.

Mi amigo sonríe. Yo también. Y luego él, sacándose una cajita azul del bolsillo, dice:

—Fui a recogerlo como me pediste.

Según veo la cajita, sonrío. Tiffany es la joyería preferida de Emma.

Abro la preciosa cajita de tono azul nomeolvides y miro los pendientes, y oigo a Frankie decir:

—Dime que no es lo que creo.

Rápidamente se lo enseño y él, al ver los pendientes, toma aire y murmura:

—¡Gracias a Dios!

Oír eso me hace sonreír y, mirando a mi hermano, pregunto:

—¿En serio creías que le iba a pedir matrimonio?

—Con semejante tiparraca a tu lado, me puedo creer cualquier cosa...

—Frankie...

—¡Joder, Deacon! Sé que no te gusta oírlo, pero sigo pensando que Emma no es la indicada para ti y los imbéciles de sus padres, tampoco. Y también sé que ahí fuera hay una mujer encantadora a la que aún no has conocido y que puede hacerte muy feliz.

—Frankie, yo no soy un romántico como tú.

—¡Lo eres! Solo que Emma no es la indicada, pero ¡lo eres!

—¡Frankie!

—Vamos a ver, Deacon, creo que...

—Hermano, que tú te enamoraras de Susan en cinco segundos no quiere decir que todos tengamos que experimentar eso. Además, ya sabes que no creo en el amor ni en los flechazos. Creo en las conexiones... Pero ¿qué tontería es esa de conocer a alguien y no poder vivir sin esa persona?

Frankie resopla. La de veces que habremos tenido esta absurda conversación.

—Los pendientes de Tiffany ya me parecen mucho para ella —insiste—. No se los merece.

Niego con la cabeza.

—Lo sé, y tienes razón —reconozco—. Pero, como decía mamá, la Navidad es una bonita época para que pasen cosas increíbles y mágicas.

—No me jodas, Deacon, si a ti no te gusta la Navidad.

—Es cierto...

—A mamá Ángela no le gustaba esa bicha, y lo sabes muy bien.

—Deja de ser tan cenizo, Frankie —lo corto.

—¡Estamos hablando de Emma!

—Lo sé...

Nos quedamos en silencio; luego miro al chófer que conduce el coche y, dejándome llevar por un impulso, digo:

—Charles, llévame a la Sexta Avenida, esquina con la Treinta y Cuatro.

Frankie me mira entonces, parpadea y susurra:

—No me jodas...

—Frankie...

—Tenemos que ir a grabar la entrevista.

—Serán solo cinco minutos.

—Deacon...

—¡Lo prometo!

—Cinco minutos o juro que subo y te bajo a rastras —me amenaza.

—¡Que sí, pesadoooooo! —me mofo mientras choco mis nudillos con los suyos.

Una vez que llegamos a la Sexta Avenida, antes de bajarme del vehículo me pongo un gorro de lana y unas gafas que ocultan gran parte de mi rostro. Así pocos me reconocen. Por suerte, los fotógrafos que están apostados en las inmediaciones no reparan en mí y bajo del vehículo con rapidez. Sin embargo, justo antes de entrar en el portal, un gato negro callejero se cruza conmigo. ¡Joder!

Lo miro. Va empapado y, por cómo corre, parece asustado. El hecho de que sea de color negro me hace resoplar. Dan mala suerte. Pero, sin querer darle más importancia, entro en el portal.

Al verme, Rubén, el portero, me saluda con una sonrisa que yo le devuelvo y, metiéndome en el ascensor, le doy al piso seis, aunque, antes de que se cierre la puerta, una señora entra con un pequeño perro.

Con una sonrisa, saludo a la mujer mientras el perro comienza a ladrar y lanza pequeños mordisquitos en dirección a mis botas. Instintivamente, me echo hacia atrás. ¡Maldito perro!

Al igual que me sucede con los niños, los perros o los gatos no son santo de mi devoción. Y entonces oigo que la mujer dice cogiéndolo en brazos:

—*Dinki*, no seas maleducado.

Asiento, sonrío y no digo nada, y por suerte la señora y su insoportable perro se bajan en el segundo piso.

Una vez solo, el ascensor prosigue su subida y, cuando se detiene y me bajo de él, saco la llave del apartamento de Emma y abro la puerta.

Suena música relajante de fondo y, al entrar en el salón, mis ojos van al retrato que tiene colgado sobre la bonita chimenea, en donde están ella y sus padres, «las víboras» para mí. No les gusto. Siempre me lo han dejado claro. Soy poco para Emma. Pero yo estoy con su hija, no con ellos, por eso prosigo con la relación.

Al ver que no está en el salón, voy hacia su dormitorio. La cama está deshecha y oigo movimientos en el baño. Con cuidado de no hacer ruido, voy hacia allí y sonrío al verla metida en la bañera con espuma, la cabeza apoyada y los ojos cerrados.

—Menudo baño relajante que te estás regalando.

Al oír mi voz, ella da un salto en la bañera y, mirándome, pregunta:

—*Amore*..., ¿cuándo has llegado?

Sonriendo, voy a contestar cuando veo que de pronto emerge del agua una cabeza con espuma sobre ella. Es Thimoteo Vanderhall, uno de los pretendientes que le buscan sus padres.

—Pero ¿qué...? —murmuro enfadado.

Emma se levanta apurada. Thimoteo también. Y yo, como un imbécil, me quedo de pie frente a ellos, que están desnudos. ¿En serio otra vez vuelve a pasar esto? Joder, ¡que ya van dos veces con el mismo!

Durante unos segundos reina el silencio. Por mi mente pasa el jodido gato negro que he visto antes de entrar en el edificio, y pregunto con sorna:

—Esto no es lo que parece, ¿verdad?

El gesto de Emma es todo un poema; veo que el tal Thimoteo va a salir de la bañera e indico con cierta acidez:

—No, tranquilo. Aquí el que sobra soy yo.

Y, sin más, doy media vuelta, dejo el juego de llaves sobre la encimera de mármol del baño y me encamino hacia la salida. Sin embargo, antes de que pueda llegar a la puerta, Emma me alcanza desnuda y empapada. Me coge la mano y, cuando la miro, susurra:

—*Amore*..., déjame que te lo explique.

Parpadeo sin dar crédito. ¿Cómo se puede explicar eso? ¿Cómo explicar que nuevamente me está engañando con alguien con quien ya me ha engañado antes? Y, seguro de lo que voy a decir, y sin saber por qué, saco del bolsillo de mi abrigo la cajita de color azul nomeolvides de Tiffany y digo enseñándosela:

—Venía a traerte un regalo.

Emma mira la cajita y rápidamente pregunta:

—¿Es lo que creo?

No respondo, no se lo merece.

—Deacon, sí..., sí..., sí —susurra.

Niego con la cabeza. No. No. No. Nunca he pensado en casarme con ella, y estaría loco si lo pensara.

Observo ese rostro tan bonito, que siempre me ha encandilado. El rostro de la modelo más bella del planeta, según las revistas, pero de la más mentirosa según yo. Y, seguro de mis palabras, declaro:

—Pensé que esta vez sería diferente. Que esta vez me respetarías, pero me equivoqué. Te he perdonado muchas cosas. Quizá demasiadas..., como se las he perdonado a las víboras de tus padres. Sin embargo, como te dije hace menos de un mes, o me respetabas o esto se acababa. Y, visto lo visto, desde este instante lo nuestro se ha acabado.

—Pero, *amore*...

—¡Maldita sea! —me quejo molesto—. ¡Con Thimoteo Vanderhall otra vez!

Desde pequeño, cuando digo «¡maldita sea!» en ese tono es porque estoy muy pero que muy enfadado, y, mirándola, añado:

—La fidelidad y tú jamás os llevaréis bien. ¿Sabes, Emma? Al contrario de lo que dice el color de esta cajita azul que tanto deseabas que yo comprara para ti, yo te digo: ¡olvídame! Y esta vez para siempre.

—¡No digas eso!

—Oh, sí lo digo —afirmo enojado—. Esto se acabó para siempre. Así que haz el favor de no buscarme y desaparecer de mi vida.

—¡Sabes que eso es imposible!

—Emma...

—Te quiero a mi manera.

—¡Tu manera de querer no me vale!

—Pero, *amore*..., ¿no crees que ser una pareja abierta es lo mejor para ambos? Mis padres lo son, y fíjate lo bien que les va.

Oírla decir eso me enferma. Nunca he querido tener una pareja abierta. Y menos parecerme a sus padres. Ese concepto de pareja, aunque lo comprendo para quien lo acepte, no lo quiero para mí.

—Emma, ¡basta ya! —le pido.

—*Amore*...

Enfadado, me suelto de su mano y a grandes zancadas salgo de la casa y del edificio. Esta vez los fotógrafos sí me ven y los clic-clic-clic de sus cámaras comienzan a sonar. Cuando me meto en el vehículo donde me espera Frankie, pongo la cajita azul en sus manos y, antes de que hable, digo:

—Devuélvelos y cómprale algo a Susan.

Me mira desconcertado y pregunta:

—Pero ¿qué ha pasado?

—¡Lo de siempre! —gruño furioso—. ¡Maldita sea!

Frankie asiente y calla; sabe lo furioso que estoy.

Mi amigo me da un abrazo. Sé que diría muchas cosas de Emma, pero no abre la boca. Él, mejor que nadie, sabe cuánto he luchado por esta relación, y yo, agradecido por su silencio, cuando nos separamos, al ver que el vehículo se pone en marcha, digo:

—Acepta las actuaciones de Nueva York y Canadá.

—Pero, Deacon, son en Navidad y...

—¡Acéptalas! Y organiza la gira asiática también para 2024, como la europea. Quiero tener todo el año ocupado. No quiero estar en Nueva York.

Mi amigo me mira. Yo tomo aire, y al quitarme con rabia el gorro de lana veo de nuevo al gato negro agazapado bajo un coche.

—Y ahora, el espectáculo debe continuar —afirmo—. Vayamos a hacer esa entrevista.

Capítulo 2

Adriana

Tokio, 9 de diciembre de 2024

—Adri... Adri... Adri...

Oigo que alguien me llama, y al volverme me encuentro con Sergio, mi ayudante, un español afincado en Nueva York con el que tengo muy buen rollo.

—¡Eres una monstrua! —me dice mientras me tira una botellita de agua que cojo al vuelo, y luego se va.

Sé por qué me lo dice. Hace apenas unos minutos he solucionado un problema con los *in-ear* que ha surgido en pleno directo. Estoy acostumbrada a esos imprevistos. Llevo años trabajando en lo mío. Soy técnica de sonido y, efectivamente, ¡soy una monstrua!

Tras dar un trago de agua de la botella, estoy atenta a mi trabajo. Entre otras cosas, monitoreo los niveles de sonido y los ajusto para conseguir el equilibrio entre instrumentos y voces, pero entonces oigo como las tripas me rugen.

¡Qué hambre tengo!

Lo que daría ahora mismo por un bocata de tortilla de cebolla con pimientos como los que hacen mi madre o mi abuela. Uf, solo de pensarlo me pongo a sudar y todo.

A mi alrededor, la gente baila, canta y se divierte en el concierto. Ellos están pasándolo bien, y yo trabajando. Como siempre digo, estoy metida en la fiesta, pero no estoy de fiesta. Soy, junto a otros compañeros, una de las que tienen que hacer realidad el sonido que desean los músicos y el cantante, aunque los aplausos finales serán para ellos. Por eso se agradece mucho cuando la banda que toca se acuerda y pide un aplauso para nosotros. Eso que oímos nos hace felices. Muy felices.

Estudié y trabajé muy duro para conseguir mi sueño tanto en España como en Michigan, lugar adonde fui a estudiar. Alcancé un sueño que muchos creían imposible por ser mujer gracias al apoyo de mis seres queridos, y en especial de mi yoyo, mi abuelo, que era el músico de la familia.

Mi yoyo se llamaba River Samuel Robinson, aunque todos lo conocían simplemente como River. Fue el querido y polémico guitarrista del mítico grupo de rock americano Crazy Life. El yoyo, como yo lo he llamado siempre, vivió la vida con intensidad en sus años de roquero. Sexo, drogas y rock and roll. Menudo pieza de museo que fue.

En una de las giras europeas que hicieron pisaron España. El yoyo nunca supo decirme cómo terminó una mañana de junio en Navacerrada, un pueblo de la comunidad de Madrid, pero el caso es que se enamoró de él.

Dos años después el grupo Crazy Life sufrió dos bajas. La primera, en una de sus legendarias fiestas. Bobby, el batería, murió de una sobredosis. Y a los seis meses murió Otto, el cantante, por su fuerte adicción al alcohol.

Aquellas muertes hicieron que mi yoyo se replanteara su vida. ¿Morir joven o vivir? Y una vez que el grupo se disolvió por la falta de dos de sus integrantes y ya nada lo ató a ellos, cogió un vuelo a España con su guitarra *Grace* y, sin decir nada a nadie, se instaló en Navacerrada, el lugar del que se había enamorado en el pasado.

Con parte del dinero que tenía, el yoyo compró un terreno, contrató a una cuadrilla del pueblo y, dispuesto a cambiar de vida, comenzó a hacerse una casa mientras respiraba aire puro, aprendía español y se desintoxicaba de sus adicciones.

Siempre dijo que pudo hacer eso porque la prensa, aun resultándole incómoda, no era la prensa de hoy en día. Al no existir redes sociales, ni teléfonos con cámaras de fotos, ni nada de lo que existe en la actualidad, pudo escapar de la vorágine de la fama, cosa que él siempre agradeció.

Aquella primera Navidad en Navacerrada, tras una increíble nevada que casi lo congela, conoció a mi yaya, que por temas de trabajo de su padre se había trasladado allí con su familia desde Toledo. Se enamoraron locamente a pesar de que solo se hablaban por señas. Y aunque al principio nadie creyó en la relación del americano greñudo y la joven de Toledo, el 25 de diciembre del siguiente año se casaron, y con el tiempo tuvieron dos hijos que criaron con amor, y luego llegamos los nietos.

La industria musical se olvidó de él, aunque muchos de los fans lo recordaban, pero nadie supo nunca dónde estaba. Los discos de la banda Crazy Life cayeron en el olvido, y solo los coleccionistas de la época poseían sus vinilos. Eso sí, el guitarrista River Samuel Robinson se convirtió en una leyenda del rock a causa de su enigmática desaparición.

A pesar de que cambió su vida, el yoyo nunca olvidó su faceta roquera ni dejó de tocar a *Grace*, su amada guitarra. En la casa, durante la construcción, se incluyó un estudio de grabación junto al garaje, donde él se desfogaba componiendo canciones con su guitarra y tocando también un piano que luego compró.

Desde pequeña fui la única de mis hermanos a la que le encantó trastear en ese estudio con el yoyo y aprender a hablar inglés, algo que me entusiasmaba. Él, como buen músico, quiso enseñarnos a tocar varios instrumentos, pero yo fui la única que se interesó y aprendió. Él adoraba la música tanto como la adoro yo, y se puede decir que llevo su vena roquera en los genes.

Para orgullo de mi familia, y en especial del yoyo, me convertí en técnica de sonido, una profesión que está muy relacionada con la música, con su mundo.

En un principio cargué y descargué muchos camiones con el material de los conciertos. Era lo que tocaba. Y, por consejo de mi yoyo, nunca dije de quién era nieta. Si quería ser respetada en mi trabajo, tenía que hacerme mi hueco y ganármelo por mí misma. No por ser la nieta de River Samuel Robinson.

Y me lo gané. Fueron años de duro trabajo, viajes, satisfacciones y algún que otro disgusto, pero lo conseguí. Nadie de mi entorno me relacionó con mi yoyo, y eso lo hizo muy feliz.

Durante años trabajé en estudios de grabación y en pequeños conciertos. La experiencia me llevó a hacer varias giras a nivel mundial con estupendos artistas, y en julio, cuando estaba pasando por una experiencia personal algo complicada, me llegó una llamada inesperada. El técnico de sonido que llevaba la gira de Deacon Black había abandonado por problemas personales, y me preguntaron acerca de mi disponibilidad para sonorizar la gira y mi *fee*.

Según atendía la llamada, mi corazón se paró. ¡Deacon Black! ¡Me encantaba ese cantante! ¡Adoraba su música y lo adoraba a él! Pero ¡si hasta mi perro se llama como él en su honor! Y, sin pensarlo, acepté. Necesitaba alejarme de todo.

Llevé a mi perro *Deacon* a casa de mis padres y la yaya en Navacerrada, como siempre hago cuando trabajo fuera. Cogí un avión que me llevó a Chongqing, en China, y, olvidándome de mis problemas personales, de que yo era la mayor fan de Deacon y de lo mucho que me gustaba como hombre, me di en cuerpo y alma al *tour* para el que había sido contratada. Profesionalidad, ante todo.

Y así llevo casi cinco meses. Cinco meses intensos por toda Asia y, la verdad, estoy disfrutando mucho de la gira y de los compañeros, aunque el corazón se me acelera desbocado cada vez que Deacon se dirige a mí para hablar de trabajo. Sin embargo, como soy una excelente actriz, ni él ni nadie se dan cuenta de nada. Pero, madre mía, ¡qué calores me suben!

Desde mi posición, y siempre alerta, observo el concierto. Deacon canta junto a su banda una canción que la gente, vayamos al país que vayamos, se sabe de pe a pa, y, como siempre, no puedo apartar la mirada de él, mientras veo que se toca el *headset*, que es el micro que lleva de diadema.

Si algo me ha sorprendido de él en este *tour* es su profesionalidad. Es tremendamente profesional, aunque la prensa lo tache de vividor, bebedor, mujeriego y drogata. Algo que es totalmente mentira. Y lo sé porque lo veo..., en eso nadie me puede engañar.

Deacon es un tipo muy centrado en su carrera. En el tema bebida, creo que bebe lo que puedo beber yo si salgo con los amigos. Y en tema drogas, nada de nada. Es más, está prohibidísimo entre el equipo, y quien lo haga se juega ser despedido. En el tema mujeres, la verdad, si lo hace es discreto.

Otra cosa que me ha sorprendido de él es su cordialidad. Es un hombre afable, respetuoso, que siempre está de buen humor, aunque cuando lo oyes decir «¡Maldita sea!» en cierto tonito de voz, malo..., malo... Cuando lo dice, y por la manera en que lo dice, todos nos echamos a temblar. Cuando se molesta, es un hueso duro de roer.

Lo bueno de Deacon es que, cuando he tenido que hablar con él de trabajo, me ha escuchado. Ha valorado mis propuestas con respecto al sonido y ha aceptado sugerencias. Esas cosas se agradecen. He trabajado con muchos músicos que no escuchan y, la verdad, es un horror, pues el fin de ambos es crear un buen espectáculo.

Tras la canción, se hace un *blackout* en el escenario y todo el mundo aplaude enloquecido a oscuras. Con habilidad, toco algunos botones de mi mesa de sonido para que suene lo que está programado y, segundos después, el escenario se ilumina y Deacon, con su guitarra y su banda, inicia una nueva canción dándolo todo.

Sonrío. Lo miro. Qué sexy lo encuentro cuando se mueve con esa seguridad por el escenario. ¡Se lo come..., como me lo comería yo a él!

Deacon es un tipo que vuelve locos tanto a mujeres como a hombres. A mí particularmente me tiene enamorada perdida, aunque disimulo. Metro noventa, ojitos azules, cuerpazo, pelito claro y algo larguito, músico, respetuoso y una encantadora sonrisa. Tiene todo lo que me gusta en un hombre. Es más, siempre le he pedido a Papá Noel uno así. ¡Por pedir, que no quede!

Pero, vamos, que él a mí ni me mira. Soy una más del equipo a la que entregar el *rider*, y creo que, si mañana se cruzara conmigo por la calle, estando fuera del ámbito de trabajo, dudo que me reconociera.

Estoy pensando en ello cuando se acaba el concierto y la gente comienza a marcharse del estadio. Estoy contenta. Todo ha salido bien. Y, lo mejor, esta noche el equipo se queda donde está, pues mañana repetimos actuación, ¡por lo que hoy no toca desmontar!

—Nos han dicho que dentro de treinta minutos estará todo el público fuera —afirma Sergio tras apagar el equipo de PA.

Asiento. Miro a mi alrededor. Me duele un poco la cabeza y estoy deseando tirarme en la cama a descansar. Cojo mi mochila y comienzo a guardar mis cosas personales mientras sonrío a los espectadores, que, con un movimiento de cabeza, se despiden y dicen adiós tímidamente con la mano. ¡Qué monos y educaditos son estos asiáticos! Como cada día, la gran mayoría llevan la camiseta o la gorra de *merchandising* que han comprado, y se van tan contentitos.

—¿Te importaría dejarme la habitación un par de horas esta noche?

Sonrío. Es Sarah, técnica de luces, con quien comparto la habitación.

—¿Otra vez con el pipa?

—Sí. Es que es para repetir...

Ambas nos reímos. Un pipa es un currante que hace de todo en un concierto.

—Dentro de tres días Jonathan y yo dejaremos de vernos —añade—. Él regresará a Pensilvania y yo a Virginia, y a saber si volvemos a coincidir en otro *tour*.

—¿No pensáis mantener el contacto?

Sarah se encoge de hombros y, acercándose a mí, murmura:

—Ni idea. Es algo que ninguno de los dos ha mencionado. Y, bueno, somos adultos, sabemos de qué va esto y dónde estamos.

Afirmo con la cabeza, entiendo a qué se refiere.

—¿Qué te parece si me dejas la habitación hasta las tres de la madrugada? —dice entonces.

Suspiro. Estoy muerta. Necesito tumbarme. Pero, viendo la sonrisa de aquella, indico:

—De acuerdo. Pero no te olvides de mandarme un mensaje cuando pueda regresar. Y, por favor, más tarde de las tres, no. Porfi..., porfi...

—No solo eres una monstrua, como dice Sergio, ¡sino la mejor! —Sarah me abraza.

Minutos después bromeo con John, que es el encargado del *talkback*, y con Irina, que se ocupa de todo el tema del *rack*. Y, como siempre, tenemos nuestro ratito de risas tras el concierto, comentando lo ocurrido y el *delay* que, en cierto momento, hemos notado.

Una hora y media después, tras dejar las cosas recogidas pero listas para el siguiente día, algunos de los que quedábamos en el recinto llegamos en la furgoneta al hotel, que es una pasada. ¡Qué fantásticos hoteles hacen estos asiáticos!

Como en cada ciudad tras cada concierto, la puerta del hotel está llena de fans y, sobre todo, de fotógrafos. Todos quieren fotos de Deacon Black.

Una vez que entramos en el hotel y dejamos atrás el bullicio de los fans y la prensa, Sarah y Jonathan se marchan corriendo a nuestra habitación. Menuda prisa, por no decir menudo calentón, que llevan. Y yo, tras despedirme del resto de los compañeros, me dirijo hacia el bar. He de hacer tiempo.

Como aquí es la una de la madrugada sé que en España son las seis de la tarde, por lo que hago una videollamada a mi mejor amiga, Marga. Un timbrazo. Dos. Al tercero sale su careto, que me dice:

—Perraca..., ¡dime que te lo has tirado ya!

—Señora Evansssss. —Río al oírla.

Está en el salón de su casa en Navacerrada y, sentándose, pregunta:

—¿Qué tal el concierto de hoy?

—¡Bestial! —afirmo convencida.

—¿Y cuándo no es bestial?

—Nunca.

—A ver, Minirri..., ¿qué haces que no estás ya en la camita a estas horas?

Sonrío. Toda mi familia me llama Minirri. Es un apodo que me puso el yoyo River por ser tan parecida a él, y con él me quedé.

Sin parar de sonreír, le explico a mi amiga lo de Sarah, y ella cuchichea:

—Te pasas de buena.

—A ver, señora Evans... Esto se termina y tienen que aprovechar.

—¿Y por qué no aprovechan en la habitación de él?

—Porque él la comparte con dos tíos y Sarah solo conmigo.

Mi amiga asiente y, cogiendo a su gato en brazos, indica:

—*Paco*, dile a la tita Adri lo tonta que es.

Miro a *Paco*, un amor de animal, y cuando voy a contestar Marga dice:

—Noticia de última hora. ¡Mi *excoñazo* se vuelve a casar!

Oír eso me hace parpadear.

—Pero ¿qué dices?

Veo que Marga afirma con la cabeza.

—El otro día me encontré con su prima y me lo contó. Al parecer, Félix ha conocido a una inglesa y van a casarse.

Marga se ríe. Yo también. Félix es su exmarido o, como dice ella, *excoñazo*. Estuvieron casados unos años, hasta que mi amiga, aburrida por la falta de entendimiento entre ellos, le pidió el divorcio, y nos fuimos a celebrarlo a Estambul. ¡Qué bien lo pasamos!

—¿Qué sentiste cuando te enteraste?

—Pena por la inglesa.

Ambas reímos, y luego, obviando seguir hablando de aquel, Marga dice:

—No tienes buena cara. ¿Qué te pasa?

—¡Me duele la cabeza!

—Aissss, mi perracaaaaa.

Perraca es un término cariñoso que usamos entre nosotras. Y, cuando estoy sonriendo, pregunta:

—Volviendo a lo que nos interesa..., ¿cuándo vas a valorar a tu *crush*? Como has dicho, ¡esto se acaba! ¿A qué estás esperando para fun, fun, fun?

Río con su comentario. Es una de nuestras coñas para hablar de sexo sin mencionarlo.

—Estoy trabajando —respondo—. Soy una profesional y...

—Lo que eres es *muuuu* tonta —me corta.

—¡Marga!

—A ver, Minirri. Si a mí me ponen a Chris Evans delante, te aseguro que ese no se va sin fun, fun, fun. Vamos, hablando mal y pronto, ¡que me lo tiro!

Me río. No lo puedo remediar. No conozco a nadie más clara y particular hablando que Marga, que enseguida añade:

—Antes de que se acabe la gira, ¡aprovecha y date un festín! Tírate a Deacon y regresa a casa con el cutis terso y, como diría mi madre, tu mayor fantasía erótico-festiva cumplida.

Suelto una carcajada. La idea de tener sexo con Deacon es algo que solo está en mis fantasías. Él es siempre supercorrecto conmigo y con todas las mujeres que trabajamos en la gira. Y para zanjar el tema digo:

—Déjate de festivales erótico-festivos y cuéntame cómo estás.

Tras hablar con Marga y darle mi número de vuelo para que vaya a buscarme al aeropuerto el día que llegue a Madrid, nos despedimos, y después de colgar, sonrío al ver los mensajes de WhatsApp de mis hermanos.

Somos tres. Yo soy la pequeña, aunque a veces parezco la mayor, porque todo lo consultan conmigo.

Sonriendo, leo el mensaje de mi hermano Adam. Está agobiado. Desde que él y Carlos han sido padres, parece que son los únicos del mundo. ¡Por Dios, qué exagerados están con Aitana! Según ellos, con once meses deberían estar saliéndole los dientes, y, como no le ha salido ninguno, la frustración los está llevando a mirar implantes por si al final no le acaban saliendo. ¡Increíble! En su mensaje me recuerda que las luces de Navidad de la casa familiar solo se encenderán cuando yo regrese, y sonrío. La tradición que instauró mi yoyo de todos para uno y uno para todos sigue intacta. Y hasta que llegue yo, que soy la única de la familia que falta, no se encienden las luces ni da comienzo la Navidad.

Luego está mi hermana Virginia. Una mujer que debería haber sido sargento del ejército por lo mandona que es. Vive con mi santo cuñado Lucas y mis sobrinos Hugo, de diecisiete años, y Carlota, de siete.

Según leo su mensaje, me río. Ha descubierto una caja de preservativos escondida entre la ropa de Hugo, y faltan seis. Bueno..., bueno..., bueno..., mi sobrino.

El desconcierto de mi hermana es tremendo, tanto que me pregunta a mí qué ha de hacer. A mí, que no tengo hijos. Y aprovecha para recordarme que, como soy la tía favorita de mis sobrinos, a mi regreso he de hablar con Hugo. También me recuerda que no me olvide de comprarle a Carlota su chocolatito en el aeropuerto y algo de Wonder Woman, su heroína.

Pienso en la situación y creo que si Hugo fuera mi hijo, lo que haría sería hablar con él, pero no para regañarlo ni coartarlo por tener los preservativos, sino para dejarle clara la importancia de lo que está haciendo y hacerle saber que para cualquier cosa yo estaría ahí. En fin, le envío un mensaje diciéndole lo que pienso a mi hermana y ya me contará.

Una vez que lo mando, cotilleo en Instagram y, para no variar, termino en el perfil de mi ex, Pablo. Sin cambiar el gesto, veo sus fotos sonrientes con María Rosa, la mujer con la que me estaba engañando el último año al tener una doble vida, y el motivo por el que lo dejé y me fui de España para olvidar y recomponerme.

Sé que no voy a volver con Pablo. Me decepcionó. Pero mi corazón, al verlo, todavía se acelera por lo mucho que lo quise, y porque en ocasiones los recuerdos y los momentos vividos con él no dejan de atormentarme. Soy así de idiota. No obstante, tomando aire, decido dejar de flagelarme y cierro su perfil. «Adiós, Doctor Liendre», como dice mi amiga Marga.

Son las dos de la madrugada y estoy que me caigo de sueño. El día ha sido duro e intenso y la cabeza me pide descansar. Pero no. He de aguantar hasta que Sarah me avise. Así pues, me pido una botellita de agua en la cafetería del hotel y decido subir al lujosísimo *spa* que hay en el último piso mientras tarareo la canción de Navidad que suena de fondo.

Se trata de *Sleigh Ride*, de la maravillosísima Miley Cyrus, y sonrío al pensar en mi abuela. Mi yaya. Le encanta que le cante canciones típicas de Navidad «extranjeras», como dice ella. Mi yoyo se las cantaba todas, y ahora soy yo quien se las canta. Incluso le hice una lista en Spotify con ese tipo de canciones, ¡y hay que ver cómo las disfruta!

Mientras subo tarareando en el ascensor, sé que lo que voy a hacer no puedo hacerlo. Mi habitación no incluye ese tipo de lujos como el *spa*, pero, siendo las horas que son, ¿quién me va a ver?

Con gusto, entro en la zona de *spa* y, como imaginaba, está solitaria. La gente está durmiendo.

Para cotillear las piscinas, las termas y demás, trato de abrir una puerta, pero está cerrada. Lo intento pasando por el lector la tarjeta de mi habitación, pero me la deniega. Así pues, miro a través de los cristales y suelto un silbido al ver la maravilla que hay tras la puerta.

¡Qué lujazoooooo!

Miro a mi alrededor y veo unos butacones color pistacho que parecen cómodos. Voy hasta ellos, me quito la camiseta del *tour* y me la cambio por otra que me gusta y me pongo encima una sudadera que saco de mi mochila. Después me siento en el butacón, saco de un blíster una pastillita para mi dolor de cabeza, le doy un trago a mi agua y me recuesto. Comienza a sonar por los altavoces *It's Beginning to Look a Lot Like Christmas,* de Michael Bublé y, gustosa, la tarareo.

¡Me las sé todas!

¡Lo que me gusta la Navidad!

Bueno, mejor dicho, ¡lo que a mi familia entera le gusta la Navidad! Y si nos gusta es gracias a los yayos. Ellos siempre nos hicieron disfrutar de unas Navidades de cuento, de película de sobremesa de esas que ves solo en Navidad y que sabes que terminará bien, pero que te encanta ver.

Me acomodo. Cierro los ojos y, ufff, qué gustito. Disfruto la paz de la música mientras siento como mi cuerpo se relaja y goza del momento, hasta que no sé cuánto tiempo ha pasado y oigo en inglés:

—¿Tan mal pago que tienes que dormir aquí?

Según oigo eso, doy un salto en el sillón.

¡Me han pillado!

Y, cuando consigo abrir los ojos, me encuentro con que Deacon Black está frente a mí, vestido con un albornoz negro, y murmuro en español:

—Madre mía, ¡qué susto!

Me mira. Lo miro. Parpadea. Parpadeo. Espera contestación. ¿Se acuerda de que trabajo para él? Y, cuando se lo voy a preguntar, soy consciente de que aún llevo colgado del cuello mi pase de técnica de sonido de la gira.

—Señor Black... —digo.

—¡¿Señor Black?!

Me mira. No sé qué piensa. Sube el mentón y pregunta en español:

—¿Qué haces aquí dormida, en vez de estar en tu habitación?

Pero bueno..., ¡qué bien habla español!

Sabía que lo hablaba, pero nunca lo había oído, pues siempre hablamos en inglés.

Me incorporo. Al hacerlo, se me cae el blíster de pastillas que llevo en la mano y ambos nos agachamos a recogerlo. ¡Y, zascarrás, el cabezazo que nos damos es monumental!

—Ay, joder. Lo siento —murmuro horrorizada.

Él blasfema en inglés. Me mira. Veo que se toca la frente, como yo me toco la mía, y suelta:

—Tranquila, señorita. No ha sido queriendo. ¿Estás bien?

—Sí.

Me entrega el blíster de pastillas y pregunta:

—¿Qué te ocurre?

—Me mata la mollera.

Según digo eso, me mira y cuchichea:

—¿Que te mata qué? ¿Qué es *mollera*?

Sonrío. Sabe hablar español, pero intuyo que no conoce muchos términos.

—Quería decir que me duele la cabeza —aclaro.

Asiente, ahora me entiende, y musita:

—Vaya..., lo siento.

Nos quedamos mirando en silencio hasta que pregunta:

—¿Por qué me llamas señor Black?

Tiene razón. ¿Qué narices estoy haciendo? Cuando hacemos las pruebas de sonido, siempre lo tuteo y él me llama «señorita» con mucho respeto. Dudo que se sepa el nombre de todos los integrantes de la gira.

—Llámame Deacon, por favor.

—De acuerdo.

Nos miramos en silencio; entonces una punzada de dolor me atraviesa la cabeza y susurro:

—Necesito sentarme.

Lo hago. Me siento. Él se sienta en la butaca de al lado y yo me horrorizo. ¿Por qué se sienta? ¿Por qué no se va?

—No me voy porque creo que me necesitas.

Oír eso me sorprende. ¿Acaso me lee la mente?

Durante unos segundos permanecemos en silencio. No tengo fuerzas ni para hablar.

—Si te encuentras mal, ¿qué haces aquí, por qué no estás en tu habitación? —dice.

De nuevo, tengo dos opciones. Verdad o mentira. Pienso durante unos segundos mi respuesta, y él añade:

—Entiendo.

—¿Entiendes?

Veo que se toca el pelo y, una vez que se lo retira del rostro, indica en su perfecto español:

—Entiendo que hay alguien en tu habitación con otra persona y tú, como una buena samaritana, estás esperando a que quede libre, ¿verdad?

No contesto. No quiero que Sarah se meta en líos.

—Tranquila —cuchichea—. Todos hemos necesitado esos favores o tenemos amigos que los necesitan.

Asiento. Tiene razón.

—¿Quieres ir a mi cuarto? —pregunta entonces.

¡¿Qué?! ¡¿Cómo?!

Lo miro sin dar crédito. ¿Deacon Black me está invitando a ir a su habitación?

Uy... Uy... Uy... ¡Qué tentación!

Pero no. No. No. ¡Ni hablar!

Llevo casi cinco meses siendo una profesional; olvidando lo mucho que me gusta el hombre que está delante de mí, y por supuesto que ahora no lo voy a jorobar. Así pues, mirándolo con gesto de «Yo no soy una de tus *groupies*», aunque lo cierto es que sí lo soy, respondo:

—No, gracias.

Asiente. Ha entendido mi gesto y mis palabras. Y yo, incómoda por el momento, indico mirando su albornoz negro:

—Intuyo que ibas al *spa* para relajarte. Por favor, ve. Tiene pintaza.

No se mueve. Pero ¿por qué no se va? Y entonces pregunta:

—¿Te apetece venir conmigo?

Oír eso me hace gracia. Estoy yo para *spas.*

—Mi habitación no me da acceso a ese lujo —suelto.

De inmediato, maldigo. Pero ¿qué he dicho? ¿Cómo soy tan bocazas?, quitándome la sudadera que llevo de los calores que me están entrando, añado:

—Dicho esto, mi habitación está muy... pero que muy bien. No te lo tomes como un reproche.

Deacon asiente. Intuyo que ha pillado el sarcasmo de mis palabras, y suspiro. A veces, como dice mi madre, cuando abro la boca sube el pan.

—¿Qué llevas puesto? —pregunta sorprendiéndome.

Me miro. Llevo una de mis camisetas. Y respondo sin entender su gesto de desagrado:

—Una camiseta. ¿Por...?

Deacon no me quita ojo. No entiendo por qué me mira así.

—¿Cómo puedes llevar una camiseta con el número trece? —dice de pronto.

Según oigo eso, lo entiendo. Sé que es supersticioso. Y siempre se ha dicho que el trece es el número de la mala suerte, por lo que contesto:

—Porque el trece es mi número preferido.

—Noooooo...

—Sííííí...

Parpadea. Sin duda, eso lo sorprende.

—Nací un día trece a las trece en punto de la tarde —explico—. Y, simplemente por eso, para mí, ese número es especial.

Asiente. Su gesto de sorpresa me hace gracia, y pregunto:

—¿Cuál es tu número favorito?

—El siete. Es símbolo de buen augurio.

—Para ti...

—Y para mucha gente —asegura.

Divertida, me río. Nunca he creído en esas cosas.

—Adriana Peña, ¿verdad? —pregunta él a continuación.

—¿Sabes quién soy?

Deacon cabecea y, encogiéndose de hombros, indica:

—Me gusta saber con quién trabajo. Y tú eres técnica de sonido, ¿verdad?

Afirmo con la cabeza asombrada, y él añade:

—Eres buena trabajando. Tus mezclas son increíbles. Y no soy el único que lo piensa.

—Gracias.

—Sé que hoy has salvado un directo, ¿verdad?

—Sí. —Y, recordando el momento, señalo—: Mi ayudante me ha llamado «monstrua».

—¡¿Monstrua?! —repite.

Me río. Y, comprendiendo que no entiende el término, a pesar de que hable español, le explico:

—En España empleamos la palabra *monstrua* para lo bueno y

para lo malo. Aunque en este caso Sergio la ha empleado para algo bueno. —Deacon me mira, e insisto—: Mira, para que me entiendas, si te digo que eres un «monstruo de la música» es porque tu música me parece buena.

—¡Soy un monstruo! —se mofa.

—Y de los grandes —afirmo divertida.

Ambos reímos y, acto seguido, comenzamos a hablar de lo primero que se nos ocurre mientras siento que mi dolor de cabeza se esfuma. No sé si por la compañía o por la pastilla que me he tomado. ¡Qué bien!

Como es lógico, la conversación se centra en la gira y en su música, y yo evito pensar en lo sexy que está con ese albornoz negro, que se le abre para mostrar su torso desnudo cada vez que mueve las manos. Uf..., qué tentación.

Atónita, estoy por pellizcarme. Estoy con el famosísimo y guapísimo cantante Deacon Black a solas y lo tengo medio desnudo. Pienso en mi amiga Marga. Si ella lo viera de esta guisa, me diría «¡Tíratelo!». Pero no. ¡Ni loca!

Estoy por pedirle un selfi, una foto para inmortalizar el extraño momento. Pero no lo hago. Sé que no le van las fotos, y creo que quedaría terrible. Estoy pensando en ello cuando me pregunta cuál de sus discos es mi favorito, y respondo:

—Para mi gusto, tu mejor disco fue el cuarto.

Deacon asiente. ¡Uf, qué guapo! Me taladra con su mirada azul... ¡Uf, qué morbo!

—¿Por qué?

—Porque las letras son sentidas y se nota que te salen del corazón. Y a mí en especial ¡me enamoró! la canción *Nuestra eternidad*, cuando dice: «Si me das tu presente, yo te doy mi futuro»... ¡Por Dios, qué frase tan locamente bonita y romántica! Es más, fíjate si me gustó que hasta me la tatué.

—¡¿Qué?!

Divertida, y siendo natural, me incorporo de la butaca. Me levanto la camiseta y le enseño las costillas.

—¿Lo ves? —digo.

Sonriendo, él mira mi tatuaje y, sin tocarlo, comenta:

—Te quedó muy bien.

—Lo sé —afirmo bajándome la camiseta para sentarme de nuevo.

Deacon me mira de una forma que me aturde, y dice con voz suave:

—Es una bonita canción, aunque no esté incluida en la gira.

Asiento, es preciosa. Intuyo que no la canta porque se la escribió a Emma, su ex.

—Entonces doy por hecho que *Nuestra eternidad* es tu canción mía preferida.

Niego con la cabeza y, siendo sincera, respondo:

—Tengo otra que me gusta mucho más.

—Dime cuál es —se interesa.

—Una versión que hiciste de una canción navideña.

Al oír eso, veo que toma aire. Está claro que le hablo de canciones que él no valora.

—Tú me has preguntado y yo te he respondido —añado.

Ambos reímos, pero entonces vuelve a sonar una nueva canción de Navidad por los altavoces y veo que pone mala cara.

—¿Qué ocurre?

—¿No te cansa tanta cancioncita navideña?

Uisssss, no. Claro que no me cansa. Este no sabe que está hablando con la reina de la Navidad.

—Pero ¿acaso existe algo más bonito que una canción navideña? —respondo.

—¡Por favorrrr! —se mofa.

—No me digas que eres un Grinch de la Navidad...

Divertidos, nos miramos, y al ver que yo tarareo la melodía que suena, pregunta:

—¿Te parecen bonitas estas canciones?

—Son maravillosas. Icónicas. Mágicas y especiales.

—Son un horror.

—Incluso algunas me parecen sensuales y provocativas. —Su gesto es un poema cuando añado—: Para muestra, la versión que hiciste tú de esa canción de Navidad. Cada vez que la escucho, ¡por favor!, se me eriza el vello de todo el cuerpo.

Me mira sin dar crédito. Imagino que estará pensando que soy friki, friki, friki de manual.

—Simplemente la grabé para un disco de colaboraciones en el que me implicó Emma, mi ex, y que resultó ser un disco de Navidad.

Vaya. Eso no lo sabía.

—¿Por qué elegiste esa canción? —pregunto.

Veo que Deacon medio sonríe. Por el modo en que lo hace, sé que un recuerdo bonito ha pasado por su mente, y responde:

—Porque a mi madre le gustaba y decía que nadie la cantaba como yo. —Y esta vez, sonriendo más abiertamente, manifiesta—: ¡Amor de madre!

Asiento. Sonrío. ¡Qué buen gusto tenía su madre!

La canción de la que hablamos la he escuchado en distintas voces y versiones: Bon Jovi, Kelly Clarkson, Aaron Neville, Cher o John Legend, entre otros.

—De la infinidad de versiones que han hecho distintos artistas, ¿cuál es la que te gusta más a ti? —pregunto curiosa.

—Todas son muy buenas —asegura—. Pero, si he de quedarme con una, me quedo con la de mi amigo Adam Lambert.

Uis, Adam. Estuve de gira con él. ¡Qué tipo tan encantador! Otro monstruo sobre el escenario.

—Lo conozco —indico.

—¿Lo conoces?

—Fui parte de su equipo en su último *tour*.

Deacon afirma con la cabeza, sonríe y se interesa:

—¿Bien con él?

Vuelvo a asentir. Adam es todo un profesional y, en las distancias cortas, un tipo increíble.

—Mejor que bien —aseguro.

Ambos sonreímos, y yo añado:

—La verdad, y espero que no te incomode lo que voy a decir, vuestras voces son muy del estilo.

—Eso dicen, y no me incomoda, al revés, ¡me encanta! —declara con gusto.

Se calla y me mira. Veo que sonríe y luego dice:

—¿Puedo preguntarte algo muy personal?

—Claro...

Sigue mirándome. En sus ojos leo cierto interés por conocerme cuando pregunta:

—¿Estado civil?

Sonrío. ¡Será cotilla! Y, con sinceridad, respondo:

—*Cansada.*

Deacon ha entendido lo que he dicho, y, sonriendo, cuchichea:

—Curioso estado civil.

Ambos reímos, y yo me apresuro a añadir:

—Es bromaaaaa. —Y, tomando aire, digo—: Soltera y feliz.

—¡Buen estado! Mira, ¡como el mío!

—Lo sé.

Nos quedamos en silencio. ¿Por qué habré dicho «Lo sé»?

—Llevas un tatuaje muy curioso —comenta a continuación.

Al hacerlo, veo que señala el de mi antebrazo. Y, mirándolo con cariño, suelto:

—Lo adoro.

El guaperas coge mi brazo, lo mira con detenimiento y murmura:

—¿Es *Grace*? ¿La guitarra de River Samuel Robinson?

Sin dudarlo, asiento. Habla de mi yoyo y su guitarra. Su gesto es de sorpresa total porque yo sepa quién era aquel guitarrista.

—¿Esa firma que llevas es la de él? —pregunta.

Asiento de nuevo, es la verdad. Deacon sonríe; intuyo que no lo cree. Y, sin ganas de explicarle quién es River para mí, musito:

—Uisss, ¡me encanta esta canción de Navidad!

Él suelta mi brazo, se olvida de golpe del tatuaje y susurra:

—Por tus palabras, además del número trece, intuyo que te gusta la Navidad.

—¡Locamente enamorada de ella estoy! La Navidad es mágica y siempre trae cosas buenas y bonitas.

—¿Eso crees?

—Sí.

—¿Sabes? Mi madre pensaba igual.

—Buen pensamiento el de tu madre.

Veo que sonríe para sí y yo señalo:

—A ti no te gusta la Navidad, ¿verdad?

—¡Has acertado!

—¿Y por qué no te gusta, si a tu madre le gustaba?

Deacon mira al suelo. Su sonrisa se desvanece y responde:

—Por los recuerdos y la soledad que sentí cuando ella me faltó.

Ver su gesto me hace entender que debo dejar el tema. Sin duda, es algo que le duele.

—Eres lo opuesto a mí —dice entonces sonriendo—. Te gusta el número trece. Te encanta la Navidad y sus cancioncitas; ¿algo más?

—Me gustan las tradiciones navideñas.

—¡Un horror!

—Y nada me gustaría más que vivir mi propia y romántica película de Navidad. Pero, chissssss, no se lo cuentes a nadie.

—¿Lo dices en serio?

—Claro, ¿para qué voy a mentir?

Veo que levanta las cejas. Mejor no saber lo que piensa.

—Tú de romántico *ná de ná*, ¿verdad? —pregunto riendo.

—Has vuelto a acertar. No creo en el amor, pero sí en las conexiones.

—Venga ya...

—El amor pocas veces trae algo bueno.

—¡Qué frialdad la tuya!

Deacon asiente. ¿Qué pensará? Entonces, cambiando de tema de nuevo, dice:

—Has entendido el sonido que deseo para mis conciertos y eso me hace saber que eres una profesional lista y espabilada.

—Tonta no soy...

—En ningún momento he dicho eso.

—Lo sé. Pero no está de más recordarlo.

Un silencio raro pero no incómodo se hace entre los dos cuando me fijo en que lleva un tatuaje con un nombre.

—Aunque han pasado años, siento mucho lo de tu madre —digo.

Veo que mis palabras lo dejan sin saber qué decir.

—Llevo años siguiendo tu carrera musical —añado— y, cuando supe lo de su muerte, lo sentí mucho. Yo también tengo madre y su pérdida me provocaría un dolor inmenso.

—Así es, créeme.

—Te enseñó a hablar español muy bien.

—Siempre decía que, siendo ella española, su hijo debía hablar español. Eso sí, nunca aprendí a escribirlo ni a leerlo, aunque lo intentó.

Ambos sonreímos, y en ese momento recibo un mensaje en mi móvil. Es Sarah.

—¿Vía libre para entrar en tu habitación?

Eso me hace sonreír. Nos levantamos y, tendiéndome mi mochila, Deacon dice:

—Anda, monstrua, vete a descansar.

Divertida, y siguiéndole el juego, la cojo y respondo:

—Buenas noches, Grinch de la Navidad.

De nuevo sonreímos y, cuando comienzo a caminar, oigo a mi espalda:

—Mañana nos vemos para el *soundcheck*; espero que te encuentres mejor.

Con paso seguro, me alejo sin mirar atrás. Si lo hago, ¡seguro que me desmayo!

Capítulo 3

Deacon

10 de diciembre

Si algo me gusta de los *tours* es disfrutarlos con mi equipo. Por eso, aun pudiendo desplazarme en avión privado, prefiero ir en vuelos regulares con ellos.

Lo mismo me pasa cuando vamos a los conciertos: me gusta ir con ellos en las furgonetas. Con la guitarra que mamá me regaló colgada en mi espalda, espero, junto con el resto, que llegue el transporte. Estoy charlando con Frankie cuando veo aparecer al fondo a Adriana, que habla con Sarah, una de las técnicas de luces.

Con disimulo, la observo. Lleva el pelo oculto bajo un gorro rojo de Papá Noel, y me hace gracia verla con sus pantalones cargo negros llenos de bolsillos y la camiseta negra que llevan todos los del *staff* con el nombre de la gira y mi nombre. ¡Ya no lleva la camiseta con el horrible número trece!

—¡Qué mierda!

Oír eso hace que mire a Frankie, que musita:

—No sé qué pasa, pero no me va el teléfono. Bueno, ni a mí ni a nadie, así que no he podido hablar con Susan. A ver si viene Akiyama y me puede decir qué ocurre.

Sonrío. Susan y Frankie siguen tan enamorados como el primer día. Lo suyo me tiene increíblemente sorprendido. Compruebo si mi teléfono funciona y veo que tampoco.

—Tranquilo. Sobrevivirás —musito divertido.

Desde la distancia veo a Adriana bromear con varios del equipo mientras se hacen selfis con sus teléfonos móviles. Sin duda hay muy buen rollo entre ellos, y eso me agrada. La buena sintonía en el trabajo es lo mejor para que todo funcione.

Sin saber por qué, he pensado en varias ocasiones en nuestra conversación. Fue entretenida y distendida, y eso me gustó. Es más, diría que me quedé con ganas de más y estaba deseando verla.

Recuerdo que me la presentaron en Chongqing cuando se unió a la gira. Mi técnico de sonido, Randy Miller, tuvo que marcharse de un día para otro por temas personales, y fue él quien nos habló de varios técnicos, entre ellos una tal Adriana Peña, de España. Frankie los llamó a todos y ella fue la primera en aceptar. Fue rápida, resolutiva y profesional. Justo lo que necesitábamos.

—Deacon, las chicas de recepción me preguntan si puedes hacerte una foto con ellas.

Eso me saca de mis pensamientos. Odio las fotos, no me gustan nada; pero entiendo que son parte de mi trabajo, y asiento. Me muevo y me hago las fotos con las chicas de recepción.

—Ahí llega Akiyama —oigo que dice Frankie.

Akiyama es el intérprete que hemos contratado para la gira asiática. Gracias a él, todo se nos hace más fácil, y nos ponemos a hablar en inglés con él; lo habla muy bien. Frankie le expone su problema con el teléfono y rápidamente Akiyama muestra interés. Llama a quien corresponde y nos enteramos de que, por una avería a nivel general, los números de teléfonos móviles de todos los extranjeros llevan horas inoperativos, pero están intentando solucionar el problema. Eso lo tranquiliza.

Durante un rato, al estar todas las entradas agotadas, los tres hablamos sobre el *sold out* del concierto, mientras soy consciente de que no puedo dejar de buscar con la mirada a Adriana. Me encantaría acercarme a ella, saludarla; pero no, lo mejor es que me quede donde estoy. Y cuando vemos llegar unas furgonetas, Akiyama se acerca a ellas y oigo que Frankie dice:

—Una vez que se haya cerrado la taquilla y haya comenzado el concierto, pediré el *ticket manifest* a la organización.

Afirmo con la cabeza. Eso forma parte de su trabajo.

—¡Y que sepas que me niego, y me niego también en nombre de Susan...!

Oírlo decir eso hace que le preste toda mi atención. ¿De qué está hablando?

—El año pasado te saltaste las Navidades por lo que pasó con... con... —añade—. ¡Bueno, mejor no la nombro! Pero este año no te lo voy a permitir, ¿te queda claro?

Sonrío. Frankie no para de darle vueltas al tema.

—Mi intención es estar tranquilo —digo—. Y que pasen rápidas y desapercibidas.

—Hermano, ¡es Navidad!

Sonrío. Frankie y Susan son mi familia. Y, mientras observo como Adriana sube a una de las furgonetas negras, toco el anillo de mi madre que llevo colgado al cuello y replico:

—No te pongas pesadito con eso.

—Deacon, esta noche se acaba la gira asiática y tenemos la fiesta de despedida con el equipo. Y mañana todos comenzaremos a regresar a casa. ¿No crees que ha llegado el momento de que vuelvas a tu hogar en Nueva York?

Inconscientemente, asiento. Desde que salí de él a finales de 2023, apenas lo he pisado. Mi hogar era mi madre. Nuestra casa, su presencia, nuestros recuerdos, su amor. La casa donde vivo ahora en Manhattan es bonita, preciosa, carísima, pero está vacía. Carece de recuerdos, de momentos y, sobre todo, de vida y amor.

—Deacon, estamos a 10 de diciembre y la Navidad está a la vuelta de la esquina. Siento decirte que, por mucho que te empeñes, nadie la va a suprimir del calendario ni tampoco va a pasar desapercibida. Es momento de regresar a casa, ¿no te parece?

Resoplo. Maldita Navidad... Qué poco me gusta desde que mi madre murió. Pero Frankie insiste mientras mira el teléfono, que sigue sin funcionar:

—Que te quede claro que Susan y yo nos vamos contigo a donde sea, pero tú no vuelves a estar solo.

—Pero ¿qué tontería es esa? —Me río.

—Y a eso añade a mis padres y a los padres de Susan, que ya sabes que no se soportan.

Soltamos una carcajada.

—¿Crees que soy un Grinch de la Navidad? —pregunto riendo.

Frankie me mira. Veo que mi pregunta lo ha sorprendido, pero responde chocando los nudillos de mi mano con la suya:

—Por supuesto que eres un Grinch de la Navidad. ¿Y sabes? Te lo digo muy en serio, Deacon. O me demuestras que tienes un plan estupendo para estas Navidades o...

—Anda y móntate en la furgoneta... —Lo empujo para que se calle mientras Akiyama nos hace señas.

Según salimos del hotel, los fotógrafos comienzan a hacer su trabajo y los fans a gritar. Con una sonrisa, los saludo y, una vez que entramos en el vehículo, compruebo que el conductor tiene puesta música de Navidad —¡cómo no!—, por lo que Frankie dice mirándome:

—Estamos en la época, ¿qué quieres?

Sonrío y no digo nada. Acomodo mi guitarra, que siempre va conmigo a todos lados, y tomo asiento.

Tres furgonetas con mi equipo circulan por las calles de Tokio en dirección al estadio donde esta noche repetimos función. En el trayecto, me maravillo contemplando la ciudad. Pasamos cerca de la estación de Akihabara y la avenida Chuo-Dori, ¡que son increíbles!

Inconscientemente, silbo la canción que suena. Es *Rockin' Around the Christmas Tree*, interpretada por Brenda Lee, hasta que oigo a mi amigo decir:

—Pero, míralo..., ¡si la silba y todo!

En un par de ocasiones vuelvo la cabeza hacia atrás para mirar y Frankie, al darse cuenta, pregunta mirando también:

—¿Qué pasa?

Sé que Adriana va en la furgoneta que nos sigue y, no sé por qué, siento la necesidad de saber que el vehículo sigue ahí... Pero, sin decirle lo que pienso, respondo:

—Me gusta esta zona de la ciudad. ¡Es curiosa!

Cuando llegamos a las inmediaciones del estadio donde vamos a tocar, sigo sorprendiéndome al ver a la gente que ya está esperando a que abran las puertas. Aún quedan cuatro horas para el inicio del concierto.

Un pitido sordo nos sobresalta, pero nos hace saber que nuestros teléfonos móviles vuelven a funcionar. La sonrisa de Frankie se ensancha al leer lo que imagino que es un mensaje, y de pronto lo oigo murmurar:

—¡Ufff!

—¿Qué pasa?

—¡Hermano!

—Frankie, ¿qué pasa? —insisto.

Él toma aire, parpadea. Es muy dramático cuando se pone. Le arranco el teléfono de las manos y leo:

> **Susan:** Cariño, te llamo pero no me lo coges. Estoy muy nerviosa. Me acaban de llamar de la agencia de adopción para decirme que tienen un bebé para nosotros. Es una niña. Tiene tres meses. Llámame sea la hora que sea cuando leas este mensaje. Te quiero.

De inmediato, me llevo la mano a la boca. Esa es la noticia que tanto deseaban recibir y por la que tanto han luchado; mirando a Frankie, voy a hablar cuando observo que está emocionado y de pronto rompe a llorar.

Rápidamente lo abrazo. Sé lo que eso significa para Susan y para él.

—¡Vas a ser padre! ¡Vas a ser padre! —susurro.

Frankie asiente. Está como en una nube. Yo, sin dudarlo, marco el número de teléfono de Susan y, cuando oigo su voz, digo con todo mi afecto:

—Cariño, ¡enhorabuena!

Susan está feliz, mucho, habla atropelladamente. Le paso el teléfono a un descolocado y lloroso Frankie, que ahora lloriquea emocionado con su mujer. Durante unos minutos hablan mientras yo lo observo en silencio. Mi hermano va a ser padre. Por fin, su sueño se hará realidad. Y cuando cuelga el teléfono y me mira, murmura:

—Estoy que no me lo creo.

—¡Cuéntame!

Frankie, muy nervioso, se echa el pelo hacia atrás y empieza a decir:

—Han llamado a Susan de la agencia de adopción en la que llevamos años apuntados. Hay una niña. Tiene tres meses. Y desean concertar una visita con nosotros en cuanto yo regrese para que podamos conocerla.

Asiento mientras proceso lo que me cuenta. Recordando lo ocurrido las últimas dos veces, pregunto:

—¿La madre de la niña puede echarse atrás?

—No —dice con un hilo de voz—. Ha firmado la renuncia. No quiere saber nada de la niña. No la quiere en su vida.

—Joder...

Saber eso me subleva. Al igual que esa niña, yo fui un niño rechazado, abandonado. Pero, olvidándome de mí, miro a Frankie, que se retira el cabello de los ojos, y lo oigo añadir:

—Le han dicho a Susan que, si firmamos la adopción, posiblemente tendremos a la pequeña por Navidad.

Sonrío. Sonríe. La llegada del bebé ampliará nuestra pequeña y particular familia.

Y, con una sensibilidad que me eriza la piel, mi amigo afirma:

—Mamá Ángela tenía razón: en Navidad pasan cosas increíbles y mágicas que pueden cambiarte la vida.

Conmovido porque mencione a mi madre, a la mejor, me muestro de acuerdo.

—Vete para el aeropuerto ahora mismo y coge el primer vuelo a Nueva York —indico.

Frankie lo valora, lo piensa, pero finalmente coge aire y responde:

—Esperaré para regresar contigo y todo el equipo.

—Pero, Frankie...

—Deacon —me corta—. Déjame procesarlo, y no me pongas más nervioso.

Sonrío. Abrazo de nuevo a mi amigo y, al sentir su emoción, murmuro:

—La voy a adorar, aunque sabes que lo mío no son los niños...

—¡Vas a ser tío!

¡¿Tío?! ¿Voy a ser tío? ¡¿Yo?! En la vida pensé oír esa palabra en referencia a mí.

—Serás su tío favorito, ¡lo sé! —añade.

Frankie sonríe. Yo también; su felicidad es la mía. En ese momento mi móvil suena. Lo miro: es Emma. ¡Joder, no! ¡Ahora no! Corto la llamada, pero a los pocos segundos vuelve a sonar y corto otra vez. No quiero hablar con ella. ¿Por qué no me deja en paz? ¿Por qué no seguirán los teléfonos sin conexión?

Al cabo de unos segundos comienza a sonar el teléfono de Frankie. Me lo enseña.

—Cuelga —indico al ver que es ella.

Sin dudarlo, él lo hace. La felicidad en su rostro es algo que vuelve a hacerme sonreír, aunque él, ante la insistencia de Emma, resopla y susurra:

—¡Qué pesadilla de mujerrrrrr!

Poco después, la furgoneta llega frente a la enorme puerta trasera del estadio y toca el claxon para que nos abran. Esto está plagado de fotógrafos y periodistas.

Una vez que se abre la puerta, el vehículo entra, se detiene y, cuando me apeo, me encuentro en todo su esplendor a Emma, que, guardando su teléfono móvil con elegancia, dice:

—Muy mal, chicos... Muy mal por no cogérmelo.

Frankie me mira. Yo resoplo. ¿Otra vez está aquí?

Mi amigo se baja del vehículo y, parándose frente a ella, suelta:

—Si no te importa, ¡estamos trabajando!

Emma lo mira. Con coquetería, se retira su bonito cabello claro del rostro y, con una expresión que me molesta, pues la conozco, indica:

—Has comido algo que llevaba cebolla y ajo, ¿verdad?

Frankie me mira. Emma lo sobrepasa. Y, tras un gesto con el que le digo que no entre al trapo, se echa a un lado. Yo agarro mi guitarra y, mirando a mi ex, suelto:

—Pero ¿tú de qué vas?

Emma mira con desgana a Frankie y, obviando mi pregunta, saluda en tono ponzoñoso:

—Hola, *amore*...

—¿Quién te ha dejado pasar? —insisto.

Emma sonríe. Señala a algunos de los hombres que nos rodean, básicamente, seguridad del estadio. Cuando veo que la miran embobados, la oigo decir:

—*Amore*, soy Emma Goodman... ¿Quién no me dejaría pasar a donde quisiera?

Asiento. Tiene razón. ¿Quién le negaría el paso, con lo enredadora que es?

—¿Qué haces en Tokio?

—Tenía una sesión de fotos y, al acabar, indagué para saber en qué hotel estabas y me he alojado hoy allí. ¿No te parece, una vez más —recalca—, un bonito detalle por mi parte?

—¡Precioso! —se mofa Frankie mientras me mira molesto.

—Eres muy imbécil, Frankie.

—Mejor no te digo lo que eres tú.

Emma sonríe con malicia. Por desgracia, conoce muchos detalles de nuestras vidas.

—Tu mujercita y sus traumas, ¿bien? —suelta.

Tanto Frankie como yo la miramos. Sabemos por qué lo dice. La maldad se refleja en su rostro. Cuando voy a contestar, Frankie replica:

—Qué mala zorra eres en todos los sentidos. Y, sí, he dicho lo que he dicho. Y no vuelvas a mencionar a Susan porque yo no tengo la paciencia de Deacon, ¿te queda claro?

Ahora es Frankie quien, con mofa, le sonríe a Emma; en ese momento ella, inquieta, mira hacia el techo y los laterales y cuchichea:

—No habrá cámaras de seguridad del estadio grabando, ¿verdad?

No le respondo; me da igual si hay cámaras de seguridad o no. Ella, con desdén, mira la guitarra que llevo en las manos y suelta mientras la gente a nuestro alrededor se mueve con material del *tour*:

—Veo que sigues prefiriendo esa vieja antigualla a la que yo te regalé.

Oír eso me subleva. La guitarra que me regaló mi madre es muy importante para mí, y cuando voy a responder pregunta:

—¿Qué te parece si cuando termines el concierto vienes a la habitación 687?

La miro. Pero ¿de qué va? Acto seguido, acercándose un poco más a mí, susurra, y al mismo tiempo veo que tras ella se detiene la siguiente furgoneta con gente del *staff* y, entre risas y bullicio, comienzan a apearse todos:

—*Amore*, no hay dos sin tres. Me deseas, no lo niegues.

Oír eso me hace regresar a la realidad. Su seguridad con respecto a lo que yo deseo me enerva. Del montón de veces que ha aparecido en esta gira, dos de ellas he caído. ¡Dos! Pero no estoy dispuesto a darle la razón en cuanto a esa tercera vez, así que de pronto extiendo la mano y, cogiendo del brazo a Adriana, que pasa por mi lado, tiro de ella hacia mí y digo:

—Esta noche tenemos la fiesta de despedida de la gira, ¿verdad, duendecilla?

Ella se recoloca su gorro de Papá Noel y, mientras muerde una chocolatina, me observa con cara de no entender. Frankie alucina.

Yo quiero que en este instante la tierra se abra bajo mis pies. ¿Qué estoy haciendo?

Emma mira a Adriana de arriba abajo y, con mofa, pregunta:

—*Amore*, ¿esta quién es?

—Adriana. Técnica de sonido, y muy buena, por cierto —oigo que explica Frankie mientras me quita la guitarra de las manos.

Mis ojos y los de la aludida se encuentran. En una fracción de segundo siento que ha entendido la situación por la que estoy pasando, y, con una sonrisa que desarmaría a un artillero ruso, saluda con efusividad:

—¡Hola, Emma!

Ella parpadea sorprendida.

—¿Nos conocemos? —le pregunta.

«Pero ¿qué he hecho? ¿Qué hago metiendo en esto a Adriana?»

Miro a mi amigo Frankie, le pido ayuda con la mirada, pero acto seguido Adriana responde:

—Tú a mí no, porque soy una simple mortal, pero yo a ti sí. Eres Emma Goodman, la cotizadísima modelo internacional.

—Y alguien muy especial para Deacon —añade con gusto.

Según dice eso, la miro. Pero ¿cuándo va a parar esta mujer?

—Emma, más que alguien especial, eres mi expareja —aclaro.

—*Amoreee*...

Tomo aire. Dios, ¡cómo me agobia esta mujer! Y entonces oigo a Adriana, que dice:

—Emma..., ¿eres supersticiosa?

Ella la observa, no contesta, y a continuación Adriana indica, mirándome con cierto retintín:

—Lo digo porque acaban de colocar una escalera y estás debajo de ella... Y ya sabes que eso para algunos es como invocar al diablo...

Rápidamente Emma se mueve. Se quita de debajo de la escalera móvil mientras Frankie y yo sonreímos. ¡Menuda es la Duendecilla!

—Ahora que lo pienso —prosigue Adriana—, creo haberte visto aparecer en otros conciertos de la gira, ¿verdad?

Emma asiente con gesto extraño y Adriana, sin perder la sonrisa, nos mira a mí y a Frankie y dice sorprendiéndonos:

—Teníais razón, ¡es monísima! Y, madre mía, ¡qué pelazo! Y qué estilazo vistiendo. —Vuelve la mirada hacia aquella y musita—: ¡Me encantan las botas que llevas!

—Son divinas —conviene Emma—. De la última colección de mis papis.

Veo que Adriana las mira. Por su gesto, intuyo que le gustan.

—¿Son muy caras? —pregunta.

—Para ti..., seguro.

Según dice eso, me molesto. Pero ¿cómo es tan impresentable esta mujer? Cuando voy a protestar, oigo que Adriana responde riendo:

—Te podría soltar un borderío tremendo por lo que has dicho, pero mis padres me matarían, pues se han esforzado mucho en educarme. Así pues, solo te diré que lo más caro no es siempre lo mejor.

Sonrío. Buena contestación.

—¿Has venido al concierto? —le pregunta a continuación Adriana.

Emma, descuadrada, no contesta, y ella, dándole un mordisco a lo que lleva en la mano, dice después de tragar:

—Uisss..., ¿quieres?

Emma mira una de las barritas de chocolate sin abrir que Adriana le ofrece. En los diez años que he estado con ella, jamás la he visto darse el gusto de comer algo dulce, y rápidamente responde:

—No, gracias. Me cuido. Mi trabajo es importante para mí y me debo a él.

Adriana asiente y, guardándose las chocolatinas en el bolsillo de su pantalón, afirma:

—Es admirable tu fuerza de voluntad. ¿Eres así de fiel con todo lo que te importa?

Emma no dice nada, y veo que Frankie sonríe, como sonrío yo. Pero qué sutil, rápida y genial es Adriana diciendo las cosas. ¡Estoy por decirle que es una monstrua!, cuando la oigo añadir:

—Ya que estás aquí, quédate al concierto en el *backstage*. ¡Lo pasarás genial!

Parpadeo. Pero ¿qué dice, si lo que yo quiero es que se vaya?

Frankie y yo nos miramos. ¡No..., no..., no...! Pero Emma afirma apoyando su cabeza en mi hombro:

—Puede que me quede.

Horrorizado, miro a mi amigo. Esto es un desastre. Quiero que se vaya. Quiero perderla de vista. Y entonces Adriana, con una emoción que no entiendo, exclama:

—Estupendo, ¡qué ilusión, ¿verdad?!

Miro a Adriana. ¡¿Ilusión?! Pero ¿qué está diciendo?

En sus ojos leo lo que su boca no dice. No le está gustando nada la situación y no me va a ayudar.

¡Joder! Yo necesitaba que me la quitara de encima. Pero no, la anima a quedarse. Por lo que, acercando de repente mi boca a la suya, le planto un beso en los labios con descaro para que Emma lo vea y afirmo:

—Sí, Duendecilla. ¡Estupendo!

Emma nos mira. En su gesto veo la incomodidad. Nunca ha vivido un episodio así conmigo. Y Adriana, que noto que me clava los dedos en la cintura a causa del beso, me suelta y dice:

—Uisss, que se me hace tarde y tengo mil cosas que hacer. —Y, antes de darse la vuelta, mira directamente a Emma y, sin perder su sonrisa, indica tocando la bola blanca de su gorro de Navidad—: Me ha encantado conocerte. ¡Quédate, seguro que Deacon consigue que disfrutes del concierto!

¡¿Qué?!

¡La mato!

¡¿En serio ha dicho eso?!

Acto seguido, sin perder su desparpajo, Adriana me mira. Siento que me insulta con la mirada. Me da un azote en el trasero con todo el descaro del mundo y, con guasa, me dice:

—Mi querido Grinch de la Navidad, ¡disfrútalo!

Luego me guiña un ojo y se va dejándome descuadrado, hasta que oigo a Emma decir:

—¿Te ha llamado «Grinch de la Navidad»?

Estoy por ir detrás de Adriana para cantarle las cuarenta, pero Emma insiste:

—¿He de suponer que tienes algo con ella?

—Tus suposiciones no me interesan —replico con sinceridad.

—¿Cómo sabe que no te gusta la Navidad?

No contesto, me niego, y entonces suelta:

—Definitivamente, *amore*, me quedo al concierto.

«¡Maldita sea!»

—¡Oh, qué ilusión! Acabo de ver a Mariah, tu maquilladora. Voy a que me dé un repasito.

Y, sin más, desaparece por la puerta y Frankie, que me mira muerto de la risa, dice entregándome la guitarra:

—Creo que el plan que habías ideado no te ha salido bien.

Resoplo. En vez de quitármela de encima, Adriana ha hecho todo lo contrario.

—¡¿«Grinch de la Navidad»?! —inquiere entonces mi amigo.

Estoy molesto y no respondo. Y al cabo de un momento oigo que Frankie afirma:

—Soy fan total de la Duendecilla. Y, joder, hermano..., ¡voy a ser padre!

Capítulo 4
Adriana

Estoy acelerada.

¡«Duendecilla»! ¡¿Cómo que «Duendecilla»?!

Lo que ha ocurrido hace unos minutos al llegar al estadio no solo ha acelerado mi tensión, sino también mi corazón, mi adrenalina y cada fibra de mi cuerpo.

¡Por Dios, que me ha besado Deacon Black!

Vale, ha sido un pico, pero uff..., ¡qué pico! Y, por cierto, vaya culito duro que tiene.

Pero, vamos a ver, de pronto, sin comerlo ni beberlo, me he visto metida en un juego que no me ha gustado y he tenido que crearme el papel de la churri del momento para que su ex viera que no perdía el tiempo.

¿Seré idiota?

Aun así, y molesta con Deacon por ser tan osado, pues he intuido que lo que quería era que se la quitara de encima, le he dado la vuelta a la tortilla y la he invitado a quedarse. ¡Que se jorobe!

Pero ¿este tío qué se ha creído?

Por suerte, nadie nos ha oído, a excepción de Frankie. Si lo ocurrido lo hubiera presenciado cualquier periodista, ¡se habría armado el belén!

Desde donde estoy, veo a Deacon y a Frankie subir al escenario. Hablan. Ríen. Miran monitores. Y, cuando me doy cuenta de que se vuelven hacia donde estoy yo, rápidamente me doy la vuelta.

¡No quiero ni que me miren!

Sin embargo, enseguida me digo: «¿Cómo he podido darle un

azotito a Deacon en el trasero y llamarlo "Grinch" delante de otros? Pero ¿en qué estaba pensando?».

Segundos después, veo que Emma camina por el escenario acompañada de una de las maquilladoras, saludando a los músicos como Pedro por su casa. Está claro que se conocen desde hace tiempo.

Abro mi portátil y, como necesito olvidarme de lo ocurrido, comienzo a organizar las cosas con distintos pipas y técnicos que se me acercan.

Durante un buen rato resolvemos temas y, ¿por qué no?, ¡nos reímos! El buen rollo que hay en este grupo de trabajo es estupendo. Luego Sergio se acerca a mí.

—Odio que se acabe la gira —me dice—, ¡me lo estoy pasando tan bien!

Asiento. Lo entiendo. Sergio y yo somos los españoles del equipo. Fue conocernos y, como se dice, hubo un flechazo entre nosotros, pero solo a nivel laboral. En lo personal, está felizmente casado y es padre de dos hijos a los que adora, y yo feliz por él.

Durante unos minutos hablamos de nuestras cosas, hasta que, tocando la bola blanca del gorro de Papá Noel que llevo, Sergio comenta:

—Pareces una elfa de Navidad.

—Hay quien dice que una duendecilla... —Carraspeo.

—También..., también... —afirma él.

Sonrío.

—¿Dónde lo has comprado? —me pregunta.

—En un bazar enorme que encontré no muy lejos de aquí. Donde, por cierto, he comprado unos disfraces de Papá Noel para mi familia, incluido mi perro y el gato de mi yoyo, que, cuando los vean, ¡se van a enamorar!

Sergio me mira y se ríe.

—¿Cuántos has comprado?

—Entre adultos, niños, perro y gato..., ¡diecisiete!

—¡¿Diecisiete?!

—Como decía mi yoyo, ¡más vale que sobren que no que falten!

—¿Y cómo te los vas a llevar?

—Vienen envasados al vacío. Pero una maleta es casi entera para ellos.

—Me reclaman, perdona, Adriana. Cómprame cuatro gorritos como el tuyo para llevarlos a Nueva York —me pide antes de desaparecer.

Asiento dando media vuelta y me encuentro con Deacon tras de mí. Durante una fracción de segundo nos miramos y luego él dice en español:

—¿Te encuentras mejor que ayer? —Sin dudarlo, afirmo con la cabeza. ¡Qué detalle que pregunte!—. Curioso gorro el que llevas...

—Para un Grinch de la Navidad como tú, sin duda lo es.

Deacon levanta las cejas. Uisss, lo que he dicho... Creo que me acabo de pasar tres pueblos. Y pregunto, sabedora de que me puedo meter en un buen lío:

—¿Hablo con el Deacon persona o el Deacon jefe?

Me mira. Uissss, ¡cómo me miraaaaaaa!

—Hablas con Deacon —matiza.

«Muy bien.» Y, sin callarme lo que tengo en la punta de la lengua, disparo a matar:

—¿Se puede saber a qué ha venido lo de antes? Y, sobre todo, ¿a qué ha venido que me dieras un beso en los labios? Pero ¡¿tú de qué vas?! ¿Acaso pretendes que te denuncie por besarme sin mi consentimiento? Porque, mira lo que te digo, tal y como están las cosas, si se...

—Dios, no...

Noto que oír eso lo horroriza. Creo que de pronto entiende lo que ha hecho y, cuando va a hablar, yo, que ya estoy disparada, insisto:

—Tranquilo, que no lo voy a hacer, porque sé que lo has hecho sin maldad. Pero que te quede claro que tú y yo no tenemos la confianza como para que me llames «Duendecilla», ni me beses, ni me metas en tus movidas con tu novia...

—*Exnovia.*

—¡Me da igual! ¡Novia, exnovia...! ¡Perrito, gatito...! ¡Me da igual! Me has metido en medio de una situación rara, extraña, y le hemos hecho creer que entre nosotros había algo, cuando bien sabes que como mucho somos...

—¿Compañeros de trabajo?

—¡Y una mierda compañeros de trabajo...!

—Oye, Duendecilla..., no te pongas así.

Vale. Tiene razón. Estoy muy arriba, cuando en realidad odio discutir, por lo que respondo suavizando la voz:

—Me pongo como me da la gana. Y lo dejaremos en jefe y subordinada. Y como se te ocurra volver a tomarte las licencias que te has tomado antes, te aseguro que lo vas a lamentar. ¿Entendido?

Deacon me mira y asiente. Creo que entiende mi enfado.

—Lo siento —empieza a decir—. Te pido disculpas por mi terrible error. No sé por qué lo he hecho...

—¡¿Que no sabes por qué lo has hecho?! —lo vuelvo a cortar, y acercándome a él cuchicheo—: Mira, en realidad ha sido porque querías quitártela de encima y pretendías que yo le hiciera creer lo que no es. ¡No mientas!

—Tienes razón.

—¡Claro que la tengo!

Sin poder callar, sigo hablando y hablando y hablando. Cuando veo que él hace un gesto con las manos, como pidiendo tiempo muerto, me callo y lo oigo decir:

—Eres una monstrua, aunque tu número preferido sea el trece, y te lo tenía que decir.

«¡¿Qué?!»

Durante unos segundos nos miramos a los ojos. Durante los meses que llevamos de gira, a excepción de la noche anterior, nunca habíamos conectado. Y, de pronto, olvidándome del enfado y de la tensión, sonrío. Él sonríe a su vez. Por Dios, qué guapo está cuando lo hace.

—Si hay algo que odio en esta vida son los enfados y las discusiones —murmuro.

—Ya somos dos. Y, como me decía mi madre, con cada minuto que pase enfadado, pierdo sesenta segundos de felicidad.

—¡Qué gran verdad!

Ambos reímos y, acto seguido, comento:

—Mi yaya dice que el tiempo de enfado es tiempo que no regresa y se ha malgastado.

—¡Otra gran verdad! —exclama él.

La gente pasa por nuestro lado solucionando temas técnicos, y yo añado:

—Siento haberte llamado «Grinch»..., y lo del azotito en el trasero.

—El azotito ha estado bien —se mofa.

Según lo oigo, suelto una carcajada. ¿En serio Deacon Black acaba de decir eso?

—Te pido una y mil veces perdón por lo del beso —agrega—. Soy el primero que entiende y defiende lo que has dicho, y siempre trato a las mujeres con respeto y educación...

—Lo sé, Deacon. Lo sé —afirmo con convencimiento.

—De verdad, disculpa las confianzas que me he tomado contigo y que te haya metido entre Emma y yo. De verdad que lo siento, no volverá a ocurrir.

—¡Te tomo la palabra!

—Te debo una. Lo que quieras y cuando quieras.

—Uisss, ¡qué tentador!

—Te lo digo en serio.

—¿Lo que quiera y cuando quiera?

—Eso he dicho. Y que sepas que yo nunca incumplo mi palabra.

Oír eso me hace gracia, y durante unos rápidos segundos pienso qué podría pedirle a un tipo como él, y de repente suelto:

—Ponte una camiseta amarilla para actuar esta noche.

Su gesto se descompone ante mi petición. Sé que los artistas suelen evitar ese color porque dicen que da mala suerte.

—Es broma..., ¡es broma! —murmuro riendo.

Deacon asiente, pero mi mente va a mil. Lo que sea..., ¡tengo que pedírselo ya! Es el último concierto. Luego, cada uno regresará a su casa. Y entonces se me enciende la bombilla y, quitándome el gorro de Papá Noel rojo y blanco, se lo tiendo e indico:

—Quiero que esta noche incluyas en tu repertorio la canción *Nuestra eternidad*, la cantes con el gorro puesto y le desees a tu público una feliz Navidad.

—¡¿Qué?!

—Lo que has oído —insisto.

Bufff, ¡cómo me mira!

Creo que se está arrepintiendo de haber tenido ese bonito gesto conmigo. Y entonces oigo que dice:

—No.

—Sí..., sí..., sí... —canturreo.

—Esa canción no, y menos con el ridículo gorro de Navidad puesto.

—Sí..., sí..., sí... —repito.

—¡Que no!

—¡Que sí!

Nos miramos a los ojos. Uf..., creo que lo estoy mosqueando.

—¿Por qué precisamente esa? —pregunta a continuación.

—Porque me gusta, y quiero escuchártela en directo.

—Me vas a meter en un lío...

—Has dicho lo que quisiera —señalo.

Deacon lo piensa. Por su gesto intuyo que no le hace ninguna gracia.

—Este concierto cierra la gira —añado—, y te aseguro que a tu público le encantará la canción y que les felicites la Navidad.

Él resopla, mira al suelo, y cuando levanta la vista dice:

—Eres rápida. Muy rápida...

Asiento. Sonrío. Siendo esta noche el último concierto de la gira, no me va a despedir, por lo que afirmo:

—Rápida y espabilada.

Con seriedad, él coge entonces el gorro de Navidad con dos dedos, y yo musito:

—Tranquilo..., ¡no muerde!

Termina de cogerlo. Resopla. Mira hacia los lados y, cuando vuelve a mirarme, insiste:

—¿Estás segura de que eso es lo que deseas?

—Sí.

—¿No preferirías otra cosa, como, por ejemplo, una cena conmigo?

Abro los ojos sorprendida ante la invitación. Mi cuerpo y mi desbocado corazón dicen «Sí..., sí..., sí...». Pero rápidamente mi cabeza, que para algo la tengo, grita «No..., no..., no... ¡Sé juiciosa y profesional!».

—La verdad es que prefiero lo que te he pedido —aseguro evitando pensar en Pablo.

Él me mira boquiabierto. Soy consciente de que Deacon Black no está acostumbrado a que le den calabazas. ¿Qué estoy haciendo? ¿Estoy diciendo que no a una cita con mi hombre ideal? Pero así es. No me voy a bajar del burro. No voy a ser una más. Nadie me va a volver a engañar como lo hizo mi ex. Pero entonces él acerca mucho la boca a mi oreja y dice:

—Espero que, cuando escuches la canción, la disfrutes.

Cuando da un paso atrás para separarse de mí, además de tener erizado todo el vello de mi cuerpo, noto como su olor, su perfume, su esencia, se ha metido en mi nariz, y el tono de su voz en mi cabeza. ¡Uf, menudo momento!

De un plumazo, esa acción ha derribado todas las defensas que yo he ido construyendo durante estos meses para no mirarlo de otra manera. Que no me pregunte de nuevo lo de la cena, porque esta vez no sé si voy a ser capaz de decirle que no. Y, como necesito romper con este momento, digo:

—¿Qué tal si hacemos la prueba de sonido?

Deacon sonríe. En esta ocasión, veo en sus ojos un deseo que no había visto en él y que me desconcierta, por lo que insisto:

—Vamos..., vamos..., hagamos el *soundcheck*, que luego se nos echa el tiempo encima.

Finalmente asiente y, cuando da media vuelta para alejarse de mí, yo musito mientras me pongo los auriculares en las orejas:

—Serás tonta, Duendecilla...

Capítulo 5
Deacon

Mientras camino hacia el escenario con el ridículo gorro de Papá Noel en las manos, me siento raro. ¿Adriana acaba de decir que no a una cena conmigo? ¿En serio?

Recuerdo lo que me ha dicho. Lo que me ha reprochado. Pero ¿cómo no he pensado antes de darle el beso? ¿Acaso no soy de los primeros que critican esa acción en los demás? Intento serenarme. Si algo me enseñó mi madre fue a respetar a las mujeres. ¿Cómo he podido cometer ese error?

Miro el gorro de Navidad rojo y blanco. ¡Joder, ¿qué hago yo con esto?!

La última vez que llevé un gorro así, recuerdo que me lo puso mamá. A ella le encantaba la Navidad y todo el jaleo que esas malditas fiestas conllevan.

De pronto oigo varios clics seguidos y maldigo. Conozco ese sonido. Y, tras mirar a mi alrededor, localizo al fotógrafo y le pido a uno de mis hombres de seguridad:

—Por favor, Richard, sácalo de aquí.

—*Amore*...

Oír la voz de Emma hace que me pare en seco. «¡Maldita sea!» El acoso al que me somete me agobia, me asfixia. Ya sé por qué estaba el fotógrafo aquí. Y cuando voy a hablar, ella pregunta señalando el gorro que llevo en las manos:

—¿Qué haces con eso?

—¿Qué hacía ese fotógrafo aquí? —pregunto a mi vez.

—*Amoreeeee*..., son unas simples fotos.

Agarro el gorro con más fuerza e inquiero mirándola:

—De verdad, Emma, ¿cuándo vas a parar?

Me mira. Me pone ojitos de cachorrita.

—*Amore*..., te echo de menos —suelta.

En otra etapa de mi vida, oír eso me encantaba. Pero, la verdad, hoy por hoy me incomoda. Porque por fin he abierto los ojos como siempre me habían pedido Frankie, Susan y mi madre, y ahora soy totalmente consciente de que Emma no es la mujer que yo quiero en mi vida, y que más vale estar solo que mal acompañado.

—Pues yo a ti, ni un poquito —respondo.

—Incluso mis padres me preguntan por ti...

—Si te vas a quedar al concierto, procura no molestar —añado ignorando lo que acaba de decir. Sé que es mentira. Sus padres nunca preguntarían por mí. No soy santo de su devoción.

Y, sin más, doy media vuelta y continúo mi camino hacia mi camerino.

Veinte minutos después, cuando regreso al escenario, oigo la voz de Adriana, que habla con Marlon, el batería. Están haciendo la prueba de sonido. Con disimulo, la miro y veo que lleva otro gorro de Navidad puesto. Pero ¿cuántos tiene?

Desde el escenario la veo tocar los botones de la mesa de sonido donde ella trabaja, al tiempo que habla con todo el que se le acerca y sonríe. ¿Por qué sonreirá tanto?

Con paciencia, espero mi turno para la prueba y desearía acercarme a Adriana. Pero no, no he de hacerlo. Sé que eso en este momento de trabajo la incomodaría. Si algo me ha demostrado es que en el trabajo se comporta como una profesional, y no quiero que por mi culpa la opinión de otros cambie respecto a ella.

Mientras espero, respiro aliviado al no ver a Emma por aquí. Lo mejor que me podría pasar es que se hubiera marchado tras mis últimas palabras, pero, para mi desgracia, cuando comienzo a hacer mi prueba de sonido, la veo aparecer cerca de donde está Adriana. «¡Maldita sea!»

Con profesionalidad, Adriana está pendiente de la prueba; Emma se coloca junto a ella y comienza a hablarle. Adriana la mira, le sonríe, le responde. En ningún momento le veo una mala cara. ¿Qué le estará diciendo?

Con diligencia, Adriana y yo ajustamos cosas y, una vez que

terminamos, me lo hace saber con el dedo y yo asiento, mientras veo a Emma hablar, hablar y hablar.

—Frankie... Frankie...

Mi amigo, que está hablando con Akiyama, rápidamente se acerca a mí.

—¿Qué quieres, tío Deacon?

Oír eso nos hace reír a ambos. Sigue en su particular nube de felicidad.

—Que alguien vaya y se la quite de encima —indico.

Mi amigo sigue la dirección de mi dedo. Señalo a Adriana y él, sonriendo, responde:

—¿Qué tienes tú con la Duendecilla?

—Nada.

—Deacon...

—Frankie, déjate de tonterías.

—Y sin tener nada, ¿la besas y ella te da un azotito en el trasero?

Resoplo. A ver cómo le explico esto...

—Te ha llamado «Grinch» —añade él entonces—. ¿Cómo sabe que no te gusta la Navidad?

«¡Mierda!»

Frankie no va a parar hasta que le dé una explicación, y, bajando la voz, explico:

—Vale. Anoche nos...

—¿Os acostasteis?

—Noooo.

Él levanta las cejas.

—¿Entonces...?

—Nos encontramos en la puerta del *spa* y simplemente estuvimos charlando. No pasó nada más.

Frankie asiente. Sabe que estoy soltero y no he de dar explicaciones a nadie. Pero, por cómo me mira, creo que está valorando si creerme o no.

—Sabes perfectamente que no me lío con nadie del equipo estando de gira —digo—. Es una de mis reglas desde hace muchos años, ¿o no?

—Por la cuenta que nos trae —afirma sin abandonar su sonrisita de felicidad.

Según dice eso, sé que los dos pensamos en Georgina, una técnica de luces con la que tuve un rollo de una noche durante una de mis rupturas con Emma, y, la verdad, la cosa no terminó muy bien.

Ambos miramos a Adriana, que está a lo suyo.

—Es muy simpática, y me consta que el equipo la aprecia por su simpatía y su profesionalidad —dice Frankie.

Me gusta oír eso. Si hay algo que me agrada es que la gente sea profesional en lo suyo. Y entonces, al ver que Emma se aleja de ella, susurro:

—Menos mal.

Frankie, que se da cuenta igual que yo, afirma con la cabeza, y, sin más, sigo haciendo la prueba con mi equipo en el escenario, mientras no puedo apartar la mirada de Adriana y pienso en lo que me ha pedido. ¿Debo cumplir mi palabra?

Capítulo 6

Adriana

El último concierto del *tour* va de lujo. El público lo saborea, el equipo disfruta; y desde donde estoy soy consciente de que Deacon y los músicos lo gozan. Entonces, tras hacer un *blackout*, las luces se encienden de nuevo y Deacon está en el centro del escenario, con su inseparable guitarra y el gorro de Navidad en la cabeza.

¿En serio lo va a hacer?

Sé que por la intensidad de los focos que lo iluminan no me ve, pero yo a él sí. Mi mayor tentación en lo que a hombres se refiere va a hacer algo que le he pedido. Y, por Dios, ¡no me lo puedo creer!

El público aplaude, corea el nombre de Deacon, no saben qué va a hacer, hasta que este dice sonriendo:

—Esta noche termina el *tour* más largo que he hecho hasta el momento, y voy a hacer algo especial. Me consta que muchos os sabéis la canción que voy a interpretar a continuación, y quiero que sepáis que va para la mujer que más me ha querido en la vida y para todos y cada uno de vosotros, con el deseo de que tengáis una bonita y feliz Navidad.

Según suena la primera nota seguida por su voz y el piano, todo el mundo comienza a aplaudir. Está cantando *Nuestra eternidad*, acompañado de su banda y las coristas, y el público enloquece porque Deacon no suele interpretar esta canción.

Mientras la canta con su voz potente y desgarradora, todo el vello de mi cuerpo se eriza, y no es por Pablo, al que, por cierto, le gustaba esta canción.

¡Madre mía, cómo me está poniendo!

Un calor abrasador me recorre el cuerpo, y noto que lo mismo les sucede a muchas de las mujeres que me rodean al ver como lo miran con deseo. Siento que me caliento, que ardo como llevaba tiempo sin arder, y soy consciente de que mi respiración se acomoda al carraspeo de su voz y al ritmo de la canción.

¡Uf, qué calentura!

¡Uf, cómo me pone!

¡Uf, qué bueno está!

Casi sin respirar, disfruto del momento. De él; de la canción. De la sensualidad que desprende. De la visión que me ofrece cantándola, mientras noto como esas partes de mi cuerpo que últimamente están dormidas y fuera de cobertura se despiertan y desean fun, fun, fun con él. Solo con él.

Extasiada, lo escucho sin perder detalle; cuando acaba la canción, de mi boca sale un jadeo y, la verdad, creo que acabo de tener un orgasmo mental. Que sí..., que sí..., que no exagero... ¡Acabo de tener un orgasmo!

Gustosa, acalorada y oculta por la oscuridad, aplaudo al tiempo que Deacon sonríe desde el escenario ante la increíble respuesta de su público. De pronto, veo que Emma aparece en el escenario emocionada y, dando saltitos como un conejo, se acerca a Deacon y lo abraza. El público, al reconocerla, aplaude con más fervor y, ¡zas!, de repente ella le planta un beso en la boca.

Eso me incomoda, como sé que lo incomoda a él, a pesar de que disimula.

¡Ahora entiendo lo del lío que me ha dicho antes! ¿Por qué no lo habré pensado? ¡Esa canción la compuso para Emma!

Sin perder la compostura, y mientras el público sigue aplaudiendo gustoso, Deacon la acompaña a un lado del escenario, donde esta desaparece. Entonces él se quita el gorro de Navidad, lo tira y, tras dirigirle una seña con la cabeza, el bajo toca unas notas y el espectáculo continúa.

Un buen rato después, cuando el concierto termina y el estadio se queda vacío de público, algunos compañeros nos hacemos infinidad de fotos de despedida entre risas. ¡Me encantan las fotos! Como dice mi sobrino Hugo, son recuerdos, momentos congelados en el tiempo que, al mirarlos, siempre se recordarán.

Al terminar, estoy recogiendo mis cosas cuando oigo:

—Eh... Eh..., tú..., ¡la morena!

Vale. Estoy convencida de que la morena soy yo, pero ni caso. Si alguien desea hablar conmigo, que se aprenda mi nombre o me llame como es debido.

Si algo he odiado siempre es la falta de educación. Entiendo que somos muchos y que aprenderse el nombre de todos es complicado. Pero, ante todo, respeto. Yo, cuando no me acuerdo de cómo se llama alguien, me acerco y digo: «Perdona, no recuerdo tu nombre». Por tanto, que me vengan con «Eh..., eh...», como que no.

—Eh... Eh..., la del sonido...

—¡Maldita sea! ¡Ella tiene nombre!

Oír eso hace que levante la cabeza. ¡Deacon! Uisss, ha dicho «¡Maldita sea!» en ese tonito. Malo. Malo. Y, dirigiéndose al tipo que me hablaba, lo increpa:

—Se llama Adriana, y lo mínimo es tener algo de educación, ¿no te parece?

El joven se queda cortado. Es Deacon Black quien le está echando la bronca. Me mira y dice con gesto de apuro:

—Disculpa, Adriana. Quería preguntarte si tu equipo va en el camión dos o tres.

—En el dos —respondo angustiada.

El muchacho asiente sonrojado y, cuando se marcha, miro a Deacon, que veo que se ha duchado porque trae el pelo mojado. Su gesto es serio. Sé que lo ocurrido con Emma a causa de la canción lo ha molestado, y, antes de que hable, murmuro:

—Lo siento. No lo había pensado, y al ver la reacción de Emma he entendido a lo que te referías con eso del «lío».

Deacon no dice nada. Su gesto adusto me indica que más lo siente él, pero, cuando va a hablar, Frankie llega hasta nosotros.

—Emma se ha marchado y nosotros tenemos que irnos ¡ya! —dice—. Nos esperan en el plató de una televisión para una entrevista en directo. Y si queremos llegar a la fiesta de despedida del equipo, cuanto antes nos vayamos, antes llegaremos.

Deacon asiente con la cabeza sin decir nada. Tira el gorro de Navidad sobre mi mesa de trabajo, da media vuelta y se aleja mientras yo me siento fatal por haberlo metido en ese lío con Emma.

Capítulo 7
Deacon

De regreso al hotel, voy callado en el coche junto a Frankie y Akiyama.

La entrevista ha ido bien, a excepción de cuando han hablado del momento romántico protagonizado por Emma y por mí en el escenario tras la canción. Me han preguntado por ella, por nuestra relación. Deseaban saber si, como he cantado la cancioncita, nos estamos dando una nueva oportunidad. Y, aunque he sido claro y he repetido mil veces que no, he notado que los que me entrevistaban no me han creído.

—¿Estás bien?

Miro a Frankie. Sé que las entrevistas en las que se habla más de temas del corazón que de mi trabajo lo incomodan tanto como a mí.

—Siento que te hayan preguntado por Emma —susurra.

—Tú no tienes la culpa.

Akiyama nos mira y Frankie insiste:

—Cuando he cerrado la entrevista, han querido saber si podían preguntarte por tu vida privada, y les he dicho que sí. No sabía que iba a pasar lo del escenario.

—Tranquilo. Lo entiendo.

Nos quedamos en silencio unos instantes, y luego él pregunta:

—¿Por qué has cantado esa canción?

Tomo aire. Responder a eso sería muy fácil, pero, como no quiero implicar a Adriana, miento:

—Simplemente se me ha ocurrido. He pensado que sería buena idea hacer algo especial, al ser el último concierto.

—Es una bonita canción —afirma Akiyama.

Frankie niega con la cabeza y, sonriendo, cuchichea:

—La verdad es que ha enloquecido al público.

—Lo he visto —replico.

—Mucho. —Akiyama también sonríe.

Miro mi reloj. Es la una de la madrugada y, conociendo a mi equipo, estará de fiestorro hasta las tantas. Nos lo merecemos. Hemos trabajado duro en la gira, y este es nuestro momento de relajarnos y disfrutar.

Una vez que llegamos al hotel, como siempre, en la puerta hay fans y fotógrafos. Con mi mejor sonrisa, bajo del coche y los de seguridad me rodean. Atiendo a los fans y permito que los fotógrafos saquen fotos y graben sus malditos vídeos, que luego muchos utilizarán para fines no muy buenos hacia mí. Les encanta decir que tengo adicciones y que soy un mujeriego. Ambas cosas son mentira, pero la prensa es así.

En cuanto doy el momento fans y fotos por concluido, Frankie, Akiyama y yo nos dirigimos hacia la primera planta del hotel, donde se celebra la fiesta.

—¡Ni una foto más! —musito.

Al abrirse las puertas del ascensor, la música y el griterío nos inundan. Están de karaoke, y todos nos reciben entre aplausos, abrazos y vítores de alegría. Las giras nos convierten en familia.

Minutos después, gustosos, cogemos unas copas que nos entregan y Frankie pide silencio. Llega un clásico. Frankie, como *manager* y promotor, se sube al escenario que la gente utiliza para el karaoke y, tan pronto como la música se detiene, él empieza a hablar y se emociona. Es un llorón.

Después me toca hablar a mí. Otro clásico. Y, justo cuando voy a comenzar, veo a Adriana, que, junto a Sarah y un grupo, están al fondo del salón, divertidos con sus gorros de Navidad.

Su mirada y la mía se encuentran, pero ella rápidamente la desvía, lo que me incomoda. ¿Por qué lo hace, cuando yo siento una fuerte conexión con ella?

Como Frankie ha hecho antes, dedico unas bonitas y cariñosas palabras al maravilloso equipo que durante un año ha estado implicado conmigo en la extensa gira que acaba de terminar. El trabajo ya está hecho. Y, antes de acabar, los emplazo para la gira americana, que se iniciará tras el verano. Todos brindamos y la fiesta continúa. No me piden ni una foto. Me conocen.

De nuevo, la música empieza y los integrantes del equipo van pasando por el karaoke, donde, divertidos, unos cantan y otros aúllan. Ni que decir tiene lo mal que lo hace Akiyama.

En varias ocasiones intento acercarme a Adriana, pero, cuando estoy cerca, siempre se escabulle. Creo que está molesta por el modo en que antes le he tirado el gorro de Navidad. Y de pronto siento que alguien me coge la mano; al volverme, me encuentro con Emma.

¡Maldita sea!

Como siempre, está guapísima, despampanante, con un vestido de raso rojo y su bonito pelo rubio suelto. Sin embargo, rápidamente me deshago de su mano. Ella me mira y yo pregunto:

—¿Quién narices te ha invitado?

—*Amore*...

Resoplo. Que siga llamándome así y continúe persiguiéndome me saca de mis casillas. La agarro de la mano, me la llevo a la terraza y, al quedarnos a solas, indico:

—Lo que has hecho hoy en el escenario no ha estado bien. Pero ¿es que te has vuelto loca?

Emma sonríe. Está claro que lo que yo le diga no la impresiona.

—Pero, *amore*, ¿no te has dado cuenta de la preciosa respuesta del público? —musita—. ¿De verdad no has visto lo felices que se han puesto al vernos juntos?

La miro sin dar crédito y respondo:

—Mi vida privada la elijo yo. No el público.

Emma pone morritos. Esos morritos que en otro tiempo me volvían loco.

—Piénsalo, Deacon —cuchichea—. Tu público me quiere. Mi público te adora. Juntos somos más fuertes. Nos retroalimentamos y...

—Emma, ¡basta ya!

—Pero...

—Emma, ¡basta ya! —repito molesto.

—Has cantado mi canción. Pensaba que...

—Esa canción se la compuse a mi madre, aunque tú te empeñes

en decirle a todo el mundo que la compuse para ti —la corto—. Y creo que tengo derecho a cantarla cuando me dé la gana sin que tú tengas que darte por aludida, ¿no?

Durante unos segundos permanecemos callados, hasta que ella comenta:

—*Amore*, ¡qué cabezón estás esta vez!

Oír lo de «esta vez» me subleva.

Creo que ya ha habido demasiadas veces como para seguir repitiendo el mismo error. Cuando voy a hablar, comienza a sonar una canción y de inmediato reconozco la voz de Frankie. ¿Está cantando? Con curiosidad, miro hacia el interior de la sala y me sorprendo al ver a mi amigo en el escenario con dos de mis coristas y con Adriana.

Cantan la archiconocidísima canción de Mariah Carey *All I Want for Christmas Is You*, y ver a Frankie tan entregado me hace sonreír.

—¿Acaso el Grinch de la Navidad prefiere a otras que no sean una reina como yo? —pregunta con ironía.

Bueno..., ¡esto es lo que me faltaba por oír!

Su egocentrismo ya roza lo absurdamente ridículo, y por mi cabeza pasa la idea de denunciarla por acoso, pero, mordiéndome la lengua, respondo antes de alejarme:

—Déjame en paz de una santa vez.

Emma viene detrás de mí y habla, habla y habla, mientras yo, divertido, veo a Frankie y las chicas cantar aquella canción que hace que todo el mundo baile, salte y grite. A causa de la noticia que le ha dado Susan de la bebé, Frankie está pletórico de felicidad. ¡Se lo noto en el modo en que salta y sonríe! Y entonces ocurre algo que no me esperaba, bueno, creo que no lo esperaba nadie, y es que cuando Frankie le pasa el micrófono a Adriana, todos nos quedamos boquiabiertos. Frankie es el primero que se detiene para mirarla sorprendido.

Pero ¡qué voz tan bonita tiene!

Desde donde estoy, veo que el equipo la vitorea. Su melodiosa voz les está llegando a todos al son de la mítica canción y, cuando acaban su actuación, todos aplauden divertidos y el escenario es ocupado por otros miembros del equipo, que comienzan a interpretar otra canción.

—Deacon, ¡te estoy hablando!

Miro a Emma. Está claro que desea jorobarme la fiesta, y yo, cansado de su acoso y derribo, suelto:

—Emma, tienes dos opciones: marcharte y dejarme en paz o que directamente vaya a la policía y te denuncie por acoso. ¡Tú decides, maldita sea! Y recuerda, en el hotel sí hay cámaras de seguridad grabando.

Veo que abre los ojos. Me conoce, sabe que estoy muy cabreado. Se da la vuelta, como si cruzara la mejor pasarela del mundo, y se aleja dejando a quienes la miran embobados a su paso.

Una vez que se ha ido, veo que Frankie viene riendo hacia mí, se está divirtiendo, y pregunta:

—¿Has oído la voz de la Duendecilla?

Asiento, ¡como para no oírla!

Con la mirada busco a Adriana, que veo que está bailoteando en la pista junto a la gente del equipo mientras otros cantan.

—Tiene una voz muy particular y armoniosa —respondo.

Frankie coge entonces dos copas de una bandeja que lleva un camarero, me entrega una y, sin necesidad de hablar, las chocamos y digo:

—Por tu hija.

Mi amigo asiente. Los ojos se le vuelven a encharcar y, tomando aire, afirma:

—Por tu sobrina.

A partir de ese instante unas copas van y otras vienen, pero la noticia de la bebé nos la quedamos para nosotros solos. Ya habrá tiempo de pregonarlo a los cuatro vientos cuando todo esté como tiene que estar. El equipo quiere que suba a cantar una canción de Navidad, pero no. Me niego.

Casi todos cantan, mientras bebemos y bailamos. Y yo disfruto del momento. Y al mismo tiempo, mis ojos buscan con disimulo una y otra vez a Adriana, que en ningún instante se acerca a mí y se divierte como el resto. Creo que la he asustado la última vez que me ha visto.

En un momento dado, veo que va hacia la barra sola, y no lo pienso. Me dirijo hacia ella y, acercándome por detrás, pregunto:

—¿Cómo va la noche?

Al volverse, Adriana sonríe. Veo que está sudorosa. Normal, no ha parado de bailar.

—¡Genial! ¿Y la tuya? —contesta divertida.

—Estupenda. Por cierto, ¡bonita voz!

Ella sonríe. Intuyo que no es la primera vez que se lo dicen.

—A mi familia, especialmente a mi yaya, le encanta —afirma.

Nos miramos en silencio. Nos miramos de esa manera con la que los adultos entendemos muchas cosas, hasta que, sin poder evitarlo, pregunto señalando:

—¿Qué llevas en los ojos?

—Joyas de *strass*.

Observo con atención y veo que son pequeños cristalitos o diamantitos pegados en su piel; entonces ella cuchichea:

—Me encanta el brilli-brilli... Como diría mi yaya, soy un poco ¡urraca!

Sé que una *urraca* es un pájaro. Pero, sin entender bien lo que ha dicho, pregunto:

—¿Qué significa *brilli-brilli*? ¿Y qué tiene que ver con una urraca?

Adriana vuelve a sonreír y me aclara:

—A ver, te explico. *Brilli-brilli* son brillos, destellos de luz. Y lo de *urraca* es porque siempre se ha dicho que nada le gusta más a una urraca que algo brillante.

Asiento, ahora la entiendo.

—Lo que me gusta un brillo —susurra divertida.

Ambos sonreímos. Su manera de hablarme me encanta. Es natural, nada impostada, y eso es algo nuevo y delicioso para mí.

—Siento mi mal gesto al devolverte el gorro —digo entonces.

—No pasa nada. Lo he entendido. Te he hecho cantar una canción especial para Emma y...

—Esa canción la compuse para mi madre, no para Emma —la corto.

Adriana me mira. Ella, como todos, habrá leído las mentiras de mi ex.

—Emma se jacta de decir que la escribí para ella, pero no es así —añado—. Sé muy bien para quién la compuse, y no fue para ella.

Nos miramos. Afirma con la cabeza. Por su gesto noto que me cree, y pregunto:

—¿Has disfrutado de la canción?

—Lo siento..., lo siento..., lo siento. No sabía que...

—¿Te ha gustado o no? —insisto.

Veo que mis palabras la hacen parpadear y, cuando se percata de mi sonrisa, suelta:

—Me ha gustado tanto que he estado a punto de no responder de mis actos.

Sus palabras nos hacen reír a ambos, hasta que ella, consciente de lo que ha dicho, añade:

—Estoy algo bebida y puedo decir muchas tonterías.

De nuevo nos reímos, en parte porque ambos estamos algo nerviosos. Cuando el camarero le entrega la bebida a Adriana, como estamos cerca de la terraza, salimos a tomar el aire. Hace fresco, quizá demasiado, y cuando voy a decirlo, sus ojos y los míos se encuentran.

—Por suerte, no te ha salido ningún chichón después del cabezazo que nos dimos —dice mientras alarga la mano hacia mi frente.

Al sentir su tacto sobre mi piel, el vello de mi cuerpo se eriza. Nos volvemos a mirar. Estoy por besarla, lo deseo..., pero de pronto oigo:

—Te dejo. Sarah me espera.

Y se va. Se aleja de mí sin mirar atrás, dejándome con ganas de ella.

Regreso junto a Frankie, Akiyama y los chicos; la fiesta prosigue, pero mis ojos no pueden dejar de buscarla con disimulo. No quiero que nadie se percate, y menos aún los periodistas. Miro cómo baila. Cómo mueve la cintura. Cómo se divierte mientras otros cantan. Cómo ríe. Cómo bromea. Me doy un gran festín de Adriana. Y, cuando veo que uno del equipo le habla al oído, me tenso, me incomodo. ¿Por qué?

Intento no mirar. Adriana y yo no tenemos nada. Pero, al ver que ellos dos siguen hablando, siento que he de atraer su atención. Necesito que deje de mirar a ese tipo como lo está haciendo y que me mire a mí.

¿Qué hago?

Entonces, sobre la mesa donde están las copas, veo el libreto de canciones del karaoke. Si algo sé que hago bien es seducir mientras canto. Lo cojo, lo ojeo. Maldita sea, solo hay canciones de Navidad...

Dejo el libreto de nuevo. ¡Me niego! Bebo un trago de mi copa. Pero, al ver a Adriana bailar con aquel, suelto la copa y vuelvo a coger el libreto. Lo abro y, al descubrir que está la cancioncita que sé que a ella le gusta en la versión de mi amigo Adam Lambert, se la pido al DJ.

Frankie me mira sorprendido y luego se ríe. ¿En serio voy a cantar una canción de Navidad? El equipo aplaude. Me vitorea cuando me ve subir al escenario y eso hace que Adriana me mire. ¡Bien!

Los primeros acordes de *Please Come Home for Christmas* comienzan a sonar y, con ese saber estar y, en cierto modo, esa chulería que sé que poseo cuando canto, paseo los ojos por ella y le hago saber que esta canción va por y para ella.

Dejándome llevar por el momento, y siguiendo el ritmo que marca la música, disfruto cantando a la vez que bajo del escenario micrófono en mano y, acercándome a varias de las personas que están en la fiesta, les canto con sensualidad la canción. Todos ríen divertidos. Yo también, mientras saco ese lado seductor que de pronto siento que tiene la canción.

Me voy acercando a Adriana poco a poco y, cuando llego hasta ella, ante la mirada de todos, sin tocarla, le canto mirándola a los ojos y todo el equipo silba encantado. Soy consciente de que intento seducirla, como soy consciente de cómo me mira y de que el ritmo de su respiración cambia. Disimula, como disimulo yo, pero nos estamos entendiendo a la perfección.

Según me dijo anoche, hay canciones de Navidad que le parecen sensuales y provocativas, y eso quiero parecerle yo en este instante con esta canción: sensual y provocativo.

Cuando me separo de ella para regresar al escenario y terminar la interpretación, estoy alterado, nervioso. ¿Cómo es posible que esté así? Y cuando dejo el micrófono sobre su pie y vuelvo a mirar a Adriana para cantar las últimas notas altas y desgarradoras, todos aplauden y yo sonrío al ver que ella se da aire con la mano.

Creo que he conseguido lo que buscaba.

La fiesta continúa. Ahora nuestras miradas se encuentran y,

cada vez que lo hacen, siento que saltan chispas. ¿Cómo una maldita canción de Navidad me ha parecido de pronto tan provocativa?

Tras hablar con varias personas, me aproximo al grupo donde está ella. Sin acercarnos, nos miramos. Nos tanteamos. Nos observamos. Y, en un momento dado, aprovechando que Frankie y Lucas están berreando en el escenario, me acerco a ella y le indico hablándole en español:

—La he cantado para ti.

—Gracias.

—Dijiste que se te erizaba el vello de todo el cuerpo al oírla. ¿Ha sucedido eso?

Veo que mis palabras la desconciertan y, algo nervioso, añado:

—¿Preguntarte algo así es faltarte al respeto?

—No.

Asiento, con ella hay que ir con pies de plomo.

—¿No vas a responder a mi pregunta? —insisto.

Adriana me mira. No sé si me va a dar un bofetón por lo que he dicho o se va a echar a reír. Entonces, acercándose a mi oído, pregunta:

—¿Me estás provocando?

—¿Tanto se nota?

Vuelve a mirarme y yo me pierdo en su mirada plagada de brilli-brilli. ¡Qué ojos color miel tan bonitos tiene! Pero sonríe y se aleja de mí. ¿En serio?

No. No lo voy a permitir. Con disimulo, vuelvo a acercarme a ella. No la toco. Solo me sitúo a su lado, pero ella, haciendo que mi cuerpo tiemble como una hoja, me mira y dice:

—Sabes que puedes quemarte, ¿verdad?

Woooo..., sus palabras me excitan. Me provocan. De pronto me siento como un colegial nervioso, y, como necesito que vea mi seguridad, respondo:

—Mientras sea una quemadura leve y no duela, no hay problema.

Veo que ella asiente y vuelve a sonreír. Está segura de sí misma. Eso me agrada.

Por norma, son las mujeres quienes se me insinúan, quienes me persiguen para llevarme a la cama, pero esta vez soy yo. Y, oye,

¡reconozco que me gusta! ¿Cuánto llevaba sin hacer esto, aunque la prensa se empeñe en tacharme de mujeriego?

Adriana y yo nos miramos. Bebemos de nuestras copas a la vez que a nuestro alrededor la fiesta continúa; de pronto oigo que pregunta:

—¿Tu número de habitación?

Vaya... Vaya... Vaya... Sí. Sí. Sí. ¡Directa como siempre!

—912.

Ella afirma con la cabeza. Su seguridad de pronto me pone muy muy nervioso y, con su pícara sonrisa, indica:

—Como has dicho en tu discursito de antes, el *tour* se ha acabado. Ya no eres mi jefe, y mi profesionalidad como técnica de sonido ya te la he demostrado. Dentro de media hora en la 912. ¿Te parece?

Asiento. No voy a decir que no a algo que yo he buscado. Se da la vuelta y sube corriendo al escenario con su amiga Sarah a cantar otra canción, mientras yo sonrío como un tonto y he de disimular lo encantado que estoy con la cita que tengo.

Regreso a donde está Frankie charlando y este, divertido, me pregunta:

—¿Y esa cara de tonto?

¡Mierda! ¡No estoy disimulando bien!

Cuando ve que no digo nada, añade:

—Has cantado una cancioncita de Navidad... ¿Acaso se acaba el mundo?

Me río al oírlo. Sin lugar a dudas, lo que he hecho no es propio de mí.

—El equipo estaba muy pesado con que cantara algo de Navidad —respondo.

Divertidos, brindamos y bebemos mientras estoy pendiente de la hora. De pronto el reloj parece no avanzar, y yo deseo que llegue el momento. Cuando quedan apenas tres minutos, veo que Adriana sale de la sala sin mirarme. Verla marchar me acelera el pulso. ¿Va a mi habitación? Y, mirando a Frankie, digo:

—Estoy agotado. Me voy a descansar.

Él se muestra conforme. Es tarde y todos comienzan a marcharse. Tras despedirme de él y de los que están a mi alrededor chocando los nudillos de nuestras manos, me encamino hacia el ascensor. Al llegar hasta él veo a Adriana y a dos del equipo de montaje de escenario. Hablan. Ríen. Y yo me uno a ellos.

Cuando llega el ascensor, los cuatro nos montamos. Ellos pulsan el botón de la planta tres, Adriana el de la cinco y yo el de la nueve.

Sin rozarnos siquiera, subimos charlando en el ascensor y, cuando los otros dos se bajan en la planta tres, miro a Adriana y, sin mediar palabra, nos lanzamos uno a los brazos del otro y comenzamos a besarnos, aunque rápidamente la separo de mí y musito:

—Seguro que habrá alguna cámara de seguridad grabando aquí o en el pasillo.

—¡Que les den a las cámaras de seguridad!

Oír eso me hace sonreír, y vuelvo a besarla otra vez. Su boca. Su sabor. Todo en ella me agrada. Pero nos separamos cuando el ascensor se para en la quinta planta. Las puertas se abren. Nadie sube. Se cierran. Y cuando volvemos a estar solos, ella se me aproxima y murmura antes de besarme:

—Gracias por la canción. Y, sí, se me ha erizado el vello de todo el cuerpo.

Gustoso, acepto su beso y, cuando se abren las puertas del ascensor en la planta nueve, me asomo y, al no ver a nadie en el pasillo, la cojo de la mano y corremos hacia mi habitación divertidos por lo que estamos haciendo.

Capítulo 8

Adriana

¿Qué locura estoy haciendo?

¿Cómo he llegado hasta aquí?

¿Voy derecha al fun, fun, fun?

Según corro con Deacon hacia su habitación, soy consciente de que probablemente lo voy a lamentar. Pero, mira, ¡ya me lamentaré en otro momento!

¡A vivir, que son dos días, como decía mi yoyo!

Antes de desaparecer, le he dicho a Sarah que he quedado con uno de los técnicos. Mi amiga ha sonreído y ni siquiera ha preguntado el nombre del susodicho, pues para ella eso significa que al menos durante un par de horitas tiene nuestra habitación para disfrutar con su rollito.

Deacon pasa su tarjeta por el lector de la puerta, esta se abre y frente a mí aparece una increíble y lujosa habitación. No es que la mía esté mal, en absoluto, pero esta es la suite presidencial del hotel, y no quiero ni imaginar el pastón que tiene que costar.

Sin encender las luces, seguimos besándonos con un deseo que no sé a él, pero a mí me encanta. ¡Madre mía, que es Deacon Black! ¡Mi amor imposible desde hace años! ¡Mi *crush*! Ni en el mejor de mis sueños me imaginé teniendo esta intimidad con él.

Pero sí. Es cierto. Tengo mi mano derecha sobre su trasero, como él tiene las suyas en mi cintura. Sin esperármelo, el hombre que lleva protagonizando mis sueños más húmedos desde hace años me ha tirado la caña, y yo, ignorando todos los radares, voy a mil.

Sé quién es él. Sé quién soy yo. Sé que hemos bebido de más. Y sé que, tras esta noche, no habrá ninguna más. Pero, oye, ¡que me quiten lo bailado! Si me ha erizado el vello de todo mi cuerpo con esa canción, estoy dispuesta a descubrir qué más puede erizarme.

Un beso... Dos... Tres... Uff, cómo me gustan sus besos. Besa de tal manera que siento que me está haciendo perder todo el sentido. Y cuando entramos en el dormitorio, en el que hay una cama enorme, nos detenemos, me mira y yo entonces murmuro:

—Fun, fun, fun.

Deacon sonríe. En inglés, «*Fun, fun, fun*» significa «diversión, diversión, diversión». ¡Si él supiera el significado para Marga y para mí, se sorprendería! Sin hablar, comenzamos a desnudarnos con desesperación y urgencia mientras seguimos besándonos.

Besarlo es adictivo. Me aficionaría a esta droga llamada «besos» de Deacon de una manera terriblemente natural. ¡Por Dios, cómo besa!

Una vez que nos quedamos desnudos, con tan solo la luz que entra por el ventanal, nos miramos. Estoy a contraluz, por lo que solo ve de mí la silueta, pero, uff, yo a él lo veo bien, pero bien, bien, bien, y el corazón se me acelera.

¡Madre mía! ¡Y me lo quería perder!

Sonríe y yo sonrío también mientras pienso si me habré comido una seta alucinógena y lo que estoy viendo y sintiendo es producto de mi imaginación. Con disimulo, me pellizco en el muslo. Lo noto, estoy viva. «¡Despierta!»

Siento su boca en mi cuello y como su mano baja poco a poco por mi espalda desnuda. Su tacto es electrizante. Su boca en mi cuello hace que toda yo me erice, y, cuando lo nota, murmura en español:

—No sabes cómo deseaba erizarte la piel.

Asiento. Estoy tremendamente erizada. Me pone a mil su acentazo cuando me habla en español, y lo agarro como el que agarra a su mayor deseo y lo beso, lo devoro. Me lo como, como él me come a mí.

La excitación nos puede y, con el calentón que llevamos, sabemos que no habrá preliminares. Así pues, me coge en brazos, me sienta sobre una mesa que hay en un lateral del enorme dormitorio y, tras colocarse a toda prisa un preservativo, cosa que me agrada, pues yo no he tenido que pedírselo, pasa las manos por debajo de mis piernas para abrirme, coloca la punta de su pene en mi húmeda vagina y pregunta:

—¿Estás cómoda?

—Sí.

—¿Y segura?

—¡Hazlo ya! —exijo deseosa, pues llevo sin sexo desde... Uf, ¡demasiado!

Deacon sonríe. ¡Qué granuja!

Entonces comienza a entrar en mí, primero con lentitud, pero a cada instante va cogiendo ritmo. Uf..., ¡qué ritmazo de caderas! ¡Si ya lo intuía yo!

Sus embestidas son cada vez más gustosas, maravillosas, certeras, mientras mis manos, en su culo, lo animan a entrar más y más y más.

«¡Oh, sí, Dios, no paresssss!», estoy por gritar.

Su boca y la mía se funden. Nuestros cuerpos se acoplan una y otra y otra vez, mientras yo oigo sus jadeos y él oye los míos y sabemos que nos gusta. Nos gusta mucho lo que está ocurriendo.

El tiempo se detiene. Solo disfruto, disfruto y disfruto, hasta que un calor abrasador me recorre todo el cuerpo y entonces el clímax me alcanza, justo en el mismo momento que a él.

¡Qué conexión!

Creo que el jadeo primitivo y gutural que ambos soltamos nos sorprende, y cuando el ritmo va decreciendo y finalmente se para, nos miramos y sonreímos. Sonreímos de esa manera que nos indica que lo ocurrido ha sido ideal, y, sin separarse de mí, oigo que Deacon susurra:

—Eres preciosa.

Uf..., uf..., ¡lo que me dice! Y suelto, sintiéndome en una burbujita:

—Tú a mí me encantas.

—¿Te encanto?

Uisss, pero ¿qué he dicho?

Porfa..., porfa..., porfa..., pero ¡qué bocazas soy! Y, viendo que me mira a la espera de una contestación, saco ese ingenio que sé que tengo y respondo:

—A ver, Deacon. La culpa de que me encantes es tuya por tener todo lo que me gusta, no mía...

Se ríe. Me río. Y sé que he salvado el momento. ¡Menos mal!

Ambos estamos sudorosos y acalorados. Deacon se retira de mí y yo me bajo de la mesa. Madre mía, pero ¡si hasta me tiemblan las piernas!

Mira que he tenido sexo con hombres, pues estoy soltera y sin compromiso, y mira que he tenido polvos buenos, pero este, no sé si es porque es Deacon Black, el *crush* de mi vida, pero incluso sin preliminares ha sido colosal.

¡A ver ahora quién es el guapo que lo supera!

Estoy pensando en ello cuando noto que coge mi mano. Sin hablar, tira de mí y lo sigo. Entramos en un precioso baño y nos metemos en la amplia ducha. Estamos bien sudados.

Con luz, veo su cuerpo en todo su esplendor, como él ve el mío. ¡Madre mía, qué bueno está! No es un hombre excesivamente musculado. Es un hombre delgado, pero con esas formitas sexys de gimnasio. Se cuida, se nota. Y entonces veo algo que me deja boquiabierta.

—¿Qué ocurre?

Como si hubiera visto una aparición mariana, señalo el tatuaje que lleva en el costado izquierdo y que anteriormente, al estar oscuro, no había visto; él afirma sonriendo:

—Yo también soy fan de River Samuel Robinson.

Atónita, asiento. Deacon lleva tatuada en el costado izquierdo la calavera del tercer disco del grupo de mi yoyo. La misma que mi yoyo dibujó y que él llevaba también tatuada en su costado izquierdo. Y, sonriendo, pero sin confesarle la verdad, afirmo:

—¡Qué fuerte!

En la ducha, como es de esperar, un beso va, otro viene, te toco, me tocas, te miro, me miras, te provoco, me provocas, y la excitación vuelve a apoderarse de nosotros.

Wooooo, ¡se viene fun, fun, fun otra vez!

Se coloca un preservativo. ¿Los tiene en la ducha? Pero, mira, no voy a preguntar. Me doy la vuelta, subo un pie para apoyarme en una de las hornacinas que hay en la pared y, tras retirar el jabón, volvemos a tener sexo del bueno, de nuevo sin preliminares.

Tras la sesión de sexo en la ducha, le sigue otra en el sillón tantra que hay en un lateral de la habitación y, después, en la cama. Está visto que deseamos pasarlo bien.

Cuando quiero darme cuenta son las seis y veinte de la mañana. Estamos boca arriba, mirando el techo con las respiraciones aceleradas. Esta última vez sí que ha habido preliminares, y cuando veo la hora murmuro:

—Creo que debería irme.

—¿Adónde vas a ir?

Sonriendo, lo miro e indico:

—A mi habitación. Sarah pensará que el técnico me ha raptado.

—¿Qué técnico?

Me entra la risa. Tengo que inventarme una buena coartada porque Sarah me preguntará. Tomo aire, me siento en la cama y digo:

—Pues no sé. Le diré que se llama John. Como hay varios John, no sabrá a quién me refiero y quedará en el olvido.

Ambos sonreímos. Entonces me fijo en algo y, señalando el sofá que hay en un costado, pregunto sabedora de la respuesta.

—Esa es *Ángela*, ¿verdad?

Deacon mira hacia allí, donde está el estuche con su famosa guitarra.

—Sí —asiente.

—Tienes que cambiarle el estuche. Está viejo y roto y eso puede dañar la guitarra.

Deacon sonríe, cabecea y, mirándome, señala:

—Lo sé. Pero ese es su estuche original. Las pegatinas las puso mi madre. Y, bueno..., algún día me decidiré a cambiarlo. De momento, no.

Con cariño, miro la guitarra de nuevo. En casa tenemos la de mi yoyo, a la que él bautizó como *Grace*, que era el nombre de su madre. Debe de ser una manía de los músicos.

—El día que mamá me la regaló —indica Deacon—, cuando le dije que la guitarra llevaría su nombre, no paró de sonreír durante horas. Eso la hizo muy feliz. Cuando ella murió me tatué su nombre y la guitarra que tan importante es para los dos.

Afirmo con la cabeza. Los recuerdos son algo que todos tenemos derecho a atesorar.

—Esa guitarra es mi mejor amiga y compañera —añade Deacon— y con ella suelo componer mis temas.

Lo entiendo, lo entiendo mejor de lo que cree. En casa de mi yaya siguen las guitarras y el piano de mi yoyo, que se cuidan y se veneran con amor.

—¡Es bonito lo que dices! —declaro sonriendo.

Deacon coge mi mano, tira de mí y, tumbándome a su lado, me da un beso en los labios. Luego se aparta y pregunta:

—¿A qué hora sale tu vuelo a Madrid?

Como soy la única del equipo que viaja a España me toca volar sola.

—A las ocho de la noche —respondo.

—¿Vas directa?

—No. El vuelo es Tokio-Zúrich, Zúrich-Madrid.

Veo que asiente y, acto seguido, soy yo quien pregunta:

—¿Y tu vuelo a Nueva York a qué hora sale?

—A las seis de la tarde.

Gustoso, me besa. Lo beso. Sé que viaja con el equipo, a pesar de que puede permitirse el lujo de ir en avión privado. Y cuando siento su mano de nuevo bajando por mi espalda, lo oigo preguntar:

—¿Por qué no te quedas a dormir conmigo?

Lo miro. Me mira. Uf..., que me convence.

—No hay que madrugar —añade sonriendo—. El trabajo ya se ha terminado. Me has demostrado tu valía como profesional y...

Lo beso. No sé por qué lo beso para acallarlo. Sé que esta noche para él habrá sido una más, pero para mí ha sido ¡la noche! Pero entonces, de repente, se oye el ruido de una puerta abriéndose y cerrándose después y alguien que grita:

—¡*Amoreeeee!*

Deacon y yo nos miramos a los ojos y, acto seguido, lo oigo decir en inglés:

—¡Maldita sea!

Vale. Ha dicho «¡Maldita sea!». Malo. Malo.

¡Es Emma! Nos incorporamos y, tirándome de la cama, pregunto:

—¿Tiene llave de tu habitación?

Él niega con la cabeza.

—No. Pero es de las que consiguen lo que se proponen.

No doy crédito, no sé qué decir, hasta que vuelvo a oír la voz de aquella y, mirándolo, digo:

—Ya puedes salir y pararla. No quiero que me vea.

El gesto de Deacon es indescriptible. Ha pasado de tener una expresión serena y bonita a una de cabreo total. Se pone los calzoncillos, sale de la habitación como alma que lleva el diablo, y yo, en silencio absoluto, recojo mi ropa desperdigada y me visto a toda leche.

Mientras lo hago, me miro en el espejo y me horrorizo. Mi maquillaje de brilli-brilli está en las últimas. Me faltan infinidad de piedras brillantes, pero no es de extrañar... Con todo el fun, fun, fun, ¡como para que las piedrecitas sigan en su sitio!

Lo oigo discutir con Emma en inglés. Está muy enfadado. Oigo también la voz de ella. Insiste en llamarlo «*amore*», insiste en quedarse, pero Deacon no se lo permite. Poco después oigo un portazo; Deacon entra en la habitación y explica molesto:

—Se ha ido. Creo que deberías marcharte ya.

Asiento. La burbujita bonita se ha roto. Regresamos a la realidad. Y, mirándome, añade:

—Oye, en cuanto a lo que ha sucedido...

—Sexo entre adultos —lo corto mirando la calavera de mi yoyo—. No le des más vueltas.

Ahora es él el que asiente. Creo que mi contestación lo ha sorprendido.

—¿Volveremos a trabajar juntos? —pregunta a continuación.

—Si me contratas para tu próxima gira, por supuesto.

—¡Contratada!

Ambos sonreímos. Chocamos los nudillos de nuestras manos como hacemos todos los del equipo, y luego me acerco a él y lo abrazo.

—Me ha encantado conocerte, Duendecilla —murmura.

—Lo mismo digo, terrible Grinch —respondo.

Cuando nos separamos, se hace un silencio extraño entre nosotros. Le pediría una foto o un vídeo para el recuerdo, pero sé que no le gustan. Para acabar con ello, murmuro mientras me alejo:

—¡Hasta pronto! Y, aunque no te guste, ¡feliz Navidad!

Dicho esto, me voy de la suite con el corazón a mil. Cuando salgo al pasillo miro a los lados y, al ver que no hay nadie, me lanzo hacia la escalera. Paso de esperar el ascensor. Encontrarme con Emma o con cualquier periodista podría ser un desastre.

Cuando llego a mi cuarto veo a Sarah dormida. Está como un tronco. Así pues, me desnudo, me quito los pocos brillos que me quedan alrededor de los ojos, le escribo un mensaje a mi amiga Marga y me meto en la cama. Por cierto, me acabo de dar cuenta de que no me he acordado de Pablo. Se podría decir que esta noche ha sido perfecta para mí. Mañana posiblemente me lamentaré y me rasgaré las vestiduras. Pero esa ya será otra historia.

Capítulo 9

Deacon

11 de diciembre

Mientras estoy en la recepción del hotel, junto al equipo y Frankie, esperando los vehículos que nos llevarán al aeropuerto, miro a mi alrededor. Estoy buscando a Adriana, pero ella no aparece. ¿No va a bajar para despedirse?

A través de la cristalera del hotel veo infinidad de fans, fotógrafos y periodistas. En especial me fijo en las cámaras de fotos que se dirigen al hotel y maldigo. ¡Es agotador!

Pienso en Adriana, en enviarle un mensaje, pero no le pedí su teléfono. ¿Cómo fui tan torpe?

Sé que Frankie lo tiene. Debe de tenerlo. Pero pedírselo implicará preguntas que no quiero contestar, y resoplo. Ahora no. Sin embargo, una vez que llegue a Nueva York, tengo que conseguirlo.

En el bolsillo de mi pantalón llevo algo que me gusta. Al despertarme, he encontrado entre las sábanas varios de los cristalitos que Adriana llevaba alrededor de los ojos y los he cogido. ¿Para qué? No lo sé. Pero el caso es que están en mi bolsillo.

Frankie está nervioso, pletórico. Regresamos a Nueva York y allí le esperan grandes cosas.

El transporte llega junto a Akiyama y, con el equipo, salgo del hotel intentando obviar a los fotógrafos. Miro hacia atrás infinidad de veces, pero no, Adriana no aparece. Está claro que no tiene necesidad de verme ni de despedirse de mí.

En cuanto me siento junto a Frankie en uno de los vehículos y acomodo mi guitarra, saco el teléfono y miro mis mensajes. Tengo varios de Emma que no contesto. Me niego. Estoy por bloquearla, pero algo en mí no me lo permite. No quiero a Emma como pareja, pero sí me gustaría tener una relación cordial con ella, aunque solo sea por los diez años que hemos estado juntos. Sin embargo, está visto que será complicado. Emma quiere algo que yo no quiero, y eso lo va a hacer imposible.

En silencio, miro por la ventanilla mientras me despido de la ciudad de Tokio y me prometo volver, pero esta vez de turismo, no para trabajar. Hay tantas cosas por ver que necesito regresar. Eso sí, sin prensa ni fotógrafos detrás..., algo impensable para mí.

Tan pronto como llegamos al Aeropuerto Internacional de Haneda, a pesar de entrar por una zona donde no hay público, está la prensa esperando con sus cámaras. Por suerte, el vehículo pasa de largo y no tengo que lidiar con ellos.

Una vez dentro del aeropuerto, me pongo rápidamente un gorro de lana gris que oculta mi pelo claro y las gafas oscuras que me hacen pasar desapercibido cuando se acerca hasta nosotros Akiyama para ayudarnos con los trámites y, mirando mi guitarra, dice:

—Deberías haberte comprado un estuche nuevo. Ese está muy roto.

Asiento. Sonrío. Sé que tiene razón. Todos lo dicen, pero me resisto. Ya lo haré.

Una vez que nos despedimos de él y lo animamos a llamarnos si va a Nueva York, Frankie y yo pasamos el control de seguridad y nos detenemos en las tiendas del aeropuerto. Ante nosotros hay una osita rosa vestida de japonesa y, sin dudarlo, él la coge y la compra. Su emoción al comprar ese regalo para la que puede ser su hija hace que yo ría a carcajadas y, viendo unas pequeñísimas zapatillas de deporte rosas, las compro e indico entregándoselas:

—Será el primer regalo de su tío.

Frankie me abraza y, emocionados, nos dirigimos hacia la sala vip. Estamos allí tomándonos un refresco cuando lo oigo murmurar:

—No me lo puedo creer.

De inmediato me vuelvo y, al ver a Emma dirigirse hacia nosotros con una sonrisa, digo entre dientes:

—Esto es peor que una pesadilla.

Emma llega hasta nosotros y se sienta a mi lado.

—Esas gafas de Armani que llevas ¡son ideales! —comenta—. Y las zapatillas de deporte *vintage* de la carísima marca de mi padre, ¡impresionantes! Aunque no puedo decir lo mismo de tu guitarra...

Resoplo. Esta mujer me enferma.

—¿Sabes, *amore*, que regresamos en el mismo vuelo a Nueva York? —añade.

¡Maldita sea!

Oír eso era lo último que esperaba. El acoso al que esta mujer me somete me irrita, y entonces veo que mira a Frankie y pregunta:

—¿No te parece ideal?

Mi amigo no responde. Sé que se muerde la lengua. Acto seguido, yo miro a Emma y pregunto:

—¿Pretendes que monte un numerito en el aeropuerto?

—*Amore*..., ¿de qué hablas?

La conozco. Conozco a Emma y sé que tonta no es. Sabe perfectamente que no me gusta discutir; que, en infinidad de ocasiones, me he callado por no montar un numerito, pero no, mi límite con ella ya ha llegado al tope, y digo:

—No voy a seguir con este absurdo jueguecito tuyo. Así que, ¿qué tal si te levantas, te vas y dejas de acosarme?

No lo hace. No se levanta. Solo me mira. Y, al ver que no se mueve, me levanto yo, cojo mi guitarra y, entregándosela a Frankie, indico:

—Sentémonos allí.

Emma pone morritos. Intuyo que se va a mover, y me apresuro a advertirle:

—Ni se te ocurra o te juro que llamo a seguridad.

—Pero...

—¡Emma! No me jodas más y para de una vez.

Dicho esto, me alejo junto a Frankie, que murmura:

—Si yo fuera tú, ya la habría demandado hace mucho.

Lo sé. Sé que lo que hace Emma es acoso. Pero no quiero llegar a eso.

Las dos horas siguientes Frankie y yo las empleamos en hablar de trabajo y nuevos proyectos, y cuando finalmente toca embarcar lo hacemos junto al equipo. Al entrar en el avión en la zona de *business*, me quito el gorro y las gafas, y estoy abriendo el compartimento portaequipajes cuando veo que Emma aparece y se planta en el asiento de al lado.

«¡¿En serio?!»

La miro sin dar crédito. Miro a Frankie, y luego ella dice:

—He comprado mi billete igual que tú el tuyo..., ¿acaso no puedo sentarme en mi sitio?

Tomo aire. Qué paciencia la mía.

—Por supuesto que puedes —contesto.

Frankie me mira. Emma va al baño y, desde su asiento, mi amigo me pregunta:

—¿Quieres que te cambie el asiento?

Me vuelvo hacia él. Por primera vez me arrepiento de no haber ido en avión privado. Me acerco a él, y explico bajando la voz:

—Voy a bajarme del avión.

Frankie parpadea.

—¿Qué tontería estás diciendo?

Asiento. Lo tengo claro. Regresar a Nueva York junto a ella va a ser insufrible.

—Si Emma pregunta dónde estoy, que lo hará, dile que he ido a la parte de atrás a ver a la gente del equipo —suelto—. Cuando quiera darse cuenta de que no estoy, el avión habrá despegado y ya no podrá bajar.

Mi amigo y yo nos miramos. Entiendo su silencio como él entiende el mío, y cuchichea:

—Te necesito en Nueva York conmigo..., ¡estoy cagado de miedo!

—Para eso solo necesitas a Susan, no digas tonterías.

Frankie resopla, lo piensa, pero insiste:

—¿Y si no le caigo bien? ¿Y si no le gusto?

Sé que habla del bebé. Con seguridad sería yo el que no le caería bien.

—Le caerás fenomenal y le encantarás —indico—. Se volverá loca por ti en cuanto te vea porque no existe nadie mejor que tú para ser su padre.

Frankie suspira. Resopla. Hace mil ruiditos.

—Estamos casi en Navidad —susurra mirándome—. Y, joder, Deacon, no quiero que pases otra solo. Bajémonos y alquilemos un avión privado.

—No.

—¡Deacon!

—Prometo llamarte y decirte dónde estoy.

—Pero...

—Encárgate de que mis maletas lleguen a mi casa.

—No me jodas, Deacon —murmura Frankie.

Sonrío. Él no.

—Es eso o abrir la puerta en pleno vuelo para tirarla y morir todos —musito con seguridad—. ¿Crees que Susan me perdonará que haga eso ahora que vais a ser padres?

—¡Gilipollas! —Mi amigo ríe.

Con cariño y complicidad nos volvemos a abrazar, nos despedimos con un choque de nudillos y, con mi mochila y mi guitarra, salgo del avión ante el asombro de las azafatas, a las que les pido guiñándoles el ojo que me guarden el secreto. No entienden nada.

Una vez que vuelvo a estar en la sala de embarque del aeropuerto, al ver como algunas personas me miran al reconocerme, rápidamente me coloco mi gorro y las gafas oscuras, y echo a andar mientras pienso: «¿Qué hago? ¿Adónde voy?».

Enseguida pienso en Akiyama. Busco su teléfono y lo llamo. Aún está en el aeropuerto, y quedo con él. Si me consigue algún billete de avión para Noruega o Italia, se lo agradeceré. En cuanto salgo de la zona de embarque, lo veo. Él corre hacia mí y, con gesto sorprendido, pregunta:

—¿Qué ha ocurrido?

No quiero contarle la verdad, por lo que metiéndome las manos en los bolsillos del pantalón, mientras observo que de momento no hay ningún fotógrafo cerca, respondo:

—He decidido cambiar mi destino.

Akiyama asiente. Luego mira mi mochila y mi guitarra y dice:

—Dudo que podamos recuperar las maletas.

Eso me da igual. Encogiéndome de hombros, voy a responder cuando veo que Adriana llega justo en el momento en el que noto entre mis dedos los cristalitos que he encontrado entre las sábanas. Ella sola. Va cargada con tres maletas que difícilmente puede mover y, sonriendo, me bajo las gafas:

—¿Ves a aquella mujer? —pregunto.

Akiyama la mira.

—Es la señorita Adriana —informa—. Técnica de sonido de la gira.

Asiento. Me alegra que Akiyama sea de los que se informan, y acto seguido dice:

—La esperaba. He de ayudarla a hacer su embarque.

Escondiéndome tras una columna para no ser visto ni por la prensa ni por Adriana, la miro y veo que ella mira a su alrededor. Imagino que busca a Akiyama.

—Adriana debe coger el vuelo que va a Zúrich, y de allí otro que va a Madrid —indico—. Consígueme billete para esos vuelos. O, mejor, cambia sus billetes de clase turista por billetes en *business*. Viajaremos juntos, pero no le digas nada.

Me mira sin dar crédito, y yo insisto:

—Que esto quede entre tú y yo. Nadie más puede saberlo. Y, cuando ella vea que va en *business*, tú solo di que yo ordené que hicieran ese cambio.

Una vez que Akiyama se aleja de mí, veo que se acerca a Adriana, que, al reconocerlo, rápidamente le sonríe. Él le pide sus billetes, y, obedeciendo mis instrucciones, hace lo que le he dicho. Va a un mostrador, donde habla con dos personas y, en cuanto lo consigue, me mira y sonríe. ¡Bien!

Instantes después Akiyama se acerca a Adriana, que espera junto a sus tres maletones, y se dirigen a facturar. Desde mi posición veo que lo hacen, y me río ante el gesto de sorpresa de ella al saber que va en *business*.

Tan pronto como terminan la facturación, Akiyama la acompaña hasta la entrada del embarque; tras despedirse de ella, cuando esta embarca viene hacia mí y dice:

—La señorita se ha sorprendido mucho al saber que va a viajar en *business.* —Y, tendiéndome unos papeles, añade—: Estos son tus billetes. El del avión que va a Zúrich y el del que luego te llevará a Madrid, en España.

Asiento. Después de darle un abrazo a Akiyama, que no sé si le ha gustado porque estos asiáticos no son muy de abrazos, me despido de él y vuelvo a pasar por el embarque raudo y veloz antes de que me localice algún fotógrafo. He de encontrar a Adriana.

Capítulo 10
Adriana

¡Viajo en *business*, qué pasada!

Según camino por el aeropuerto mirando mis billetes de avión, voy sonriendo. Está claro que Deacon, tras lo que ocurrió anoche, ha cambiado mis billetes y, oye, ¡qué maravilla! ¿Quién dice que no a viajar en *business* en vez de en turista?

Queda un buen rato para que salga mi avión, por lo que decido darme una vueltecita por las tiendas del *duty free*, y, como siempre, me voy directa a la zona de los chocolates. Especialmente los de la marca Lindt, los rojos. ¡Ufff, lo que me gustannn!

Como una niña, los miro. Tanto a mí como a mi familia nos encantan estos bombones y, sin dudarlo, cojo varios paquetes. Llega la Navidad, y ¡qué mejor que celebrarla endulzándonos la vida!

También cojo los Toblerone de chocolate gigantes para Carlota, mi sobrina pequeña. Si se me ocurre regresar del aeropuerto sin esto, es capaz de asfixiarme mientras duermo. Menuda es mi Monstruito. Incluyo en su regalo una muñeca de Wonder Woman que sé que no tiene. ¡Alucinará cuando la vea! También compro un peluche para mi otra sobrina, Aitana. Y una camiseta y una sudadera de *Naruto*, una serie manga que le encanta a mi sobrino Hugo. Aunque lo que más le gustará es la cámara de fotos que le he comprado. Le encanta la fotografía, y se puede decir que es el fotógrafo de la familia.

Cuando camino hacia la caja, me quedo mirando las botellas de ginebra Puerto de Indias Pure Black, e inevitablemente pienso en Pablo, mi ex. Siempre le compraba una, le encanta. Pero no, eso se acabó. ¡Que se la compre él!

Una vez que paso por la caja y pago el arsenal que llevo, me encamino hacia la sala vip. Los billetes que tengo de *business* me dan acceso a esa sala, y desde luego que lo voy a aprovechar.

Tras informarme de dónde está, una vez entro, me quedo sin palabras. Estar aquí es estar en otra dimensión. ¡Qué pasada! ¡Qué lujazo! ¡Qué maravilla! ¡Qué bien viven los ricos! Butacas cómodas, sillones impresionantes y, al fondo, un bufet de comida y bebidas totalmente gratis que, bueno, bueno..., ¡me lo iba a perder!

Dejo mi mochila y el cargamento de cosas que he comprado en el *duty free* sobre uno de los butacones, y hago varias fotos del lugar. Tengo que enseñárselas a mi familia sí o sí.

¡Van a flipar!

Una vez hechas las fotos, me acerco hasta el bufet. ¡Madre mía, hay de todo!

Ante mí tengo pequeñas porciones de *sushi*, *sashimi*, *ramen*, *yakitori*, *yakisoba* y, uf..., el *okonomiyaki* qué pintaza tiene. Me decanto por el *yakitori*, que es una brocheta de pollo a la parrilla, *ramen*, que es una sopa de fideos japoneses de miso y pollo, y *okonomiyaki*, que me encanta porque me recuerda a la pizza.

¡Madre mía, cómo me voy a poner!

Tan pronto como llego a donde están mis pertenencias y dejo los platos sobre la mesa, me siento y, cuando voy a empezar a comer, oigo:

—Tu apetito es voraz.

Parpadeo. No puede ser. Volviéndome a mirar, pregunto al reconocer a Deacon:

—Pero ¿tú no tenías que estar ya volando?

Él asiente. Y, como veo que no responde, insisto:

—En serio, ¿qué haces aquí?

Veo que deja sobre la mesa su guitarra, en una silla deja su mochila, se sienta al lado y, bajándose un poco las gafas oscuras que lleva, responde:

—Para ser sincero, cuando me he montado en el avión y he visto que mi compañera de viaje era Emma, mi ex, simplemente me he bajado.

—¡Deacon!

—Lo sé. A veces la impulsividad no es buena. Pero era eso o abrir en pleno vuelo la puerta del avión para lanzar a Emma, cosa que provocaría la muerte de todo el pasaje, y con eso no podría vivir.

Parpadeo. Lo dice tan serio que me hace gracia. Intuyo que tiene que estar muy asfixiado por su ex, con su continuo acoso y derribo, y, cuando los dos comenzamos a reír, murmuro mirándolo:

—¿Es tu disfraz de pasar desapercibido?

Deacon se toca el gorro, las gafas, y afirma:

—Se puede decir que sí. Y tú, ¿ya no llevas brilli-brilli?

Divertida por aquello, niego con la cabeza y cuchicheo:

—Eso lo dejo para las fiestas.

Ambos reímos y luego, mirándolo, pregunto:

—¿Y ahora qué vas a hacer?

—De momento, voy hasta Madrid contigo. Una vez allí, ya lo pensaré. Quizá visite Segovia y vea el acueducto, como siempre quiso mi madre.

—¿Era de Segovia?

—Sí.

—Anda, yo creía que era de Barcelona.

—La prensa, una vez más, se equivocó, como en otras tantas cosas —se mofa.

Mi cabeza va rápida. Pienso, pienso y pienso, y al cabo pregunto:

—¿Viajo en *business* por ti?

—Me gusta tu compañía, y creo que yo te gusto a ti. Pero si crees que en pleno vuelo abrirás la puerta del avión para lanzarme, dímelo y cambio de nuevo mis billetes.

Eso nos hace reír a los dos. ¿En serio voy a viajar con él? Sorprendida a la par que encantada, señalo los platos de comida.

—¿Te apetece que compartamos lo que he cogido?

Deacon mira la comida. Está más que claro que hay para los dos y, sin dudarlo, afirma:

—Me apetece.

Y, sin más, los dos comenzamos a comer, mientras reímos, hablamos y charlamos. Entre nosotros la comunicación es fácil, fluida. Me habla de su madre. Yo le hablo de mi familia, y veo su gesto cuando le cuento lo mucho que celebramos la Navidad en la casa familiar. Al final, el tiempo de espera se pasa tan rápido que casi perdemos el vuelo a Zúrich y nos toca correr.

En el avión, la buena sintonía entre nosotros prosigue, y Deacon se ríe cuando le pido que me haga una foto en mi impresionante asiento de *business* con mi neceser de regalo. Cuando lo vea mi madre, ¡va a flipar!

Como era de esperar, al reconocerlo las azafatas se ponen nerviosas. Eso me hace gracia, aunque las entiendo. La primera vez que yo lo tuve frente a mí, con esos ojazos azules, me sucedió igual.

En ningún momento nos besamos, nos tocamos ni hablamos de nada que tenga que ver con la noche anterior. En ese sentido, entiendo que ambos somos adultos y sabemos que fue lo que fue y ahí se quedó. Aunque no voy a negar que yo lo habría besado en más de veinte ocasiones. Este hombre me gusta mucho.

Durante las doce horas y media que dura el vuelo, vemos varias películas que comentamos, comemos, hablamos y dormitamos. Se puede decir que hacemos un poco de todo, con una tranquilidad que parece que llevemos haciéndolo juntos media vida.

En un momento de paz, me pongo a escuchar mi música. Hay canciones navideñas que me gustan mucho, y de pronto noto que me toca el brazo. Lo miro.

—¿Qué tarareas? —me pregunta.

En cuanto se lo diga se va a asustar, y, quitándome los auriculares, se los pongo. Me hace gracia su gesto de horror al escuchar la canción.

—*The Christmas Song*, en las voces de Shawn Mendes y Camila Cabello —afirmo—. Una canción dulce, romántica, navideña...

—No quiero saber más —se mofa devolviéndome los auriculares.

Llegamos a Zúrich, donde hacemos escala. Enciendo mi teléfono móvil y veo que tengo varios mensajes en el grupo de mi familia, donde, como siempre, están de coña, y otro de Marga, alias señora Evans.

Señora Evans: Fun, fun, fun. ¿En serio? ¿Con quién? ¡Dime que con el *crush*!

Su mensaje me hace sonreír, y pienso en todo lo que nos tenemos que contar.

Durante hora y media esperamos en la sala vip del aeropuerto, pero al salir de ella para ir a embarcar rumbo Madrid, a Deacon se le olvida ponerse el gorro y las gafas y varias personas lo reconocen.

Él los atiende. Es su público. Mientras tanto, yo me hago la sueca y sigo caminando hacia el avión. Cuanto menos nos relacionen, mejor.

Al llegar al embarque del avión, sonrío al ver a personas disfrazadas de Papá Noel y, con lo que me encanta a mí la Navidad, me acerco a ellos y me entero de que son un grupo de amigos de Zúrich que canta villancicos y que van a un concurso en Madrid. Cincuenta personas vestidas de Papá Noel. ¡Qué fuerte! Divertida, me hago fotos con ellos. Estoy segura de que a mi familia le encantará verlas.

Cuando Deacon llega al avión, las azafatas de *business* se encargan de buscarle un lugar a la guitarra y él mete la mochila en el portaequipajes.

—Que me hayan reconocido y visto entrar en este vuelo podría significar que, al llegar al aeropuerto de Madrid, estuviera la prensa —dice sentándose a mi lado—. Aunque quiero pensar que no será así.

Asiento. Veo el pesar en su rostro, sé que no le gusta, y entonces oímos unas voces. Al mirar hacia atrás vemos como unas azafatas impiden la entrada de tres chicas en *business*. Ellas llaman a Deacon como locas y él, levantándose, va hacia ellas. Se hace unos selfis y, cuando regresa a su asiento, me mira y cuchichea:

—Acabamos antes haciéndolo así.

Sonrío. Está claro que tiene controlado lo que es su trabajo. A continuación, señala con cierto pesar:

—En dos horitas y poco estaremos en Madrid.

Oír eso me gusta y, curiosa, pregunto:

—¿Y qué vas a hacer una vez que lleguemos?

Con tranquilidad, Deacon se encoge de hombros.

—Aún no lo tengo claro, Duendecilla.

—Pero ¿cómo no lo vas a tener claro?

Veo que sonríe y, tomando aire, dice:

—Mi intención es tener unos días tranquilos en algún lugar

perdido, descansar y quizá componer algo. He de comenzar a trabajar en el nuevo álbum. Y, bueno, si no hay prensa esperando para agobiarme cada instante del día, aprovecharé para conocer Segovia. Mi madre siempre aseguró que su tierra era preciosa. Pero si hay prensa compraré otro billete de avión y me marcharé.

Pobre. De pronto siento pena por él, pero me callo. Está claro que ese es el precio de la fama. Mi yoyo siempre lo decía, aunque en su época el acoso no fuera tan devastador como ahora.

Durante el vuelo a Madrid, no paramos de hablar de todo lo que se nos ocurre y, tras tomar tierra en el aeropuerto Adolfo Suárez, mientras esperamos a que salgan las maletas, Deacon mira a los cincuenta Papás Noel que, divertidos, se hacen fotos con todo el que se las pide.

—¡Qué horror! No han parado de cantar en todo el vuelo —susurra.

Eso me hace sonreír y, suspirando, murmuro:

—Dijo el Grinch de la Navidad.

Por encima de sus gafas oscuras, me mira, y pregunta sorprendiéndome:

—¿Qué significó para ti lo que ocurrió la otra noche?

Bueno..., bueno..., bueno. Esto sí que no lo esperaba. Pensé que no íbamos a hablar de ello.

Decirle que para mí fue un sueño hecho realidad me va a hacer quedar como muy ñoña, una tonta, por lo que suelto:

—Un sueño hecho realidad.

Vale. Lo he dicho. Pero ¿soy idiota?

Deacon me mira, parpadea, y yo, incapaz de callar, vuelvo a soltar:

—Hablando en serio..., fue divertido. Somos adultos. Tuvimos sexo. Y no hay que darle más vueltas. ¡Esas son mis maletas! ¡Esas dos rosas del brilli-brilli!

—Serás urraca —oigo que se mofa.

Me río, pues recuerda lo que le conté. Y, al ver que me mira con una expresión que me acalora, cuchicheo gesticulando:

—¡Lo que me gusta un brillo!

Deacon suelta una carcajada. La verdad es que se ríe mucho. Cuando coge las maletas y las deja a mi lado, comenta:

—Como tú dices, lo pasamos bien.

Me mira. Lo miro. Si por mí fuera, le daría un fogoso beso que haría temblar el aeropuerto entero, pero cambiando de tema pregunto:

—¿En serio no tienes ninguna maleta que recoger?

—En serio.

—¿Solo llevas la mochila y tu guitarra?

Deacon asiente. Y, cuando coge mi tercera maleta de la cinta transportadora y la pone en el suelo, responde con el gorro de lana calado hasta las cejas y las gafas puestas:

—Lo material se compra. No hay problema.

Me muestro de acuerdo; entiendo lo que dice. En ese momento recibo un mensaje de Marga para decirme que ya está esperándome donde siempre.

Miro a Deacon. Despedirme de él me da pena; se queda solo. Pero, tomando aire, digo:

—He de marcharme. Mi amiga ya está aquí.

Deacon afirma con la cabeza. Sabe, porque se lo he contado, que me voy a la casa familiar a pasar las Navidades. Me da dos castos besos en las mejillas que hacen que me vuelva a acalorar y dice:

—Pásalo muy bien, Duendecilla.

—Tú también.

Dicho esto, da media vuelta y se aleja. Lo veo caminar hacia un puesto de información con seguridad, mientras, oculto tras el gorro de lana y las gafas, nadie lo reconoce. Allí se para y, tras hablar con una señorita, esta le entrega un plano que él despliega. Si ella supiera quién es él, no se lo daría con semejante desgana.

Agarrada a mis tres maletas y las bolsas del *duty free*, comienzo a caminar. Marga me espera. En varias ocasiones, miro hacia atrás. Deacon, ese hombre que siempre ha hecho que mi corazón vuele alto, se ha sentado, y mira el plano.

Continúo caminando. No me detengo. Pienso en él solo pasando la Navidad, componiendo en soledad. Pero, según me acerco al acceso de salida, veo infinidad de periodistas con sus cámaras en mano. Están revolucionados, nerviosos. Oigo que pronuncian el nombre de Deacon y se me encoge el corazón.

Me paro. Me agobio por él. Pobre. No ha de ser fácil sentirse perseguido y acosado las veinticuatro horas del día por ser quien es. Mi yoyo también me contaba lo poco que le gustaba que la prensa lo persiguiera, pero eran otros tiempos. La prensa no era tan feroz. Entonces tomo aire y, dándome la vuelta, tiro de nuevo de mis maletas, me acerco hasta él y digo:

—Deacon.

Él me mira. No veo su mirada, pues está oculta por las gafas.

—Hay infinidad de fotógrafos y periodistas esperando a que salgas.

Con tranquilidad, asiente. Cierra el plano que sujeta en las manos y contesta:

—Adiós, Segovia.

Lo observo en silencio; entonces este se levanta e indica:

—Alquilaré un avión privado. ¿Italia o Noruega?

No veo sus ojos por la oscuridad de sus gafas, pero oigo su voz. Sé que está cansado, como lo estoy yo, por el largo viaje.

—Apenas nos conocemos, pero siento una bonita conexión contigo, y creo que podemos ser buenos amigos —digo.

Deacon me mira. No sé si me entiende, y, dejándome llevar por mi impulsividad, pregunto:

—¿Qué te parece si, como amigo, te vienes conmigo a Navacerrada?

—¿A la casa de tu familia?

—Sí.

Sus cejas se arquean. Sabe qué significa ir a Navacerrada porque yo se lo he explicado. Veo que se baja las gafas para mirarme por encima de ellas y cuchichea:

—No, gracias.

—Pero, Deacon, llevamos de viaje casi un día. ¿Cómo vas a coger otro vuelo? Por Dios, si yo estoy agotada, imagino que tú lo estarás también.

Él no contesta, solo me mira, y luego suelta:

—No quiero complicarte ni complicarme la vida. Si hay periodistas esperando, nos seguirán, y paso de darles carnaza. Además, desde que murió mi madre no soy la mejor compañía en Navidad.

Asiento. Tiene razón. Que venga a Navacerrada con mi familia, será meter al Grinch en el epicentro de la Navidad, pero, incapaz de abandonarlo allí, musito:

—No hay problema por eso. Mis padres tienen la casita vacía y, conociéndolos, te la dejarán encantados para que te alojes en ella y descanses alejado del bullicio de todo.

—Gracias, pero no, Duendecilla.

—Deacon...

—No soy una persona familiar.

—Si te quedas en la casita de mis padres, no tendrás por qué tener trato con mi familia si no quieres. Está en un sitio estratégico de Navacerrada, por lo que podrás pasear sin ser visto, si lo deseas.

Él no contesta, y yo insisto:

—Mira, Deacon. Me caes bien y, aun casi sin conocerte, te considero un amigo. ¿Y sabes? Yo a los amigos siempre los ayudo cuando me necesitan. Y creo que en este instante tú me necesitas.

Sonríe. Sonrío. ¡Qué monoooooo!

—¿Confías en mí?

—¿Debería confiar en ti?

Doy esa respuesta por un «sí» y, sentándome a su lado, abro una de mis maletas y saco dos bolsas. Le tiendo una y digo divertida:

—No me mates.

Deacon mira la bolsa. Su gesto cambia. Y, al ver un traje de Papá Noel envasado al vacío, oigo que dice:

—¡Ni hablar!

—Venga, Deacon...

—¡Que no, Adriana!

—Solo será un ratito...

—¡Que no!

Me río. Él no. Pero, sin desistir, señalo al grupo de Papás Noel de Zúrich, que siguen esperando sus maletas con una fiesta increíble.

—Si nos los ponemos y nos unimos a ellos, podrás salir de aquí sin que nadie te reconozca —indico.

Deacon niega con la cabeza, va a volver a decir que no, y yo, sabedora de que mis palabras le tocarán el corazón, insisto:

—Si te propongo esto es por ti, no por mí. Y, valeeeeee..., no te gusta la Navidad y ves ridículo vestirte de Papá Noel con peluca y barba incluida... Pero ¿no crees que a tu madre le encantaría que visitaras Segovia y vieras el acueducto con tus propios ojos?

Toma aire. Lo que le he dicho sé que le ha dado en el corazoncito. ¡Qué perra soy! Y cuando veo que la comisura de sus labios se curva en una sonrisa, me levanto y digo:

—Ve al baño y póntelo rapidito. Y, por cierto, oculta la guitarra bajo el disfraz o te delatará.

Le cuesta levantarse, se hace el remolón, sigue pensándolo. Pero lo levanto de un tirón, lo empujo y finalmente se va. De inmediato miro de nuevo a los Papás Noel. Se lo están tomando con calma, y eso me viene bien, por lo que, sin cortarme un pelo, comienzo a ponerme mi disfraz. Hasta la barba y la peluca me coloco. Y, cuando estoy terminando, oigo a mi espalda:

—Esto es ridículo.

Al volverme y ver a Deacon, suelto una risotada. Ya no hay gorro de lana ni gafas oscuras, sino que tengo ante mí a Papá Noel con su peluca blanca, barba y bigote. Divertida por ello, digo mientras saco mi teléfono jugándome la vida:

—¡Selfi!

Rápidamente, y antes de que proteste, hago una foto, y, viendo que tiene la guitarra colgada a la espalda, bajo el disfraz, indico mirando a los Papás Noel, que comienzan a andar:

—Vamos, unámonos a ellos.

Como imaginaba, ningún periodista repara en él. Ver a cincuenta Papás Noel ruidosos salir por la puerta de desembarque solo consigue que todo el mundo sonría, incluidos los periodistas.

Capítulo 11

Deacon

¡Esto es ridículo!

¿Qué hago así vestido?

¿Cómo me he dejado embaucar?

Me estoy preguntando todo esto y más mientras todo el mundo nos mira y sonríe, cuando noto que Adriana me coge de la mano y, mirándome a través de su bigote blanco, dice:

—En la siguiente esquina, tú y yo nos desmarcamos. Pero no se te ocurra quitarte el gorro, la peluca ni la barba con el bigote, ¿entendido?

¿«Nos desmarcamos»? ¿Qué quiere decir eso?

Pero, sin necesidad de preguntarle, me lo hace saber cuando, al llegar a la siguiente esquina, veo que tuerce a la derecha y el grupo de Papás Noel prosigue su camino.

—Los periodistas no te han visto. Vamos. Sigamos. Tenemos que ir al parking de aquella zona. Mi amiga Marga nos espera allí.

Oír su comentario y ver su sonrisa me hace sonreír. ¿Qué hago yo yendo a la casa de la Duendecilla? Pero, sin pensar, voy tras ella, mientras tiro de dos maletas brilli-brilli.

Vestidos de Papá Noel, Adriana y yo cruzamos el aeropuerto y soy consciente de que la gente me mira a causa de mi disfraz, no por quién soy yo, y eso de pronto me hace gracia.

Al llegar al parking, de pronto oigo:

—¡Perracaaaaa!

Sorprendido, voy a decir algo cuando Adriana me informa:

—Es mi amiga Marga.

—¿Qué significa *perraca*?

—Oh..., es un término cariñoso.

Adriana suelta su maleta, se quita el gorro con la peluca y corre hacia una mujer que hay al fondo del parking. Las dos chillan, se abrazan, se besan, saltan, hablan rápidamente. Y, cuando dejan de hacerlo, vienen hacia mí, y yo saludo:

—*Hello!*

—Uisss, «*Hello!*»... Este, como poco, es amerrrricano, ¿verdad?

—Verdad —afirma Adriana.

La amiga asiente y, con una media sonrisa, pregunta:

—¿Es tu suvenir de Tokio o me lo has traído para mí?

—Marga...

La tal Marga da tres palmaditas con la mano y luego exclama:

—Fun, fun, fun, solo digo eso.

Diversión..., diversión..., diversión... ¿Por qué repite lo mismo que recuerdo que dijo Adriana?

Esta última suelta una carcajada, se tapa la cara con las manos, y enseguida soy consciente de que hablan en clave.

—¿Le has traído al Monstruito Rubio su dosis de chocolatitos? —pregunta entonces la tal Marga.

—Aquí están —declara Adriana enseñándole unos Toblerone.

¿Quién será el Monstruito Rubio?

—Algo me dice que debajo de ese disfraz de Papá Noel rechoncho hay escondido un guiri de esos altamente follables que tanto me gustan...

—Marga..., habla español y te está entendiendo.

Veo que la amiga vuelve a asentir y, tras darme dos rápidos besos, dice dulcificando el tono:

—Holaaa... ¿Qué tallllll? Soy Marga, una feliz divorciada abierta a nuevas experiencias.

Miro a Adriana. Esta sonríe y luego oigo que dice:

—Vamos. Debemos irnos del aeropuerto ¡ya!

—¿Y esas prisas, Minirri? —pregunta la amiga.

¿«Minirri»?

—Luego te cuento.

La amiga me mira con cara rara, pero no insiste. Y entonces los tres nos encaminamos hacia una furgoneta con los cristales tintados. Guardamos las tres maletas, mi mochila y mi guitarra, que, al verla, la amiga suelta:

—Uissss..., y encima toca la guitarra. ¡Me lo como!

No entiendo. ¿Qué se come? ¿La guitarra?

—No habrás comprado Puerto de Indias para el Todólogo, ¿no?

—Ni de coña —oigo que dice Adriana.

—Si se te ocurre traerle algo al Doctor Liendre, creo que te mato.

¿«Todólogo»? ¿«Doctor Liendre»? Pero ¿de qué hablan?

La amiga se pone al volante. Y, cuando voy a sentarme en el asiento de atrás, Adriana, que se va a poner delante, de copiloto, me dice en inglés:

—Aunque los cristales del coche son oscuros y está anocheciendo, sigue con el disfraz hasta que nos alejemos de aquí.

—Eeeh, ¡hablar en *pitinglis* no vale! —se queja la amiga, haciendo a Adriana sonreír.

¡¿«Pitinglis»?!

Cinco minutos después, una vez que nos alejamos del aeropuerto, observo como Adriana y su amiga hablan rápidamente. Sé que llevan sin verse cinco meses, desde que Adriana se unió a la gira, y entiendo que tienen muchas cosas que contarse. Al cabo, Adriana me mira y dice:

—Estamos lejos. Quítate ya si quieres el gorro, la peluca y la barba.

Oír eso era lo que necesitaba. A toda prisa, me lo quito todo y respiro con gusto; entonces oigo:

—Pero ¡¿qué me estás contandoooooo?!

Y el coche da un bandazo a la derecha que nos saca de la carretera y, seguidamente, un frenazo que hace que casi me siente en el cristal de delante.

Atónito, y sin entender el frenazo, voy a preguntar cuando la amiga de Adriana abre la puerta, sale del coche, lo rodea, abre la puerta que está a mi lado y pregunta:

—¿Tú eres...?

—Sí —respondo sin dejarla terminar.

Adriana se apea. Yo también. Y, una vez que estamos todos fuera, la amiga de esta murmura mirándome:

—¡Qué maravilla que puedas conocerme!

¿Cómo? ¿Qué? ¿Conocerla yo a ella? No sé si la he entendido bien. Acto seguido, ignorándome, mira a Adriana y dice:

—Dime que estoy alucinando y que tu *crush* no está apoyado en la *Merche*.

¿La *Merche*? ¿Quién es la *Merche*? ¿Y yo soy su *crush*?

Adriana suspira, sonríe y susurra:

—Marga, te presento a Deacon Black. Deacon, ella es mi amiga Marga.

Con lentitud, ella se vuelve para mirarme. Sonríe. Sonríe y cuchichea:

—Estoy por declararte amor eterno y serle infiel al señor Evans...

—¡Margaaaaaa!

¿El señor Evans? Pero ¿no ha dicho antes que estaba divorciada?

—No me digas que con él... fun, fun, fun.

¿De nuevo esas palabras?

—¡El Todólogo se va a morir cuando lo vea! —musita la tal Marga.

¿El «Todólogo» es una persona?

—¡Es increíble lo apetecible que estás! Lo que ha avanzado la ciencia, ¡si ya hasta los bombones caminan!

—¡Marga! —gruñe Adriana.

—Minirri, hija, ¡la verdad! Al césar, lo que es del césar.

—¡Gracias, Marga! Tú también eres encantadora y un bombón —respondo con amabilidad.

—Ay, que me lo comoooooooo —dice abrazándome.

¿Se come? ¿Qué se come?

Acto seguido se saca su teléfono móvil del pantalón y hace una foto. Un selfi.

—¿Qué haces? —inquiere Adriana.

—Quiero enseñarle a mi santa lo que quiero de regalo de Navidad, pero en formato Chris Evans.

—Ya que lo escribes, pídele para mí otro en formato Chris Hemsworth.

Oír eso hace que los tres nos riamos. Está claro que sentido del humor estas dos tienen. Y entonces Marga, tomando aire, susurra:

—Perdón por el frenazo. Cuando te he visto..., ¡lo que me ha entrado por el cuerpo!

—Perdonada.

Rápidamente Adriana le explica el porqué de las pintas, mientras yo termino de quitarme el maldito disfraz de Papá Noel. Qué liberación. Marga asiente, escucha, me mira. Intuyo que entiende lo que Adriana dice y, cuando finaliza, pregunta:

—¿Y no crees que la prensa se enterará?

—Si somos discretos, no tienen por qué —responde la Duendecilla.

—¿Tu familia sabe que lo llevas de invitado?

Adriana niega con la cabeza, y luego Marga canturrea mirándome:

—¿Listo para pasar una Navidad muy fun, fun, fun?

—¡Marga! —protesta Adriana.

—La Navidad nunca es divertida para mí —replico.

—Es un Grinch de la Navidad —apostilla Adriana quitándose a su vez el disfraz.

—Noooooo.

—Lo es —asegura Adriana.

Oír eso hace que Marga suelte una risotada y, poniendo la mano en mi hombro, afirma:

—Has venido al sitio apropiado para odiarla más aún.

—¡Margaaaaa!

—Y ahora, venga, subámonos a la *Merche* y vayamos a casa.

Cuando veo que Marga rodea el vehículo, miro a Adriana y esta dice:

—Tranquilo. Es muy exagerada. Te prometo que no la odiarás más.

—¿Quién es la *Merche*? —pregunto curioso.

Rápidamente señala el logotipo de la marca del vehículo, que es un Mercedes, y Adriana indica, quitándome el disfraz de las manos:

—*Merche*, de «Mercedes».

Asiento. Sonrío. ¿El coche tiene nombre? Y, cuando me siento en su interior y aquellas ponen cancioncitas de Navidad, comienzo a pensar que quizá habría sido mejor destino Italia o Noruega.

Capítulo 12

Adriana

Cuando entramos en mi pueblo, en mi preciosa Navacerrada, tan llena de luces, Navidad y vida, sonrío como una niña. Adoro mis orígenes, porque es un lugar plagado de bonitos recuerdos donde aún vive mi familia, y porque Navacerrada es mágica, y más en fechas como la Navidad.

Con disimulo, miro a Deacon a través del espejo retrovisor y veo que observa en silencio el entorno. Nieve, campo, naturaleza. Imagino que para él, que viene de una ciudad como Nueva York, este sitio será muy diferente. E, incapaz de callar, me vuelvo para mirarlo y pregunto:

—¿Qué te parece lo que vas viendo?

—Bonito. Diferente. Frío —murmura.

Sonrío. Tiene razón. A nuestro alrededor está todo nevado. En esta época del año, la nieve es lo habitual en Navacerrada.

—¿Sabes esquiar? —pregunto.

—No.

—¿Por qué?

Deacon me mira y, sorprendiéndome, responde:

—Nunca lo intenté. Y, cuando lo pensé, tuve miedo de romperme la cadera o algo.

—Mira el abuelo —se mofa Marga.

Con complicidad, mi amiga y yo nos miramos y sonreímos. Entonces, recordando que no tiene sus maletas, indico:

—Habrá que salir de compras contigo. Necesitas ropa y calzado de abrigo.

—Sin problema.

—¿Sabes por qué hace tanto frío aquí en Navidad? —pregunta Marga.

—No.

—¡Para que nos abracemos y nos demos cariñito del bonito!

Oírla decir eso nos hace reír a los tres, y Deacon suspira. Creo que Marga, con su manera de ser, lo deja sin palabras.

Recuerdo que mi yoyo decía que la primera vez que conoció Navacerrada en verano sintió que su lugar en el mundo era ese, y por eso regresó, aunque en su primer invierno, con la nieve, ¡se asustó! No obstante, sin querer hablarle del yoyo, que era americano y músico como él, indico:

—Navacerrada es un sitio ideal para disfrutar de la Navidad, es como estar en un cuento.

Según digo eso, el gesto de Deacon cambia.

—Siempre y cuando quieras disfrutar de la Navidad... —matizo—. Si no, es un lugar muy tranquilo para desconectar. Tanto en invierno, como en verano.

Sé que estas últimas palabras le gustan más, y suspiro. El marrón en el que me estoy metiendo llevándolo a mi casa con mi familia en esta época de fiestas navideñas va a ser considerable. Conozco a los míos, somos de los que adoptan, y en cuanto lo vean aparecer y sepan cuáles son sus antecedentes familiares, intuyo lo que va a pasar.

Cuando entramos en el pueblo, rápidamente comienzo a ver caras conocidas, aunque Marga no detiene el coche. Con la mano voy saludándolos y ellos me devuelven el saludo con una sonrisa.

Una vez que atravesamos el pueblo, veo mi casa a lo lejos. La casa familiar que mi yoyo construyó en su día y donde fundó su familia. Villa River. Se llama así por él.

En Villa River viven mi yaya y mis padres. Mi hermano vive en Ávila y mi hermana, en otra casa del pueblo. No es una casa moderna ni con grandes lujos. Es tradicional y casera. Hecha de piedra grisácea y techos negros y viejos que ahora están cubiertos por un buen manto de nieve blanca. Ah, ¡y tenemos goteras!

—Esa que ves allí es la casa de mi familia. La construyó mi yoyo.

—¿«Yoyo»?

—Mi abuelo —aclaro.

Deacon la mira. La observa. Llama su atención.

—Villa River —suelta Marga— es toda una institución en el pueblo por...

—¿A que es bonita? —la corto.

Deacon, que sigue mirándola, afirma:

—Sin duda lo es.

Mi amiga me mira. Con la mirada que le dirijo entiende que no le he contado quién era mi yoyo, y murmura entrando en la parcela de la casa para aparcar:

—Pues qué sorpresita se va a llevar.

Veo allí los coches de mis padres, mis hermanos, mis tíos y mis primos. ¡Ya están todos aquí! Y, mirando a Deacon, pido:

—Quédate en el coche y no salgas hasta que yo te lo diga.

Él asiente y, una vez que Marga para el motor de la furgoneta, abro la puerta y me bajo. Cuando mis pies tocan la nieve de mi querida Navacerrada, tomo aire y, recordando el grito de mi yoyo, levanto los brazos y exclamo:

—*I'm here now!*

«¡Ya estoy aquí!» es lo que mi yoyo dijo cuando volvió a Navacerrada, y ahora lo digo yo con sus mismas palabras, en su honor. Regresar a mi hogar después de un viaje siempre me hace feliz.

Instantes después aparece el amor de mi vida, ¡mi perro *Deacon*! Rápidamente se me sube, me besuquea, me hace una gran fiesta por lo feliz que está de verme, y yo me lo como a besos. Adoro a mi niño.

Instantes después, la puerta de la casa se abre y comienzan a salir todos. Papá, mamá, la yaya, los tíos, hermanos, primos, sobrinos. La algarabía que se monta en pocos segundos es tremenda, mientras todos me besan y me abrazan. He estado cinco meses fuera y se nota que me han echado de menos. Además, somos besucones y tocones. Así es mi familia, ¡y me encanta!

Entre la multitud, me fijo en que la puerta de la furgoneta sigue cerrada. Marga me mira, espera que diga algo, y entonces yo, dirigiéndome a todos, empiezo a decir mientras besuqueo a mi perrete con cariño:

—Familia, tengo que...

—Qué alegría, hija —afirma mi padre dándome un nuevo abrazo.

Sonrío. Lo beso en la mejilla cuando mis primos Kiki, el Pulga y el Pope, que son los bestias de la familia, me aplastan con cariño al tiempo que exclaman:

—¡Primulaaaaaaa!

Como siempre que me abrazan, termino dándoles manotazos. Son tres malas bestias increíbles, aunque por dentro son personas excepcionales.

—Ya ha anochecido y la tía está aquí —comenta mi sobrino Hugo—. ¿Encendemos las luces?

—¡Vamosssss! —apremia mi tía Maribel.

Todos asienten. Estaban esperándome para encender las luces de Navidad del exterior de la casa. Y, sonriendo, digo:

—Sí, pero...

—¿Me lo has traído, tía Minirri? —pregunta Carlota agarrada a mi pierna.

El Monstruito Rubio me mira. Su cara de pícara me encanta, y cuando voy a contestar oigo que mi yaya le dice a mi madre:

—*Honey*, dale el mando de las luces a Minirri. Que las encienda ella.

—Mi vida, ¡haz los honores! —Mi madre sonríe.

—¡Vamos, primula! Te estábamos esperando —insiste mi primo Kiki.

Miro el vehículo cerrado. Deacon sigue en el interior. Le guste o no, va a tener que vivir este momento tan familiar. Y, con el mando de las luces en la mano, digo al ver que todos me miran:

—Escuchad todos... Antes de hacerlo, he de deciros algo.

—Tú dirás, sobrina —murmura mi tío Samuel.

—¿Me lo has traído? —reclama Carlota.

Están impacientes. Encender las luces de Navidad en mi casa es dar el pistoletazo de salida para la Navidad. Vamos, que es como el encendido de la Feria de Abril en Sevilla, o el chupinazo en San Fermín. Y, sin demorarme un segundo más, digo:

—No he venido sola. He venido con un amigo.

—¿Un amigo? ¿Qué amigo? —pregunta mi madre.

—Aisss, ¡que nos trae un novio! —aplaude mi tía Maribel.

—Minirriiiii, ¿qué nos tienes que contar? —Mi primo el Pulga ríe.

—¿Ya tienes novio otra vez? —cuchichea mi prima Cristina.

Marga me mira. Yo la miro a ella. No sé cómo presentar a Deacon sin que parte de mi familia se vuelva loca. Cuando voy a hablar, mi padre dice cogiendo a Carlota entre sus brazos:

—Minirri, cualquier amigo tuyo es bienvenido aquí.

—Lo sé, papá. Lo sé —afirmo sonriendo.

—Aunque antes lo tengamos que aprobar Kiki, el Pulga y yo —añade sonriendo mi primo el Pope.

—Ahí le has dado —dice Kiki.

—¡Iros a paseo! —Me río y, mirándolos, indico—: Simplemente es un amigo.

—Todo comienza por ahí —matiza mi tío sonriendo por lo que dicen sus hijos.

—¿Y dónde está ese amigo tuyo? —pregunta mi madre.

—¡Dentro de la *Merche*! —suelta Marga.

Todos miran la furgoneta. Pero, como tiene los cristales tintados, no lo pueden ver.

—A ver... —digo.

—Uis, cuánto secretismo, hermosa. ¿No me digas que te has enamorado? —pregunta mi yaya.

Rápidamente niego con la cabeza y mi tía Maribel insiste:

—Os digo yo que esta ha regresado enamorada y con novioooo.

—¡Que no! —replico—. Que es un amigo.

—Enamorarse no es malo —opina mi prima Lourdes.

Pero ninguno me cree. A excepción de Pablo, mi ex, nunca he sido de llevar chicos a casa. Entonces mi prima Cristina comenta:

—Con lo majo y buen médico que es Pablo, no sé cómo pudiste dejarlo.

No contesto. Paso. Y mi primo el Pulga suelta:

—Hermana, deberías preguntarte por qué Pablo dejó escapar a una tía tan estupenda como Minirri.

Eso hace que mi primo y yo choquemos las manos con complicidad.

—¡Ahí le has dado! —exclamo.

—Pues que sepas que últimamente se le ve mucho con María Rosa, la hija de Mateo y Consuelo, los del bar —apostilla mi tía.

Lo sé. ¡Lo tengo claro! Lo que ni mi tía ni nadie sabe es que Pablo ya estaba con María Rosa cuando salía conmigo.

Mi familia comenta, habla, dice cosas de mi ex. Lo adoran. Mientras yo resoplo e indico:

—Lo que haga Pablo con su vida no me interesa.

—Di que sí —afirma mi primo el Pope.

—Un médico en la familia nos venía muy bien —asegura mi tío Samuel.

—Por favor..., pero ¡si es un todólogo! —se mofa Marga.

—Tía Minirri, ¿me has traído los chocolatitos?

—Carlota, ¡para un segundo! —la regaña mi cuñado Lucas.

—¿Cómo puede darte igual que Pablo esté con otra? —insiste tía Maribel.

—Porque la vida continúa y soy así de fría y despegada.

—Minirri —gruñe mi hermana—. Con la bonita pareja que hacíais. Creo que...

—No empecemos... —la corto.

—Pues que sepas que Pablo me preguntó por ti hace unos días y, cuando le dije que pronto regresabas, se le iluminó la sonrisa —comenta mi prima Lourdes.

Y siguen, y siguen, y siguen mientras yo aguanto las ganas de darles dos gritos, hasta que mi amiga Marga suelta:

—¿Qué tal si dejamos de hablar de esa mierda podrida?

Woooo, mi Marga, ¡la están calentando!

Todos la miran. La regañan con la mirada. Siguen adorando a Pablo porque no saben lo que sucedió realmente entre nosotros. Hasta que tío Samuel gruñe:

—Margarita, hay niños delante. No hace falta ser tan malhablada y explícita.

Mi amiga se calla. Conociéndola, demasiado fina ha sido hablando.

—Tía Minirri dijo que Pablo era una palabra que empieza por «ca» y termina por «brón» —suelta entonces mi sobrina.

—¡Carlota! —grita mi hermana.

—Te voy a lavar la boca con jabón —la regaña mi madre.

—Ole mi niña —se mofa Marga.

Carlota me mira, después mira a su madre e indica:

—Eso le dijo la tía a Marga. Yo lo oí.

Asiento. Es cierto. Lo hablé con Marga antes de marcharme al *tour*. Lo que no sé es dónde estaba escondido el Monstruito para que me oyera. Y, cuando voy a hablar, la incombustible Carlota canturrea:

—¿Y mis Tobleroneee?

La madre que parió a mi sobrina. Nerviosa por acabar con eso de una santa vez, indico:

—Ahora os voy a presentar a mi amigo, pero no lo agobiéis, ¿vale?

—Ni que fuera un rey —se burla mi hermana Virginia.

—Podría decirse que es más que un rey —replica Marga.

Todos la miran. Veo que Carlota va a volver a preguntar y, abriendo la puerta de la furgoneta, digo mientras me percato del gesto incómodo de quien está en el interior:

—Familia, os presento a Deacon Black.

Según digo eso, mi sobrino exclama:

—¡Alucinoflipoooooo!

—¡Me voy a desmayarrr! —cuchichea mi prima Lourdes.

—¡Quiero mis chocolatitooooos! —grita Carlota.

Deacon me mira. Con mi mano tendida hacia él, le hago saber que ha de salir del vehículo y, una vez que lo hace, veo que le da a mi sobrina los Toblerone y dice con voz tensa:

—Creo que esto es para ti.

Carlota, emocionada, los coge y, agarrándose a su pierna con amor, murmura:

—Desde este instante eres mi tío favorito.

Deacon mira a la pequeña. Por su expresión noto que le incomoda tenerla abrazada a su pierna. Cuando se la quito de encima, la miro y digo:

—Anda, Cosita, ve a comerte los chocolatitos.

Feliz, Carlota se aleja dando saltitos y Deacon saluda tratando de recomponerse:

—*Hello!* Un placer.

Mi familia lo mira con curiosidad. Unos saben quién es. Otros no. Los que no saben quién es lo observan con tranquilidad, pero los que sí lo saben empiezan a dar saltitos de emoción.

—¿Tu novio es Deacon Black? —pregunta mi prima Cristina.

—¡Qué ojazos, hermana! —afirma Virginia.

—Pero ¿este no es el roquero? —pregunta mi primo el Pulga.

—Ya te digo que lo es —asegura mi primo Kiki.

—Somos amigos y, sí, es el roquero —respondo manteniendo la tranquilidad al ver como mi perro lo huele y Deacon, con mirada recelosa, está pendiente de él.

—Se me acaban de caer las bragas al suelo.

—Lourdes, ¡que entiende el español! —le reprocho.

—Joder, primula..., ¡está tan bueno que me gusta hasta a mí! —se mofa mi primo el Pope.

Mi prima Lourdes se pone roja, pero roja como un tomate, y con gesto de apuro, cuchichea ante la mirada de Deacon:

—Era una broma. Una bromita.

Sin embargo, cuando veo que comienzan a sacarse sus teléfonos móviles para hacer fotos o vídeos, voy a hablar, pero oigo que Deacon dice:

—¡Ni una foto ni un vídeo!... Por favor.

Ellos lo miran con gesto extraño, mientras yo exijo:

—¡Guardad los móviles! Y tú, Hugo, la cámara de fotos.

—Pero soy el fotógrafo de la familia —protesta mi sobrino.

Lo miro. Sé que a Deacon no le apasionan las fotos.

—Vale, tía. No te pongas así —musita mi sobrino ante mi gesto.

—¡Qué alto essss! ¡Y qué ojazosssss! —exclama mi tía.

—¿Este no es el que canta esa canciónnnn que dice «Oooooh, *babyyyyyyy*, guachimichú»? —canturrea mi primo el Pulga.

Me río; el gesto de Deacon ante el pésimo inglés de mi primo es para fotografiarlo, y afirmo sabiendo a qué canción se refiere:

—Lo es, Pulga. Lo es.

El revuelo entre los más jóvenes de mi familia era lo que esperaba. ¡Es Deacon Black!

—A ver —empiezo a decir—. Nadie puede saber que está aquí, ¿entendido?

—¡Jo, tía! —gruñe mi sobrino—. ¿Tú sabes la de seguidores que podría conseguir en mi Instagram si pongo fotos con él?

—¡Hugo, ni se te ocurra! —amenazo.

—Pero ¡es Deacon Black! —cuchichea mi prima Cristina.

—¿Y si prometo hacer fotos pero no subirlas? —insiste mi sobrino.

—Hugo, ¡no me jorobes!

—Tía, ¡confía en mí! —suplica.

Deacon me mira y niega con la cabeza. Y, mientras mi familia habla, dice y especula, yo cuchicheo mirándolo:

—Te prometo que no subirá ninguna.

Deacon sigue negando con la cabeza y musita:

—Si no tiene ninguna, ninguna podrá subir.

Lo entiendo. Entiendo su postura, como entiendo a mi sobrino, e insisto:

—Escucha, Deacon. Mi familia adora las fotografías porque son momentos congelados en el tiempo. Te juro, te prometo y te aseguro que nada de lo que Hugo haga saldrá de la familia.

Él me mira. Siento que me estudia, y finalmente dice:

—¿Lo prometes?

—Lo prometo.

Según oigo lo que acabo de decir, me regaño. Pero ¿cómo puedo prometer algo que yo no voy a poder controlar?

—Hugo, no me hagas quedar mal, ¿te queda claro? —insisto dirigiéndome a mi sobrino.

Mi sobrino asiente.

—Te lo prometo, tía.

Vuelvo a mirar a Deacon. Es el guaperas del pop rock por excelencia, y, como siento la necesidad de protegerlo, señalo mirándolos a todos:

—Es mi amigo y nuestro invitado y lo vamos a respetar. Por tanto, nada de selfis, nada de subir fotos a redes sociales, nada de vídeos y nada de decir que está aquí, o los periodistas vendrán y nos comerán.

Los miembros de mi familia se miran unos a otros. Comentan. Me entienden. E, instantes después, mi madre y mi tía, tras quitar a mi perro de en medio con cariño, ya están abrazando y besuqueando a Deacon, que las mira patitieso. ¡Pobre!

—¿Quién es el Tirillas? —me pregunta entonces mi yaya acercándose.

—Un cantante americano muy famoso.

—¿Y crees que es buena idea traerlo aquí?

Miro a mi abuela. Entiendo su pregunta. Entonces veo que lo escanea de arriba abajo y cuchichea:

—Guapo y alto es. Hacéis una bonita parejita.

—¡Yaya! —murmuro para que baje la voz.

—Pero bueno, Minirri... —dice ella de pronto—, ahora que caigo... ¿Este no es el muchacho de los pósteres que tienes en tu habitación? ¿El de los ojazos azules?

¡Los pósteres! Madre mía..., madre mía, que me había olvidado de ellos.

—La gira de la que vienes era la suya, ¿verdad? —añade.

—Sí, yaya.

Mis padres y mis tíos siguen abrazando a Deacon y hablando con él, y siento que lo están agobiando. Entonces mi hermano, al entender mi mirada, se acerca a él y se presenta tendiéndole la mano.

—Bienvenido, Deacon. Yo soy Adam, el hermano de Adriana. Él es mi marido, Carlos, y este caramelito es nuestra hija Aitana.

Con una sonrisa, Deacon los saluda. Y, tras ellos, mi tío vuelve a abrazarlo y a besuquearlo como si fuera uno más de la familia. ¡Lo que nos gusta el contacto físico! Pero, al ver el gesto de los brutos de mis primos, me pongo entre ellos y Deacon e indico antes de que le den alguno de sus famosos empujones o toquecitos:

—Deacon, estos son mis primos Kiki, el Pulga y el Pope. Primos, él es Deacon, y ¡cuidadito con él o la vamos a tener!

Aquellos, que son más bastos que un arado, asienten, y antes de que pueda remediarlo lo espachurran y lo empujan sin que yo pueda pararlo, mientras veo que Hugo hace fotos. ¡Joder!

Estoy observando aquello cuando coincido con la mirada de mi yaya y pregunto:

—¡¿Qué?!

—Americano como tu yoyo.

—¡¿Y...?!

—Y mira por dónde..., músico también.

—Es solo un amigo.

—Sí, sí, y yo no soy de Toledo, ¡soy checoslovaca!

—¡Yaya! No pienses cosas raras.

Mi abuela asiente.

—No pienso cosas raras, hermosa —cuchichea—. Pero tu yoyo comenzó como un amigo y al final me llevó al huerto. ¿O quizá lo llevé yo?...

—¡Yayaaaa!

Sonríe. Si alguien tiene buen humor en mi familia es ella. Se acerca a Deacon, le planta dos besos como dos soles y pregunta mirándolo:

—Hablas español, ¿verdad, hermoso?

—Sí, señora.

Mi abuela, que es la matriarca de mi familia, sonríe e indica mientras acaricia a mi perro, que se ha puesto al lado de Deacon:

—Soy Marieta, la yaya, y no sabes cuánto me alegro de oírte decir eso. Cuando yo conocí a mi marido, él no sabía ¡ni papa de español! A excepción de «ole», «jamón», «gilipollas» o «tortilla»... Y, madre mía, ¡qué agotador era estar todo el día haciendo señas con las manos hasta que aprendió!

Deacon parpadea. Imagino que no entiende el porqué de lo que dice mi yaya, y por su gesto creo que está sobrepasado de tanto beso, nombre, foto y sonrisita. Como él dijo, no es muy familiar.

Entonces mi abuela los mira a todos y, pasándose un dedo por el cuello, dice al más puro estilo de la mafia siciliana:

—Sabéis que esto de la discreción siempre ha sido algo importante en esta familia, por tanto, como me entere de que alguien se va de la lengua y nos joroba a todos, ¡le corto el pescuezo!

—¡Yayaaaaaa! —se mofan todos divertidos.

Ella sonríe. Yo también. Deacon la mira boquiabierto. De pronto mi padre dice:

—¡*Deacon*, aquí! ¡Túmbate en el suelo!

El aludido lo mira y se tensa. No entiende lo que mi padre ordena. Y yo, tomando aire, intervengo:

—Llama a mi perro, no a ti.

—¿Tu perro se llama *Deacon*? —me pregunta boquiabierto.

—Se lo puse en tu honor.

Me mira sin dar crédito. Madre mía..., madre mía... Cuando conozca al gato de mi yaya, que se llama *Trece*, creo que le va a dar algo. Debe de pensar que soy una friki en toda regla. Mi yaya me saca de mis pensamientos metiéndose entre nosotros y agarrándonos del brazo.

—Venga, Minirri. Ahora sí. Haz los honores —dice.

Y, tras echar un vistazo rápido a Deacon, que también me mira, le doy al botón del mando a distancia y todo a nuestro alrededor se ilumina como si fuera la mismísima casa de Papá Noel: renos en el techo que se mueven, cascadas de luces blancas a todo nuestro alrededor, muñecos de nieve parpadeantes y sonido de campanillas celestiales.

La cara de Deacon es para flipar, debe de pensar que estamos como verdaderas chotas, mientras mi familia aplaude encantada y dejando claro que ¡queda inaugurada oficialmente la Navidad!

Capítulo 13

Deacon

¡Maldita sea, ¿qué hago yo aquí?!

¿Cuándo van a parar con tanto beso y tanto abrazo?

Pero ¿acaso esto es la casa de Papá Noel?

¿En serio el perro se llama como yo?

Miro a mi alrededor, con mil preguntas sin contestar, y veo que sus caras de felicidad ante la horterada de luces navideñas no tienen igual. Se emocionan, se abrazan y se besuquean mientras yo quiero salir corriendo de aquí antes de que alguno de sus primos me vuelva a dar un golpe en la espalda. ¡Qué bestias!

Marga, la amiga de Adriana, me mira y sonríe. Y, tras decirle algo a Adriana al oído, se monta en su furgoneta y se va.

—Vamos, Tirillas —me dice entonces la abuela—, entremos, que hace mucho biruji.

¿«Mucho biruji»? ¿Qué es *mucho biruji*? ¿Y qué es *tirillas*?

—*Biruji* significa «frío» —aclara Adriana.

—¿Y *tirillas*? —pregunto.

—Un término cariñoso para decir «delgado».

Según vamos a entrar en la casa, veo al perro a mi lado. ¿Por qué no se aparta? Ignorándolo, me doy la vuelta y justo entonces uno de los primos pone el brazo sobre mis hombros y dice:

—¡¿Qué pasa, primulo?!

¿«Primulo»? ¿Qué será eso?

Acalorado porque todos me están hablando al mismo tiempo, consigo conectar con Adriana y, parándome con ella, cuchicheo:

—¿Adónde me has traído?

—A mi casa —y, antes de que yo vuelva a hablar, susurra—:

Ya te dije que en mi familia la Navidad es un momento muy especial.

Maldigo. Miro a los lados, pero solo veo oscuridad, nieve y campo. Andando no puedo llegar a ningún sitio. Tomando aire, voy a hablar cuando Adriana dice:

—Pulga, ¡ahora vamos!

—Daos prisa, primulosssss, que os quedáis sin el jamoncito del rico que he traído.

Tan pronto como aquel desaparece, voy a preguntar cuando Adriana indica:

—*Primula* o *primulo* es como decir «prima» o «primo».

—¿Se llama Pulga? —pregunto sin dar crédito.

—Es un apodo cariñoso. Su nombre es José Antonio..., ¿cómo se va a llamar Pulga?

La miro. Ella se ríe y luego añade:

—Kiki se llama Enrique y el Pope, Lorenzo.

Se oyen gritos, risas, y la Duendecilla musita:

—Relájate. Ahora hablaré con mis padres para lo de la casita. Y, una vez allí, te prometo que nadie te incomodará.

Asiento y tomo aire. No me queda otra que esperar. Entonces, al adentrarme en la casa, veo que la señora Marieta reparte unos jerséis de color verde.

Miro a Adriana. En mi mirada lee lo que pienso.

—Cuando se inaugura la Navidad, todos recibimos un jersey para decorar —indica.

—¿Para decorar?

Ella afirma con la cabeza y Marieta, acercándose, dice mirándome:

—Este para ti, hermoso. Como decía mi marido, siempre es mejor que sobre ¡que no que falte! Y, sí, siempre compro de más, por si alguien trae alguna visita inesperada.

Sin saber qué decir, miro el jersey y digo, mientras veo que el perro sigue a mi lado con la vista fija en mí:

—No, gracias.

—¿Cómo que no? ¿Acaso no vas a decorar tu jersey para el concurso?

¡¿Concurso?! ¡¿Qué concurso?!

Rápidamente Adriana coge mi jersey y le murmura a aquella:

—Yaya, ya se lo cojo yo.

La señora se lo entrega encantada y entramos en la casa. El puñetero perro no se despega de mi lado y los primos de aquella vuelven a rodearme y a hablarme los tres a la vez. Hablan tan rápido y tan alto que casi no los entiendo y, lo peor, no paran de empujarme. ¿Por qué me empujan?

Minutos después, cuando estos se alejan unos metros, veo a la derecha un enorme árbol de Navidad desnudo y, a la izquierda, un portal de Belén que ocupa media estancia. Mis ojos reparan entonces en un piano negro de pared de la marca Astor que hay en un lateral del salón. Parece antiguo. Seguro que lo tienen de decoración. Dudo que aquí nadie lo toque.

A la derecha veo una terraza cubierta que durante el día imagino que debe de tener unas vistas espectaculares, pero lo que llama mi atención son los cinco cubos de distintos colores que veo en el suelo y que recogen las gotas que caen del techo... ¿Tienen goteras?

Me acerco al belén. Recuerdo que todos los años mamá ponía en casa un pesebre como este, pero más chiquitito. Le encantaba comprar cada año una figurita nueva que yo guardo en una caja, y disfrutaba mucho poniéndolo. Recordar gusta, pero duele; de pronto siento que alguien pasa el brazo por debajo del mío y, al mirar, me encuentro con la señora Marieta, que pregunta con un gato en brazos:

—Prenda, ¿qué te parece el belén?

¡¿«Prenda»?! ¿Qué significará *prenda*? Y, joder..., ¡el gato es negroooo!

—Bonito. Muy bonito, señora.

—Ay, hermoso, llámame «yaya», como todos. Eso de «señora» me hace sentir más mayor.

Sorprendido, la miro. Ni de coña la llamo «yaya». Para mí es la señora Marieta, se ponga como se ponga. Sonríe, y, después de que el chaval nos haga una foto con su cámara, dice:

—Te presento a *Trece*. Nuestro gato.

El felino negro y yo nos miramos. ¿En serio es negro y se llama *Trece*? ¡Joderrrrr, qué repelús!

El gato se llama *Trece*. El número preferido de la Duendecilla es el ¡trece!

Sus ojos verdes son impresionantes y, cuando la mujer lo suelta en el suelo y este sale corriendo, ella indica:

—Este belén perteneció a mis abuelos, luego a mis padres, y ahora me pertenece a mí. Esas figuritas que ves ahí tienen más de cien años, y con el paso del tiempo hemos ido añadiendo más. En esta familia, cada uno de nosotros tiene su figurita, y, como manda nuestra tradición, la coloca en el belén. Y ahora que Adriana ha regresado tiene que colocar la suya.

Asiento; sus costumbres son sus costumbres. Entonces añade antes de marcharse:

—Recuerda comprar una figurita el próximo día que vayas al pueblo. Ella siempre te representará en el belén.

Al oír eso, cabeceo. ¡Me niego! Yo no quiero tener figurita ni en ese belén ni en ninguno. ¿Y qué es eso de que me representará?

—¡Te pillé! —oigo que exclama entonces alguien.

Bajo la mirada y veo a la niña rubia de antes agarrada de nuevo a mi pierna, con la boca y las manos llenas de chocolate. ¡Joder! ¡Maldita sea! ¡Cómo me está poniendo el pantalón!

La miro ceñudo a la espera de que me suelte. No tengo otro pantalón hasta que me compre alguno más. Pero, como mi gesto no la intimida, al ver que el perro sigue observándome, susurro:

—Puedes soltarme.

Ella niega con la cabeza y canturrea:

—No..., no..., no...

—Me estás poniendo pringado de chocolate —insisto.

—Me da igual.

Miro a mi alrededor. Necesito ayuda para quitármela de encima. Solo coincido con la mirada del perro, pero ni se mueve. Todos, incluida Adriana, hablan y ríen, por lo que miro de nuevo a la pequeña e insisto:

—¡Suéltame!

—No..., no..., noooo... —vuelve a canturrear.

No sé qué hacer. No sé cómo tratar a un niño. Siempre los mantengo lejos de mí porque nunca me he entendido con ellos. Entonces aquella, pringando mis pantalones de chocolate otra vez, pregunta:

—¿Tú eres un cabrón?

Parpadeo sin dar crédito. Pero ¿qué manera de hablar tiene esta niña? Y, sin querer contestarle a eso, indico:

—¡Esa palabra tan fea no se dice!

—¿El qué? ¿*Cabrón*?

¡Otra vez lo ha dicho! Y, consciente de que me mira con una sonrisita que me hace saber que tonta no es, a pesar de ser tan pequeña, murmuro:

—¡Suéltame!

—¿Por qué?

—Porque sí.

—¿Y por qué sí?

La niña ahora se cuelga de mi pierna y se agarra a mi cintura. ¡Maldita sea, que me baja los pantalones!

—Me gusta que seas mi tío —afirma.

—No soy tu tío...

—Pues ahora eres mi tío favorito.

¡¿Su tío?! ¡Yo no soy su tío! Pero ¿qué dice?

Y, cuando estoy a punto de arrancármela de la pierna, quizá de no muy buenos modos, Adriana llega junto a su madre y dice agachándose:

—Cosita, como no guardes los chocolatitos que te he traído, Kiki, el Pulga y el Pope se los van a comer toditos.

Según dice eso, la «Cosita» pone los pies en el suelo. Se suelta de mis pantalones y sale corriendo.

¡Maldita sea! ¡Cómo me ha puesto de chocolate!

Una vez que me ha liberado de ella, Adriana se pone en pie, y la madre, emocionada, dice abrazándome de nuevo:

—Ay, Deacon, qué placer tenerte aquí. Lo que le habría gustado a mi padre charlar contigo. ¡Tenéis tanto en común!

Asiento. No quiero ser antipático. Pero ¿qué tengo yo en común con su padre?

La señora Marieta llega. Mete en mi boca un trozo de jamón sin preguntar y, mirándome, dice:

—¡Come, Tirillas, que estás muy delgado! Este jamoncito es del bueno, del que no tenéis en las Américas. Es de la carnicería de Kiki, el Pulga y el Pope, y es de lo mejor.

Lo mastico. ¡Qué rico! Y, viendo como aquella me observa, comento:

—Muy bueno, señora.

—¿Otra vez, hermoso? Que no me llames «señora»... Soy la yaya. —Y, levantando la voz, indica—: Dentro de diez minutos os quiero a todos con las manos lavadas sentados a la mesa para cenar.

Me niego. No quiero cenar. No quiero llamarla «yaya». No quiero lavarme las manos... ¡Quiero marcharme de aquí! Cuando aquella se va, el padre de Adriana se acerca y, depositando algo en su mano, dice:

—Ha llegado tu momento.

Adriana sonríe. En su mano lleva una figurita del belén.

—Creo que este año voy a poner aquí mi pastorcita —murmura mirándolo.

Una vez que deja la figurita, veo que sus padres la besuquean por lo que acaba de hacer. ¿En serio? Y cuando terminan Adriana dice:

—Mamá. Papá. Necesito las llaves de la casita.

—¿Para qué? —pregunta el hombre.

—Es para Deacon. Creo que es mejor que se aloje allí.

Sus padres se miran sorprendidos, y luego la madre susurra sonriendo:

—Cariño..., ya eres una mujer adulta que no tiene que darnos explicaciones. Deacon y tú podéis dormir en tu habitación.

Niega con la cabeza. Yo también. Y el padre, dándome un golpe en la espalda, afirma:

—Muchacho, tranquilo. Entendemos lo que hay entre vosotros. Somos de pueblo, pero estamos modernizados.

¡¿Qué?! ¡¿Cómo?!

Veo que Adriana vuelve a negar con la cabeza, intenta aclararles que esto no es lo que creen, pero entonces oigo a su padre decir:

—Minirri, cariño. La casita se la hemos dejado a Pablo.

Según oye eso, a Adriana le cambia la cara. ¿Pablo? ¿Quién es Pablo?

—¿Y se puede saber por qué?

Honey, la madre, responde:

—Porque el muchacho la necesitaba. Le dieron la plaza de médico en el pueblo y sabes que también trabaja en el Hospital Universitario de Villalba. Y, claro, no iba a ir a Madrid todos los días y volver. Vale, cariño, sabemos que ya no sois pareja y lo respetamos. Pero entiende que nosotros le tenemos cariño. Ha sido uno más de la familia durante años y queremos ayudarlo.

Vale. Por el gesto de Adriana y las palabras de su madre, intuyo quién es Pablo: el ex, que, por cierto, es médico.

—Ni te imaginas lo mucho que está ayudando el chico en la recaudación de fondos para el colegio municipal —musita entonces el padre—. En octubre se hundió el tejado tras unas lluvias. Por suerte, ocurrió durante la noche y no pilló a ningún crío dentro. Si no, ¡imagínate qué tragedia!

Veo que Adriana asiente con pesar.

—En el pueblo todos estamos poniendo nuestro granito de arena para ayudar en la reconstrucción del colegio —prosigue la madre—, y te aseguro que Pablo no para de idear cosas para recaudar fondos. Ya sabes que las obras son costosas. Por cierto, Gregorio quería hablar contigo para el evento musical que están organizando en el polideportivo. Te necesitarían.

Adriana afirma con la cabeza con lentitud; procesa lo que sus padres le están diciendo. Entonces veo al sobrino fotografiarnos de nuevo y siento que la vena del cuello me va a explotar. Necesito salir de aquí, y digo con sinceridad:

—Creo que lo mejor es que llame un taxi y me marche para...

—¿Por qué te vas a marchar? —oigo que pregunta el padre—. Has venido con mi hija y eres más que bienvenido.

¡Maldita sea!

Mis palabras me van a hacer quedar como un borde. Un antipático. Pero la realidad es que no quiero estar aquí. Me incomoda el ambiente tan familiar, como me incomoda estar siendo observado todo el rato por el perro. Y, según voy a responder, llega la señora Marieta, me agarra del brazo y pregunta:

—¿Te has lavado las manos, corazón?

Como si tuviera cinco años, niego con la cabeza, y luego oigo que aquella ordena:

—Minirri, ¡ve con el Tirillas y lavaos las manos! Y venga, ¡a la mesa para cenar!

Adriana, descolocada, me coge del brazo y tira de mí.

Salimos a un pasillo largo, cómo no, seguidos por el perro. Caminamos por él y de pasada veo marcos con fotos colgados en la pared, pero no me fijo en ellos. Una vez que entramos en el aseo junto al perro, aviso:

—Si tu sobrino me hace una foto más, creo que...

—No te las hace a ti, ¡nos las hace a todos!

Nos miramos en silencio, y ella insiste:

—Tranquilo, Deacon. Mi familia entiende muy bien lo que es la discreción. Te aseguro que esas fotos no las va a ver nadie, a excepción de nosotros. Ten confianza. Por favor.

Suspiro. Asiento. La confianza no es algo que yo dé así como así, pero finalmente cedo.

—¿Pablo es tu ex? —le pregunto a continuación.

Ella afirma con la cabeza. Noto que eso la ha descolocado. Quiero saber, pero por su gesto intuyo que no le apetece hablar de ello. Al ver una puerta cerrada a mi derecha, imagino que tras ella está el retrete, y suelto:

—¡¿Minirri?!

Se hace un silencio incómodo. Es la primera vez que me ocurre esto estando con ella.

—Si en la casita está tu ex, ¿dónde me voy a alojar? ¡Sácame de aquí! —exijo.

Adriana vuelve en sí, me mira y rápidamente dice:

—Lo siento..., lo siento..., lo siento...

Ver su agobio me agobia más aún a mí. Ella abre el grifo, comienza a lavarse las manos y añade:

—No sabía que mis padres le habían dejado la casita a... a...

—¡¿Pablo?!

—Déjame que piense... Está mi casa de Madrid, pero dudo que los periodistas no te cacen en cuanto salgas a la calle. A ver..., dame un rato y te prometo que buscaré cómo sacarte de este lío. Ahora no puedo pensar con claridad.

¿Que no piensa con claridad?

Niego con la cabeza. No acepto eso. Soy lo suficientemente adulto como para estar donde quiero estar, y aquí, en medio de esta bulliciosa familia, que no para de darme besos y abrazos, no quiero estar.

—¿Tan difícil es llamar a un taxi? —protesto.

El perro ladra. Me mira. Lo miro. Y entonces veo que alza una pata.

—Quiere que le choques la pata —dice Adriana.

—¡¿Qué?!

Ella choca su mano con la pata del perro y, sonriendo, me anima:

—Venga, ahora tú. El pobre te lo está pidiendo.

Miro al animal. No, no pienso chocar la pata con él.

—*Deacon*, lo siento —suelta ella a continuación—, pero tu tocayo no quiere chocar la pata contigo.

Asombrado, veo como el animal da un lastimero quejidito y luego Adriana empieza a decir:

—A ver, Deacon...

—¿Hablas con tu perro o conmigo? —la interrumpo.

—Ahora contigo —afirma, y añade—: La inauguración de la cena de Navidad es imposible saltársela. Todos estaban esperando a que yo regresara para hacerla. ¿Cómo nos vamos a ir ahora?

—Tú no, ¡yo!

Pero ella niega con la cabeza.

—No puedes irte ahora.

—¿Por qué?

—Porque nooooo...

—¡Maldita sea!

—¿Quieres dejar de comportarte como el maldito Grinch?

Resoplo. Maldigo en inglés y, cuando voy a hablar, ella gruñe bajando la voz:

—¿De verdad que le vas a hacer ese feo a mi familia? ¡¿Tanto te cuesta ser agradable y cenar con ellos?!

Llegados a este punto, me cuesta todo. Estoy cansado. Agotado. Tomo aire, y murmuro viendo que el perro no se ha movido:

—Quiero irme. ¡No sé qué pinto aquí! Y luego está ese sobrino tuyo que no para de hacer fotos... ¿Para qué quiere las fotos?

—Tranquilo. A Hugo le apasiona la fotografía, y te repito que ninguna saldrá de su cámara. Es el fotógrafo de la familia y, como él dice, inmortaliza momentos y congela recuerdos.

Adriana se quita entonces la goma del pelo, se peina con los dedos delante de mí y, cuando vuelve a recogerse el cabello, continúa:

—A ver, estás con mi familia. Y, sí, somos algo ruidosos y besucones, pero somos buena gente. Cena y luego resolveremos el tema, por favor...

Según dice eso, me hace gracia. En ningún momento he pensado que fueran mala gente, solo que yo no estoy acostumbrado a un ambiente familiar. Entendiendo su gesto cansado y agotado, murmuro:

—De acuerdo. Cenaré. Pero una vez que acabe la cena, me voy.

Adriana asiente y me da un abrazo. Su cercanía me gusta. Su olor me agrada. Y entonces nos miramos. Nos miramos muy muy cerca y, cuando estamos a punto de besarnos, se oye un sonido hueco, se abre la puerta del retrete y Carlota, ese pequeño demonio de pelo rubio que se ha agarrado a mi pantalón, exclama:

—Me acabo de tirar un apestoso pedo ¡enormeeeeee!

¿En serio esa niña acaba de decir lo que he oído?

Un minuto después, los tres, más el perro, salimos del baño y entramos en el salón, donde toda la familia está sentada alrededor de una suntuosa mesa a la que me siento junto a Adriana y, cómo no, ¡el Monstruito! La verdad es que todo está riquísimo.

Capítulo 14
Adriana

Saber que Pablo está ejerciendo de médico en el pueblo me inquieta. Nadie me lo había dicho, ni siquiera Marga, ¡y la voy a matar! Y, bueno, el remate es que mis padres le hayan dejado la casita. Ese lugar en el que los dos disfrutamos infinidad de veces cuando venía a pasar los fines de semana conmigo a Navacerrada.

Y luego, a mi derecha, tengo a Deacon. Casi nos hemos besado en el baño... Por Dios, ¿qué estoy haciendo? Pero ¿en qué berenjenal me estoy metiendo?

Disfruto del jamoncito. Está de muerte. Lo que lo he añorado durante estos meses y la excelente comida que tenemos en España. ¡Viva la dieta mediterránea!

Deacon habla cuando le preguntan, pero siento que está incómodo. Y, la verdad, lo entiendo. Mi familia no para de preguntarle cosas y lo están atosigando. Y, bueno, luego están mis primos, que no dejan de hacerle bromas que creo que Deacon no entiende.

¿Por qué lo habré traído aquí?

Pienso en una solución. No quiero dejarlo tirado en el aeropuerto como si no me importara. Yo no soy así. Pero solo podré ayudarlo mañana, esta noche lo tengo complicado, y, conociéndolo, no me lo va a poner fácil.

¡A ver cómo terminamos la noche!

Mi sobrino Hugo me hace ojitos y sé lo que se me ha olvidado con el lío de la llegada de Deacon: ¡darles sus regalos! Por ello me levanto, le entrego la nueva cámara de fotos que le compré en un bazar de Tokio y su camiseta y su sudadera de *Naruto*, que recibe más feliz que una perdiz. A Aitana le doy el peluche, que rápidamente se lleva a la boca. A Carlota le entrego la muñeca de Wonder Woman y, cuando la ve, ¡se vuelve loca!, porque ella de mayor va a ser ¡Wonder Woman! Bendita inocencia.

A mi perro le doy un hueso especial que le he comprado. En Tokio causaba furor entre los animales y, por cómo lo rechupetea y lo muerde, me parece que el furor se le ha contagiado a él también. Y a *Trece* le doy un ratón de goma, que, la verdad, no veo que le haga mucha gracia.

Después saco los bombones, que todos reciben entre aplausos, pero cuando ven los disfraces de Papá Noel envasados al vacío, ¡se emocionan! Otra cosa muy distinta es ver el gesto de horror de Deacon, que es para grabarlo.

Llega el postre y mi yaya con mis sobrinos salen de la cocina con panderetas y la botella de anís cantando un villancico español. *¡La Marimorena!* Del susto, Deacon da un salto en la silla y mi familia canta feliz. Lo animan a que cante, pero este insiste en que no se sabe el villancico mientras sonríe. Sin embargo, lo conozco, y sé que por dentro se está cagando en mí.

Tras el primer villancico llega un segundo y, tras el tercero, todos aplaudimos y brindamos por el inicio de las Navidades, al tiempo que Hugo sigue haciendo fotos y noto que Deacon se contractura más y más quitándose a mi perro de encima una y otra vez.

Como cada año, mi yaya lo ha planificado todo. Sabemos que es una tradición y, como tal, la aceptamos. Es más, nos encanta ver a la yaya tan feliz. En el postre, nos entrega a todos unos pergaminos enrollados con los bordes requemados y atados con un lazo rojo. Manualidades de la yaya.

Al coger el suyo, Deacon me mira. Su mirada es de desconcierto, y yo solo puedo sonreír, mientras siento que me va a matar. Una vez que todos tenemos el pergamino, desatamos el lacito y la yaya dice:

—Miradlo. Apunté las ideas que fuisteis pasando por el grupo de WhatsApp. Si se me ha olvidado algo, me lo decís.

En semisilencio, porque el silencio absoluto en esta casa es imposible, todos miramos aquello; Deacon se acerca a mí y murmura:

—¿Qué es esto?

Sonrío. A ver cómo se lo explico. En ese papel está la planificación de la Navidad, desde la noche de la inauguración hasta el día 6 de enero. Es algo que los yayos comenzaron a hacer con sus hijos para tenerlos entretenidos y que, hoy en día, todos seguimos respetando, porque solo en Navidad nos volvemos a reunir.

El resto del año es complicado. Mi hermano vive en Ávila con su marido y su bebita. Yo viajo mucho por mi trabajo, mi prima Lourdes vive en Barcelona y, aunque el resto de la familia vive en Navacerrada, estar todos juntos es casi imposible. Por lo que sabemos que en Navidad es sí o sí. Somos una familia unida y deseamos seguir siéndolo.

En el pergamino leo cosas como «Montar el árbol y poner la estrella», «Hacer adornos caseros», «Concurso de jerséis navideños horteras», «Amigo invisible», «Cocinar galletitas navideñas», «Karaoke familiar», «Maratón de cine de Navidad», «Ayudar en el evento del polideportivo», «Cena de Nochebuena», «Boda», «Visionado vídeo boda», «Paella Alfonso», «Cena de Nochevieja», «Comida de Año Nuevo», «Concurso de disfraces», «Cabalgata de Reyes», «Comida de Reyes», «Fin de la Navidad y apagado de luces».

Leer todo eso me encanta. Sigo siendo una niña pequeña; la pitufa que disfrutaba de todas y cada una de las cosas que mis yayos organizaban para nosotros, y ahora, aun siendo adulta, me gusta participar en ellas para que mi yaya las disfrute. Ella se lo merece y todos pensamos igual.

Deacon me mira. Espera una contestación. Sé que no sabe leer ni escribir en español porque él me lo dijo. Yo también lo miro y digo, posando para un nuevo recuerdo de Hugo y su cámara nueva:

—Tranquilo. A ti no te incumbe nada de esto.

Asiente. Luego suelta el pergamino y pregunta:

—¿Por qué no llamas ya un taxi para que me lleve a Madrid? Me alojaré en cualquier hotel y mañana iré al aeropuerto para coger un vuelo.

—¿A Italia o Noruega?

Según digo eso, me mira. Intuyo que el tono me ha salido con algo de retintín, y no responde. Solo me mira con cara de «¡Llama al puñetero taxi de una vez!». Pero entonces mi sobrina Carlota se sube a sus piernas y, contemplándolo, indica con la boca abierta:

—¿Sabes, tío Deacon, que se me va a caer un diente? ¡Se mueve!

Según dice eso, no sé por qué sonrío. Bueno, sí. Por ver la cara de horror de Deacon cuando la cría se menea el diente, pero indico:

—Carlota, Deacon no es tu tío.

—Sí lo es.

—No lo es, Cosita —insisto.

—Pero yo he dicho que sí.

Deacon, que está tieso como un palo con la niña encima, solo nos mira. Y Carlota, incorporándose, pone sus manitas regordetas en el rostro de aquel y, apretándole los mofletes, murmura:

—¿A que tú quieres ser mi tío favorito?

Él no contesta. Me entra la risa y, levantándome, cojo a Carlota, se la quito de encima y digo:

—Anda, Monstruito. Ve con tu padre un rato.

Una vez que la niña se marcha a regañadientes, siento que Deacon toma aire.

—Además de la Navidad, ¿tampoco te gustan los niños? —pregunto curiosa.

Deacon me mira. En sus ojos veo algo que no entiendo.

—Ni los perros —responde—. Ni los gatos. Y, por cierto, ¿por qué no me dijiste que tenéis un gato negro que se llama *Trece*?

—Porque quería sorprenderte. —Me río.

Durante la siguiente hora mi familia ríe y habla alrededor de la mesa mientras tomamos café y crema de orujo. Como es costumbre entre nosotros, contamos anécdotas divertidas y ahora Deacon ríe a carcajadas, me mira con complicidad, bromea conmigo ante todos y, por fin, lo veo relajado y disfrutando del momento. Eso me hace feliz.

¿Y si le dijera que me llaman «Minirri» por mi yoyo y que está con la familia de River Samuel Robinson...? ¿Qué pensaría?

Pero me callo. Es lo mejor, y más sabiendo que se va a marchar.

Mi madre me guiña el ojo. Mi padre también. Todos en la familia son conscientes de nuestra conexión. De pronto mi hermana, viendo que Carlota duerme sobre el sofá, dice levantándose:

—Hugo, despídete, coge tus regalos y ponte el abrigo. Lucas, coge a Carlota. Yo voy arrancando el coche y, en dos minutos y no más, os quiero fuera.

Dicho y hecho. La organización de mi hermana con su familia es militar. Ella ordena y todos obedecen. Bueno, Carlota... es Carlota.

Tras marcharse ella, mi hermano y su marido se van a dormir con Aitana. Al igual que yo, se quedan en la casa familiar, y mis tíos y mis primos se marchan a la suya. Eso significa una ronda de besos y abrazos, y reconozco que sonrío al notar que a Deacon le va a explotar la vena del cuello.

Una vez que se van, él se levanta y me mira inquieto, pero mi yaya se acerca a nosotros y dice mirándonos:

—Iros a dormir. Ya está todo preparado en tu habitación. Tenéis cara de cansados.

—Se lo agradezco, señora, pero es mejor que me vaya a un hotel —dice Deacon.

Mi yaya lo mira. Y, con esa seguridad que le ha dado la vida, pregunta:

—¿Cuántos años tienes, Deacon?

—Treinta y siete, señora.

Mi yaya asiente y, tomando aire, indica:

—A ver, hermoso, con treinta y siete años que tienes tú, y con treinta y cuatro que tiene mi Adriana, ya sois mayorcitos para acostaros o levantaros con quienes vosotros queráis. Así pues, ¿por qué no os dejáis ya de tonterías y os vais a dormir, que tenéis cara de agotamiento?

Joder con mi yaya.

No me muevo. Deacon tampoco. Está claro que todo el mundo piensa lo que no es. Y entonces mi padre suelta:

—Por favor, muchachos, que estamos en el siglo XXI y se nota a la legua la complicidad que hay entre vosotros. ¡Dejad de disimular!

Pero ¿qué está diciendo mi padre?

Ya no sé qué decir para hacerles creer que lo que piensan no es así, y me quiero morir. Deseo que la tierra se abra bajo mis pies. Quiero volatilizarme literalmente y desaparecer...

—Vamos, Minirri, ¡iros a la cama! —insiste mi madre.

Deacon y yo nos miramos. Esto es surrealista. Pero entonces él, sorprendiéndome, empieza a moverse y dice:

—Tienen razón. Mejor vayamos a descansar.

¿En serio he oído bien?

¿Encima les está dando la razón?

Sin más, les doy un beso de buenas noches a mis padres y a mi abuela, oigo que Deacon se despide de ellos también y, cuando salimos en dirección al pasillo, lo miro y él murmura con seriedad:

—Vayamos a tu habitación.

Capítulo 15

Deacon

Sin hablar, camino detrás de Adriana, junto a la que va el perro que lleva mi nombre.

En silencio, subimos a la primera planta y, al pasar junto a varias puertas, me indica que son las habitaciones de sus padres, su abuela, su hermano, y al final llegamos a la suya.

Al entrar, lo primero que llama mi atención es que las paredes del cuarto están repletas de pósteres, especialmente míos... ¿En serio?

Boquiabierto, lo miro todo a mi alrededor. Aquella habitación no es de una mujer de su edad, sino de una adolescente.

—¿Treinta y cuatro años ha dicho la señora Marieta que tienes? —cuchicheo divertido.

Me mira, sonríe y no contesta. Sin embargo, por su gesto, intuyo que oculta algo.

Mi guitarra y mi mochila están sobre una silla, y, una vez que entramos en la habitación y el perro se sube con toda la tranquilidad del mundo a la cama, pregunto:

—¿Él duerme aquí?

Adriana, al ver que señalo al animal, me reta:

—Intenta echarlo si te atreves.

Miro al perro. Él me mira a mí.

—¿Puedo fiarme de él? —pregunto incómodo.

—Tanto como él de ti.

Resoplo. Maldigo. El perro no es muy grande, sino más bien mediano, y de color beige y marrón.

—¿De qué raza es?

Adriana lo mira con cariño. Se acerca a él y el perro comienza a mover el rabo feliz. Nunca he tenido una mascota. Durante varios segundos oigo que le habla como si fuera un niño pequeño y, cuando se aleja de él, me dice:

—Mil leches.

¿«Mil leches» es una raza?

Pero, sin preguntar, asiento. Miro al perro, que no me quita ojo, mientras Adriana me cuenta:

—Lo adopté hace seis años, cuando tenía uno. Su dueña murió en un accidente de tráfico y la hija no quiso hacerse cargo de él, por lo que terminó en una protectora. Y, bueno, cotilleando por internet leí su historia, vi su foto, y fue amor a primera vista.

¿Amor a primera vista con un perro?

Si no lo creo entre humanos, como para creerlo entre humanos y animales...

—Siento toda esta ridícula situación, pero entiende que es tarde, y a ellos que te fueras a Madrid a estas horas para dormir en un hotel no les entra en la cabeza.

Acercándome a ella para que no nos oigan, indico:

—A las nueve de la noche te he dicho que me quería ir.

—Ya, pero...

—Adriana —la corto—, agradezco tu amistad. Lo que me dijiste en el aeropuerto te aseguro que nunca lo olvidaré, pero yo no busco en ti otra cosa.

—Ni yo en ti, ¿qué te has creído?

—¿Y por qué no paran de emparejarnos?

—Porque, como habrás podido comprobar, desean un novio para mí. Son así de tradicionales, ¡qué le vamos a hacer!

Maldigo. Entiendo. Mi madre, cada vez que me veía con una chica, rápidamente me preguntaba si era mi novia. Y, tomando aire, insisto:

—Me escapé de ese avión para descansar, desconectar y olvidarme de todo. No para meterme en el epicentro de la puñetera Navidad, que me endosen una novia y no paren de hacerme fotos.

Asiente, sé que me entiende.

—Te prometo que mañana lo solucionaré —murmura.

—Mañana me llevarás al aeropuerto —afirmo.

—Sin falta.

Ahora el que asiente soy yo y, mirando la cama, pregunto:

—¿Dormiremos ahí?

—Es una cama de uno treinta y cinco. Creo que entramos.

Resoplo. Soy un tío grande. Estoy acostumbrado a dormir en camas de dos metros cincuenta por dos metros cincuenta, pero, al ver el rostro cansado de ella, sé que por mucho que proteste nada voy a solucionar.

—Entraremos —digo.

No dice nada. Solo veo que sonríe.

—Quiero lavarme los dientes —pido entonces.

—¡¿Y...?!

—Que necesito un cepillo.

Adriana me mira, levanta las cejas y pregunta:

—¿Pretendes que te deje mi cepillo de dientes? Porque, perdona que te diga, pero eso es una guarrada y...

—¡No digas tonterías! —protesto—. Solo te pregunto si tienes un cepillo extra.

Adriana sonríe y cuchichea:

—¿A que no te has llevado el neceser de cortesía que nos dieron en el avión por ir en *business*?

—No.

—¿Por qué?

—Nunca lo cojo.

—¡Pues muy mal! —me regaña.

Sin dejar de mirarnos, ella abre el bolso y saca el neceser.

—Siempre vienen muy bien —dice agitándolo—. Pues, entre todas las cositas útiles que trae, hay un cepillo de dientes. Anda, ¡toma!

Miro lo que me ofrece y, sin rechistar, lo cojo. En la vida he abierto un neceser de avión.

—Esa puerta es el baño —me explica.

Sin hablar, me dirijo hacia la puerta que señala y, algo molesto, me lavo los dientes mientras miro a mi alrededor. ¡Qué pequeño es todo y qué viejo!

Cuando termino me dirijo a la cama y, cuando voy a sentarme en ella, oigo:

—Este es mi lado.

Vale. Es su cama. No voy a decir nada, pero este es mi lado también. Rodeo la cama y, cuando voy a sentarme, oigo un gruñido.

—*Deacon*...

—¡¿Qué?!

Según la miro, sonríe. No es a mí a quien habla, y prosigue mirando al perro:

—*Deacon*..., no te lo comas.

—¡¿Muerde?! —pregunto.

Veo que la muy bruja se ríe y responde:

—Si le chocaras la pata, te querría más.

No. No pienso hacerlo. Es ridículo. Y, mirando a aquel, cuchicheo:

—No sé si te voy a perdonar que tu perro se llame como yo.

Ambos sonreímos y de pronto reparo en unas fotos que hay pegadas en el cristal de la cómoda. En ellas se ve a Adriana muy acaramelada con un tipo con bata de médico, y, señalándolas, pregunto:

—¿Pablo?

Ella mira y asiente. Viendo que no va a decir nada más al respecto de aquel, y recordando algo que le he oído decir a su amiga Marga, quiero saber:

—¿Qué es un «todólogo»?

Según digo esa palabra, veo que sonríe.

—Un todólogo es una persona que dice saber de todo creyéndose muy listo, pero realmente no entiende de nada —indica.

Lo entiendo, sonrío y, mirando los pósteres que tiene colgados en la pared, declaro al ver uno enmarcado.

—Me sorprende que sepas quién era River Samuel Robinson.

—El guitarrista del grupo Crazy Life y, para mí, el mejor guitarrista de todos los tiempos.

Sorprendido, la miro; saber que conoce a aquel al que yo admiro me hace gracia, y afirmo, mientras pongo mi teléfono móvil a cargar en la mesilla:

—Muy buen criterio, Duendecilla. Muy bueno.

Ambos nos reímos, y de pronto veo que ella dice mirando a nuestro alrededor:

—Mis padres y la yaya conservan la habitación tal y como la dejé en su momento. Les gusta seguir encontrándose con la niña que fui. Pero créeme que, en mi casa actual en Madrid, la decoración es diferente, y no hay ni una sola foto tuya.

—¡Qué decepción! —me mofo.

Acto seguido, me lanza un cojín y, divertido, lo paro y se lo lanzo yo de nuevo. Durante unos instantes mantenemos una tonta batalla de cojines y, cuando acabamos, indico:

—Venga. Durmamos.

Me siento en la cama. Esta vez el perro no gruñe, y me quito las zapatillas de deporte, los calcetines, los pantalones, que están bien pringados de chocolate, y la camisa. El frío hace que tirite y, dejando la ropa sobre una silla, me meto en la cama y me arropo hasta la barbilla.

—¿Quieres una camiseta o algo?

Según la oigo, niego con la cabeza.

—No. Enseguida entraré en calor. Pero si el perro tiene que dormir en la cama, por favor, que lo haga en tu lado.

Adriana me mira, debe de pensar que soy un idiota, y a continuación veo que abre un cajón, saca algo de él y pregunta:

—¿Rojo, amarillo o verde?

Miro lo que me enseña y, sin pensar, respondo:

—Verde.

Asiente. Guarda el resto en el cajón y, curioso, pregunto:

—¿Qué es eso?

—Un pijama antimorbo.

Parpadeo sin dar crédito, y ella indica divertida:

—Son pijamas que utilizo cuando tengo noches temáticas con mis sobrinos. El rojo es de Wonder Woman, el amarillo de Pikachu y el verde, de La Masa.

Wonder Woman y La Masa sé quiénes son. Pikachu, no. Y, cuando voy a preguntar, me hace un gesto con el dedo.

¿En serio pide intimidad cuando hemos tenido sexo?

Pero, por respeto, hago lo que pide. Me doy la vuelta para no mirar. Oigo sus movimientos. Imagino que se quita las botas, el jersey, los pantalones. Imaginar de pronto me excita y, no, no puedo excitarme. No es momento ni lugar.

—Ya puedes volverte.

Según dice eso, cambio mi postura y, al mirarla y verla con un mono verde que se cierra con una cremallera sobre el pecho, afirmo:

—Antimorbo total.

Ella se ríe y, soltándose el cabello, asegura mofándose:

—Por eso me lo pongo. No quiero tentarte. ¡Soy irresistible!

Segundos después se sienta en la cama y apaga la luz.

Me pongo boca arriba y entonces, cuando mis ojos se acomodan a la oscuridad, veo al perro, que está tumbado a su derecha, con la cabeza sobre su pecho, mirándola. Ella lo besuquea. Le da mimos. Por cómo se miran, intuyo que tienen una conexión muy especial, y la oigo murmurar:

—Yo también te he echado de menos. Mamá ya está aquí.

—¡¿Mamá?! —pregunto curioso.

Al oírme, Adriana sonríe y, mirándome, indica:

—Para él soy su mamá. Y para mí él es mi niño. Mi hijo.

Boquiabierto, asiento. Mi frialdad de sentimientos creo que no me deja entender esa absurdez. Entonces, al ver que ella mira hacia el techo, pregunto:

—¿Qué significa *prenda*?

La comisura de sus labios se curva antes de responder:

—Te lo ha llamado mi yaya, ¿verdad?

—Sí.

—Es simplemente una palabra cariñosa. Es como decirte «bonito», «guapo» o «cielo».

Es lo que imaginaba.

—Cuando Marga se refería al Todólogo —añado—, ¿hablaba de tu ex?

—Sí.

—¿Es médico?

—Sí.

—¿Qué clase de médico?

—Médico de familia.

—¿Puedo preguntarte qué ocurrió entre vosotros?

Adriana afirma con la cabeza. Y, oculta por la oscuridad de la noche, se da la vuelta para quedar frente a mí y dice:

—Lo pillé manteniendo una relación paralela a la nuestra.

—Vaya..., lo siento.

En silencio, y a través de la oscuridad que nos rodea, nos miramos; entonces prosigue:

—Mis continuos viajes nunca le gustaron, como no le gustaba mi trabajo, ni a él ni a su familia. Y, bueno, quise sorprenderlo adelantando la vuelta de uno de mis viajes, pero la que se sorprendió fui yo al llegar a su casa y encontrarlo durmiendo en la cama con María Rosa, una pelirroja del pueblo. Y, bueno, igual que llegué, me marché sin hacer ruido.

Según oigo eso, asiento. Algo parecido me pasó a mí el año pasado con Emma, pero en mi caso sí hice ruido.

—Tres días después —agrega—, cuando procesé lo ocurrido, quedé con Pablo y le dije lo que había visto. En un principio me lo negó. Pero, cuando propuse llamar a María Rosa por teléfono, me confesó que llevaban viéndose meses.

—¡¿Meses?!

Adriana asiente con calma y afirma:

—Sí. Meses en los que no solo me había mentido a mí, sino también a ella, diciéndole que nuestra relación estaba muerta y enterrada.

—¡Será cabrón!

—Muy cabrón —asegura, y tomando aire añade—: Así que rompí con él. Le devolví la llave de su casa. Me devolvió la llave de la mía. Y le pedí que guardáramos en secreto la realidad de nuestra ruptura para todo el mundo, incluida María Rosa.

—¿Por qué hiciste eso?

—Porque Pablo no es mala persona, y ella tampoco. Fallos los cometemos todos. Y no quería que mi familia les cogiese manía. Decidí contarle a todo el mundo que yo rompí la relación porque prefería mi trabajo a tener novio. Ser la mala; y acabar con el tema.

—Pues muy mal.

—Posiblemente. Pero me dio por ahí y, para mi suerte, cuando estaba deseosa de marcharme de Madrid, me salió ser técnica de sonido de cierto *tour* por Asia, y, sin dudarlo, lo acepté.

Habla de mi gira. Lo entiendo así. Como entiendo que aceptó para huir. Nos volvemos a quedar en silencio y yo, deseoso de saber, vuelvo a preguntar:

—¿Llevabais juntos mucho tiempo?

—Seis años, diez meses y diecinueve días.

La precisión de su respuesta y el tono de su voz me hacen preguntarle:

—¿Lo echas de menos?

—Esta es mi primera Navidad sin él. Y, bueno, a Pablo le gusta mucho la Navidad. Se implicaba mucho con mi familia en estas fechas, y eso me agradaba.

Entiendo, es comprensible. En ocasiones, los vínculos emocionales tardan en desaparecer.

—¿Te has planteado volver con él? —pregunto.

—No.

—¿Por qué?

—Porque siempre nos dijimos que nos lo contaríamos todo y él no lo hizo.

Sonrío. Pienso en Emma. Me enteraba de sus escarceos por las redes sociales o porque yo mismo los pillaba.

—Contar una infidelidad no ha de ser fácil —musito.

—Pues yo lo hice.

Oír eso me sorprende. ¿Ella fue infiel? Y con tranquilidad indica:

—Conocí a un chico hace tres años en una fiesta. Fue solo una noche. Pero, siendo fiel a mi promesa, se lo conté a Pablo. Le di la opción de saber la verdad y de que eligiera si quería continuar conmigo o no. No es fácil contar algo así. Es muy duro, y reconozco que fue vergonzoso. Pero si quieres a alguien y, sobre todo, si lo respetas, has de ser sincero.

Asombrado, la miro. Adriana es auténtica. Mucho. Y pregunto:

—¿Qué dijo él?

—¿Sabes que me estás recordando a mi sobrina con tanta pregunta?

Pensar en la niña a la que se refiere hace que ponga los ojos en blanco, pero entonces ella, sonriendo, explica:

—Se enfadó, porque es celoso. Estuvimos sin vernos un mes, pero al final me llamó, quedamos y proseguimos con la relación.

—Mi relación con Emma fue complicada —suelto en confianza—. Durante los diez años que estuvimos juntos tuve que soportar demasiadas veces que sus padres me menospreciaran por ser simplemente un cantante de rock que provenía de un barrio humilde. Nunca quisieron conocer a mi madre. Para ellos era poco. Y lo era porque deseaban para su hija a un hombre que perteneciera a una prestigiosa familia y que poseyera varios títulos universitarios.

—¡Idiotas!

—Así son ellos.

Nos miramos, nos entendemos.

—Si esa gente te hizo sentir eso y no quiso conocer a tu madre, que te quede claro que ellos eran poco para vosotros —matiza—. En la vida no todo son títulos universitarios ni familias prestigiosas. Y, perdóname, pero, tras conocer a Emma, que te quede muy pero que muy claro que tu madre te educó muy bien. No puedo decir lo mismo de los padres de Emma.

Oír eso me gusta; que la Duendecilla valore otros aspectos de la persona que no sean los títulos universitarios y ensalce la educación que me dio mi madre es agradable.

—¿Estabas enamorado de Emma? —me pregunta a continuación.

Sin dudarlo, niego con la cabeza.

—Tuve una conexión al principio, pero lo que le siguió no sé ni cómo llamarlo. Hubo momentos bonitos, aunque, si valoro la cantidad, creo que fueron más negativos que positivos.

—Yo también tuve buenos momentos con mi ex.

—¿Tú estabas enamorada de él?

—Sí. Soy una romántica. Y espero algún día encontrar a «mi siempre».

—¡¿«Mi siempre»?!

Veo que sonríe, tiene una bonita sonrisa, y musita:

—«Mi siempre» es esa persona que te hace ver la vida bonita y especial, que te suma y no te resta y con la que deseas estar... siempre.

Asiento. Creo que, sin haber encontrado «mi siempre», la he entendido.

—Yo no creo en el amor —indico.

—Lo sé. Tú crees en las conexiones —afirma.

Oír su tono al decir eso me hace sonreír, y le explico:

—Por las conexiones perdoné los desprecios que su familia me hacía, como le perdoné demasiadas infidelidades a ella. Cargué con muchas culpas ante la prensa para no perjudicarla en su carrera y su entorno social, hasta que finalmente decidí acabar con la relación y con las malditas conexiones.

—¿Tú nunca le fuiste infiel?

Niego con la cabeza. Me crea o no, digo la verdad. Y, al ver su gesto de sorpresa, indico:

—Se puede ser fiel aun siendo músico y roquero. —Ambos sonreímos y luego añado—: Cada vez que yo me acostaba con una mujer era porque nuestra relación se había roto. Ni una sola vez lo hice estando con ella, cosa que ella no puede decir.

—¿Y por qué ella, aun habiéndote sido infiel tantas veces, sigue buscándote?

—Si te soy sincero, no lo sé. Solo sé que, cuando está conmigo, no me valora, y cuando no está conmigo, quiere volver.

Nos miramos en silencio a través de la oscuridad. Las relaciones de pareja nunca son fáciles.

—No hay nada más tóxico que una persona que no se va, pero que tampoco se queda —dice ella entonces—. Que no sabe tenerte, pero no te suelta, y que quiere tenerte, pero no te cuida.

Me gusta lo que ha dicho. Siento que el vello de mi cuerpo se eriza.

—Eres una monstrua, Duendecilla —murmuro.

Sonríe. ¡Qué preciosa sonrisa tiene! Y luego pregunta con voz cada vez más cansada:

—¿Y eso a qué viene ahora?

Con cariño, saco la mano de debajo de la sábana. La pongo sobre su cabello y, tocándole la cabeza con mimo, como me hacia mí madre para que me durmiera, digo:

—Porque nunca había oído a nadie decir lo que has dicho, con tanto sentido común y con tanta razón.

Ambos sonreímos de nuevo, hasta que oigo al perro gruñir y Adriana ordena:

—*Deacon*, para...

—¿Paro?

—No. Tú no. Me encanta lo que me haces en la cabeza.

El perro se calla. Me observa con atención como lo observo yo a él, y sigo acariciándole la cabeza con cariño a la Duendecilla, hasta que el sueño nos vence.

Capítulo 16

Adriana

13 de diciembre

Cuando me despierto, huelo a pan recién hecho y sonrío. Estoy en casa de la yaya.

Noto el hocico de mi perrete metido en mi cuello, y de pronto soy consciente de que alguien me abraza por detrás, y, sin necesidad de mirar, sé que es Deacon.

¡Ufff, madre mía!

Apenas sin moverme, bajo la mirada a mi cintura y veo sus brazos alrededor de ella. Vamos, que estamos haciendo lo que se dice vulgarmente la «cucharita». ¡Qué monos!

Por su respiración intuyo que sigue dormido y, mirando a mi perro, que ahora me observa, le sonrío y él parece sonreírme a mí. Sin duda, está contento de mi regreso.

Miro el póster que tengo enmarcado de mi yoyo en la pared, el póster de River Samuel Robinson, y sonrío. Ni por un segundo Deacon se ha percatado de que aquel es mi abuelo. Mi yoyo. Acto seguido observo los pósteres de Deacon que hay en la pared. ¿Quién me iba a decir a mí cuando los colgué que un día ese cantante iba a estar aquí? ¡En mi cama!

Estoy pensando en ello cuando oigo:

—Buenos días, Duendecilla.

Eso me hace sonreír y entonces él, moviéndose, me suelta y pregunta:

—¿Qué hora es?

—La una y diez del mediodía —indico cogiendo mi teléfono.

—¡Joder, qué tarde!

—Lo es —afirmo.

Deacon me mira. Tiene los ojos hinchados y, mientras se toca los hombros, susurra mirando a mi perro:

—Esta cama es muy pequeña para los tres.

Asiento y me fijo en una cadena que lleva al cuello con un anillo colgando de ella. Para dormir tres, se puede decir que es justa.

—No te quito la razón —murmuro.

Mi perro se pone a los pies de la cama y yo me incorporo. Deacon se incorpora también y mis ojos se van derechitos a su torso desnudo. Madre mía, qué cuerpazo tiene. Rápidamente mi cabeza comienza a rememorar la noche que pasamos juntos.

Desde la cama observo que camina hacia la silla y, parándose, pregunta:

—¿Dónde está mi ropa?

Cuando miro hacia la silla, suspiro. Y, segura de lo que voy a decir, indico:

—Mi madre o la yaya se la habrán llevado para lavar.

—Pero ¡no tengo nada que ponerme! —gruñe tocándose el anillo que lleva colgado de la cadena.

Lo sé. Tiene razón. Y, tras levantarme, abro un cajón de la cómoda y saco varios pantalones de chándal.

—Ponte el que quieras.

Deacon los coge. Los mira. Son de mi talla, no de la suya. Y, con un gesto que me hace gracia, pregunta:

—Estás de broma, ¿verdad?

Sonrío y cuchicheo:

—¡Es bromaaaaaa!

Mi broma veo que no le hace ni puñetera gracia, y mientras mira un calendario que tengo en la pared oigo que dice:

—Joder..., hoy es 13.

Su comentario me hace reír, no lo puedo remediar, y, sin pensarlo dos veces, exclamo:

—Uisss... Uisss... ¡Qué mal augurio pasar tu primer día con mi familia en un día 13!

—No tiene gracia.

—Para ti no..., ¡para mí sí! —me mofo.

Según digo eso, me mira muy serio, e indico señalando el baño:

—Anda, maldito Grinch, ve duchándote, que luego me ducharé yo. Seguro que mi hermano o su marido tienen algo que puedan prestarte.

Y, sin más, sin dejarlo hablar, salgo de la habitación a toda mecha o me lanzaré a sus abdominales.

Oigo voces en el salón y musiquita navideña de fondo. Al entrar, veo a mis padres con la yaya. También están mi hermano y su marido, Carlos, con la pequeña Aitana, y mi hermana Virginia, que ha vuelto, y dice:

—Hombre, ¡ya era hora, ¿no?! ¡Qué manera de dormir!

La miro y asiento. Entiendo su sarcasmo, pero tengo *jet lag*.

—¿Has dormido con esas pintas? —pregunta entonces mi madre.

Soy consciente de que llevo mi pijama de La Masa, bautizado ahora como «pijama antimorbo», y, tras asentir, pregunto dirigiéndome a mi yaya:

—¿Dónde está la ropa de Deacon?

—En la lavadora, cariño. Ayer Carlota se la puso perdida de chocolate, ¿o no te diste cuenta?

Afirmo con la cabeza. Me di cuenta, como se dio cuenta todo el mundo.

—Por cierto, hermosa —añade mi abuela—. Sin camisa, el Tirillas ¡no es tan tirillas! ¡Qué hombros tiene!

—Yayaaaa...

Todos ríen por lo que acaba de decir mi abuela y, acto seguido, ella comenta divertida:

—Tengo puesta en bucle la lista de Spotify que creaste el año pasado para mí con canciones de Navidad... ¡Mira que me gustan!

En este instante suena *Santa's Coming for Us*, de Sia, y afirmo sonriendo:

—¡Me encanta que te encante! Ya te la ampliaré.

Nos abrazamos y sonreímos. Nos queremos. La Navidad siempre es muy especial para las dos. Entonces oigo que mi cuñado Carlos dice:

—Sobre la mesa he dejado un par de pantalones vaqueros, dos camisetas, un jersey y un par de bóxeres que tenía sin estrenar.

Creo que Deacon y yo tenemos más o menos la misma talla. Lo que no sé es si tendremos el mismo gusto.

Encantada, miro lo que Carlos indica; como siempre, mi familia acude al rescate. Lo abrazo y afirmo besándolo:

—Eres un amor, Carlos.

Acto seguido cojo a Aitana en brazos. Cuando me fui de viaje tenía cinco meses y ahora, dentro de poco, ya va a cumplir un año. Está preciosa. Es una niña muy sonriente y su cara de bollito me encanta.

—Tranquila —musito—. No permitiré que te pongan dentadura postiza.

Carlos sonríe al oír eso y, bajando la voz para que Adam no lo oiga, asegura:

—Ni yo. Aunque tu hermano está muy pesadito con el tema dientes.

Nos miramos con complicidad y en ese momento mi hermana se acerca, me coge del brazo y, alejándome de nuestro cuñado, murmura:

—Tienes que hablar con Hugo sobre lo que te comenté. —La miro sin saber a qué se refiere. Entonces añade—: Temita preservativos.

—Joder, Virginia.

—Tú mejor que nadie para hablar con él, ¡y lo sabes!

Vale. Lo entiendo. Mi sobrino siempre me ha escuchado a mí más que a sus padres.

—¿Y qué quieres que le diga? —pregunto.

Mi hermana parpadea. Luego levanta el mentón y responde:

—Ah, tú sabrás. ¿No eres su tía «guay»?

Ese comentario me hace sonreír.

—Vale. Hablaré con él —susurro tras tomar aire.

Una vez que mi hermana se separa de mí y le doy un besito en el cuello a Aitana, mi padre pregunta:

—Pero ¿cómo se puede ir por la vida sin maleta?

A grandes rasgos, les cuento que Deacon se bajó del avión ante el acoso de su exnovia, y mi yaya musita:

—Si yo fuera su exnovia, lo acosaría también.

—¡Yayaaaaa!

—Pero, Minirri, ¿tú has visto lo bien hecho que está ese muchacho? ¡Qué ojos azules!

—Mamááááá —se mofa mi madre.

—Entonces, ¿Deacon es tu novio? —pregunta mi hermana.

—Claro que lo es, o no lo habría traído aquí.

—¡Yayaaaa, ¿qué dices?! —murmuro molesta.

Mi abuela se ríe, niega con la cabeza, mientras mi madre dice:

—Virginia, no seas tan indiscreta con tu hermana.

—Pero, mamá —insiste—, es bueno que sepamos cómo tratarlo, y más después de que esta inconsciente dejase al pobre Pablo.

Resoplo. Lo de «pobre» se lo podría ahorrar.

—Paso... —declaro.

El debate se abre. Entre ellos hablan de si Deacon es mi nuevo novio o no lo es. Del problema que sería para todos si la gente supiera que está en casa, y yo los escucho sorprendida; entonces mi hermana suelta:

—Hugo está revolucionado con Deacon. Anoche, en el camino de regreso a casa, no podía dejar de hablar de él, y esta mañana, cuando lo he llevado en el coche al colegio, ha ido viendo en su móvil algunas actuaciones.

—Yo quiero ver alguna —afirma mi abuela.

—Luego te las enseño, yaya —indica Virginia—. Ahora voy a buscarlos al cole. Me hicieron prometer que vendríamos a comer aquí para poder estar con él.

Asiento. Entiendo que les impresione que Deacon Black esté aquí con nosotros.

—Pues no sé si lo verán —indico.

—¿Por qué?

—Porque se va a marchar.

—¿Y por qué se va a marchar? —pregunta mi yaya.

—Porque somos ruidosos y no le gustan las fotos, la Navidad ni sus cancioncitas —respondo mientras suena la canción *White Christmas* de Meghan Trainor.

Según digo eso, veo que todos se miran entre ellos y mi hermano, cogiendo a su hija de mis brazos, se mofa:

—Pues a buen sitio ha ido a caer, si no le gustan el bullicio, las fotos ni la Navidad.

Tiene razón. ¿En qué estaría yo pensando? Cogiendo una magdalena digo:

—Lo traje pensando en dejarle pasar unos días en la casita para que pudiera estar tranquilo, pero claro..., ¡imposible!

—Pablo vive ahora allí —explica mi hermana.

—Lo sé, y gracias por contármelo —replico.

—Sigo sin entender por qué duermes con esas pintas —comenta mi madre contemplándome.

Veo como mi hermana y ella intercambian una mirada. Luego Virginia echa un vistazo a su reloj.

—Me voy a por los niños —decide.

Una vez que se marcha, todos me miran y mi yaya dice:

—La lavadora terminará en unos veinte minutos y después meteré su ropa en la secadora, ¿te parece bien?

—Genial —y, dirigiéndome a mi padre, pregunto—: Papá, ¿me dejas el coche para llevarlo al aeropuerto?

—Por supuesto, Minirri.

—¿Por qué no le gusta la Navidad? —pregunta entonces mi madre.

—Por los recuerdos y la soledad que sintió tras la muerte de su madre. Y..., bueno, como dice él, no es muy familiar —y, al ver cómo me miran todos, añado bajando la voz—: Deacon fue abandonado al nacer. Pasó por varias casas de acogida hasta que acabó en la idónea, donde encontró una madre. Pero ella, Ángela, murió hace unos años de cáncer.

—¡Ay, pobre! —murmura mi yaya.

—¿No tiene padre, hermanos, tíos...? —pregunta mi padre.

—Solo tiene a Frankie y a Susan, sus hermanos de vida.

—Pues, por lo que a mí respecta, y siendo tu novio, ya tiene familia y una yaya.

—¡Que no es mi novio, yaya!

—Debe de serlo, para que duermas con esas pintas con él, ¡digo yo! —afirma mi madre.

Mi hermano y Carlos sueltan una carcajada y yo, con expresión sincera, murmuro:

—Os prometo que no lo es.

Todos sonríen. Por sus gestos, sé que no me creen, y entonces mi yaya suelta:

—Pues, para no ser novios, bien abrazaditos que estabais en la cama cuando he pasado a por la ropa sucia.

Resoplo. Suspiro. Está claro que han sacado sus propias conclusiones.

—Hasta que se vaya, por favor, no le deis la tabarra ni con el tema del novio, ni con la Navidad, ni tampoco mencionéis que hoy es día 13, que es algo supersticioso —indico.

—Por favorrrr —se mofa mi hermana.

—Ah, y no lo besuqueéis ni lo abracéis tanto, que le agobia. Decídselo a la tía Maribel si viene antes de que nos vayamos.

Ellos me miran y se ríen. Ni caso me van a hacer, los conozco. Y, cogiendo la ropa de Carlos, digo mientras comienza a sonar otra canción de Navidad:

—Voy a llevársela.

Una vez que salgo hacia el pasillo, suspiro. Creo que lo mejor que puede hacer Deacon es marcharse. Mi familia es mi familia, y tampoco es justo que les pida que cambien de actitud por él. Si alguien sobra aquí es él, no ellos.

Entro en la habitación y oigo cómo corre el agua en el baño. Se está duchando. Dejo la ropa sobre la cama y, sentándome en ella, abrazo a mi perro. Está mimoso, y disfruto de su cariño incondicional. Mi perrete me mira y yo sé lo que quiere. Por lo que, cogiendo su mantita, se la echo por encima y, cerrando los ojos, se duerme. Menudo es él.

Minutos después Deacon aparece recién duchado y con una toalla blanca enrollada alrededor de la cintura. Veo el tatuaje de la calavera. Ufff..., ¡qué tentación de hombre! Alto, guapo, ojitos azules, masculino, sexy. ¿Y si lo beso? Aunque, bueno, con las pintas que llevo con mi pijama de La Masa, ¿aceptaría mi beso?

Durante unos segundos nos miramos en silencio. No sé qué pensará él, pero por suerte no lee mis pensamientos; entonces señala mi ropa tirada en la silla y mis botas, cada una en un lugar de la habitación.

—Eres un poco desorganizada, ¿no? —dice.

Oír eso me hace gracia. Mamá lleva media vida diciéndomelo.

—Simplemente dejo que las cosas tengan libertad para decidir dónde estar —indico.

Me mira. Y, mientras procesa lo que le acabo de decir, añado:

—Mi cuñado Carlos me ha dejado esto para ti. Ponte lo que quieras mientras tu ropa se seca.

Deacon asiente. Sin cuestionar la ropa, la coge y contesta:

—Gracias.

De nuevo, silencio, de nuevo nos miramos, hasta que afirma:

—En cuanto mi ropa esté lista, me quiero marchar.

—De acuerdo.

—¿Llamarás un taxi para que me lleve al aeropuerto?

—Yo misma te acompañaré con el coche de mi padre.

—No hace falta.

—Lo sé. Pero yo te traje aquí y yo te llevo. Eres mi responsabilidad.

Deacon se encoge de hombros y, viendo que se va a vestir, para darle intimidad, me encamino hacia el baño y digo:

—Me voy a duchar.

Una vez que cierro la puerta, me miro en el espejo.

¿Cómo puedo tener a la tentación de mi vida en mi cuarto y yo llevar estas pintas?

Capítulo 17

Deacon

Cuando termino de vestirme, me miro al espejo. La camiseta y el pantalón vaquero son como los que yo utilizo. Me siento cómodo. Inconscientemente, me vuelvo a fijar en las fotos del ex que Adriana tiene en la cómoda. Es un tipo alto, moreno, de buena complexión, y parece estar en forma.

Miro las botas de la Duendecilla. Cada una está en un lado y, sin poder remediarlo, las pongo las dos junto a la silla, como me enseñó mi madre, mientras sonrío al recordar eso que ha dicho de que dejaba que las cosas decidieran dónde estar. Está más que claro que contestaciones curiosas nunca le faltan.

La oigo tararear desde el baño. Tengo buen oído para la música, y sé que tararea la misma cancioncita de Navidad que en el avión. Un horror.

Cojo mi teléfono móvil, que se está cargando sobre la mesilla, y, al encenderlo, veo que tengo varios mensajes de Frankie y Emma. Rápidamente le contesto a Frankie y le indico dónde estoy para que se tranquilice. Sonrío al pensar la cara que pondrá cuando sepa que estoy con la Duendecilla. Una vez que acabo, me quedo mirando los mensajes de Emma. Los leo. Es más de lo mismo. Lo de siempre. Y, sin dudarlo, dejo el teléfono. No le voy a contestar.

Durante unos minutos espero a que Adriana salga del baño mientras observo las cosas que tiene en la habitación y sonrío al ver mis pósteres. Nunca había estado en una habitación de una fan.

Curioso, vuelvo a mirar el póster enmarcado que tiene de River Samuel Robinson. Y, al acercarme, incluso distingo que lo tiene firmado. Pero ¿dónde ha conseguido semejante joya? Sin embargo, enseguida pienso que es falso. ¿Cómo va a tener ella un póster firmado de River?

Lo miro asombrado. River Samuel Robinson se alejó de la música siendo joven. Según sé, apenas tenía mi edad, pero, tras la muerte de dos de los integrantes de Crazy Life, simplemente se esfumó y nunca se volvió a saber de él, aunque se rumoreaba que vivía por Europa.

El olor a café llega hasta mí y el estómago se me contrae. Soy de los que nada más levantarse necesitan un café sea la hora que sea para sentirse persona, y, levantando la voz, pregunto:

—¿Te queda mucho?

—Ve saliendo tú y tómate un café —oigo que dice.

Miro al perro, que sigue dormitando sobre la cama. Incluso está arropado con una manta. El tío está la mar de feliz, pero, al acercarme, sin moverse del sitio saca una pata de debajo de la manta y la pone frente a mí. Ahora sé lo que quiere. No obstante, incapaz de hacerle la gracia, murmuro:

—«No» es «no»... Apréndelo.

El animal baja la pata, suelta un gemidito y yo, ignorándolo, camino hacia la puerta y comento al ver que sigue tumbado:

—Menuda vidorra te da tu madre.

Una vez que abro la puerta de la habitación, me quedo paralizado. A lo lejos suena la cancioncita de Navidad *It's the Most Wonderful Time of the Year*, de Andy Williams.

¿En serio ya estamos con cancioncitas navideñas de buena mañana?

No sé si salir o encerrarme de nuevo en la habitación, pero finalmente opto por lo primero mientras tomo aire para no explotar al oír ya aquella musiquita. Una vez en el pasillo, oigo voces y risas y me dirijo hacia allí. Entro en el salón de la noche anterior y, al hacerlo, me encuentro con los padres, la señora Marieta y el hermano de Adriana, quienes rápidamente me saludan.

—¿Cómo has dormido, Deacon? —me pregunta la madre.

—Bien. Muchas gracias.

—Hoy es 13 de diciembre, ¡bonito día, ¿verdad?! —declara el padre.

Según lo miro, soy consciente de que entre ellos se dirigen gestos con la cara. Está claro que la Duendecilla les ha dicho algo. Y, cuando voy a contestar, Adam, el hermano, indica:

—El *jet lag* es matador, ¿eeeh?

Asiento; nunca me acostumbraré al *jet lag* de los viajes, el cambio horario en ocasiones es brutal. Cuando voy a responder, entra Carlos con el bebé y me saluda. Gustoso, le doy las gracias por la ropa y ambos sonreímos.

—¿Quieres café, hermoso? —me ofrece la señora Marieta.

—Por favor...

Al moverme, tropiezo con el gato negro, que pasa entre mis pies, y al hacerlo me apoyo en la mesa y tiro unos cubiertos. Concretamente, un cuchillo y una cuchara. Por instinto, me agacho a recogerlos y pienso en mis supersticiones. Que se hayan caído esos objetos significa que llegará una visita sorpresa. Un hombre por el cuchillo y una mujer por la cuchara. Entonces Honey, la madre de la Duendecilla, me los quita de las manos y dice:

—Siéntate ahí y sírvete lo que te apetezca.

—Aquí el café es café. No aguachirri como lo que tomáis vosotros —indica la señora Marieta.

¿«Aguachirri»? ¿Qué es *aguachirri*?

Pero no pregunto, me callo. Me siento a una mesa redonda donde hay una cafetera, tazas, leche, azúcar, magdalenas y, tras servirme un café y darle un primer trago que me sabe muy bien, murmuro:

—Lo necesitaba. Muchísimas gracias.

Ellos sonríen, y Marieta me da un beso en la frente y susurra:

—Las que tú tienes, hermoso. Y no comas mucho, que dentro de un ratito comeremos y he hecho cocido.

Sorprendido por ese beso tan cariñoso, que no esperaba, no sé qué decir; entonces veo a Alfonso entrar con dos cubos de la terraza cubierta.

—Esta noche se han llenado solo hasta la mitad —señala.

Marieta asiente y sonríe.

—En cuanto nos toque la lotería, lo arreglamos —asegura.

Intuyo que están hablando de las goteras que tienen en el tejado.

—¿Te gusta el cocido? —me pregunta a continuación.

—Mamá —oigo que dice el padre de Adriana—. Es americano, ¿cómo va a saber lo que es un cocido?

Sé lo que es, mi madre lo hacía. Pero, sin querer hablar de mi vida, me callo mientras soy consciente de que sigue sonando musiquita navideña. ¡Menudo horror!

—Ya estoy aquííííííííí.

En dos segundos el Monstruito Rubio de la noche anterior llega hasta mí. Se sube en mis piernas agarrándose con fuerza y oigo a Adam decir, mientras dejo la taza de café para no tirármela por encima:

—¡Carlota! No molestes.

—No molesto, ¿verdad, tío Deacon? —pregunta la pequeña mirándome, y, abriendo mucho la boca, añade al tiempo que se menea el diente—: ¡Mira cómo se me mueveeeeeeee!

Todos me miran. Esperan contestación. Pero ¿por qué esta niña la ha tomado conmigo? Noto que se acomoda sobre mis piernas, y respondo consciente de que no puedo quitármela de encima sin parecer un idiota:

—Claro que no molestas.

La niña sonríe. Me guiña un ojo con complicidad y yo intento sonreír mientras la maldita musiquita de Navidad taladra mis oídos. Por Dios, ¡que la quiten!

Segundos después entra Hugo, que, emocionado, me enseña su teléfono móvil.

—Acabo de ver tu actuación en los Grammy de este año, ¡y es alucinante! —dice—. ¿Conoces a Billie Eilish y a su hermano Finneas? ¿De verdad ganaste cuatro Grammys?

Asiento. Los gané y los conozco. Son artistas como yo, y en ocasiones coincidimos sobre el escenario. Entonces el Monstruito Rubio se baja de mis piernas con la misma prisa con que se ha subido y se aleja corriendo. ¡Qué bien!

—Mirad quiénes han venido a saludar —suelta la hermana de Adriana entrando por la puerta.

Según me vuelvo, me sorprendo. Allí está Pablo, ¡el Todólogo!, y una chica pelirroja. ¡La visita sorpresa!

Él me mira. Por su gesto, intuyo que ya sabía que yo estaba aquí, pero va directo a los padres para saludarlos. Durante unos minutos aquellos hablan, se abrazan, y soy consciente de que la pelirroja es la chica con la que Pablo se la pegaba a Adriana.

—Mira, Deacon, quiero presentarte a Pablo y a María Rosa —dice la madre de la Duendecilla—. Pablo, él es...

—¡¿Deacon Black?! —exclama ella abriendo mucho los ojos—. ¡Qué fuerte, no me lo puedo creer!

¿Qué fuerte yo? ¡Qué fuerte que estén ellos aquí! Pero me levanto, saco mi mejor versión, les tiendo la mano y saludo:

—Encantado, Pablo.

—Lo mismo digo, Deacon —responde aquel mirándome con seriedad.

La chica parpadea. Su reacción es como la de muchas mujeres cuando me ven, y, para acabar con el momento, me acerco a ella y le doy dos besos, mientras esta, llevándose las manos a la boca, no para de decir:

—¡Qué fuerteeeee! ¡Qué fuerteeeeee!

Pablo me mira. Por su expresión, sé que le molesta tanto mi presencia como la emoción de su chica. Y entonces el hermano de Adriana les advierte:

—Nadie puede saber que Deacon está aquí, o los periodistas no nos dejarán vivir, ¿entendido?

Pablo se apresura a asentir y la chica afirma:

—Por mí, nadie lo sabrá. Pero, por favorrr..., ¡Deacon Black, aquííííí!

Un silencio extraño se hace acto seguido en el salón, solo interrumpido por la musiquita de Navidad; entonces entra Marieta, y Pablo, abriendo los brazos, exclama:

—¿Cómo está mi chica favorita?

Veo que la mujer sonríe. Le da un cariñoso beso en la mejilla a él, luego otro a ella, y responde:

—Pablito, tú, como siempre, tan zalamero. ¿Has traído a tu novia?

¿Zalamero? ¿Qué significa eso?

—María Rosa y yo somos amigos. Nos estamos conociendo —dice él—. El resto ya se verá.

¡Será cabrón! Amigos dice que son... Todos sonríen por aquello y luego Pablo añade:

—Por lo que veo, yaya, tienes puesta la lista de Spotify de canciones de Navidad que Adriana hizo para ti.

—Es la época de tenerla puesta, hermoso —afirma aquella encantada.

Comienza a sonar entonces *Underneath the Tree*, de Kelly Clarkson, y Pablo, que admito que sin conocerlo ya me cae mal, coge a Marieta de la cintura y empieza a bailar. Yo suspiro. Mientras no me obliguen a bailar, que hagan lo que quieran.

Los veo sonreír. Los veo pasárselo bien, y, cuando paran, Virginia le pregunta:

—¿Por qué no viniste ayer al encendido de las luces?

Pablo la mira. Veo que levanta las cejas.

—Estaba de guardia en el hospital de Villalba... —responde—. Además, si hubiera estado libre, no habría venido por no incomodar.

—Aquí no incomodas a nadie, muchacho —oigo que dice el padre de Adriana—. Eres uno más de la familia, ¡que no se te olvide eso nunca!

—Gracias, Alfonso.

Mientras estos hablan, yo observo en silencio. ¿Qué pensaría el padre de la Duendecilla si supiera que Pablo, al que considera de la familia, estaba engañando a su hija con la mujer que tiene frente a él?

Si yo fuera su padre, desde luego me molestaría. Si algo me enfada es la deslealtad en la pareja. La he vivido. Sé lo que es. Y no es nada agradable de asumir. Estoy pensando en ello cuando noto que algo se sube a mis piernas y, al mirar, veo que se trata de *Trece*, el gato. ¡Maldita sea!

Durante unos segundos el minino y yo nos miramos y me quedo paralizado. ¿Qué hace ese maldito gato en mi regazo?

—¡*Trece!* ¡Fuera de ahí! —ordena Carlos, el marido de Adam.

Rápidamente el animal se baja, pero, ¡joder!, al hacerlo me clava las uñas. Aun así, con una media sonrisa le agradezco a Carlos su deferencia. Soy consciente de que Pablo me ignora, intuyo que no soy santo de su devoción, mientras que su chica no para de mirarme y pestañear. Me percato de que tiene su teléfono móvil en la mano. ¿Cuánto va a tardar en pedirme un selfi?

—Aquí tienes tu figurita —dice Virginia acercándose a Pablo—. Ponla en el belén, donde tú quieras, como cada año. Y tú, María Rosa, cuando te apetezca traes una y...

—¡La traigo! —afirma aquella abriendo su bolso—. Pablo me dijo que era una tradición vuestra y, como me apetece participar de la tradición, la he traído ya de casa para añadirla.

¿En serio?

¿De verdad esos dos van a poner sus figuritas en el belén?

Niego con la cabeza sin dar crédito. Esto es surrealista. Conozco poco a la Duendecilla, pero algo me dice que esto no le va a gustar lo más mínimo.

Desde mi sitio observo como los padres de Adriana se acercan al belén con aquellos dos. Siguen hablando. Deciden dónde poner sus figuritas y las colocan. ¡Es increíble la poca vergüenza que tienen!

Mi teléfono móvil vibra en el bolsillo de mi pantalón y, al sacarlo, veo que tengo una llamada perdida de Emma... ¡La que faltaba!

—¿Puedo hacerme un selfi contigo? —oigo que pregunta entonces la pelirroja.

Lo sabía. Sabía que no iba a tardar en pedirlo. Y antes de que yo conteste, Honey, la madre de Adriana, se acerca y dice:

—María Rosa, no me lo tomes a mal, pero es mejor que no. Adriana nos ha dejado bien claro que nadie puede hacerse fotos con Deacon.

El gesto de desilusión de aquella me apena, pero en ese momento Pablo se acerca y, quitándole el teléfono a su chica, indica con rebaba:

—Podemos hacérnoslo nosotros sin él, ¡ponte, Honey!

Durante un rato los observo y soy consciente de que Pablo, como dice Marga, ¡es un *todólogo*! De todo sabe. De todo opina. De todo puede enseñar. Vamos, que es un listillo que vende humo con esa sonrisilla suya, pero a mí no me la cuela. Si algo no soporto en una persona es eso. ¡Que se crea un dios supremo!

Más tarde, desde donde estoy, veo que aquel no para de chinchar a Carlota. Le tira de las coletas. Él se ríe, pero ella no, cuando de pronto la niña se da la vuelta y, con toda su mala leche, le da una patada en la espinilla. ¡Joder, eso ha tenido que doler!

Pablo se agacha, se resiente, aúlla de dolor. No me extraña, menuda patada que le ha dado. Ahora ella ríe, pero él no. Rápidamente Virginia coge a su hija, la regaña mientras la niña la mira como si nada. ¡Menuda es el Monstruito Rubio! Y, no sé por qué, sonrío.

Dejo de observarlos para no sonreír más, miro a mi alrededor y reparo en las fotos que hay sobre la repisa de la chimenea. Son fotos familiares. Mi mirada pasa de una a otra, hasta que de pronto me detengo en una y, viendo que aquellos siguen a lo suyo, me levanto.

Conforme me acerco a la foto, mi mirada se enfoca más y más, y entonces oigo que alguien dice a mi lado:

—Es mi marido. Y esa foto se la hizo mi hermano Nicolás, que en paz descanse, cuando comenzaron a construir esta casa hace sesenta años.

Boquiabierto, miro la foto. Aquel que mira a cámara sonriendo con descaro no es otro que el famoso y mítico guitarrista de los Crazy Life. Pero ¿cómo puede ser esto?

—¡¿Ese es su marido?!

—Sí —afirma Marieta sonriendo.

—¿Su marido es River Samuel Robinson?

—Sí. Y, hermoso, ¡tutéame!

Un extraño calor me sube por el cuerpo. No, no puede ser... ¿En serio? Mi mano va directa a mi cuello, donde, como siempre, busco el anillo de mi madre para acariciarlo, y luego añado con un hilo de voz:

—¿El guitarrista de los Crazy Life es tu marido?

—Sí. Ya te lo he dicho —vuelve a afirmar—. Y ese piano de pared era suyo.

—Pero... ¿cómo?

—Ya ves, hermoso, ¡cosas de la vida! El amor, que es así de caprichoso.

Sorprendido, parpadeo. Ahora entiendo por qué anoche la madre de la Duendecilla dijo que su padre y yo teníamos cosas en común, y por qué Marieta me contó que su marido, cuando se conocieron, no sabía hablar español y se comunicaban por señas.

Joder, ¡estoy en la casa de River!

¡Claro, Villa River!

Pero ¿cómo es que Adriana no me ha dicho nada?

Atónito y aturdido por aquello que no esperaba, miro a la mujer y pregunto:

—¿Dónde está River?

—Delante de ti, justo detrás de la foto.

Sin entenderla del todo, miro donde señala y entonces me doy cuenta de que, tras la foto, hay una pequeña urna gris.

¡No! ¡Imposible!

—River murió hace tres años...

—Lo siento —murmuro sobrecogido.

La mujer asiente. En sus ojos veo la tristeza con que mira la urna.

—Lo echo en falta todos los días, pero la vida es así. Nacemos, vivimos y morimos —musita.

Afirmo con la cabeza. Mi madre también decía eso.

—Mientras yo viva, River seguirá a mi lado en nuestra casa —añade Marieta—. Y he dado la orden a mis hijos de que, cuando yo muera, esparzan nuestras cenizas en nuestro lugar preferido.

¿En serio estoy en la casa de River, delante de sus cenizas? ¿De verdad esta señora es su mujer y la Duendecilla su nieta?

Surrealista..., ¡esto es cada vez más surrealista! Entonces pienso en Frankie, ¡va a flipar cuando se lo cuente!

—Tu cara de asombro me dice que mi nieta no te ha dicho quién era su yoyo, ¿verdad?

Vale, sé que Adriana llamaba «yoyo» a su abuelo.

—Verdad —respondo.

La mujer sonríe y, acercándose más a mí, cuchichea:

—River y ella siempre tuvieron una conexión muy especial. Creativos y músicos. Por eso la llamamos Minirri, ¡porque es como su yoyo! Él le puso ese apodo cariñoso, por «Mini River».

De acuerdo. ¡Ahora entiendo por qué la llaman así!

—Cuando ella comenzó como técnica de sonido, River le aconsejó que evitara mencionar quién era su abuelo para que se ganara el respeto en su trabajo por sí misma, no por ser la nieta de River.

Asiento. Ese fue un excelente consejo de River a su nieta. Aun así, estoy boquiabierto. En la vida habría imaginado nada de lo que estoy descubriendo. Y, sin saber por qué, de pronto me levanto la camiseta y digo:

—Llevo un tatuaje de él.

Marieta mira mi costado. Su sonrisa se amplía. Veo que se emociona. Y, tocando con cariño el tatuaje, afirma:

—¡Oh, por Dios, hijo de mi vida! River también lo llevaba..., y en el mismo sitio.

Lo sé. Por eso me lo hice.

—Le encantaba dibujar —añade entonces—. Él hizo este dibujo para la portada del álbum.

También lo sé. Lo que no sé es por qué Adriana no me lo contó.

—Los músicos sois especialitos —comenta ella entonces mientras me bajo la camiseta—. Pero, cuando se os conoce y sobre todo se os entiende, tenéis un buen fondo y un maravilloso corazón.

Veo que sonríe, y, mientras miro otras fotos de su marido, en estas ya con el pelo recogido en una coleta, indica:

—Mi marido siempre fue muy excéntrico. Cuando llegó aquí, a Navacerrada, todo el mundo miraba al guiri greñudo y tirillas de pelos largos con gesto de desconfianza. Le gustaba todo lo que no era bueno para la salud, pero una vez que llegó aquí y puso en orden su vida, todo eso se acabó.

Sorprendido, asiento. Siempre he oído que tanto River como el resto de los integrantes de la banda tenían demasiadas adicciones, y entonces Marieta añade:

—River siempre dijo que este sitio le salvó la vida. Se reía al comentar que el aire tan puro casi lo mata al principio. —Ambos sonreímos y luego ella prosigue—: Mi familia, y en especial mi padre, cuando supieron que estaba saliendo con él, pusieron el grito en el cielo. ¿Qué hacía yo con el americano? ¿Qué clase de vida me iba a dar el melenudo? Pero, cuando lo conocieron de verdad, vieron su extraordinario fondo y lo mucho que se esforzaba por salir de sus adicciones, lo amaron como lo amaba yo.

Ambos sonreímos de nuevo. Me alegra saber que River superó sus adicciones y fue feliz.

—¿Cómo no supo nunca nadie que él vivía aquí?

—Porque quiso privacidad y la comunidad lo protegió.

—¿La comunidad?

—Sí, hijo. Los vecinos de Navacerrada y alrededores entendieron que River simplemente quería ser uno más para poder vivir en paz. Todos los que vivíamos aquí sabíamos quién era él. Sabíamos que era una estrella del rock. Pero, por suerte, en esa época no había teléfonos móviles, ni redes sociales, ni ninguna de las modernidades que hay hoy en día, y la noticia no trascendió. Y cuando salíamos a algún lugar siempre se camuflaba para no parecer él. ¿Quién se iba a imaginar a una estrella del rock viviendo aquí?

Asiento. Que una comunidad hiciera eso por River sin duda es de admirar.

—¿Has oído cantar a mi nieta? —me pregunta ella entonces.

—Sí.

—¿Y qué te parece?

—Que tiene una voz limpia, particular y bonita.

—Así es. Mi Adriana canta muy bien, me gusta mucho todo lo que graba en el estudio.

—¿En el estudio? —pregunto curioso.

La mujer me mira y afirma:

—Creo que Minirri tiene que aclararte muchas cosas.

—Yo también lo creo.

Ambos sonreímos y, viendo como María Rosa y Pablo, agarrados por la cintura, se besan en los labios, musita:

—Me alegra que estés aquí.

Oír eso me incomoda. Siguen creyendo que Adriana y yo somos algo más.

—River adoraba escuchar a Minirri cuando cantaba —añade—. Ni te imaginas la cantidad de horas que pasaban juntos hablando de música o simplemente cantando y componiendo. Les encantaba.

Cada vez más asombrado, asiento. ¿La Duendecilla sabe componer?

La curiosidad por saber más de River, de su nieta y de sus vidas aumenta. Deseo sentarme con la abuela a hablar sobre aquello, pero en ese momento oímos:

—Yaya, ¿dónde está mi jersey verde? ¡Quiero participar en el concurso de jerséis horteras!

Es la voz del Todólogo. Marieta y yo lo miramos, y luego esta, alejándose de mí, abre un cajón, saca dos jerséis verdes e indica tendiéndoselos:

—Uno para ti y otro para María Rosa.

Ellos los cogen con gusto mientras yo me pregunto: «¿Concurso de jerséis horteras?».

Asombrado por haber descubierto quién es el abuelo de la Duendecilla, y sobrecogido por la poca vergüenza de aquellos, que vuelven a besarse, camino hacia la ventana y miro a través de ella. El sitio donde estoy, como poco, es increíble. No me extraña que a River lo enamorara.

Capítulo 18

Adriana

Acabo de terminar de secarme el pelo y, mientras me calzo mis botas, suspiro. Lo último que me apetece ahora es conducir hasta el aeropuerto, pero he de hacerlo. Se lo debo a Deacon.

Una vez que termino, me acerco a la ventana. Todo a mi alrededor está nevadito. Luce el sol, pero la nieve no se va por la temperatura que hace, y sonrío. ¡Qué bonito es lo que veo!

De pronto la puerta se abre de par en par. Es Carlota, mi Monstruito, que, mirándome, pregunta:

—¿Dónde está *Deacon*?

Sé que pregunta por mi perro y, cuando señalo a la cama, corre hacia él. Carlota y él se adoran. Se quieren.

—Se me mueve mucho el dienteeeeeeeee —canturrea entonces mi sobrina.

Oír eso me hace reír, y de pronto pregunta:

—Tía Minirri, ¿los novios se besan en la boca?

La miro. Sus preguntas a veces son incómodas, y, para acabar con aquello, rápidamente suelto:

—Sí, Cosita.

Ella asiente. Comienza a besuquear a mi perro *Deacon* y dice:

—Pues entonces, Pablo ha venido con su novia de pelo rojo.

Me quedo paralizada con su comentario. ¡¿Qué?!

No..., no..., no. Lo último que quiero es verlos a los dos juntos en la casa de mi familia. ¿Qué hacen aquí? ¿En serio Pablo tiene tan poca vergüenza? Y, sin pensarlo, susurro:

—¡Qué cabrón!

—Wooooo —se mofa mi sobrina.

Al oírla me doy cuenta de lo que he dicho y me apresuro a rectificar:

—Cosita, he dicho «¡Qué calor!».

—No..., no..., no... —canturrea.

—Sí..., sí..., sí... —la imito yo.

—La yaya te va a tener que lavar la boca con jabón —insiste.

Mi Monstruito y yo nos miramos. Mis padres y la yaya dicen que es un clon de como era yo de pequeña por su descaro, y, sonriendo, me acerco a ella y murmuro:

—Vale. Tienes razón. Lo he dicho. Pero será nuestro secreto, ¿de acuerdo?

—Guayyyyyy. Pero ¿por qué Pablo es un cabrón?

—¡Carlota!

Me mira y sonríe. Para lo pequeña que es, es también muy lista.

—¿Por qué ya no es mi tío? —pregunta.

—Porque ya no es de la familia.

—¿Y por qué ya no es de la familia?

—Porque ya no es mi novio.

—¿Y por qué ya no es tu novio?

Cierro los ojos. Entrar en los «¿Por qué?» de Carlota nunca es bueno, pero insiste:

—¿Por qué es un cabrón?

—¡Carlotaaaaa!

Explicarle eso a una niña tan pequeña es complicado, y, para salir del paso, respondo:

—Eso lo entenderás mejor cuando seas mayor.

—¿Por qué?

—Porque sí, Cosita, y ¡basta ya de preguntas!

Pienso que Deacon está en el salón y me pongo nerviosa. Pablo sabe que él es mi cantante preferido. Mi *crush*. Miles de veces he tonteado con eso delante de él. Tras mirarme en el espejo y ver que estoy presentable, cojo la mano de mi sobrina y digo:

—Vayamos al salón.

Según caminamos hacia allí, mi perro nos adelanta corriendo y, como dice la canción, siento ¡que me sube la bilirrubina!, pero no precisamente por nada bueno, sino más bien todo lo contrario. ¿Qué narices hacen Pablo y María Rosa aquí?

Oigo que suena *Jingle Bell Rock*, cantada por Bobby Helms, y de fondo la voz de Pablo, que ríe con mi padre. Cuando aparezco en el salón los veo abrazaditos hablando con él; tomo aire y, sonriendo, saludo:

—¡Buenasssss!

Todos me miran con una sonrisa, excepto Deacon, que está serio mirando a mi perro, que se ha sentado junto a él. Pero, la verdad, ahora mismo él es el último de mis problemas. Entonces mi hermana se acerca a mí y dice:

—Mira qué detalle el de Pablo y María Rosa de venir a visitarnos.

Asiento y los miro. Acto seguido Pablo se acerca, me abraza y afirma:

—Qué alegría saber que ya has vuelto de tu viaje.

Uf, su olor...

Uf, su cercanía...

Uf, qué guapo está con esa camisa que yo le regalé...

Mecagoensu... (Mejor no sigo.)

Y, cuando nos separamos, mi madre se acerca con una sonrisa y dice:

—Pablo y María Rosa ya han puesto sus figuritas en el pesebre. ¿Qué te parece?

¿Que qué me parece?

Pues me parece fatal. Muy mal.

¿Por qué tienen ellos que poner sus figuritas?

Todos me miran. Esperan mi respuesta. Y, vale, tengo dos opciones, seguir manteniendo la mentira o decir la verdad. Si digo la verdad les voy a dar el disgusto del siglo a mi familia en Navidad, y con seguridad mi padre meterá las figuritas del belén por donde amargan los pepinos.

—Me parece bien —respondo sonriendo.

María Rosa se acerca, me da un abrazo y, mirándome, murmura:

—Bienvenida, espero que no te incomode que Pablo y yo nos estemos conociendo.

—Gracias, y tranquila. Me parece bien.

Nos miramos. Nos entendemos; como diría mi padre, a buen entendedor pocas palabras bastan, y finalmente sonreímos. Ella no sabía nada, como no lo sabía yo. Pablo es el culpable de todo. No ella.

Pero, incapaz de no decirle algo a mi ex, lo agarro de la mano e indico tirando de él:

—Necesito hablar contigo un segundito.

Ante el gesto de asombro de todos, y sin soltar a Pablo, camino con él hacia la cocina, y, tras ver que estamos solos, pregunto:

—¿Se puede saber qué hacéis aquí tú y tu novia?

—No es mi novia. Es mi amiga.

—La madre que te...

—He venido a saludarte —me corta—. Me enteré por tu hermana de que llegaste ayer.

Joder con Virginia..., ¡la madre que la parió! Y, bajando la voz, cuchicheo:

—Mira, Pablo. Sabes que no he contado la verdad de lo que ocurrió para que mi familia no te sacara los ojos, pero ¿no crees que es excesivo que vengas aquí con ella?

—Tu hermana se empeñó en que viniéramos. Y ya sabes lo mandona que es.

Joder, otra vez con Virginia. ¿Por qué no se meterá en sus asuntos? Respiro profundamente y digo mirando la gotera del techo:

—¡A ver, Pablo! Lo que mi hermana diga te ha de importar ¡cero! ¿Acaso no tienes la suficiente personalidad como para decir que no?

Él me mira. Levanta la mano, la pasea por mi cabello y murmura:

—Es nuestra primera Navidad separados y tenía ganas de verte.

No..., no..., no...

No quiero oír nada de eso, y voy a responder cuando añade:

—¿Qué hace Deacon Black aquí?

Su pregunta no me sorprende. Eso mismo me lo pregunto yo y, cogiendo el cubo y tirando el agua en el fregadero, lo vuelvo a poner en su sitio y respondo sin darle importancia:

—Es un amigo.

—¿Amigo o algo más? —insiste—. Porque, que yo recuerde, siempre decías que...

—Eso a ti ya no te incumbe —lo corto—. ¡¿Te queda claro?!

Pablo da un paso hacia mí. Se aproxima. Su boca y la mía están demasiado cerca cuando susurra:

—Tesoro...

No... No... No... ¡«Tesoro» no!

Separándome de él, antes de que sucumba a besarlo, añado:

—¿Acaso ahora quieres invertir los papeles engañándola a ella conmigo?

Sonríe. Es un sinvergüenza.

—Mira, Pablo —indico—, quiero tener buen rollo contigo por los años que pasamos juntos, pero...

Me besa. No puedo seguir hablando porque su boca atrapa la mía. Millones de recuerdos me inundan. Esos labios, esa boca, esa lengua. Todo en él es conocido para mí, pero, cuando soy consciente de lo que está pasando, lo separo de mí de un empujón.

—Pero ¿tú eres idiotaaaaaa...?

—Lo deseabas... Te conozco y lo he visto en tus ojos.

¡Me cago en *toooo*!

Sé que tiene razón. Me conoce. He tenido un momento de debilidad porque aún lo añoro, pero gruño.

—Aléjate de mí y de mi familia. Pasa página como lo estoy intentando yo.

—Si dices que lo estás intentando es porque aún piensas en mí.

—Pero ¿qué dices?

—Lo que has dicho. Aún piensas en mí, y eso me gusta...

—Mira, idiota, ¡aburres a un pato de goma!

¿Cómo puede ser tan sinvergüenza? ¿Cómo puede jugar así con los sentimientos de las personas? ¿Acaso la chica que está en el salón con mi familia tampoco le importa? Y, sobre todo, ¿cómo puedo ser yo tan tonta de ponerme nerviosa al verlo u oírlo llamarme «tesoro»?

Nos miramos en silencio y luego musito:

—Regresa al salón.

—Tesoro...

—Pablo, ¡vete! Y no vuelvas a llamarme de esa forma —insisto.

Una vez que me quedo sola, apoyo las manos en la enorme mesa que hay en la cocina. He de tranquilizarme. Lo de Pablo ya es pasado. Respiro profundamente y de pronto entra mi yaya. Sin decir nada, llena un vaso con agua y me lo tiende.

—Bebe agua. Aclara las ideas.

Se lo cojo, doy un trago y la oigo añadir:

—Entiendo que no sea fácil para ti verlos juntos, pero así lo decidiste cuando dejaste al buenazo de Pablo para poder vivir tu vida. ¿No dijiste eso?

¿Buenazo? ¡Si ella supiera!

—Escucha, Minirri, es normal que Pablo rehaga su vida y conozca a chicas como María Rosa, al igual que la has rehecho tú con Deacon. Como decía tu yoyo, quedarse anclado en el pasado es un error, porque hay que continuar caminando para ver el futuro.

Me callo. No digo nada. Todo lo que diga estoy segura de que va a ser un error. Entonces entra mi sobrino Hugo y, mirando a mi yaya, pido:

—¿Nos dejas unos segundos solos?

Ella asiente, se va, y Hugo, mirándome, dice:

—Te prometo, tía, que las fotos que estoy haciendo en las que sale Deacon solo las veremos nosotros.

—Hugo, eso es muy importante.

—Lo sé, tía. Lo sé.

Asiento. Él sabe perfectamente quién era su bisabuelo y lo mucho que luchó para mantener su privacidad por el bien de la familia, y acercándome a él pregunto:

—¿Sales con alguien?

Hugo me mira y yo, tocando su mejilla, insisto:

—Vamos, cuéntamelo. Llevo meses fuera de casa y no sé de ti.

Sin necesidad de insistir, Hugo me cuenta que sale con una chica llamada Lucía. Tiene un año más que él y, para mi sorpresa, es la hermana de María Rosa, la que está con Pablo. ¡Es lo que tiene vivir en un pueblo!

Me habla de ella. De lo maja que es. De lo bien que se lo pasan. Y me pide que no se lo cuente a su madre o se pondrá muy intensa.

—A tu madre no le voy a decir nada —aseguro—. Te lo prometo. Y en lo referente a lo que me cuentas, me gusta, pero...

—Tía, no me des la charla —me corta.

Resoplo. Sonrío. Ante mí tengo al niño de mis ojos. A mi sobrino adorado, que ya es un hombrecito.

—Hugo, no te doy la charla —replico—. Solo hablo contigo como he hablado siempre. He tenido vuestra edad y entiendo que tenéis las hormonas disparadas, por lo que...

—Pero, tía, ¿qué dices?

Nos miramos en silencio mientras pienso que yo también tengo las hormonas disparadas con Deacon, y sonriendo cuchicheo:

—Escucha, Hugo, estoy aquí para todo lo que necesites. Y lo último que te voy a decir con respecto a este tema es que siempre, siempre, siempre utilices preservativo. No solo evita embarazos, sino también enfermedades, ¿de acuerdo?

Rojo como un tomate, Hugo asiente. Sabe que lo que le digo es por su bien. Y, tras darle un beso con cariño, regresamos juntos al salón. Temita hablado.

Miro a Deacon, que sigue apoyado en la ventana consultando algo en su teléfono móvil con mi perro pegado a sus pies, mientras el sinvergüenza de mi ex abraza a María Rosa y mi madre dice:

—Claro que sí. Quedaos a comer. Hay comida de sobra para todos. ¿Verdad, mamá?

—Por supuesto que sí. Además, a Pablo le encanta mi cocidito.

—Mmm, sííííí, yaya, ¡esa sopa tuya es una maravilla! —oigo que dice.

No..., no..., no..., ¡eso no!

Quiero que se vayan. Necesito que desaparezcan de mi vista. Entonces Deacon se me acerca y, antes de que hable, indico:

—Dame unos minutos y después te llevo al puñetero aeropuerto.

—Oye, Duendecilla, ¡a mí no me hables así!

Oírlo decir eso me hace sentir mal. Estoy pagando con él algo que no merece y, mirándolo a los ojos, murmuro:

—Lo siento...

—¿Puedes decirle a tu perro que deje de acosarme?

Miro hacia el suelo y ahí está mi perro; de nuevo pegado a Deacon. Cuando voy a decirle algo, pregunta:

—¿Qué significa *zalamero*?

—Alguien que te regala los oídos con bonitas palabras —respondo molesta.

Permanecemos en silencio unos segundos, hasta que oigo que dice:

—He comprado un billete para un vuelo que sale a las ocho de la tarde a Noruega. Por lo que me gustaría estar en el aeropuerto sobre las cinco.

«¡Noruega! ¡Ya tiene destino! ¿Y si me voy con él?»

Pero, mirando mi reloj, afirmo:

—De aquí al aeropuerto hay casi sesenta kilómetros. Está nevando, por tanto, para estar allí a las cinco, y siendo las dos y diez, debemos salir de aquí a...

—¿No crees que es mejor que llame un taxi? —me corta. Nos miramos e insiste—: Está nevando. No hace falta que me lleves al aeropuerto.

Entiendo lo que dice, pero no, pienso llevarlo. Cuando voy a hablar, mi yaya se nos acerca.

—Vamos a comer —dice—. Lavaos las manos y a la mesa.

Deacon me mira. Sin necesidad de que diga nada, sé lo que piensa, e indico cuando mi yaya se aleja:

—Es la hora de la comida. ¿Cómo te vas a ir ahora?

Resopla, suspira, pero sé que me entiende, y murmura encaminándose hacia el baño:

—De acuerdo, comeré ese maldito cocidito.

Sin hablar, lo sigo y, al llegar al baño, nos lavamos las manos en silencio.

—Esto de lavarme las manos antes de comer me recuerda a los tiempos en los que vivía con mi madre. Ella también lo decía —señala.

Nos miramos y, sonriendo, comento:

—Los recuerdos son bonitos.

Estamos mirándonos de esa manera en que Deacon y yo lo hacemos cuando lo oigo preguntar:

—¿Por qué te llaman «Minirri»?

Sonrío. Entiendo que lo pregunte. Aquí todo el mundo me llama así. Pero, como se va a ir y no se ha percatado de nada, ¿para qué contárselo? Entonces aparece mi padre y, rompiendo el momento, dice:

—Vamos, parejita, terminad, que tengo que lavarme las manos y la sopa se enfría.

Rápidamente Deacon y yo nos secamos con la toalla y, cuando salimos del baño, al ver cómo él me mira, musito:

—Lo sé. Lo de «parejita» ha sobrado.

Una vez que llegamos junto a la mesa, mi madre y mi yaya se empeñan en que me siente al lado de Deacon. No quieren que las ayude. Entonces entran mi hermana y Carlota. La niña está enfadada. Mi hermana también. Veo que se ponen delante de Pablo y obliga a la niña a pedirle perdón. Carlota se resiste. Es muy cabezota, pero finalmente mi hermana lo consigue al recordarle que Papá Noel y los Reyes Magos tienen ojos en todos lados. Conseguido el perdón, mi hermana y Carlota se dirigen hacia un lado de la mesa, y mi sobrina dice:

—¡Quiero ir con el tío Deacon!

—Ni hablar —gruñe mi hermana—. ¡Estás castigada!

—Tío Deacon, ¡sálvame! —grita la sinvergüenza de mi sobrina con dramatismo.

—Me da hasta pena —murmura el aludido.

—¿Mi sobrina?

—Tu hermana. Y, por cierto, menuda patada le ha dado tu sobrina a tu ex.

Saber eso hace que lo mire, y luego él afirma sonriendo:

—No dejaba de tirarle de las coletas y ella se ha vengado.

Asiento con una sonrisa. Con siete años, Carlota tiene un carácter que a mi hermana la va a llevar por la calle de la amargura. Cuando voy a responder, de pronto oigo que Pablo dice:

—Deacon, ¿puedo hacerte una pregunta?

Veo que él lo mira, traga lo que tiene en la boca y responde:

—Por supuesto.

Pablo se coloca la servilleta con tranquilidad sobre las piernas y susurra:

—Quizá es demasiado íntima...

—¡A ver qué vas a preguntar, muchacho! —Mi padre ríe.

—Pregunta —pide Deacon—. Y yo veré si es íntima o no.

Mi familia, como si estuviera en un partido de tenis, mira de un lado a otro de la mesa en silencio.

—En España, para ejercer nuestro oficio, los profesionales solemos tener unos estudios —suelta Pablo—. En mi caso tengo las carreras universitarias de Derecho y Medicina. ¿Qué estudios tienes tú para ser músico?

Oír eso me sorprende. Pero ¿de qué va, restregándole sus malditas carreras? Entonces veo que Deacon se retira el pelo de la cara y responde:

—Estudié en la universidad de la vida. Y se puede decir que soy autodidacta en cuanto a haber aprendido a tocar la guitarra, algo de piano y a cantar.

—Entonces, ¿no fuiste a ninguna universidad?

—No.

—Eh, Pablo. Yo tampoco fui a la universidad y soy un excelente ebanista y profesor de esquí —apostilla Lucas, mi cuñado.

Pablo lo mira y asiente. Pero, volviendo de nuevo a Deacon, pregunta:

—¿Tampoco estudiaste música?

Impertinente. Pablo se está comportando como un impertinente.

—No —contesta Deacon—. No estudié música. A mi madre le habría encantado pagarme esas clases, pero nuestras condiciones no eran las mejores.

—Los padres suelen querer lo mejor para sus hijos —insiste Pablo.

Lo conozco. A pesar de su sonrisita y de su tono de voz, sé que lo está haciendo con maldad. Acto seguido, Deacon dice con un tono algo tenso:

—Mi madre me dio lo mejor que pudo.

Todos los miramos en silencio y, cuando voy a intervenir, Pablo, que está pesadito, insiste:

—Entonces, ¿aprendiste a tocar la guitarra tú solo?

¡Me lo voy a cargar! Pero ¿qué narices está haciendo el puñetero Todólogo?

Muevo la pierna inquieta. Pablo me está sacando de quicio. Entonces noto la mano de Deacon sobre mi pierna para que pare y oigo que responde:

—Sí. Aprendí solo a tocar la guitarra. Como también aprendí a tocar el piano e hice carrera en el mercado musical.

Los demás asienten sin decir nada, solo observan, hasta que mi yaya indica dirigiéndose a Deacon:

—Muchacho, aprendiste en la mejor universidad, ¡la de la vida! —y, mirando a Pablo, afirma—: Eso, señor universitario, a mi parecer lo hace listo, luchador e inteligente.

—Gracias, señora. —Deacon sonríe.

—Las que tú tienes, hermoso.

¡Ole mi yaya! Con sus palabras ha callado al tonto de Pablo, que ya no vuelve a abrir la boca. ¡Menos mal!

Al cabo, suena el timbre de la puerta. *Deacon*, mi perro, comienza a ladrar, y mi yaya comenta:

—Serán Kiki, el Pulga y el Pope. Esos no se pierden un cocido de su abuela.

Sonrío, lo sé. Y, segundos después, entran con su habitual escándalo y comienzan a repartir besos y golpecitos en la espalda como si no hubiera un mañana.

Pasado un rato donde todo vuelve a fluir en la mesa, me doy cuenta de que María Rosa y Pablo no paran de hacerse cariñitos. Que si un besito, que si una sonrisita, que si te doy un beso en los nudillos de la mano, que si te toco el pelito, que si..., que si..., que si...

¡Me están poniendo mala!

—Dijiste que no querías volver con él —murmura Deacon.

—Y no quiero —replico.

—Pues te aseguro que tu gesto dice todo lo contrario...

No. ¡Ni hablar! No quiero que nadie imagine lo mismo que está pensando Deacon, y contesto:

—Quizá mi gesto me traicione.

—Te traiciona.

—Pues lo cambiaré.

—Harás bien —afirma, y añade—: Y ahora, por favor, dile a tu jodido perro que me quite la cabeza de encima.

Al oír eso, miro hacia abajo y veo que *Deacon* tiene el morro apoyado en sus piernas. Está claro que o le ha gustado o lo hace para jorobarlo, por lo que cuchicheo:

—Mi amor, es la hora de la comida y sabes que no me gusta que estés rondando por la mesa. Así que ve ahora a tu camita con *Trece*, ¿vale?

Según digo eso, mi perro se quita de encima obedientemente y va hasta su cama, donde *Trece* está repanchingado. Deacon me mira sorprendido.

—No hay nada como hablar desde el corazón para que te entiendan... —señalo.

Segundos después, oigo a Pablo ensalzar la sopita de la yaya y juro que me está poniendo mala. Es más, como no me controle, estoy por levantarme y plantarle la sopera en la cabeza.

Durante la comida hablamos, reímos y bromeamos sobre los eventos que mi abuela ha programado para la Navidad mientras Deacon come en silencio y nos escucha. También charlamos acerca de organizar distintos eventos para sacar dinero para la reconstrucción del colegio municipal, y me entero de que varias bandas del lugar y alguna que otra algo famosilla tocarán en el polideportivo el día 2 de enero.

Mis primos hacen propuestas y se postulan para una rifa de solteros. Las mujeres pujan y ellos se van a cenar. Me río. Menudo morro tienen. A mi tía, su madre, le parece una excelente idea. Yo, no sé..., no sé. María Rosa propone una subasta de bizcochos y el imbécil de Pablo se vanagloria de lo buena cocinera que es.

Estoy que boto en la silla. Yo soy una pésima cocinera, todos lo saben. Y Pablo se mofa recordando que mi plato estrella es abrir un vasito de arroz y meterlo en el microondas durante un minuto.

¡Será gilipollas!

Deacon me mira. Yo lo miro. Pero por el modo en que me observa sé que se percata de mi incomodidad.

¿Por qué Pablo no se va a la mierda y me deja en paz?

Esto me pasa por tonta. Por idiota. Por lela. Si hubiera dicho la verdad en lo referente a lo que sucedió con Pablo, ahora mismo él no estaría aquí comiendo como uno más de la familia. Pero, por ser buena y no querer hacer daño a nadie, en estos momentos me encuentro en esta absurda situación.

Estoy nerviosa. Mucho. Cuando de pronto Deacon pone de nuevo su mano sobre mi rodilla para que detenga el movimiento nervioso de mi pierna y dice:

—¿Te he dicho hoy lo guapa que estás..., cielo?

¡¿«Cielo»?! ¡¿Cómo que «cielo»?!

Oír eso me sorprende, como creo que sorprende a mi familia. Y, tras darme un ligero beso en el cuello, afirma mirando a mi yaya:

—Hoy Adriana está particularmente guapa, ¿verdad?

—Mi nieta, todos los días, hermoso —afirma mi yaya gustosa.

Todos nos observan, y yo, mirándolo, pregunto:

—¿Qué estás haciendo?

Deacon sonríe. Uisss, ¡esa sonrisa! Pasa el brazo por encima de mis hombros y, acercándome a él, responde:

—¿Para qué seguir ocultando lo que todos ya saben?

Pero ¿qué dice? ¿De qué habla?

—¡Primulaaaaaaa! —vociferan mis primos divertidos.

—¿Lo veis? ¡Lo que yo decía! —exclama mi hermana.

—Minirri... —se mofa mi padre—. ¡Que no nos chupamos el dedo!

—A tu yaya la ibas a engañar. —Mi abuela ríe.

A partir de ese instante todos dicen, comentan, mientras Pablo me observa y yo finjo que no me doy cuenta. Miro a Deacon. En su gesto veo algo que no entiendo y, levantándome, sin importar que todos nos miren, hago que él me siga y, una vez que llegamos al baño, con mi perro pegado a nosotros, cierro la puerta y pregunto bajando la voz:

—¿Qué se supone que estás haciendo?

—Ayudarte.

—¡¿Ayudarme?!

Deacon asiente y, tomando aire, cuchichea:

—Tú no lo hiciste cuando yo lo necesité con Emma en Tokio, pero...

—Por favor... —murmuro al oírlo.

—Pero en el aeropuerto me dijiste que eras mi amiga y que tú a los amigos los ayudabas no dejándolos solos. Pues bien, ahora tu amigo soy yo, y no voy a dejarte sola.

Sigo sin entenderlo, y a continuación añade:

—Me quedo.

—¡¿Qué?!

—Que no me voy a Noruega.

—¿Cómo que no te vas a Noruega?

—He decidido que pasaré las malditas Navidades contigo. Aunque, la verdad, tomar decisiones siendo día 13 no es nada bueno...

—¡¿Qué?!

Asiente, se mira en el espejo y, retirándose el pelo de los ojos, afirma:

—Me saldrá urticaria y posiblemente me daré de cabezazos contra las paredes veinte veces al día a causa de mi decisión, pero creo que me necesitas.

—Pero ¿qué dices?

Atónita. Sorprendida. Alucinada. Así me siento en este instante cuando, tras mirar a mi perro, que mueve el rabito feliz, murmuro:

—A ti no te gusta la Navidad.

—Lo sé.

—¡Deacon, hoy es día 13!

—También lo sé.

—Tampoco te gusta el ambiente familiar...

—Tienes razón en todo lo que dices. Pero ¿sabes?, menos me gusta ver a mi Duendecilla preferida pasándolo mal a causa del idiota del Todólogo.

Oír eso tan tan tonto de pronto me hace sonreír, ¡qué monoooooo!, y simplemente lo abrazo.

Capítulo 19

Deacon

Mientras me convenzo de lo que he dicho, me conmueve sentir su abrazo.

¿Voy a pasar la Navidad aquí con ella y su familia?

¿En serio he dicho eso? ¡¿Yo?! ¿Deacon Black?

Pero, viendo la situación que se le planteaba con el idiota de su ex, y por la buena conexión que tengo con ella, he sentido que necesitaba mi ayuda. Así pues, cuando nos separamos, digo mirándola a los ojos:

—Tú y yo sabemos que esto no es real, pero ellos no tienen por qué saberlo. Me comportaré como si fuera tu pareja y...

—¡¿Qué?!

—¡Lo que has oído, Minirri!

Me mira. Parpadea. Está sorprendida. Y añado, consciente de que el perro me toca la pierna con la pata:

—Así no te sentirás tan mal cuando Pablo y su chica estén aquí.

Adriana me mira fijamente sin decir nada. Por su gesto noto que duda, y al cabo murmura:

—No digas tonterías... ¿Cómo vamos a hacer eso?

Se ríe. Veo el nerviosismo en su sonrisa.

—Es eso o soportar que tu exnovio siga restregándote su nueva vida —digo.

No contesta, solo me mira, y yo, sin entender aún por qué me estoy ofreciendo, insisto:

—He salido durante años con Emma, como tú has hecho con Pablo. Ambos sabemos lo que es tener pareja, y creo que podemos hacerlo bien.

—Pero, Deacon, ser pareja implica complicidad, intimidad, besos y...

—Complicidad tenemos. Conexión también. Lo otro será cuestión de hacerlo creer, teniendo tú y yo claro que esto es lo que es. Aunque, ahora que lo pienso, ¿tu amiga Marga dijo que yo era tu *crush*?

Lentamente asiente. Me mira. Me encantaría saber lo que está pensando.

—No voy a negar que siempre me has gustado —cuchichea—, como intuyo que le gustas a media humanidad, pero esto no es una buena idea para ti..., porque te aseguro que yo suelo ser irresistible.

Según dice eso, mueve las cejas en un gesto que me desconcierta, y finalmente, riendo, murmura:

—¡Es bromaaaaaaa!

Me río. Se ríe.

Le gusto, lo sé. ¿Irresistible ella? Eso me hace hasta gracia, y cuchicheo, notando de nuevo la pata del perro que me da en la pierna:

—Tranquila, ¡monstrua! No voy a enamorarme de ti.

Adriana me mira y niega con la cabeza. ¿Qué piensa? Me gustaría mucho saberlo.

Se quita la goma del pelo. Se lo atusa. Se lo recoge. Me encanta ese movimiento suyo y cómo se muerde el labio inferior al hacerlo. Y, tras un rato en el que me maravillo observando sus movimientos, pregunta:

—¿Tú sabes en qué jari pretendes meternos?

—¿Qué significa *jari*?—pregunto.

—¡Lío! ¿Tú sabes en qué lío pretendes meternos?

—No.

Ambos reímos. Estamos un poco locos.

—Deacon —insiste—, ¡que para mi familia la Navidad termina el 6 de enero!

—¡¿El 6 de enero?!

—Sí —afirma con gesto serio.

Pienso. Estamos a 13 de diciembre, por lo que son uno..., dos..., siete..., quince..., diecinueve... ¡Veinticuatro días celebrando la Navidad! ¡Joder, son muchos días! ¡Demasiados!

Pero, al ver su gesto, trago saliva. Me necesita, y respondo:

—Creo que con tu ayuda podré llegar vivo a esa fecha.

Adriana me mira, y, tras un gracioso gesto, dice:

—Te lo agradezco, pero olvídalo. Son demasiados días para mantener una mentira. Y ya has conocido a mi familia. Habrá juegos, cenas, concursos y mil cosas más que...

—Una Navidad muy fun, fun, fun.

Según digo eso, Adriana suelta una risotada, e indico:

—A ver..., sabes que la Navidad no es lo mío. Solo necesito que lo controles un poco todo para que no me asfixie, y también a tu sobrino, para que deje de hacer tantas fotos. Sé que habrá situaciones de las que no podré librarme, pero quiero ayudarte. De verdad. Créeme.

Adriana sonríe. De nuevo vuelve a soltarse el cabello, vuelve a hacer ese gesto que me gusta tanto en ella, y cuchichea:

—¿De verdad quieres hacer lo que estás diciendo?

—Sí —y, bajando la mirada al perro, que sigue llamando su atención, al ver que este me mira y me enseña la pata, suspiro y, chocándosela, señalo—: Tú ganas.

Nada más chocársela, el perro da un saltito hacia mí, con la mala suerte de que noto como su húmeda lengua pasa por mi rostro... ¡Qué asco! Y, cuando voy a protestar, Adriana dice:

—Qué mono..., ¡te ha dado un besito por lo contento que se ha puesto!

Acto seguido, la Duendecilla me abraza. Su abrazo me encanta. Me gusta su olor. Cuando nos separamos y un extraño remolino empieza a girar en mi estómago al notar su mirada, para acabar con ese momento digo:

—Sé que tu abuelo es River Samuel Robinson y por eso tu familia te llama «Minirri», por lo mucho que te pareces a él.

Mis palabras no la sorprenden. Solo me mira. E insisto:

—Vale que te lo callaras en la gira, pero, una vez que acabó, ¿por qué no me lo dijiste?

Adriana se encoge de hombros y, tomando aire, suelta:

—¿Te prestas a este absurdo juego por ser mi yoyo quién es?

Según oigo eso, frunzo el ceño.

—¿En serio me preguntas esa tontería?

Ella se ríe. Yo también. Soy consciente de que lo ha dicho por decir.

—Si no te dije que River era mi yoyo fue porque no quería impresionarte —añade acto seguido.

Oír eso me hace gracia y, abriendo la puerta del baño, digo mientras salgo seguido por el perro:

—Pues que sepas que me ha impresionado.

—Lo sé. —Ella sonríe.

Según nos acercamos al salón, vuelvo a oír una cancioncita de Navidad, y susurro:

—Lo de la musiquita navideña sí que lo voy a llevar mal...

Ella me mira, me entiende y, divertida, cuchichea soltándose de mi mano para bailotear a mi lado:

—Pero si Tori Kelly y Babyface cantan maravillosamente *Let It Snow*.

La miro. No sé por qué, pero verla bailar me hace sonreír. A medida que nos acercamos al salón comienzo a oír las voces de la familia.

Vale. Yo me he ofrecido a ayudarla, ella no me lo ha pedido. Si he llegado hasta aquí es para proseguir con el juego que yo mismo he propuesto, así que cojo la mano de Adriana y voy a hablar, pero esta pregunta:

—¿Estás seguro de lo que vamos a hacer?

—He chocado hasta la mano con él. Con tu hijo —afirmo mirando al perro.

Ambos sonreímos y, apretándonos la mano, entramos en el salón, donde todos nos miran, y el padre pregunta:

—¿A qué hora salís para el aeropuerto?

Me siento en una de las sillas mientras el perro se acomoda a mi lado, y Adriana dice:

—A ninguna. Mi chico pasará las Navidades con nosotros.

Según dice eso, todos aplauden felices. ¡Soy su chico! Y el Monstruito Rubio viene corriendo hacia mí. ¡Socorro! Los hombres alaban mi decisión. Las mujeres me abrazan, me besuquean y me dan la enhorabuena por entrar en la familia. Están contentas de que pase las Navidades con ellos, aunque no entiendo por qué, pero sí entiendo el gesto molesto de Pablo. Ese lo entiendo muy bien, y me encanta.

Capítulo 20

Adriana

14 de diciembre

Según abro un ojo y siento a Deacon de nuevo detrás de mí haciendo la cucharita mientras duerme, me vuelvo a sorprender.

¡Deacon Black, en mi cama y en mi habitación, y yo con estas pintas! ¡Qué fuerteeee!

Sin apenas moverme, lo observo a través del espejo que hay delante de mí. Qué guapo es y qué sexy está. No me extraña que las mujeres de mi familia estén como tontas con él. Bueno, las mujeres de mi familia y yo, no me voy a excluir.

Observo su brazo desnudo, ese que me rodea, y miro el tatuaje que representa su amada guitarra con el nombre de su madre.

¡Es tan monooo!

Sonriendo, pienso en que se ha quedado por mí en Navacerrada, y no sé si ilusionarme o desesperarme. Si se entera la prensa de que está aquí, nos van a destrozar. A él le buscarán un lío conmigo le guste o no, y mi familia tendrá que soportar toda la mierda que la prensa tiene guardada sobre mi yoyo, porque la sacarán.

Sin embargo, lo miro hechizada; es Deacon, un hombre que me gusta y me encanta, y más ahora que lo estoy conociendo como persona. Tenerlo conmigo lo considero mi *gran* regalo de Navidad. No obstante, me conozco, y que me guste tanto y esté aquí sé que me va a pasar factura. Lo sé. Pero aquí estoy, en la cama, haciendo la cucharita con él y sonriendo como una tonta.

Lo que vivimos ayer ¡fue una locura! Tras mentir oficialmente a mi familia en cuanto a que Deacon y yo somos pareja, cuando llegaron mis tíos y mis primas, todos juntos comenzamos a adornar el árbol de Navidad, y el pobre Deacon no sabía dónde meterse, sobre todo porque mis primos el Pulga, Kiki y el Pope empezaron a bromear con él.

Deacon intentó escapar, pero le fue imposible, mis primos no lo soltaban. Y cuando por fin lo dejaron ir, mi yaya lo obligó a colocar varios adornos y, para su horror, todos aplaudimos cuando lo hizo. En mi casa, decorar el árbol es algo tan institucionalizado como el encendido de las luces. Hay adornos antiguos de mis antepasados, y bolas actuales con las fotos de todos los miembros de la familia, incluidos mi perro *Deacon* y *Trece*. Hugo, el fotógrafo de la familia, es quien se encarga de elaborar esas «bolas de recuerdos», como él las llama. Incluso hay algunas con fotos de *Búster*, *Mira*, *Dulce* y *Sandler*, otros perros y gatos que vivieron con nuestra familia y que por desgracia ya no están.

Pablo y María Rosa participaron de la actividad del momento, y Deacon estaba pendiente de mí todo el rato. ¡Qué mono!

De pronto, al coger un adorno de una de las cajas, vi la bola que compartíamos Pablo y yo con nuestra foto junto a la barbacoa. Paralizada, me la quedé mirando. Fue un bonito momento, pero ya es pasado. Y, cuando creí que nadie miraba, la tiré a la chimenea para que se quemara. ¡Ni loca pensaba colgar ese recuerdo!

—Aplaudo tu decisión —oí que decía entonces Kiki a mi lado, guiñándome un ojo.

Instantes después Deacon se acercó a mí, me dio un dulce beso en la mejilla y, entregándome una rosquilla que acepté encantada, lo oí decir:

—Socorro, ¡no quiero más rosquillas!

—Tranquilo. Me la comeré yo.

—Ya me he comido seis, ¡me va a dar un subidón de azúcar!

Eso me hizo reír. Este no sabe lo que nos gusta a mi familia y a mí el dulce.

—He de correr por las mañanas para contrarrestar todo lo que me están haciendo comer —añadió—. ¿Vendrás conmigo?

—¡Ni loca!

Según dije eso, Deacon parpadeó.

—El ejercicio está muy bien para quien le guste, pero a mí no me va —expliqué—. Me pasa lo mismo que a ti con la Navidad... ¡No es lo mío! Y no, no me voy a levantar por las mañanas para correr y pasar frío. Por tanto, ni se te ocurra proponérmelo, porque, aunque seas Deacon Black y oficialmente mi churri, te voy a decir que no.

Él me miraba. Sé que está haciendo un gran esfuerzo por estar donde está. Y, cogiendo un mechón de mi cabello, me lo puso tras la oreja y murmuró:

—¿Sabes que estás muy guapa cuando te pones tan seria?

Ufff, ¡lo que me entró por el cuerpo!

Ufff, ¡qué calor me subió!

Ufff, ¡que casi lo besé!

De pronto sentí que ese momento lleno de complicidad entre nosotros se convertía en algo especial, e, incapaz de callar, levanté una mano en dirección a su cabello, se lo toqué y afirmé con mimo:

—Tú sí que eres guapo.

En silencio, nos miramos. En silencio, nos tentamos. Ay, madre, ¡que casi lo besé! Pero el momento se rompió cuando mi madre y mi tía se acercaron para abrazarlo. ¡Qué cansinas con tanto abrazo!

Sentí la mirada acusadora de Pablo. Es evidente que se sentía molesto por nuestra complicidad, pero yo simplemente disfruté del momento, sobre todo cuando noté la mano de Deacon agarrándome por la cintura para acercarme a él.

Una vez que terminamos de poner las bolas, el espumillón y todo lo atesorado durante años, llegó el momento de colocar el adorno final. La estrella.

Como es tradición en mi familia, la estrella en lo alto del árbol la suele colocar el más pequeño de la casa, siempre y cuando pueda ponerla. Pero la más pequeña es Aitana, la hija de mi hermano, y como todavía es demasiado pequeña, quien ha de hacerlo es Carlota.

Ni que decir tiene que se volvió loca de alegría al poder hacerlo un año más, y me partí de risa cuando mi Monstruito exigió que quien quería que la alzara en hombros fuera Deacon. El tío Deacon, como dice ella.

Con gusto, observé el gesto de Pablo. Eso le molestó. Siempre había sido él quien había alzado en brazos a Carlota, pero este año ella decidió que no fuera así. ¡Ah..., mala suerte!

Con cara de circunstancias, Deacon no se movía, y al final, y ante la presión de todos, se subió a Carlota en los hombros, mi Monstruito colocó la estrella y nosotros aplaudimos encantados.

Después de adornar el árbol, María Rosa y Pablo se marcharon, y todos nos sentamos a cenar alrededor de la mesa. En esa ocasión Deacon estuvo más tranquilo, aunque cada vez que Carlota se le subía encima, se ponía tieso como un ajo.

Mientras sigo recordando, mi perro, que duerme a mi derecha, levanta la mirada, y murmuro:

—Hola, *Deacon*. Buenos días, mi amor.

—Así da gusto despertarse.

Sin moverme indico:

—Eso no iba para ti. No te hagas ilusiones.

—No me estropees el despertar.

Divertida, me doy la vuelta para mirarlo. Nuestras cabezas están relativamente cerca y, sonriendo, murmuro:

—Buenos días, Grinch.

Él me mira. Uf..., qué ojazos azules tiene. Toma aire y susurra:

—Me gustaba más el otro saludo.

Ambos sonreímos, y luego él pregunta:

—¿Qué hora es?

—Las diez y media.

Deacon asiente y yo, mirando su torso desnudo, veo el anillo que cuelga de la cadenita.

—¿Qué significa para ti? —pregunto.

Al ver lo que señalo, coge con la mano el anillo, lo aprieta con cariño y afirma:

—Era de mi madre. Y, por tanto, es muy especial para mí.

Asiento. No hace falta preguntar más. Sé lo importante que fue su madre para él.

—¿Tú no dijiste que tenías que levantarte a correr para quemar todo el azúcar que estás comiendo? —cuchicheo.

Deacon sonríe y, tras coger aire, responde:

—Mañana...

Divertida, asiento. Él me mira y vuelve a crearse un momento extraño entre nosotros, un momento de esos en los que no sabes realmente qué pasa; pero entonces el olor a café llega desde la cocina y susurra:

—Qué rico está el café aquí.

Uisss, madre mía. Para rico... rico, ¡él! Pero, rompiendo el momento extraño, respondo al tiempo que me muevo:

—Normal. ¡El que tomáis vosotros es puro aguachirri!

—¿Qué significa *aguachidi*?

Suelto una carcajada y él añade:

—Marieta lo dijo y...

—*Aguachirri*. Se dice *aguachirri*, y significa que el café está muy aguado.

Asiente. Entiende. Y luego me pregunta:

—¿Tus primos son siempre así?

Sonrío. Sé que habla del Pope, el Pulga y Kiki, los ruidosos y folloneros. Tienen cuarenta y uno, treinta y nueve y treinta y siete años, mientras que Cristina y Lourdes, las gemelas, tienen treinta y seis y son calladitas y apocadas.

—Ellos siempre han sido locos y escandalosos. Ellas, todo lo contrario.

Deacon asiente.

—¿Tus primas no tienen pareja? —pregunta a continuación.

—No, para disgusto de mis tíos, y mira que ellas lo intentan.

—¿Y tus primos?

—Tuvieron algunas novias, pero nada importante. Y ahora simplemente son felices regentando la carnicería del pueblo y criando vacas. Poco más te puedo decir. Imagino que tendrán sus rollos.

Asiente y luego vuelve a preguntar:

—Y de tu amiga Marga ¿qué me dices?

Cuando la menciona a ella, sonrío. Está visto que Deacon está en plan curioso, e indico:

—De ella puedo decirte que es la mejor amiga del mundo. Es comercial de una firma deportiva. Vive la vida como quiere, con quien quiere y como puede, hasta que aparezca Chris Evans y le pida matrimonio.

Ambos reímos por lo que he dicho; entonces mi perro intenta ponerse entremedias de los dos y Deacon sentencia:

—No.

—¿Por qué?

—Porque una cosa es que le chocara la pata ayer y otra que quiera dormir con él aplastándome.

—Pero ¿no ves que solo quiere cariñito? —Sin embargo, viendo su gesto ceñudo, miro a mi perro y digo—: Ahí no te pongas, que el señor es muy especialito. Ven aquí.

Rápidamente mi perro vuelve a donde estaba y, una vez que se tumba, suelta un resoplido que me hace gracia, y, mirando a Deacon, digo:

—Me lo estás traumatizando y el psicólogo lo vas a pagar tú. ¡Que lo sepas!

—El psicólogo me lo vas a pagar tú a mí.

—¿Yo a ti? ¿Por qué?

—Por tu desorden y esos horribles pijamas antimorbo que llevas.

—Pero ¡si este es de La Masa, el increíble Hulk!

Ambos sonreímos y luego soy yo quien pregunta:

—¿Por qué no te gustan los niños?

—Yo no he dicho que no me gusten.

—Deacon...

Él resopla. Se pone boca arriba con las manos bajo la cabeza y responde:

—Tuve que enfrentarme a demasiados en mi niñez.

Lo miro sorprendida, y él añade:

—Llámame «tonto» o «bobo», pero la verdad es que los niños y yo... como que no.

—Pues mi sobrina Carlota está encantada contigo.

—No puedo decir lo mismo.

—¡Pobrecita, mi Monstruito!

Ambos reímos y, acto seguido, inquiero:

—¿Dices eso porque, siendo niño, otros niños te lo hicieron pasar mal?

—Sí.

—Pero, Deacon, ahora eres adulto y...

—Lo sé. Sé lo que me vas a decir. Y, antes de que prosigas, he de decirte que siempre me he mantenido alejado de los niños porque no me despiertan ni confianza ni simpatía. Dicho esto, tampoco quiero que les pase nada. Simplemente, que me ignoren.

—Lo de Grinch de la Navidad a ti se te empieza a quedar corto.

Ambos sonreímos y yo insisto:

—¿Y por qué no te gustan los animales?

—¿Quién dice que no me gustan?

Sorprendida, levanto las cejas.

—En una de las casas de acogida donde viví había un perro llamado *Goumar*, que, gracias a la hija del matrimonio, que no me soportaba, me hacía la vida imposible —explica—. Y luego, en otra de las casas, había un gato al que pisé sin querer y se me lanzó encima. Por lo que se puede decir que mi relación con los niños, los perros y los gatos no es la mejor. Pero eso no quiere decir que no me gusten.

Oír eso me apena. Su infancia no debió de ser fácil.

—Siento lo que me cuentas —murmuro.

Él se encoge de hombros.

—Deacon, los niños y los animales suelen ser maravillosos —añado—. No te voy a negar que hay algunos más especialitos que otros, pero deberías darles una oportunidad.

Sin responder, se levanta entonces de la cama y, dirigiéndose hacia el baño, dice:

—Me voy a duchar, ¡monstrua!

Le miro el trasero. No lo puedo remediar. Y, cuando cierra la puerta, observo a mi perro y susurro:

—Él se lo pierde.

* * *

Tras una bonita mañana en la que luce un sol de esos de invierno que da gusto disfrutar, la yaya prepara uno de sus riquísimos guisos de carne con verdura para comer, y me río cuando la musiquita de Navidad es lo primero que oímos al salir de la habitación. No sé por qué, pero estoy feliz.

Hoy somos pocos en la casa. Mi hermano, su marido y su hija se han ido a comer a casa de unos amigos, y mi hermana tenía planes con los niños y no aparecerá hasta por la tarde, por lo que podemos comer con total tranquilidad, aunque mi perro no se separa de Deacon.

¿Y ese amor que le ha cogido?

En un momento dado, Deacon se sienta frente al piano de pared. Tras pedirme permiso con la mirada para abrir la tapa, asiento, pero indico:

—Estará desafinado. Carlota lo aporrea.

Deacon toca algunas notas, no suenan bien, y sonriendo dice:

—Si me lo permitís, lo afinaré.

—¡Todo tuyo! —Sonrío gustosa al tiempo que suena la voz de Kelly Clarkson cantando *Christmas Eve.*

Después de comer, mientras se hace el café, me excuso un segundo para ir al baño y, al regresar al salón, me paro antes de entrar para observarlos. Mis padres y la yaya charlan con Deacon, y noto tranquilidad en el gesto de este. Para no ser muy familiar, lo veo muy integrado en la conversación, y reconozco que eso me gusta mucho.

Una vez que me siento a la mesa de nuevo, mi yaya me mira y pregunta:

—¿Has llevado a Deacon al estudio?

Niego con la cabeza. El estudio de mi yoyo siempre ha sido algo de él y mío, y ahora se puede decir que es solo mío. Al resto, el estudio de música le da igual. Nunca lo han utilizado y nunca lo utilizarán.

—Pues que sepas que me muero por ver el estudio de River —interviene Deacon.

Asiento, lo sé, es músico.

—Si te portas bien, te lo enseñaré —indico.

—¡Minirriiiii...! —se mofa mi madre.

—¡Será posible, esta muchacha...! —Mi yaya ríe.

Deacon, divertido por esto, se acerca a mí y murmura con cierta intimidad, pasando la mano por mi espalda:

—Duendecilla, no seas mala.

—¡Uis, «Duendecilla» que la llama! —Mi padre se carcajea.

Woooo, lo que me ha hecho el cuerpo al sentir la mano de Deacon pasando por mi espalda. Esta extraña intimidad entre nosotros ¡me va a matar!

Segundos después, mientras quito la mesa con mi madre y la yaya, dejo a Deacon con mi padre. Entre los dos parece haber muy buen rollo, y me encanta verlos hablar, a la vez que mi perro, sentado al lado de Deacon, les presta toda su atención.

Cuando estoy en la cocina aparece una vecina de toda la vida, la señora Manuela, que viene a por harina. Como siempre, la mujer me abraza, se alegra de verme, y durante un rato charlamos con tranquilidad.

Capítulo 21

Deacon

Alfonso, el padre de la Duendecilla, es un tipo agradable.

Mientras escuchamos las noticias que dan en el canal internacional veinticuatro horas, las comentamos, y cuando anuncian que estoy sumergido en la creación de mi nuevo disco en Australia acompañado por un nuevo amor, murmura:

—No sabía yo que estuvieras en Australia acompañado por esa belleza.

Ambos reímos y yo indico:

—Como ves, suelen decir cosas mías que no son verdad.

Alfonso me mira, asiente y luego pregunta:

—¿Y cómo se vive de ese modo?

Al oírlo, suspiro.

Entiendo que no conocen esa parte de la fama porque River se ocultó de la prensa.

—Simplemente hay que gestionarlo —digo—. Asumir que soy un personaje público y que la prensa busca noticias que dar, sean o no verdad.

—Pero es mentira que estés en Australia acompañado.

—Lo sé, y tú también. Pero no puedo pasarme la vida desmintiendo cosas.

Alfonso cabecea, intuyo que me entiende.

—Seguro que tu vida en Nueva York no tiene nada que ver con esta —comenta a continuación.

—Allí mi vida es diferente.

—Ya he visto que no te gustan las fotos.

—Ser el objetivo constante de los fotógrafos, hagas lo que hagas, créeme que te hace odiarlas. Pero, como te digo, es parte de mi trabajo, e intento gestionarlo.

El hombre asiente y, sorprendiéndome, dice:

—Hace años estuve en Nueva York con mi mujer y Minirri.

—¿Y qué te pareció?

—Un sitio demasiado grande, con edificios interminables e infinidad de taxis amarillos. ¡Una locura!

Sonrío. Asiento. Nueva York es así.

—Minirri estaba trabajando allí, en un espectáculo en Broadway —prosigue—, por lo que Honey y yo nos animamos a ir a visitarla. Y, bueno, estuvimos por ese parque tan enorme...

—¿Central Park?

—Sí, ese. ¡Qué maravilla de lugar en medio de la ciudad! —afirma gustoso—. Y además de ir al espectáculo donde trabajaba mi niña, visitamos todo lo que pudimos y subimos al Empire State. ¡Madre mía, qué altura tiene eso!

Sonrío y luego pregunto:

—¿Visitasteis la Estatua de la Libertad?

Alfonso asiente y, bajando la voz, asegura:

—Fíjate que en las películas la veo alta y espigada..., y luego, al verla en directo, la encontré bajita y regordeta...

Ambos reímos y, acto seguido, él se pone en pie, echa unos troncos a la chimenea y dice:

—Acompáñame. He de partir un poco de leña.

Según me levanto, el perro, que está a mi lado, también se levanta. ¿Ya me va a seguir?

—Ponte esa chaqueta de lana mismo, muchacho —indica Alfonso—. Es mía y creo que te valdrá, o te pelarás en el exterior.

Cojo la chaqueta que me indica, me la pongo y, saliendo tras él, pregunto:

—¿*Pelarás* es tener frío?

—Sí.

Asiento. ¡Curiosa palabra: *pelarás*! Veo que el léxico de los españoles es bastante más amplio del que yo conocía.

Al salir, piso la nieve y mis zapatillas de deporte se humedecen rápidamente. Noto los pies fríos, y de pronto oigo:

—¡*Deacon*, ven aquí de inmediato!

Con rapidez, me muevo, pero el hombre me mira y dice:

—Tú no... El perro.

¡Joder con llamarse como yo!

—¡Ni caso! —protesta Alfonso—. Ahí se va el muy granuja.

Ver como aquel corre saltando por encima de la nieve me hace asentir.

—*Deacon* ve un conejo y ya no ve ni oye nada. Solo quiere cazarlo. Por suerte, la carretera que sube a la parcela no tiene tráfico y ese sinvergüenza puede cruzarla con tranquilidad.

El perro desaparece entonces de nuestro campo de visión, y oigo que Alfonso me pregunta:

—¿Alguna vez has partido leña, muchacho?

—No.

Él sonríe y, cogiendo un hacha, pone unos maderos sobre un tronco y, con golpes certeros y precisos, comienza a cortarlos. Miro. Observo. No da la impresión de ser difícil.

—¿Qué te parece mi niña en su trabajo?

—Buena y profesional. Una excelente técnica de sonido.

Le veo el orgullo que siente en la cara mientras, con habilidad, parte leña.

—Cuando empecé a salir con Honey, River me trajo justo aquí para cortar leña con esta misma hacha —dice—. ¿Y sabes lo que me dijo? —Niego con la cabeza—. Me dijo: «Si le haces daño a mi hija o la dejas embarazada, te corto el pescuezo».

Ver como la madera se parte de un solo golpe como si fuera mantequilla me hace dar un paso atrás.

—¿Qué intenciones tienes con mi niña? —inquiere a continuación.

¡Joder! Lo que acaba de hacer es una advertencia en toda regla. Y, acto seguido, hacha en mano, me mira mientras respondo omitiendo la verdad:

—Nos estamos conociendo. No puedo decirte nada más, Alfonso.

Me mira. Asiente. Coloca otro trozo de madera sobre el tronco y, con fuerza, baja el hacha. Un tenso silencio nos rodea de pronto, hasta que finalmente murmura sonriendo:

—Te has cagado en los pantalones, ¿verdad, muchacho?

No sé qué decir..., no esperaba esa reacción por su parte, pero de repente exclama:

—¡Era una bromaaaaaa! Deberías haber visto tu expresión, ¡qué pena no haberlo grabado! Lo siento, hijo, pero estaba deseando recrear contigo lo que yo viví con River.

Y, sin más, comienza a reír a carcajadas. ¿Me está tomando el pelo?

Lo miro sin dar crédito. No sé cómo tomarme eso, pero él se acerca a mí, me da un abrazo de oso y musita:

—Aun siendo una broma..., ¡cuidadito con mi hija!

Intentando sonreír, asiento. Si supiera que todo lo que hacemos es un teatrillo, ¿qué pensaría? Cuando el abrazo termina, Alfonso vuelve a colocar otro trozo de madera, lo parte por la mitad e indica:

—Minirri es una excelente técnica de sonido, pero créeme cuando te digo que aún es mejor como hija, nieta, hermana, amiga y persona.

Asiento. No lo dudo.

—Es la pequeña de mis tres hijos, pero en ocasiones parece la mayor —añade—. Sus hermanos Adam y Virginia, siendo mayores, son más inseguros que ella. Pero no de ahora, sino de toda la vida. River siempre se reía de eso. Siempre decía que Minirri conseguiría todo lo que se propusiera en la vida, porque era decidida, curiosa y atrevida. Pero, como padre suyo que soy, la conozco y sé que es la más vulnerable de los tres. Es todo corazón. Y, entre tú y yo, me sorprendió que dejara a Pablo. La veía muy bien con él, y todavía no entiendo por qué lo hizo, aunque respeto su decisión.

Lo miro. No puedo decir lo que sé. Si lo hiciera, no sería justo para la Duendecilla. Ella les contó lo que quiso, ¿quién soy yo para contar la verdad?

—Como padre, me preocupo por mis hijos. Adam y Virginia están bien con sus vidas, pero Minirri me tiene algo preocupadillo. Y no es que tú no me parezcas bien para ella, es solo que eres tan diferente de Pablo que no sé qué pensar.

Asiento. Me alegra saber que nos ve diferentes a Pablo y a mí. Ni en mis peores sueños querría parecerme a ese engreído.

—¿Quieres partir leña? —me pregunta a continuación.

Me encojo de hombros. Según he visto, no parece difícil, y me animo. Alfonso se me acerca, me entrega el hacha y dice poniendo un nuevo trozo de madera sobre el tronco seco:

—Pies separados, bien apoyados en el suelo, y ¡dale fuerte!

Tengo los pies helados. Pero, colocándome como dice, levanto el hacha por encima de mi cabeza y, cuando la bajo, ni por asomo le doy a la madera. Es más, giro sobre mí mismo a causa de la inercia haciendo peligrar mi pierna izquierda.

Alfonso se ríe. Yo también.

—A ver, muchacho —dice—. Lo primero de todo: sujeta con firmeza el hacha y estira los brazos para comprobar que el filo alcanza la madera. Así tomarás medidas.

Hago lo que me indica.

—Una cosa muy importante: procura no cortarte una pierna. Y nunca sujetes con la mano el trozo de madera que debes cortar, ¡se han perdido muchos dedos al hacerlo!

Divertido, asiento y enseguida afirmo:

—Toco la guitarra. Más vale que conserve todos mis dedos.

—¡Más te vale! —Ríe divertido.

Concentrándome, levanto de nuevo el hacha y, al bajarla, lo hago con tanta fuerza que la incrusto en el enorme tronco, y no en la madera que he de cortar. ¡Joder, qué fuerza he empleado!

Ayudado por Alfonso, pues yo soy incapaz de sacarla solo, conseguimos liberar de nuevo el hacha, y él, colocando otra vez la madera, dice:

—Inténtalo de nuevo.

Me concentro mientras anclo bien los pies al suelo. Mido la distancia. Cojo impulso y, al bajar el hacha, esta se vuelve a clavar en el tronco. Es tal el impulso que siento una tremenda sacudida en todo el cuerpo. ¡Joder!

Alfonso tiene que ayudarme otra vez a liberarla y, cuando lo hace, tendiendo mi puño hacia él, musito:

—Gracias.

El hombre mira mi mano, que está cerrada frente a él, ofreciéndole mis nudillos. Es la forma en que siempre he saludado a Frankie, a otros amigos, a músicos. Entonces él, entendiéndome, choca mis nudillos con los suyos y murmura con una sonrisa:

—¡De nada, Deacon!

Seguimos con el hacha, pero nada, soy incapaz de acertar. Alfonso vuelve a cogerla para repetir lo que he de hacer. Intenta enseñarme. Según lo hace él, parece fácil, pero cuando lo hago yo soy un desastre total. ¡Seré torpe...!

En varias ocasiones me percato de que cuando cae la hoja del hacha pasa con cierto peligro cerca de mis piernas. Eso inquieta a Alfonso, que finalmente decide que lo dejemos. Pero no, ahora soy yo el que no quiere. Mi orgullo no me lo permite. Deseo aprender. Deseo cortar leña como él lo hace, y me desafío a mí mismo a conseguirlo.

¡Otra cosa es que lo consiga!

Capítulo 22

Adriana

Cuando regreso al salón, me sorprendo al ver que no están ni mi padre, ni Deacon ni mi perro.

¿Dónde estarán?

Eso me inquieta. Pero de inmediato, al oír unos golpes y unas voces, veo que papá y Deacon están en el patio trasero.

Deacon tiene el hacha de cortar leña en las manos, y mi padre, tras colocar un leño sobre el tronco, dice:

—Visualízalo, dale en el centro.

Deacon mira aquello y, con fuerza, baja el hacha, que se ladea hacia la derecha.

No puedo evitar sonreír. Partir leña no es fácil, las hachas son peligrosas. Me acerco y mirando a mi alrededor pregunto:

—¿Y *Deacon*?

El aludido me mira, y yo, divertida, aclaro:

—Tú no. Mi perro.

Lo veo asentir. Por su gesto intuyo que el hecho de que mi perro se llame como él no le hace mucha gracia, y entonces mi padre responde:

—Debe de haber olido un conejo, ¡y ya sabes lo que pasa!

Asiento. Seguro que mi perro estará corriendo como un loco tras uno. Acto seguido miro el hacha en las manos de Deacon e indico:

—Papá, mejor hazlo tú.

Pero mi padre niega con la cabeza e, ignorándome, dice dirigiéndose a él:

—Vamos. Inténtalo otra vez.

Deacon vuelve a mirar el madero. Levanta el hacha y, al bajarla, lo hace con tanta fuerza que se pasa de la raya y esta termina rozándole la pierna. ¡Ay, Dios, que se la corta!

Asustada, voy hacia él mientras veo que mi perro regresa corriendo y empapado. Le quito el hacha de las manos a Deacon y, tirándola al suelo, susurro:

—¡Ni se te ocurra volver a cogerla!

—Pero, Minirriiiiii —protesta mi padre.

Con el corazón acelerado, lo miro. Deacon es un tipo de ciudad. Dudo que alguna vez haya cogido un hacha, pero mi padre insiste:

—La única manera de aprender es practicando. Y le estoy enseñando.

Acalorada por lo que he presenciado, miro a mi padre, después a Deacon, y, cuando voy a hablar, este dice:

—Alfonso, continuaremos con el aprendizaje en otro momento.

—¡Ni hablar! —exclamo.

—Pero, hija, ¡si al muchacho le gusta!

Me niego. No estoy dispuesta a ser la responsable de que Deacon regrese a Nueva York sin una pierna. Cuando voy a protestar, ellos se miran. Sonríen. Y cuando veo que se chocan los nudillos, me sorprendo. ¿Desde cuándo se saludan así?

Una vez que mi padre coge el hacha y se marcha, yo miro a Deacon y pregunto:

—Pero ¿cómo se te ocurre hacerle caso a mi padre?

—Me ha gustado la idea.

Maldigo. Acto seguido entramos en la casa seguidos de mi perro, que está empapado, cuando Deacon dice mirándome:

—No me importa aprender a cortar, pero, por favor, evítame tener que ir a cazar conejos con tu padre y tus primos.

Oír eso hace que también lo mire.

—Me dijo que algún día saldremos de caza, y no quiero —continúa—. Yo no mato animales.

Asiento. Lo respeto. No a todo el mundo le gusta la caza. Cuando voy a responder, mi yaya pasa por nuestro lado, se detiene y pregunta:

—¿Cómo puedes ir con esas zapas costrosas, con la nieve que hay? Hijo de mi vida, ¡te van a salir sabañones!

Miro los pies de Deacon. Lleva sus carísimas zapatillas de deporte, empapadas.

—No son costrosas, yaya..., ¡son *vintage*! —respondo.

Ella suspira y niega con la cabeza al tiempo que Deacon pregunta:

—¿Qué son «sabañones»?

Sonrío; mi abuela también.

—Es una inflamación de la piel a causa de la exposición a la humedad y el frío —indico.

Deacon mira sus pies mojados, y afirma:

—La verdad es que tengo los pies empapados y congelados.

—Este muchacho necesita calzado y ropa de abrigo en condiciones o terminará con sabañones y una buena pulmonía. Id a la tienda de Gregorio, que ya ha cerrado y nadie os verá. Lo llamaré por teléfono y os atenderá sin problema. Y, de paso, me traes la lotería que le encargué.

Según dice eso, me lo pienso, pero ella añade:

—Gregorio es de fiar. Ya sabes lo buen amigo que era del yoyo y cuánto lo protegió. No te preocupes por nada, hermosa, que a tu novio lo protegerá también.

Estoy por decirle que no es mi novio, pero no..., ahora todos creen lo que Deacon y yo les estamos haciendo creer, por lo que sonrío gustosa. De nuevo mi familia se adelanta a mis necesidades, en este caso a las de Deacon, y, sin dejar de sonreír, le doy un beso en la mejilla y digo:

—Eres la mejor.

Mi yaya también sonríe y, tirándome las llaves de la furgoneta, pregunta:

—¿Te acuerdas de cómo se conduce la *Revoltosa*?

—Por supuesto que sí —le aseguro.

—La familia llegará sobre las seis para la actividad. ¡No os retraséis!

¡Ostras! ¡Es cierto! ¡Hoy hay actividad!

Entonces recuerdo que hoy toca hornear galletitas de Navidad, pero, sin decirle nada a Deacon, que por suerte no sabe leer en castellano y no habrá podido entender lo que hay escrito en la pizarra de la cocina, murmuro:

—Aquí estaremos, yaya.

Deacon me mira. En sus ojos leo que desea saber de qué hablamos, cuando mi yaya pregunta:

—¿Os lo lleváis?

Miro a mi perro. Está empapado, sentado junto a Deacon.

—No. Mejor que se quede aquí —respondo.

—*Deacon*, ¡vamos!

Según mi abuela dice eso, Deacon, el humano, va hacia ella; lo agarro de la mano e indico:

—Tú no. Mi perro.

Él asiente y, una vez que desaparecen la yaya y *Deacon*, me mira y musita:

—¿Cómo se te ocurrió ponerle mi nombre a tu perro?

Sonrío. No respondo. Ya le dije que se lo puse en su honor. Y acto seguido pregunta:

—¿De qué actividad hablaba Marieta?

Ufff, ¿qué digo? ¡¿Qué me invento?! Si le cuento la verdad, creo que me va a dar la tarde, por lo que respondo:

—Nada. Tranquilo. Cosas de mi familia.

Sin darle mayor importancia, asiente, y al ver que me dirijo al armario, pregunta:

—¿Adónde vamos?

—De compras. ¡Coge tu tarjeta, porque la vas a fundir!

Me mira. Creo que el término *fundir* no lo entiende.

—Vas a gastar dinero.

Deacon se muestra de acuerdo y, tras ponerme yo mi chaqueta, nos montamos en la furgoneta y, cuando enciendo la radio y comienza a sonar la musiquita de Navidad de la yaya, Deacon la quita y murmura:

—No, por favor...

Divertida, lo miro, no digo nada, y con tranquilidad conduzco hacia la tienda de Gregorio.

Deacon observa curioso a nuestro alrededor. Es la primera vez que sale de Villa River. El paisaje nevado es precioso, navideño y frío, y, viendo adónde mira, explico:

—Es el embalse de Navacerrada. Otro día te llevaré a la presa, para que veas qué sitio tan bonito.

Asiente, le parece bien lo que propongo, pero luego pregunta mirándose los pies:

—¿Me van a salir sabañones?

Me río, no lo puedo remediar, y contesto:

—No, si puedo evitarlo.

—¿Qué quiere decir *costrosas*?

—Sucias. Viejas.

—¿Y *zapas*?

—La yaya llama «zapas» a cualquier zapatilla de deporte.

Deacon afirma con la cabeza.

—¿Marieta cree que llevo unas zapatillas sucias y viejas? —inquiere.

—Sí.

—Pero si son...

—Lo sé —lo interrumpo—. Sé que las zapatillas que llevas son carísimas, pero para ella son unas zapas costrosas.

Ambos reímos por aquello hasta que la furgoneta hace uno de sus ruiditos y yo indico, pisando el embrague para meter tercera:

—Está todo controlado. La *Revoltosa* es especial.

Deacon se agarra, me mira y murmura:

—¿La *Revoltosa*?

—La furgoneta.

—¿Es una marca española?

Oír eso me hace mucha gracia.

—No —respondo—. Es el nombre que le puso mi yoyo cuando la compraron, y es una más de la familia, pues con ella hemos aprendido a conducir todos.

Deacon me mira de nuevo, no sé si me entiende, pero indica:

—Es algo vieja y costrosa.

—Pues sí —y, peleándome otra vez con el embrague, digo—: Pero como la queremos, sigue con nosotros hasta que se descuajeringue del todo.

—¿«Descuajeringue»?

Me río. No veas lo especialitos que somos hablando en España.

—*Descuajeringar* es como decir «romper».

Deacon asiente. Creo que está sorprendido por todas las palabras nuevas que está oyendo últimamente. Pobre.

En silencio, vamos observando a nuestro alrededor, mientras la *Revoltosa* sigue con sus ruiditos y amenaza con pararse, pero, por suerte, no lo hace. En un momento dado, Deacon señala a lo lejos con el dedo.

—¿Qué montañas son esas?

Miro a nuestro alrededor, el paisaje es precioso, e indico:

—Peñalara. Siete Picos. Y Maliciosa.

Él cabecea y, cuando veo que señala algo, explico:

—Es el Alto de las Guarramillas, aunque todo el mundo lo conoce más por «Bola del Mundo».

—¿Bola del Mundo?

Asiento, sabía que ese nombre llamaría su atención.

—Todo lo que nos rodea es la Sierra de Guadarrama, y la Bola del Mundo es una de sus montañas —digo—. No es la más alta, pero yo diría que es la más conocida, por sus dos antenas, que parecen cohetes de *Tintín*. ¿Conoces los cómics de *Tintín*?

Deacon asiente sonriendo.

—Otro día, cuando tengas la ropa adecuada, haremos una ruta y te encantará —añado.

—¡Estupendo!

Lo veo contento. Dudo que se maneje andando campo a través, pero bueno, lo llevaré. En su gesto veo felicidad cuando, mirando alrededor, musita:

—La nieve en el campo es más espectacular que en Nueva York.

Oír eso me hace gracia, no creo que el campo tenga punto de comparación con la ciudad, y pregunto:

—¿Alguna vez habías estado en un sitio como este?

—La verdad es que no.

—Vamos, que si te suelto ahí en medio, ¡te mueres!

—Posiblemente.

Ambos reímos, y luego añado:

—A mí me encanta la ciudad. Pero, cuando necesito desconectar y recargar pilas, solo tengo que venir aquí y respirar el aire puro.

Capítulo 23
Deacon

Adriana mira a nuestro alrededor con verdadero amor, mientras a lo lejos distingo lo que creo que es un rebaño de ovejas o cabras. Está claro que le gusta el campo tanto como a mí me gusta la ciudad.

Soy cosmopolita. Un tipo de ciudad. Me crie en Nueva York, concretamente en el barrio de Queens, aunque ahora vivo en Manhattan. Y, aunque todo lo que me rodea me parece espectacular y un regalo para la vista, se me hace raro no ver edificios tan altos que hagan que me parta el cuello al levantar la cabeza para mirarlos ni taxis amarillos. Aun así, joder, cuánto le habría gustado esto a mi madre.

Estoy pensando en ello cuando la Duendecilla me pregunta:

—¿En qué piensas?

—En mi madre.

Adriana asiente.

—¿Visitaba España con asiduidad?

—No. Nunca regresó.

—¿En serio?

—Sí.

—¿Por qué?

—Cuando era pequeño, nuestro nivel adquisitivo no se lo permitía, y cuando nos lo pudimos permitir, ella enfermó.

—Vaya, lo siento.

Nos quedamos en silencio unos segundos, mientras temo que la furgoneta se vaya a parar de un momento a otro por los ruidos que hace.

—Mamá siempre me hablaba de Segovia —comento—. De sus

calurosos veranos y sus fríos inviernos. De la sastrería Don Manuel, donde ella trabajó. Del acueducto, la judería y el alcázar, o de su sopa castellana, el lechazo asado o los judiones de La Granja.

—Mmm, qué ricos...

Ambos sonreímos y luego Adriana pregunta:

—¿Has probado alguna vez cualquiera de esas cosas?

—La sopa castellana.

—Mi yaya la hace muy rica, ¡se lo diré para que te la haga!

Oír eso me hace sonreír, y añado:

—Mamá siempre decía que los ingredientes de ese plato le eran fáciles de encontrar en Nueva York. Y, aunque los tacos de jamón eran un lujo, de vez en cuando los compraba y preparaba esa sopa. ¡Mmm, era la mejor sopa del mundo!

Adriana me mira y sonríe. En sus ojos veo esa cercanía que me fascinó la primera noche que la conocí, y de pronto oigo que dice:

—Te llevaré a Segovia.

—¡Genial!

—¿Sabes si tienes familia allí?

Niego con la cabeza.

Siento su mirada taladrándome. Quiere que diga algo y, consciente de que, para que me entienda, he de contarle la verdad, respondo:

—Mamá se quedó sin familia cuando se quedó embarazada siendo una adolescente.

—¿Qué dices...?

—Ni ellos saben de mí ni a mí me interesa saber nada de ellos. Quien no quiso a mi madre no merece mi aprecio.

Asiente, intuyo que me entiende, y, recordando lo que mamá me contó, prosigo:

—Con dieciséis años, mi madre se fue de su casa. Nunca tuvo buena relación con sus padres porque le gustaba cantar y quería dedicarse a la música, algo que ellos odiaban, y la obligaban a trabajar en una sastrería arreglando prendas de hombre. A los diecisiete, cuando trabajaba en un local de Madrid como cantante, se quedó embarazada. Era demasiado joven e inexperta y el tipo en cuestión negó que él fuera el padre. La echaron del trabajo y, desesperada, buscó una solución. Su solución fue marcharse a vivir a

Estados Unidos. Nuevo país. Nueva vida. Pero el viaje en barco fue largo y, en el transcurso del mismo, perdió al bebé.

—Oh, Dios...

—Llegó a Nueva York. Allí estaba sola, no conocía a nadie. Y, un mes después de su llegada, comenzó a trabajar como cantante en un local mientras hacía arreglos en tiendas de ropa. Un día fue a comprarse una guitarra de segunda mano a un mercadillo y conoció a Conrad Black, un músico de jazz. Se casaron y mamá adoptó su apellido, pasando de ser Ángela Martínez a Ángela Black, y, durante años, fue feliz. Pero el hecho de no conseguir quedarse embarazada la atormentaba. Y..., bueno, una noche, cuando ambos regresaban de trabajar, unos tipos los atracaron, Conrad se les enfrentó y terminó muerto a causa de un navajazo.

Adriana me mira, siento que lo que oye la deja atónita, y añado:

—De nuevo mamá se quedó sola. Salió adelante como siempre, haciendo arreglos en la ropa de otros, era una excelente costurera, aunque ya no cantaba en locales. Pero, como ella decía, estaba incompleta. Estaba sola. Deseaba ser madre. Se metió en un programa de acogida de niños, y fue entonces cuando yo aparecí en su vida.

Recordar eso me hace sonreír.

—La primera noche que llegué a la casa los dos estábamos sentados a la mesa de la cocina, uno frente al otro. Ella me sonreía mientras yo la miraba con gesto ceñudo. Yo estaba receloso por haber estado en otras casas de acogida y esperaba órdenes y gritos. Pero nunca fue así. Con ella fue siempre todo fácil, porque estaba tan llena de amor y yo tan necesitado de cariño que rápidamente nos entendimos. Teníamos numerosas conexiones, y una que nos unió mucho fue la música. Que ella cantara y tocara la guitarra me parecía mágico y..., bueno, esa guitarra sigue conmigo. Con ella aprendí. Luego mamá me la regaló y...

Me callo, no puedo continuar. Los recuerdos son maravillosos, pero duelen. Y Adriana pone de nuevo la mano sobre la mía y murmura:

—Lo que cuentas es bonito y tu guitarra es preciosa. Es una Gibson J-45, ¿verdad?

Asiento. A esa guitarra acústica se la conoce popularmente

como «Caballo de Batalla» por la gran cantidad de artistas que la han usado.

—Sí. Es una Gibson acústica J-45 —afirmo.

Ambos asentimos y, tomando aire, añado:

—Soy quien soy gracias a ella y a su empuje para que persiguiera mi sueño. Me dio todo lo que pudo para que fuera feliz y...

—Y has de ser feliz por ti y por ella. Tienes que recompensarle su esfuerzo —termina mi frase Adriana.

Conmovido, asiento. Me acabo de abrir en canal con ella, cosa que en diez años nunca hice con Emma. A ella nunca le interesaron ni mi madre ni mi pasado, pero, tras lo que acabo de contarle a la Duendecilla, me siento en paz. Adriana, como mi madre, me da paz.

Nos quedamos en silencio mientras me repongo, y luego Adriana murmura:

—Seguro que tu madre está muy orgullosa de ti.

Sonrío y ella también. Pienso en la advertencia que me ha hecho su padre hacha en mano y, sin contárselo, añado:

—El viaje a Segovia era algo que teníamos pendiente. Se lo prometí. Pero, cuando estaba preparándolo, un día se desmayó, la llevé rápidamente al médico y le diagnosticaron un cáncer de esófago con un pronóstico nada bueno.

—Joder...

—Pospusimos el viaje. Lo principal era que se recuperara.

—Normal.

—Mamá era la persona más fuerte y con más empuje que he conocido en mi vida, pero el cáncer era tan agresivo que, meses después, acabó con ella. No pasó ni un año.

—Lo siento, Deacon.

—Siempre tendré un pesar en mi corazón. No haber planeado antes ese viaje con ella y haber visitado Segovia juntos.

Noto la mano de Adriana sobre la mía. Su calidez me hace sentir bien.

—Deacon, la vida es así —dice entonces—. Nunca se sabe cuándo van a pasar las cosas y...

—Lo sé —la interrumpo—. Pero, si no hubiera estado tan centrado en mi carrera, en las giras o en componer temas nuevos, habría tenido tiempo para hacer ese viaje con ella. Se lo debía. Podía llevarla a Segovia como la reina que era, pero...

No puedo continuar. Sé que ese sentimiento de culpa vivirá el resto de mi vida conmigo. Tragando el nudo de emociones que tengo en la garganta, indico:

—Iré contigo a Segovia. Estoy convencido de que a ella le gustaría.

Adriana me mira y sonríe. La luz que veo en sus ojos me eriza la piel de todo el cuerpo, y, guiñándome un ojo con complicidad, asegura:

—Le encantaría.

Capítulo 24
Adriana

Lo que Deacon me ha contado sobre su madre me ha llegado al corazón.

Qué mujer tan luchadora. Qué difícil se lo puso la vida. Pero qué guerrera y gran madre para Deacon. Sin duda, una mujer digna de admirar, que fue y es una gran fuente de inspiración para su hijo.

Minutos después, cuando llegamos a la calle donde están no solo la tienda de Gregorio, sino también varios restaurantes y otras tiendas del pueblo de Navacerrada, mientras aparco el vehículo indico, al verlo más tranquilo:

—Con respecto a la tienda adonde vamos, es un sitio donde te venden desde un trineo hasta un pantalón. No esperes ropa de diseño ni grandes marcas...

Sonríe. Yo sonrío también, y le advierto:

—Ponte el gorro y las gafas antes de bajar del coche.

Deacon obedece enseguida. Sabe que lo digo para protegerlo, y, una vez que está parapetado tras ese disfraz, nos bajamos del coche y, mientras caminamos hacia la tienda de Gregorio, indico:

—Aquel local de la derecha es la carnicería de mis primos el Pope, el Pulga y Kiki.

En el trayecto, saludo con la mano a varios vecinos que conozco de toda la vida y que por suerte no nos paran, y, cuando llegamos frente a la tienda, la puerta se abre de golpe y Gregorio dice mirándonos:

—Pasad.

Tan pronto como estamos dentro, cierra la puerta con llave y, volviéndose hacia mí, abre los brazos y murmura:

—Dame un abrazo, Minirri.

Oír eso me hace sonreír y, tras abrazarnos con cariño, mira a Deacon de arriba abajo y cuchichea:

—Con esas zapas, el guiri no te dura ni dos días.

Ambos sonreímos y luego el hombre dice tendiéndole la mano:

—Soy Gregorio Argucilla, muchacho, encantado de conocerte.

—Deacon Black, señor. Lo mismo digo.

Gregorio asiente, sonríe y, sin soltarle la mano, comenta:

—Me ha dicho Marieta que eres un famoso músico americano. ¿Cómo es que hablas español?

—Su madre nació en Segovia —indico.

Gregorio vuelve a asentir gustoso y luego afirma:

—Seguro que es una segoviana muy guapa.

—Lo fue, señor. Fue preciosa —asegura Deacon con orgullo, y veo que se toca el anillo.

Ambos se sonríen y Gregorio comenta:

—Cuando River llegó aquí, con el único que se entendía era conmigo. Aprendí un poco de inglés durante un tiempo que estuve trabajando en Londres, y siempre fuimos muy buenos amigos, hasta que... —No continúa. Los ojos se le humedecen y finalmente dice mirándome—: ¿Os pongo el hilo musical?

Veo que le da a un botón y, cómo no, empiezan a sonar canciones navideñas. Aisss, que me parto al ver la cara de Deacon. Su gesto lo dice todo.

—Mejor quítalo, Gregorio. No necesitamos música —señalo.

El aludido lo apaga y, mirándome, dice:

—Minirri, ya sabes dónde está todo. Mirad con tranquilidad, elegid lo que queráis y, cuando acabéis, me llamas y os cobro. Y, lo primero, que se cambie de calcetines y de calzado o le saldrán unos sabañones del tamaño de un calamar.

Con una sonrisa asiento y, cuando Gregorio se va, Deacon dice:

—Gracias.

—De nada, jodido Grinch —respondo, sé que lo dice por las cancioncitas.

Segundos después, cuando veo cómo mira a nuestro alrededor, explico:

—Es una tienda de pueblo, pero te aseguro que aquí tienen lo mejorcito para el frío y la nieve.

Él asiente y, sorprendiéndome, comienza a mirar todo cuanto nos rodea. Veo que, sin importarle si es ropa de marca o no, enseguida coge varias camisetas de manga corta, camisetas de manga larga, jerséis, calcetines, calzoncillos, diversos pantalones vaqueros, otros para la nieve, guantes, un par de gorros y dos parcas para resguardarse perfectamente del frío.

—¿Qué número de calzado usas?

—Cuarenta y cinco.

—Desde luego, puedes dormirte de pie... —me mofo.

Tras probarse varias botas se decanta por dos. Fuertes, recias y calentitas, justo lo que necesita. Es rápido comprando. No necesita ni que yo lo alabe, ni pregunta. Tiene claro lo que le gusta y lo que no, y eso me encanta. Que tenga su propia personalidad. No como Pablo, que, para comprarse una camisa, se tiraba media hora mirándose al espejo y necesitaba que yo le dijera que estaba arrebatador y que le sentaba muy bien. ¡Imbécil!

Cuando llevo todo lo que ha elegido al mostrador, oigo que Deacon dice:

—Duendecilla, ven aquí.

Dejando la ropa, me acerco a él, que, mirándome, pregunta:

—¿Te gusta algo?

Oír eso me hace sonreír. Señala un expositor de cristal donde hay bonitas piezas de artesanía de plata: anillos, pendientes, collares...

—Las hace Rosalía, la hija de Gregorio —indico—. Es una artesana de la plata y hace verdaderas maravillas.

Deacon asiente y, observando aquello con curiosidad, me pide:

—Escoge algo.

—No. No hace falta.

Él sonríe. Su sonrisa me encanta.

—Escoge algo. Quiero regalártelo —afirma.

Veo cómo me mira, y eso me hace saber que, sí o sí, he de escoger algo. Por ello, contemplando unos pendientes de plata que cuelgan, los cojo, me los pongo, me suelto el pelo y pregunto:

—¿Qué tal me quedan?

Deacon me mira. Noto que su mirada me acelera el pulso. Estamos cerca, demasiado cerca el uno del otro.

—Te besaría —dice—. Pero después de la última vez que lo hice sin consultarte, temo tu reacción.

Vale. Sé que se refiere al día en que apareció la idiota de su ex en el concierto. ¡Qué monoooo!

Pero entonces, no lo pienso y lo beso, ¡me lanzo! Nos besamos de esa manera salvaje e irracional que siento que a los dos nos sorprende, pero somos incapaces de parar.

Pero ¿qué nos pasa? ¡Esto no entra en nuestro juego!

Olvidándonos de dónde estamos, entre beso va y beso viene, nos metemos en uno de los probadores y echamos la cortinilla. Sin hablar, rápidamente nos quitamos las botas, los pantalones y, cuando sus calzoncillos y mis bragas caen con el resto de la ropa, Deacon y yo nos miramos y, con las respiraciones entrecortadas, nos entendemos.

De inmediato, mientras soy consciente de que nadie me puede ver, salvo que Gregorio aparezca por sorpresa en la tienda, salgo del probador con el culo al aire. Sé dónde están colocados los preservativos en la zona del supermercado que hay tras la puerta del fondo, y, tras correr, entrar y coger una caja, regreso al probador y Deacon, quitándomela de las manos, la abre con celeridad.

Ufff..., ¡qué calentón llevamos!

Entre jadeos y besos comienza a ponerse el preservativo sin mirar. ¡Menuda habilidad tiene! Y, una vez que se lo coloca, me rodea la cintura con las manos y, alzándome del suelo, me apoya contra el espejo del probador y, lentamente, pero con seguridad, se clava en mi interior.

¡Oh, sííííí! ¡Síííí!

El placer que siento es loco, descomunal, irracional. En la vida me imaginé haciendo esto en el probador de la tienda de Gregorio. Si mi yaya o mis padres se enteran, ¡nos matan!

—Esto... esto es una locura —murmuro.

Asiente. Me mira y, en un tono tan excitado como el mío, pregunta:

—¿Quieres que pare?

—Ni se te ocurra...

Sin dejar de besarnos, de mirarnos a los ojos y de provocarnos,

nos hacemos el amor con urgencia en el probador, que se sacude a causa de nuestra pasión, en medio de cosas que caen al suelo.

—Lo vamos a descuajeringar —oigo que susurra Deacon.

Oír eso me hace sonreír. Aprende rápido. ¡Me gusta!

Minutos después, cuando llegamos al clímax, sin destrozar del todo el probador, nos quedamos quietos y jadeantes. Seguimos abrazados, y yo me siento como un mono colgado de su cuello, con la espalda apoyada en el espejo y mis piernas enredadas alrededor de él.

Lo que ha ocurrido no ha sido nada que estuviera planeado, pero sí algo que ninguno ha querido interrumpir. Siento que la tensión sexual que ambos acumulamos es tremenda. Deacon, mirándome, me da un beso en los labios y afirma:

—Esos pendientes te sientan fenomenal.

Oír eso me hace sonreír, y lo beso.

Lo hecho, ¡hecho está!

Cuando la Navidad se termine y Deacon se marche, creo que no voy a ser capaz de encontrar mi corazón, porque se habrá descuajeringado. Pero, mira, como decía mi yoyo, ¡vivo el momento!

Capítulo 25
Deacon

¿Qué acabo de hacer?

La he visto soltarse el pelo. Hacer ese gesto que tanto me gusta de morderse el labio y... ¿Por qué no he podido contener mi instinto sexual?

¿Acaso no me ha quedado claro que solo estoy aquí para ayudarla?

Miro a Adriana, que se viste al igual que yo, y resoplo. Ver su gesto pícaro y las prendas que había colgadas en el probador esparcidas por todo el suelo me hace recordar el momento tan pasional que hemos vivido y, ¡joder!, lo repetiría.

Una vez que salimos y comenzamos a recoger el desastre que hemos organizado, oigo que pregunta:

—¿Estás bien?

—Sí.

—Entonces, ¿por qué tienes esa cara tan seria?

La miro. Decir que lo sucedido ha sido un error no es cierto porque no lo siento así. Cuando voy a responder, indica:

—Te digo lo mismo que te dije la noche que estuvimos juntos. Somos adultos. Nos apetecía y punto. No le des más vueltas porque, por mi parte, no hay problema. Solo es sexo.

Asiento, entiendo sus palabras, pero de pronto siento que me escuecen.

¿Cómo que solo es sexo?

Sí, tiene razón. Hemos tenido sexo y, por cierto, muy bueno. Pero para mí no es solo sexo. Es sexo y atracción. Y, dolido por lo que acaba de decir, pregunto:

—¿No se supone que soy tu *crush*?

Adriana me mira, cuelga una camisa en su percha y, con una tranquilidad que me sorprende, se quita los pendientes que voy a comprar para ella y, recogiéndose el cabello, responde:

—A ver, Deacon. ¿A qué mujer no le gustas tú? Estás muy bien, y lo sabes. Y yo te agradezco lo que estás haciendo por mí a nivel personal, pero, discúlpame, querido Grinch, pero tú no eres lo que quiero en mi vida.

Parpadeo. ¿En serio ha dicho eso? ¿Me está despreciando? ¿Solo soy sexo?

No estoy acostumbrado a esto, sino más bien a todo lo contrario. Y, disimulando lo que pienso, y cuánto me escuecen sorprendentemente sus palabras, sonrío y, tratando de disimular al máximo, le guiño un ojo y pregunto:

—¿Quieres a «tu siempre»?

—Exacto, a «mi siempre» —responde con una expresión de sorpresa al darse cuenta de que no he olvidado lo que me contó la otra noche—. Esa persona única y especial en el mundo, que me respeta y me quiere tanto como yo a él, y que sobre todo no intenta cambiarme.

Oír eso me apena, pero al mismo tiempo me gusta. Me apena porque sé que el imbécil de su ex se portó muy mal, y me gusta porque ella es auténtica, debe ser exigente y merece encontrar lo que desea.

Adriana se da entonces la vuelta, deja de mirarme y, una vez que deja los pendientes sobre el mostrador, me pregunta mientras yo me abrocho mis botas nuevas:

—¿Te apetece algo de beber?

—Sí.

Acto seguido se dirige al fondo de la tienda. Allí, abre la misma puerta de antes, cuando ha ido a por preservativos, y desaparece. Segundos después vuelve a aparecer con varias cosas en las manos.

—Te he traído un cepillo de dientes eléctrico —indica.

—¡Estupendo!

—¿Refresco o agua?

—Agua.

Veo que Adriana sonríe y me entrega una de las dos botellas de agua que lleva. Ambos las abrimos y luego la oigo decir:

—Brindemos por nosotros.

Levanta su botella. ¿Qué hace? E, incapaz de callar, pregunto:

—¿Tú no sabes que brindar con agua da mala suerte?

—¡Anda ya!

—Que sí —digo, e insisto—: Algunas culturas creen que brindar con agua atrae la mala suerte e incluso la muerte.

La Duendecilla se ríe, niega con la cabeza y afirma:

—Llevo media vida brindando con agua..., ¡no digas tonterías y brinda!

—¡Ni hablar!

—¡Serás supersticioso! —se mofa.

Finalmente bajo mi botella. No pienso chocarla con la de ella.

—Mira a tu alrededor y escoge algo, ¡lo que quieras! —dice Adriana a continuación.

Sin entenderla, la miro y ella insiste:

—¿Sabes lo que es el amigo invisible? —Afirmo con la cabeza, y añade—: Pues escoge un regalo. Lo que quieras.

—Pero ¿el amigo invisible no se hace sabiendo a quién se lo haces?

—En mi familia ¡es sorpresa!

Asiento. En ocasiones he jugado a eso con Emma y sus amigos. No me quedaba otro remedio. Y, sin saber qué elegir, miro frente a mí y, al ver una radio plateada que me parece original, la cojo, se la tiendo y ella asegura:

—¡Estupendo!

En ese instante aparece el dueño de la tienda.

—¿Ya tenéis todo lo que necesitáis? —pregunta mirándonos.

—Creo que sí —digo.

El hombre asiente, y luego oigo que dice:

—Por cierto, Minirri, el otro día le llevé unas cosas a tu abuela y tuve que dar un frenazo en medio de la carretera que sube hacia vuestra parcela, pues tu perro se me cruzó de repente.

—No me jorobes —murmura la Duendecilla.

Gregorio asiente. Se miran y él indica:

—Se lo dije a tu padre. Si no corregís esa manera que tiene tu perro de cruzar la carretera, algún día os dará problemas. En Madrid lo llevas con correa, pero cuando se ve suelto en el campo y libre, simplemente corre y no ve nada más.

—Tienes razón, tomo nota —contesta.

Tras unos segundos en silencio, oigo que Adriana pregunta:

—Gregorio, ¿crees en las supersticiones?

—Ni sí ni no. Según tenga el día —responde él—. Pero, si se me cae la sal, instintivamente me echo sal por encima del hombro por aquello de alejar la mala suerte o aplacar a los espíritus. Y, si se me cae azúcar, pongo un poco sobre mi frente, pues atrae la fortuna.

—¿En serio?

Veo que el hombre asiente y, bajando la voz, añade:

—No soy muy de creer en estas cosas, pero a mi hermana Juana se le rompió un espejo y tuvo unos añitos de mala suerte que...

—Siete años —aseguro.

El hombre me mira e indica:

—No recuerdo si fueron siete años, cinco o diez. Pero el caso es que no fue una buena época para ella. Por cierto, Minirri, tengo que darte la lotería de Navidad que me encargó Marieta.

Dicho esto, va hasta el mostrador. Y, al ver todo lo que hemos dejado allí, afirma entregándole a la Duendecilla unos boletos de lotería:

—Con compras así todos los días, viviría como un marqués —y, cogiendo los pendientes que Adriana ha elegido, los mete en una bolsita de terciopelo rojo y dice—: Excelente elección.

Todos sonreímos y luego yo, recordando algo, señalo:

—Las botas y el abrigo que llevo puestos cóbralos también.

Gregorio me mira.

—Las botas te las regalo yo.

—No, por favor —respondo azorado.

Pero el hombre niega con la cabeza.

—Con una compra así, ¡me lo puedo permitir! —insiste.

Adriana deja todo lo que lleva en las manos sobre el mostrador e indica:

—He pasado al súper y esto nos lo llevamos también.

Veo que el hombre asiente y, cuando ve los preservativos, nos mira por encima de las gafas a los dos, pero no dice nada. Ve que la caja está abierta y medio rota, pero calla y solo sonríe.

Una vez que lo suma todo, saco mi tarjeta de crédito para pagar y, cuando lo hago, Gregorio dice divertido:

—Espera. Tengo algo por aquí que creo que podría irte bien.

Según dice eso, abre un cajón, saca una cajita rectangular y cuchichea mirando a Adriana:

—Esta me la mandaron para él, pero...

Acto seguido veo que extrae de la caja algo peludo.

—Es una barba postiza —indica—. Está confeccionada con pelo natural y es de alta calidad. Todos los años pedía un par para River.

Lo miro sin salir de mi asombro. Ante mí hay una barba y un bigote negros. Yo no me pondría algo así en la vida, pero entonces Adriana se me acerca y cuchichea:

—Cuando bajábamos a Madrid de compras o nos íbamos de vacaciones, el yoyo siempre se ponía una de estas y nunca, nunca, nunca nadie lo reconoció.

Entiendo lo que dice, y acto seguido propone:

—Con un gorro que tape tu pelo claro, esta barba y unas gafas de pasta negra, podrás caminar por cualquier sitio con total tranquilidad porque nadie te reconocerá.

Ni hablar. Ni loco me pongo yo eso. Pero entonces veo que Adriana coge unas gafas de pasta oscura y Gregorio mete la caja con la barba en una de las bolsas con las cosas que he comprado. Asombrado, los miro, y el hombre murmura:

—River se estará riendo allá donde esté... ¡La historia se repite!

Reconozco que ese comentario me hace sonreír y, al ver que Adriana y él se miran emocionados, me callo. Creo que es lo mejor. A continuación el hombre empieza a hablar del festival de música que están organizando en el pueblo para el 2 de enero con la finalidad de recaudar fondos para el colegio municipal. Veo que Adriana se interesa y, sin dudarlo, asegura que pueden contar con ella para ejercer como técnica de sonido.

De pronto me suena el teléfono móvil y, al sacarlo del bolsillo del pantalón, veo un nombre en la pantalla.

—Es Frankie. Voy a salir para atender la llamada —advierto.

—Ponte el gorro y las gafas —oigo que dice Adriana.

Su instinto protector me hace gracia y, antes de salir de la tienda, hago lo que me pide y, como siempre, echo un ojo para ver si hay algún fotógrafo. Por suerte, no lo hay. Una vez fuera, cierro la cremallera de mi nuevo abrigo de nieve con tranquilidad, desbloqueo el teléfono y saludo:

—¡¿Qué pasa, amigo?!

—¿Qué diablos haces en España?

—¡Qué saludo tan bonito de tu parte...!

Frankie resopla. Entiendo su pregunta, pero, antes de que vuelva a abrir la boca, pregunto:

—¿Cómo va todo por ahí? ¿Habéis sabido más del bebé?

Su tono entonces cambia, se vuelve dulzón, y responde:

—Tenemos la reunión programada para mañana. ¡Joder, estoy muy nervioso!

—Todo irá bien, ya lo verás. ¿Cómo está Susan?

—En una nube, y tan nerviosa como yo.

Sonrío. Me los puedo imaginar. Entonces mi amigo añade:

—He oído que dicen que estás en Australia con...

—Lo sé. Yo también lo he oído. —Sonrío divertido.

—¿Me puedes decir qué haces en casa de los padres de la Duendecilla?

—A ver..., te explico...

Miro hacia atrás y, a través de los cristales, veo a Adriana hablando con Gregorio. Tomo aire y le explico a Frankie cómo llegué y por qué continúo aquí. Omito contarle quién era el abuelo de Adriana. Eso se lo diré en persona cuando regrese a Nueva York.

Mi amigo me escucha, no interrumpe, y cuando acabo, tras un silencio, susurra:

—¿Qué haces implicándote en algo así?

—La Duendecilla me cae bien.

—¿Solo te cae bien...?

Entiendo su pregunta. No soy de estar con mujeres por el mero hecho de que me caigan bien, y, mirando a Adriana, que sigue charlando y riendo con Gregorio, respondo:

—No veas cosas donde no las hay.

—Deacon, que te conozco.

—Pero ¡¿qué dices?! —protesto.

Frankie resopla. Si alguien me conoce bien es él.

—Eres de los que si desayunan no cenan —dice bajando la

voz—. Y si cenan no almuerzan... Eso solo ha variado una vez en tu vida, y fue con Emma. ¿Cómo no quieres que vea cosas?

Suspiro. Tiene razón. Cuando conocí a Emma me cautivó y quise conocerla más, algo que me vuelve a pasar. Estoy pensando en ello cuando oigo a Frankie añadir:

—Deacon, ¿es buena idea lo que estás haciendo?

Miro de nuevo a la Duendecilla. Ver su sonrisa al hablar con el tendero me da paz, y, gustoso por cómo me hace sentir, respondo:

—Creo que sí. Ella me ayudó desinteresadamente y ahora he de ayudarla yo, aunque me salga una urticaria por todo el cuerpo ¡porque aquí todo huele a Navidad!

—¡Me gusta! —Mi amigo ríe.

—¡Gilipollas!

Divertido por aquello, ambos sonreímos, y luego Frankie indica:

—Tengo varios e-mails que hemos de comentar cuando regreses. Hay varias peticiones para colaborar con determinados artistas que creo que te gustarán.

—¡Estupendo!

—¡Y tengo una propuesta en firme para Coachella!

Todo artista quiere ser invitado a participar en el famoso festival de Coachella, por lo que, sonriendo, afirmo:

—Ni te imaginas cuánto me alegra oír eso.

—Lo sé, amigo. Lo sé. Por cierto, y cambiando de tema... Emma se volvió loca cuando vio que no estabas en el avión. Es más, se puso tan pesada que estuve a punto de abrir la puerta en pleno vuelo y lanzarla al vacío.

Su comentario me provoca una carcajada.

—¿Podrás seguir pasando desapercibido ahí donde estás?

—Barba y bigote postizos. Eso quieren que me ponga.

—Por favor..., hazte una foto y envíamela.

—Será lo último que haga —afirmo convencido.

Frankie suelta una risotada.

—¿Estás bien? —vuelve a preguntar al cabo.

Suspiro. Mal no estoy.

—Bueno —empiezo a decir—, si me olvido de que tiene una familia ruidosa y navideña que me está atiborrando a dulces, un sobrino que no para de hacer fotos, un padre que ha amenazado con cortarme el cuello si le hago daño a su hija, que no paro de oír puñeteras cancioncitas navideñas porque a la abuela le encantan, que su perro, que, todo sea dicho, se llama como yo, *Deacon*, me persigue allá adonde vaya, que tienen un gato negro que curiosamente se llama *Trece*, que su sobrina es un monstruito que me llama «tío Deacon» y que cada vez que me descuido se me sube a los hombros, que tiene un exnovio que es para darle una patada en el trasero, unos primos que son lo más bestia que he conocido en la vida, una madre y una tía que no paran de besuquearme, que estamos haciendo creer a todos que somos novios y que he estado a punto de cortarme las piernas con un hacha esta mañana..., ¡creo que estoy bien!

—¡Deacon, regresa urgentemente a Nueva York!

Oír eso me hace reír con ganas, con gusto, pero de pronto me interrumpo. ¿Por qué me río tan feliz?

De nuevo miro hacia el interior de la tienda. Adriana sigue hablando, y verla sonreír y gesticular hace que mi estómago se contraiga. ¿Qué me ocurre? Así que, confuso, susurro al ver que coge las bolsas y viene hacia mí:

—Frankie, hablamos dentro de unos días. Besos para ti y para Susan. Y, tranquilo, todo irá bien con el bebé.

—Pero, Deacon...

Y, sin más, cuelgo la llamada.

—Saludos de Frankie —digo a continuación dirigiéndome a Adriana.

—¡Qué monooooo!

Rápidamente le quito bolsas de las manos y, tras volverme y decirle adiós con un gesto a Gregorio, vamos hacia la furgoneta; al arrancar, la Duendecilla vuelve a pelearse con el embrague y temo por nuestras vidas.

Capítulo 26

Adriana

—¡Empuja..., vamos!

—¡Estoy empujando!

—Pero ¡más!

—¡Joder! ¡No puedo más!

Según oigo eso, miro por el espejo retrovisor y veo a Deacon empujando la furgoneta con todas sus fuerzas. ¡Pobre! La puñetera *Revoltosa* ha decidido pararse a mitad de camino y se ha quedado hundida en medio de un barrizal mezclado con nieve, y aquí estamos Deacon y yo ahora, intentando que arranque para volver a casa.

La furgoneta de pronto hace un ruidito. ¡Revive! Y yo grito al notar que por fin se mueve:

—¡Síiii!

La *Revoltosa* ronronea. Noto que derrapa al iniciar su movimiento sobre el barro. Fuera lo que fuese lo que le sucedía ya se ha solucionado, y sin parar el motor echo el freno de mano para bajarme de ella a continuación.

Entonces veo a Deacon completamente embarrado. Madre mía, cómo me mira. Está claro que el derrape de la *Revoltosa* lo ha puesto fino.

Con los brazos abiertos, el rostro y la ropa cubiertos de barro, me mira con cara de pocos amigos.

—No te preocupes. El barro se quita... —susurro sonriendo.

Deacon resopla y, acto seguido, lo oigo murmurar:

—¡Maldita sea! ¿Te hace gracia lo que ves? —pregunta.

Sin poder remediarlo, asiento. La imagen que tengo de él ahora mismo es para hacerle una foto, y, sin pensarlo, saco el móvil y se la hago.

—Pero ¿qué haces?

—Inmortalizar el momento, aunque sé que me estoy jugando la vida. Luego te la paso a tu móvil —afirmo guardándome el teléfono en el bolsillo del abrigo.

Su cara es todo un poema; debe de estar acordándose de toda mi familia. De repente da un pisotón con fuerza al charco y me pone a mí también fina de barro. ¿En serio ha hecho eso?

—No te preocupes. El barro se quita... —murmura.

¡Será cabrito!

Durante unos segundos nos miramos. No es la primera vez que la *Revoltosa* me la juega, pero sí la primera que se la juega a Deacon; moviéndome, cojo con las manos un buen montón de nieve y se la lanzo. Le da en toda la cara..., ¡menuda puntería tengo!

Deacon parpadea ante mi ataque. Creo que hasta ha dejado de respirar. ¡Ay, madre, que me va a matar...! Y, viendo como la nieve resbala por su rostro, musito dando un paso atrás:

—A ver..., creo que deberías recordar nuestra bonita conexión y el buen rollito que tenemos...

Cuando veo que sonríe y va a moverse, me doy la vuelta y comienzo a correr por el campo. Reímos a carcajadas mientras jugamos como dos críos a pillarnos.

Pero ya me despiporro de la risa cuando Deacon se escurre y cae todo lo largo que es al suelo. Verlo despanzurrado y con las gafas ladeadas hace que me preocupe, hasta que oigo sus carcajadas y entonces sé que todo está bien.

Me acerco hasta él para darle la mano. Él la coge, pero, en lugar de levantarse, tira de mí y yo caigo sobre él, aunque se mueve rápidamente y es él quien termina sobre mí.

¡Qué momentazo de película! Creo que si lo hubiera planeado no habría salido tan perfecto. Tan ideal. Tan sensual.

—¿Qué es eso del festival que te ha dicho Gregorio?

Al oírlo, respondo:

—Como nos contaron mis padres, el tejado del colegio municipal se hundió. Y por aquí hay muchas familias de clase humilde que desean que sus hijos estudien, pero no pueden pagar una escuela privada. Por eso es necesario ese colegio. Así que han organizado un evento musical en el polideportivo para recaudar dinero para el cole el 2 de enero. Varias bandas de la zona y algunos cantantes famosetes han confirmado su asistencia. Y yo, siendo técnica de sonido, exalumna de ese colegio y, consciente de que lo necesitan, he decidido poner también mi granito de arena.

—Me gustaría ayudar.

—Haz un donativo. Si te anunciamos en cartel, esto se llenará de periodistas y será un caos.

Asiente. Sé que entiende lo que digo, y me mira.

Uf..., cómo me mira, y lo que me está entrando por el cuerpo cuando comenzamos a jugar y a embadurnarnos de nieve otra vez. Entre risas, nieve y embadurnamiento total, estamos varios minutos hasta que paramos, nos miramos entre jadeos y yo, incapaz de contener lo que deseo, pongo la mano en su nuca, tiro de él y, ¡zas!, lo beso.

¡No puedo contenerme!

¿Por qué soy tan débil con él?

Deacon responde a mi beso instantáneamente y, woooo..., ¡madre mía, qué efusividad! Creo que, como continuemos así, vamos a fundir la nieve a nuestro alrededor.

Un beso nos lleva al siguiente. El deseo que sentimos el uno por el otro es desmesurado, y en un momento dado murmuro:

—¿Qué estamos haciendo?

Deacon me escucha; se para; rueda por el suelo para quitarse de encima de mí y, cuando se queda boca arriba sobre la nieve, responde mirando al cielo:

—Quemarnos.

Oír eso me gusta, pero al mismo tiempo me desarma; siento que está tan confundido como yo. Me levanto de la nieve e indico tendiéndole la mano:

—Anda, levanta, y regresemos a casa. Estamos empapados, comienza a anochecer y nos vamos a congelar.

Montamos de nuevo en la furgoneta, que por suerte sigue funcionando, y sin hablar, pero sumidos en nuestros propios pensamientos, llegamos hasta la casa, que al haber anochecido está tremendamente iluminada.

—¡Me encantaaaaaa! —exclamo gustosa mirando los renos que

mi padre ha puesto sobre el tejado, que se mueven como si volaran—. ¡¿Has visto los renos?!

—Como para no verlos... —murmura Deacon, y suspira con un gesto imposible.

Veo los coches de mis tíos y mis hermanos y pienso en la actividad que hay programada para hoy. Uf..., ¡que se me había olvidado! Le va a dar algo cuando se lo diga. Tomo aire y voy a hablar cuando pregunta:

—¿Cuándo me vas a enseñar el estudio de tu abuelo?

Sonrío y lo miro. Sé que por su trabajo está deseoso de ver ese espacio.

—Pronto —respondo.

Deacon asiente. No insiste. Intuyo que sabe que se trata de un lugar sagrado para mí.

—A ver... —empiezo a decir a continuación—. No te lo he dicho antes para no amargarte..., pero mi familia está en casa porque hoy toca hacer galletitas navideñas.

—¡¿Qué?!

—Lo que oyes...

—¡No!

Su negativa es tan tajante que, mirándolo, insisto:

—Lo siento, pero... ¡sí!

—He dicho que ¡no!

—Y yo he dicho que ¡sí!

—Pero...

—A ver cómo te lo digo sin que te enfades más. Aquí solo eres uno más. No eres una estrella del rock, ni Deacon Black ni nada de eso. Solo eres Deacon.

Maldice. Protesta. Pero si él es cabezón, no sabe con quién se las está viendo.

—En mi vida he hecho galletitas de Navidad —replica.

—Pues, mira por dónde, ¡hoy las vas a hacer!

Pone los ojos en blanco. Le horroriza lo que oye, lo sé, y entonces murmura:

—¿Y si dices que me duele la cabeza...?

—Si digo eso, mi yaya te meterá un ibuprofeno en la boca ¡y arreando!

—¡¿«Arreando»?!

Me río. Mi yaya no haría algo así en la vida, pero, dispuesta a que participe, aclaro:

—*Arreando* es como decir... «adelante». Vamos..., que harás galletitas de Navidad sí o sí.

—Imposible evadirse entonces —insiste.

Niego con la cabeza. Y, cuando paro el vehículo, echo el freno de mano y respondo:

—Complicado lo veo.

Lo oigo maldecir, pero no le hago caso. Él se ha expuesto. Decidió quedarse. Y, mientras abro la chirriante puerta para bajar de la furgoneta, indico:

—Como tenemos que ducharnos para quitarnos el barrizal que llevamos encima, alarga la ducha todo lo que puedas. Es lo único que te puedo aconsejar.

Cogemos las bolsas de la furgoneta y la cierro. Entramos en la casa y oigo que suena *Let It Snow!*, de Dean Martin, y que Deacon murmura:

—¡Ya estamos otra vez con las jodidas cancioncitas...!

—¡Qué chupi! —me mofo yo.

Sonrío. ¡Viva la Navidad! Pero sonrío aún más cuando aparece mi perro corriendo, viene hasta nosotros como un cohete y, como siempre que me ve, nos hace una de sus fiestas, con ladridos de felicidad incluidos.

¡Ay, qué mono essssss mi niñooooo!

Instantes después, con el jaleo que monta, toda mi familia sale de la cocina, nos mira con gesto de sorpresa por nuestras pintas y Carlota dice:

—¡Esta vez yo no los he manchado!

Sonrío, Deacon también, y la pequeñaja, interpretando la sonrisa de él como algo bueno, coge impulso y corre hacia nosotros mientras grita:

—¡Tío Deaconnnnnnn!

Segundos después, Carlota y mi perro tienen a Deacon en el suelo y se lo están comiendo a besos. Pero ¡qué amor le tienen!

Desde donde estoy veo que Deacon parece asombrado. Creo que es la primera vez que un niño y un perro le demuestran su cariño de forma tan visceral, y, consciente de que me pide ayuda con la mirada, antes de que combustione ordeno retirando a mi perro y cogiendo a Carlota:

—Ya está..., ¡ya está!

—Jo, tío Deacon... —dice mi sobrina—. La próxima vez avísame para la batalla de barro, ¡me encantan y soy terrible!

Acto seguido Deacon se levanta del suelo y se recompone mientras Hugo hace fotos. Luego recoge las bolsas que llevaba y mi yaya, acercándose, pregunta:

—Pero ¿qué os ha pasado para que vengáis así?

—Primulaaaaaa... —se mofa mi primo Kiki.

—Por Dios, Minirri, ¿dónde os habéis metido? —gruñe mi tía.

—¡En el barro, seguro! —exclama mi padre.

Me río. Deacon no. Entonces oigo a mi hermano Adam decir:

—Si se han llevado la *Revoltosa*, me lo puedo imaginar.

Todos comienzan a comentar, y mi yaya, mirándome, pregunta:

—¿Se ha parado otra vez?

Y yo asiento con la cabeza.

De nuevo, todos opinan sobre aquello, hasta que mi madre dice:

—Mamá, hay que jubilarla.

—¡Ni hablar! —responde mi yaya, que añade mirándonos—: Id a ducharos. Lo necesitáis. Luego venís, que estamos haciendo galletitas, y cuatro manos más nos vienen fenomenal. Por cierto, ¿has traído la lotería?

Se la entrego. Ella la mira y, sonriendo, afirma:

—Si nos toca, arreglaré el tejado y los baños, que falta hace.

Deacon no dice nada. Solo nos observa.

—Vamos a la ducha..., cielo —digo al tiempo que lo empujo.

—¿Voy con vosotros? —pregunta Carlota.

—¡No! —responde Deacon antes de que yo pueda hacerlo.

Mi sobrina sonríe. Menuda bruja está hecha la *jodía*.

—¿Por qué? —pregunta.

Deacon la mira, intuyo que está pensando la respuesta, y yo tercio:

—Ve a la cocina con todos.

—¿Por qué no puedo ir con vosotros? —insiste.

Miro a mi hermana. Virginia finalmente se mueve y dice cogiendo de la mano a la niña:

—Carlota, deja a tus tíos tranquilos.

—¡Quiero ir con ellos!

—¡No!

—Quiero ir con ellossssssss.

—Carlota, ¡no me calientes! —bufa mi hermana.

En ese momento sale de entre los demás mi primo el Pulga y, agachándose junto a la niña, murmura:

—Oye, Cosita... Necesito que me ayudes a echar unos polvos picapica en las galletas.

El gesto de Carlota cambia. ¡La madre que la parió!

—Pero es secreto —añade el Pulga—. Solo lo podemos saber tú y yo.

Carlota asiente. ¡Le encanta el nuevo plan!

Sonrío y, por cómo me mira mi primo, sé que es mentira. Cuando se alejan hacia la cocina, mi madre repite, dirigiéndose a nosotros:

—Vamos. Marchaos a la ducha.

Sin mirar atrás, nos dirigimos hacia mi habitación y, una vez que entramos y dejamos las bolsas con las compras sobre la cama, voy a hablar cuando Deacon pregunta:

—¿En serio tu primo va a echar polvos picapica en las galletas?

Suspiro y resoplo.

—No, Deacon. Solo lo ha dicho para quitarnos a la niña de encima.

—¿Por qué tu perro siempre me está mirando?

Al volverme hacia donde señala, veo a mi perrete sentado a su lado, moviendo el rabito.

—Solo quiere que sepas que está contento de verte.

Deacon lo mira y, cuando mi perro va a levantarse para acercársele más, lo oigo decir:

—¡Ni se te ocurra babearme la cara otra vez!

Cabeceo divertida; soy consciente de los lametazos que le ha dado en la cara a traición. Cuando voy a hablar, Deacon señala:

—Empiezo a dudar si sobreviviré a esta Navidad.

Me hace gracia oír eso, pero, sin querer entrar en polémica, le pido a mi perro que se tumbe algo alejado de Deacon y luego pregunto:

—¿Te duchas tú o me ducho yo?

—¿Has oído lo que he dicho?

—Sí.

—¿Y no vas a decir nada?

—Te recuerdo que fuiste tú quien quiso quedarse, ¿o acaso lo has olvidado?

Deacon asiente. Sabe que lo que digo es cierto.

—Dúchate tú —decide—. Luego lo haré yo y alargaré la ducha cuanto pueda.

Gustosa y encantada, me muestro de acuerdo. Abro mi armario, cojo ropa seca y cómoda y, antes de meterme en la ducha, miro a mi perro y le advierto:

—Ni te muevas de ahí. Y no lo molestes, ¿entendido?

Dicho eso, me meto en la ducha, donde me quito el barro y mi mente solo piensa en cuánto desearía que la puerta se abriera y entrara Deacon para ducharse conmigo.

Capítulo 27

Deacon

15 de diciembre

Cuando me despierto tengo al maldito hijo de Adriana prácticamente encima de mí, dormitando como un bendito, y eso me horroriza. ¿Acaso este perro aún no se ha dado cuenta de que no quiero tenerlo a mi lado?

Sin moverme, observo la situación. A mi derecha, Adriana está dormida con un brazo sobre mi pecho y su horroroso pijama verde de La Masa, y a mi izquierda está su perro, con una de sus patas apoyada sobre mi tripa. Yo estoy en el centro, abrazado por los dos, y apenas si puedo moverme. ¡Joder!

Miro el techo, es lo único que puedo hacer si no quiero despertarlos, y suspiro. Esto es una locura. ¿Qué estoy haciendo aquí? ¿Qué hago dejándome abrazar por un perro? ¿Qué hago dejándome llevar por la conexión?

Lo que viví anoche en la cocina con toda la familia es algo que jamás podría haber imaginado. Alargué todo lo que pude la ducha, pero hubo un momento en el que yo mismo me di cuenta de que seguir haciendo tiempo era muy irrespetuoso, algo que mi madre me reprocharía, y cuando salí y el monstruito de Carlota me vio, se agarró a mi pierna y apenas me la pude quitar de encima el resto de la noche.

Hacer galletas de Navidad era algo que no había hecho en mi vida. A mi madre nunca se le ocurrió proponérmelo. Pero ahí estaba yo, rodeado por una familia que no paraba de reír y bromear, mientras hacía lo que me indicaban con la Duendecilla a mi lado para animarme. Ni que decir tiene que probé todas las galletas. De chocolate, de anís, vainilla y jengibre..., y ninguna llevaba picapica. Mis preferidas, las de chocolate, que, todo sea dicho, eran las que tenían forma de Wonder Woman.

El padre y la madre de Adriana son tremendamente amables conmigo. Honey, la madre, no dejó de alabar lo que yo hacía con las galletas y el padre, divertido, no paró de comérselas. Ver la maravillosa conexión que hay entre ellos me hizo recordar a Frankie y a Susan.

Los padres de Adriana son personas afables y cariñosas. Nada que ver con los de Emma, que son fríos e impersonales. Es más, durante los años que fui novio de su hija, jamás tuvieron una estampa familiar como la que me rodea ahora. Nunca los vi abrazarla ni decirle algo cariñoso. Solo se vanagloriaban de lo guapa y supermodelo que era.

Durante la elaboración de las galletitas hablé con Adam, el hermano de Adriana, y Carlos, su marido. Ambos son arquitectos, se conocieron en la universidad, y desde entonces no se han separado. Supe que llevan seis años casados y que la paternidad es lo mejor que les ha pasado en la vida. A la niña, Aitana, ni me acerqué... Era un cúmulo de babas.

También hablé con Lucas, el marido de Virginia y padre de Hugo y el Monstruito. A diferencia de Virginia, a la que se la ve una mujer con carácter, Lucas es tranquilo, sosegado. Es ebanista y profesor de esquí, y se ofreció a darme unas clases cuando yo quisiera. Pero rápidamente la Duendecilla las rechazó, pues intuyo que cree que soy muy torpe y quiere que regrese de una pieza a Nueva York. Y, la verdad, algo torpe sí que soy...

Hugo, el sobrino, se pasó gran parte del tiempo de la elaboración de las galletas hablando por teléfono o haciendo fotografías, como cualquier muchacho de su edad. Me hacía sonreír al ver que se quejaba cada vez que la abuela Marieta o cualquier otro lo increpaba para que dejara el móvil y ayudara en la cocina.

Desde que entré por la puerta, el Monstruito no dejó de hablarme y ponerme pringado de harina y chocolate. No entiendo por qué hace eso. No soy simpático con ella, pero la niña no se cansa. Al igual que el perro, no se separa de mi lado, y cuanto más hago por esquivarlos a ambos, más me los encuentro. ¿Lo harán para jorobarme?

Los tíos de Adriana y sus hijas fueron muy agradables conmigo. Me preguntaron por Nueva York, por mi vida de músico y por mis amistades. Saber que soy amigo de Sabrina Carpenter, George Clooney o Shawn Mendes los emocionó una barbaridad.

Y Kiki, el Pulga y el Pope son para echarles de comer aparte. Veo que les encanta darse golpes entre ellos y repartir alguno a los demás. Me reí mucho con ellos, imposible no hacerlo. Pero, como diría Frankie, ¡qué peligro tienen, y lo que les va la cerveza!

En los ojos de la abuela Marieta veo lo que veía en los ojos de mi madre cuando estábamos juntos. Ella siempre decía que su mundo era perfecto cuando yo estaba a su lado, y algo me dice que a la abuela le pasa igual. Ellos son su mundo, y en cierto modo me emociona y me hace recordar que yo fui el mundo de mi madre.

—¿Y esa carita de soñador?

Según oigo eso, miro a la Duendecilla. Se ha despertado, tiene el pelo revuelto y, mirándome con los ojos aún hinchados, sonríe. Está preciosa. Tentadora. Y entonces sé que tengo dos opciones: la primera, y la que más deseo, acercarla a mí y besarla; y la segunda, ser un gruñón. Opto por la segunda, y respondo:

—¿Puedes decirle a tu «hijo» que se quite de encima de mí?

Veo que Adriana resopla. Mira a su perro y, extendiendo la mano y tocándolo, indica:

—Vamos, *Deacon*, mi amor. Quítate de ahí.

Mi tocayo me mira. Por primera vez, los ojillos del animal despiertan algo en mí. Finalmente se levanta, se despereza, se baja de la cama y se tumba en una manta que desde el primer día intuí que era su camita.

Una vez que quedamos solos la Duendecilla y yo en la cama, me vuelvo hacia ella y saludo:

—¡Buenos días, monstrua!

—Buenos días, Grinch.

Nos miramos en silencio. Está más que claro que entre nosotros está surgiendo algo.

—Sobreviviste a hacer galletitas de Navidad —dice.

—Sí.

—¿Fue tan terrible como esperabas?

—No...

Adriana enarca las cejas. Creo que mi respuesta la ha sorprendido.

—Pero no lo repetiré —añado acto seguido.

Pone los ojos en blanco, un gesto que me hace sonreír. Luego se levanta del tirón y dice:

—Hoy me ducho yo primero.

Desconcertado al ver que se aleja con su pijama verde y entra en el baño, parpadeo. Esa no era la reacción que yo esperaba. Me levanto y voy hacia el baño cuando oigo que tararea la canción de siempre y que el agua de la ducha corre. Tentación. Siento una enorme tentación de abrir, entrar e ir hasta donde ella está. Deseo coger su rostro entre mis manos, pero de pronto sale y, dejando de canturrear, pregunta:

—¿Qué ocurre?

La tentación se redobla. Está preciosa con ese horrible pijama verde de La Masa. Y, tomando aire, murmuro:

—No lo sé.

Pero sí, sí lo sé.

El deseo irracional que la Duendecilla me provoca es algo que comienzo a no controlar. Entonces ella da un paso hacia mí y, sin mediar más palabras, me besa. ¡Bien!

Gustoso, la cojo entre mis brazos y la siento sobre la cómoda. Nos tocamos, nos tentamos, nos besamos, nos deseamos, nuestras respiraciones se aceleran...

—Esto empieza a írsenos de las manos —susurra.

Lo sé. Sé que tiene razón. Sigo aquí para hacerle un favor.

—Lo sé —musito—. La conexión puede conmigo... y no deseo parar.

—Yo tampoco.

Otro beso, y otro, y otro... y otro...

Mis manos van hasta la cremallera de su tentador pijama verde y comienzo a bajársela, mientras siento como las suyas recorren mi espalda desnuda y todo mi cuerpo se estremece.

Llevaba mucho tiempo sin sentir, ni desear, las sensaciones que Adriana me provoca. Pero de pronto la puerta se abre de golpe.

¡Joderrr!

Es Adam, el hermano de la Duendecilla, quien, al vernos cómo estamos, rápidamente cierra la puerta y dice:

—Disculpad... No quería interrumpir.

Miro a Adriana, que sonríe. Yo no. Y pregunta sin dejar de tocarme:

—¿Qué pasa, Adam?

—Carlos y yo tenemos que ir un momento al pueblo.

—¡¿Y...?! —pregunta ella rozando con sus labios los míos.

—Que no están ni la yaya ni papá ni mamá. ¿Os podéis quedar vosotros con Aitana?

La Duendecilla me mira. Veo el deseo en su mirada. Anhela lo mismo que anhelo yo. Y, acto seguido, oigo que dice:

—Dame diez minutos, que me ducho y estoy con ella.

¡Joderrrrrr!

—¡Gracias, Minirri!

Instantes después los pasos de Adam se alejan. Adriana me mira como yo la miro a ella y, cuando voy a protestar por aquella intromisión, murmura:

—Lo sé... Adam tendría que haber llamado antes de abrir la puerta. Pero, chico, ¡somos así de indiscretos en mi familia!

—Muy indiscretos —afirmo algo molesto.

Asiente. Asiento. Y, sin más, doy un paso atrás. Ella se baja de la cómoda y, sin mirarme, abre un cajón. Coge algo y entra de nuevo en el baño, mientras yo me quedo tremendamente excitado y pienso que a qué estamos jugando.

Una hora después, tras ducharme con tranquilidad, pues no vamos a ir a ningún lado, cuando salgo de la habitación seguido por el perro, entro en el salón y me encuentro a Adriana con la pequeña en sus brazos. La niña llora, berrea, y Adriana dice mirándome con calma:

—Creo que le duelen las encías. Ya sabes, los dientes.

¡¿Ya sé...?! ¿Qué voy a saber yo?

Durante un buen rato veo como Adriana acuna a la pequeña, que se tranquiliza mientras le da un biberón. Observo en silencio, hasta que oigo un ruido y de la boca de la pequeña sale... ¡Uff, qué asco! ¿Qué es eso?

Sin prisas, Adriana deja el biberón sobre la mesa y dice:
—Necesito que la cojas en brazos.
—¡¿Yo?!
—Sí. Tú.
—No.
—¡Deacon!
—¡Ni hablar!
—Me ha echado la pota y quiero cambiarme de camiseta.
¿«La pota»? ¿Qué es *la pota*?
Pero, al ver que ella mira el vómito que tiene en la camiseta, lo entiendo.
—Solo serán dos minutos —insiste.
—Que no.
—¡Deacon! ¡No me jorobes!
Oír eso me hace resoplar, y, mirando a la niña, indico:
—En la vida he cogido a un bebé en brazos.
—¿Lo dices en serio?
—Sí.
—Pero ¿tú en qué mundo vives?
—En el mío —replico con un hilo de voz.
De pronto Adriana se acerca a mí, me da un empujón que hace que caiga de culo en la butaca, y una vez que estoy sentado, se inclina, deja a la niña entre mis brazos e indica metiendo el biberón de la pequeña en su boca:
—¡Solucionado! Ya has cogido a un bebé. Y ahora sigue dándole el biberón.
¡Joder! ¡Me quedo paralizado!
¡¿Que yo le dé el biberón?!
¡No! ¡Ni hablar!
Apenas puedo respirar al sentir esa cosa tan pequeña y resbaladiza sobre mis piernas y mi brazo. Noto que se mueve. Eso me tensa. No quiero hacerle daño, no quiero apretarla en exceso, y le pido:
—Cógela ahora mismo.
—No.
—Adriana, maldita sea, ¡a ver si la voy a romper...!
—¡No digas tonterías!

—Adrianaaaaaa.

—Pórtate bien o pongo cancioncitas de Navidad.

Según dice eso, la miro y advierto:

—Ni se te ocurra.

—No me tientes.

Se ríe. Luego me mira e indica:

—¿Te has dado cuenta de que me llamas Adriana cuando algo te enfada o te molesta?

Asiento. Lo sé. Me di cuenta de eso hace tiempo. Cuando voy a responder, dice con gesto de guasa:

—Anda y dale el biberón, que tiene hambre.

Acto seguido se aleja hacia la puerta y añade antes de desaparecer:

—Dos minutos, ¡te lo prometo!

—Como se me caiga, te juro que...

—No se te va a caer, ¡y dale el biberón! —oigo que grita.

Una vez que se va del salón, me quedo a solas con la bebé en los brazos, mientras soy consciente de que el perro no me quita ojo. Creo que me vigila. Es la primera vez que cojo a un ser tan pequeño en mi vida y, la verdad, ¡no sé qué hacer con él!

Por increíble que parezca, no llora. Solo me mira. Creo que si pudiera hablar me preguntaría quién narices soy y por qué la agarro como el que agarra un cristal delicado.

Sus ojos redondos me observan, me escrudiñan de tal manera que murmuro:

—No quiero hacerte daño. No te muevas.

Y, con todo el cuidado del mundo, acerco el biberón a la boca de la niña y ella rápidamente lo acepta. Sin moverme y casi sin respirar, observo como se alimenta, mientras siento que mi cuerpo poco a poco se relaja y mi espalda se acomoda en el respaldo de la butaca.

En silencio, observo. No solo he cogido a un bebé, sino que le estoy dando de comer. ¡¿Yo?! ¿Deacon Black? Cuando se lo cuente a Frankie, no se lo va a creer.

Se termina el biberón a una velocidad que me sorprende. Con la lengua, la cría lo saca de la boca y, de pronto, sonríe. Hace un gorgorito que me inquieta, me asusta... ¿Le dolerá algo? ¿Se estará ahogando?

Incorporándome un poco en la butaca, dejo el biberón sobre la mesa y sujeto a la niña con las dos manos, ejerciendo más fuerza. No se rompe. No se deshace. No se cae. Entonces me dedica una preciosa sonrisa llena de babas que me caen sobre el pantalón, y, a pesar del asquito que me da, siento que esa sincera sonrisa me llega al alma.

Su manita sube hasta mi mejilla. La toca. La inspecciona. Sentir su tacto y esa manita tan pequeña sobre mi rostro me hace sonreír, pero entonces oigo:

—Vaya..., vaya..., ¡sonriendo y todo!

Al levantar la mirada me encuentro con Adriana. Lleva una camiseta diferente de la de antes, y, guardándose el teléfono móvil, anuncia:

—Te acabo de hacer unas fotazas preciosas con Aitana. Luego te las paso.

Estoy mirándola cuando pregunta:

—Te veo muy motivado..., ¿quieres cambiarla también?

¿Cambiarla? ¿Cambiarla de qué?

No entiendo. Y Adriana, enseñándome algo, indica:

—¡Cambiarle el pañal es toda una experiencia!

Rápidamente niego con la cabeza. No. ¡Ni hablar! Eso ya sí que es extralimitarse.

—¡Ya estamos en casaaaaaaaa! —oigo de pronto.

Es la voz de Carlos, el marido de Adam. Entonces veo algo que me deja sin habla. La pequeña Aitana mira hacia la puerta por la que entran sus padres y, al verlos, les echa los brazos y les dedica la sonrisa más dulce que he visto en mi vida.

Adam suelta las bolsas que lleva en las manos y, con rapidez y habilidad, me quita a la niña de los brazos. La besa, al igual que la besa Carlos, y exclama:

—¡Estabas con el tío Deacon, ¿eeeeeh?!

De nuevo, de la boca de la niña sale un gorgorito, mientras me mira y oigo a Carlos decir:

—Gracias a los dos por haberos quedado con ella. Está un poco constipada y no queríamos sacarla a la calle.

—La hemos cuidado encantados —dice la Duendecilla.

Minutos después Adam y Carlos se van del salón con la pequeña, y Adriana pregunta mirándome:

—¿Tan traumático ha sido cuidar de Aitana?

La miro. No respondo. Y ella, sonriendo, dice entonces:

—Anda. Ven conmigo, jodido Grinch.

—¿Adónde vamos?

—Te voy a llevar a un sitio que te va a encantar.

Y la sigo. Por supuesto que la sigo.

Capítulo 28

Adriana

El estudio de mi yoyo es para mí el sitio más especial del mundo.

Pasé parte de mi infancia y mi adolescencia aquí con él, y los recuerdos que poseo son tan bonitos que, cada vez que entro, es como estar en casa.

Cuando abro la puerta y enciendo la luz, sonrío al ver la expresión de Deacon. Aquí está la vida de mi yoyo: sus premios, sus discos de oro, sus guitarras, sus partituras, ¡sus recuerdos! Algo que toda la familia atesora porque es especial para nosotros y, sobre todo, algo que mi yaya y yo cuidamos porque nos va la vida en ello.

Un estudio de grabación es parte de la vida de Deacon, y estoy segura de que este le encanta, aunque no tenga nada que ver con los modernos estudios de Nueva York a los que está acostumbrado.

Aun así, es evidente que le gusta. Solo hay que ver cómo recorre la estancia mirando y tocando todo a su paso para saber que estar aquí le apasiona y le emociona.

—Qué bien montado lo tenéis para ser un estudio casero —afirma paseando las manos por el piano. Este sí está afinado. Este no lo aporrea Carlota.

—Hace años mi abuelo y yo compramos un potente ordenador para tener una buena gestión del sonido y la producción.

—Ya veo —comenta Deacon.

—El primer estudio de grabación que montó el yoyo se quedó obsoleto con el paso de los años y, bueno, entre los dos, y respetando el estilo original, montamos este, aunque él decía que, con tanto botón, tanta lucecita y tanto cable, se perdía...

Recordar eso me hace sonreír, y mientras Deacon se fija en todo, indico:

—Me aseguré de tener un procesador potente, el mejor disco duro y una memoria RAM extensa. Cuando estoy aquí, me gusta trabajar con calidad y rapidez y, sobre todo, tener suficiente espacio de almacenamiento para todo lo que se me ocurre.

Deacon me mira y se mofa:

—Hablas de un procesador, por cierto, algo de lo que no entiendo, con la misma pasión con que otra hablaría de su último modelito o de un perfume.

Lo entiendo, me río; mis pasiones no son las que suelen tener muchas mujeres.

—Para otras su pasión será la ropa o el maquillaje. Para mí, esto que nos rodea —afirmo señalándolo todo.

Divertido, Deacon asiente.

—Qué rara eres, Duendecilla —murmura.

—¡¿Rara, yo?! Qué va. Simplemente soy una edición limitada.

Según digo eso, él me revuelve el cabello. En ocasiones, las cosas que le digo le hacen mucha gracia, y esta es una de ellas.

Instantes después veo que va directo a las guitarras de mi yoyo. Hay como diez. Hay guitarras de la marca Martin, Gibson, Taylor... Todas tienen su historia, su momento, su sonido. Y, mirando una en concreto, pregunta:

—¿Puedo cogerla?

Ambos reímos. Está señalando a *Grace*, la guitarra preferida de mi yoyo. La famosa Fender American Vintage de 1966.

—Claro que sí —digo.

Con gesto maravillado, Deacon lo hace. La coge con la misma delicadeza con la que cogía a mi sobrina Aitana.

—Tranquilo. No la vas a romper —indico divertida.

Mientras él observa la guitarra como si hubiera descubierto el *Titanic*, yo comento orgullosa:

—El software que instalé en el estudio es increíble. Me sirve para mezclar, editar, crear y grabar música. Tiene infinidad de *plugins* que me ayudan a plasmar lo que yo busco. Y el interfaz de audio es una auténtica maravilla.

Deacon asiente mientras me escucha. Pero, entusiasmado con la guitarra, susurra:

—No me puedo creer que esté en el estudio privado de River y tenga entre mis manos a *Grace*, su guitarra. ¡Dudo que nada pueda sorprenderme más!

Oír eso me hace sonreír; sé lo sagradas que son ciertas guitarras para algunos músicos. Me siento al piano, y decido sorprenderlo. ¿Lo conseguiré?

Comienzo a interpretar la pieza *Claro de luna*, de Claude Debussy, y rápidamente me percato de que Deacon deja de mirar a *Grace* para mirarme a mí como lo hacía mi yoyo cuando la tocaba para él. La melodía, su magnetismo y la fragilidad de sus notas es algo que siempre eriza todo el vello de mi cuerpo. Siempre.

Con los ojos cerrados, dejo que mis manos vuelen sobre las teclas del viejo piano y cuando, pasado el rato, acabo de tocar la melodía, tomo aire antes de abrir los ojos y oigo:

—¡Maravilloso!

—¡Gracias!

—Me acabas de sorprender. ¡Qué bien tocas!

Oír eso me hace gracia, y, mirándolo, indico:

—La diferencia entre tú y yo es que yo sé muchas cosas de ti porque llevo siguiendo tu carrera desde hace mucho tiempo, pero tú apenas sabes nada de mí. Por eso te puedo sorprender.

—¿Yo no te puedo sorprender?

—Creo que no —me mofo.

Su gesto me indica que oír eso no era lo que esperaba, y, tras levantarme del piano, abro un mueble que está situado al fondo. De él saco una cafetera, le echo agua, café y, en silencio, la enciendo. Siempre que voy al estudio hago café.

Una vez que el maravilloso olor inunda la sala, Deacon se acerca a mí y pregunta:

—¿Puedo hacerte una pregunta que quizá sea algo indiscreta?

—Puedes...

—¿Cómo es que, teniendo esta fuente de dinero aquí, no lo aprovecháis, por ejemplo, para el beneficio de la casa?

Lo entiendo. Su cabeza, en cierto modo, funciona como la mía.

—Te refieres a las goteras, ¿verdad? —murmuro.

Él asiente y, mirando a nuestro alrededor, matiza:

—Si convirtierais parte de este lugar en el museo de River, probablemente...

—Yo también lo creo —lo interrumpo—. Pero a mi yaya le da miedo que al hacerlo la prensa saque el pasado del yoyo y eso pueda repercutir en la familia.

—¿Acaso no sabéis todos quién fue tu abuelo?

—Lo sabemos, claro que lo sabemos. Y te aseguro que nada de lo que puedan decir nos hará cambiar de opinión sobre él. Pero respetamos a la yaya. Es su casa, su marido, sus recuerdos. Y, bueno, aunque entre todos vamos manteniendo este casopión, a veces es difícil. Cuando no se rompe una cosa, se rompe otra... Lo siguiente que tenemos que reformar es el tejado entero... Está fatal.

Deacon vuelve a asentir, entiende lo que digo, y acto seguido, viendo cómo mira a *Grace*, la guitarra preferida de mi yoyo, susurro:

—Puedes tocarla si quieres.

De inmediato me mira. Su mirada es como la de un niño con un juguete nuevo. Segundos después, una vez que la enchufa al amplificador, oigo interpretar a Deacon una de las canciones de la banda de mi yoyo, una en la que él hacía un impresionante solo con la guitarra, y yo lo escucho encantada.

¡Qué bien lo hace!

Cuando termina y yo aplaudo, musita emocionado:

—Tu abuelo era increíble, y *Grace* sigue siéndolo.

Me muestro de acuerdo, lo sé. Y, gustosa, afirmo:

—Mi yoyo habrá disfrutado mucho de tu actuación.

Ambos sonreímos, y luego él comenta:

—Ni te imaginas la de años que tuve que practicar para poder tocar este solo de guitarra como lo tocaba él. Es dificilísimo.

Afirmo con la cabeza. Vuelve a tener razón, es muy difícil hacer lo que ha hecho. Entonces le quito la guitarra de las manos y, deseosa de que se le caiga la mandíbula al suelo, repito el solo que él acaba de interpretar con la maestría y la perfección con las que me enseñó mi abuelo.

Ni que decir tiene que su cara es de sorpresa absoluta. Que

antes haya tocado el piano le ha sorprendido, pero que sepa tocar esta pieza, que solo los prodigios de la guitarra saben interpretar, le hace sonreír abiertamente, y cuando termino murmura aplaudiendo:

—¡Joderrrrrr!

Me río, e insiste:

—¡Me acabas de sorprender otra vez!

—¡Lo sé! El yoyo me enseñó a tocarla.

—Pero, Duendecilla, ¿de qué planeta has venido tú?

Oír eso me hace reír a carcajadas.

—No me extraña que tu abuelo se sintiera orgulloso de ti —añade a continuación.

Emocionada, asiento. Mi yoyo me hizo saber durante toda su vida lo orgulloso que estaba de mí. Y, antes de que nos demos cuenta, Deacon y yo ya nos hemos fundido en un beso.

No sé si ha sido él... No sé si he sido yo... El caso es que ya nos estamos besando con ese deseo irracional que ambos sentimos. Pero, cuando nos separamos, nos miramos a los ojos y murmuro:

—Hemos de parar.

Deacon afirma con la cabeza. Me entiende perfectamente. Da un paso atrás y luego, en silencio, nos dirigimos hacia donde está la cafetera. Allí saco dos tazas y el azúcar y, una vez que ambos nos servimos y nos sentamos en los taburetes, pregunto:

—¿Quieres ver algo impresionante?

—¿Más impresionante que lo que acabo de ver? —se mofa Deacon.

Estirando la mano, acciono un interruptor. De inmediato el enorme ventanal que tenemos frente a nosotros comienza a moverse. Las pesadas persianas se levantan chirriando por el poco uso y la nieve que acumulan, y, en cuanto se detienen, frente a nosotros tenemos una preciosa y navideña panorámica de la Sierra de Guadarrama.

—Cuando mi yoyo compró este terreno decidió que el estudio de grabación estuviera aquí. Quería tener esas vistas para componer tanto en verano como en invierno. Decía que eran las segundas mejores vistas del mundo.

—¿Y cuál era la primera?

—Mi yaya. La adoraba. Decía que era su inspiración y que conocerla le había cambiado la vida. Que, con su amor, supo ver en él algo más que a un americano greñudo pasado de vueltas y que, gracias a ella, tuvo una bonita familia y fue muy feliz.

Ambos sonreímos. Sin necesidad de preguntarle, intuyo que me entiende. Pero quiero decirle algo que no para de rondarme por la cabeza, y señalo:

—Sé que estás aquí para ayudarme, y te lo agradezco. Pero creo que besarnos y llegar a los límites a los que estamos llegando solo puede complicarnos la vida.

—Te doy la razón.

—Me gustas, lo sabes. Ríete de mí si quieres, pero no voy a negarlo. Desde siempre me ha gustado tu música y, por supuesto, me has gustado tú. Trabajar contigo ha sido increíble y, bueno, tenerte aquí es una pasada... —Deacon me mira. Uf, qué nerviosa me pongo cuando me mira de esa manera con sus ojazos azules, por lo que prosigo—: Una vez hecha esta declaración, que no es de amor, pero sí es de «dejemos de hacer el tonto»..., ¿qué tal si nos comportamos como dos simples amigos y evitamos el tema sexual cuando estemos a solas?

Deacon me mira. Estoy tentada de preguntarle qué piensa, y dice:

—No es fácil no besarte.

Oír eso me eriza la piel. ¡Vayaaaaaa!

Deacon, el hombre que ¡me encanta!, me está diciendo algo que ¡me encanta!

—Pero tienes toda la razón —añade luego—. Aunque los dos somos adultos y sabemos que el sexo es sexo, no debemos seguir por ese camino. Lo único que tenemos entre nosotros es empatía y conexión. Cuando se acaben las Navidades, ambos seguiremos con nuestras vidas, y en tu vida no estoy yo, como tú no estás en la mía.

Asiento. Más clarito no ha podido ser. Y, aunque me escuece, prefiero esa claridad a maquillarla con promesas que nunca se cumplirán.

Durante unos instantes nos miramos en silencio, nos entendemos. Ambos pensamos igual. Y cuando vuelvo a sentir unas irrefrenables ganas de besarlo, para cambiar de tema comento:

—Por cierto, y aprovechando el momento, has de saber que la actividad programada para esta noche es un maratón de películas navideñas.

—¡¿Qué?!

Su gesto cambia. Creo que quiere morirse.

Pobre. Me da pena. No solo tiene que aguantar las cancioncitas de Navidad que mi yaya escucha en bucle durante todo el día, sino que además ahora va a tener que ver películas navideñas.

Deacon no dice nada. Solo me mira. Creo que está valorando si le merece la pena todo eso. Y yo, nerviosa por si se le ocurre salir corriendo, pregunto al ver que se bebe el café del tirón:

—¿Alguna vez has visto una película de Navidad?

—Alguna vi con mi madre.

—¡¿Y...?!

—¿Y qué?

—¿Te gustaron?

Toma aire, cierra los ojos y se balancea en el taburete.

—¿Tan difícil es responder? —insisto.

—A ver, Adriana... ¿Qué quieres que te responda?

—La verdad.

—Pues la verdad es que me parecieron horrorosas a causa de su tonto romanticismo, como todo lo que tenga que ver con la Navidad. ¿Es del todo imposible saltarse la actividad?

—Imposible.

—¿Por qué?

—Porque fui yo quien la propuso, querido Grinch.

—¡Joder!

—Oye..., ¡adoro las pelis de Navidad!

—¿Y eso por qué?

—Porque son bonitas, perfectas y románticas, y en cierto modo son un hermoso cuento navideño que me gustaría que me pasara a mí.

¡Cagada! ¡Lo que acabo de decir es una gran cagada! Por lo que añado como el que no quiere la cosa:

—Y, bueno, me encanta verlas con la familia para oír sus comentarios y sus risas..., ¡es superdivertido!

Resopla. Niega con la cabeza. Y yo, para que deje de pensar en lo que irremediablemente le he hecho pensar, digo mientras saco unos cuadernos:

—Mira, son canciones escritas por mi yoyo... ¿Quieres verlas?

Capítulo 29

Deacon

Llevamos tres películas, palomitas y refrescos, ¡y vamos a por la cuarta!

Creo que voy a comenzar a echar espuma por la boca de un momento a otro y va a salir el alien asesino que hay en mi interior, y más cuando ya empiezan a proponer títulos para la quinta.

Pero ¿esta gente no se cansa?

El Pulga, el Pope y Kiki están tirados en el suelo, sobre unas colchonetas, mientras se ponen finos de cerveza y medio discuten por quién pica mejor la carne en la carnicería.

Miro el chocolate seco que tengo en la camisa y suspiro. El Monstruito de pelo rubio, ¡la Cosita!, se ha dormido sobre mí cuando veíamos la segunda película y, para mi horror, me ha babeado bien de chocolate.

Los pantalones los tengo llenos de pelo de mi tocayo. Su máxima aspiración es sentarse junto a Adriana y junto a mí y, bueno, a la quinta vez que lo he echado de mi lado y ha pasado de mí he desistido. Todos comenzaban a mirarme como si fuera un ogro con el perro. Por suerte, *Trece* no se me acerca, y lo agradezco. Aunque cada vez que lo veo sigo sin entender qué hago yo conviviendo con un gato negro.

El salón está ocupado por toda la familia y, ¡cómo no!, por Pablo y su chica. Tíos, primos, sobrinos, amigos. Somos tantos que hay colchones inflables repartidos por el suelo para poder ver las películas tumbados, e incluso se ha oído algún que otro ronquido. Y, cómo no, Hugo sigue haciendo fotos.

Voy al baño y me miro al espejo. La película que acabamos de ver, *Last Christmas*, me ha llegado directa al corazón. A mi madre le habría encantado. Adoraba a Wham! y también a George Michael, y en la película suenan muchas de sus canciones. Y, bueno, ver como todos se emocionaban por el final, mientras yo me hacía el duro para no llorar, no ha sido fácil. ¡Joder! Qué mal rato he pasado.

—¿Te queda mucho, muchacho? —oigo que dice entonces alguien al otro lado de la puerta.

Es la voz de Alfonso, el padre de Adriana. Por lo que me peino el cabello con los dedos, me lo echo hacia atrás y, cuando abro, indico sonriendo:

—¡Todo tuyo!

Alfonso desaparece en el baño, y, cuando me dirijo de nuevo hacia el salón, veo que Adriana está en la puerta de la cocina junto al idiota de su ex, la abuela y la pelirroja, mientras el olor salado me indica que viene otra gran remesa de palomitas.

Pero ¿es que esta gente no para de comer?

Cuando Pablo y su chica han aparecido antes por la puerta para la noche de maratón de películas, no me lo podía creer. ¿Qué hacen esos dos aquí otra vez?

—Tío Deaconnnnnnnn.

Según oigo eso, miro hacia atrás. El Monstruito Rubio viene corriendo hacia mí y, cuando llega a mi altura, se detiene y dice enseñándome algo:

—¡Miraaaaaa!

Observo lo que me enseña. No sé lo que es. Ella coge mi mano derecha, la abre y deja algo sobre mi palma mientras dice tosiendo:

—¡Se me ha caído el dienteeeeee!

¡Joder! Pero ¿qué dice? ¡Qué asco!

Al ver la mella ensangrentada que la niña tiene en la boca, me asusto. Por Dios, ¿qué le ha pasado? Y Hugo, que va tras ella, dice cámara de fotos en mano:

—Os acabo de hacer una foto ¡buenísima! —Y, mirándome a mí, se ríe—: ¡Tu cara de asco ha sido lo mejor!

¡Joderrr con las puñeteras fotos!

—Carlota —añade Hugo—, si pierdes el diente, esta noche el Ratoncito Pérez no podrá dejarte dinerito.

Rápidamente la cría lo coge de mi mano y, mirándome, decide:

—Se lo voy a regalar a la prima Aitana. Ella lo necesita: ¡no tiene dientes!

Oír eso me hace sonreír. ¡Qué inocente!

Sé la preocupación que los padres de Aitana tienen porque a la niña aún no le han comenzado a salir los dientes.

—Creo que es mejor idea que se lo regales al Ratoncito Pérez —dice Hugo—, y así te traerá alguna monedita.

Pero la niña niega con la cabeza e insiste:

—Se lo preguntaré a mamá. ¡Mamááááááááááááá!

Acto seguido desaparece y Hugo, mirándome, pregunta divertido:

—¿Sabes lo que es el Ratoncito Pérez?

Asiento y sonrío; entonces oigo a Virginia gritar:

—Ay, mi niña, ¡que se le ha caído el diente!

Hugo me hace un gesto al oír a su madre. ¡Se muere por inmortalizar el momento! Y yo murmuro:

—Ve... Ve...

Desde la distancia veo como el Monstruito Rubio enseña a todos su trofeo, su diente, mientras Lourdes y Cristina la miran con resignación. Adam y Carlos se ríen, y el Pope, el Pulga y Kiki aplauden y jalean la caída del diente.

¿En serio es necesario tanto escándalo por un diente?

La risa de la Duendecilla llega hasta mí y, sin pensarlo, me dirijo hacia ellos. Al llegar cojo a la que se supone que es mi chica por la cintura y la acerco a mí. Por cómo posa su mano en la mía, sé que le ha gustado mi detalle delante de aquellos, y entonces oigo a María Rosa, la pelirroja, decir:

—Hemos pensado ir a Venecia este verano.

—Ay, hermosa, Venecia es precioso —afirma la abuela—. River y yo estuvimos un año durante unos carnavales, y ¡qué bien lo pasamos!

—Vamos a ir en agosto —aplaude María Rosa.

—Una época calurosa —intervengo, sabiendo por qué lo digo.

—¿Te acuerdas de cuando estuvimos allí? —pregunta de pronto Pablo a la Duendecilla.

Veo que ella asiente y sonríe. Su afable sonrisa me hace intuir que atesora bonitos recuerdos.

—Claro que lo recuerdo —asegura.

María Rosa, enciscada en hablar con la abuela, no repara en cómo Pablo mira a Adriana, pero yo sí. Yo me percato al cien por cien, incluso de cómo ella lo mira a él. Eso me incomoda y, para terminar con el desagradable momento, pregunto:

—¿Hace mucho que fuisteis a Venecia?

—Dos años —responde Pablo, que, mirándome, añade—: Fue un viaje que Adriana me regaló por mi cumpleaños.

—Mi nieta siempre ha sido muy espléndida con sus regalos.

—Yayaaaaaa...

—Es la verdad, hermosa. Si hay alguien espléndido en esta familia para hacer regalos, esa eres tú. ¡Eres como el yoyo! A lo último que le das importancia es al dinero.

Marga se acerca a nosotros y, dando un leve empujón a Pablo, dice:

—Tú siempre en medio, como los jueves.

Pablo y ella se miran. Se nota que no se tienen ninguna simpatía. Y de pronto Marga indica con mofa:

—Vale. Entiendo que me mires así. A veces, yo misma, cuando me miro en el espejo, no me puedo creer la obra de arte que estoy hecha.

Oír eso hace que todos riamos, menos Pablo, y María Rosa, al ver que Alfonso sale del baño, advierte:

—No empecéis la siguiente película sin mí.

Una vez que se va, veo que la abuela, Adriana y Marga entran en la cocina para coger más refrescos y, de paso, cambian el cubo de la gotera que hay al lado de la ventana.

—¿Hasta qué día te vas a quedar por aquí? —me pregunta entonces Pablo.

—Hasta que se acaben las Navidades —digo.

Por cómo me mira, intuyo que le molesto. Pero ¿este tío de qué va? No lo entiendo..., ¡si tiene una nueva novia!

—¿Puedo hacerte una pregunta..., Deacon?

—Por supuesto..., Pablo.

Él mira entonces hacia el lugar donde está Adriana con su abuela y Marga, y, después, volviéndose de nuevo hacia mí, suelta:

—¿Qué intenciones tienes con Adri?

Sorprendido, enarco las cejas. ¡No me jodas! ¿Otro como el padre? Me esperaba cualquier cosa menos lo que acabo de oír, y respondo consciente de mi mentira:

—Las mejores del mundo. Y tú, ¿qué intenciones tienes con Adriana?

Mi respuesta, acompañada de otra pregunta, le sorprende, pero afirma sonriendo:

—Adri es una parte importante en mi vida, y odiaría verla sufrir por alguien como tú. Porque, seamos sinceros, Deacon, tú estás acostumbrado a otro tipo distinto de mujer que Adriana te digo yo que no es. Así que...

—¿Tú me vas a decir a mí qué clase de mujer es la que me gusta?

—¡Adriana y Emma no tienen nada que ver!

—Por suerte —afirmo gustoso.

Pablo me mira serio. Yo lo miro a él también y, cuando la pelirroja sale del baño, antes de caminar hacia ella, este indica:

—Cuando te vayas, seré yo quien la consuele.

Pero ¿qué dice? ¿De qué va? Si algo no deseo es que este ser tóxico que ni es feliz ni deja serlo se acerque a Adriana, y me inquieto.

Según lo veo alejarse con esa mirada de superioridad, estoy por cogerlo del pescuezo, pero entonces recuerdo dónde estoy. Si hago algo así, generaré un mal rollo tremendo en la casa. Así pues, tomo aire, pero de repente oigo:

—No sé qué te ha dicho el Todólogo, pero pasa de él... Es un idiota.

Es Marga. Nuestras miradas se encuentran.

—¿Cómo pudo estar ella con alguien así? —pregunto.

—Porque el amor atonta, y te lo digo yo, que me casé y me divorcié. —Ambos sonreímos y, viendo que Adriana no puede oírnos, ella cuchichea—: Pablo era un chico normal..., tanto que a mí me caía fenomenal. Pero fue sacarse las carreras de Medicina y de Derecho al mismo tiempo y creerse el gallito del corral.

—¿Se sacó dos carreras a la vez? —Marga asiente, y yo murmuro sorprendido—: Está claro que es listo.

—Lo que es ¡es gilipollas!

—Eso también —convengo. Y, mirando los tres boles que lleva en las manos, pregunto—: ¿Más palomitas?

Marga vuelve a asentir, sonríe y cuchichea:

—¡Seamos felices! ¡Ya nos pesaremos en enero!

Me río. Tanto esta como la Duendecilla tienen unas salidas que me hacen reír. Y, acto seguido, añade:

—Recuerda: el 7 de enero a las nueve de la mañana tienes que retrasar la báscula cinco kilos.

Ambos reímos; entonces se acercan Adriana y su abuela, y yo, viendo lo cargadas que van, indico:

—Cielo, deja que os ayude.

Adriana me entrega varias latas de refrescos, pero una se nos cae y, al agacharnos los dos para cogerla, nos damos un coscorrón en la frente.

—Esto ya lo hemos vivido, ¿verdad? —murmuro divertido.

Ella sonríe gustosa. Lo hace de esa manera que me encanta, e, incapaz de no hacerlo, le doy un beso en los labios que ella sin dudarlo me devuelve.

—Aiss, hermoso... —oigo que dice entonces la abuela—, ¡y todo lo que os queda por vivir!

Acto seguido entramos en el salón, comenzamos a repartir refrescos y luego nos volvemos a sentar para seguir con el maratón de malditas peliculitas navideñas. Esta noche no hay cancioncitas...

Capítulo 30

Adriana

16 de diciembre

Al despertarme por la mañana, me desperezo y me sorprendo por todo el espacio que tengo en la cama. ¿Dónde están mis dos Deacon?

Miro el reloj. Son las once. La noche anterior nos acostamos cerca de las dos, y he dormido como un lirón. El maratón de películas de Navidad se alargó y Deacon aguantó como un campeón, aunque, cuando nos metimos en la cama, ni me miró.

Sonriendo al intuir que mis chicos están en la cocina desayunando con mi yaya y mis padres, me rebozo como una croqueta sobre el colchón. Si algo me gusta es estar en la cama despierta, pensando. Es el mejor momento del día para pensar y ordenar las ideas. Al menos para mí.

Deacon es mi pensamiento actual. Todo a mi alrededor huele a él. Las sábanas. La almohada. ¡Yo! La noche anterior, junto a mi familia, aparte de comportarse como un campeón, fue muy atento conmigo. Tener a Pablo cerca lo hace activarse en modo «macho protege a hembra», y eso me hace gracia. Nunca me imaginé a Deacon tan protector.

Pero, aparte de la gracia que me hace, le estoy muy agradecida. Ver a Pablo con María Rosa me inquieta, y no entiendo por qué. Yo ya no quiero a Pablo y menos aún deseo regresar con él. Se puede decir que le tengo cariño por el tiempo que pasamos juntos, pero, no sé por qué, cuando los veo tan acaramelados, como que el estómago se me contrae.

¿Por qué seré tan idiota?

Vuelvo a pensar en Deacon. No puedo evitarlo. Disfruto de su compañía, de cómo me llama «cielo», de cómo cada vez lo veo más integrado con mi familia y..., bueno, por qué negarlo, también disfruto de esos momentos locos y de intimidad que tenemos. No soy una novata en el sexo. He tenido relaciones con otros hombres cuando he estado soltera, pero con Deacon, no sé por qué, es tan... tan salvaje y especial.

¿Será porque es algo imposible?

No obstante, hemos de parar. O, mejor dicho, ¡he de parar! Porque casi siempre soy yo la que se lanza a él, ¡no lo puedo evitar! Él no cree en el amor. Cree en la conexión. ¡Pero, joder, yo estoy coladita por él! Y sé que él por mí no lo está. Lo que mostramos delante de todos es puro teatro y..., bueno, qué mal lo voy a pasar una vez que se acabe.

Después de un buen rato, y viendo que solo son las doce del mediodía, me levanto con tranquilidad y me meto en la ducha. Estoy duchándome cuando recuerdo que la actividad de hoy es la fogata en el exterior y noche de recuerdos.

Sonrío. Toda la familia contará bonitos recuerdos alrededor de una hoguera, y con seguridad nos reiremos y, por supuesto, nos emocionaremos. Somos muy de emocionarnos.

De pronto oigo que la puerta de la habitación se abre y acto seguido:

—¡Hermosaaaaaa!

—Estoy en la ducha, yaya.

—Sal en cuanto puedas.

—Valeeeeeee.

Quince minutos después, y con toda la tranquilidad del mundo, salgo de mi habitación; al hacerlo, me encuentro a mi perro y suena la cancioncita de Navidad *Santa Tell Me,* de Ariana Grande. Rápidamente lo saludo y, al ver que está mojado, digo:

—Ya has estado corriendo tras los conejos en la nieve, ¿eeeh?

Deacon corre hacia el salón. Oigo bullicio. Demasiado. Y al entrar, mi padre viene hacia mí a toda prisa.

—A ver, Minirri...

—Escucha, primula... —dice mi primo Kiki.

—Antes de que lo veas —insiste mi padre—, te...

—¿De que vea el qué?

Están Kiki, el Pope y el Pulga, mi tío, mi hermano y mi cuñado Lucas. Veo también a Vicente, Manuel y Toño, que son de la cuadrilla de mi padre, y a mi sobrino Hugo consolando al Monstruito, que llora.

¿Qué le pasa a la niña?

—No te preocupes —indica mi madre—. Todo está bien.

¿Que no me preocupe? ¿De qué no me he de preocupar?

Ellos hablan, se ríen, gesticulan. ¡No sé qué ocurre! De pronto, se separan y veo a Deacon sentado en la butaca, con la cara ensangrentada y un trapo sobre ella.

—El tío Deacon tiene pupaaaaaaaa —lloriquea mi sobrina mirándome con su mella en la boca.

¡Woooo, lo que me entra!

Paso por encima de todos ellos. Es más, creo que los pisoteo al hacerlo. Y, plantándome frente a Deacon, que me ve solo con un ojo, pregunto con un hilo de voz:

—Pero ¿qué te ha pasado?

Él me mira sin decir nada. Solo se sujeta el trapo sobre la cabeza. Y yo, agarrándolo, lo retiro y murmuro al ver la herida que tiene en la frente:

—Ay, Dios mío...

—Creo que sigue teniendo todos los dientes —dice Kiki.

Asustada, lo miro, cuando el Pulga apostilla:

—Si no, que Carlota le deje el que se le cayó...

¡Los mato!

¡Juro que los mato!

Rápidamente me incorporo. Miro a mi padre y a mis primos. En sus gestos veo sonrisitas y, mirándolos, me quejo:

—No tiene ninguna gracia.

—A ver, primula, ¡ni que se hubiera hecho aposta! —indica el Pope.

—Es una rajilla de *nááááá*—insiste el Pulga.

—¡Cosas tontas que pasan! ¡Una bromilla! —añade Kiki.

¡Al final los mato!

Y, al ver su guasa y cómo me miran, exclamo:

—¿Me vais a explicar cómo ha terminado Deacon así?

Intercambian una mirada entre ellos, no pueden parar de reír, y entonces mi cuñado Lucas tercia con seriedad:

—A ver, Minirri, te lo explico yo. Íbamos de caza, pero hemos pasado antes por casa del Pope, Kiki y el Pulga para recogerlos. Y, bueno, le hemos enseñado a Deacon las instalaciones, las vacas y... y...

—¡¿Y...?! —grito imaginándomelo.

—Pues, primula —explica el Pulga riéndose—, para hacerle una broma, hemos abierto las puertas, las vacas han salido, Deacon se ha asustado y ha terminado estampándose contra el cercado cuando ha resbalado con la nieve.

—¡Menudo hostión se ha dado! —Kiki ríe.

—¡*Pa* haberse *matao* o *quedao* tonto!

—¡Pulga! —gruño al oírlo.

—Primula, deberías haber visto cómo ha rebotado su cabeza contra el cercado... ¡Impresionante! Lo que no sé es cómo sigue teniendo dientes. —El Pope también ríe.

—Pobrecito, el tíooooooo —gimotea una dramática Carlota.

—Pero ¿quién se asusta de unas vacas? —se mofa mi tío Samuel.

Los miro sin dar crédito. Eso que a ellos les hace tanta gracia a mí no me hace ninguna, y sin pensar, respondo:

—¡Quizá alguien de ciudad que nunca ha visto una vaca de cerca!

—¡Por favor! —Se ríe Vicente, el amigo veterinario de papá, mientras comienza a sonar la canción *Like It's Christmas,* de los Jonas Brothers.

—Será mejor que se quite la ropa que lleva —apostilla mi primo el Pope—. Apesta a mierda de vaca ¡que tira *p'atrás*!

—¿Pisar una mierda no da buena suerte a los supersticiosos? —pregunta mi padre.

—Eso dicen —afirma Kiki.

—Pues, aquí, el amigo ¡se ha rebozado! —Ríe mi cuñado Lucas.

Atónita, los miro. ¿En serio se están riendo en su cara?

—I can't stand it any longer! —gruñe Deacon.

Vale. Acaba de decir en inglés «¡No lo soporto más!». Y, por cómo lo ha dicho, está muy pero que muy cabreado.

—Primulo, si hablas en *pitinglis* —ríe el Pulga—, no te entendemos.

Miro a mi familia y soy consciente de que es mejor que no lo entiendan. Sé que nos encantan las bromas. Y estoy convencida de que no lo han hecho para que ocurriera lo que ha ocurrido, pero ¡joder!, ¡ha ocurrido!

Miro a Deacon. Su aspecto es lamentable y su enfado, altamente considerable. No solo tiene sangre en la cara y en la ropa, sino que además está embadurnado de barro, nieve y mierda de vaca.

—¿Tienes todos los dientes? —pregunto incapaz de quedarme callada.

No me contesta. Solo me mira. Y, dirigiéndome a mis familiares, grito enfadada:

—Pero ¡cómo se os ocurre hacer algo así!

—A ver, hija...

—Me habéis decepcionado, ¡todos! —añado.

—Pero, primula, ¡que no ha sido queriendo! —se defiende el Pulga.

—¡Que fue una broma, él ha corrido y se ha resbalado! —insiste Kiki.

Horrorizada, miro a Deacon. No habla, solo me mira con esos ojos azules que ahora se ven fríos como el hielo. En ese momento aparece mi yaya con su caja de costura.

—Esto lo arreglo yo con unos puntitos —dice mirándome—. Ven aquí, hermoso.

Deacon se levanta. Yo me pongo ante él y murmuro:

—Pero ¿qué dices, yaya...?

—Yo también he dicho que puedo coserlo —afirma Vicente, el veterinario.

Pero ¿qué dicen? ¿Se han vuelto locos?

Mis padres. Mis tíos. Mis primos. Todos hablan al mismo tiempo. Todos tienen algo que decir, y yo, delante de Deacon, digo mirando a mi yaya:

—Guarda eso. ¡No le vas a coser! Y tú —indico al veterinario—, ¡tampoco!

—Pero, hermosa, ¿quién te crees que os lleva cosiendo toda la vida?

—A mí la yaya me ha cosido la cabeza varias veces —apostilla Kiki.

—Así te has quedado —bromea el Pope.

Rápidamente se dan uno de sus golpes brutos y, acto seguido, oigo tras de mí:

—¡Ya estoy aquí! He venido en cuanto me habéis llamado.

Es Pablo. Verlo en este instante me tranquiliza una barbaridad. ¡Él es médico de personas! Sin embargo, Deacon murmura con voz más tenebrosa:

—*Don't bullshit me!*

Woooo, ha dicho «¡No me jodas!». Madre mía, qué cabreo lleva.

Sin más, y pasando por encima de todos sin miramientos, Deacon se va del salón. Mi familia lo mira y, una vez que desaparece, me miran a mí, hasta que oigo a mi sobrina decir:

—Pobrecito, el tío, ¡voy con él!

No. No. No. Lo que le faltaría a Deacon sería mi sobrina, por lo que, sujetándola, digo:

—Escucha, Cosita. Es mejor que te quedes aquí.

—Pero...

—El tío Deacon está dolorido y, cuando a alguien le duele algo, lo último que quiere es gente alrededor. ¿O no te acuerdas de cuando te dolía la tripita el otro día? —murmura mi hermana Virginia.

—Pero yo quiero cuidarlo —insiste.

—Lo sé, mi vida —afirmo—. Pero es mejor que ahora lo dejes tranquilo.

Me mira en silencio. No sé qué piensa, y, algo congestionada y con tos, dice:

—¿Y si le hago un dibujo?

—Excelente idea —señala mi padre—. Ve a la cocina. Coge la caja de las pinturas y házselo. Eso lo hará sonreír.

Asiento. Y, sin más, se aleja corriendo a la cocina.

Una vez que desaparece, mi gesto se vuelve de nuevo serio, e indico con la tensión por las nubes:

—Dadme cinco minutos.

Según voy a salir del salón, Pablo me coge de la mano.

—No te preocupes —dice—, que yo me ocupo de él.

—Lo sé —afirmo con el corazón a mil.

Acto seguido voy corriendo hacia la habitación. Por el ruido de la puerta, he oído que Deacon ha ido ahí. Mi perro se me cruza entre las piernas y estoy por estamparme contra la pared. Me detengo, lo miro y murmuro:

—Es mejor que no entres y te quedes aquí.

Al entrar en la habitación veo a Deacon parado frente al tocador mirándose la herida de la frente y observándose el costado, cuando gruñe en inglés.

—Como alguno más diga eso de que es una broma, ¡me lo cargo!

Vale. Lo entiendo. Si no se los carga él, me los cargo yo. Y de inmediato oigo:

—No me jodas, Adriana..., ¿en serio me tiene que atender él?

Vale. Al hablar veo que sigue teniendo todos los dientes.

—Es un buen médico. Créeme —respondo.

—¡Ni hablar!

—Deacon. Él es lo más cercano que tenemos.

—Llama a un taxi.

—¡¿Qué?!

—Me voy al aeropuerto, Adriana. No aguanto un segundo más aquí.

—¡Deacon!

—Alquilaré un avión privado y contrataré a un médico para que me atienda.

—Pero ¿qué absurdez estás diciendo?

Ensangrentado, me mira. Su aspecto es tremendo. Mientras se quita la ropa, que apesta a mierda de vaca, insiste:

—Te dije que me evitaras ir de caza, te dije que...

—¡Yo no sabía que iban a salir de caza!

Deacon se toca las costillas. Por su gesto sé que le duelen.

—¿Por qué no me has despertado? —pregunto.

Él toma aire con dificultad, me mira y, enfadado, responde:

—Tu padre y tus primos han entrado de pronto mientras dormíamos. Me han despertado y se han empeñado en que me levantara sin hacer ruido y no te despertara. Me vigilaban a lo Tarantino. ¿Qué iba a hacer?

Lo entiendo. Me los puedo imaginar. Y, mirándolo, voy a hablar cuando lo oigo decir:

—Estoy harto de golpes en la espalda, de fotos, de rosquillas, de abrazos, de ropa pringada de chocolate, de pelos, de cambiar los cubos de las goteras... Pero ¿es que aquí nunca os cansáis?

Vale. También lo entiendo.

—No soporto una cancioncita de Navidad más, ¡joder!

Uf..., cada vez está más enfadado, y musita en español:

—Me duele horrores.

—Normal. Tienes una buena brecha.

—No sé qué hago aquí. No sé qué...

—Tío Deacon, ¿te duele mucho la pupa?

Al mirar veo la puerta abierta y a mi sobrina ante ella. Deacon me mira. En su expresión no veo nada bueno cuando susurra muy bajito.

—O le dices que se vaya tú o como lo haga yo...

—Cosita —indico acercándome a la niña—. Ve a la cocina y sigue con lo que hacías. El tío Deacon está bien, cariño.

Carlota lo mira. Deacon le da la espalda.

—Por favor, cariño. Ve a la cocina —insisto.

Una vez que se marcha sin decir más, cierro la puerta, Deacon se da la vuelta y murmura:

—Maldita sea la manía que tenéis en esta familia de entrar en las habitaciones sin llamar...

Vale, tiene razón. En mi familia somos especialistas en eso.

—Es una niña, ¡joder! —exclamo molesta—. ¡Solo se preocupa por ti! Está asustada y llora. ¿Qué tal si tienes un poquito de empatía?

—Mira, Adriana, ¡déjame en paz!

Oír eso me subleva. Estoy cansada, harta. Y, tomando aire, suelto:

—Tienes razón. Lo mejor es que te lleve al aeropuerto y ¡te pires!

Según digo eso último, por cómo me mira, sé que no me ha entendido, y aclaro:

—«Te pires» significa ¡que te vayas! *Bye, bye.* ¡Adiós!

Me mira. Me da igual. Su gesto de enfado no me impresiona.

—Si te quedaste fue porque tú quisiste —insisto—. Yo no te lo pedí. Pero está claro que ha sido un error.

—Un gran error —enfatiza.

Tomo aire de nuevo. ¡¿A que lo mando a la mierda?!

Me molesta oírlo; cuando se sienta al borde de la cama y veo cómo se sujeta el trapo ensangrentado sobre la frente, indico tratando de calmarme:

—Escúchame. Error o no, te llevaré al aeropuerto. Pero antes permite que Pablo te atienda.

—No.

—Deacon, no seas cabezón.

—¡He dicho que no! —gruñe.

—¡Por el amor de Dios, Deacon! —Levanto la voz—. ¡Él es médico! Y, ¡joder!, tienes la frente abierta. ¿Acaso quieres ir al aeropuerto así?

Él se levanta entonces de la cama. Vuelve a mirarse al espejo. La carne abierta de la frente impresiona. Y pregunta:

—¿De verdad tengo que dejar que me atienda un tipo que no me tiene simpatía?

Lo entiendo. Lo comprendo. Pero murmuro:

—A pesar de que es un idiota, es también un profesional. Y no voy a permitir que te haga daño. Te lo juro. Otra opción es que quieras que te cosa mi yaya o el veterinario.

—¡No me cabrees más, Adriana!

Su voz, su expresión..., todo en él está tenso. Todo en él transmite desconfianza. Me siento responsable de cuidarlo, así que insisto:

—Por favor, Deacon. Deja que Pablo se ocupe de ti. Te prometo que lo hará bien, y después te llevaré al aeropuerto.

Toma aire. Creo que me va a mandar a freír espárragos, pero finalmente dice:

—De acuerdo.

Vale, ha aceptado. Y, para alterarlo lo menos posible, indico:

—Quédate aquí. Voy a por Pablo.

A toda mecha, salgo de la habitación antes de que cambie de opinión y vuelvo a tropezar con mi perro. Está ansioso por entrar, nervioso.

—Por tu bien, mejor sigue esperando fuera —murmuro.

Sin más, me dirijo al salón, donde suena la canción *Holly Jolly Christmas,* de Michael Bublé. Cuando entro todos me miran, pero yo voy directa a Pablo y lo cojo de la mano.

—Vamos —y, cuando todos se mueven dispuestos a seguirme, los miro y aclaro con cara de enfado—: Solo él. Vosotros ya habéis hecho bastante.

—¡Vamos, Minirriiiii! —protesta mi padre.

—Pero si solo ha sido una broma y está casi intacto —afirma Kiki.

—Joder, primula, un poquito más de sentido del humor —se mofa el Pulga.

—Ni que hubiera perdido los dientes... —susurra el Pope.

Miro a mi madre. Con la mirada nos entendemos. O me voy ¡o los mato! Y, dirigiéndome a mi yaya, pido:

—¿Puedes bajar el volumen de la música un poquito?

—Claro, hermosa.

Sin más, mientras camino hacia mi habitación con Pablo, le ruego:

—Por favor, hazlo bien.

—Soy un profesional —asegura él con una sonrisita de superioridad.

Capítulo 31

Deacon

17 de diciembre

Me duele todo el cuerpo.

De inmediato recuerdo lo ocurrido el día anterior y vuelvo a sentir el mismo pánico que cuando vi esos bichos tan enormes viniendo hacia mí. Joder, ¡eran vacas! ¿Cómo me pude asustar?

Pienso en Pablo. Sigue cayéndome mal, sigue siendo un idiota; pero he de agradecerle que me atendiera. Me dio tres puntos en la frente. Me indicó que el dolor de las costillas era a causa del golpe, y me aseguró que no tenía ninguna rota.

Luego me prescribió unos calmantes para el dolor y un antibiótico para la herida, y antes de marcharse se le escapó una sonrisita. ¡Imbécil!

Tras lo sucedido en el día de ayer, la familia de Adriana me dejó estar tranquilo en la habitación. Por primera vez desde que llegué aquí no he oído malditas cancioncitas de Navidad, y desde hace varios días es el primero que puedo estar solo y relajado. Por no estar, no está ni el perro. Y, por suerte, cuando ocurrió tampoco estaba el sobrino con su cámara de fotos. Solo me habría faltado eso.

Pensé en marcharme una vez que me atendió Pablo, pero no lo hice. ¿Por qué? No lo sé. Pero lo que sí sé es que me sabe mal ver a Adriana con esa mirada de preocupación, del mismo modo que me sabe mal haberle hablado como le hablé ayer. Estaba muy enfadado, y fui a pagarlo con ella, que solo intentaba ayudarme.

Ahora que estoy más tranquilo, soy consciente de mi error

con ella y su familia y de las tonterías que dije. Por muy brutos que fueran aquellos, dudo que quisieran provocar lo que ocurrió. Cuando hui del salón ensangrentado, sé que lo hice abriéndome paso a empujones como un animal furioso, y yo no soy así. Pero estaba tan agobiado en ese momento que apenas miré por dónde iba.

Por la noche oí el jaleo de la familia. Desde la habitación, acostado en la cama, los oí hablar, aplaudir y reír a carcajadas. Ayer la actividad era en el exterior de la casa. Tocaba fogata y noche de recuerdos. Y, por suerte para mí, esta vez tuve la excusa perfecta para librarme de ello.

En un momento dado vi que algo pasaba por debajo de la puerta de la habitación. Eso llamó mi atención y, al levantarme, me encontré con un papel que contenía un dibujo. En él se veía a dos monigotes, uno alto y grande y otro pequeño, junto a un corazón. El hombre llevaba una tirita en la cabeza y la niña tenía lágrimas en los ojos. Comprendí de inmediato que lo había dibujado Carlota, y eso me enterneció y me hizo sonreír. Pero ¿qué le pasaba a aquella niña conmigo, que, a pesar de que yo no era agradable con ella, continuaba insistiendo?

Me levanto de la cama y me miro en el espejo. Mi gesto ofuscado dice cómo me siento, y a continuación me fijo en mi teléfono móvil y lo cojo. Al mirarlo, veo que tengo un audio de Frankie y un archivo. También tengo mensajes de Emma, pero directamente los borro. No me interesan. Sentándome en la cama, le doy al *play* para escuchar el audio de Frankie:

▶ **Frankie:** Hermano, tengo que decirte que hoy ha sido el mejor día de mi vida porque he conocido a mi hija y la he cogido en brazos. Es... es preciosa. Chiquitita, ¡una muñequita perfecta! Cuando nos la han traído para conocerla, Susan no ha parado de llorar y, por consiguiente, con lo llorón que ya sabes que soy yo, la he acompañado. Hemos estado con la niña una hora.

Y te puedo decir que para Susan y para mí ha sido la hora más feliz de nuestras vidas. Hemos aceptado la adopción. Cuando se la han llevado, sin dudarlo, hemos firmado los papeles que requerían y, ¡joder, Deacon!, estamos felices. Ni te imaginas lo que me habría gustado que hubieras estado ahí con nosotros para que hubieras conocido a tu sobrina Everly. Sí..., sí. Hemos decidido llamarla Everly, pues, al parecer, según me ha dicho Susan, el nombre proviene de un apellido inglés y significa «para siempre». Y ella es para siempre, como lo somos tú y yo. Un beso, hermano. Ni te imaginas lo feliz que me siento al ver que nuestra familia se amplía. Te mando una foto de tu sobrina. ¡Hablamos!

Cuando termino de escuchar el mensaje, estoy emocionado, pues Frankie ha sabido transmitirme su felicidad. Lo conozco, y sé que está pletórico. Abro el archivo y el corazón se me paraliza al ver una foto de Frankie y Susan con la pequeña Everly. No soy de niños, nunca lo he sido. Pero la ternura de su carita me hace sonreír, y más viendo los ojos enrojecidos de Susan y Frankie..., ¡lo que debieron de llorar!

Contento, ya de mejor humor, les contesto dándoles la enhorabuena y añado que Everly me parece preciosa. Como dice Frankie, nuestra familia se amplía. ¡Y voy a ser tío!

Omito contarle lo de mi accidente para no preocuparlo. Es lo mejor. Frankie es muy hipocondríaco.

Una vez que dejo el teléfono a un lado, tomo aire. Hoy es un nuevo día. Y, aun dolorido, me encuentro mejor y, sobre todo, pienso con claridad. Mi comportamiento huraño de ayer no le gustaría a mi madre. Estoy convencido de que me regañaría y me diría que fue un accidente. Que nadie quería que pasara lo que pasó. Y recalcaría que parte de la culpa la tengo yo por ser un patoso y que, estando en casa ajena, los anfitriones se merecen un respeto.

De pronto oigo que la puerta de la habitación se abre de par en par.

—Tío Deacon...

¡Joder, la manía que tienen de abrir la puerta sin llamar!

Sin mirar, sé que es Carlota, la niña. ¿Qué hace en casa? ¿No tiene colegio? Lo último que me apetece ahora es tener que lidiar con ella. ¿Por qué sigue insistiendo? ¿Por qué los niños son tan pesados? Pero, sintiendo que he de hacer un cambio en mi actitud hacia ella, pues, como bien dijo la Duendecilla, soy el adulto y ella una niña, me doy la vuelta y la miro.

Durante unos segundos nos observamos el uno al otro. En sus ojitos veo una mirada que nunca antes había visto. Incluso diría que está pálida y tiene bajo los ojos unos círculos oscuros.

—Si se enteran de que estoy aquí, me regañarán —murmura bajito.

—¿Y por qué estás aquí?

—Porque quería verte.

Oír eso me eriza el vello de todo el cuerpo. Esta niña puede conmigo en todos los sentidos.

—¿Por qué no estás en el colegio? —pregunto.

—Estoy malita. Tengo fiebre y tos —indica tosiendo.

Saber eso de pronto me preocupa. ¿Malita?

—¿Qué te ocurre?

—Tengo asma. Un rollo.

Asiento. Sé lo que es, Susan tiene asma. Acto seguido señala mirando el apósito de mi frente:

—Ya no hueles a mierda de vaca.

Tiene razón, ese maldito olor me abandonó al ducharme; tras toser, susurra:

—Te traigo otro regalo.

Al ver que me tiende un nuevo folio, lo cojo y digo, intentando ser amable:

—Gracias por el de anoche. Me gustó mucho.

El gesto de la niña cambia. Sonríe.

—¿Te hizo sonreír? —pregunta.

—Sí —afirmo con seguridad, oyéndola toser de nuevo.

Carlota da un paso hacia mí. Se abraza a mis piernas. Como siempre, me quedo paralizado ante sus demostraciones de afecto.

—Aunque sea pequeñaja, estaba muy preocupada por ti —susurra—. La pupa tenía mucha sangre.

Eso me llega al corazón, e imagino que *pupa* significará «herida».

Me sonríe con su boca mellada. ¿Cómo una niñita tan pequeña puede demostrar sus sentimientos sin pudor y yo soy incapaz? Me agacho para estar a su altura y musito sorprendido por lo que digo:

—Pues tranquila, que estoy bien —y tocando el apósito de mi frente, añado—: Esto no es nada. Dentro de pocos días estaré curado.

—¿Seguro?

—Sí, pequeñaja.

Nos miramos. Creo que es la primera vez que miro a la niña como lo estoy haciendo ahora.

—¿Sabes, tío Deacon? —cuchichea ella a continuación.

—¿Qué?

—Se me mueve otro diente. Por lo que, si perdiste alguno ayer, cuando se me caiga ¡yo te lo doy a ti!

Sonrío, no lo puedo remediar; entonces Carlota me abraza. Creo que esta familia lleva lo de los abrazos en la sangre. Y, una vez que acaba, me da un apretado beso en la mejilla que me recuerda a los que me daba mamá, da media vuelta y se va andando, no corriendo, mientras la miro.

Cuando cierra la puerta, observo el dibujo. En él se ve un monigote alto que intuyo que soy yo y, a su lado, en esta ocasión, en vez de una niña, hay una mujer que imagino que es la Duendecilla. Parece ir vestida de enfermera y lleva una jeringuilla en las manos. Vuelvo a sonreír.

Enternecido, voy directo a la cómoda. Allí dejo el dibujo junto al de la noche anterior y me miro en el espejo. Me quito el apósito que llevo, que es muy aparatoso, y suspiro al ver los puntos de mi frente. Parecen estar bien y, sobre todo, tienen buen color. Durante unos segundos sigo mirándome en silencio, hasta que musito:

—Lo sé, mamá, soy un idiota...

Poco después, con tranquilidad, me ducho evitando mojar la herida, como me dijo el Todólogo. Y, en cuanto estoy duchado, me visto y me pongo una tirita en la frente, tomo aire y abro la puerta. He de enfrentarme a la Duendecilla y a su familia. Al hacerlo, de inmediato oigo que a lo lejos suena la canción navideña *Blame It on Christmas*, de Bebe Rexha y Shea Diamond, y murmuro:

—Joderrrrr...

De pronto veo que mi tocayo está en el suelo. Antes no estaba ahí. Está tumbado frente a la puerta y, al verme, rápidamente se sienta. Saca la lengua y comienza a mover el rabo mientras extiende la pata hacia mí. Está visto que en esta casa nunca tiran la toalla. Por lo que, agachándome, choco mi mano con su pata y saludo:

—Hola, *Deacon*.

Mi tocayo mueve más rápido el rabo. Según la Duendecilla, eso significa que está feliz. En sus ojos veo esa bondad que Adriana siempre ve en él y, sonriendo, murmuro mientras le acaricio la cabeza con cariño:

—Eres un buen perro.

Acto seguido me incorporo y comienzo a caminar hacia el salón con el perro al lado y, cuando entro en él, antes de que me vean, saludo:

—Buenos días.

Todos me miran. La Duendecilla, la abuela, los padres y su hermana mayor con su marido Lucas y Carlota. En silencio, me observan, y la niña, como si no me hubiera visto minutos antes, exclama sin moverse de su sitio:

—¡Hola, tío Deacon!

—Hola, Carlota.

Los demás solo me miran. Por el modo en que lo hacen soy consciente de que están incómodos. Entonces la Duendecilla viene hacia mí y, con gesto preocupado, susurra:

—¿Cómo te encuentras hoy..., cielo?

—Bien...

La situación es embarazosa. Creo que ninguno sabe qué decir, hasta que Carlota empieza a toser. Lo hace de una manera que siento que debe de dolerle hasta el alma, y Virginia dice mirándola:

—Cariño, coge el inhalador y date dos pufs.

Acto seguido veo que la niña lo hace. Es un inhalador de color azul. Los que tiene Susan son rosas. Se lo mete en la boca, hace lo que su madre le dice y después vuelve a dejarlo con tranquilidad.

—Cuando quieras, te llevo al aeropuerto —oigo que murmura la Duendecilla.

Asiento. Quedé con ella en que hoy me llevaría al levantarme, pero entonces Virginia dice:

—Papá, Lucas..., ¿no teníais que decirle algo a Deacon?

Alfonso y Lucas, que acaban de vaciar los cubos de las goteras, se miran entre sí. Vienen hacia mí con gesto serio y luego el primero musita:

—Lo siento, muchacho. Cuando decidimos espantar a las vacas para que fueran hacia ti no pensamos que te asustarías.

—Simplemente quisimos gastarte una broma y..., bueno, ahora sabemos que no fue de buen gusto —susurra Lucas—. Lo sentimos, y también acerca de cuando bromeamos con eso de la mierda...

—Es que es para mataros —oigo que gruñe Virginia, que posteriormente indica mirándome—: Kiki, el Pulga y el Pope te pedirán disculpas en cuanto te vean.

—Lo harán o los mataré uno a uno.

—¡Carlota! —la regaña Virginia.

—Bendito sea Dios, ¡qué niña! —se mofa la abuela.

Tras guiñarle un ojo a la pequeña, miro a Alfonso y a Lucas. Los conozco poco, pero veo el arrepentimiento en sus ojos, en sus miradas y en la forma en la que se mueven. Son buenas personas, de las mejores que he conocido en mi vida.

—Estáis disculpados —respondo—. Soy consciente de que nadie quería que pasara lo que pasó y que fui un ridículo al asustarme de unas vacas. Y ahora, por favor, quiero que vosotros, y todos, me disculpéis a mí por cómo me comporté. No lo hice bien.

—Oh, Deacon, ¡no digas tonterías! —musita Honey.

Alfonso y Lucas respiran hondo, sonríen, se acercan a mí para darme un abrazo, mientras la abuela exclama:

—Si me hacen eso a mí, te aseguro que les echo laxante en la comida durante un mes y los tengo todo el día en el baño y con el culo escocido.

—No me des ideas... —cuchicheo.

Después de las disculpas, una vez que el ambiente se relaja entre nosotros, la abuela me trae un café con unas magdalenas caseras enormes.

—Desayuna, hermoso —dice—, que estás muy delgado.

Mi madre me decía eso mismo siempre que volvía de alguna gira: «Come, que estás muy delgado». Estoy pensando en ello cuando la Duendecilla se sienta a mi lado y, deseoso de compartir la noticia con ella, le tiendo mi teléfono móvil y digo:

—Es Everly, la niña de Frankie y Susan.

—Oh, mírala..., ¡es preciosa!

Está al corriente de la situación de aquellos, se lo conté una de las noches que hablábamos en la cama.

—Están como locos con ella —añado.

—No me extraña, ¡yo me acabo de enamorar!

—Me ha dicho Frankie que posiblemente se la den antes de que termine el año.

—El mejor regalo de Navidad —afirma emocionada.

Ver cómo la Duendecilla mira la foto y oír que de su boca solo salen halagos y cosas bonitas me enternece. Qué fácil es para ella ser como es. ¿Por qué yo no puedo ser así?

Instantes después, cuando me devuelve el teléfono, coge una magdalena y musita bajito:

—Cuando quieras, te llevo al aeropuerto.

Al oírla, la miro. Sé lo que dije cuando estaba enfadado. Sé lo irracional que me puedo llegar a poner. Pero, entendiendo que ahora no pienso de la misma forma, respondo:

—Quiero pedirte perdón por cómo me comporté ayer contigo. No fue justo, y te pido disculpas. Lo hice mal. Muy mal.

—Disculpado —murmura.

Sonríe. Su sonrisa me eriza todo el vello del cuerpo, y entonces susurro:

—No hace falta que me lleves al aeropuerto. Creo que...

—Deacon —me corta—. Te pongas como te pongas, y aunque me llames «Adriana», no pienso llamar a un taxi... ¿Te queda claro?

Siento unas irrefrenables ganas de besarla, de comerle la boca, pero me contengo y respondo:

—Voy a quedarme, Duendecilla.

—¡¿Qué?!

—Que quiero quedarme, si a ti te parece bien —insisto.

Nos miramos. Leo en sus ojos la sorpresa.

—¿Por qué quieres quedarte? —cuchichea.

—Primero, porque a Carlota se le va a caer otro diente y me ha prometido que, si lo necesito, me lo dará... —Sonrío—. Y, segundo, porque con este café tan rico que hace tu abuela tonto sería si me marchara.

La Duendecilla me mira, parpadea. Y finalmente, soltándose y recogiéndose el pelo de esa manera que me vuelve loco, musita:

—Que sepas que me acabas de sorprender, Deacon Black.

—¡Ya no puedes decir que no te he sorprendido en algo!

—No. —Ella ríe—. Ya no lo puedo decir, ¡jodido Grinch!

Reímos y de pronto oigo a Carlota toser otra vez. Su tos me preocupa. Es dura, seca, fuerte. Esta vez su madre va hasta ella, le toca la frente y dice:

—Como sigas así, al final nos toca ir al hospital.

—¡Jooooo, noooo...!

¿Hospital? Los hospitales para mí son el último recurso, ¡los odio!

—¿Qué le pasa a Carlota? —pregunto mirando a Adriana.

—Es asmática. Y cuando los medicamentos de alivio a corto plazo no funcionan y empeora, la tenemos que llevar al hospital. No sería la primera vez que se queda ingresada.

Miro a la niña, a aquella vivaracha llena de vida que ahora está algo pálida y demasiado sosegada. Ver que su vitalidad no es la de siempre me preocupa.

—Por suerte, mi hermana la tiene muy controlada —musita la Duendecilla—, pero con Carlota nunca se sabe cuándo va a terminar en el hospital.

Durante la mañana todos permanecemos en la casa charlando con tranquilidad, y observo que Carlota se duerme y se despierta en el sofá, mientras Virginia está totalmente pendiente de ella.

En nuestra charla me entero de infinidad de cosas que tenían que ver con River y su vida, e incluso sacan álbumes de fotos.

Mis ojos no pueden dejar de mirar lo que me enseñan. Allí está el River joven y roquero que yo admiro. Hay fotos de él jovencísimo al llegar a Navacerrada. De la abuela y él cuando se casaron. De cuando fueron padres de Honey y Samuel. Y muchas fotos más de River con sus nietos y bisnietos. Pero yo, en especial, me fijo en las que está con la Duendecilla. En todas las fotos de grupo de otras Navidades o fiestas familiares, River y ella siempre están sentados juntos. Se ve la estupenda conexión que había entre ellos.

Entre risas, me cuentan infinidad de anécdotas sucedidas con aquel y no puedo parar de reír y de disfrutar de lo que oigo, sabiendo que River fue feliz. Tremendamente feliz.

Ver al River músico me gusta. Pero ver al River persona, marido, padre y abuelo me encanta.

Para la hora de la comida llega Hugo del colegio. Nada más verme, el muchacho se preocupa por mí, y, cómo no, se empeña en hacerme una foto en la que se me vea la tirita de la frente. Luego va a ver a su hermana, que está dormida en el sofá, y se me eriza la piel cuando noto con qué cariño le da un beso en la mejilla. Poco después se llevan a Carlota a la cama de la abuela. Allí descansará mejor.

Adam, Carlos y su pequeña, que se habían ido a pasar un rato por la nieve, llega para la comida. Después lo hacen Kiki, el Pulga y el Pope, quienes rápidamente, como han hecho antes Lucas y Alfonso, me piden disculpas por lo ocurrido; yo también se las pido a ellos. Lo mejor es no darle más importancia, aunque el golpe que me da el Pulga en la espalda me deja sin respiración. ¡Qué brutos son!

Cuando nos sentamos a comer, el Pope y Kiki discuten por un tema en el que no están de acuerdo. Yo los observo con curiosidad mientras se hablan de una manera que dudo que a mí me gustara, hasta que la abuela sale de la cocina, da un golpe en la mesa y exclama:

—No pienso consentir la falta de respeto con la que os habláis. Somos familia. Sois familia. Estamos aquí para pasar un rato agradable y no para oír vuestras quejas y malas palabras. ¿De verdad vais a seguir discutiendo y amargándonos la comida por algo en lo que no os ponéis de acuerdo? ¿Acaso el amor que os tenéis no es más grande que vuestras malditas diferencias?

Todos miramos a Kiki y al Pope. Todos entendemos las palabras que ha dicho la abuela.

—Tienes razón, yaya —dice el Pope finalmente—. Quiero demasiado a este idiota como para enfadarme con él. Pero...

—El «pero» sobra —corta la abuela.

El grandullón del Pope asiente. A pesar de su aspecto rudo, sé que es un tipo con sentimientos. Y acto seguido Kiki musita:

—Anda, tontorrón, dame un abrazo.

El abrazo no se hace esperar. Son hermanos, se quieren, ¿hay algo más bonito que el amor que existe entre ellos?

Todos los que estamos en la mesa comenzamos a aplaudir mientras ellos sonríen y llegan a un entendimiento. Está claro que en esta familia las cosas se resuelven hablando, y eso es una acertada decisión.

Después del drama, y con la normalidad instalada de nuevo en la mesa, la abuela se dirige a la cocina y, cuando sale de ella con una sopera blanca en las manos, me emociono.

¿En serio? ¿De verdad?

Desde que murió mamá no he vuelto a comer sopa castellana, y sonrío mirando a la Duendecilla. Sé que ha sido ella quien se la ha pedido.

Marieta va sirviendo la sopa plato a plato y, cuando sirve el mío y lo deja delante de mí, con cariño me toca los hombros, me da un beso en la mejilla y murmura:

—Hermoso, espero hacerla tan rica como tu madre.

Asiento emocionado; el olor de la sopa inunda mis fosas nasales. Si cierro los ojos puedo sentir a mamá a mi lado.

—Gracias, Marieta. Seguro que estará espectacular —afirmo agarrando la mano de la mujer.

—Yaya..., soy la «yaya» —insiste con cariño.

Una vez que la mujer se aleja de nosotros, miro a la Duendecilla, que está sentada a mi lado, y al ver que sonríe susurro:

—Esto es gracias a ti.

—Y los puntos en la frente y el dolor de costillas también —matiza con pesar.

Ambos reímos y, acercándome a ella, le doy un beso en el cuello y replico:

—No digas tonterías.

Segundos después pruebo la sopa. Espectacular. La sopa de Marieta hace que me vengan preciosos recuerdos a la mente, y, mirándola, comento:

—Está increíble. Es como la sopa que hacía mi madre.

Todos sonríen, aplauden, se alegran por lo que he dicho. Y la mujer responde gustosa:

—Es el mejor piropo que podías dedicarme.

Luego, todos disfrutamos de la comida mientras yo me siento totalmente integrado en la mesa, en la familia, en el momento. Solo me han bastado unos días aquí para comenzar a ser uno más de ellos, aunque la Navidad y ciertas cosas sigan sin ser lo mío.

La sobremesa se alarga como todos los días. Esto es algo que me sorprende mucho de los españoles, o al menos de esta familia. Se sabe cuándo comienzan a comer, pero no cuándo terminan.

Estamos tomando café y licores cuando aparecen los tíos y las primas de Adriana, junto con su amiga Marga, y yo empiezo a agobiarme.

¿Qué actividad habrá programada para esta tarde?

No..., no..., no... ¡Concurso de villancicos!

¡Me quiero morirrrrr!

¡Tierra, trágameeeeee!

Miro a la Duendecilla y esta se ríe, pero de pronto Virginia entra en el salón y dice mirando a Lucas:

—Tenemos que llevar a Carlota al hospital.

Con cierta intranquilidad todos asienten, pero a mí el cuerpo se me revoluciona. ¡¿Al hospital?!

Miro a Adriana, que se levanta, se acerca a su hermana e indica:

—Os acompaño.

Me levanto yo también. Voy con ellos. Y, aunque al principio se niegan, yo insisto. Si digo que voy, ¡voy!

Mientras me cambio de ropa en la habitación, veo que Adriana me mira. Por el modo en que lo hace sé que trama algo, y entonces la oigo decir:

—Creo que deberías ponerte la barba y el bigote que nos dio Gregorio.

—¡Ni hablar!

—O te pones eso, o no vienes. Dentro del hospital, mientras esperamos, no puedes estar con las gafas de sol... ¡No seas cabezón! Si no queremos que te reconozcan, ¡es lo mejor!

Resoplo, maldigo, pero finalmente asiento. Adriana sale en busca de su abuela y, cuando entran las dos en la habitación, la mujer dice sonriendo:

—Ni te imaginas los bonitos recuerdos que me trae volver a hacer esto.

Con una profesionalidad y una rapidez que me sorprenden, dejo que la abuela me coloque la barba postiza y el bigote, y, cuando me miro en el espejo, ¡joder, no me reconozco! Con el gorro de lana gris puesto para que no se vea mi pelo claro, ¡parece que verdaderamente soy moreno!

Regreso al salón y todos se ríen al verme. Pero, sin un segundo que perder, Virginia, Lucas, la Duendecilla y yo nos metemos en el coche con Carlota y vamos hacia el hospital.

Capítulo 32
Adriana

Cuando llegamos al Hospital Universitario General de Villalba, mi cuñado se va a aparcar, y Deacon, que lleva a Carlota en brazos, mi hermana y yo entramos por urgencias.

Virginia va directa a recepción y veo que entrega todos los papeles que le piden mientras habla también por teléfono.

Deacon se encamina hacia las sillas situadas en una esquina de la sala de espera, y cuando se sienta con mi sobrina en brazos, la oigo toser y decir:

—¡Joooooo!

—¿Qué pasa, pequeñaja?

Carlota vuelve a toser. Veo que tiene la tez algo azulada, y protesta entre sollozos:

—No quiero quedarme aquí...

—Escucha, Cosita... —digo secando sus lágrimas—. Lo importante es que te pongas buena. Si tienes que quedarte aquí, ¡no pasa nada!

—Pero ¡es Navidad! Y hoy es el concurso de villancicos —insiste.

La entiendo. La Navidad es tan especial para mi familia que incluso una niña pequeña como ella lo siente así. Cuando voy a hablar, Deacon indica:

—El concurso no se hará.

Carlota lo mira, levanta las cejas, y Deacon añade:

—Te lo prometo. No permitiré que nadie cante hasta que tú regreses.

—¡¿Ni el Pulga?!

—Ni el Pulga —asegura él.

Eso hace que la niña sonría, y acto seguido cuchichea:

—Estás muy feo con barba y bigote, tío Deacon.

—Él está feo siempre —afirmo.

Los tres reímos y luego, con cariño, miro a mi sobrina y musito:

—Si tienes que quedarte aquí, te aseguro que todos vendremos a pasar la Navidad contigo.

—¿Tú también, tío Deacon?

—Por supuesto —declara él quitándose las gafas oscuras para ponérselas a ella.

Oír eso me sorprende. ¿De verdad lo haría?

A Carlota le da otro ataque de tos. Cada vez que lo hace, su tos suena como la de una persona adulta, y Deacon me mira preocupado. Ver al diablillo rubio en esa tesitura duele en el alma. Y, cuando deja de toser, indico:

—Ahora, Cosita, cierra los ojos y relájate, ¿vale?

La niña asiente. Respira tan mal que no rebate lo que digo. En ese momento Lucas entra en el hospital y, quitándole a su hija a Deacon de los brazos, pregunta:

—¿Tardarán mucho en atendernos?

Segundos después Virginia llega hasta nosotros e informa con tranquilidad:

—Su pediatra está de guardia y he hablado con Pablo, que está por aquí.

Asiento. Me guste o no, que mi ex esté en el hospital nos facilita mucho las cosas. Al poco una enfermera sale, llama a Carlota y mi cuñado y mi hermana entran con la niña. Deacon y yo esperaremos.

Permanecemos unos minutos en silencio, hasta que, viendo que él está como encogido, pregunto mirando fijamente el suelo:

—¿Qué haces?

—No me he dado cuenta y Carlota se ha llevado las gafas —dice Deacon sin levantar la mirada.

Vale. Entiendo.

—Puedes mirar al frente —señalo a continuación—. Con la barba y el bigote nadie te reconocerá.

Él se vuelve hacia mí. Veo que mira al frente con cierta reticencia y se percata de que nadie lo está mirando. Cada persona que está en la sala de espera está a lo suyo. Unos miran el móvil, otros hablan, otros observan el techo. Y Deacon murmura:

—No me lo puedo creer.

Sonrío y cuchicheo:

—¿Por qué crees que lo utilizaba mi yoyo?

Él asiente y vuelve a sonreír. De pronto, noto que le gusta verse rodeado de gente sin que nadie lo observe ni le haga fotografías, y, mirando la tirita, pregunto:

—¿Te encuentras bien?

—¡Perfectamente!

Sonrío. Sonríe. Y, levantándome, digo:

—Vamos a la cafetería a tomar algo. Seguro que tenemos para rato.

Lo duda. Noto que tener que ponerse en pie y caminar delante de toda aquella gente lo frena.

—Confía en mí —insisto.

Lo hace. Se levanta. Juntos caminamos por los pasillos del hospital cruzándonos con gente y nadie, nadie en absoluto, se vuelve para mirarlo. Nadie se percata de que es Deacon Black. Y eso, a cada instante que pasa, lo hace andar con más soltura y seguridad.

En la cafetería, apoyados en la barra, pedimos unos cafés.

—Llevaba años sin poder hacer algo así —comenta Deacon.

—¿Ir a un sitio público a tomar un café?

Él asiente.

—¡Es lo que tiene la fama! —afirmo—. Tiene su lado bueno, pero también su lado malo.

Deacon cabecea con una sonrisa. Abre el azucarillo y en ese momento empieza a sonar una de sus canciones en la radio de la cafetería. Pero ¡buenoooooo! El camarero comienza a silbarla con normalidad. Yo sonrío y Deacon, echando el azúcar en su café, murmura:

—Ni te imaginas el gusto que da no ser observado. ¡Ser simplemente uno más!

En ese instante veo más allá a Luis y Sara, unos amigos, que, al verme, se acercan y preguntan:

—¿Qué haces aquí? ¿Qué pasa?

A grandes rasgos les cuento lo de Carlota, y Sara comenta:

—Seguro que está bien y os vais para casa. ¡Ya lo verás!

—Como diría mi yaya, ¡Dios te oiga! —contesto.

Todos sonreímos y, tras saber que ellos han acompañado a la hermana de Sara a una revisión, al ver que están mirando a Deacon con curiosidad digo:

—Sara. Luis. Él es mi amigo Robert. Robert, ellos son Sara y Luis.

Enseguida se saludan entre ellos y luego Luis, mirándome, dice:

—Qué bien que participes en lo del día 2 como técnica de sonido. Cuando me lo dijo Gregorio, ¡no me lo podía creer!

Sonrío y, dirigiéndome a Deacon, le cuento:

—Sara y Luis tienen un grupo de música pop y actuarán en la gala benéfica.

Él asiente con la cabeza.

—Tocamos en locales de Madrid o donde nos llaman —dice Sara—. Poco a poco vamos abriéndonos camino en algo que nos apasiona.

—Eso está bien —afirma Deacon.

Durante un rato hablamos de música y del evento, y Luis indica:

—Lo que nos vendría bien sería que alguno de los grandes quisiera actuar en el acto. Ellos mueven mucha gente. Pero también entiendo que son fechas complicadas, que cada uno tiene sus compromisos y que su caché es muy alto.

Asiento, en eso tiene razón. Entonces Sara ve a su hermana y dice:

—Os dejamos. Mi hermana ya está ahí.

Una vez que se van, Deacon me mira y, divertido, pregunta:

—¡¿Robert?!

Me río.

—Es el primer nombre que se me ha ocurrido —declaro—. ¡No iba a decir «Deacon»!

Ambos sonreímos y, acto seguido, le pregunto:

—¿Te plantearías actuar en el evento?

Veo que sonríe, se toca la barba y murmura:

—No. O se acabarán mis días tranquilos y los de tu familia.

—También tienes razón.

—Haré una donación donde me digas. Sin problema.

—¡Estáis aquí!

Al volverme me encuentro con Pablo. Va con su inmaculada bata de médico y su estetoscopio colgado del cuello, que, todo sea dicho, le regalé yo, y está muy guapo.

Se acerca a nosotros. Me da un beso en la mejilla y después mira a Deacon:

—¿Cómo van esas costillas? —quiere saber.

—Mucho mejor.

—Ya que estás aquí, ¿quieres que te hagamos una radiografía y así lo vemos bien?

Deacon se descoloca. No esperaba tanta amabilidad por su parte.

—Eso sí —matiza Pablo—. Seguro que las máquinas que tenemos aquí no se parecen a las que estás acostumbrado en tus carísimos hospitales de Nueva York.

El comentario de Pablo me toca las narices. Ya empieza.

—Gracias, pero no es necesario —responde Deacon.

¡Joder con Pablo! Me pone los cuernos con María Rosa, y el tío, cada vez que ve a Deacon, le tiene que estar soltando pullitas. Sinceramente, ¡no lo entiendo!

—¿Puedo ver la herida?

Pablo se refiere a los puntos que le dio en la frente. Y, cuando imagino que Deacon se va a negar, intervengo:

—Claro que puedes.

Pablo le levanta la tirita con cuidado mientras Deacon me mira con reproche. Segundos después vuelve a tapar la herida e indica:

—Está bien. Dentro de unos días te quitaré los puntos. Aunque, bueno, a pesar de que lo hice con cuidado, no soy cirujano plástico y te quedará un bonito recuerdo de tu momento de pánico ante las vacas de Navacerrada.

Dicho eso, comienza a reírse. Deacon se tensa visiblemente. ¡Joder, qué tocapelotas es Pablo!

—Por cierto, un disfraz perfecto —dice a continuación—. ¿Recuerdas cuando íbamos con el yoyo de compras por Madrid con él camuflado?

Asiento. Esos recuerdos siempre estarán en mi memoria.

—¿Te sientes bien ocultándote de todo el mundo? —pregunta Pablo dirigiéndose a Deacon.

Él lo mira.

—No me siento mal. ¿Por qué lo preguntas?

Pablo se apoya en la barra con nosotros y, tras mirarme de una manera que conozco, comenta:

—Recuerdo que el yoyo decía que se ocultaba tras la barba y el bigote para poder ser él. ¿Te sucede a ti lo mismo?

—Se podría decir que sí.

—De él lo entendía porque estaba alejado del foco mediático y no quería saber nada de la prensa y demás... Pero de ti, que estás metido en esa vorágine, no sé si lo entiendo...

Tomo aire. Sigue sonando la canción de Deacon en la radio. Cuando quiere, Pablo es muy retorcido.

—Imagina que, vayas a donde vayas, gran parte de las personas saben que eres un médico prestigioso y, por cariño o admiración, todo el mundo quiere que lo atiendas, ya estés en la consulta o en un restaurante... —responde Deacon—. ¿Crees que eso no te agotaría? ¿No querrías poder disfrutar de tu vida personal?

Pablo lo observa.

—Imagino que ese reconocimiento sería algo bonito para mí —contesta.

—Es bonito y muy de agradecer —afirma Deacon—. Pero te aseguro que hay momentos en los que desearías ser simplemente Pablo, y no el famoso y prestigioso médico.

—Pero si quiero ser simplemente Pablo, digo yo que...

—Escucha... —lo corta—. Sé que es difícil de entender lo que intento explicarte. Pero créeme cuando te digo que sé muy bien quién soy y a qué me dedico. Y justo por eso es de agradecer el anonimato cuando no estás sobre un escenario. Y es de agradecer porque soy una persona como tú. Tengo mis manías, miedos, fobias e inseguridades, y estar todo el día siendo observado o fotografiado no es lo mejor. Me gusta disfrutar de privacidad como lo haces tú para poder estar enfadado, triste o feliz sin tener que poner buena cara constantemente. Ambos somos personas y, como personas, nos merecemos un respeto y una intimidad.

Dicho esto, guarda silencio. Pablo y él se miran. Conozco a Pablo; sé que ha entendido a Deacon, otra cosa es que quiera seguir siendo un impertinente.

—Tienes razón —prosigue—. Todos tenemos derecho a la intimidad, pero...

¡Se acabó! No vamos a escucharlo más.

—¿Sabes, Pablo? Tu «pero» no nos interesa —indico.

Nos quedamos en silencio y luego Pablo comenta cambiando el tono:

—Ya me he enterado de que vas a hacer de técnica de sonido el día 2 de enero.

—Sí.

—¿Y tú?

Deacon lo mira. Estoy convencida de que no sabe qué responderle, y Pablo insiste:

—Si actuaras, se recaudaría mucho más. ¡Eres quien eres!

—Haré una donación —oigo que suelta.

—¿Y no te parecería más bonito actuar?

Deacon no contesta y, como yo conozco a Pablo y veo cómo lo mira, suelto:

—Ya te ha respondido. Deja de ser impertinente.

Él me mira. También me conoce. Sabe que a mala leche no me gana nadie.

—He estado con Carlota y su pediatra —dice—. La niña está sufriendo un episodio fuerte de asma y la tienen con el nebulizador y medicación. Pero, por suerte, este no es como otros episodios que ha sufrido. Aun dentro de la complicación, no es de los peores. Por ello, en cuanto la máquina termine su trabajo, pasará de nuevo consulta con el pediatra y se irá para casa. No tendrá que quedarse aquí.

Oír eso me hace feliz. Tanto que, sin pensarlo, le doy un abrazo a Pablo. Una vez que me separo de él, miro a Deacon sonriendo y oigo que mi ex dice:

—No quiero ni imaginar la que se liaría si muchas de las personas que están en la cafetería supieran que eres...

—¡Ni lo menciones! —lo corto.

Pablo asiente. Me mira y, tendiendo la mano hacia mí, pone tras mi oreja un mechón de mi cabello de la misma manera que durante tanto tiempo lo hizo.

—La Navidad siempre te sienta muy bien —señala.

Sonrío. ¿Por qué sonrío? Y, cuando se marcha, Deacon lo observa y murmura:

—Todavía no entiendo de qué va.

Me muestro de acuerdo. No lo entiendo ni yo. Pero, contenta de saber que mi Monstruito Rubio regresa con nosotros a casa, sonrío, miro a Deacon y no digo nada más. ¿Para qué?

Capítulo 33
Deacon

20 de diciembre

Han pasado ya varios días desde el episodio de Carlota y, por suerte, la niña está bien.

Es increíble cómo una cosa tan pequeña pasa de cero a cien como un Ferrari. Su vitalidad me tiene sorprendido, y ahora sé que me gusta una Carlota revoltosa, no como la que vi el otro día.

En varias ocasiones, y a pesar de mi reticencia, diferentes miembros de la familia vuelven a ponerme en los brazos a Aitana. Soy consciente de que el miedo y la inseguridad que sentí el primer día que la cogí ya no son tales, y ahora la agarro con seguridad y confianza. Eso sí, ¡sigo negándome a cambiarle el pañal!

Tengo mi teléfono móvil guardado en el cajón de la habitación. Lo miro todos los días para saber de Frankie, para comunicarme con él, pero ignoro los mensajes escritos y de voz de Emma. No me interesan.

En mis momentos de tranquilidad, que son pocos, pero alguno hay, me gusta sentarme en una silla en la habitación de la Duendecilla, coger mi guitarra y tocar. Ver la nieve caer por la ventana mientras dejo volar mi imaginación con las manos sobre *Ángela* es para mí muy especial.

Las veces que he ido al estudio solo o acompañado me siento bien. Me inspira estar rodeado de los objetos de River, por lo que grabo en mi teléfono móvil o me apunto en mi cuaderno cosas que más tarde utilizaré cuando regrese a Nueva York. Creo que son buenas ideas para mi próximo disco.

Además de cambiar los cubos de las goteras, que, dependiendo del día, se llenan más o menos, he afinado como he podido el piano del comedor. Más que desafinado, lo que está es destrozado. Veo cómo lo aporrea Carlota y no sé cómo sigue en pie todavía.

Durante la mañana he ayudado a Alfonso en sus quehaceres diarios, y, tras la comida, cuando la Duendecilla se marcha al polideportivo para charlar con los integrantes de una banda de música, regreso a la habitación porque me apetece estar solo un rato.

Una vez que me ducho y me pongo un jersey de color crudo, gustoso al sentirme aquí tranquilo y bien, cojo mi guitarra y, sacándola de su destrozado estuche, me acomodo sobre la cama y comienzo a cantar:

Mi bonito amor eres tú, porque eres mi luz.
En la oscuridad vivía, hasta que llegaste a mi vida...

Según canto eso con la melodía que estoy tocando a la guitarra, me gusta. Mi yo romántico está saliendo a flote para componer, y, cogiendo mi teléfono móvil, lo grabo.

Pasado un buen rato, llegan a mis oídos unas risas y jaleo proveniente del exterior y, deseoso de saber si ella ha regresado, dejo la guitarra, abro la puerta y salgo del cuarto.

Como imaginaba, la casa vuelve a estar llena de gente y, cómo no, ¡de fondo suena musiquita navideña! ¡Menuda sobredosis me estoy dando!

Al entrar en el salón, Kiki, el Pope y el Pulga vienen hacía mí, y, antes de que pueda escapar ya me han dado empujones y varios golpes de los suyos en la espalda. ¡Qué malas bestias! La abuela los regaña. Les recuerda que aún me duelen las costillas, y estos rápidamente se disculpan. Eso sí, con más golpes...

Veo a la Duendecilla. Está preciosa con su gorro rojo de Papá Noel y su jersey verde con pequeños copos de nieve blancos, y, cuando me estoy acercando a ella, se oye la puerta y aparece Pablo. El jodido y maldito Pablo, con una enorme bandeja de pasteles en la mano.

¡Joder, qué pesadito!

Esta vez viene solo, sin novia, lo que me sorprende. Y, al verme, ejerce de médico ante todos, echando un ojo a los puntos de mi frente y yo, por cortesía, se lo permito. Es lo mínimo que puedo hacer. Aunque si algo tengo claro es que ese a mí no me vuelve a poner la mano encima. ¡Antes me quito yo mismo los puntos con el hacha!

—¿Preparados para la boda? —pregunta entonces el Pulga.

¿Boda? ¿Qué boda? ¿Quién se casa?

Todos miran a Marieta, la abuela, que sonríe y afirma:

—¡Mi vestido ya está en el tinte!

Cuando todos se ponen a hablar, me acerco a Adriana y pregunto:

—¿De qué boda están hablando?

—De la de los yayos.

Sorprendido, parpadeo. No entiendo.

—Desde que se casaron, todos los años celebraban su boda el 25 de diciembre, el día de Navidad —añade ella—. Y, bueno, aunque el yoyo ya no está, la yaya lo quiere seguir celebrando.

La miro sin dar crédito.

—¿Estás hablando en serio?

—Por supuesto —dice.

Loco..., saber eso me deja loco. En la vida había oído algo tan rocambolesco, y, curioso, pregunto:

—¿Y cómo lo hacéis sin estar tu abuelo?

—Fácil. La yaya camina hacia el altar acompañada de sus hijos y el yoyo, que suele ir en brazos de mi madre. Luego mamá y mi tío Samuel, en nombre del yoyo, y como sus hijos, le prometen amor eterno a la yaya mientras ella coge las cenizas de sus brazos. ¡Es muy emotivo!

¿Amor eterno a una persona que está muerta?

Madre mía..., madre mía...

Boquiabierto, la miro. Los miro a todos. Dicen que los artistas somos excéntricos, pero, ¡joder!, esta familia también se las trae.

—Gregorio, al que ya conoces, tiene el título de patrón de barco, por lo que puede oficiar bodas. Él los casaba todos los años, y ahora sigue haciéndolo, por lo que el 25 ¡vamos de boda!

Asiento. Cada día, esta familia me sorprende con una cosa nueva. Por si no tenía suficiente con las cancioncitas navideñas y las distintas actividades que programan, ahora tengo una boda en la que uno de los novios no va a estar porque está muerto... ¡Increíble!

—Por cierto, como he visto que tienes la misma talla que Carlos, no hace falta que te compres un traje. Él te lo dejará.

—¿En serio tengo que asistir a esa boda? —inquiero.

La Duendecilla me mira, veo la respuesta en su expresión, y murmura:

—¿Acaso también tienes algo en contra de las bodas?

Suspiro. En la vida me imaginé todo lo que estoy viviendo. Y entonces, no sé por qué, indico:

—A ver, Duendecilla. Tu abuelo está muerto y...

—Mi yoyo está aquí —dice tocándose el corazón—. Y, mientras esté aquí y lo recordemos, parte de él sigue vivo, y te aseguro que disfruta tanto como nosotros de la celebración.

Su convicción, su manera de mirarme. Todo en ella hace que asienta. Si ellos lo sienten de ese modo, ¿quién narices soy yo para cuestionarlo?

En varias ocasiones Pablo se levanta y va a sentarse junto a Adriana. Hablan entre ellos, soy consciente de que muchos de los presentes los observan y se miran, y algo bulle en mi interior. ¿Qué me pasa? ¿Por qué ver como Pablo mira a la Duendecilla me incomoda tanto?

Disimulo. No soy celoso. Nunca lo he sido.

—Es pesadito el Doctor Liendre, ¿verdad? —oigo de pronto que alguien dice a mi lado.

Es Marga, que, sentándose junto a mí, me sonríe.

—¡¿Doctor Liendre?! —inquiero.

Ella vuelve a sonreír, se acerca más a mí y cuchichea:

—Pablo es el Doctor Liendre porque cree que sabe de todo cuando de nada entiende.

Oír eso me hace reír. Las ocurrencias de aquella y la Duendecilla son de lo mejor. Y, divertido, afirmo:

—Creo que «Doctor Liendre» me gusta más que «Todólogo».

Un buen rato después, que me lo paso riendo gracias a Marga, me levanto y coincido con mi Duendecilla bajo el arco de la puerta del salón. Y de pronto oigo que Honey, su madre, dice:

—No os podéis mover de ahí sin hacer lo que toca.

Me sorprendo. No sé de qué habla. ¿Qué es lo que toca?

Veo que todos sonríen e incluso aplauden, y Adriana murmura:

—Mamáááá.

—Primula, ¡manda la tradición! —insiste el Pulga.

—Tía Minirri, ¡beso de novios!

¿«Beso de novios»?

—A ver..., dejaos de tonterías —musita la Duendecilla.

—¡De tonterías nada, Minirri! —dice su padre.

—Papáááá.

—Las tradiciones ¡son las tradiciones! —insiste Lucas, el cuñado.

—Sí, tía, ¡es lo que toca, y más con la bonita canción que suena! —afirma Hugo divertido.

Afino el oído. ¿Qué canción es la que está sonando? Rápidamente identifico las voces de los Jonas Brothers cantando *I Need You Christmas*, y sonrío. ¡Ni que yo necesitara la Navidad!

—Si no lo haces tú, ¡yo me ofrezco voluntaria para besarlo! —suelta Marga.

—¡Besooo! ¡Besoooo! —reclaman el Pope y el Pulga, haciendo que todos griten lo mismo que ellos.

No entiendo de qué hablan, hasta que la Duendecilla me mira y, con gesto divertido, señala hacia arriba. Al mirar, veo muérdago colgado en el dintel de la puerta. Pero ¿cuándo lo han puesto?

—Todas las parejas de la casa ya nos hemos besado bajo el muérdago, excepto vosotros —dice entonces Honey.

—¡Y nosotros! —matiza el Pope, que, mirando a Marga, añade—: Si tú quieres...

—Antes beso a un murciélago —afirma aquella.

Todos ríen. Como siempre, el buen humor no los abandona. Y la yaya, mirándome, dice:

—River siempre decía que las parejas debían besarse como Dios manda, bajo el muérdago en Navidad, para tener suerte y felicidad el resto del año. ¡Vamos! ¿A qué esperáis?

Oír eso me hace sonreír. Miro a la Duendecilla. Está desconcertada. Besarnos con un beso como Dios manda no es darnos el piquito rápido que solemos darnos frente a ellos, y murmura recolocándose su gorro de Papá Noel:

—No tenemos por qué hacerlo.

Pero sí, sí tenemos por qué hacerlo. Lo deseo y sé que ella también. ¿Por qué nos contenemos?

—Por cierto, ¿sabéis la historia del muérdago? —oigo que dice Pablo.

—No. Ni queremos saberla —suelta Marga.

—Es muy interesante —insiste él.

—Calla, cansino —gruñe Kiki.

—Pero...

—Disculpa, Pablo, pero nos interesa más que se besen —afirma la abuela.

—Vamos, Duendecilla, besa a tu novio —pide Alfonso, el padre.

—¡Yo hago la foto! —exclama Hugo.

Todos nos miran expectantes. Quieren que nos besemos. Y, viendo el desconcierto de Adriana y el deseo irrefrenable que siento por ella, murmuro, consciente de la melodía que minutos antes he canturreado en la habitación:

—Cielo. Si hay que besarse como Dios manda porque lo decía tu yoyo, no podemos decepcionarlo ni a él ni a ellos tampoco.

Y, sin más, la acerco a mi cuerpo, la beso, y ella responde como sabía que iba a hacer. Está visto que lo de besarnos ¡nos gusta!, y cada vez me queda más claro que ¡me encanta!

Sin apartar todavía mis labios de los suyos, oigo los aplausos y los vítores. En este instante siento que mi corazón se acelera y soy consciente de que, sin darme cuenta, albergo montones de sentimientos por ella y, de pronto, la Navidad, como decía mamá, se está volviendo mágica y especial.

El beso acaba. Nos miramos. Estamos exaltados. No sé qué habrá sentido ella, pero sí sé lo que he sentido yo. Y, mirándome a los ojos, murmura, sabedora de que nos escuchan:

—Eres como el colesterol, mi cielo..., alto para mi corazón.

Oír eso me hace sonreír, a mí y a todos. Pero ¡qué ocurrencias tiene! Y, dejándome llevar por el momento, la vuelvo a besar, mientras pienso que comienza a gustarme la Navidad.

Capítulo 34

Adriana

21 de diciembre

Cuando me despierto, tengo a mis Deacon a mi lado y, sonriendo, los miro. ¡Qué monos! Cojo sin dudarlo mi teléfono móvil, les hago una foto y luego hago un selfi en el que también salgo yo.

Está claro que la estancia de Deacon en casa va a dejarme infinidad de bonitos recuerdos, y este es uno de ellos. La romántica canción de Navidad que no para de rondarme por la cabeza vuelve a brotar ahora por mi boca, y, mientras la canturreo y hago selfis, oigo:

—Si le enseñas eso a alguien, te mataré.

De inmediato, sonrío y dejo de cantar. Y, dándome la vuelta para no mirarlo, cuchicheo:

—Hazme enfadar y verás de lo que soy capaz.

—¿Por qué os gustan tanto las fotos?

—Porque son momentos paralizados en el tiempo.

Oír su risa me hace sonreír a mí también, y, acto seguido, acercándose a mí para hacer la cucharita, Deacon pregunta:

—¿Nos levantamos?

Noooo..., quiero gritar que no. Deseo pasar un ratito más con él a solas.

—No. Todavía no —respondo.

De nuevo su sonrisa hace que mi corazón se desboque.

—Venga, Duendecilla..., no seas vaga.

—No soy vaga, solo estoy en modo ahorro de energía.

La risotada que suelta por lo que he dicho me hace soltar otra a mí, y entonces noto que mi perro baja de la cama y Deacon rápidamente se sienta sobre mí.

Con sus manos sujeta las mías por encima de mi cabeza y, tumbada, lo observo en todo su esplendor. Qué guapo y sexy es. Todavía tengo en mis labios el sabor de los besos que me dio bajo el muérdago y, uf..., ¿cómo voy a superar eso? ¿Cómo voy a vivir luego sin sus besos?

Nunca he querido que la Navidad terminara, pero este año aún lo deseo menos. Soy consciente de que este regalo tiene fecha de caducidad, de que, cuando se vaya, mi mundo se vendrá abajo, y entonces murmuro:

—Deacon, ¿qué haces?

Me mira. No sé qué pensará, pero responde sin moverse:

—Hoy estás muy bonita.

Ay, Dios. Que me diga cosas así hace que los muros de contención que levanto comiencen a deshacerse como la mantequilla en la sartén.

—Será el pijama amarillo de Pikachu, que me favorece —susurro.

Deacon asiente. En sus ojos veo algo que me pone muy nerviosa.

—Anda, ¡suéltame!, que al final acabaremos quemándonos... ¿O acaso lo has olvidado? —cuchicheo.

Veo que sonríe y, tras quitarse de encima de mí, afirma con una extraña mirada:

—No. No lo he olvidado.

Luego nos quedamos en silencio, e, incapaz de permanecer un segundo más en la cama, me levanto y digo:

—Voy a ducharme.

Sin mirar atrás, me dirijo hacia la ducha, pero entonces oigo que Deacon se levanta, se acerca a mí y, cogiéndome la mano, empieza a decir:

—Oye...

Al mirarlo a los ojos, me deshago. Este hombre me gusta mucho. Demasiado. Tomando aire, voy a hablar cuando declara:

—Me gustas.

De pronto me planteo si es posible ¡que esté muerta!

No puede ser que Deacon haya dicho algo así; me toco la oreja para ver si estoy viva, y musito:

—¿Qué has dicho?

—He dicho que me gustas —repite.

Me apoyo en la pared. Si no lo hago, creo que me voy a desmayar, e, incorporándome, digo:

—A ver..., a ver..., que creo que el golpazo que te diste en la cabeza está empezando a afectarte.

Deacon sonríe. Yo no. Y luego dice:

—Mi madre siempre decía que debía buscar a mi media naranja para que me endulzara la vida, y no al medio limón que me la amargara ni a la media cebolla que me hiciera llorar.

—Pero ¿de qué hablas?

—Hablo de que me gustas y de que siento una bonita conexión contigo.

—Voy a matar a Pablo... ¿Qué medicamentos te ha prescrito?

Ver su gesto de desconcierto por lo que digo me hace gracia.

—Eres especial, Duendecilla —insiste—. Muy espe...

No dice más. Y no lo hace porque directamente lo beso. Ea... ¡Ya me he lanzado!

Lo beso de tal manera que siento que todo mi ser se funde con su boca, con su lengua, con él, y, cuando terminamos, murmura:

—Tú y yo vamos a hacer el amor, y tu pijama de Pikachu no está invitado.

Madre mía... Madre mía... ¡Ha dicho «hacer el amor»! No «echar un polvo» o simplemente «follar».

Uf..., no sé... ¿Cómo encaro esto? ¿El golpe en la cabeza le habrá afectado?

Sin querer darle mayor importancia, replico:

—Para tener sexo conmigo no es necesario que digas ni que te gusto ni...

Me besa. Ahora se lanza él. Y, cuando acaba, me mira y susurra:

—Mi madre también decía que la Navidad era una buena época para que pasaran cosas mágicas e increíbles, y sin duda esta Navidad a tu lado lo está siendo para mí.

Boquiabierta, lo miro. No sé si me sorprende más porque diga que le gusto o porque diga que la Navidad está siendo muy especial para él. Y, acto seguido, musita antes de besarme:

—Eres preciosa.

Ay, madre... ¡Ay, madre! A ver si le va a dar un ictus y yo estoy aquí perdiendo el tiempo... Pero cuando acaba el beso y me mira, incapaz de callar, cuchicheo:

—Ser preciosa no es fácil, pero te acostumbras.

Deacon sonríe por mi respuesta. Yo también. Y, cogiéndome entre sus brazos, baja la cremallera de mi pijama antimorbo de color amarillo y me lo quita.

Sin parar de besarnos y de meternos mano, nos dirigimos a la cama. Allí, soy yo quien le quita los calzoncillos a él y..., uffff, ¡madre mía!, qué bien acabado está este hombre.

Me besa, lo beso, me toca, lo toco, me chupa, lo chupo, me susurra, le susurro. Nuestro juego sube y sube de intensidad, hasta que no podemos más y, tras sacar un preservativo de su cartera, que está en la mesilla, se lo pone y, una vez que acaba, lo empujo y hago que se tumbe.

Sin mediar palabra, me siento sobre él y, cuando me clavo en su duro y erecto pene, oigo que dice en un tono que me eriza todo el vello del cuerpo:

—Acaba conmigo en la cama, pero no acabes con mi corazón.

Oír eso me vuelve loca. ¿Que no acabe con su corazón? Pero ¡si quien va a acabar con el mío es él...!

No obstante, sin querer parar, y sin importarme su corazón o el mío en este momento, muevo las caderas en busca de ese placer que deseo y necesito, tanto como siento que lo desea y lo necesita él.

Abrazados y entregados al momento, nos hacemos el amor con lujuria, pasión y desenfreno. El sexo puede ser dulce o salvaje, y está claro que esta vez, como la mayoría de las veces, es salvaje. Me gusta. A él también. Nos encanta tomarnos de esa manera tan visceral e irracional, y cuando siento que el clímax lo alcanza, simplemente cierro los ojos y dejo que mi cuerpo se fusione del todo con el suyo para llegar al cielo.

Tras unos segundos en los que permanecemos abrazados sobre la cama, siento que Deacon me da un beso en el cuello. Sus labios, su tacto, su calor. Todo en él me excita... Pero de pronto susurra:

—Tenemos que hablar.

Me envaro. Malo, malo. Por norma, esa frasecita no suele traer nada bueno.

—Quiero proponerte algo —añade mirándome.

—Uisss, eso de proponer..., ¡no sé yo cómo suena! —me mofo, y con picardía pregunto—: ¿Propuesta decente o indecente?

Deacon me mira y sonríe.

—Creo que son ambas —responde.

Desconcertada, pero dispuesta a hablar con él, asiento. Sé que su propuesta va a ser tener sexo mientras esté metido en mi cama. Lo sé. Y cuando llega a mis oídos la cancioncita de Navidad *One I've Been Missing* cantada por Little Mix, que proviene de fuera de la habitación, voy a hablar pero él se burla:

—¡Qué chupi...!

Acto seguido, ambos nos reímos y nos volvemos a besar. Creo que se ha abierto la veda de los besos.

Capítulo 35
Deacon

Lo que acaba de ocurrir entre Adriana y yo cuando nos hemos despertado esta mañana ha sido mágico, único y espectacular. Sé que yo lo he provocado, pero sin dudarlo ella lo ha aceptado.

Desde hace días siento que dentro de mí crece algo que no sé cómo explicar, pero que me indica que necesito estar con ella y, sobre todo, necesito hablar, comunicarme, conocerla.

Pienso en Frankie y en Susan. En la cantidad de veces que me han dicho eso de «no puedo vivir sin él» o «sin ella». ¿Acaso eso que nunca creí que fuera posible me está sucediendo ahora a mí? ¿En serio existe el flechazo y no me he dado cuenta hasta sentirme desbordado?

Si echo la vista atrás hasta el día en que coincidí con Adriana en el *spa* del hotel en Tokio, me doy cuenta de que no he podido dejar de pensar en ella desde entonces, pero yo lo he llamado siempre «conexión». Pienso en sus ojos, en su sonrisa, en la manera en la que bromea conmigo y en cómo nos hacemos el amor. A diferencia de Emma, con la Duendecilla todo es fácil y divertido y, sobre todo, ¡no necesitamos discutir!, algo que le encantaba a Emma y que a mí me sacaba de mis casillas.

Tras hacernos el amor un par de veces, la primera con fiereza y la segunda con lujuria, decidimos ducharnos juntos. Estamos sudados.

Entre risas y cosquillas, nos levantamos de la cama desnudos; de pronto la puerta de la habitación se abre de par en par y Marga dice mirando a Adriana:

—¡No te vas a creer quién la espichó ayer!

Parpadeo atónito. Pero, vamos a ver..., ¿por qué aquí nadie llama a la puerta?

Rápidamente tapo mis intimidades. Una cosa es que las vea Adriana y otra que las vea su amiga. La primera, obviándome, se acerca a Marga y oigo que esta dice:

—Conchi, la *Migaja*.

—¡¿Quéééééé?!

—Lo que oyes.

—¡Patitiesa me dejas!

—Ojiplática me he quedado yo.

¡¿Patitiesa?! ¡¿Ojiplática?! ¡¿Migaja?! ¡¿Espichó?! Veo que mi español no es tan rico como yo creía... ¿Qué significarán todas esas palabras?

Adriana se tapa la boca. No sé qué pasa. Pero Patitiesa y Ojiplática se miran sin pestañear, hasta que la primera pregunta:

—¿Nos da tiempo?

—Dentro de media hora la...

—En diez minutos estoy contigo —la corta.

Marga me mira. Y, tras pasear sin pudor los ojos por mi torso desnudo, repone saliendo de la habitación:

—Entendería que fueran veinte.

Una vez que la puerta se cierra veo que Adriana abre su armario a toda prisa. Pone sobre la cama ropa interior, unos pantalones vaqueros, un jersey, y yo, parándola, pregunto:

—¿Qué pasa?

—Se ha muerto una persona.

Oír eso es triste, la muerte siempre lo es.

—¿*Espichar* significa «morir»?

Adriana asiente y, entrando en el baño, dice:

—Dúchate tú. Yo voy a ir al entierro con Marga y...

—Voy contigo —suelto sin pensarlo.

—No digas tonterías.

—No digo tonterías. ¡Voy!

—Pero ¿para qué vas a venir tú al entierro de la Migaja?

Ok, la muerta se llama Migaja.

—Para acompañarte —insisto.

Adriana, que se está lavando los dientes, me mira y dice:

—Vale. Vístete. No pierdas el tiempo.

A toda mecha, busco como ella ropa para ponerme. Quiero acompañarla, estar con ella. Y, cuando sale del baño, yo entro a lavarme los dientes, no sin antes tropezarme con mi tocayo.

Una vez que hemos terminado, salimos de la habitación seguidos por el perro y, cómo no, a lo lejos suena una cancioncita de Navidad. Entramos en la cocina, donde está Marga con la abuela, y la primera dice mirándome:

—¡Yo habría tardado media hora!

Adriana asiente y yo me río. Pero qué descarada es esta Margarita.

Marieta pone delante de nosotros dos tazas con café e indica:

—Una mala pécora menos en el mundo.

—¡Yayaaaaa! —oigo que gruñe Adriana.

—Digo lo que pienso. Nunca fue buena esa Migaja. Y no solo lo digo por tu yoyo, bien lo sabes.

—¿Por qué no me lo dijiste ayer? —pregunta Adriana, que coge el cazo del perro para llenarlo de pienso.

La abuela resopla, niega con la cabeza y luego replica:

—Porque no me dio la gana. A ver si te crees que, si yo me hubiera muerto, esa puñetera se lo habría contado a su nieta.

—¡Yayaaaa!

—Mira, hermosa, las personas malas y sinvergüenzas como la Migaja solo se merecen una cosa: ¡distancia! Y, por suerte para mí, la distancia ahora es infinita. Aunque, conociéndola, no me extrañaría que, incluso muerta, siguiera jorobándome.

—Pero, ¡yayaaaaaaaa! ¡¿Qué dices?!

La abuela y ella se miran con seriedad, hasta que Marga dice con una sonrisa:

—Venga, vamos a la *Merche*, o no llegaremos.

—Abrigo, gorro y gafas —me ordena Adriana.

—Sí, mamá —me mofo haciendo sonreír a la abuela.

Cuando vamos a salir de la casa, Adriana mira a su perro, que, sentado, levanta la pata, y ella, agachándose, choca la mano con él y dice con seriedad:

—Ahora vuelvo.

Mi tocayo ladra. Intuyo que protesta. Quiere acompañarnos. Y, cuando me monto en la *Merche*, me hace gracia ver que *Deacon* ha corrido a la ventana del salón para observarnos, mientras veo que Marga toquetea el GPS.

Una vez que arrancamos, vamos saltando por el camino de barro y nieve como las cabras, y oigo que aquellas hablan de la difunta.

—De verdad, en ocasiones mi yaya me deja sin habla.

—Ya sabes que la difunta y tu abuela nunca se han soportado.

—Pero, joder, Marga, ¡se ha muerto! —gruñe.

—Minirri...

—Marga, Lorena y yo somos amigas. ¿Por qué nosotras tenemos que pagar que nuestras abuelas se llevasen mal?

Woooo, qué enfado lleva la Duendecilla. Su voz es tensa. Mucho.

—A ver, Adri. La antipatía entre ellas era mutua, y sabes que la Migaja no era muy querida en la zona porque no era buena persona. No le des más vueltas —insiste Marga—. Yo misma me he enterado cuando he ido a comprar el pan. Me lo ha dicho Tina, la panadera. Y también me ha dicho que dudaba que fuera nadie a despedirla.

Se quedan mirando al frente en silencio y yo, curioso, pregunto:

—¿Qué significa *ojiplática* y *patitiesa*?

—«Asombrada» o «sorprendida» —responde Adriana molesta.

De nuevo nos quedamos en silencio, hasta que vuelvo a preguntar:

—¿Tan mala era la difunta?

—Era una bicha muy retorcida —afirma Marga.

Sigo sorprendido por la actitud de Marieta. Por lo poco que la conozco me parece una señora encantadora, empática y afable. Y entonces oigo que Marga suelta:

—La difunta, entre otras maldades, siempre estuvo detrás de River. Se puede decir porque se sabe por toda la comarca que ella lo intentó mil veces, pero River nunca la miró.

Vale. Ahora entiendo la actitud de la abuela.

—Tu yoyo solo tuvo ojos para tu yaya —añade Marga dirigiéndose a Adriana—. ¡Cómo la quería!

La Duendecilla asiente con una sonrisa. Intuyo que cruzan por su mente recuerdos bonitos, cuando Marga dice:

—¿Recuerdas la fiesta en la que la Migaja se puso tan pesada con querer bailar y manosear a tu yoyo que tu abuela terminó plantándole la jarra de sangría en la cabeza?

Oír eso me hace gracia. ¡Vaya con Marieta! Y, soltando una risotada, Adriana responde:

—Como para no recordarlo. Fue la comidilla del pueblo durante todo el verano.

En silencio, las escucho. Lo que cuentan me hace gracia; está claro que la difunta era un personaje algo turbio. Según hablan, el humor de Adriana se va suavizando. Se nota que Marga la conoce: la saca de su enfado y la hace sonreír. Y, de pronto, la Duendecilla se vuelve hacia mí y dice ya más tranquila:

—Cuando lleguemos, quédate en el coche. Será lo mejor. No creo que sea el lugar más apropiado para tener que andar haciendo presentaciones.

—De acuerdo —asiento, entendiendo por qué lo dice.

Cinco minutos después, cuando llegamos frente a una larga pared blanca, el GPS de la *Merche* anuncia alto y claro: «¡Ha llegado a su destino!».

Oír eso, aunque no la tiene, me hace gracia, y Marga, mofándose, añade:

—He puesto el GPS solo para oír esa *gran* frase...

Sonriendo por sus ocurrencias, asiento; a continuación, aquellas se bajan del coche y Adriana abre mi puerta y dice:

—Oye, con respecto a lo que ha pasado esta mañana...

—¿Te parece si lo hablamos luego? —la corto.

La Duendecilla sonríe, asiente e indica:

—No te muevas de aquí, ¿de acuerdo?

Afirmo con la cabeza. ¿Adónde pretenderá que vaya, si estamos en un cementerio?

Una vez que ellas se alejan del vehículo, veo que llegan hasta un pequeño grupo de gente, a la que rápidamente saludan. Adriana se abraza con una chica, e imagino que es su amiga Lorena, la nieta de la Migaja. Minutos después, todos desaparecen.

La situación me hace pensar en mi madre, en el dolor que sentí el día de su entierro, en la sensación de soledad que me invadió; a pesar de estar rodeado por Frankie, Susan y algunas vecinas de mamá, fue tremenda. Tanta que aún la siento.

Me acomodo en la furgoneta dispuesto a esperar con paciencia cuando me suena el teléfono. Al mirar la pantalla, veo que es Emma, y directamente corto la llamada. No me apetece oírla. Pero el teléfono vuelve a sonar, y, consciente de que tarde o temprano tendré que hablar con ella, lo desbloqueo y digo:

—¿Qué quieres?

—*Amore*, ¿dónde estás?

No respondo, me niego a hacerlo, pero de pronto oigo sus lamentos.

—Te echo de menos...

—Emma, no empieces.

—¿Es cierto que estás en Australia con esa actriz?

No contesto, paso de contestar a eso, pero insiste:

—Te quiero, Deacon. Sé que he sido una mala novia. La peor.

—No te quito la razón.

—Me has dado oportunidades que yo he desperdiciado, pero eres mi amor. Dime algo.

¡Maldita sea! ¿Que le diga algo?

Mejor me callo.

De pronto veo que junto a la pared blanca se detiene un coche azul y de él se baja Pablo, el ex de Adriana. Va solo. Y, corriendo, entra en el cementerio.

Ver eso me incomoda, pero no me muevo. He de quedarme donde estoy. Pero entonces oigo a Emma sollozar.

—Mira la hora que es aquí, en Nueva York, y estoy despierta. No salgo, no como. Te añoro. Deacon, por favor, hablemos. Solucionemos lo que nos pasa para continuar con nuestro amor.

Suspiro. En Estados Unidos deben de ser como las cinco de la madrugada. ¿Acaso pretende que me sienta culpable porque no duerma?

—Dime dónde estás. Iré. Hablaremos. Creo que...

—Emma. ¿Qué parte de «no quiero saber nada de ti» es la que no entiendes?

—*Amoreeeee*..., llevo un año suplicándote.

—¿Acaso te lo he pedido yo?

—No. Pero...

—No hay ningún «pero», Emma. Ya no existen los «peros».

Lo nuestro se acabó el año pasado, cuando entré en tu apartamento y...

—Soy débil. Lo sé. Pero mi corazón es solo tuyo.

—Emma —la corto cansado de estar siempre con lo mismo—. Se acabó. Deja de llamarme, deja de molestarme, deja de incordiarme. Y entiende que lo nuestro es pasado.

Dicho esto, guardo mi teléfono y cierro los ojos. ¿Por qué sigue con lo mismo?

El teléfono vuelve a sonar. Es ella, pero no se lo cojo. Me niego a entrar de nuevo en el bucle del que salí hace ahora casi un año. Cuando el teléfono por fin para de sonar, para hacer tiempo reviso los e-mails. Tengo varios por atender de amigos que me felicitan las fiestas y, sin dudarlo, les contesto. Otros se los reenvío a Frankie para que los conteste él. Son de su competencia.

Una vez que acabo, cotilleo un poco mis redes sociales. Me gusta comunicarme con mi gente, con la gente que compra mi música y viene a mis conciertos; entonces, antes de salir, veo una foto de Emma en el Club Murros. Es de esta misma noche, en Nueva York, y parece estar divirtiéndose mucho con William Perkins. Cabeceo. Emma sigue mintiendo.

Dejo de mirar las redes sociales. Saber que Emma sigue mintiendo me enfada. ¿Por qué lo hace, si ya no somos pareja?

Estoy pensando en ello cuando veo que la gente comienza a salir de lo que imagino ha sido el funeral. Sin moverme del asiento trasero de la *Merche*, observo como sale Marga hablando con un par de chicas, y detrás de ellas lo hacen Adriana y Pablo.

Mientras todos siguen caminando, Adriana y Pablo se detienen. Hablan, dialogan. Hasta que, instantes después, veo que Adriana asiente, y cogiendo a Marga de la mano, le dice algo y, después, dándose la vuelta, va hasta Pablo y ambos se alejan en dirección al vehículo azul en el que ha llegado ese idiota.

¿Cómo? Pero ¿adónde va?

Marga llega hasta el coche. Abre la puerta, se sienta y comenta:

—Adri me ha dicho que te lleve a la casa y que la esperes allí.

—¡¿Qué?!

—Al parecer, tiene que recoger unas cosas y hablar con el Doctor Liendre.

Oír eso no me hace gracia. Ninguna. Si estoy aquí es porque quería acompañarla. ¿Qué hace marchándose con él? Cuando veo que el vehículo azul arranca y se aleja, ocultando como puedo el enfado que eso me provoca, pregunto:

—¿Qué tiene que hablar con él?

Marga arranca el vehículo y se encoge de hombros.

—Si te soy sincera, ¡no lo sé! ¿Quieres sentarte delante?

Asiento. Abro la puerta del vehículo y bajo. Después abro la puerta delantera derecha y me siento. En silencio, me pongo el cinturón de seguridad y, cuando aquella arranca el vehículo, pregunta:

—¿Cómo va todo por Villa River?

—Bien.

—Bonito beso el de anoche bajo el muérdago...

—Gracias.

—Desde luego, como actores no tenéis precio. ¡Un Oscar os merecéis!

Ambos sonreímos. Marga es la única que conoce la verdad.

—Lo que más me gustó fue ver al todólogo de Pablo rabiar —indica.

—¿Rabiar?

Marga asiente. Sonríe y suelta:

—¡Se moría de rabia al ver cómo os besabais!

Cabeceo. Lo sé. Me percaté, aunque él disimuló.

—Como habrás visto —continúa ella—, Adri tiene pósteres tuyos en su habitación.

—Sí.

—El caso es que ese imbécil lleva queriendo quitarlos ¡años!

—¡¿Él?!

—Sí.

—¿Por qué?

—Por celos. Pero ella siempre se ha negado. Si hay algo que enfurece a Adri es que le impongan o le ordenen las cosas. Mándale algo y hará lo contrario.

Oír eso me hace sonreír. Ahora entiendo que se comportase así conmigo cuando Emma apareció en el concierto, y yo, en cierto modo y de malas maneras, se la jugué.

—Y, bueno —prosigue Marga—, imagino que al doctorcito se

le tienen que estar revolviendo las entrañas al ver que ahora no solo están los pósteres en su habitación, sino que también estás tú en su cama en carne y hueso. Y, por cierto, bandido, ¿qué hacíais esta mañanita?

Oír esa pregunta me hace mirarla, pero de pronto Marga da un frenazo con el que casi me como el cristal delantero.

—¡Joder con *Deacon*! —exclama.

En el acto veo que el perro que lleva mi nombre pasa corriendo por delante de nosotros detrás de un conejo. Marga y yo nos miramos y ella, volviendo a poner el vehículo en marcha, murmura:

—Como lo conozco, siempre subo por esta carretera despacito. ¡El tío es un loco que cruza sin mirar!

Asiento. Hemos estado a punto de atropellarlo. Y entonces oigo que ella dice:

—Sabes que, como le destroces el corazón a Minirri, yo te voy a destrozar a ti, ¿verdad?

La miro divertido. ¿Otra advertencia? E, incapaz de callar, suelto:

—Tenemos una conexión muy fuerte.

—¡¿Y...?!

Y, soltándome, digo:

—Sexualmente me vuelve loco y emocionalmente, me enloquece.

—¡Toma yaaaaa!

—¿Es muy cursi lo que he dicho?

—Yo me moriría porque alguien dijera algo así de mí.

Ambos reímos y, tras sortear un pedrusco de nieve, Marga pregunta:

—¿Hablamos de sentimientos?

¿Sentimientos? Ni idea, por lo que respondo:

—No lo sé. Pero por primera vez en mi vida estoy acojonado.

Ella me mira. En su sonrisa veo sinceridad.

—Mira, Deacon, pase lo que pase entre vosotros, la vida os da dos opciones: o que sea un bonito recuerdo o que sea una buena lección. De vosotros dependerá lo que sea.

Oír eso me hace gracia, pero no sonrío. Que Adriana se haya marchado con el Doctor Liendre sin decírmelo a mí me tiene algo molesto.

—Se ha ido con él —susurro.

—¡Eres Deacon Black!

—¡¿Y...?!

—Que ese no puede competir contigo.

—No pretendo competir con nadie.

Marga suelta entonces una risotada.

—Pues algo me dice que él no lo ve así. Conozco a Pablo y, aunque siempre se vanagloria de que tiene dos carreras y se cree el más listo del corral, viéndote a ti, seguro que se siente inferior.

—Pero si es médico y licenciado en Derecho.

—¡¿Y que sea médico y abogado lo hace mejor?!

No sé qué responder, no sé por qué he dicho eso. Soy quien soy. No he conocido otra universidad que no fuera la de la vida. Y estoy mirando a Marga cuando dice:

—Escucha, Deacon... La vida está llena de maravillosos genios sin estudios e increíbles idiotas con doctorados. Nunca te sientas inferior ante personas como el Todólogo, porque ni el dinero da la clase ni la pobreza la vulgaridad. Son nuestras acciones y nuestros comportamientos los que nos definen en la vida. Míralo así y todo te irá mejor.

Comienza a nevar y, cuando llegamos a la casa familiar, me despido de Marga y de la *Merche* y las veo alejarse. Una vez solo, me vuelvo para fijarme en aquel hogar y me percato de que faltan los coches de los padres de Adriana y de Adam, su hermano. Solo está la *Revolnosequé*, el viejo vehículo de la abuela.

Mis ojos vuelan por la enorme casa. Es robusta, aunque necesita reparaciones con urgencia. Lo bueno de ella es que está construida con sólidos cimientos, tanto de materiales como personales, y sin lugar a dudas es una casa donde vive una familia que da y se da mucho amor. Mucho más del que yo les doy a ellos. Y canturreo:

Mi bonito amor eres tú, y siempre te amaré
porque tú me das vida, solo con tu sonrisa...

Camino hacia un lateral mientras mis pasos se hunden en la nieve. Por suerte, ya no llevo las «zapas costrosas», como dijo Marieta, y estas fuertes botas me protegen del frío y del hielo. Llego hasta un enorme árbol del que cuelga un viejo columpio de hierro rojo y lo toco. Con seguridad, todos los de la casa han utilizado ese columpio, y, no sé por qué, limpio la nieve que hay sobre él y me siento. De inmediato mi culo se queda helado.

Está nevando muy despacio. Me quito los guantes negros, el gorro y las gafas y los guardo en el bolsillo de mi chaquetón, mientras sigo sentado en el columpio de hierro. Extiendo la mano. Los gélidos y cristalinos copos de nieve caen sobre ella, sobre mí, y sonrío. A mi madre le encantaba la nieve y, en especial, el silencio del campo nevado.

De pronto me hago consciente de que el silencio que me rodea es abrumador pero mágico. Extraño pero confortable. Tranquilo pero salvaje. Mamá siempre me habló de ese silencio en el campo nevado, algo que en una enorme ciudad como Nueva York nunca pude sentir.

Cuando era pequeño mamá me llevaba siempre que podía a Central Park, el enorme parque urbano de Nueva York. Buscaba una zona tranquila, donde no hubiera mucha gente, pero que estuviera rodeada de vegetación y ardillas. Recuerdo que nos tumbábamos sobre la hierba, cerrábamos los ojos y me pedía que escuchara la naturaleza.

Obedientemente, yo lo hacía. Me esmeraba. Intentaba escuchar esa naturaleza que a ella tanto la apasionaba, pero me era imposible. Ruidos de voces humanas, pitidos de coches, sirenas o ladridos de perro me lo impedían.

En invierno, mamá me hablaba de lo silencioso y tranquilo que era el campo cuando nevaba. Nada que ver con el bullicio de una nevada en Nueva York. Por ello, cuando nevaba, durante unos minutos abría la ventana de casa, me pedía que cerrara los ojos y escuchara el silencio de la nieve. Pero tampoco lo conseguí, tampoco lo oí, hasta que de pronto hoy, sin esperarlo, lo estoy oyendo.

«Mamá, sí. Mamá, ¡por fin lo he oído!»

Capítulo 36

Adriana

Estar con Pablo en su coche mientras él conduce es algo que he vivido muchas, demasiadas veces. Cuando arranca, miro hacia atrás y veo el gesto desconcertado de Deacon. Intuyo que pensará que soy una idiota, una imbécil, por irme con Pablo. Y, mira..., creo que le doy la razón.

¿Por qué lo estoy haciendo?

¿Acaso no tengo claro que no voy a volver con él?

Una vez que hemos doblado la esquina, veo que Pablo me mira y murmura:

—Ni te imaginas cuántas veces he deseado que volvieras a estar sentada ahí.

Acto seguido, posa la mano sobre mi pierna, como tantas veces hizo, pero, al hacerlo, rápidamente se la quito e indico:

—Has dicho «hablar».

—Vale..., vale...

De inmediato, la imagen de Deacon aparece en mi mente y en lo que he vivido esta misma mañana con él. Nos hemos mirado, besado y hecho el amor de una manera tan íntima, tan nuestra, que casi todavía puedo notar su olor en mi nariz y su tacto en mi piel.

Ha dicho que yo le gustaba, y pienso acerca de lo que querrá hablar conmigo. Seguro que me propondrá disfrutar del sexo el tiempo que estemos juntos, y, aunque sé que es una barbaridad, estoy dispuesta a decirle que sí. Soy de las que disfrutan el momento y..., bueno, cuando se vaya, otro gallo cantará.

Estoy pensando en él cuando empieza a sonar por la radio del coche una canción suya. Oírla me hace sonreír, pero Pablo apaga la radio de inmediato. Lo miro, y él dice:

—Entonces, ¿te parece bien que vayamos a la casita para que recojas tus cosas?

Está hablando de la casa de mis padres, del lugar que estos, sin saber la verdad, le han cedido con amabilidad. Asiento y, segundos después, Pablo toma un desvío y, tras salir del pueblo, enseguida llegamos a nuestro destino. ¡La casita!

Una vez que detiene el coche y nos bajamos, la miro y sonrío encantada. Es un chalecito pequeño de dos habitaciones y, como dice mi yaya, muy coqueto. La casita es el hogar que mis padres se compraron cuando se casaron. Allí vivieron unos años, hasta que al llegar yo a sus vidas, su tercer hijo, vieron que se les quedaba pequeña y, ante la imposibilidad de comprarse una casa más grande, animados por mis yayos, todos nos trasladamos a vivir con ellos. Un gran acierto.

Pero la casita sigue en la familia como sigue la destartalada *Revoltosa* y cientos de cosas más. Lo cierto es que nos cuesta deshacernos de las cosas que queremos.

—Vamos. Empieza a nevar —me apremia Pablo.

Con rapidez, voy hasta el porche. Allí espero a que él abra la puerta y, en cuanto lo hace, entro y miro a mi alrededor. Todo está igual que siempre. Nada ha cambiado.

—¿Quieres café, agua, un refresco...?

—Coca-Cola Zero.

Pablo desaparece en la cocina y, tras quitarme el abrigo, me acerco hasta el ventanal que da a una bonita terraza. Las vistas desde allí son espectaculares. Preciosas.

—Aquí tienes.

Al oír la voz de Pablo, me vuelvo. Cojo el refresco que me ofrece y, cuando me siento en una de las butacas individuales, dejo mi teléfono móvil sobre la mesita baja, como hace él con el suyo, y digo mirándolo:

—Muy bien, Pablo. Querías hablar. ¡Hablemos!

Él asiente, coge una caja que está sobre el mueble y, poniéndola ante mí, señala:

—Tus cosas.

Asiento. Ojeo por encima lo que hay. Básicamente son cargadores, varios CD de música y un par de camisetas.

Pablo se sienta en el sofá. Sé que le habría gustado que yo me sentara ahí, pero no, no me apetece.

—Tesoro —empieza a decir—, creo que...

—Lo primero de todo —lo corto—, ya no soy tu tesoro, por lo que te agradecería que me llamaras por mi nombre, ¿de acuerdo?

Él asiente. Conoce mi tono de voz. Sabe que, cuando hablo así, ha de hacer las cosas con cuidado.

—Estos meses sin ti han sido una tortura —prosigue.

¡Mentiroso! ¿Acaso ya no recuerda las fotos que ha subido a las redes sociales con María Rosa?

—Ni te imaginas lo muchísimo que te he echado de menos y las veces que he estado a punto de coger un vuelo para ir a buscarte.

No lo creo. Ya no. Ni una sola vez desde que me marché me escribió o me llamó.

—Escucha, Adri. Lo hice mal. Metí la pata hasta el fondo. Sé que te dije que lo que hiciste aquella noche de fiesta con aquel tipo estaba olvidado, pero...

—Pablo, escúchame —lo corto de nuevo—. Siempre te he dicho que la regla primordial con mi pareja es la confianza y la sinceridad. Y tú rompiste esa regla. Sé que acostarme con aquel tipo aquella noche hace tres años no estuvo bien. Pero fui sincera. ¡Te lo conté! Y te lo conté porque creo en la sinceridad y la confianza. ¡A ver si te crees que para mí fue fácil decírtelo! Pero, como te quería y respetaba, sabía que eso, me gustara o no, tenía que ser así.

—Lo sé.

—En cambio, tú te veías con María Rosa y me enteré porque os pillé, no porque tú me lo contaras.

—Hice mal.

—Joder, Pablo, no es por excusarme, pero lo mío fue una noche..., ¡lo tuyo casi un año! Casi un año en el que yo, por motivos profesionales, tuve que viajar mucho. Y casi un año en el que le mentiste a ella diciéndole que no estabas conmigo, como me mentiste a mí.

Pablo asiente. Al menos no lo niega y, cuando ve que lo miro, murmura:

—Fui un idiota. El mayor del mundo.

Asiento. Sin duda es un idiota. Lo confirmo. Entonces, de pronto, comienza a sonar su teléfono móvil y veo en la pantalla que es María Rosa quien llama.

Pablo lo ve igual que yo, y pregunto:

—¿No lo vas a coger?

—No.

—¿Por qué?

—Tú estás aquí.

—¡¿Y...?!

—Y quiero arreglarlo contigo.

Según oigo eso, niego con la cabeza. Ni loca volvería con él.

—¿Acaso no la quieres? —digo.

No responde. Se calla. Eso me enfada. ¿Cómo puede ser tan cabrón? Y, molesta, exploto:

—No me jodas, Pablo... Estás haciendo el papelón de tu vida con María Rosa... ¿Por qué? ¿Para qué?

Él se levanta, camina nervioso por el salón y, mirándome, explica:

—Todo comenzó como un juego. Era divertido, incluso excitante, vernos a escondidas. Pero hoy en día ese juego ya no me gusta. Y tampoco me gusta ella.

—Pero ¿qué dices?

—Ella no es tú.

—Lógicamente.

—Es una buena chica. Tiene infinidad de virtudes. Nos divertimos durante un tiempo, pero... pero... no me llena.

Bueno, ¡esto era lo que me faltaba por oír!

—Y si no te llena, ¿qué narices haces con ella? —le suelto.

Pablo no responde. Solo me mira. Y, al ver su mirada y entenderla, me levanto de la butaca y pregunto:

—¿Estás con ella porque no sabes cómo dejarla sin que te cuestionen en el pueblo?

Él suelta su cerveza sobre la mesita. Se me acerca rápidamente y, cogiéndome las manos, murmura:

—Tesoro, te quiero y te necesito a ti.

Increíble. Pablo me pone los cuernos con María Rosa. Yo los pillo. Lo dejo. Y ahora me viene con que ella no es yo... ¿Es o no para darle dos guantazos bien dados con toda la mano abierta?

—María Rosa es una mujer encantadora, pero su estilo de vida, e incluso ella, es demasiado simple. Soy un hombre cultivado. Un hombre con dos carreras. Y necesito a mi lado a una persona que esté a mi altura y que no solo desee casarse, regentar el bar de sus padres con su hermana, tener hijos y poco más.

Lo miro sin dar crédito. Cada vez que abre la boca, la caga más y más, y prosigue:

—Sé que me he quejado de tu trabajo y de tus viajes infinidad de veces sin darme cuenta de que eso es parte de ti, de tu esencia y de tu manera de ser. Eres increíble, tesoro. Eres una mujer a la que le gusta la aventura, a la que le encantan cosas que a mí me encantan también, y...

—¿Me estás diciendo que María Rosa es poco para ti porque trabaja en el bar de sus padres con su hermana, quiere casarse y tener hijos?

Pablo no contesta. Pero lo conozco, lo conozco muy bien. Doy un paso atrás y susurro:

—¿Dónde está el hombre que fuiste y en qué te has convertido?

En silencio, nos miramos. Nos observamos con dureza, con determinación, y luego dice:

—Te creía más lista como para conformarte con un simple cantante, por muy bueno que esté... Y, todo sea dicho, en persona tampoco es para tanto...

Oír eso me hace gracia. Físicamente Deacon supera a Pablo en mil quinientas cosas. Pablo es un tipo atractivo, lo sabe él y lo sabemos todos. Pero Deacon ¡es Deacon! Su magnetismo eclipsa a cualquiera que se le ponga al lado. Sonrío y musito mientras me suelto el pelo:

—Qué mala es la envidia, ¡por favor!

—¡¿Envidia yo de *ese*?!

—¡Sí! —exclamo—. ¡Envidia tú de *ese*!

Pablo resopla, le molesta lo que oye; entretanto yo dejo el coletero junto a mi teléfono móvil.

—Pero ¡si ni ha estudiado en la universidad! Es un puto paleto de ciudad que ve una vaca y se asusta...

—Madre mía, la de tonterías que eres capaz de soltar —protesto.

—De verdad, Adri —insiste—. Tú, una tía tan actual, tan vivida, tan cultivada intelectualmente, ¡¿te ves con un tipo como él?!

Paso, no pienso contestar a semejante tontería, y entonces añade:

—Aunque, siendo sinceros, a su lado vas a durar lo que un chupachups en la puerta de un colegio: ¡nada!

—Pero ¡¿tú eres idiota?!

—Idiota no, realista. Tu Deacon, ese al que tanto defiendes, pasa de ti. Solo te utiliza para pasar el tiempo. Y la prueba la tienes en que, aunque sabe de sobra lo mucho que te implicas en ayudar a quien lo necesita, ni siquiera se ofrece para actuar en el acto benéfico del pueblo, sabiendo lo mucho que ayudaría su presencia.

—¡Vete al cuerno!

—Aunque, claro, quizá lo que no quiera es que lo relacionen contigo. Porque, sé realista..., si te comparan con Emma, la que era su novia, pensarán que ha perdido el gusto y la razón.

—Mira, Pablo..., ¡que te den!

—La verdad duele, ¡pica!

Aprieto los puños. Como no me controle, lo que le va a doler y picar va a ser la patada que le voy a dar en los... Pero insiste:

—Tesoro, yo puedo darte un futuro, una buena vida. ¿Acaso él puede darte algo de eso? ¿De verdad piensas que un tipo como Deacon Black puede hacerte feliz?

—Definitivamente, ¡eres idiota! —grito.

Furiosa, voy hasta donde está mi abrigo. Comienzo a ponérmelo a toda prisa, pero Pablo se acerca a mí. Me arrincona contra la pared y murmura:

—Escúchame, tesoro...

—¡Suéltame!

—Digo cosas que no he de decir porque...

—Pablo, ¡suéltame!

Niega con la cabeza. Aplasta su cuerpo contra el mío. Y cuando su boca toma la mía y su lengua intenta lo que intenta, siento asco, repulsión.

Pero ¿qué narices está haciendo?

El empujón que me sale del alma hace que lo desplace lejos de mí. Al hacerlo, choca contra la mesita baja y yo, mirándolo con toda la rabia del mundo, le digo:

—Vuelve a tocarme y te juro que lo vas a lamentar.

—Escúchame...

—Que te quede claro que contigo ¡ni loca vuelvo! Primero, porque me decepcionaste y, segundo, porque sigues decepcionándome. ¿Dónde está el Pablo que yo conocí? ¿Dónde está el chico encantador en el que se podía confiar? ¿Dónde está el Pablo al que le daba igual que la gente hubiera estudiado en la universidad o no? Pero ¡¿tú de qué vas?! ¿Quién te has creído que eres para juzgar y etiquetar? ¿Cómo te crees tan inteligente como para decir que María Rosa o Deacon están por debajo de ti simplemente por no haber estudiado una carrera?

Pablo me mira. No responde. Lo conozco y sé que está enfadado. Mucho. Y añado:

—Lo mejor que puedes hacer antes de que tu absurdo juego te coma vivo es dejar a María Rosa en paz. ¿Acaso no ves que la vas a destrozar?

—Eso a ti ni te va ni te viene —replica.

Tiene razón. Ni me va, ni me viene, pero me molesta; me enfada saber que le están tomando el pelo a alguien que conozco, por ello indico mientras me acerco a la mesita para coger mi teléfono y también la caja con mis cosas:

—Si no se lo dices tú, se lo diré yo, ¡¿te queda claro?!

—No te atreverás.

—¿Acaso no me conoces, Pablo?

Nos miramos en silencio. Nos observamos de esa forma en que los rivales se lanzan puñaladas con los ojos. Y luego suelta:

—Ella me creerá a mí, no a ti. ¿O acaso piensas que no se da cuenta de cómo me miras?

Mierda. Deacon me advirtió sobre esas miradas. Y, cuando voy a hablar, añade:

—María Rosa nunca te creerá. Que te quede bien clarito.

Paso..., paso de seguir hablando con él. En cuanto termino de ponerme el abrigo y abro la puerta de la calle, lo oigo decir:

—Te conozco. Lo pasarás muy mal cuando ese músico desaparezca.

—Ese será mi problema. No el tuyo.

—No tienes nada que ver con Emma, su exnovia. Ella es una mujer elegante, adinerada y sofisticada que...

—Mira, Pablo. Desaparece de mi vida y de la vida de mi familia.

No quiero volver a verte cerca de ninguno de ellos o juro que sabrán lo que me he callado hasta el momento, y créeme que te odiarán. Y, en cuanto a lo que tú digas para menospreciarme, que te quede claro que no me importa. Tú para mí eres como el 30 de febrero: ¡no existes! —indico abriendo la puerta.

—Deacon Black se largará y pasará de ti, ¡que no te quepa duda! —grita.

Una vez que salgo de la casita con el pulso acelerado, comienzo a andar calle abajo. El cabreo que llevo por todo lo que he oído ahí dentro hace que camine deprisa sin sentir ni el frío ni los copos de nieve que caen del cielo. Pablo es un idiota. Es un gilipollas. Un insensible. Pero me conoce y sabe que, cuando Deacon desaparezca, lo pasaré fatal.

Capítulo 37

Deacon

Conmovido por los recuerdos, me balanceo en el columpio mientras, con los ojos cerrados, disfruto el mágico momento y siento que deseo compartirlo con la Duendecilla. ¿Dónde estará? ¿Cuánto tardará en volver? ¿Por qué se habrá ido con él?

Estoy pensando en ella como un adolescente enamorado cuando se me vienen a la cabeza ideas, frases y sentimientos para seguir componiendo la canción. Así pues, saco mi teléfono, lo pongo en modo grabación y canturreo:

> *Nunca creí en un amor perfecto,*
> *pero contigo sé que será eterno.*
> *El amor era un sueño olvidado*
> *que cobró vida entre tus manos.*

El sonido de un ladrido hace que pare de grabar y entonces veo a mi tocayo corriendo hacia mí. Está empapado. Sin duda lleva horas correteando por la nieve.

Mis ojos lo escrudiñan; siguen a ese animal, que, desde que llegué aquí, no ha parado de buscarme con la mirada. No ha parado de demandar cariño. No desiste. Y, cuando se detiene, recordando lo que ha pasado cuando iba en el coche con Marga, lo regaño:

—¿Cómo se te ocurre cruzar la carretera sin mirar?

Mi tocayo se sienta frente a mí, me mira, y yo insisto en tono molesto:

—¿Es que estás loco?

El perro ladea la cabeza y, mirándome con sus ojos redondos, levanta la patita hacia mí. Sé lo que quiere, lo que demanda. Choco su pata con la mano, y murmuro suavizando la voz como hace la Duendecilla:

—Ten más cuidado la próxima vez, ¿entendido?

Su ladrido me hace comprender que, a su manera, me responde; me inclino hacia delante, sonrío y le acaricio la cabeza. Nunca he sido muy de perros, pero este está derribando mis defensas. Sin embargo, al ver que va a darme un lametazo en la cara, me retiro e indico:

—Tampoco te pases.

—¡Pero, hermoso, que te vas a congelar ahí!

Al oír la voz de Marieta, me levanto del columpio.

—¿Dónde está Minirri? —pregunta.

—Se ha ido con Pablo, me ha dicho que la esperara aquí. Marga me ha traído.

Durante unos segundos la mujer y yo nos miramos. Observo la calidez que emanan sus ojos, hasta que dice:

—Vamos, ven. Te prepararé un cafetín para que entres en calor.

Sin dudarlo y, cómo no, seguido por mi tocayo, me encamino hacia la casa. Al entrar, rápidamente me envuelve ese calorcito de hogar, y oigo que suena, qué raro, una cancioncita de Navidad.

—Quítate el abrigo. Ponlo ahí para que se seque y siéntate a la mesa. Y tú —ordena señalando al perro—, ve y túmbate junto al fuego para secarte; ¡pareces un pollo mojado!

Sin rechistar, el perro y yo hacemos lo que nos pide, y al cabo le pregunto:

—¿No te cansas de escuchar estas canciones navideñas?

—Uis, hijo, ¡me encantan! ¡¿Acaso hay algo más bonito?!

Sonrío. Y, al sentir la quietud de la casa, digo:

—¿Dónde están todos?

Marieta pone sobre la mesa dos tazas de café humeantes. Leche, azúcar, galletas y rosquillas.

—Mi hija y mi yerno han ido al supermercado —responde—. Y Adam, su marido y la pequeña Aitana, al pediatra. ¡Qué obsesión tienen con los dientes de la niña!

Eso me hace gracia y, curioso, pregunto:

—¿Cuándo le salen los dientes a un bebé?

Marieta me mira. Niega con la cabeza y cuchichea:

—Pues, hermoso, eso depende. Hay bebés que comienzan a los cuatro meses, otros a los diez, y otros, como Aitana, cuando les venga en gana. Pero salir, ¡salen!

Me echo azúcar en la taza, lo remuevo con la cuchara, luego la cojo. Está calentita; mis manos lo agradecen. Y, tras darle un trago, cuchicheo:

—Qué maravilla de café que preparas.

Sonríe, le gusta lo que oye. Deja una cajita sobre la mesa y dice:

—Voy a cambiarte la tirita. La que llevas está empapada.

Estoy por decirle que no, que más tarde lo haré yo. Pero la veo tan dispuesta que soy incapaz. Y cuando, segundos después, me quita la tirita mojada, dice mientras echa Betadine para desinfectar:

—Me cago en los bromistas que provocaron esto, aunque uno de ellos sea el tonto de mi hijo. ¡La madre que lo parió, ¿quién sería?!

Sonrío. Ese tema para mí ya está zanjado.

—No te preocupes por Minirri —oigo que dice a continuación—. Si algo tengo claro es que no va a volver con Pablo.

—¿Por qué crees eso? —pregunto mientras cojo una galleta y le doy un mordisco.

—Porque mi nieta tiene buen gusto, y estos ojitos azules que tú tienes siempre le han gustado.

Sonrío y ella continúa:

—River tenía los ojos azules, pero nadie de la familia los heredó. ¡¿Te lo puedes creer?! Ni sus hijos, ni sus nietos. ¡Ninguno heredó sus ojos, para mi pesar! Pero, mira, ¡has llegado tú con esos preciosos ojos y ahora la familia vuelve a tener otra oportunidad! ¿Crees que esto podría terminar en boda?

Según dice eso, me atraganto con la galleta. Se me va por el otro lado. La mujer me da cuatro golpes en la espalda y, cuando consigo dejar de toser, indica sonriendo:

—¡Era una bromaaaaaa!

Sonrío aliviado. Ellos y sus bromas. Cuando termina de curarme la herida, me pone una tirita y se sienta frente a mí. Entonces, obviando la broma que ha hecho, digo:

—Me han contado que tenemos una boda importante dentro de pocos días.

Marieta sonríe. En sus ojos veo alegría, pero también cierta añoranza.

—River y yo nos prometimos que así sería el resto de nuestras vidas —susurra—. Cada 25 de diciembre celebraríamos una bonita fiesta y nos volveríamos a casar. Y, bueno, yo solo cumplo mi promesa, como sé que él habría cumplido la suya de haber muerto yo.

Asiento. Tomo un sorbo de café y, al fijarme en un cubo azul que recoge el agua de la gotera del techo de la cocina, oigo:

—Si mañana nos toca la lotería de Navidad, ¡lo arreglaré!

Oír eso me hace gracia, y, mirándola, digo:

—Si necesitáis dinero, ¿por qué no aprovecháis la fuente que tenéis?

La abuela me mira, no sé si me entiende, por lo que explico:

—Esta es la casa del famoso guitarrista River Samuel Robinson. Él la construyó. Fue una leyenda del rock y, para tu suerte y la de tu familia, aún tenéis su estudio, sus cosas, sus discos de oro, sus guitarras, sus fotos. ¿Por qué no sacáis beneficio de ello creando un museo que la gente pueda visitar? Eso os reportaría unos ingresos que os ayudarían a mantener esta enorme casa.

Marieta se encoge de hombros y luego dice:

—Ya has hablado de ello con Minirri, ¿verdad?

Sin dudarlo, asiento.

—Hacer eso significaría ingresos, pero también significaría popularidad —indica—. La prensa sacaría a la luz ese pasado turbio del que él huyó y...

—También hubo cosas buenas, Marieta. River hizo muchas cosas buenas que estoy seguro de que a ti, a tus hijos, nietos y bisnietos os encantará conocer. Y te digo una cosa: no tuve la suerte de conocer a River, pero algo me dice que él pensaría como su nieta Minirri. ¿No te parece?

Suspira. Resopla. No dice nada. Y, sin querer hablar del tema, pregunta:

—¿Cuándo vas a poner tu figurita en el belén?

—No lo sé. No he vuelto a pensar en ello.

—¿Preparado para el concurso de esta noche de jerséis de Navidad horteras?

Suelto una carcajada. Sé que la Duendecilla se ha estado haciendo el suyo, pero yo no.

—No creo que participe —respondo.

—¿Por qué?

No contesto. Solo la miro.

—Es una tradición bonita —cuchichea—. No le puedes fallar a Minirri. Ella es como su yoyo, adora las tradiciones y es una fiel seguidora de ellas. Por tanto, si quieres enamorarla y tenerla contenta, ya sabes lo que has de hacer.

Sonrío. No me veo yo muy tradicional. Acto seguido, levantando un dedo, dice:

—¡Bonita canción! ¿No crees?

Sin prestarle mayor atención, rápidamente la identifico. Esa canción de Navidad se titula *Happy Xmas (War Is Over)*. La conozco en la versión interpretada por Miley Cyrus, Mark Ronson y Sean Ono Lennon, y entonces la mujer dice mirándome:

—Quienes cantan son River y Minirri.

Eso llama por completo mi atención. Saber que abuelo y nieta la cantan de pronto la hace muy especial, y la escucho con una sonrisa cuando Marieta cuchichea:

—Grabaron muchas canciones juntos en el estudio. River no era muy buen cantante. Él era guitarrista. Pero, como él decía, con los efectos especiales del estudio se defendía.

En silencio, la abuela y yo escuchamos la canción mientras nos tomamos el café, y cuando esta termina murmura:

—Nunca hay un adiós absoluto. Nunca.

Ver su emoción me emociona, y luego la mujer, secándose los ojos, toma aire y comenta:

—Aunque yo me he percatado también, Minirri me dijo que no te gusta la Navidad.

Asiento, no lo voy a negar.

—Desde que no está mi madre dejó de interesarme —señalo.

Según digo eso, ella asiente. Luego da un trago a su café y pregunta:

—¿Qué pensaría tu madre si lo supiera?

Responder eso es exponer demasiado mi corazón. Hablar de mamá suele doler, y más en esta época plagada de recuerdos. Pero, dejándome llevar por el momento, como me sucedió con la Duendecilla en el coche, contesto:

—Creo que se enfadaría y me diría que soy muy tonto.

Marieta vuelve a asentir con sus bonitos y sabios ojos castaños clavados en mí.

—Entiendo eso que dices —murmura—. La pérdida de las personas queridas es difícil de asumir. Pero, mi cielo, hemos de hacerlo o seremos nosotros los que estemos muertos, aun teniendo vida.

—Mamá siempre decía que nacemos para vivir y morir.

—Así es —afirma poniendo su cálida mano sobre la mía—. Por eso, mientras tengamos vida y el corazón nos lata, hay que superar los malos momentos y vivir por nosotros y por los que ya no están y querrían seguir estando.

—Es bonito eso que dices, aunque no es fácil.

—Nadie dijo que vivir fuera fácil, pero hay que hacerlo, hermoso... Para eso nacemos.

Ambos nos miramos y luego ella indica:

—Mira, Deacon. Si alguien nos enseñó a todos que querer es poder, ese fue River. Él disfrutaba de todo lo que se le ponía delante porque decía que nunca se repetiría. La situación podría ser parecida, pero jamás la misma. Era un disfrutón de cualquier momento, y por eso nuestra familia saborea, por ejemplo, la Navidad como si fuera la última. Nos reunimos, organizamos juegos, eventos, y todo eso hace que nuestra familia sea especial, bulliciosa y feliz. Ellos esperan encontrarse a una yaya dispuesta, y aunque haya momentos en los que no me apetezca ni levantarme de la cama porque añoro a demasiadas personas, por ellos, por River y por mí, lo hago. Y, créeme, Deacon, el esfuerzo conlleva su premio, y este es ser feliz. Solo hay que quererlo, intentarlo y conseguirlo.

La miro, su fortaleza es admirable, y musito:

—Marieta, decir eso es fácil para ti. Tienes una gran familia que te quiere y está a tu alrededor y...

—También he perdido a gente querida, Deacon.

Asiento, sé que tiene razón, y añado:

—Sin duda tú has perdido a mucha más gente que yo, pues yo solo he tenido a mi madre, a Frankie y a Susan, que son mi familia.

—Pues ya tienes mucho más que otras personas.

Oír eso me descoloca.

—Cuando conocí a River —explica—, se encontraba perdido en un país que no era el suyo, donde hablaban un idioma que no conocía y sin buenos amigos como los tuyos. Su madre había muerto, y su padre y la única hermana que tenía no quisieron saber de él a causa de sus adicciones y de la vida de roquero desfasado que llevaba, y lo apartaron de su vida. ¿Cómo crees que se sintió al quedarse solo teniendo una familia viva?

No respondo, eso que dice me recuerda a lo que vivió mi madre en otro contexto, pero prosigue:

—Si hubo algo que River nunca se negó fue vivir. Jamás se dejó vencer por los recuerdos, las malas experiencias o la soledad. Él siempre decía que había que vivir el momento mientras se pudiera y que, si algo merece la pena, hay que luchar por ello hasta las últimas consecuencias. Y eso, hermoso, es lo que hacemos todos en esta casa y debes hacer tú también. Hay que vivir el momento y hay que luchar por las cosas importantes. Estoy segura de que tu madre, en vida, te hizo pasar unas Navidades preciosas; ¿me equivoco?

—No. No te equivocas.

Marieta asiente, sonríe e insiste al tiempo que se levanta para ponerse a mi lado:

—La Navidad es una época en la que todos pensamos en los seres que no están porque es el momento de compartir con la familia. Pero escucha, hermoso, los seres queridos siempre están contigo. ¿Cómo se llamaba tu madre?

—Ángela.

—Pues Ángela está ahí —dice poniendo la mano sobre mi corazón como hizo la Duendecilla—. Y, mientras esté ahí, una parte de ella continúa viva. Por tanto, sigue haciendo que Ángela sonría a través de ti. Eres su hijo, y las buenas madres o padres solo queremos la felicidad de nuestros hijos. Así pues, ¡no le niegues el derecho de verte feliz incluso en Navidad!

Emocionado, asiento. Nadie, absolutamente nadie a excepción

de mi madre, me había hablado así nunca. Acto seguido Marieta coge mi mano con fuerza, me la aprieta y murmura:

—Como has dicho, Frankie y Susan son tu familia. Pero ahora tú eres uno más de esta ruidosa y alocada familia. —Ambos sonreímos, y añade—: Tienes tíos, primos, hermanos, sobrinos, suegros y una yaya, como yo, que estaría orgullosísima de tener un nieto con esos ojitos azules, si tú me aceptas...

Sus ojos, su cariño, su empatía, su amor. Con sentidas y sencillas palabras, Marieta ha conseguido llegar a mi corazón de una manera que ni yo mismo me lo creo, y levantándome de la silla la abrazo. Como le prometí a mi madre, querría y respetaría a quien me quisiera y me respetara. Y siento que la yaya me quiere y me respeta.

Cuando nos separamos sonríe y, tras darme un dulce beso en la mejilla, dice:

—Ven conmigo. Te daré materiales para que te prepares el jersey más hortera de la Navidad y sorprendas a Minirri.

Divertido, asiento y la sigo. Marieta me acaba de echar el rapapolvo que sin duda mi madre me habría echado de estar aquí, y está claro que no hay más que hablar.

Capítulo 38
Adriana

Estoy cabreada como una mona. Camino hacia mi casa tremendamente enfadada por lo ocurrido con Pablo con la velocidad que la nieve me permite.

Cuando llego al pueblo, miro hacia el bar donde sé que está María Rosa. Entrar y contarle la verdad sería fácil, mucho, pero estaría mal.

—¡Tía Minirri!

Me vuelvo y veo a Hugo, que va acompañado de una chica pelirroja. Sin preguntar, intuyo que es la hermana de María Rosa, la chica con la que sale mi sobrino. Y, acercándose, saluda.

—Estoy haciendo unos recados. ¿Qué haces aquí, tía?

Con la caja de mis pertenencias en la mano, los miro y, sonriendo, indico:

—He ido a recoger unas cosas.

Los tres sonreímos y luego Hugo dice:

—Tía, ella es Lucía. Lucía, ella es mi tía.

Con gusto, la joven y yo nos miramos. Como María Rosa, tiene un bonito rostro, y, tras darnos dos besos, murmuro:

—Encantada de conocerte.

—Lo mismo digo.

—¡Minirri!

Es Gregorio quien me llama.

—Nos vamos. Luego te veo en casa —señala Hugo.

Una vez que los chicos se marchan, Gregorio se me acerca.

—Muchacha, tu padre me contó lo que le pasó al guiri con las vacas de tus jodidos primos —explica—. ¿Cómo está?

—Bien. Por suerte, solo tuvieron que darle unos puntos en la frente, tiene algunas magulladuras y dolor de costillas, pero está bien.

—Menos mal que no perdió los dientes.

—Menos mal —convengo.

Gregorio asiente, niega con la cabeza y luego cuchichea:

—¡Mira que asustarse de unas vacas!

Oír eso, y más aún con el mal humor que llevo, no es lo que deseo, y cuando voy a responder la expresión del hombre cambia, y añade:

—Lo sé. Lo sé. Es un tipo de ciudad que seguramente no ha visto una vaca de cerca en su vida. No me mates, muchachita.

Asiento, suspiro y, cuando voy a hablar, veo que María Rosa se acerca a nosotros.

—¿Puedo hablar un segundito contigo, Adriana? —me dice.

Gregorio nos guiña entonces un ojo y se va para su tienda.

—¿Qué tal si te comportas con dignidad y nos dejas en paz? —suelta entonces María Rosa mirándome con cara de cabreo.

Yo la miro boquiabierta.

—Me acaba de llamar Pablo para decirme que has estado en la casita recogiendo todas tus mierdecillas y que has intentado besarlo —añade.

—¿Que yo he intentado besarlo? —repito asombrada.

—Sí, tú. ¿Y sabes? ¡Lo creo a él! Está claro que aún no has superado vuestra ruptura y te enferma verlo feliz y contento conmigo, ¿verdad?

Bueno..., bueno, el tonito con el que me habla me subleva. Y la mentira de Pablo me cabrea aún más, por lo que, incapaz de callar, indico:

—Creo que deberías hablar con él y ver si realmente es feliz contigo.

La expresión de María Rosa cambia, se vuelve más agresiva.

—Si jodes lo que tengo con él, te juro que te joderé yo a ti —amenaza.

¡Alucino! ¿Que me va a joder? Consciente de una realidad que ella ignora y consciente de que nunca me he peleado con una mujer por un hombre ni pienso hacerlo ahora, replico:

—Habla con él. Solo puedo decirte eso.

En sus ojos veo enfado, desconfianza. Siento que está enamorada de Pablo como ahora sé que él no lo está de ella.

—Oye, María Rosa... —musito.

—¡No! —me corta furiosa—. ¡Oye tú! Estamos bien y lo nuestro funciona. No nos lo estropees.

Y, sin más, se da la vuelta y se aleja mientras yo la observo. Pero ¿por qué tengo que soportar esto?

Por suerte para mí, a mitad de camino me encuentro con Manuel, el amigo de mi padre, que me recoge en su furgoneta y me acerca a casa. Se lo agradezco. Estoy congelada.

Una vez allí, y cuando Manuel se marcha, comienzo a caminar; entonces veo a mi perro salir al trote a recibirme, y justo tras él va Deacon.

Está muy serio, parece molesto. Tras saludar a mi perrete, que me hace todas las fiestas habidas y por haber, cuando Deacon se acerca a mí me apresuro a decir:

—Si me vas a decir algo desagradable o a comportarte como el puñetero Grinch, mejor ahórratelo, porque no estoy de muy buen humor.

Deacon me coge entonces la caja que llevo en las manos y pregunta:

—¿Contiene algo que pueda romperse?

—No.

La caja cae directamente al suelo.

¡¿En serio?! Pero ¡buenoooooo!

Cuando voy a protestar, siento que sus manos me acercan a él y me besa. ¡Oh, Dios, cómo me besa! Sí... Sí... Sí... ¡Esto era lo que necesitaba!

Sin moverme ni un milímetro de donde estoy, disfruto de ese beso mientras sigue nevando sobre nosotros, y, cuando nos separamos, murmura:

—Si los besos fueran copos de nieve, te enviaría una ventisca.

Me río. No está molesto, y de pronto mi mal humor se va con la ventisca. Deacon tiene ese efecto en mí.

—Has tardado mucho en regresar.

Oír eso me hace recordar dónde he estado. Cojo la caja del suelo y, comenzando a caminar, respondo:

—He tardado lo que tenía que tardar.

—Hey, Duendecilla... ¿Qué ocurre?

—Nada.

Caminamos en silencio hacia la casa mientras los copos de nieve caen lentamente a nuestro alrededor y luego oigo que pregunta:

—¿Ha ido todo bien?

—Podría haber ido mejor.

Deacon me mira. Lo voy conociendo y sé que se muere por saber. Y, parándome, digo:

—Pablo es un idiota tan rematadamente absurdo que aún no me creo que haya estado casi siete años con él.

—Seis años, diez meses y diecinueve días.

Boquiabierta, lo miro. ¿En serio?

—¿Cómo te acuerdas de eso? —musito.

—Porque, cuando alguien es importante para mí, procuro no olvidar ningún detalle.

Ay, Dios, ¡lo que ha dicho!

¡Ay, *Madrecitadelperpetuosocorro*!

Esta vez soy yo la que tira la puñetera caja al suelo y, lanzándome a sus brazos, lo beso. Me lo como. Lo provoco. Y, cuando nos separamos, Deacon, que tiene la punta de la nariz congelada, me mira con esos ojos azules que ¡madre mía! y susurra:

—Sé que quedamos en que estoy aquí para ayudarte con tu ex, pero quiero que sepas que si sigo aquí es porque sexualmente me encantas y emocionalmente me enloqueces, y no creo que exista un lugar en el mundo donde deseara estar excepto aquí.

—Pero ¿qué dices? —consigo balbucear.

—Como ves, sacas mi lado romántico.

¡Ay, que me da!

—¿Con quién de mi familia has estado? ¿Y qué te ha dado de beber o de comer?

Deacon sonríe, yo también.

—He estado con la yaya —suelta.

Oír que la llama «yaya» se me hace muy extraño.

—Siento algo contigo que no sé describir —continúa—. Es una conexión fuerte y especial, y me gustaría que me ayudaras a saber qué es lo que me pasa y por qué me siento así contigo.

Ay, Dios, ¡me quiero morirrrrr!

Eso es música celestial para mis oídos. Le gusto. Comienza a sentir algo por mí, pero no sabe expresarlo con palabras. Vamos, que solo me falta ver angelitos revoloteando por encima de mi cabeza con sus alitas y sus arpas.

—¿Es una broma? —pregunto.

—No, cielo. Es verdad.

No me lo puedo creer. El hombre que me encanta y que me tiene enamoradita perdida me está diciendo cosas preciosas.

—¿Crees que te estás enamorando de mí? —murmuro.

Noto que mi frase lo incomoda, y luego explica:

—Siempre te he dicho que no creo en el amor, pero sí en la conexión entre dos personas...

—Deacon, no juegues conmigo.

—No estoy jugando, cielo. Estoy siendo sincero. Por eso, esta mañana te he dicho que quería proponerte algo. Y ese algo es que quiero una cita contigo. Tú y yo solos para hablar. Para entendernos. ¿Qué te parece?

Woooo... Woooo... Wooooooo... ¿Me está pidiendo una cita?

Nos acostamos juntos todas las noches, hemos tenido sexo salvaje, ¿y me está pidiendo una cita? Si mi yoyo estuviera aquí, sin duda diría que el mundo ha cambiado mucho.

Asiento. Deseo esa cita tanto como él, mientras mi estómago se contrae por lo que oigo, y con un hilo de voz susurro:

—¿Deseas que organice una cita entre nosotros?

—La organizaría yo, pero entre que tengo que camuflarme y que no conozco nada aquí, no sabría adónde llevarte...

Maravillada y hechizada, sonrío. Ni en el mejor de mis sueños me imaginé ante una situación así con él.

—Muy bien, señor Black. Entonces usted y yo tenemos una cita esta noche —afirmo ansiosa.

—Esta noche, imposible.

«No me jodas..., ¿en serio?»

—¿Por qué? —pregunto.

—Porque tenemos el concurso de jerséis de Navidad horteras.

Cabeceo, tiene razón. Pero, que yo sepa, él no se ha preparado ninguno.

—Y que sepas que, con la horterada que me he hecho, tengo la intención de ganar —añade a continuación.

Sonrío sin dar crédito. ¿Quién es el tipo que está frente a mí?

—Bendito sea Dios... ¡¿Queréis entrar en casa los dos?! —Es la voz de mi yaya, que nos mira desde la puerta.

Deacon se agacha, recoge la caja del suelo y después me agarra la mano. Caminamos hacia la casa, entramos y, al cerrar la puerta, recuerdo algo y, sacándomelo del bolsillo del pantalón, digo:

—Toma, yaya. Esta carta me la ha dado Lorena para ti. Al parecer, su abuela se la dio para que te la entregara después de su muerte.

Mi yaya coge el sobre y lo abre. Luego lee la carta.

—¡Me cago en la Migaja de las narices...! —exclama—. Si ya decía yo que hasta muerta seguiría siendo una asquerosa.

—¡Yayaaaaaa!

—¡Será zorrón!

—¡Yayaaaaaa!

Sin pensarlo, le quito el papel. ¿Qué pone? Y leo en voz alta:

—«Si estás leyendo esto es porque ahora estoy más cerca que tú de River. Y que te quede claro que voy a aprovechar la oportunidad. ¡Jódete y rabia!».

Según leo eso, Deacon y yo nos miramos sin dar crédito.

—Pero ¿cómo puede ser tan mala? —murmuro.

—¡Te lo dije! —afirma mi yaya—. ¡La palabra *mala* se le queda corta!

—Menudo bicho es esa Migaja —apostilla Deacon.

Mi yaya nos mira, asiente y, finalmente, declara sonriendo:

—¡¿Sabéis lo que os digo?! Que confío en River. Y sé que, aunque malas pécoras como ella se le insinúen, él me esperará. Eso sí, la próxima vez que me la encuentre, juro que le arranco la cabeza por puta y perra.

Dicho esto, se da la vuelta para caminar hacia la cocina, mientras Deacon y yo nos miramos y sonreímos. ¡Joder con mi yaya! ¡Y joder con la puñetera Migaja!

Capítulo 39

Deacon

Lo que me estoy riendo.

La fiesta de jerséis horteras es muy divertida y más cuando, uno por uno, nos ponemos ante toda la familia para defender nuestra horterada. La verdad, es digno de ver.

Verlos a todos reír y bromear abiertamente me hace sentir bien, me hace sentir uno más, aunque cuando me toca a mí estoy hasta nervioso. Este jersey es imposible de llevar, sin duda lo peor que me he puesto en mi vida, y me río al imaginar lo que pensaría Emma.

Entre tanta bombilla resplandeciente, floripondios, caramelos y espumillón dorado y rojo en las mangas, el jersey casi me come, pero lo defiendo como el que más.

Adriana sonríe, está feliz y sorprendida por mi cambio de actitud. Verla sonreír rodeada de su familia mientras votan y se meten con mi creación es muy divertido. Y, mirándola, indico:

—Y tú, cielo, ¡puntúame bien!

—Eeeh, ¡eso es trampa! —Marga ríe.

—¡Qué *jodío* el guiri! —oigo que se mofa Alfonso.

—Tío Deacon, yo te voy a dar un diez —apostilla mi Monstruito Rubio.

—¡Biennnn! —exclamo haciéndola reír.

Le toca salir a Marga. Ha de presentar su modelito. Y, bueno, aunque mi jersey me lo he currado, he de reconocer que el suyo está a un nivel superior en cuanto a horterada. Ha cosido espumillón dorado al jersey y en el centro ha puesto una enorme cabeza de un reno de peluche. De sus astas cuelgan bombillas de colores que se encienden y se apagan, y el reno lleva en la boca una rosquilla de azúcar de Maribel. ¡Es colosal!

Finalmente gana Marga. La sigue el Pulga, y en tercera posición quedo yo. ¡Nada mal! Para ser mi debut en el concurso de jerséis navideños horteras, ¡está muy bien!

Cuando a las doce de la noche la fiesta se acaba, Marga y los primos proponen ir a un local del pueblo a tomar unas copas.

—¿Te apetece? —me pregunta la Duendecilla.

—La verdad es que sí —afirmo.

—Estarán el Juli, la Pichu, el Porris y compañía —apostilla Kiki, que, mirando a Adriana, dice—: Vas a flipar, primula, de lo bonitas que son este año las luces de Navidad.

Ella asiente con una sonrisa, y Marga, mirándolos, pregunta:

—Los que flipáis tanto con las luces de Navidad, ¿acaso sois polillas?

Se ríen. No pillo la broma. ¿Qué es *flipar*? ¿Qué son *polillas*? Pero el Pope me explica qué son las polillas y su relación con las luces, y entonces el que se ríe soy yo. ¡Qué cosas tienen!

—Vale —dice la Duendecilla—. Cuando llegue al local presentaré a Deacon con el nombre de Robert. Diré que es un técnico de luces americano que conocí durante la gira y está pasando unos días conmigo en casa, ¿os parece?

Todos asienten. Y, tras darme un par de golpes en la espalda, el Pulga se va.

Desde que hemos llegado a Navacerrada, solo he ido a la tienda de Gregorio, al hospital y a la puerta del cementerio y, la verdad, me apetece mucho salir y conocer el entorno.

Marga y el resto de los primos se marchan, mientras nosotros vamos a la habitación de la Duendecilla. Allí, rápidamente, y de nuevo con la ayuda de la yaya, me ponen la barba y el bigote y, una vez que estoy preparado con mi gorro de lana gris, para que no se me vea el pelo claro, nos despedimos y montamos en el coche del padre de Adriana. Por suerte, no vamos en lo que llaman «la *Revonosequé*».

Al salir de las urbanizaciones y entrar en el pueblo, me maravillo de lo pintoresco del lugar. Sus casas rústicas, junto con la bonita iluminación, hacen del lugar un sitio mágico y especial. Ahora entiendo por qué la Duendecilla dijo que este sitio en esta época del año es como un cuento de Navidad.

Una vez que aparcamos el coche y nos bajamos de él, Adriana, junto a varias personas, se queda mirando las luces de Navidad. En su rostro veo cuánto le gusta, cómo lo disfruta. Y, sonriendo, digo:

—Vamos, *polilla*..., deja de *flipar* con las luces.

Divertidos, nos miramos. El aire frío hace que nos encojamos y, cogidos de la mano, ella indica:

—Recuerda, ahora te llamas Robert.

Asiento. Y, mientras caminamos por las calles, ella comenta:

—Justo allí, todos los años se pone la feria de artesanía. Y en aquel restaurante hacen los mejores picatostes que comerás en la vida.

—¿Qué son *picatostes*?

—Daditos de pan frito. Ahora finamente se llaman *croutons*, pero, vamos, que de toda la vida, al menos en mi casa y en esta zona, se han llamado «picatostes».

—Mi madre lo llamaba «pan frito» —afirmo.

—Adrianaaaaaa.

Rápidamente ella se para y se vuelve. Se nos acerca corriendo un grupo de tres chicas que enseguida la abrazan y la besan, e, ignorándome, preguntan:

—Pero ¿cuándo has vuelto?

—Hace unos días. ¡Qué alegría veros!

Durante unos minutos ellas charlan, hasta que la Duendecilla me coge la mano y dice:

—Os presento a... a Robert, un amigo americano. Pero, tranquilas, que habla español. Robert, ellas son Cande, Teresa y Nana.

Las chicas me miran. En sus gestos no veo la sorpresa que por norma hay cuando me reconocen. Está claro que la barba y el bigote me camuflan totalmente. Eso me hace sonreír, y cuando las tres amigas me han besado y saludado sin percatarse de quién soy en realidad, una de ellas comenta:

—Robert, ¡qué ojazos azules tan bonitos tienes!

—Gracias —afirmo gustoso.

—¿De dónde eres?

—De Nueva York —digo calándome bien el gorro.

—Aisss, ¡adoro Nueva York! —declara otra de ellas encantada.

—Vamos al Lula, ¿os venís? —propone la del gorro azul.

La Duendecilla niega con la cabeza sin soltarme la mano.

—Imposible. Hemos quedado con Marga y mis primos —indica.

Una vez que nos despedimos y aquellas se marchan, cuando proseguimos nuestro camino cuchicheo divertido:

—¡Me gusta ser Robert!

Ambos reímos por aquello y, parándola, la acerco a mi cuerpo y la beso. Un beso nos anima al siguiente y finalmente tenemos que frenarnos.

Sonriendo, proseguimos nuestro camino cogidos de la mano hasta que, al llegar frente a un local donde se oye música, ella dice:

—Es aquí.

Según entramos por la puerta, la música nos envuelve. Suena la canción *Oh Santa!*, de Mariah Carey, Ariana Grande y Jennifer Hudson, y sonrío al ver que la Duendecilla comienza a saltar y a bailar al compás.

Cuando llegamos a donde nos espera un grupo de gente, Adriana me presenta con el nombre de Robert, algo que hace sonreír a Marga y a los primos. Segundos después, Kiki, el Pulga y el Pope me abducen, mientras la Duendecilla habla con el resto. Los primos piden una cerveza tras otra, y llega un momento en el que yo apenas puedo seguirles el ritmo. Por suerte, mi chica se da cuenta y viene al rescate.

Estoy dándole un beso acaramelado cuando oigo la voz de Kiki, que dice:

—No es por joderos el momento, pero acabamos de ver a un tipo que os hacía una foto.

Según oigo eso, me paralizo y noto que la Duendecilla también. ¿En serio? ¿Cómo han podido encontrarme? De inmediato miramos a nuestro alrededor, pero no vemos a nadie, y Kiki comienza a reír y musita:

—Es bromaaaaaaaa.

Adriana empieza a darle manotazos y yo quiero matarlo. ¡Joder con las bromitas!

Y, cuando se aleja riendo hacia donde están sus hermanas Lourdes y Cristina hablando con unos tipos, miro a la Duendecilla y cuchicheo:

—¿Por qué os gusta tanto bromear?

Ella sonríe.

—Imagino que para ver la cara de tonta que se le queda a la gente...

Ambos reímos. Luego volvemos a besarnos y, al separarme de ella, pregunto:

—El Juli, Kiki, la Pichu, el Porris, el Pope, el Pulga, Nana, Minirri... ¿Acaso aquí nadie tiene un nombre normal?

Veo que oír eso la hace sonreír y, encogiéndose de hombros, afirma:

—Aquí todo es especial.

Luego vuelve a besarme. Disfruto de su boca, de su beso, de ella..., y, al separarnos, oigo que dice:

—¡No te muevas!

—¿Qué pasa?

Rápidamente veo que sube las manos a mi rostro y, divertida, murmura:

—El bigote se te está despegando. Con las prisas, debemos de haber echado poco pegamento.

Ambos nos reímos y en ese instante, al fondo, veo a Pablo y a su chica, que nos observan. Adriana los ve también, pero, aunque espero que se acerquen como siempre, se dan la vuelta y se alejan. Eso me sorprende, por lo que miro a la Duendecilla y murmuro:

—¿Qué ha pasado?

Ella me mira, hace un gesto desganado e indica:

—Luego te contaré.

¿Contarme? ¿Qué tiene que contarme?

Voy a insistir, pero Marga se acerca a nosotros. Tras ella va un hombre, que de pronto dice:

—Mira, Marga, ¡nunca vas a encontrar a ninguno como yo!

—Esa es la idea, rey. ¡Esa es la idea! Y ahora, ¡pírate y déjame en paz!

Sorprendido, levanto las cejas, y Marga protesta mientras se acerca a nosotros.

—Qué pesadito es Jesusín, ¡por favor!

Rápidamente ella y Adriana me cuentan que aquel es un rollete de Marga de hace unos meses. Nada más. Entonces el Pulga se acerca y, mirando con ojitos a una chica, señala:

—Ahí está Olivia.

—¿Y Olivia es...? —pregunto curioso.

—La chica que tiene al Pulga tontito —se mofa Marga.

Oír eso me sorprende. ¿Al Pulga le gusta alguien?

Veo que la Duendecilla se sorprende como yo y, dándole a su primo un golpe en la espalda de esos que tanto les gustan a ellos, pregunta:

—Pero ¿quién es? ¡Cuéntame! ¡Nunca la había visto!

El Pulga, con su copa en la mano, se estira haciéndose el interesante.

—Es la sobrina de Julito y Constanza, los de la zapatería —cuenta—. Vino unos días en verano y, bueno, hablamos, quedamos, intercambiamos teléfonos y tal..., y el otro día me escribió para decirme que pasaría aquí la Navidad.

—Bueno..., bueno... Pulga, ¡qué calladito te lo tenías! —se mofa Adriana.

—¡¿Quieres bajar la voz?! —gruñe él al oírla.

Divertido, los miro mientras soy consciente de que el Pulga está nervioso; entonces veo que la chica, la tal Olivia, lo mira, sonríe y saluda con la mano y él solo hace un seco movimiento con la cabeza. ¿Qué le ocurre?

—He visto flanes de vainilla con más huevos que tú.

—¡Joder, Marga! —protesta él.

Apurado, así veo al Pulga, cuando oigo a Marga cuchichear:

—Ella te mira, te hace ojitos..., ¿y tú solo mueves la cabeza como un cromañón?

—Mira, ¡déjame en paz! —gruñe acalorado.

¡Me parto de risa!

Acto seguido la Duendecilla y Marga se ponen a hablar y yo, dirigiéndome al Pulga, pregunto:

—¿Qué te ocurre?

Él bebe de su copa. Al hacerlo mira con disimulo hacia donde está la chica, y finalmente murmura:

—Es ingeniera industrial.

—¿Y...? —pregunto.

Él resopla, le da la vuelta a la gorra que siempre lleva puesta y musita:

—Que yo soy carnicero y creo que ella se merece más.

Yo niego con la cabeza. Es la misma conversación que tuve con Marga en su coche, e indico:

—Como me dijo alguien, la vida está llena de maravillosos genios sin estudios e increíbles idiotas con doctorados. —Eso hace que el Pulga me mire, y añado—: ¿Tú no sabes que lo que importa son las personas y no el oficio que estas desempeñen?

El Pulga niega con la cabeza.

—Si ella te quiere conocer, tú la quieres conocer a ella y ambos decidís daros la oportunidad, ¿qué más dan vuestros oficios? —insisto—. ¿No será más importante que os entendáis?

Él me mira.

—Vale. Entiendo lo que dices —cuchichea—, pero, joder, primulo, ¡estoy acojonado!

Sonrío. Asiento. Estoy en su misma situación. Y, cuando miro a la Duendecilla, que habla con Marga, afirmo tocándome la barba:

—Te entiendo muy bien, pero cuando alguien se cruza en tu vida y crees que merece la pena, debes aprovechar la oportunidad. Y más si ese alguien te mira como estoy viendo que lo hace Olivia.

Oír eso hace que el Pulga vuelva a moverse la gorra y pregunte:

—¿Me está mirando?

Asiento, sonrío y luego afirmo:

—Te mira, y algo me dice que se muere porque la mires tú a ella.

Acto seguido el Pulga toma aire y se da la vuelta. Me percato de que ambos se sonríen y luego él pregunta con un hilo de voz:

—¿Qué se supone que tengo que hacer ahora?

—Creo que lo mejor es que te acerques a ella, la saludes y el resto ya saldrá solo.

El Pulga y yo nos miramos y sonreímos; entonces las chicas vuelven a hacernos caso y Marga pregunta:

—¿Quién es el buenorro moreno, alto y de camisa roja que está con Olivia?

—Su hermano Federico. Es guardia civil —contesta el Pulga.

Entonces ella sonríe, se recoloca el cabello, hace un gesto de lo más sensual y murmura:

—¡Viva el cuerpo de la Guardia Civil! ¡Y viva la Benemérita!

—¡Marga, cállate! —protesta el Pulga.

Acto seguido, ella susurra:

—¿Y si me lo presentas?

—Ni hablar.

—¿Por qué?

—Porque es el hermano de Olivia.

—¡¿Y...?!

—¡Que no! —repite él vergonzoso.

—A ver, tonto —insiste Marga—. Te acercas, los saludas, y de paso...

—Pulga, lo que ahora no se intenta mañana se lamenta... ¡Tú sabrás lo que haces! Pero, vamos, que mirarte ella te mira..., ¿de verdad la vas a ignorar?

—¡Joder, Minirri!

Marga va a hablar de nuevo cuando yo, dirigiéndome al Pulga, indico:

—Recuerda: las cosas se intentan. Y si fluyen, bien, y, si no, ¡no pasa nada!

Él me mira. Asiente. Toma aire. Valora lo que digo. Y, luego, levantando el puño hacia mí como yo le he enseñado, choca mis nudillos con los suyos y asegura:

—Te haré caso. Y lo que tenga que ser... será.

—¡Muy bien! —afirmo.

Acto seguido mira a Marga y se acerca a ella. La Duendecilla y yo vemos que le dice algo al oído que a Marga la hace sonreír y, cuando él se aleja en dirección a aquellos, Marga explica mirándonos:

—¡Pues no me dice que tenga cuidado con el hermano de Olivia porque probablemente solo querrá follar! ¡Vamos, por Dios, como si yo quisiera hacer sudokus o pasteles de limón con él!

Sin poder evitarlo, me río a carcajadas. Tanto Marga como la

Duendecilla tienen unas contestaciones buenísimas, cuando la primera mirándome dice:

—Lo sé, Dea... Rooobert..., lo sé. Soy algo bruta con lo que digo en ocasiones. Pero, mira, ya me casé y me divorcié de uno que se creía muy listo cuando realmente era muy tonto. Por lo que aprendí a saber lo que quiero y, sobre todo, lo que no quiero. Solo me volveré a casar con Chris Evans, ¡el listón está muy alto! —se mofa—. Pero hasta que llegue ese momento, y con treinta y ocho años que tengo, mi cerebro, en lugar de decir «cierra el pico y contente», me dice: «¡Disfruta de la vida, guapetona, porque te lo mereces!».

Asiento, y Adriana, divertida, afirma:

—Y muy bien que haces, señora Evans. En ocasiones hay que olvidarse del príncipe azul y buscar al lobo feroz para que te vea y te coma mejor.

De nuevo prorrumpimos en carcajadas, y en ese momento se aproxima el Pulga con Olivia y su hermano Fede. Tras hacer las pertinentes presentaciones, el Pulga y Olivia se alejan de nosotros, y entonces el tal Fede mira a Marga y murmura:

—¿Dónde están los diccionarios? Porque ha sido verte y me he quedado sin palabras...

Oír eso me hace parpadear, y entonces Marga responde:

—¿Trabajas en Google? Porque eres todo lo que busco.

¿En serio? ¿De verdad están ligando así?

Y Marga, mirando a Adriana, sonríe y musita:

—Perraca..., creo que voy a tener una Navidad muy fun, fun, fun.

Y, sin más, se cogen del brazo y, cuando se alejan, al ver a la Duendecilla muerta de la risa, digo:

—Siempre he creído que una «Navidad muy fun, fun, fun» era una «Navidad muy divertida, divertida, divertida». Pero en este instante, y por cómo os habéis mirado, me acabo de dar cuenta de que...

—Vale. Lo confieso —me corta—. Para nosotras, *fun, fun, fun* significa otra cosa.

Asiento. Entiendo perfectamente lo que significa para ellas. Y, tras soltar una carcajada, la Duendecilla dice abrazándome:

—Cielo, no le des más vueltas. Unos fuman, otros se drogan, otros beben, otros hacen fun, fun, fun, y algunos se enamoran... ¡Cada uno se mata a su manera!

Cabeceo, me río a carcajadas y, abrazándola también, la acerco a mí y murmuro:

—Tú y yo sí que vamos a tener una Navidad muy fun, fun, fun.

Capítulo 40
Adriana

22 de diciembre

Cuando me despierto miro a Deacon, que está dormido a mi lado. Anoche, al llegar a casa, tuvimos fun, fun, fun de una manera que solo recordarlo vuelve a erizarme la piel. Si antes el sexo con Deacon era bueno, ahora que siento que está lleno de sentimientos ¡es colosal!

Sin moverme, lo observo. El hombre del que llevo enamorada años, comienza a sentir algo por mí cuando menos lo esperaba, aunque no lo exprese con palabras, y yo estoy todavía que no me lo creo.

Reconozco que tengo miedo. Miedo de vivir un bonito cuento de Navidad y miedo de que ese cuento tenga fecha de caducidad.

Nuestras vidas son diferentes. No solo residimos en distintos países, sino que además nos separan muchas cosas, y, aunque intento ser positiva y disfrutar del momento, algo dentro de mí me dice que, cuando deje de disfrutarlo, lo voy a pasar terriblemente mal.

Oigo un ruidito y veo que es mi perro. Por el modo en que me mira sé que quiere salir a hacer sus cosillas. Normal, son más de las doce del mediodía. Se nos han pegado las sábanas por lo tarde que llegamos ayer y, levantándome, me pongo las zapatillas y camino con mi perro *Deacon* hasta la puerta. Al abrirla no oigo música, pero sí un runrún que rápidamente identifico con el sorteo de la lotería de Navidad.

Una vez que abro la puerta de la calle para que Deacon salga, la cierro y llego hasta el salón, donde están mi padre y mi yaya con la televisión puesta y con sus décimos de lotería sobre la mesa.

Apoyada en el quicio de la puerta, los miro. Esa imagen el día de la lotería en casa es un clásico. Papá y la yaya. Solo falta el yoyo. Les encantaba escuchar juntos cómo los niños de San Ildefonso cantaban los números de la lotería, y, aunque nunca les tocó nada, lo disfrutaban.

—Buenos días, hermosa.

Mi yaya me ha visto. Sonrío. Les doy un beso a ambos y, dejándome caer en el sillón, voy a hablar cuando mi padre indica:

—Solo falta por salir el gordo... ¡Se está retrasando! ¡Todavía hay una oportunidad!

Mi yaya me mira, sonríe, y de pronto se oye a los niños de San Ildefonso cantar un número y la sala entera comenzar a aplaudir.

—¡Mierda! —murmura mi padre.

Vale, acaba de salir el gordo de Navidad y, por supuesto, no es el que llevamos; entonces mi yaya se levanta, le da un beso en la mejilla a mi padre e indica:

—Lo importante es que tengamos salud, hermoso.

Él asiente, sonríe y, cuando la yaya quita la televisión, a los pocos segundos comienzan a sonar las canciones de Navidad. La que suena me gusta. Sonrío. Y en el momento en que la yaya va a desaparecer en la cocina, susurra:

—Lo bien que nos habrían venido unos dinerillos para arreglar el tejado.

—Ya te digo —afirmo.

Papá cabecea y luego comenta:

—Desde que lo puso tu yoyo hace más de sesenta años, no se ha tocado. Y ya lo necesita.

Asiento. Tiene razón. A pesar de que mi yoyo fuera una celebridad en su época, mi familia no nada en la abundancia. Los *royalties* que la yaya recibe por su música una vez al año le dan para vivir, pero no para gastar en reformas. A ninguno de nosotros le sobra el dinero, pero todos hemos puesto siempre nuestro granito de arena para que la casa de la yaya, nuestro núcleo, siguiera en pie.

Sin embargo, la casa se hace vieja, cada vez necesita más reparaciones, y, segura de lo que voy a decir, indico:

—Yo me encargaré del arreglo del tejado.

—No, hija...

—Sí, papá. Con la gira que hice con Deacon gané un dinero que emplearé encantada para...

—¡Ni hablar! —oigo que dice la yaya entrando con un café en la mano—. Ese dinero te lo vas a guardar para tus necesidades.

—Ese dinero es para la hipoteca de tu casa —señala mi padre.

—A ver, papá, por la hipoteca de mi casa no te preocupes, que aun sin ese dinero la puedo pagar.

—Minirri, ¡no!

—Pero, yaya..., el dinero está para solucionar lo que sea necesario. Y si necesitamos que el tejado de la casa familiar sea reparado, pues para eso está.

Mi yaya niega con la cabeza. Deja el café frente a mí y, cuando va a hablar, mi padre dice:

—Hablaré con Darío, el del banco. Seguro que nos puede dar un crédito y...

—¡Que no! —lo corto. Y con seguridad sentencio—: Está decidido. Yo me encargo del arreglo del tejado. Y me da igual cómo os pongáis. ¡Se acabarán las goteras! Es necesario, punto final.

—Pues no estoy de acuerdo.

—Yo tampoco estoy de acuerdo en que sigas conduciendo la *Revoltosa*, y mira... ¿Tú me haces caso?

Mi yaya resopla, suspira y vuelve a desaparecer en la cocina. Papá y yo nos miramos.

—¿Estás segura, cariño? —dice este.

Asiento. Mi padre es pensionista, lleva un par de años jubilado, y mi madre siempre ha sido una mujer de su casa, como lo fue mi abuela. Ellos, junto con mis abuelos, se han esforzado porque mis hermanos y yo pudiéramos estudiar y ser quienes somos, y por supuesto que aquí estoy yo para ayudar.

—Segurísima, papá —indico.

—Buenos días.

Al mirar nos encontramos con Deacon. Como yo, tiene cara de sueño, y dirigiéndole una sonrisa indico:

—Te mueres por un café, ¿eeeh?...

Él sonríe a su vez y no pasan ni dos segundos cuando mi abuela llega con una taza. ¡Menudo radar tiene para detectarnos!

—Gracias, yaya.

—Las que tú tienes, hermoso. Ah, por cierto, esta mañana ha venido Hugo y me ha dejado esto para vosotros.

Deacon y yo nos miramos. ¿Para nosotros?

Él, con su café, viene a mi lado. Se sienta y yo, cogiendo la cajita cuadrada que la yaya me entrega, la agito y exclamo:

—¡Ya sé lo que es!

—¿Qué es? —pregunta Deacon.

—Una bola de Navidad.

Acto seguido la abro y, al sacar la bola transparente, sonrío. En efecto, es lo que yo he dicho, pero no sabía qué foto elegiría Hugo como recuerdo.

—Oooh, ¡me encantaaaaaa! —dice la yaya.

Vuelvo a sonreír. Dentro de la bola hay una foto de cuando nos dimos el beso bajo el muérdago.

—Un precioso momento congelado —murmura Deacon con una sonrisa.

—Lo es —asiento gustosa.

Mi padre, al verla, sonríe también, y luego la yaya propone:

—Vamos. Id al árbol a ponerla junto con las otras bolas de Navidad. Solo faltaba la vuestra.

Emocionada, me levanto. Deacon se levanta conmigo y, juntos, nos paramos frente al gran y señorial árbol de Navidad del salón. Veo que él mira las otras bolas. Muchas son las típicas de Navidad, pero también hay otras como la nuestra, con fotos. Y estamos mirándolas cuando digo:

—Cada foto de cada bola es un bonito momento que recordar. Y Hugo pensó que la nuestra era esta.

—Me parece perfecto. —Deacon sonríe.

Atraídos como dos imanes, y olvidándonos de mi padre y mi yaya, nos besamos con cariño. Es un dulce y tierno beso lleno de magia de Navidad. Cuando terminamos y colgamos nuestra bola, mi padre afirma:

—Pues ahora sí que estamos todos.

Un par de horas después mi padre está fuera, encendiendo la

barbacoa junto a mi madre y mis tíos para hacer una gran paella. El 22 de diciembre es tradición comer paella, una tradición que instauró mi padre.

Y, además, hoy, día 22 de diciembre, también tenemos la tradición del amigo invisible. Pero nuestro amigo invisible es al azar. Se compra un regalo, se deja debajo del árbol, después la yaya mete en una bolsa todos nuestros nombres y, según van saliendo, a quien le toque se acerca al árbol y coge un regalo. El que quiera. Aunque hay una pequeña trampa con respecto a los regalos de Carlota y Aitana. Esos se asignan a alguien para que las niñas tengan uno en particular acorde a su edad. Lo hicimos porque un año el Satisfyer fue el regalo estrella de la casa... Es más, la cara que se le quedó a Kiki cuando le tocó uno fue digna de recordar.

Cada paella que hace papá es siempre un éxito. Mi yoyo siempre decía que se notaba que llevaba en las venas la sangre valenciana de su bisabuelo porque nadie hacía las paellas mejor que él.

Después de la comida, a la que me complace ver que no se presentan Pablo ni María Rosa, y, tras una sobremesa en la que nos dan las siete de la tarde, Carlota está de los nervios por recibir el regalito del amigo invisible, que todos hemos ido dejando debajo del árbol de Navidad.

Como cada año, apunto los nombres de los presentes en papeles, y en esta ocasión incluyo el de Deacon y omito el de Pablo. Por suerte, no viene. Espero que no se le ocurra, o juro que lo estampo contra la pared. Una vez que todos los nombres están dentro de la bolsita, la yaya se pone frente al árbol y comienza a sacarlos.

Uno a uno nos vamos levantando a coger un paquete. Mamá pilla la radio de Deacon. Papá, un ventilador. Hugo, una yogurtera que cambia con su madre, a la que le han tocado unos auriculares. A Deacon le toca un juego de cuchillos que cambia con mi yaya, a la que le han tocado unas botellas de vino de La Rioja. Todos vamos recibiendo nuestros regalos entre risas y diversión, y después nos ponemos ciegos a churros con chocolate. Hoy no se cena. Nadie tiene hambre.

Cuando más tarde, esa noche, Deacon y yo estamos en la cama, abrazados y en silencio, de pronto lo oigo decir:

—Gracias.

—¿Gracias por qué?

—Por traerme aquí.

Oír eso me hace reír.

—Nunca pensé que pertenecer a una gran familia sería así —añade.

—¿Así, cómo?

—Loco, ruidoso, divertido, desesperante...

—Deacon...

—Aunque, bueno, eso de que entren sin llamar en la habitación...

Suelto una carcajada. Jamás habría esperado oírlo decir eso, por lo que musito:

—No me digas que empiezan a gustarte mi familia y la Navidad.

Deacon sonríe y asiente.

—Me gustas tú —dice—. Y, por consiguiente, tu familia y tu Navidad.

Oír eso me enamora, y entonces echo a mi perro de la cama y me siento a horcajadas sobre Deacon. Le cojo las manos, se las pongo por encima de la cabeza y, mirando esos increíbles ojos azules que me enamoran, pienso en decirle preciosas y melosas palabras de amor, pero simplemente murmuro:

—Fun, fun, fun.

Y nos entendemos muy bien.

Capítulo 41

Deacon

23 de diciembre

Estoy en Segovia con la Duendecilla y siento que se me va a salir el corazón del pecho de la emoción al estar parado frente a ese lugar del que mi madre tanto me habló: el acueducto de Segovia.

Deseosa de hacer este viaje, Adriana ha buscado un buen hotel donde pasaremos la noche en busca de nuestra primera cita romántica perfecta, que, por supuesto, me he empeñado en pagar yo. Si no, me niego.

Desde donde estamos, rodeados de grupos de turistas de diversas nacionalidades, observo el acueducto mientras siento todo el vello de mi cuerpo erizado porque sé que mi madre está sonriendo. En silencio, disfruto de sus veintiocho metros de altura y de sus más de ciento sesenta arcos, mientras indico:

—Mamá siempre me hablaba de él como la maravilla que la Unesco ha declarado Patrimonio de la Humanidad. Siempre estuvo muy orgullosa de sus raíces.

—Es que es para estarlo.

Siento la mano de Adriana agarrada a la mía. Su energía es tan bonita y su sonrisa tan preciosa que, deseoso de ella, la beso y musito:

—No sé cómo podré agradecerte esto.

Divertida, ella se ríe y cuchichea:

—Yo sí. Vas a pagar el pedazo de hotel que he reservado.

Oír eso me hace reír a carcajadas.

—¡Estamos en la plaza del Azoguejo y esto se merece un selfi! —señalo gustoso.

—¡¿Tú proponiendo hacer una foto...?! —se mofa.

Asiento. ¡Yo! ¡Increíble!

Y ella se apresura a sacar su móvil. Nos colocamos estratégicamente y nos hacemos no una, sino cien fotos, donde se ve el acueducto de Segovia detrás de nosotros. Eso sí, voy camuflado con mi barba y mi bigote. Si no fuera así, sería imposible.

Un rato después nos encaminamos hacia la iglesia de San Martín, que es de origen mozárabe, y me maravillo admirando el atrio que descansa sobre columnas con capiteles románicos. Proseguimos la visita por la Casa de los Picos y me impresiona su fachada cubierta de sillares de granito tallado en punta de diamante. También observo emocionado el escudo de armas de la familia de la Hoz, como siempre me contó mamá, y la Duendecilla me indica que en la actualidad ese lugar se utiliza como sala de exposiciones y como escuela de arte de la ciudad.

Continuamos la visita por varios patios de casas de la zona, algo que yo ni siquiera sabía que se podía hacer, y me quedo enamorado de la llamada Casa de los del Río, porque al entrar siento que el tiempo se detiene y me parece estar en la Edad Media. ¡Increíble!

Luego nos dirigimos a la antigua sinagoga, después a la catedral de Segovia, y acabamos en la plaza Mayor.

Hambrientos, buscamos un lugar donde comer y llegamos a un restaurante típico de Segovia donde, al entrar, huele de maravilla. Una vez que nos sentamos y pedimos una botellita de vino, miramos juntos la carta y vemos platos como cochinillo asado, trucha, lechazo asado, judiones de La Granja y perdices a la segoviana, entre otras cosas.

Los ojos se me van, quiero probarlo todo. Pero finalmente nos decantamos por pedir de entrante jamoncito del rico, unas croquetas y lechazo asado muy churruscadito con patatas. Mientras lo traen, Adriana y yo repasamos entre beso y beso en su teléfono las fotos que nos hemos hecho. En todas aparezco con la barba y el bigote, pero da igual. La experiencia de poder caminar por la calle sin ser reconocido lo merece.

Como siempre que hace fotos, las pasa a una carpeta que en mi móvil le he asignado el nombre de «Duendecilla»; en ella tengo todas las fotos que ella o Hugo hacen. Quiero enseñárselas a Frankie cuando regrese a Nueva York.

Cuando nos sirven la comida, nos empleamos en el arte de comer y, ¡joder!, qué rico está todo. Si el jamón está bueno, las croquetas más y el lechazo, ¡insuperable! ¡Qué maravilla de gastronomía! Y, lo mejor, ver comer a la Duendecilla con gusto y sin pensar en las calorías ¡me enloquece!

Mientras comemos, por fin me entero de lo sucedido con el Doctor Liendre y María Rosa y ahora comprendo por qué no han vuelto a aparecer. Saber que ese imbécil intentó besar a mi chica y que juega con María Rosa, como hombre me subleva. Pero lo que me termina de enfadar es saber que piensa que yo no me dejo ver porque me avergüenzo de Adriana, ya que él cree que Emma es superior... Pero ¿qué tontería es esa?

Cuando me tranquilizo mi chica decide pedir, para que los pruebe, florones, que me dice que son un dulce crujiente con forma de flor, y ponche segoviano, que es un bizcocho relleno de crema pastelera; madre mía, ¡menudas delicias!

Con el estómago lleno, felices, volvemos a pasear cogidos de la mano por Segovia mientras atardece y el cielo se tiñe de rojo y azul. ¡Precioso atardecer e insuperable compañía! Visitamos el alcázar y subimos a lo alto de su torre. Eso sí, los 152 escalones casi nos matan de la risa.

Tras una increíble tarde disfrutando de la magia que desprende la ciudad, a pesar del frío que hace, antes de regresar al hotel, hacemos unas compras. He oído a la yaya decirle a Alfonso que ya tenía los regalos de todos para Nochebuena, y yo no voy a ser menos. Si Papá Noel viene para mí, también llegará para ellos.

Entramos en una joyería y la Duendecilla, al saber que lo que pretendo es comprar allí los regalos de su familia, se niega. Al final se pone tan tensa que la llevo hasta la cafetería de enfrente, le pido que se quede tomando un café y vuelvo a entrar en la joyería para comprar lo que me apetezca. Tanto ella como su familia están siendo maravillosos conmigo y quiero corresponderles.

Tan pronto como salgo de la joyería y vuelvo a reunirme con ella, al pasar por una calle, una tienda llama mi atención. Es una tienda de ropa y complementos de caballero, y murmuro leyendo su letrero:

—«Sastrería Don Manuel e Hijos».

Veo que Adriana me mira, y yo, señalando la tienda, digo:

—Mamá me contó que trabajó ahí.

Tan sorprendida como yo, mira el sitio.

—Tengo que entrar —indico.

Una vez dentro de la tienda, miro a mi alrededor. Todo sigue como mamá me contó: paredes de madera, mostradores de cristal, telas a la derecha y complementos a la izquierda.

Curioso, veo que siguen confeccionando ropa de caballero a medida, aunque también tienen algunos trajes ya hechos. Y, viendo a dos hombres ya mayores que nos miran, les pregunto:

—Disculpen, ¿llevan muchos años trabajando aquí?

Ellos se miran, sonríen y afirman al unísono:

—Toda la vida.

Complacido al oír eso, prosigo:

—¿Recuerdan a una chica que trabajó aquí que se llamaba Ángela Martínez?

Veo que se miran, piensan. Y, al cabo, el más alto de los dos dice:

—¿Se refiere usted a Angelita, la hija de Juan Martínez?

Juan, ese era el nombre del padre de mi madre. Tras asentir, el otro exclama:

—Ah, sí. Ya la recuerdo. ¡Qué maja era Angelita!

Entonces se acerca a una pared donde hay fotos colgadas en las que yo no había reparado y, tras descolgar una de ellas, dice poniéndola frente a mí:

—Angelita estuvo trabajando aquí con nuestro padre. Ella hacía los arreglos de las prendas de ropa, y recuerdo que era una chica muy vivaracha y que siempre estaba canturreando.

Sonrío. Esa era mamá.

Ver a mi madre en esa fotografía, tan jovencita, me emociona. En la foto debe de tener catorce o quince años. Y, mirando a Adriana, no sé qué decir, me he quedado sin palabras, pero ella pregunta sacando su teléfono móvil:

—¿Puedo hacerle una foto a su foto?

Los dos hombres se miran. Intuyo que nadie les ha pedido nunca nada parecido. Y, entonces, el más bajo pregunta:

—¿Conocen a Angelita?

Estoy paralizado, pues no esperaba encontrarme con esa tienda, y menos aún con una foto de mi mamá.

—Era mi madre —afirmo.

Los dos hombres me miran de nuevo. Sonríen y, como si me conocieran de toda la vida, me abrazan y se alegran de que el hijo de Angelita los visite. Rápidamente me preguntan por ella. Les hago saber que vivió en Nueva York, de ahí mi acento al hablar, y se apenan al saber que ha muerto.

—Que sepas, muchacho, que me has alegrado el día. Un día Angelita dejó de venir, y mi padre se preocupó mucho, y más cuando los padres de ella no dieron explicaciones. Pero verte aquí y saber que ella fue feliz es una magnífica noticia.

Asiento y, sintiéndome abrumado por todo, miro a mi alrededor y murmuro:

—Ya que estoy aquí, me gustaría probarme un traje. Tengo una boda dentro de muy poco y quiero algo clásico pero elegante.

Aunque la Duendecilla me dice que no hace falta ese gasto para la boda, no le hago ni caso. Me pruebo un bonito traje oscuro, con una camisa blanca, corbata, gemelos y zapatos y, una vez que el hombre alto sale y nos deja a solas en el amplio probador, susurro:

—No me puedo creer que esté en un sitio donde estuvo también mi madre...

Ambos sonreímos y, al ver cómo me mira, le pregunto:

—¿Qué tal me queda?

La monstrua sonríe. Camina a mi alrededor evaluándome, y finalmente afirma:

—Porque te quiero solo para mí, porque, si no, te declararía en este instante Patrimonio de la Humanidad.

—¿Ah, sí?... —musito acercándome.

Nos besamos; se puede decir que hacerlo es algo que a los dos nos encanta, y cuando nos separamos cuchicheo:

—¿Me quieres solo para ti?

La Duendecilla asiente. Saber eso me gusta. Me mira a los ojos, sonríe de esa manera que me enloquece y afirma:

—Claro que sí, aunque soy consciente de la realidad.

—¿Y cuál es esa realidad? —pregunto curioso.

Noto que mi pregunta la incomoda. Lo sé porque intenta deshacerse de mi abrazo, pero no la dejo.

—Eres Deacon Black... ¿Qué te puedo decir? —responde.

Comprendo sus palabras, pero replico:

—Soy Deacon Black, eso lo sabemos muy bien los dos. Pero, dejando aparte las luces y los escenarios, solo soy un hombre normal que desea vivir. Y tú me haces vivir. ¿De verdad que todavía dudas de nuestra conexión?

—Deacon..., debemos ser juiciosos.

—¿Acaso no lo somos?

La Duendecilla me mira, en sus ojos veo inseguridad, e indico:

—Entiendo tus dudas, pero, si nos damos tiempo, creo que todas se irán resolviendo.

—Deacon...

Sin embargo, no la dejo continuar. La vuelvo a besar. La aprieto contra mi cuerpo deseoso de ella y, cuando nos acercamos a la pared y mis manos van al botón de su pantalón vaquero, pregunta:

—¿Qué haces?

—¡¿Tú qué crees?!

Adriana parpadea sin dar crédito y cuchichea:

—¡El dependiente podría entrar en cualquier momento!

Oír eso me hace gracia y, bajando su pantalón vaquero, respondo:

—Se podría decir que aquí tenemos la misma intimidad que en tu casa, ¿no?

Sonríe. Su cara de pilluela me hace sonreír a mí también; me acerco a la puerta sin soltarla, echo el pestillo y murmuro:

—Así, mucho mejor.

—Muchísimo mejor —dice.

Sin pensar, a lo loco nos dejamos llevar por la pasión. Es la primera vez que hago una locura semejante en un probador. Bueno, no..., la segunda. En Navacerrada, en la tienda de Gregorio, también me dejé llevar, pero el caso es que lo hago sin pensar en nada más. La barba y el bigote postizo me incomodan, pero da igual. Quizá termine con la barba en la nuca y el bigote en la oreja, pero está claro que habrá merecido la pena.

—Ne-necesitamos un preservativo.

Asiento. Tiene razón. Miro mis pantalones, que el dependiente ha dejado doblados sobre una silla, los cojo, saco mi cartera y, cuando tengo el preservativo en las manos, sonrío y anuncio:

—¡Conseguido!

Una vez que lo abro y me lo pongo, cojo a la Duendecilla entre mis brazos y, sentándola sobre una vieja mesa de madera, donde el dependiente ha dejado sus cosas, me meto en ella. ¡Joder, qué placer!

Al hacerlo, la miro y veo que ella debe de sentir lo mismo. Su gesto, su rostro, cómo me mira en busca de más me lo hace saber, y controlando nuestros gemidos, nuestros jadeos, nos hacemos el amor.

La observo. Ver su placer y sentir el mío es lo que necesito en este instante. Entonces ella cierra los ojos y se arquea hacia atrás. La visión que me ofrece, aun sin estar desnuda, me pone a mil revoluciones, y agarrándola con fuerza, acelero mis acometidas y me acoplo a ella hasta que no podemos más y el clímax nos alcanza.

Estamos abrazados, acalorados y jadeantes cuando se oyen unos golpecitos en la puerta y luego:

—¿Necesitáis algo?

Oír eso hace que nos miremos y con picardía sonriamos, hasta que Adriana dice mientras me recoloca el bigote:

—Si nos trae un poquito de agua, se lo agradeceremos.

¿Agua? ¡Tendrá poca vergüenza!

Los pasos del dependiente se alejan resonando en la madera del suelo y ella, mirándome, murmura:

—Estoy sedienta, ¿tú no? Y, por cierto, ¿no crees que aquí huele mucho a sexo?

Sonrío; esta mujer nunca dejará de sorprenderme. Se baja de la mesa, y mientras se sube las bragas dice:

—Abriré un poco la ventana para que se vaya el olor.

Al hacerlo, una ráfaga de frío helado entra, y antes de quince segundos la cierra y afirma:

—Vamos. Vístete. No tardará en regresar.

Con rapidez, me visto. Vuelvo a ponerme el traje y, una vez que estoy como al principio, la abrazo y susurro:

—Pase lo que pase, tienes que prometerme una cosa.

—¿El qué?

Con mimo, toco ese rostro tan dulce y, tras darle un beso en la punta de la nariz, indico:

—Que nunca dejarás de sonreír, porque, mientras lo hagas, seré feliz.

Sonríe. ¡Sí!

Nos besamos. ¡Mejor!

Verla sonreír es lo único que quiero.

Acto seguido abro el pestillo de la puerta con cuidado y, pocos segundos después, se oyen unos golpecitos y la puerta se abre.

Es el hombre alto, que trae una botella de agua mineral y pregunta:

—¿Suficiente con esto?

—Más que suficiente —afirma la Duendecilla cogiéndola.

Cuando salimos del probador y regresamos a la tienda, los dependientes guardan con mimo en cajas y bolsas todo lo que hemos comprado, mientras que el traje lo cuelgan en un portatrajes con el logo de Sastrería Don Manuel e Hijos. Sin duda lo guardaré como oro en paño.

—La camisa te la regalamos nosotros —dice el alto.

Eso me sorprende y, cuando voy a protestar, el otro indica:

—Siendo el hijo de Angelita, es lo mínimo que podemos hacer.

—¡Gracias! —murmuro con una sonrisa.

Una vez que pago mis compras con la tarjeta, veo que me tienden una cajita y el más bajito dice:

—Llévate la foto de tu madre. No hay nadie mejor que tú para tenerla, muchacho.

Oír eso me emociona. Pero ¿cómo esas personas pueden ser tan maravillosas conmigo? Dejo las bolsas que llevo en el suelo, y esta vez soy yo quien los abraza mientras susurro:

—Gracias. Muchísimas gracias.

—Venga, ¡que os hago una foto! —dice la Duendecilla.

Cuando salimos de la tienda llevo una sonrisa en el rostro que no soy capaz de borrar. Hoy ha sido un día maravilloso, un día muy especial en mi vida. He conocido la tierra de mi madre. He visitado un lugar que ella conoció y donde aún la recordaban, y todo eso solo se lo debo a ella. A mi Duendecilla.

Capítulo 42
Adriana

24 de diciembre

Como cada año, mamá está atacada de los nervios, la yaya se pone muy intensa, tía Marisa muy pesada con el tema de la cena de Navidad, y el resto intentamos sobrevivir.

Cuando nos levantamos, Deacon y yo nos escabullimos en el estudio para quitarnos de en medio, donde durante un largo rato disfrutamos cantando con las guitarras y besándonos. Todo bajo la atenta mirada de mi perro, que no se separa de nosotros.

Tras una mañana en la que Deacon y yo hemos disfrutado del estudio y la música, cuando regresamos él se va un rato con mi padre, Hugo y los primos, y yo decido ducharme. Mientras estoy aún en el baño, Deacon entra y, mirándome, dice:

—¿En serio que tengo que ponerme ese maldito disfraz de Papá Noel para la cena?

—En seriooooo.

—¿Por qué?

—Porque es una tradiciónnnnnnn.

—Pero ¡es una horterada!

—Otros pensamos que es ¡una chulada!

Oír como resopla me hace gracia, pero asiente. Está claro que, sin darse cuenta, Deacon está entrando en la dinámica de mi familia y de la Navidad de una manera que, cuando todo termine, no se lo va a creer.

Me dirijo a la habitación y, mientras me echo crema en el cuerpo, oigo que dice:

—Acabo de pedirle a Frankie que haga un ingreso en la cuenta de la gala benéfica de cincuenta mil euros. No se verá mi nombre y nadie sabrá quién hizo la donación.

Según oigo eso parpadeo.

—¡Estarás de coña!

Deacon me mira, contrae el gesto y pregunta:

—¿Te parece poco?

¡¿Poco?!

Oír eso me ha dejado sin habla.

—Por Dios, Deacon, ¡es un dineral! —musito.

Al oírme, de pronto sonríe, y pregunta:

—¿Crees que podrías quitarme tú los puntos de la frente?

Parpadeo. Pero ¿acaso se ha vuelto loco? Y, antes de que diga nada, insiste:

—Cielo, es por no tener que ir a un hospital solo para ello.

—Deacon, ¡déjate de tonterías! —murmuro.

—Pero si solo es...

—¡Que noooo!

Él me mira, suspira y no dice más. Solo sale de la habitación. Al hacerlo, oigo la música que suena en el exterior y comienzo a canturrear la preciosa, inigualable y estupenda canción *Last Christmas*, del grupo Wham!, mientras pienso en cómo van a alucinar cuando vean el donativo de cincuenta mil euros.

¡Me encantaaaaaa!

Poco después la puerta vuelve a abrirse y Deacon regresa. Veo que sonríe y, plantándose ante mí, dice:

—Solucionado.

Según dice eso, lo miro y entonces veo que ya no lleva la tirita de la frente y tampoco los puntos que Pablo le dio.

—La yaya me los ha quitado en un pispás.

Asombrada, voy a protestar cuando él me da un beso en los labios y pregunta:

—¿Se ve muy fea la cicatriz?

Suspiro y sonrío. Él no estaría feo ni con mil cicatrices. Y, mirándolo, respondo:

—Esa imperfección te hace aún más sexy.

Ambos sonreímos y luego me abraza y susurra:

—Mmm..., qué bien hueles.

Su boca, su voz, su abrazo me transportan a otro lugar, y cuando la toalla que me envolvía el cuerpo sale volando por los aires, de pronto oímos:

—¡Minirri! ¿Tienes una talla más grande de Papá Noel?

¡El Pope!

Como puedo, y ayudada por Deacon, me tapo a toda prisa con unos cojines y, mirando a mi primo, que está en la puerta, contesto:

—Lo que hay es lo que ves en el salón.

—Es que me queda un poco estrecho —insiste él.

Deacon me mira. En su gesto veo el enfado.

—Pope, ¿a ti no te han enseñado a llamar a una puerta antes de entrar? —pregunta.

Mi primo se ríe. ¡Qué cabrito!

—Por cierto, primula..., ¡bonitas tetas! —musita.

Según oigo eso, sin importarme si me las vuelve a ver o no, le lanzo uno de los cojines y grito:

—¡Fueraaaaaaa!

—¡Era una bromaaaa!

—¡Fueraaaaaaa! —repito.

Una vez que la puerta se cierra, noto sobre mí la mirada de Deacon.

—Lo sé... No lo digas —indico.

Nos quedamos mirando al techo tumbados sobre la cama, y de pronto comienzo a reírme y Deacon me sigue. No me había percatado de que eso era algo habitual en mi familia hasta este momento, y divertida cuchicheo:

—Creo que debería poner un cerrojo.

—Yo también lo creo.

Nos reímos con ganas. Toco su cabello y, viendo que la cicatriz de la frente está bastante seca, pregunto:

—¿Estás bien?

Deacon se da la vuelta. Se pone sobre mí y, besándome, afirma:

—Mejor que bien.

Veinte minutos después salimos de la habitación. Entramos en la cocina para ayudar a mi madre y a mi yaya y nos tomamos un vinito con ellas. *Deacon*, mi perro, va de un sitio a otro husmeando por la cocina. No hay una sola vez que estemos cocinando y él no esté allí. Cualquier cosa que se cae ¡no llega al suelo!

Poco después llega mi tía Maribel cargada con varias bolsas para la cena, y Deacon, que está de muy buen humor, saluda:

—¡Hola, perraca!

Según dice eso, mi yaya murmura:

—¡Bendito sea Dios, lo que ha dicho!

Mi tía me mira. Parpadea. Y, sorprendida, me pregunta:

—¿Tu novio acaba de llamarme «perraca»? ¿A mí?

Asiento y sonrío mientras Deacon me mira. De pronto, su gesto cambia y susurra señalándome:

—Ella me dijo que era un término cariñoso.

—La madre que la parió... ¿Quién sería? —se mofa mi abuela.

—¡Yo misma! —Mi madre ríe.

Mi yaya se parte de risa. Mi madre también, y yo, viendo el gesto de mi tía y de Deacon, cuchicheo:

—Ay, por favor..., ¡que me meo...!

Deacon y Maribel se miran. Ellos no se mean. Entonces mi tía, sacando todo su dramatismo, se apoya en la encimera de la cocina y, lloriqueando, dice con un hilo de voz:

—¡Me ha llamado «perraca»...! ¡Oh, Dios mío!

El gesto de Deacon es de desconcierto total. Siento que no sabe dónde meterse, y dice:

—Lo... lo siento, Maribel, no sabía que...

—¡Es una bromaaaaaa! —Mi tía ríe, y le da un golpe en el hombro que lo mueve de sitio.

Deacon asiente y, viendo a aquellas reír, me mira y murmura:

—Sois insoportables.

A las siete de la tarde toda mi familia ya está en casa, y comenzamos a ponernos nuestros trajes de Papá Noel que compré en Tokio. Están maravillados. La calidad, el tacto y las hechuras nada tienen que ver con los que hacen aquí. Y, bueno, tanto mi perro *Deacon* como el gato *Trece* están de lo más aparentes con sus respectivos disfraces.

Estoy riendo por aquello cuando veo que Deacon sale de la habitación con el suyo puesto. Por el modo en que camina sé que mucha gracia no le hace, y entonces mi tía Maribel lo ve y, abrazándolo, susurra:

—Pero qué guapo que está mi chicoooooooo, ¡aunque me llame «perraca»!

Marga y yo nos partimos. Le he contado lo sucedido y, una vez que mi tía se va, Deacon viene hacia nosotras y nos dice:

—Vosotras sí que sois dos perracas.

—¡Y de categoría! —afirma Marga divertida.

Segundos después, cuando nos quedamos solos, pregunta:

—¿La barba y el bigote me los tengo que poner también?

Gustosa, lo beso.

—No, cielo. Eso no hace falta —respondo.

Como era de esperar, mi sobrino Hugo nos reúne a todos para hacernos las típicas fotos de Nochebuena. Ordenarnos siempre es un jaleo, pero cuando veo a Deacon sonreír con mi perro en brazos, ¡se me caen las bragas!, como diría vulgarmente mi amiga Marga.

Pero ¿cómo puede ser tan maravilloso?

Sobre las ocho y media, sin que se dé cuenta Carlota, mi cuñado Lucas reúne todos los regalos que supuestamente Papá Noel nos va a traer esa noche. Los mete en dos sacos enormes y los deja en la puerta trasera de la casa. A las doce en punto harán que suene un mecanismo que papá siempre instala en el tejado y que simula las pisadas de unos renos, y después, ¡repartición de regalos y fiesta!

A las nueve menos un minuto, como manda la tradición, mi padre y mi yaya se sientan frente al televisor para ver el mensaje del rey con su copita de vino. El resto del año la vida de los monarcas no es algo que llame su atención, pero cada 24 de diciembre, ellos están ahí.

Cuando acaba el discurso, todos comenzamos a sentarnos alrededor de la bonita mesa navideña que cada año mi madre y mi tía se curran para todos nosotros. Para sus polluelos, como suelen llamarnos. Y, la verdad, ver una vez más a todos los miembros de mi familia vestidos de Papá Noel es como poco divertido.

Al cabo de un rato oigo a mi sobrina Carlota, que, sentada encima de Deacon, dice:

—Papá Noel sabe que he sido buena, y por eso me traerá muchííííísimossssss regalos.

—¿Estás segura de que has sido buena? —cuchichea él.

Carlota, con esa cara de Monstruito Rubio que tiene, asiente y asegura:

—Te lo juro, tío Deacon. He sido *buenisísimaaaaaaa.*

Divertido, Deacon me mira, y, después de que ella se baje de sus piernas para correr hacia el Pulga, que está haciendo saltar a mi perro, lo abrazo y murmuro:

—¿Te he dicho lo guapísimo que estás hoy?

Deacon sonríe. Su actitud ha cambiado con respecto a todo, y, besándome, al acabar susurra:

—Fun, fun, fun.

No puedo evitar reírme hasta que de pronto un langostino me da en la frente y, al levantar la vista, mi primo Kiki dice:

—Dejaos de besitos ahora, ¡pervertidos!

Lo miro asombrada y, sin pensarlo, cojo un canapé de salmón, se lo lanzo y este se le queda pegado en la frente para risa de todos, excepto de mi madre, que nos regaña intuyendo que o nos para los pies o aquí se va a liar la marimorena.

Entre risas, jolgorio y villancicos con pandereta, cenamos. En la mesa no falta de nada. Somos unos exagerados. Cuando finalmente acabamos y brindamos con sidra y champán, tras quitar la mesa pasamos al salón, donde, divertidos, bailoteamos un ratito, hasta que mi yaya dice mientras acaricia a *Trece*:

—¿Qué os parece si Deacon nos canta alguna canción de las suyas?

Mi familia asiente, aplaude, grita. Están deseosos de que Deacon haga algo así. Dudo de si ha sido una buena idea, aunque la verdad es que no le habían pedido nada aún. Para mi gozo él accede encantado.

Una vez que regresa de la habitación con su guitarra *Ángela*, se sienta frente a todos y pregunta al tiempo que mi perro se tumba a su lado:

—¿Qué queréis que os cante?

Mi yaya no, pero mi sobrino, Marga y algunos más conocen el repertorio de Deacon. Uno a uno, van diciendo canciones que él canta gustosamente con su guitarra y yo lo escucho, lo observo y disfruto. Y, por supuesto, me excito y ¡me requetenamoro!

Se puede decir que estoy viviendo un momento especial; un

momento que nunca pensé vivir, y sonrío al ver que mi sobrino Hugo lo inmortaliza. Cuando acaba de interpretar un tema, mientras todos aplauden, yo me acerco a Deacon y, mirando a mi yaya, digo:

—En su repertorio tiene una canción de Navidad.

Él me mira, siento que me quiere matar, y mi yaya dice:

—Por favor, hermoso, cántamela.

Deacon sonríe. Sabe que de aquí no se va a mover sin interpretarla, y, sin más dilación, comienza a cantarla. Me mira. Lo miro. Sabe cuánto me gusta esa canción, como sabe que la última vez que la cantó lo hizo para llamar mi atención. Cuando la interpreta, con la voz rasgada, siento la sensualidad que desprende cada poro de su piel. Deacon es sexy. Deacon es fuego. Y Deacon, al menos esta noche, es mío.

Cuando acaba, todos aplauden felices y Kiki, animado, comienza a cantar el villancico de los peces en el río y todos lo seguimos con panderetas y palmas; incluso mi perro aúlla, ¡esa se la sabe!

La juerga está asegurada, y el hombre que me tiene loca no para de reír. Creo que, hoy más que nunca, piensa que estamos chiflados.

En un momento de la noche, la yaya propone:

—¿Qué tal si cantáis los dos juntos una canción de Navidad?

Me entra la risa. A Deacon también.

No sabría qué canción cantar con él, pero, sorprendiéndome, se sienta frente al piano de pared. Lo abre y comienza a tocar. Según da las primeras notas, me sorprendo. Sé qué canción es, es esa que tarareo inconscientemente.

—La canturreas tanto que al final llamó mi atención y la busqué —dice mirándome.

Emocionada, y con el corazón latiéndome a mil, lo miro mientras todos nos observan. Que haya buscado esa canción me deja sin palabras.

—¿Qué canción es? —pregunta mi madre.

—*The Christmas Song*, de Shawn Mendes y Camila Cabello —susurro.

—¡Bonita canción! —afirma mi sobrino Hugo soltando a *Trece*.

—Y muy romántica. —Marga sonríe.

Hechizada, miro a Deacon cuando interpreta la melodía al piano, y mi yaya insiste:

—Vamos, Minirri, ¡cantadla!

Atraída como una polilla por la luz, me levanto y me siento junto a Deacon en la banqueta. El corazón me va a mil, y él comienza a cantar lenta y pausadamente la bonita canción mientras, en silencio, mi familia nos observa.

Mirándolo a los ojos, sonrío al ver que se la ha aprendido, y sé que lo ha hecho por mí. ¡Por mí! Y cuando calla, soy yo quien canta, quien le da la réplica. El vello de todo mi cuerpo se eriza. Lo que estoy haciendo, lo que estoy viviendo junto a él, es de las cosas más bonitas y románticas que he hecho en mi vida.

Deacon me mira con sus preciosos ojos azules. Y, uf, Dios mío, ¡que me da! En ellos veo al hombre que me tiene enamorada. ¿Qué verá él en los míos?

Feliz, miro a mi familia. Todos nos contemplan en silencio, con una sonrisa, mientras Deacon y yo cantamos la bonita y dulce canción de Navidad en el salón de la casa familiar. Nuestras voces encajan perfectamente. Conozco su tono, solo me acoplo a él. Y cuando acabamos, nos miramos y, sin dudarlo, nos besamos.

Mamá, papá, la yaya..., ¡todos aplauden emocionados! Deacon y yo, dejándonos llevar, seguimos besándonos, hasta que nos separamos poco a poco y yo susurro:

—Me acabas de sorprender.

—Eso quería.

Deacon vuelve a besarme entonces, y su beso es tan apasionado que al final mi padre tose y murmura:

—Muchachosssssss...

Divertidos, y entendiendo su advertencia, nos separamos; mis primos comienzan a empujar a Deacon, y mi yaya, acercándose a mí, murmura abrazándome:

—Minirri, ¡qué feliz estoy por ti!

Mientras me abraza, observo como Deacon bromea y ríe con mis primos. Lo que estamos viviendo es mágico y especial. Tan especial que empieza a darme miedo.

De pronto, unos golpes fuertes resuenan sobre nuestras cabezas, mi perro comienza a ladrar y Carlota grita:

—¡Ha llegado Papá Noelllllll!

Como cada año, todos nos ponemos a correr de un lado a otro del salón para evitar que mi sobrina salga. Deacon nos mira sorprendido. El motivo de que lo hagamos es porque hemos de dar tiempo para que Papá Noel desaparezca del tejado, y que así lo crea Carlota.

Es una tradición que comenzó mi yoyo con mi madre y mi tío y, después, mis padres y mis tíos con nosotros cuando éramos pequeños. Cuando finalmente Carlota consigue llegar a la puerta trasera y abrir, se queda embobada mirando los dos enormes sacos llenos de regalos que hay frente a ella.

Luego sale a la calle y todos vamos tras ella. La niña levanta la vista al precioso cielo de Navacerrada y mi cuñado Lucas pregunta cogiéndola en brazos:

—¿Lo ves, cariño?

Abre los ojos como platos, y con la inocencia propia de su edad, Carlota mira a su alrededor. Está nerviosa. Mucho. Por último, señalando con el dedito exclama:

—Sí..., ¡va por allí!

Según dice eso todos le damos la razón, todos vemos alejarse a Papá Noel con sus renos, mientras le gritamos dándole las gracias por los sacos de regalos que nos ha dejado. Deacon, tan asombrado como mi sobrina, ni siquiera parpadea. ¡Está flipando!

Para la familia, mantener la ilusión de Carlota es importante, como lo será mantener la de Aitana dentro de unos años y la de los siguientes niños según vayan llegando.

—Vamos..., vamos... ¡Todos adentro! —Mi yaya ríe—. Hace un frío que pela y Papá Noel tiene que seguir entregando regalos.

El Pope y Kiki cargan con los sacos llenos y los meten en el salón. Los demás vamos tras ellos junto a una emocionada Carlota, y Deacon, mirándome, murmura mientras suena la canción *Blame It on Christmas*, cantada por Bebe Rexha y Shea Diamond:

—Menudo teatrillo que hacéis...

Asiento, lo sé.

—Lo que sea por conservar la magia de la Navidad —afirmo.

El jolgorio que precede al reparto de regalos es tremendo. Carlota, como la niña de la casa, es la que más recibe, junto a Aitana y

Hugo. El resto disfrutamos abriendo nuestros presentes, que son ropa, calcetines, libros, música, velas aromáticas y cremitas. Mi perro y *Trece* también tienen regalos, que son cazos nuevos y pienso. Ni que decir tiene que cuando mi familia abre los regalos que les ha hecho Deacon se queda sin palabras. Para los hombres ha comprado carísimos relojes y, para las mujeres, bonitas pulseras de oro blanco, Carlota y Aitana incluidas.

Divertido, Deacon abre sus regalos mientras noto que se siente uno más de la familia, y sonríe al encontrarse con los típicos calzoncillos y los calcetines de mi yaya. ¡Otra tradición! Cuando abre mi regalo, quiero ver su cara. Sin que se enterara, encargué por internet un estuche nuevo para *Ángela*, su guitarra. Es igual que el que tiene, pero mullido y resistente, e hice que lo tunearan con las mismas pegatinas que lleva en el viejo. Sé que son importantes para él, pues esas pegatinas las puso su madre.

Conmovido cuando ve mi regalo, asiente, sonríe y, besándome, susurra:

—Nunca dejas de sorprenderme.

—Tía Minirri, este es para ti —indica entonces Carlota.

Gustosa, lo cojo. Lo abro. Por el papel de la joyería sé que es de Deacon. Y, cuando veo unos preciosos pendientes largos a juego con una gargantilla en oro blanco que más bonita no puede ser, lo miro y murmuro:

—Me encantaaaaaaa...

Deacon cabecea con una sonrisa, disfruta del momento, y, tras darme un beso, susurra:

—Tú sí que me encantas a mí, Duendecilla. Feliz Navidad.

Capítulo 43
Deacon

25 de diciembre

¡Menuda resaca tengo!

La juerga terminó a las cinco de la madrugada tomando chocolate con churros, pero mereció la pena. Lo pasé muy bien, aunque creo que bebí más que de costumbre.

Al mirar hacia mi izquierda, veo los trajes de Papá Noel tirados en el suelo. Está claro que mucho cuidado cuando nos los quitamos no le pusimos, y entonces sonrío al recordar lo que ocurrió y murmuro:

—Fun, fun, fun.

Miro luego a mi derecha y veo a Adriana abrazada a mi tocayo. Ambos duermen profundamente, y sonrío. Qué fácil es todo con ellos. Y, aunque despertaría a la Duendecilla, creo que he de dejarla dormir. Lo necesita.

Sin apenas moverme, miro el reloj. Son las nueve y media de la mañana. Afino el oído y no se oye nada en el exterior. Ni musiquita, ni voces. Intuyo que están todos durmiendo.

Vuelvo a mirar a la mujer que está durmiendo junto a mí. Con ese gesto tranquilo y ese leve ronquido que hace al respirar es encantadora. El modo en que nos contemplamos la noche anterior cuando cantamos esa canción que a ella tanto le gusta me aceleró el corazón. A excepción de mi madre, nadie me ha mirado así nunca, con ese cariño y esa entrega, y si lo pienso, el corazón se me vuelve a acelerar.

¿Qué me pasa? ¿Por qué me siento tan raro, pero al tiempo feliz?

Con cuidado, me levanto. Mi tocayo me observa y, rápidamente, con un movimiento le indico que siga durmiendo. Lo hace. Qué obediente es.

Tras coger mi teléfono móvil, me meto en el baño y cierro la puerta. Necesito hablar con Frankie. Mientras me siento en el borde de la bañera, veo que tengo varias llamadas perdidas de Emma y también mensajes. Sigue sin darse por vencida.

Sé que en Nueva York no son horas..., con seguridad, Frankie estará durmiendo. Pero es una urgencia, necesito hablar con él. Un timbrazo. Dos...

—Deacon, ¿qué pasa?

Su voz me hace intuir que al ver la hora lo he asustado.

—¿Buscaste lo que te pedí? —musito.

Mi amigo se queda unos instantes en silencio y luego protesta:

—¿En serio me despiertas a estas horas para eso?

Sonrío, su voz me hace gracia, y acto seguido indica:

—Sí, pesado... Lo busqué, lo encontré y lo contraté. Ahora te mando toda la información.

—Gracias.

De nuevo nos volvemos a quedar callados, hasta que digo:

—Necesitaba hablar contigo. Por cierto, ¡feliz Navidad!

Se hace el silencio otra vez y, al cabo, Frankie murmura:

—¿Has dicho «feliz Navidad»?

Divertidos, ambos comenzamos a reír.

—¿Sigues de una pieza? —pregunta.

Levanto las cejas y, consciente de que hay algo que no le he contado, respondo:

—Sí. Aunque han tenido que darme tres puntos en la frente.

—¡¿Qué?!

Como imaginaba, Frankie se asusta. Mejor omito que también me hice daño en las costillas. E, intentando tranquilizarlo, le aseguro:

—Estoy bien.

—¿Cómo vas a estar bien si dices que han tenido que darte puntos en la frente? Pero ¿qué ha pasado?

—Me asusté de unas vacas. Corrí y me estampé contra un cercado.

—¡Deacon!

Al contarlo en voz alta, me da la risa. Me doy cuenta de lo ridículo de la situación, y cuchicheo como habría dicho el Pulga:

—¡*Pa* haberme *matao*!

—¿Deacon? —pregunta sin entender lo que he dicho.

—Olvídalo. Por cierto, ¡sigo teniendo todos los dientes!

—¡Deaconnnnnnn!

—¡Es una bromaaaaa! —Me río divertido.

Según digo eso, rápidamente Frankie habla de hospitales, escáneres y demás. Según él, en cuanto regrese necesitaré un diagnóstico médico. ¡Qué exagerado es! Durante un rato dejo que se desahogue diciendo todo lo que he de hacer cuando vuelva a Nueva York, y luego pregunto para cambiar de tema:

—¿Alguna novedad acerca de mi sobrina?

Frankie guarda silencio. Sé que piensa si continuar con lo que estaba o responderme, y al final dice:

—Te iba a llamar yo hoy para decirte que el 30 de diciembre la traemos a casa.

—¡¿Qué?!

Él ríe con más ganas y afirma:

—Sí, hermano, sí. Ayer tuvimos una nueva reunión y han accedido a que el día 30 la pequeñaja se quede ya con nosotros. Creímos que dirían que no, pero estábamos equivocados, y Susan y yo casi nos morimos cuando dijeron que sí. Y, bueno, mañana mismo iremos a comprar cosas para ella. ¡Necesitamos de todo!

Saber eso me llena de felicidad, hace que el cansancio se me vaya de un tirón.

—Comprad todo lo que necesitéis. Yo me encargo —indico.

—No digas tonterías.

—No digas tonterías tú.

Ambos reímos y luego Frankie replica:

—Tranquilo, tío Deacon. Tendrás toda la vida para comprarle todo lo que quieras.

Divertido, asiento. Pensar en la nueva integrante de la familia me hace muy feliz, y, necesitando hablar, a continuación musito:

—Tenías razón.

—¿En qué?

No me resulta fácil explicar algo tan complicado para mí, pero empiezo a decir:

—En que cuando alguien se mete en tu cabeza y tu corazón, te...

—¡No me jodas!

Oír eso hace que guarde silencio.

—¿Tan fuerte ha sido el golpe en la cabeza? —añade él.

Ambos reímos, y luego Frankie pregunta:

—¿En serio me estás diciendo que te has enamorado de la Duendecilla?

No sé qué decir. ¡¿Amor?! El enamoramiento es algo que no controlo... Y Frankie, al no oírme, exige:

—¿Quieres hacer el favor de decir algo?

Tiene razón, para eso lo he llamado.

—Ella es mágica —indico—. No solo es preciosa, inteligente y buena técnica de sonido, sino que además es... es... lo mejor que me ha pasado en la vida. Es tantas cosas bonitas que no sabría ni por dónde comenzar. Y, luego, su familia es increíble. Tienes que conocerlos, hermano. Ellos están haciendo que viva una bonita Navidad y... y... ¡Joder! ¡Creo que ella es mi persona! ¡Tenemos una conexión especial e increíble entre nosotros!

El silencio al otro lado del teléfono hace que compruebe si se ha cortado la llamada.

—Frankie..., ¿estás ahí? —musito.

—Sí.

Los dos nos quedamos en silencio y, al oír un gemidito, pregunto:

—¿Estás llorando?

—Sí...

—¡Frankieeee!

—Ya sabes que soy llorón y, ahora, con la llegada de la niña, más. Y, joder, hermano, oír lo que has dicho me... me emociona tanto... —Tomando aire, añade—: Siempre he querido que encontraras a tu persona como la encontré yo en Susan y pudieras sentir eso que yo siento. Y si quería que la encontraras era para que experimentaras lo bonito que es vivir un amor sano y correspondido. No insano, como el que vivías con..., bueno, mejor no nombrarla...

Sonrío, sonrío como un bobo.

—Que digas que tienes una conexión especial e increíble con ella está bien, pero ¿por qué no pronuncias la palabra *enamorado*? —dice—. ¿Acaso no sientes amor por ella?

Asiento, sé que tiene razón, e indico:

—Poco a poco...

Mi amigo se ríe. Yo también. Y, al cabo, lo oigo decir:

—Mamá Ángela debe de estar muy feliz.

Asiento, toco el anillo que llevo colgado del cuello y le aseguro:

—Está muy feliz.

Durante un rato sigo hablando con Frankie de cómo me siento y de lo que me ocurre. La emoción lo hace reír y llorar. Llorar y reír. Y, cuando nos despedimos y quedamos en hablar en otro momento, al cortar la comunicación sonrío. ¡Qué llorón es mi hermano!

Sentado al borde de la bañera, mamá acude a mi mente mientras sigo tocando el anillo. Recuerdo nuestras Navidades. Ella me hacía sonreír como ahora lo hace la Duendecilla. Pienso en lo mucho que le gustaría Adriana y lo bien que le caería su familia, cuando de pronto la puerta del baño se abre. Aparece la Duendecilla con la cara hinchada de dormir y el pelo revuelto, y murmura:

—Me he levantado como un campo sin vacas, desganada... ¡Buenos días, cielo!

Oír eso me hace gracia. ¡Ya me estoy riendo! Cuando me incorporo y ella, acercándose, se abraza a mí, oigo que susurra:

—Hoy no me dejes beber ni una gota de nada que no sea agua.

—De acuerdo —afirmo sonriendo.

Luego nos quedamos abrazados en silencio en el baño unos instantes, hasta que pregunta:

—¿Con quién hablabas?

—Con Frankie.

—¿Pasa algo?

Omitiendo el verdadero motivo de mi llamada, respondo:

—Les dan a la niña el 30 de diciembre.

—¿En serio? —pregunta mirándome.

—Sí. Podrán empezar el año con ella.

Mi chica sonríe de esa manera que solo ella sabe.

—Vaya —musito yo de pronto—. Fuera ya comienzan a sonar cancioncitas navideñas...

—Venga, tonto, si hasta te gustan ya —replica ella.

Ambos reímos y luego pregunto señalando hacia el cuarto:

—¿Puedo utilizar tu impresora?

—Claro.

Cuando veo que va a preguntar, yo, que ya voy conociéndola, me apresuro a decir:

—Ya lo verás. Ahora no puedo contártelo.

Adriana sonríe sin darle más importancia.

—Toca boda, ¿estás preparado? —indica.

—Preparadísimo.

Capítulo 44
Adriana

Como cada año desde que tengo uso de razón, mi yaya se pone su bonito vestido de novia, ese con el que años atrás se casó con el yoyo y que, increíblemente, aún le vale porque sigue igual.

Mamá, las primas, la tía y yo nos encargamos de que sea un día único y especial para ella, a pesar de las circunstancias, y verla sonreír nos hace saber que así es.

Los del catering que contratamos ya han llegado y están preparando la comida en la cocina. A pesar de que tenemos toneladas de sobras de la noche anterior, queremos que la comida de la boda sea especial. Lo que hay en la nevera nos servirá para comer el resto de la semana.

Una vez que mi yaya está preparada y abro la puerta de la calle para que mi perro salga al campo a hacer sus cosillas, entro en mi cuarto para vestirme y terminar de maquillarme. Le he dicho a Deacon que no se le ocurra entrar. Quiero sorprenderlo.

Media hora después, cuando salgo de la habitación con mi vestido lencero rojo y él me ve, se queda sin palabras. Creo que lo he sorprendido. Por norma, me ve vestida de sport. El único día que me ha visto algo más mona fue la noche de la despedida de la gira. Pero hoy voy de boda. Me he maquillado y peinado a conciencia. Quiero sentirme guapa.

—¡Qué preciosa está mi Minirri! —indica mi padre.

—Primula, ¡estás que te sales! —afirma Kiki.

—Me encanta tu vestido —dice Lourdes.

—Tíaaaaa, ¡qué guapaaaaa! —grita Carlota abrazándome.

—Tú sí que estás guapa, Cosita —murmuro yo encantada.

Tanto mis tíos como mis primos me alaban; a continuación mi hermana se acerca a mí y cuchichea:

—¿Sabes si va a venir Pablo con María Rosa?

Según oigo eso, niego con la cabeza.

—Espero que no —replico.

Mi hermana hace un gesto incómodo, y yo añado:

—Solo te digo que, como se les ocurra venir, va a arder Troya.

—¿Por qué?

Me callo, mejor no digo nada.

—Ya me contarás —susurra Virginia.

—Ya te contaré —afirmo mirando a Deacon, que más guapo no puede estar con su traje nuevo.

Según voy a acercarme a él, mi hermano Adam me intercepta.

—Hoy te has superado, hermanita —dice.

—Y tú también, hermanito. —Sonrío divertida mientras observo cómo me mira Deacon.

Adam y yo nos damos un cariñoso beso. En ese momento veo entrar a Marga del brazo de Federico y ella, mirándome, me da su aprobación y murmura:

—La verdadera amistad es entrar en casa de tu amiga y que automáticamente se te conecte el wifi.

—Mejor no lo has podido definir —asegura mi cuñado Carlos, que tiene a Aitana en brazos.

Eso nos hace reír a todos, y en ese instante aparece también el Pulga con Olivia. Es la primera vez en mi vida que veo a mi primo tan pero tan guapo y elegante.

—¿Quién eres tú y donde está el Pulga? —bromeo mirándolo.

—¡Primulaaaaa! —se mofa él.

—¡Deacon Blackkkkk! —exclama de pronto Olivia.

Mi primo la mira y asiente.

—Te dije que te tenía una sorpresa —dice—. Pero nadie puede saber que está aquí, ¿entendido?

Olivia y Federico miran a Deacon maravillados. Entonces mi tío comienza a repartir copas de champán y todos las aceptamos; estamos sedientos. Entre risas y bromas, nos pimplamos un par de botellitas cantando eso de «pero mira cómo beben los peces en el río», y Marga, con picardía, comenta:

—Aquí Federico, el guardia civil, me recuerda que los que beben y vuelven a beber son los peces. Y que no olvidemos que para nosotros son ¡seis puntazos en el carnet de conducir! ¡Será malaje!

—¡Margaritaaaaa! —Ríe el aludido.

Los demás reímos también. Estamos todos de muy buen humor. Hoy es un día bonito. No solo es Navidad, sino que además tenemos una boda.

Cuando finalmente Deacon se acerca a mí, distingo en sus ojos que le gusta lo que ve. Y, pegándose a mí, señala el muérdago que hay sobre mi cabeza y dice:

—Tengo que besarte.

—¿Por qué?

—Cielo, ¡es una tradición!

—¡No es listo ni nada el guiri! —Gregorio se ríe.

Encantada, acepto su beso, ese y todos los que quiera darme; entonces aparece mi madre, da dos palmaditas al aire, coge la urna con las cenizas de mi yoyo y ordena:

—Todos a sus sitios, que viene la novia. Y tú, Minirri, pon la canción.

Cuando ella se marcha, Gregorio, que oficiará la boda, se pone en posición frente a la chimenea y todos nos colocamos.

—¿A qué canción se refiere? —me pregunta entonces Deacon.

Parando la musiquita de Navidad que suena de fondo, busco en la lista de Spotify de mi yaya la canción que he de poner e indico:

—Se titula *A cada momento*. Es una canción que mi yoyo compuso a la yaya cuando se conocieron. Es su canción.

Deacon asiente, y, acto seguido, le guiño el ojo y digo cogiéndole la mano:

—Pongámonos aquí.

Cuando miro hacia atrás veo que mi madre abre la puerta. Entonces le doy al *play* y la canción con la voz de mi yoyo comienza a sonar.

Instantes después, mi abuela, que va seguida de mi madre y mi tío, se acerca hasta nosotros. La yaya lleva a *Trece*, el gato negro de mi yoyo, entre sus brazos y mi madre, las cenizas.

—Porque sé que no sois brujas y esto no es un aquelarre, porque si no... —se mofa Deacon entre susurros.

Divertida, le doy un codazo, mientras en los ojos de mi madre y la yaya veo felicidad, emoción, recuerdos. Y, como cada año, todos nos emocionamos también.

Cuando llegan hasta donde está Gregorio, mi abuela se para, y mamá y el tío se ponen frente a ella. Tras darle un beso en la cabecita a *Trece*, la yaya lo suelta y entonces Gregorio dice unas palabras. El tío se curra el discurso todos los años.

De reojo, miro a Deacon; está muy atento a todo lo que sucede. En ese momento *Trece* pasa por su lado frotándose en su pierna y murmura:

—Joderrrrr...

Eso me hace sonreír. Él y sus supersticiones. Sé que la boda de mis yayos le parece una locura, algo surrealista, pero la vida está llena de cosas surrealistas y, como no hacemos daño a nadie celebrando esta fiesta, ¿qué más da?

Se hace la renovación de los votos. Y cuando la yaya coge las cenizas de mi yoyo en sus manos, todos gritamos «¡Vivan los novios!» y lanzamos pétalos de rosas. Arroz no, que dentro de casa ensucia mucho.

Tras la ceremonia, los camareros del catering salen de la cocina para comenzar a ofrecernos las delicatesen que nos han preparado.

—Probad los canapés de venado con trufa, ¡son espectaculares! —dice mi hermano acercándose a nosotros.

Deacon y yo los probamos y, sí, ¡lo son!

La comida se organiza en la terraza cubierta que hay en la parte trasera de la casa. Los empleados del catering han colocado varias estufas allí para que no haga frío, y nos sentamos a comer. Entre «Vivan los novios» y risas, el tiempo pasa, y cuando la yaya corta la tarta, toda la familia aplaude con amor.

En un momento dado veo que Deacon se levanta y le entrega un sobre a mi abuela. ¿Será lo que ha impreso en mi impresora? Ella lo abre, saca unos papeles y musita:

—Nooooo...

Eso hace que todos la miremos, que nos callemos expectantes, hasta que la yaya susurra mirando a Deacon:

—No, hijo..., no.

Deacon asiente. Pero ¿de qué hablan? Y luego oigo que él dice:

—Es mi regalo de bodas.

Mi padre coge los papeles y, con sorpresa y emoción, nos mira a todos y exclama:

—¡El día 10 de enero comienzan a reparar el tejado de la casa! ¡Y está pagado!

El grito unánime de todos y los aplausos son atronadores. ¿En serio Deacon va a hacer eso por mi yaya? ¿Por mi familia? ¿Por esta casa?

Todos lo abrazan. Todos lo besuquean. Y, a diferencia del día que llegó, que estaba tieso como una estaca, él sonríe y los abraza también. Lo de devolver besos, sin embargo, lo tiene que practicar. Sin que me lo diga, pero con sus actos, está claro que para él esta Navidad está siendo diferente, y, abrazándolo, cuchicheo sin saber por qué:

—Te quiero, Deacon Black.

Según digo esto, me mira y yo pienso: «Tierra, trágame».

Acabo de pronunciar el *summum* de las palabras de amor. Acabo de abrirle totalmente a Deacon mi corazón, y este, con gesto de sorpresa, solo sonríe y no dice nada. Mejor..., creo que la he cagado pero bien.

Cuando llega el momento en el que la yaya debe lanzar el ramo a las mujeres solteras que hay en el convite, Deacon, que está sentado con mi padre y mi tío, me mira, y yo sonrío. Estamos mis primas, Lourdes y Cristina, Marga, Carlota, Olivia y yo. Al menos hoy hay una más. Todos los años estudio a mi yaya, y si veo que el ramo lo va a tirar para la izquierda, yo me muevo para la derecha. No es que no quiera casarme, es solo que prefiero que lo cojan mis primas, que, por cierto, aún no se han casado, a pesar de haber cogido el ramo varias veces.

—Vamos, chicas, ¡¿preparadas?! —grita mi madre.

—¡Minirri! —exclama Kiki—. ¡Este es tu año!

—¡Vete a paseo! —le grito haciendo reír a todos.

Mi yaya nos mira. En sus ojos leo que lo va a lanzar hacia mí, y sonrío al ver la desesperación de mis primas por cogerlo.

—¡Unoooooo —exclama mi yaya—, dosssss y tresssss!

Mis primas saltan como tigresas en celo junto a Olivia, Marga y Carlota, mientras yo me río y, boquiabierta, veo que el ramo no viene hacia nosotras, sino que va en dirección a los chicos, y cae justo sobre las piernas de Deacon.

¡Joder con mi yaya!

El gesto de Deacon es para grabarlo, y me parto al ver que Hugo ha inmortalizado el momento. ¡Qué bueno!

Entre risas y aplausos y refunfuños por parte de mis primas, la yaya se acerca a Deacon. Acto seguido le da un beso en la mejilla y murmura:

—Hermoso, mi siguiente nieto en casarse serás tú.

Él sonríe, abraza a mi yaya, y cuando se separa de ella me mira y pregunta:

—Duendecilla, ¿quieres casarte conmigo?

Según dice eso, todos callan, nos miran, dejan de respirar. Y yo, entre asustada y ojiplática, parpadeo. ¿Qué está haciendo Deacon?

No se oye una mosca. Todos están observándonos. Y de pronto Deacon comienza a reírse y exclama:

—Es una bromaaaaaa...

Todos los presentes respiran hondo, se ríen, se miran entre sí. Y entonces pregunto:

—¿Lo dices por lo del embarazo?

Deacon parpadea. Acabo de sorprenderlo. Mi familia vuelve a dejar de respirar y digo antes de que mi padre vaya a por el hacha:

—Es bromaaaaaa...

Todos ríen, se mofan, y en ese momento oigo a mi padre decir:

—Ya iba a ir a por el hacha, muchacho.

Deacon me mira. Divertido, se acerca a mí y, tras darme el ramo y un beso en los labios murmura:

—Como siempre bromeáis todos conmigo, esta vez quería hacerlo yo, pero una vez más me la has jugado.

Aún con los nervios en el cuerpo, asiento, sonrío, y este, acercándome a él, clava sus impresionantes ojos azules en mí y dice:

—He oído tu «Te quiero»... ¿Te casarías conmigo?

¡Uf, madre!

¡Uf, que me da!

Vale. Yo lo quiero. Lo sabe. Se lo he dicho. Pero ¿y él a mí?

El susto regresa a mi cuerpo. De nuevo me quedo sin respiración. ¿Está bromeando de nuevo? Por suerte, sé que esta vez solo yo lo he oído. Mi hermano llega hasta mí, y, cogiéndome la mano, dice:

—Vamos, ¡queremos bailar!

Bien..., bien..., bien... ¡Gracias, Adam!

Sin mirar atrás, y menos aún mirar a Deacon, como profesional de la música y técnica de sonido, soy la encargada de hacer que todos bailen. Un poquito de pachanga para mis padres, unos pasodobles para mi yaya y música actual para el resto hacen que todos bailemos descontroladamente hasta el amanecer, aunque mi cabeza no olvida la pregunta de Deacon. Pero ¿acaso se ha vuelto loco?

Capítulo 45

Deacon

28 de diciembre

Hace tres días que fue la boda y algunos todavía continuamos con resaca, y más cuando anoche tuvimos concurso de karaoke familiar. ¡Tremendo lo que viví!

Según me han dicho, hoy es el Día de los Santos Inocentes una fiesta muy celebrada en España en la que la gente se hace bromas. ¡Lo que les faltaba! ¡Hoy me comen vivo!

Durante la mañana estoy con Alfonso cortando leña. Con los días que llevo practicando, se puede decir que ya sé partirla. No con su habilidad, pero al menos ya acierto, y mis piernas siguen intactas.

A media mañana veo que llega la Duendecilla con Carlota y el perro. Vienen de dar un paseo por el campo, y sonrío al ver a mi tocayo completamente empapado. Si hay algo que disfruta es correr como un loco. Tanto que a veces siento que no ve ni por dónde va. En cuanto me ve viene hacia mí como una bala, se me sube encima, busca mis mimos y al final se aleja corriendo otra vez. Su energía es agotadora.

—¿Adónde va *Deacon*? —pregunta Carlota.

Adriana se acerca a mí, tiene las mejillas rojas a causa del frío y, abrazándome, responde:

—Seguro que a perseguir un conejo.

La niña entra corriendo en la casa seguida de Alfonso, y yo, mirando a la chica que puedo decir en este instante que es la de mis sueños, pregunto:

—¿Qué tal tu paseo?

—Interesante pero agotador.

—¿Y eso?

Comenzamos a caminar hacia la casa cuando dice:

—*Deacon* ha descubierto una madriguera de conejos enorme y está muy intenso.

Ambos reímos, y luego Adriana añade:

—Ven conmigo. Tengo que terminar unas cosas en el estudio para el día 2.

Gustoso y feliz, la sigo. Como siempre que entramos allí, ambos disfrutamos. Ella, tocando su mesa con sus mezclas y yo, tocando las guitarras de River. ¡Son una pasada!

Pero hoy disfruto más mirándola a ella, a la mujer que ha conseguido darme la vuelta como a un calcetín sin yo apenas darme cuenta.

—Mira qué bien suena esto —dice de pronto.

Acto seguido, por los altavoces comienza a sonar una fusión de instrumentos con un ritmo sorprendente, y afirmo:

—Es muy bueno.

—Lo sé.

Oírla decir eso me hace sonreír; si en algo está segura ella es en lo concerniente a su trabajo. Me apoyo en la silla, dejo la guitarra de River a un lado y me dedico simple y llanamente a observarla.

Adriana está a lo suyo. Ni me mira. Pero a mí me tiene maravillado. Su sonrisa, sus gestos, su manera de moverse, su seguridad. Si me llegan a decir hace menos de un mes que yo viviría y haría todo esto, nunca lo habría creído. Pero sí. Con Adriana es fácil porque ella hace que lo sea.

Estoy pensando en ello cuando de pronto, sorprendiéndome a mí mismo, pregunto tocando el anillo de mi madre:

—¿Te casarías conmigo?

Según digo eso me mira, levanta las cejas y, dejando los auriculares sobre la mesa, musita:

—¡Ya estamos con las bromitas!

Eso me hace sonreír, y cuchicheo:

—Es 28 de diciembre.

Adriana sonríe y, viniendo hacia mí, pregunta:

—Y tú, ¿te casarías conmigo?

De pronto, ver cómo me mira me pone nervioso. No esperaba esa pregunta por parte de ella, y, acto seguido, levantando las cejas, cuchichea:

—Está claro que no.

—Yo no he dicho que no...

—Tampoco has dicho que sí.

Nos miramos en silencio. Sin hablarlo, sabemos que entre nosotros ha surgido algo mágico y especial. Algo que ni con Emma ni con nadie había sentido. Nervioso por haber iniciado esto, que no sé cómo gestionar, musito:

—La vida real no es tan romántica.

—Es como queramos que sea —matiza.

Estoy inquieto. Sé lo que he dicho, lo que he preguntado. Jamás he estado más deseoso de hacer algo así.

—Por ti haría cualquier cosa —indico mirándola.

—¡Deacon! Pero ¿qué dices? —Ríe.

—Lo que pienso, Duendecilla.

Acercándonos, nos besamos, eso se nos da de lujo, y al cabo susurro:

—Las Navidades terminarán...

—Para tu tremendo regocijo —se mofa.

—Regresaré a Nueva York. Tengo varios compromisos.

—¡¿Y...?!

La miro, me mira, y digo:

—Y quiero estar contigo.

Según digo eso, soy consciente de que todo el vello de mi cuerpo se eriza.

—Nuestra conexión es tan increíble... —murmuro acercándome más.

—¿Sigues pensando que es conexión y no amor?

No respondo. No sé hablar de amor, a pesar de que a veces en mis canciones canto al amor.

—¿Estás enamorado de mí? —me pregunta ella entonces.

Sin dudarlo, asiento. Mi cabeza asiente, pero mi boca es incapaz de afirmarlo, y susurro:

—Quiero ser «tu siempre».

Adriana me mira y sonríe. Intuyo que lo que oye le gusta, es romántico, y prosigo:

—Sé que es precipitado. Que es una locura lo que propongo. Pero mi madre siempre decía que la Navidad era mágica, y si algo me habéis enseñado en estos días es a disfrutar de la vida y de los momentos porque, como decía tu yoyo, cada momento es único e irrepetible.

—Deacon, no has respondido a mi pregunta.

—Yo creo que sí.

—Pues yo creo que no —dice sonriendo.

Durante unos instantes me mira a los ojos mientras siento como su mirada se funde con la mía.

—¿Tan difícil es decir «te quiero» o «estoy enamorado de ti» si así lo sientes? —susurra.

Paralizado. Así me quedo.

Quiero decirlo, pero mi boca se niega a vocalizarlo. Pero ¿qué me pasa? ¿Por qué soy incapaz de decir lo que siento si ella necesita oírlo?

Finalmente Adriana me besa, salva este momento tan incómodo, y cuando las manos comienzan a desabrochar las cremalleras de nuestros pantalones, fuera suena el claxon de un coche y oigo que ella dice:

—No hay tiempo para fun, fun, fun.

—¡Mierda! —murmuro.

Volvemos a besarnos. El beso se alarga, y cuando somos conscientes de que o salimos de aquí o quemaremos el estudio, nos separamos.

—Tú y yo debemos tener otra cita fuera de aquí para hablar y aclarar las cosas —afirmo.

—Te lo compro —asegura la Duendecilla.

Ambos reímos y luego musita:

—Tenemos una conversación pendiente.

—La tenemos —convengo nervioso. Y, queriendo acabar con este momento en el que las palabras necesarias no salen por mi boca, tras besarla pregunto—: ¿Qué toca hoy?

—Fotos y visionado de la boda. Hugo lo ha preparado.

Asiento; la verdad es que me apetece ver lo bien que lo pasamos. Tras darnos un último beso y recomponernos, salimos del estudio. Acto seguido entramos en la casa, donde inconscientemente tarareo la cancioncita de Navidad que suena, que es *Christmas (Baby Please Come Home)*, de Mariah Carey, y pienso que... ¡me gusta!

Capítulo 46
Adriana

29 de diciembre

Sigo en mi nubecita particular desde que Deacon me dijo lo que me dijo.

¿En serio estoy viviendo esto?

¿De verdad el hombre al que amo tiene sentimientos por mí, aunque evite decir las palabras?

Si algo me está quedando claro es que Deacon le tiene un gran respeto al amor. ¿O quizá sea miedo? No consigo entender, incluso creo que él tampoco entiende, qué es lo que lo tiene paralizado, pero creo que vamos camino de descubrirlo.

Cada vez que lo miro siento como toda la sangre se me acelera, como el pulso se me dispara, y, sobre todo, como deseo arrastrarlo a mi habitación, arrancarle la ropa y hacerle el amor.

Deacon siempre ha sido mi sueño, un sueño hecho realidad... Pero un bonito sueño del que temo despertarme en cualquier momento.

Es domingo por la tarde. Estoy sentada sobre él en una de las butacas del salón mientras la familia va llegando a casa para tener ¡noche de karaoke!

Papá abre unas botellitas de vino y suena música navideña; entonces Carlota se nos acerca y pregunta:

—¿Habéis visto a *Deacon*?

—¡Estoy aquí!

La niña sonríe y, poniendo gesto de Monstruito Rubio, replica:

—Tú no, tío Deacon. El perrito.

—Estará dormido en algún lugar de la casa, Cosita.

La cría asiente y luego pregunta:

—¿Os hago un dibujo?

—¡Me encantará! —dice Deacon.

Cuando Carlota se va, noto como mi teléfono móvil, que está en el bolsillo trasero de mi pantalón, vibra. Lo hace varias veces. Lo saco, lo miro y, al ver que es Pablo, directamente paso. Mi atención está centrada en Deacon.

Estoy disfrutando de su compañía cuando de pronto mi sobrino Hugo se acerca.

—Tía...

Uy..., uy..., ese gesto no me gusta.

—¿Qué pasa? —inquiero.

Hugo me mira, mira también a Deacon, y susurra:

—Aquí no. En la cocina.

Sorprendidos, nos levantamos y lo seguimos. Y al llegar a la cocina, de pronto me fijo en que en el exterior de la casa parece haber alguien. Rápidamente muevo el visillo para echar un vistazo y me quedo sin habla cuando veo que son fotógrafos. Hay tres.

«No..., no..., no...»

Vuelvo a cerrar el visillo de inmediato. Miro a mi sobrino y, sin que Deacon se percate aún de nada, murmuro mientras oigo que suena el teléfono del salón:

—Hugo, ¿qué has hecho?

Mi sobrino se retuerce las manos mientras nos mira. Y, de pronto, Deacon debe de ver movimiento fuera de la casa, porque se aproxima a la ventana y lo oigo decir:

—*Damn it!*

Joder..., joder..., joder... Ha dicho «¡Maldita sea!» en inglés. Malo... Malo...

Deacon nos mira. En sus ojos ya no veo la afabilidad de hace unos instantes, y entonces mi yaya, seguida por todos los demás, entra también en la cocina y murmura al tiempo que deja de sonar la música:

—Han llamado de una radio... Saben que Deacon está aquí.

Horrorizada, tomo aire, y comenzamos a ver como empiezan a llegar coches que aparcan fuera de la parcela.

—A hostias los saco yo de ahí —gruñe Kiki furioso.

Según va a salir, Deacon lo sujeta.

—Están fuera de la propiedad. Déjalos, no te metas en problemas.

—Pero nos están molestando —insiste el Pope.

—Pueden estar donde están —dice Deacon—. Sé de lo que hablo.

—¿Qué pasa? ¿Quiénes son esos? —quiere saber mi tía.

—Mamá, ¡son periodistas!, ¡¿no lo ves?! —indica mi prima Lourdes.

Miro a Deacon. Su gesto es muy serio. Y entonces Hugo murmura:

—Es culpa mía.

—¿Qué has hecho, hijo? —pregunta mi cuñado Lucas.

—Irse de la lengua, seguro —apostilla mi prima Cristina.

El crío me mira y susurra con gesto de pesar:

—Me pareció tan bonito el momento en el que Deacon y tú cantasteis esa canción de Navidad que hace un rato le he pasado a mi chica el vídeo por WhatsApp y...

—¡¿Y...?! —grito.

Hugo me mira y susurra lloriqueando:

—Que se lo ha enseñado a su hermana..., y me acaba de llamar para decirme que esta, sin decirle nada, lo ha subido a YouTube.

—¡Me cago en María Rosa! —grito.

En ese instante se oye el ruido metálico de la puerta de la parcela al abrirse, y mi tío, mirando por la ventana, dice:

—Es el Pulga.

Todos me miran. Intuyo que intentan entender mis palabras, y yo aclaro:

—María Rosa es la hermana de la chica que sale con Hugo.

Ahora todos miran a mi sobrino. Hablan. Dicen. Deacon da vueltas por la cocina como un animal encerrado, y mi hermana pregunta:

—¿Y por qué iba a hacer algo así María Rosa?

—Porque anoche corté con ella y le dije que aún quiero a Adriana...

Según oímos eso, todos nos volvemos hacia la puerta de la cocina, donde está Pablo con el Pulga. Nos miramos en silencio y, acto seguido, oigo que Pablo añade dirigiéndose a mí:

—Tenías razón, así que intenté hacer las cosas bien. No debía seguir engañándola.

Asiento. Creo que ha hecho lo correcto. Pero está claro que María Rosa, en vez de enfadarse con Pablo, ha ido a por mí y a por Deacon. ¡Increíble!

Pero ¿por qué algunas mujeres actúan así? ¿Por qué no se enfadan con quien les ha hecho el mal y sí con quien nada tiene que ver?

Estoy pensando en ello cuando oigo que Pablo dice a mi familia:

—No fui sincero con vosotros. Y dejé que creyerais una mentira.

—¿Qué mentira? —inquiere mi yaya.

Pablo toma aire. Él sabe tan bien como yo lo que pasará en el momento en que suelte la verdad.

—Adriana terminó conmigo porque descubrió que yo estaba con María Rosa mientras salía con ella y...

No dice más. Mi padre le da un derechazo que lo tumba al suelo.

—¡Sinvergüenza! —exclama.

—¡Papáááááá! —grito horrorizada.

—¡Da gracias porque no vaya a por el hacha! —replica.

—¡Alfonso! —grita mamá.

—Serás cabrón... —oigo que musita Kiki, al que sujeta mi prima Cristina.

Rápidamente corro a levantar a Pablo. El Pulga me ayuda, cuando mi padre dice de nuevo:

—Ahora lo entiendo todo... ¡Ahora sí!

Nos quedamos en silencio hasta que mi madre, molesta, dice:

—Mira, Pablo, no me esperaba esto de ti. Y menos con lo bien que toda la familia se ha portado siempre contigo.

—Lo sé, Honey. Lo sé...

En ese instante entra mi prima Lourdes en la cocina, y, enseñándonos lo que lleva en la mano, gruñe al tiempo que abre el cubo de la basura:

—A la mierda vuestras figuritas del belén.

—Muy bien, hermosa —afirma mi yaya.

Todos nos miramos sin pronunciar palabra, mientras el Pope sujeta a mi padre. ¡Qué mala leche tiene! Si hay algo que no lleva bien mi padre son las mentiras. ¡Las odia! El ambiente no puede estar más tenso, y Pablo, mirándome, murmura:

—Cuando María Rosa me ha telefoneado para decirme lo que había hecho, te he llamado, pero no lo has cogido. Lo siento, Adriana. Nunca imaginé que ella pudiera hacer algo así —y, dirigiéndose a Deacon, añade—: Y lo siento también por ti..., por la parte que te toca.

Deacon ni lo mira. Camina de un lado a otro de la cocina como un animal enjaulado, y yo, entendiendo que mi familia espera una explicación acerca de lo que ha contado Pablo, indico:

—Si no os dije la verdad fue porque no quería que le cogierais manía. Las personas se equivocan, y él se equivocaron...

—Y tú, de lo buena que eres, eres tonta —declara mi yaya molesta.

Asiento. Tiene razón. Soy muy tonta.

—Te quiero fuera de la casita —oigo que le dice entonces mi padre a Pablo—. Ya puedes ir recogiendo tus cosas y entregarnos las llaves. Y más vale que lo hagas pronto porque, como tenga que ir yo, lo vas a lamentar.

Pablo asiente. Lo entiende. No dice nada. Está claro que su relación con mi familia ha cambiado para siempre. Entonces veo que Deacon le arranca el móvil a Hugo de las manos. Me acerco a él y miro la pantalla. El vídeo de Deacon y mío cantando la canción de Navidad está subido a YouTube. Se ve perfectamente nuestra conexión. Se ve cómo nos miramos y cómo al final nos besamos. Y, sin dar crédito, observo que en menos de una hora ya lleva ochocientas mil visualizaciones. ¡Qué fuerte!

—¿Por qué llora Hugo? —pregunta en ese momento Carlota entrando en la cocina.

Al ver que nadie contesta, mi hermana dice mientras mira por la ventana y ve que siguen llegando coches de periodistas y curiosos:

—No llora, Cosita. Se le ha metido algo en el ojo. Pero ya se le pasa.

—¿Seguro?

—Sí, Cosita —afirma Hugo secándose las lágrimas.

—¿Dónde está *Deacon*?

Veo que todos miran al aludido, que tiene cara de malas pulgas mientras mira el vídeo.

—Él no. El perrito —insiste la niña.

—Anda —dice mi hermana—, ve a la habitación y pinta un dibujo para la yaya.

Carlota se marcha mientras Deacon resopla sin decir nada. Todos lo miramos y mi yaya, viendo a través de los visillos que cada vez hay más gente, murmura:

—La prensa ya sabe que Deacon está aquí, y pronto sabrán que River vivió aquí y que nosotros somos su familia —y, mirando a Hugo, añade—: Hermoso, te quiero mucho, pero te juro que en este instante te mataría por tu imprudencia... ¿Tú sabes lo que has hecho?

—Esto de bromita no tiene nada, Huguito —protesta mi prima Lourdes.

Mi sobrino no habla, solo nos mira. Sabe que por su imprudencia la acaba de liar muy gorda.

—Cuando dije que no quería fotos ni grabaciones era por algo —explica entonces Deacon.

—Te juro que...

—No jures nada, Hugo —lo corta con voz tensa—. El daño ya está hecho.

Acto seguido sale de la cocina. Toda mi familia me mira y mi hermana dice:

—Ve. No te quedes aquí.

Miro a Pablo. Siento lástima por él. Y, cuando me doy la vuelta y salgo al pasillo, una mano me sujeta y, al volverme, me encuentro de frente con él. Durante unos segundos nos miramos en silencio, hasta que dice:

—De verdad... Siento mucho lo que ha ocurrido.

Seguimos mirándonos. Intuyo que se refiere a todo en general.

—Creo que deberías marcharte —indico.

Pablo asiente; entiende que la situación ahora no es fácil. De pronto oigo al Pulga, que dice empujándolo:

—Vamos, Pablo. Te llevaré al pueblo.

Una vez que salen por la puerta, yo me dirijo hacia mi habitación, donde está Deacon, mientras mi teléfono y el del salón no paran de sonar y vibrar. En cuanto entro en el dormitorio veo que Deacon habla a través de su móvil. Su tono es serio, se podría decir que seco y autoritario, y por las cosas que dice intuyo que está hablando con Frankie.

Mientras lo hace, me acerco a la ventana. Sin mover la cortina, veo la infinidad de curiosos y fotógrafos que hay en el exterior en busca de la noticia, y yo me quiero morir.

—¡Estarás contenta!

Según Deacon dice eso, lo miro, y él continúa:

—Te lo dije. Te dije que no quería fotografías ni vídeos. Pero tú: «Tranquilo, es el fotógrafo de la familia...», «Tranquilo, es mi sobrino y confío en él...», y...

—Tienes razón —lo corto—. Pero él...

—Adriana. Él, ¡tu sobrino!, ha compartido un vídeo privado y hemos terminado en YouTube. ¿Qué coño quieres exculpar?

Vale. Veo que ya no soy «Duendecilla». El tema es complicado, pero, intentando entenderlo, indico:

—A ver, Deacon, Hugo es un crío. Ha actuado mal, pero...

—Es un crío para lo que quieres, ¡ya vale!

Tomo aire. Sé que tiene razón. ¿Qué pretendo exculpar?

Mientras observa a la prensa en la calle a través de las cortinas, exclama:

—Solo quería evitar esto. ¡Maldita sea!

No respondo. ¿Qué puedo responder a eso?

—Lo mejor para todos es que me vaya —dice entonces.

—Deacon...

—¡¿Deacon, qué?!

Su enfado va en aumento con cada palabra que digo.

—A ver, cielo —murmuro a continuación—. Entiendo tu enfado, pero deberíamos hablar y...

—Lo siento, Adriana, pero en este momento estoy tan enfadado y tan molesto con lo que ha ocurrido que lo último que quiero es hablar, porque solo deseo marcharme de aquí y perderos de vista. Por tanto, déjate de tonterías románticas, porque sabes bien que eso no me va.

—¿Eso qué quiere decir?

Deacon me mira. Con gesto de enfado, se retira el pelo de la frente y luego indica:

—Quiere decir lo que bien ya sabes. Que lo que hemos vivido estos últimos días ha sido fruto de una bonita conexión. Una divertida ilusión que hemos disfrutado sin más. ¡¿Te queda claro?!

Oír eso me acelera el corazón. No. No quiero creerlo.

Sé que lo dice porque está enfadado. Y, cuando voy a acercarme a él, a tocarlo para abrazarlo y calmarlo, susurra:

—No.

—Deacon...

—He dicho que ahora no —insiste.

Nos miramos en silencio. Rechaza mi contacto, y suelta:

—Frankie me lo está arreglando todo. Espero su llamada para marcharme de aquí. Y ahora, por favor, vete y asegúrate de que nadie, absolutamente nadie, entre en la habitación. Necesito estar solo.

No sé qué decir. No sé qué hacer. No sé cómo lidiar en este momento con él. Pero lo que sí tengo claro es que el bonito sueño romántico del que tanto temía despertarme se ha acabado ya. Levantando mis propias barreras para que no me asole el tsunami Deacon con todo lo que está ocurriendo, salgo de la habitación mientras siento unos deseos irrefrenables de mandarlo a la mierda.

Capítulo 47
Deacon

Mi mala leche aumenta por momentos, de la misma forma que aumenta la cantidad de periodistas, curiosos y fotógrafos que están apostados frente a la casa. Los teléfonos de todos no paran de sonar. Los oigo desde la habitación.

Desde Estados Unidos, Frankie alquila un avión privado y contrata un servicio de escolta que vendrá a recogerme y me llevará al aeropuerto de Madrid. Solo he de esperar a que lleguen para salir de aquí.

Como un león enjaulado, así es como me siento ahora mismo, y como siempre y sin respetar mi petición, todos los miembros de la familia, exceptuando a Adriana, que no ha vuelto a aparecer, pasan uno a uno por la habitación para hablar conmigo, incluido Hugo, que se disculpa de nuevo.

Sé que las últimas palabras que le he dicho no han estado bien. He sido frío, impersonal. Me he comportado como un idiota y, aunque ahora lo sé, en el momento no he sido capaz de controlarme, por lo que sé que he de disculparme.

Alfonso es el último en presentarse en la habitación. Como los demás, entra sin llamar. Entiende lo que digo, como yo entiendo lo que dice él, y juntos salimos luego para tomar un café. Lo necesitamos.

Mientras me bebo el café con Alfonso y los primos en un lado del salón, veo a Adriana, que llega con una taza de tila para la abuela, que tiene a *Trece* dormido sobre su regazo. Se la da. La mujer se la bebe, pero Adriana ni me mira, e intuyo que está molesta conmigo.

No suena música, el silencio en la casa es demoledor.

—¿Dónde está Carlota? —pregunta Honey de repente.

—Dibujando —responde Virginia.

—¿Y *Deacon*?

—Estará con Hugo y Lucas —musita Adriana.

Alfonso, los primos y yo proseguimos hablando, y en ese momento entran Hugo y Lucas en el salón y oigo que Adriana pregunta:

—¿Habéis visto a *Deacon*? Pensaba que estaba con vosotros.

Ellos rápidamente me miran, y ella indica con voz áspera:

—Él no. Mi perro.

Ambos niegan con la cabeza y ella, levantándose, mira por la ventana. Segundos después cierra las cortinas e indica:

—Voy a mirar en el estudio. Seguro que *Deacon* se ha quedado encerrado allí.

—Pero para eso has de salir de la casa —oigo que dice Lourdes.

Adriana asiente y la mira.

—¿Acaso ahora salir de mi casa es un delito? —replica.

—Pero los fotógrafos...

—Eso a mí me da igual —insiste poniéndose el abrigo.

Nadie dice nada. Todos se miran. Y yo, dejando sobre la mesa mi taza de café, señalo:

—Te acompaño.

Según digo eso, veo que por primera vez me mira, aunque en sus ojos noto frialdad. Una frialdad que reconozco que me inquieta. Al cabo, se encoge de hombros y susurra:

—Tú verás.

Al salir de la casa, los flashes de los fotógrafos nos acribillan. Los periodistas comienzan a lanzar sus preguntas, y quienes no son ni lo uno ni lo otro empiezan a gritar mi nombre.

Sin detenernos, llegamos al estudio, en donde rápidamente entramos y encendemos la luz. Tras comprobar que mi tocayo no está allí, Adriana se dirige de nuevo hacia la puerta, pero me interpongo en su camino.

—Como tú has dicho, tenemos que hablar.

Ella me mira, en sus ojos veo un frío polar.

—Entiendo que cuando me enfado soy irracional y que no debería haberte hablado de esa forma, pero necesito que entiendas que...

—¿Quién te ha dicho que yo no entienda nada? —me corta.

Su voz es tan grave y profunda que hace que me envare.

—Oye..., no quiero separarme así de ti —musito.

Asiente. Sonríe. Sin embargo, su sonrisa no es la misma que a la que me tiene acostumbrado.

—Mira, Deacon..., déjate de tonterías románticas —replica—, porque, como tú bien has dicho antes, no te van. Y, dicho esto, ¿qué tal si respetas que ahora yo esté enfadada, igual que yo te he respetado a ti? ¿O es que aquí solo puedes enfadarte tú?

—A ver, Duendecilla...

—¡A ver, *Adriana*! ¡Deja de llamarme por ese ridículo nombre!

Su voz, sus ojos, su postura. Todo en ella denota malestar. Frialdad. Sintiendo que la necesito a ella y su contacto, voy a cogerla por la cintura pero esta da un paso atrás y me dice:

—Ahora no, Deacon. Ahora no.

Nos miramos en silencio. Está repitiendo lo mismo que yo he hecho con ella.

Su rechazo me duele en el alma. Y aunque sé que me lo merezco porque antes lo he hecho yo, voy a hablar cuando, de pronto, se abre la puerta del estudio y entra Carlos.

—Minirri..., es *Deacon* —dice.

Con celeridad, salimos del estudio. De nuevo los gritos, los flashes, el alboroto nos rodea. Y, al entrar en el salón oigo que Adriana chilla y yo me freno al ver al Pulga con el abrigo ensangrentado y el perro entre sus brazos.

Sin moverme, veo que ella, histérica, le quita el perro de las manos a su primo y lo abraza, mientras la abuela da órdenes a todos para que, en vez de molestar, ayuden, y oigo a Alfonso llamar por teléfono a Vicente, el veterinario del pueblo.

El caos vuelve a apoderarse de todos los presentes cuando aparece Carlota y se encuentra con la situación. Si ya para un adulto ver eso no es agradable, puedo imaginarme que para una niña es terrible, por lo que Virginia coge a su hija y la saca del salón rápidamente.

Sin poder moverme, como un mero espectador, observo todo lo que sucede mientras mi cuerpo se niega a moverse. Tengo la impresión de que he perdido el control de mis acciones y me siento como un imbécil que es incapaz de ayudar en un momento así.

Mis ojos van de la Duendecilla a *Deacon*, que no para de temblar mientras aúlla casi sin aliento, y sé que es por el dolor. Y entonces oigo al Pulga decir:

—Cuando he llevado a Pablo al pueblo he visto un bulto en un costado de la carretera, pero no he reparado en él. En cambio, al regresar, yo... yo... lo he visto, he parado y... y..., ¡joder!, lo que me ha entrado por el cuerpo cuando me he dado cuenta de que era *Deacon*...

—Esto lo ha hecho un coche —afirma Honey.

—Cruzaría, como siempre, corriendo la carretera como un loco —musita Alfonso.

Los escucho mientras veo como la Duendecilla atiende a su perro, dentro de sus posibilidades. Le habla, lo mima, le dice montones de palabras cariñosas que me llegan al corazón, y sé que en este instante ella no ve ni oye a nadie. Entonces, de pronto oigo que la puerta de la calle se abre y Kiki grita:

—¡Ha llegado Vicente!

Oír ese nombre hace que todos nos espabilemos. Adriana levanta la vista y, con los ojos llenos de lágrimas, dice:

—Vicente, creemos que ha sido un atropello.

El hombre asiente y se les acerca. Se arrodilla en el suelo y, tras un rápido reconocimiento, indica:

—Debemos llevarlo a la clínica con urgencia. Aquí apenas puedo hacer nada por él.

Nada más decir eso, veo como todos comienzan a ponerse los abrigos. Yo voy a por el mío, y entonces ella dice dirigiéndose a mí:

—Tú no vienes.

Según oigo eso, la miro.

—Tu transporte vendrá a buscarte dentro de un rato —añade—. Es mejor que estés aquí.

Dicho esto, se pone a hablar con su abuela. La tranquiliza con sus palabras. Le pide que se quede allí. Y cuando se vuelve para salir señalo:

—Quiero ir contigo.

—No.

—Necesito saber cómo está *Deacon*.

Me mira, sus ojos muestran que está en shock, y responde:

—Está mal, ¿o acaso no lo ves?

—Oye. Yo solo quiero...

—¡Lo que tú quieras me importa una mierda! —grita.

—¡Minirri! —la regaña Honey.

—Muchacha, no le hables así a tu novio —gruñe Alfonso.

Enfadada, me mira. No veo nada bueno en sus ojos.

—Seamos sinceros, Deacon, y digámosles a todos que esto solo era un juego —indica.

¿Qué hace? ¿Por qué suelta eso ahora?

—¡¿Qué?! —susurra su prima Cristina.

—¡¿Un juego?! —inquiere Kiki.

—Hermosa..., estás muy nerviosa. Creo que...

—Sí, yaya, estoy nerviosa —la corta—. Pero esto que digo es verdad.

Adriana se mueve. Por el modo en que lo hace sé que está muy alterada.

—Cuando traje aquí a Deacon, vino simplemente como un amigo que necesitaba un sitio donde quedarse en Navidad —dice mirándolos a todos—. Luego apareció Pablo con María Rosa y, ante la incomodidad que me generaban, decidimos haceros creer que era mi chico. Mi «alguien especial». Pero no. Nunca lo fue. Ni lo será. Solo os hemos hecho ver algo que no existe y ya está. Ni él me quiere ni yo lo quiero a él. Por tanto, cambiad esas caras de pena porque se vaya, porque entre nosotros no hay nada.

Todos me miran, intentan entender lo que Adriana ha contado, cuando yo, mirando a Alfonso, aclaro:

—En mi defensa he de decir que siento una conexión con ella.

—Oh, Deacon..., para ya con la puñetera conexión —gruñe ella—. ¿O acaso has olvidado que hace un rato me has dicho que lo que hemos vivido solo ha sido un entretenimiento para pasar los días?

¡Joder, qué bocazas soy!

¿Por qué no lo he pensado antes de decir semejante tontería? Su tono, su manera de dirigirse a mí no tienen nada que ver con lo que conozco de ella. Está claro que mis absurdos comentarios la han alejado de mí.

—Déjame que me explique —murmuro—. Permite que...

—No —me corta—. En lo que respecta a mí, ya te has explicado muy bien. Por tanto, espera tu jodido coche y sal de esta casa y de mi vida para no volver nunca más.

—Hermana, pero ¡¿qué dices?! —exclama Adam.

La tensa situación nos está desbordando a todos.

—Si no te hubiera traído aquí, nada de esto habría pasado —oigo que añade entonces Adriana.

—¡Tía, no digas eso! —susurra Hugo.

—Pero bueno, ¿y esa crueldad? —protesta Carlos.

Todos la miran como la miro yo. Está claro que está fuera de sí. E, incrédulo, pregunto:

—¿Estás diciendo que *Deacon* está así por mi culpa?

Por increíble que parezca, veo que asiente.

—Si no estuvieras aquí, si yo no te hubiera traído, el hijo de puta que ha atropellado a mi perro y que probablemente esté fuera esperando para verte no estaría ahí. ¿Te vale con eso?

—Minirri, ¡bendito sea Dios! —oigo que musita Marieta.

—Primula, pero ¿qué dices? —protesta el Pope.

Sobrecogido, la miro. ¿De verdad está diciendo eso? Y acto seguido añade:

—Adiós, Deacon Black. Que tengas buen viaje.

Y, sin más, da media vuelta y se marcha dejándome completamente anonadado.

Los que la acompañan, uno a uno, se despiden de mí. En sus palabras, en sus ojos, en sus abrazos, aun habiendo oído lo que ha dicho, siento el cariño que he echado en falta de Adriana, pero lo asumo y lo acepto. La vida es así.

Una vez que se van, intento procesar en silencio las palabras de la Duendecilla cuando noto que una mano se posa en mi brazo. Al mirar, veo que es la abuela, que, mirándome, murmura:

—No le tengas en cuenta nada de lo que ha dicho. Está muy nerviosa.

—Estoy con la yaya —afirma Carlos, que tiene a la pequeña Aitana en brazos—. No se lo tengas en cuenta, y no olvides que aquí todos tenemos ojos para haber visto lo que hay entre vosotros.

Asiento. Lo sé. Sé que en momentos tensos las reacciones pueden no ser acertadas, pero, ¡joder!, apenas puedo respirar.

Nos quedamos en silencio en la casa y, tras obligar a Marieta a que se siente con la pequeña Aitana en sus brazos, Carlos y yo limpiamos la sangre de *Deacon* que hay en el suelo.

Una vez que hemos acabado y nos sentamos con la mujer, aparece Virginia con Carlota y esta, con los ojos enrojecidos, pregunta mirándome:

—¿Dónde está *Deacon*?

Antes de responder, miro a su madre, que asiente, e indico:

—En el veterinario, con la familia.

—¿Y se va a curar?

Oír eso hace que vuelva a mirar a Virginia, cuando Carlos responde:

—Lo van a intentar, Cosita. El veterinario hará todo lo que pueda por él.

Dicho eso, la niña viene a mis brazos, se sienta sobre mí y me abraza. De nuevo nos quedamos en silencio. Nadie habla, ninguno dice nada, hasta que suena el interfono del portón de fuera y Virginia, tras atenderlo, me mira y dice:

—Vienen a recogerte para llevarte al aeropuerto.

Asiento. La situación es tensa. Y Virginia, quitándome a su hija de encima, va a hablar de nuevo cuando digo:

—Iré a la habitación a por mis cosas.

—Ve, hermoso..., ve —susurra la abuela.

Camino por el pasillo silencioso. No se oye música y se me antoja raro sentir la casa tan triste. Una vez que entro en la habitación donde he pasado las últimas semanas, al cerrar la puerta me apoyo en ella. Con cierta nostalgia, miro a mi alrededor. Todo sigue igual que cuando llegué: mis pósteres, los pósteres de River..., y, tomando aire, me acerco hasta mi guitarra y mi mochila. Las cosas con las que vine.

Miro todo lo que compré, las cosas que he necesitado durante el tiempo que he estado aquí, y decido dejarlas. Seguro que a alguno de ellos le vendrán bien. Solo me llevaré mis regalos de Papá Noel y el amigo invisible, y la vieja funda de la guitarra de mi madre. Aunque la nueva es la que uso ahora, guardaré la vieja como recuerdo.

Me toco la frente. El agobio me puede. ¿Por qué habré dicho

todas esas tonterías? ¿Por qué he vuelto a ser el Deacon frío e impersonal que me hacía ser Emma? ¿Por qué?

Si alguien me ha hecho sentir y creer en lo que no creía ha sido Adriana. Si alguien ha descongelado mi corazón ha sido ella. Pero, después de las cosas que he dicho, siento que no soy suficiente para ella. Se merece ser feliz con alguien mejor que yo. Con alguien que sea capaz de decirle bonitas palabras de amor, simplemente.

A un lado de la habitación veo la impresora con papel. Me gustaría decirle tantas y tantas cosas que no sabría por dónde empezar, pero, consciente de la situación y de que todo lo que diga ya sobra, cojo un bolígrafo, un folio y escribo:

Espero que Deacon se recupere porque jamás en la vida habría querido algo así para él.

Dejo aquí la ropa y los enseres que compré. Seguro que vosotros les sacáis más provecho que yo.

Gracias por la hospitalidad y por dejarme conocer a la bonita familia que tienes.

Deacon

Una vez que escribo la escueta nota, la leo. Es directa y fría.

La dejo en el baño, junto a su cepillo de dientes, y el mío me lo guardo. Lo necesito.

Al salir veo sobre la cama uno de los pijamas antimorbo. Sin dudarlo, me acerco a él para olerlo. Su aroma, su perfume. Sé que lo añoraré todos los días. Pero, consciente de que no quiero estar donde no quieran que esté, dejo de nuevo el pijama, cojo mi mochila, la guitarra y una bolsa con los regalos y salgo de la habitación sin mirar atrás.

Cuando llego al salón, Carlos con Aitana, la abuela y Virginia con Carlota están de pie.

—¿No te llevas una maleta con tus cosas, hermoso? —me pregunta Marieta.

Oír eso me hace sonreír.

—Lo que he dejado podéis usarlo vosotros —indico—. Yo a donde voy dudo que lo necesite.

Ella sonríe y luego, abrazándome, dice:

—Quiero que sepas que aquí siempre serás recibido como uno más, a pesar de que no hayas puesto tu figurita en el belén...

Oír eso me hace gracia.

—La vida me ha dado un nieto más —añade la mujer—. No lo olvides, y no hagas que tenga que preocuparme por ti.

—Gracias, yaya —murmuro emocionado.

Carlos se me acerca entonces con la pequeña Aitana en brazos. Y yo, cogiendo a aquel bomboncito de pelo oscuro tan sonriente, le digo seguro de que no se me va a caer:

—Eres preciosa... Los dientes ya llegarán, no te preocupes.

Todos sonreímos y, tras darle un beso en su moflete regordete, se la devuelvo a su padre. Carlos me abraza. En nuestras conversaciones siempre he sentido que él me entendía muy bien.

—Gracias por todo —musito.

—Gracias a ti —dice, y, sonriendo, añade—: Ella tiene sentimientos por ti. Créeme, no tires la toalla.

Virginia me abraza también, como siento que me abraza las piernas Carlota, y la primera dice:

—Ha sido un placer conocerte y, por favor, disculpa a Hugo.

—Está disculpado —aseguro.

—Y, con respecto a mi hermana, Carlos ya me ha contado lo que te ha dicho y...

—Eso mejor vamos a dejarlo —la corto.

Luego miro al pequeño Monstruito Rubio que está abrazándome las piernas y digo:

—Me llevo tus dibujos en mi cuaderno.

—¿Los colgarás en el frigorífico?

—Por supuesto que sí.

Ella asiente, pero, con los ojos llenos de lágrimas, murmura:

—Tío Deacon, no te vayas...

Agachándome para estar a su altura, miro esa dulce cara y de pronto el corazón se me rompe en mil pedazos.

—He de marcharme, pequeñaja —contesto.

—¿Y cuándo vas a volver?

Responder a esa pregunta es difícil. Pero no quiero mentirle, así que digo:

—No lo sé. Pero te prometo que, si regreso, te traeré esos chocolatitos que tanto te gustan.

Tras los últimos abrazos y besos por parte de aquellos, finalmente abro la puerta, y, sin gafas, gorro ni barba, salgo de la casa mientras los flashes se disparan a un ritmo infernal y yo me meto en la furgoneta de cristales tintados con el corazón a mil.

Cuando el vehículo se pone en movimiento y salimos de la parcela, sin poder evitarlo miro hacia atrás. Veo como la prensa y los fotógrafos corren a sus coches para perseguirnos, pero, ignorándolos, me fijo en la iluminada casa de Navidad. Se puede decir que allí he vivido unas de las mejores Navidades de mi vida.

En ese momento mi teléfono móvil suena. Es Frankie.

—Ya voy en el vehículo —digo.

—¿Todo bien?

Suspiro. El «todo» es una mierda, pero respondo dejando de mirar la casa:

—Todo bien.

Capítulo 48

Adriana

30 de diciembre

La noche ha sido larga en el veterinario.

Una vez que llegamos, *Deacon* no solo temblaba, sino que comenzó a hiperventilar, y Vicente nos dijo que parecía tener una lesión medular grave. Oír eso hizo que me hundiera, perdí la esperanza y pensé en lo peor.

Cuando Marga llegó, estaba alterada. Se había enterado de lo ocurrido con los dos Deacon y no se lo podía creer. En varias ocasiones quiso hablarme de Deacon Black, pero me negué. Tras lo sucedido, me había quedado claro que el bonito sueño vivido con él se había acabado y no quería pensar en nada más.

Pasadas unas horas, y tras varias pruebas, Vicente nos dijo que *Deacon* sentía las patas, y ahora hace apenas diez minutos, tras acabar la intervención, nos ha asegurado que mi perro está bien, aunque necesitará mucha terapia física y mucho amor.

Oír eso hace que vuelva a respirar. Saber que mi precioso *Deacon* seguirá conmigo era lo único que necesitaba y, una vez que salimos del veterinario para regresar a casa, mi padre me abraza y murmura:

—Ahora, a descansar. Lo necesitamos.

Asiento. Tras despedirme de Marga, mis primas, mis primos y mis tíos, que han pasado la noche con nosotros, mamá, papá, Lucas, Hugo y Adam nos montamos en el vehículo y regresamos a Villa River.

Al llegar, veo que ya no hay gente tras la valla. Los periodistas, los curiosos y los fotógrafos se han marchado, pero supongo que algunos regresarán para cotillear. La gente es así de morbosa.

Una vez que entramos en el jardín, la yaya sale rápidamente a nuestro encuentro y, abrazándome, murmura:

—¡Qué alegría saber que todo ha ido bien!

—Necesitará bastante rehabilitación, pero lo conseguirá. Es un luchador —aseguro.

En cuanto entramos en casa, nos dirigimos a la cocina. Allí la yaya nos tiene preparado el desayuno. Son las ocho de la mañana y, tras pasar la noche en vela, estamos todos hambrientos. Sin embargo, aunque comemos, un extraño silencio nos rodea. De pronto entra mi hermana y, plantándose ante mí, dice:

—¿Cómo pudiste decirle a Deacon que la culpa de lo sucedido era suya?

Según la oigo, me sorprendo. ¿Yo dije eso?

—Desde luego, hermana, al Todólogo le perdonas lo imperdonable, y a Deacon lo echas a los leones —insiste Virginia—. ¡No hay quien te entienda!... Y, mira, me da igual que comenzarais como un jueguecito, porque, perdona que te diga, lo que yo vi entre vosotros no fue jueguecito. Fue amor y conexión.

—Estoy con ella. Yo también lo vi —afirma mi hermano.

A partir de ese instante el silencio se acaba. Como siempre, todos opinan sobre lo ocurrido con Pablo y Deacon, y yo simplemente los escucho mientras me reconcomo recordando lo que dije y pienso que cómo pude decirle a Deacon que él era el culpable de lo ocurrido, cómo pude ser tan cabrona y cruel...

Toda mi familia me mira. Esperan que diga algo; que los mande al menos a la mierda. Pero estoy tan cansada, tan agotada, que no tengo fuerzas ni para eso. Por ello, me levanto y, ante las protestas del sargento de mi hermana, digo que me voy a la cama. Necesito descansar.

Una vez que entro en la habitación, la soledad que me rodea me destroza. El olor de Deacon, el hombre al que quiero, me inunda, y vuelvo a ser consciente de que él ya no está, de que se ha ido, y de que mi bonito sueño romántico se acabó.

Miro a mi alrededor en busca de una nota suya..., de algo. Pero solo encuentro su ropa y el enorme vacío que ha dejado. No hay más.

Agobiada y furiosa conmigo misma, comienzo a desnudarme. Tiro la ropa sin preocuparme de dónde cae y, cuando veo el pijama que me ponía para dormir con él, lo cojo y lo lanzo contra la pared. Acto seguido abro el armario, cojo una camiseta y, tras ponérmela, me encamino al baño y me siento en el retrete.

Con las palmas de las manos presionándome los ojos, maldigo. ¿Por qué ha ocurrido todo esto? ¿Por qué tuvo que decirme aquello del romanticismo? ¿Por qué ninguno de mis Deacon está aquí? ¿Por qué? ¿Por qué?

Entonces la tristeza me embarga y, sin poder evitarlo, comienzo a lloriquear. Lloro por ellos. Por su ausencia. Porque los añoro. Y cuando me levanto del inodoro y me dirijo a lavarme las manos, me quedo paralizada al ver una nota escrita de su puño y letra que dice:

> *Espero que Deacon se recupere porque jamás en la vida habría querido algo así para él.*
>
> *Dejo aquí la ropa y los enseres que compré. Seguro que vosotros les sacáis más provecho que yo.*
>
> *Gracias por la hospitalidad y por dejarme conocer a la bonita familia que tienes.*
>
> *Deacon*

Leo la nota varias veces buscando la conexión..., algo, pero no lo encuentro. Está claro que dicha conexión se acabó entre nosotros. Salgo del baño, me tiro en mi cama y comienzo a llorar, pero entonces oigo:

—Tranquila, Minirri. Tranquila.

Al mirar, veo a mi familia. Como siempre, han entrado sin llamar a la puerta. Se sientan en la cama, rodeándome, y, a pesar de la felicidad que siento por tenerlos a mi lado, me recuerdo que tengo que poner un cerrojo. Necesito intimidad.

Capítulo 49

Deacon

Nueva York, 31 de diciembre

Ver a Susan y a Frankie con la pequeña Everly me llena de felicidad un corazón que, al mismo tiempo, siento partido. Si perder a mi madre fue horrible, perder a la Duendecilla tampoco va a ser fácil.

Desde que he llegado a Nueva York, Frankie no me ha dejado solo ni un momento. A pesar de tener a su hija con él, me hace saber que está también conmigo, y aunque yo se lo agradezco, me agobio. Quiero que esté al cien por cien con Everly y Susan y me deje mi espacio.

La llegada a Nueva York ha sido un caos. La prensa me esperaba en el aeropuerto. Luego, en la puerta de mi casa de Manhattan. Volver a ser perseguido por los fotógrafos es agotador, y decido encerrarme. Sin embargo, cuando Frankie se presenta en mi casa, tengo dos opciones: o matarlo por pesado o ir a su casa con él. Al final opto por lo segundo. Lo quiero demasiado.

En su preciosa casa de Brooklyn, y vestidos para la ocasión por ser la última noche del año, miro por la ventana mientras esperamos a que lleguen los invitados. Como cada año que lo he pasado con ellos, los padres de él y de ella, que no se soportan, se unen a nosotros, y los puñales vuelan por encima de las cabezas mientras Frankie y Susan los esquivan y callan.

Para mí nunca ha sido una situación cómoda, pero la soporto por ellos. Y, por eso, un año más estoy aquí, encorsetado en uno de mis trajes con corbata y camisa, y no veo el momento de poder marcharme sin más.

Miro por la ventana y pienso en ella. Solo hace dos días de la última vez que la vi, pero siento como si hubieran pasado dos meses.

¿Cómo voy a poder seguir viviendo sin su cariño y su sonrisa?

Desde que me senté en el avión privado hasta que llegué a Nueva York, mi mente no paró de idear y de componer usando todo lo que tenía guardado en mi teléfono. Está claro que el desamor aviva la creatividad. Y, cuando llegué a mi destino, tenía una canción. *Su* canción.

Lo primero que hice nada más aterrizar en Nueva York fue escribirle al Pulga. Necesitaba saber qué había ocurrido con *Deacon*. Y me emocioné al saber que, a pesar de su dolencia, con reposo, cariño, paciencia y fisioterapia volvería a caminar. Eso me alegró muchísimo, pues sé que a *Deacon* no le faltará ninguna de esas cosas.

Estoy pensando en ello cuando Susan se acerca a mí con su precioso bebé, que acaba de despertarse. En sus ojos veo la felicidad, y, sonriendo, murmuro mientras miro a la pequeña:

—¡Hola, bomboncito, soy el tío Deacon!

Con mimo, toco el rostro de aquella personita que ha llegado a nuestras vidas para quedarse. Sé que será una niña tremendamente querida por todos nosotros. Y cuando Frankie se nos acerca con un biberón en la mano, lo intercepto y pregunto:

—¿Puedo dárselo?

Según digo eso, veo como Susan y él se miran, pues saben de mi aversión por los niños. Pero, quitándole a Susan a la bebé de los brazos, la cojo con seguridad, me siento en el sillón y pido dirigiéndome a mi amigo:

—Dame el biberón.

Sin dudarlo, Frankie me lo da, y yo, que en ese tiempo le he dado más de uno a la tragona de Aitana, se lo meto en la boca y murmuro:

—Despacito. Es todo para ti.

Mis amigos me miran. Sin duda los acabo de sorprender.

—¿Quién eres tú y dónde está el Deacon que yo conozco? —musita Frankie.

Oír eso me hace sonreír, y a continuación Susan cuchichea:

—Tú y yo tenemos que hablar muy seriamente sobre tu viaje a España.

Divertido, los miro. Ellos, mi familia, quieren saber. Han visto el vídeo de Adriana y mío, que sigue colgado en YouTube; de hecho, la última vez que lo miré ya llevaba siete millones de visitas... Y, tomando aire, indico:

—En otro momento. Ahora no.

Asienten y no insisten. Me conocen y, sobre todo, me respetan.

Durante un rato disfrutamos en silencio de ver comer al bomboncito y, cuando termino, tras darle un beso en la frente, se la devuelvo a su madre y esta cuchichea gustosa:

—Ahora vamos a cambiarte el pañalete, mi amor.

—Quizá el tío Deacon quiera hacerlo también... —se mofa Frankie.

Me río.

—Eso, mejor sus padres —señalo.

Una vez que Susan se va con la pequeña, mi amigo me mira y yo susurro:

—No me lo tomes a mal, hermano, pero lo último que me apetece es celebrar la Nochevieja con tus padres y tus suegros...

Él asiente, lo entiende perfectamente, y responde:

—No me lo tomes a mal, hermano..., pero lo último que me apetece es que tú estés solo en Nochevieja. Por tanto, lo siento, pero te comes a mis padres y a mis suegros y esquivas los puñales como puedas.

Ambos reímos por aquello, y luego yo, mirando a mi amigo, pregunto:

—¿Por qué no le plantas cara a tu suegro?

—Porque Susan es su hija.

—¿Y por qué no le planta ella cara a tu madre?

Frankie me mira y yo, tomando aire, indico:

—Tu suegro y tu madre no se soportan porque uno es republicano y la otra demócrata. Pero ahora está Everly..., ¿de verdad queréis que ella viva lo mismo que lleváis viviendo vosotros todos estos años?

Frankie resopla, entiende mis palabras.

—Claro que no lo quiero —dice con un hilo de voz.

—Pues, hermano, ya puedes hacer algo para que esto cambie, o al final Everly odiará la última cena del año tanto como la odiamos nosotros.

En silencio, nos miramos unos segundos. Frankie sabe algo que le he contado sobre la Duendecilla.

—Hablar sobre amor y sentimientos es complicado —musita—. Pero sí quiero decirte que, si crees que lo que has vivido ha merecido la pena y volverías a vivirlo, deberías intentarlo de nuevo —y, señalando a Susan y a la pequeña, añade—: Ellas son la prueba de que todo por lo que he pasado ha merecido la pena, ¿no crees?

Miro hacia el lugar donde Frankie señala. Entiendo qué es lo que quiere decirme.

—Sin duda alguna, lo creo —afirmo sonriendo.

Diez minutos después llegan los estirados padres de Susan y, un poco más tarde, los insoportables padres de Frankie, y rápidamente comienzan a rivalizar por Everly.

Durante la cena, en la que disfrutamos de la comida que Susan ha encargado a un catering, pienso en la Duendecilla y en su familia. Imagino su cena, que ha sido hace horas por el cambio horario. Ellos ya están en 2025, y con seguridad lo estarán celebrando.

Sin poder remediarlo, los imagino alrededor de la mesa del salón, apiñados, y disfrutando del momento entre risas, jolgorio y amor. Con seguridad, Kiki, el Pope o el Pulga ya habrán dicho algo inapropiado y, con seguridad, la Duendecilla habrá cogido un canapé de salmón y al lanzárselo se lo habrá pegado a alguno en la cabeza.

Estoy sonriendo mientras pienso en ello cuando oigo que se cae una cuchara al suelo y a la madre de Susan pedirle a Frankie:

—¿Me traes otro cubierto, que este se ha caído al suelo?

Él se levanta sin dudarlo, y yo, inconscientemente, lo cojo, lo limpio con la servilleta y, entregándoselo, digo:

—Ya está limpio.

Todos me miran sorprendidos por lo que acabo de hacer, y de pronto, siendo consciente de quiénes son las personas con las que estoy, al ver cómo me observan murmuro:

—Es bromaaaaa.

Tanto los padres de Frankie como los de Susan solo me miran y no sonríen. El sentido del humor es algo que no tienen muy desarrollado. Y cuando, minutos después, comienzan a lanzarse sus pullitas políticas, yo miro a mi amigo y me limito a servirme más vino.

Como cada año, Susan, Frankie y yo intentamos poner paz, hacer que la tensión del ambiente se relaje. Y al final, cansado e incapaz de callar, doy un golpe sobre la mesa y digo:

—Señores Russell, señores Avenare... Cada año, cuando ceno con ustedes, intento respetar sus ideas políticas. Cada año procuro mantener el tipo, a pesar de lo mucho que me desagrada ver cómo se ponen ustedes. Sin embargo, personalmente creo que eso debería cambiar, porque entre nosotros hay ahora una preciosa niña llamada Everly que se merece algo más que gritos y discusiones.

Todos me miran, creo que los he sorprendido.

—Sigo sin entender por qué cada año repiten el mismo patrón —continúo—. Vienen a la cena, discuten, crean un ambiente nefasto y después se van, sin importarles cómo puedan sentirse Susan y Frankie. Por suerte, ellos se quieren, independientemente de cómo se lleven ustedes. Se respetan, pero ¿se han preguntado si ustedes los quieren o los respetan a ellos?

—Muchacho, ¿qué estás diciendo? —oigo que suelta el padre de Susan.

Miro a mi buena amiga. En sus ojos veo que le ha gustado lo que he dicho, y, dirigiéndome a aquel y a su mujer, pregunto:

—¿Ustedes quieren a su hija?

Aquellos se miran y, acto seguido, la mujer asegura:

—Pues claro que la queremos.

Asiento; saber eso me gusta. Y, dirigiéndome entonces a los padres de Frankie, pregunto:

—¿Y ustedes quieren a su hijo?

—Sin lugar a dudas —afirman ellos.

De nuevo asiento y, mirándolos a los cuatro, indico:

—Y si los quieren tanto, ¿por qué no se lo ponen más fácil y olvidan sus rencillas al menos la última noche del año? ¡Son familia! ¡Son sus hijos y, ahora también, su nieta! ¿De verdad no se dan cuenta del daño que les están haciendo?

Todos me miran en silencio. Siento que lo que he dicho los sorprende.

—Deacon tiene razón —señala Frankie tomando aire—. Esto es insostenible, y Susan y yo os agradeceríamos mucho que esta absurda situación se acabara. Si no lo hacéis por nosotros, por favor, hacedlo por Everly. Ella merece tener una familia que la quiera, que sonría, que la haga feliz. No unos abuelos que discutan siempre que se ven. ¿De verdad no os dais cuenta de lo incómodo que lo hacéis?

—Mamá —prosigue Susan—. Tus ideas políticas ¡son tuyas! Como las del padre de Frankie ¡son suyas! Aquí, o cuando estéis con Everly, no quiero política, quiero una familia. Y si no estáis dispuestos a darle a Everly lo que Frankie y yo queremos para ella, os aseguro que esta será su primera y última cena de Nochevieja con vosotros, ¡¿os queda claro?!

Oír a mis amigos decir lo que llevan tantos años callando me hace asentir, y en ese momento Everly comienza a llorar. Todos nos miramos unos a otros, y, a continuación, oigo que la madre de Susan dice:

—Felicia..., vayamos a ver qué le ocurre a nuestra nieta.

Su consuegra se levanta y, cuando las dos mujeres se marchan con Susan para ver a la pequeña, el padre de Frankie sonríe y afirma mientras levanta su copa:

—¡Menudo rapapolvo nos habéis echado, muchachos!

Frankie y yo nos miramos y el padre de Susan se pone en pie y murmura:

—Iré a ver a la niña.

Una vez que aquel desaparece, Frankie, su padre y yo intercambiamos una mirada. Tras brindar con nuestras copas, el primero dice:

—Algún día tenía que ocurrir. ¡Gracias, Deacon!

Minutos después, cuando los demás regresan a la mesa porque Everly se ha vuelto a dormir, el ambiente está más relajado. Los puñales dejan de volar sobre nuestras cabezas, del mismo modo que se deja de hablar de política, y por primera vez desde que los conozco tenemos una cena en paz.

A la una y media de la madrugada, a pesar de las protestas de

Frankie y Susan, consigo escaparme. Necesito llegar a mi casa. Por suerte, no hay prensa. Estarán en las fiestas que se celebren esta noche por la ciudad.

Cuando llego a casa, miro a mi alrededor y solo encuentro silencio y soledad. Como un autómata, voy a mi habitación, abro el armario y saco una caja. Con ella entre las manos, regreso al salón. Allí me siento en mi cómodo sofá y la observo. En esa caja tengo guardados recuerdos. Cosas de mi madre.

Finalmente la abro y me encuentro con esas cosas que guardé sin saber cuándo volvería a verlas. Hay fotos, cartas, papeles de mamá, figuritas, pasadores de pelo, pañuelos. En la caja están esas cosas que yo sé que eran importantes para ella y que siempre atesoró.

Con mimo y delicadeza, observo todo aquello. Para mí es mi tesoro. Por último, agobiado por los recuerdos, tapo de nuevo la caja, me quito la chaqueta, la corbata y la camisa y voy hasta la cocina, donde cojo una de las botellas de vino que me regalaron por el amigo invisible.

El silencio y la soledad me envuelven, y pienso en poner música para hacerlo más llevadero, pero entonces, al mirar el frigorífico recuerdo algo.

Por ello, regreso a la habitación. Abro mi mochila. De ahí saco mi cuaderno y, mirando los dibujos que Carlota me hizo, vuelvo a la cocina y, como le prometí, los cuelgo en el frigorífico con la ayuda de unos imanes. Eso me hace sonreír.

A continuación cojo una copa, la botella de vino y voy al salón.

Me acerco hasta la repisa de la chimenea y la activo desde el mando a distancia. No es una chimenea de verdad, como la que había en casa de la Duendecilla, pero al menos da calidez a mi solitario hogar.

Una vez que abro la botella y me sirvo vino en la copa, irremediablemente recuerdo el momento en el que cambié ese regalo con la abuela. Con la yaya. Recordar ese divertido instante me hace sonreír, y entonces miro mi teléfono móvil. Sé que en él están las fotos que ella y Hugo me fueron pasando durante todo el tiempo, y no sé qué hacer. Quiero verlas, pero no. Quiero mirarlas, pero tengo miedo. No obstante, finalmente cojo mi teléfono, abro la carpeta de nombre «Duendecilla» y comienzo a pasarlas.

Con una media sonrisa, y mientras disfruto del vino, veo fotos donde estoy dándole el biberón a Aitana, sujetando con cara de asco el diente que se le cayó a Carlota, partiendo leña con Alfonso, comiendo rosquillas con la tía Maribel y Honey, bailando con la yaya el día de su boda, enfadado y lleno de barro y de nieve, con Lourdes y Cristina cuando la yaya me tiró el ramo de novia, con la familia alrededor de la mesa vestidos de Papá Noel, con la tirita en la frente mientras la Duendecilla la señala y ríe, en el pub del pueblo con los brutos de los primos brindando... También hay fotos con Adam, Virginia, Lucas y Carlos tomando café en la mesa, con Marga y la *Merche* el día que llegué, con la yaya probando su sopa castellana, fotos de la visita a Segovia... Pero la fotografía con la que sin duda me quedo hipnotizado mirándola es esa en la que la Duendecilla y yo estamos besándonos bajo el muérdago. Un precioso e irrepetible momento congelado en el tiempo.

Revivir todos esos maravillosos recuerdos hace que mi corazón se hinche de felicidad y de amor. ¡Joder, qué bien me lo he pasado, y cuánto me alegro de haber vivido todo eso!

No sé cuánto tiempo paso mirando esas imágenes, pero de pronto el timbre de la puerta de mi casa suena. Miro el reloj: son las tres y cuarto de la madrugada. Quienquiera que sea, para llegar a mi puerta antes ha de vérselas con Johan, el portero. Y cuando abro y veo quién es, murmuro:

—No me jodas...

Ante mí tengo a Emma con un fino y delicado vestido plateado, que, mirándome, dice con una botella de un carísimo champán en la mano:

—*Amore*, ¡feliz año nuevo!

Sin moverme, la miro y pregunto:

—¿Qué coño haces aquí?

Justo entonces aparece Johan acalorado por la escalera.

—Señor Black, lo siento... Pero me ha engañado diciendo que no se abría la puerta del aparcamiento.

—No te preocupes, Johan. Tranquilo.

Emma y yo nos miramos. Desde que nos encontramos en el avión no había vuelto a verla. Y ella, abriendo mucho los ojos, susurra:

—Pero, *amore*, ¿qué te ha pasado en la frente?

Cuando me va a tocar me echo hacia atrás; en ese momento ella aprovecha para colarse en mi casa, y yo, cerrando la puerta, no sin antes indicarle a Johan que espere, voy tras ella y pregunto:

—¿Qué narices quieres?

Ella mira a su alrededor, intuyo que busca a alguien, y tras volverse hacia mí dice mientras se me acerca:

—*Amore*, mañana mismo pido cita para que mi cirujano plástico te haga hueco. Seguro que con algún tratamiento esa horrible imperfección de tu frente desaparecerá. No puedo ir contigo por la calle así.

Oír eso me subleva. Pero ¿cómo puede ser tan superficial?

Mientras veo que ella va hasta la mesa y bebe vino de mi copa, inevitablemente recuerdo lo que dijo la Duendecilla el día que la yaya me quitó los puntos: «Esa imperfección te hace aún más sexy». Pero ¿cómo pueden ser tan diferentes?

Emma termina de beberse el vino que hay en mi copa y observa la caja; espero que no la toque o la vamos a tener gorda. Sin embargo, murmura ignorándola y mirando hacia la cocina:

—¿Qué es eso tan horroroso que hace daño a la vista?

Rápidamente veo que va hacia el frigorífico. Y, cuando va a tocar los dibujos que tengo puestos en él, levanto la voz y le advierto:

—Ni se te ocurra tocarlos.

Emma se para. Los mira. No los toca. En su gesto veo que la horrorizan, pero vuelve a caminar hacia mí y pregunta:

—¿Te lo pasaste bien con esa española?

—Te he preguntado qué quieres.

Emma se me acerca lentamente. La conozco y sé que intenta seducirme, pero yo no caigo en lo que ella cree que es un movimiento seductor. Va a abrazarme cuando, retirándome, ordeno:

—Emma, no.

—*Amoreeeee*...

Al aproximarme al ventanal veo que en la calle, frente al portal, está la prensa. Cuando he llegado hace unas horas no había nadie, pero está claro que Emma los ha atraído hasta aquí.

—¿En serio sigues con el mismo jueguecito de siempre? —pregunto.

Molesto, me dispongo a decirle lo que pienso, pero me freno. La verdad es que gastar saliva con ella es inútil. Y, dándome la vuelta, indico:

—Tienes dos segundos para salir de mi casa. O lo haces por las buenas, o te juro que toda esa prensa que has traído y está esperando sabrá por mi boca lo que pienso de ti. ¿Te queda claro?

Emma hace un mohín y, sin ganas de estar con ella, me dirijo hacia el baño. Una vez en él, cierro la puerta, me miro en el espejo y digo molesto:

—¡Maldita sea!

Pasados unos minutos en los que siento que mi pulso ha bajado de revoluciones, y quiero imaginar que Emma ya se ha marchado de mi casa, cuando abro la puerta del baño y voy hacia el comedor, el vello de todo mi cuerpo se eriza al oír la voz de la Duendecilla cantando.

Al llegar al salón veo que Emma sigue ahí, y en mi televisor estamos Adriana y yo cantando aquella dulce y bonita canción de Navidad, mientras a nuestro alrededor se ve a la familia.

En silencio, miro hechizado la televisión sin importarme si Emma está presente o no, pero de pronto oigo:

—¿En serio, con ella...? ¿Con una que dudo que se ponga siquiera mascarilla en el pelo?

Paso..., no le voy a contestar. Es mucho más interesante mirar y escuchar a la Duendecilla que escuchar a Emma. Entonces el televisor se apaga y ella grita:

—¡Pero ¿en qué horrible sitio has estado?! ¿Esos muebles oscuros de qué siglo son? Y, sobre todo, ¿eres consciente de que yo valgo mucho más que esa, aunque ella sea la nieta de River Samuel Robinson?

Miro a Emma. ¿Cómo he podido estar diez años de mi vida con alguien como ella?

Y, acercándome, la agarro del brazo sin contemplaciones, la llevo hasta la puerta de mi casa y, al abrir y ver al portero esperando, pido:

—Johan, ¿has hecho lo que te he pedido?

—Sí, señor Black.

—Pues llama a la policía.

—¡¿Qué?! —grita Emma.

Intenta zafarse, intenta irse. Pero esta vez no la dejo.

—Te lo he dicho: o te ibas o... —indico.

Emma se mueve, patalea, y cuando finalmente la suelto, grita furiosa:

—Si ya lo decían mis papis, que tú no eras para mí porque, por mucho dinero que ganes y seas Deacon Black, eres y siempre serás el pobretón adoptado que creció en un barrio de mierda de la ciudad. Tú y los que son como tú ¡sois lo peor! No como yo, que me he criado en una buena familia americana y, gracias a mi belleza, soy la mujer más hermosa del planeta. Y, sí, ante ti reconozco que te he sido infiel no una, sino mil veces, con hombres y mujeres, porque ¡me encanta el sexo! Y tú, maldito Deacon Black, digas lo que digas, la prensa nunca te creerá. ¿Quién iba a creer a un pobretón de barrio, en vez de a mí, la niña rica de la familia ideal?

Sonrío. Emma ha hecho y dicho lo que realmente quería. Señalo un lateral, y acto seguido suelto:

—Saluda a la cámara que lo ha grabado todo...

Horrorizada, ella comienza a temblar. Emma me conoce, pero yo también la conozco a ella y sabía que tarde o temprano se presentaría en mi casa. Y, dirigiéndome a Johan, le pido:

—Por favor, pásame lo que se ha grabado ahora mismo.

—Enseguida, señor Black —dice aquel toqueteando la tablet que lleva en las manos.

Una vez que mi teléfono pita y veo que las imágenes están en él, Johan se marcha y yo digo mientras le muestro a Emma la grabación de mi teléfono:

—Si vuelves a acercarte a mí, ten por seguro que esto llegará a distintas cadenas de televisión, y te juro que tu carrera como modelo habrá llegado a su fin. A ver entonces a quién creen, si al pobretón de barrio o a la niña rica de la familia ideal.

Dicho esto me doy la vuelta, entro en mi casa, cierro la puerta y respiro hondo. La conozco y sé que lo que tengo en mi poder la hará alejarse de mí para salvaguardar su propia privacidad.

Una vez que entro en el salón, cojo el mando de la tele y la enciendo. Busco en YouTube el vídeo que Emma ha parado y, sentándome en un enorme sillón, vuelvo a escuchar la voz de la Duendecilla interpretando conmigo esa mágica canción de Navidad, mientras todo el vello de mi cuerpo se eriza y veo que lleva más de veinticinco millones de visualizaciones.

Capítulo 50

Adriana

Navacerrada, 1 de enero de 2025

Cuando me despierto, miro al techo y pienso en él.

El olor de Deacon, del hombre que adoro, que amo, que necesito, aún está en las sábanas, e inevitablemente lo huelo y lo disfruto. Sé que su olor desaparecerá dentro de unos días, pero, mientras dure, como buena sufridora, me martirizo.

Miro el reloj: es la una de la tarde. Hago cálculos y sé que he dormido seis horas.

Como siempre, en mi casa la fiesta de Nochevieja fue colosal, a pesar de que este año ha sido un poco agridulce por los motivos que todos sabemos. Nos pusimos morados a langostinos, canapés y lombarda, y, cómo no, el colofón: el corderito asado de la yaya. ¡Qué bueno estaba!

Con cada broma y cada risa, añoré a mis Deacon. Todo hubiera sido muy diferente si ellos hubieran estado aquí. Pero la vida, con sus jugarretas, hizo que ninguno de los dos estuviera a mi lado y, bueno, mejor no darle más vueltas.

Al tomar las doce uvas, como siempre alguien se atragantó y todos reímos. Hugo colocó la cámara para que nos grabara a todos. Y, según nos metimos la última uva en la boca, todos nos levantamos y gritamos «¡Feliz 2025!», y de inmediato dio comienzo el tsunami de besos y abrazos.

Me obligué a sonreír, aunque era lo último que me apetecía. No obstante, mi familia se merecía pasar una buena noche y no que yo se la amargara con mis problemas. Aun así, todos, al abrazarme, me hicieron saber que estaban conmigo, aunque nadie mencionó a Deacon Black.

Sobre la una de la madrugada los amigos de la familia comenzaron a llegar, y el fiestorro que montamos fue de lo mejor. ¡Qué bien lo pasamos!

Bailé, canté, reí, bebí. Intenté ser la Minirri loca y ocurrente de siempre y, oye, ¡lo conseguí! Disfruté de la noche sin pensar en nada más.

Eso sí, cuando a las siete caí en la cama, por suerte no tardé en dormirme ni dos segundos. Eso me evitó pensar. Sin embargo, ahora, nada más despertarme, los pensamientos se me agolpan, al recordar que mi perro está ingresado en el veterinario y que para Deacon solo fui un entretenimiento circunstancial.

¿Se puede ser más tonta?

Con rapidez me levanto de la cama y me dirijo a la ducha. Necesito despejarme. Y, una vez que lo hago y me seco el pelo, llamo por teléfono a la clínica veterinaria, donde Vicente me dice que mi cariñito está bien. Sigue tranquilo y relajado, y quedo en pasar a visitarlo en cuanto pueda.

Hoy tenemos el ensayo general en el polideportivo. Mañana es la gran actuación y, desde que se supo que Deacon estuvo aquí y se ha descubierto que mi yoyo fue quien fue, la venta de entradas para asistir de manera presencial o ver el evento online se ha disparado. Mira tú qué bien.

—Buenos días, hermosa.

Mi yaya, al verme aparecer en la cocina, me saluda con una sonrisa, y yo me acerco a ella y la beso.

—Buenos días.

Abro el mueble para coger el bote de las galletas y, al percatarme del silencio, pregunto:

—¿No tienes puesta tu musiquita?

—No. Hoy no me apetece —dice ella, y luego añade—: Ahí los tienes. Cotilleando un día más.

Miro a través de los visillos. En la calle continúa habiendo personas ojeando.

—Ni caso, yaya. Ni caso —murmuro.

—Ahora te pongo el café —oigo que dice.

Me siento en una silla, me froto los ojos, y cuando *Trece* entra en la cocina, pregunto:

—¿Dónde están todos?

—Tus padres, Adam, Carlos y Aitana se han ido a la casita. Pablo los llamó para entregarles las llaves.

Asiento, me parece bien. Cuanto menos dilate el tema, mejor.

—En la agenda del salón he apuntado el nombre y los números de varios periodistas que han llamado de buena mañana —añade—, pero luego he desconectado el teléfono, pues no paraba de sonar. Desde que saben que River vivió aquí, todo el mundo quiere entrevistarnos.

Eso llama mi atención, por lo que voy al salón, cojo la agenda a la que se refiere mi yaya y, volviendo a la cocina, musito asombrada:

—¡¿Han llamado de la revista *Rolling Stone*?!

—Eso han dicho.

Sorprendida, cabeceo. Está claro que todos quieren saber sobre mi yoyo. Tras sentarme de nuevo, echo dos cucharaditas de azúcar a mi café y, mientras lo remuevo, comento:

—Yaya, escucha. El secreto se ha guardado durante mucho tiempo, pero ahora todo el mundo sabe dónde vivió el yoyo, y va a ser imposible vivir sin...

—Pero yo no quiero nada con la prensa, y el resto de la familia tampoco —me corta—. ¿Qué podemos tener nosotros de importante para ellos?

—Que tu marido, mi yoyo, fue River Samuel Robinson. ¿Te parece poco?

Mi abuela suspira, resopla. Sé que entiende lo que digo y, mirándome, propone:

—¿Por qué no te ocupas tú?

—No.

—Pero, Minirri, tú entiendes un poco más que el resto sobre ese mundo y...

—Yaya, yo solo soy técnica de sonido, ¿qué voy a entender de ese mundo?

—Más que yo, tus padres o tus primos seguro, hermosa. Y, por cierto, he podido ver que les encanta que seas la nieta técnica de sonido. Por lo que, por favor, atiende tú esas llamadas..., ¿lo harás por mí?

Suspiro. Lo que dice es verdad, no veo yo a ninguno de la familia hablando con periodistas.

—De acuerdo. Los llamaré —indico.

Acto seguido nos quedamos un rato en silencio mientras remuevo el café; de pronto mi yaya dice tocando a *Trece*, que se ha subido a su regazo:

—Deacon me contó que hablaste con él acerca del museo de River...

Asiento, lo hablé con él en varias ocasiones.

—¿Crees que tendría algún sentido? —pregunta entonces mi yaya.

Oír eso me sorprende, puesto que ella siempre ha sido reticente con respecto a ese tema.

—Siempre he creído que tendría sentido. Y que sería una fuente de ingresos que podría venirte muy bien —respondo.

—Pero, hija..., yo tengo todo lo que necesito.

—Lo sé, yaya. Sé que tus necesidades están cubiertas. Pero el dinero que diera el museo sería para mantener la casa y el legado del yoyo. Esta casa es enorme. La queremos y la adoramos, pero necesita reformas, o cualquier día comenzará a caerse a cachitos.

Mi yaya afirma con la cabeza, sabe que tengo razón, y murmura levantándose:

—La verdad es que las ventanas de madera están muy viejas.

—Mucho...

—Y los baños, no digamos.

—¡Son *vintage*! —me mofo mirando a *Trece*, que la observa.

—Qué coño *vintage*, hermosa..., ¡son costrosos, viejos y feos!

Sin dudarlo me muestro de acuerdo, y luego ella susurra mientras le pone un platito de comida al gato:

—Ahora no, pero en otro momento hablaremos sobre lo del museo. Total, ¡ya todo el mundo sabe que River vivió aquí!, y, si vienen a cotillear, al menos que nos aporte un beneficio.

—Eeeh..., míralaaaa —me cachondeo.

—Soy vieja pero no tonta, hermosa.

Sonrío. Me encanta ver que mi yaya por fin comienza a entrar en razón; entonces suelta sentándose de nuevo:

—Deacon dejó pagada la reforma del tejado. Lo miré el otro día con tu padre y no solo arreglarán las goteras, sino que también lo aislarán para el frío y el calor y pondrán unas preciosas tejas nuevas de color negro... ¿Te lo puedes creer?

Asiento y, sin querer darle mayor importancia, indico:

—Me lo creo, yaya. Me lo creo.

Permanecemos unos segundos en silencio y luego, cogiendo mi mano, dice:

—Él no tuvo la culpa de que le ocurriera eso a *Deacon*.

Suspiro, cierro los ojos y murmuro:

—Claro que no, yaya. No sé por qué dije eso. Imagino que fue por los nervios. No lo sé.

—¿Y lo has llamado para decírselo?

—No.

—¿Por qué?

Tomo aire. Lo he pensado en alguna ocasión.

—Porque él ha vuelto a su mundo, y yo no tengo cabida en él —respondo.

—Pero, Minirri...

—Yaya —digo levantándome—. Basta ya...

Pero ella se levanta a su vez y, cogiéndome del brazo, hace que la mire y cuchichea:

—Ese muchacho, sin ser tu novio, se quedó aquí para hacernos creer a todos que lo era en tu propio beneficio. Y, sí, no lo era, ¡ya lo sé!, pero ¿eres capaz de mirarme a los ojos y decirme que, según pasaban los días, no surgió algo especial entre vosotros?

—Conexión —me mofo.

—Llámalo como quieras, pero surgió.

Miro a mi yaya. Mirarla a los ojos y mantenerle la mirada no es fácil; siempre ha tenido una mirada tremendamente penetrante.

—¡Yaya! Yo siempre he estado loca por él. Pero él no siente lo mismo por mí —cuchicheo.

—¡Minirri!

—Yaya, no cree en el amor ni en el romanticismo. Solo fui un entretenimiento para él.

—Te quiere, Minirri, ¡te lo digo yo!

Niego con la cabeza. Mi mayor deseo en el mundo es ese. ¡Que me quiera! ¡Que no pueda vivir sin mí! Pero como no soportaría hacerme daño de nuevo a mí misma creyendo en cuentos de hadas, murmuro:

—No me quiere, yaya. Su mundo y el mío son diferentes y...

—No digas tonterías —me corta—. Sé lo que vi. ¡Lo que vimos todos! Y tu mundo y el suyo son el mismo. Como lo fue mi mundo y el del yoyo. Nosotros hicimos que lo nuestro fuera realidad y funcionara, ¿acaso vosotros sois incapaces de hacerlo?

Me agobio. Me entran los calores. No es fácil para mí hablar de eso. No es fácil asumir que a uno no lo quieren. Así que cojo las llaves de la furgoneta y digo:

—Me voy al ensayo general.

Cuando salgo por la puerta, veo a gente merodeando por el exterior. Está visto que somos la nueva atracción de la zona. Y, sin mirarlos, me monto en la vieja furgoneta y salgo de la parcela.

* * *

Tras una mañana de ensayos en los que hay cosas que salen bien y otras terriblemente mal, a la hora de la comida Gregorio se acerca a mí y pregunta:

—¿Cómo va eso?

Lo miro y sonrío.

—Se nos ha caído un grupo de los que venían a actuar a menos de veinticuatro horas del evento, pero ¡ahí vamos!

El hombre asiente y, mirándome, a continuación dice:

—¿Sabes que María Rosa se ha ido a vivir a Barcelona?

Niego con la cabeza. Ni lo sé ni me importa.

—Según va diciendo su madre —prosigue él—, se ha marchado allí porque una prima de ella la necesitaba para que le echara una mano en un bar que han abierto.

—Me alegro.

—Pero es mentira. Hablé con su padre y me dijo que, a causa de la vergüenza que han sentido porque por culpa de su hija todo el mundo sabe ahora que River vivió aquí, la han enviado a Barcelona para que trabaje allí con una prima.

—Pues me alegro también —indico.

Gregorio vuelve a mirarme y, bajando la voz, añade:
—Sé que la donación de cincuenta mil euros es de él.
No respondo, no digo nada, pero él insiste:
—Investigando supe que la transferencia se hizo desde una cuenta de Nueva York y..., bueno, blanco y en botella. ¿A quién conocemos nosotros en Nueva York?
Sonrío y me encojo de hombros.
—El guiri era agradable y buen mozo —cuchichea entonces Gregorio.
Vale. Otro que se empeña en hablarme de Deacon. Y, tomando aire, respondo:
—Lo es.
—A River le habría gustado.
—Me alegro.
—¿Y sabes cuándo lo volverás a ver?
—¡Joder, Gregorio!
—Vale..., vale, Minirri. No pregunto más. Pero, ¡leches!, me caía muy bien y hacíais una bonita pareja.
Segundos después veo que aparecen mis primos y Kiki grita:
—Minirri, ¡mira qué bocata de tortilla de patata te traigo!
Oír eso me encanta. Tengo mucha hambre. Y cuando Gregorio se va, el Pope indica mirándome:
—Hablé con el primo del sobrino del vecino del amigo que vive frente a mis padres y me dijo que cuentes con ellos para mañana. Es un grupo de pop de Ávila y estarán encantados de actuar. De hecho, vienen de camino ahora para ensayar.
—¡Genial! —afirmo gustosa.
Kiki y el Pope rápidamente se alejan para saludar a unos vecinos músicos, y el Pulga pregunta:
—¿Está rico el bocata?
—Más que rico —le aseguro.
Nos quedamos en silencio unos instantes y, al cabo, oigo que de pronto dice:
—Me escribió para saber cómo estaba *Deacon*.
Sin necesidad de preguntar, sé de quién me habla, pero intentando aparentar normalidad, respondo:
—¿Qué le dijiste?

—Le conté la verdad y se alegró mucho.

Mientras mastico, asiento, y, no sé por qué, pregunto:

—¿Te preguntó algo más?

—No.

Cabeceo. Eso corrobora que no siente nada por mí.

—Si quieres —dice mi primo—, puedo escribirle y...

—No.

—Pero...

—¡Que no! —repito.

El Pulga y yo nos miramos. Como diría mi padre, a buen entendedor, pocas palabras bastan, y, cansada de que todos me hablen de lo mismo, envuelvo el bocata de nuevo e indico sin querer mencionar su nombre:

—Me voy a ver a... a mi perro.

—Pero ¿no está cerrada la clínica hoy, 1 de enero?

—Lo está. Pero Vicente, si lo llamo, me dejará pasar.

A grandes zancadas me alejo de mi primo. Me sabe mal haberlo dejado casi con la palabra en la boca, pero es que necesito paz mental. Necesito que nadie me hable de Deacon. Cuando llego a la clínica veterinaria y Vicente me deja pasar, al ver a mi perro murmuro:

—Hola, cariñoooooo.

El animal, que está mejor, no se levanta porque no tiene fuerza en las patas traseras, pero mueve el rabito al verme. Está feliz de que esté allí y, tras darle achuchones, besos y abrazos, cuando me siento en el suelo con él y me mira con sus ojillos redondos, murmuro:

—No empieces tú también.

Abro el bocata y rápidamente el olor a tortilla de patata le hace poner las orejas tiesas.

—Mira lo que nos vamos a zampar —cuchicheo sonriendo.

En ese instante me suena el teléfono. He recibido un mensaje. Al mirarlo me sorprendo. Es de trabajo. Quieren contratarme como técnica de sonido de la gira de un grupo musical sueco y desean hablar conmigo. Feliz, les contesto, y en su siguiente mensaje me hacen saber que, una vez pasadas las fiestas, volverán a ponerse en contacto conmigo para reunirnos en Estocolmo este mismo mes de enero.

Cuando me guardo el teléfono móvil miro a mi amorcete y murmuro ilusionada:

—¡Mamá vuelve a tener trabajo!

Pero, centrándome en aquel, que me mira con sus preciosos ojos redondos, comparto mi bocata con él y, cuando este se acaba, tras varios besos y abrazos regreso al polideportivo, donde prosigo con los ensayos para el evento con el que recaudaremos fondos para el colegio municipal.

Capítulo 51

Deacon

Nueva York, 1 de enero de 2025

Cuando me despierto, miro al techo y pienso en ella.

El olor de la mujer que extraño no está en mis sábanas, y maldigo.

¿Cómo voy a poder vivir sin ella, sin sus sonrisas, besos y abrazos?

Durante un buen rato me quedo en la cama, donde me martirizo pensando en ella. ¿Qué estará haciendo? ¿Sonreirá? ¿Se acordará de mí? Y de pronto me fustigo pensando cosas como: «¿Por qué dije eso del romanticismo? ¿Por qué rechacé su contacto?». ¿Por qué...? ¿Por qué...? ¿Por qué...?

Cientos de preguntas sin respuesta dan vueltas en mi cabeza mientras siento que soy incapaz de controlar la ansiedad que me provoca su ausencia.

¿Qué voy a hacer con mi vida?

¿Por qué no hablé con ella de sentimientos y amor?

Furioso conmigo mismo, me levanto y me meto en la ducha. Una ducha siempre viene bien.

Una vez que termino y camino en silencio hacia mi moderna cocina, me paro y miro a mi alrededor. El silencio es abrumador. Sin pensarlo, voy al comedor. Allí enciendo un aparato, comienzo a buscar algo y por último suena por los altavoces la cancioncita de Navidad *Winter Wonderland*, de Michael Bublé y Rod Stewart.

Durante unos segundos no me muevo. ¿Qué hago yo escuchando canciones navideñas? ¿En serio estoy haciendo esto?

Finalmente sonrío, prosigo mi camino hacia la cocina y, tras prepararme un café, lo pruebo y me sabe fatal. De inmediato lo tiro por el fregadero mientras murmuro:

—¡Menudo aguachirri!

Ya en el salón, miro a mi alrededor y veo la caja con los recuerdos de mi madre mientras siento que la soledad me agobia, a pesar de que suena música de Navidad. Me siento en el sofá. Abro mi mochila y, curioso, saco el neceser de cortesía que me han dado en el avión. Recuerdo que la Duendecilla me indicó que lo cogiera siempre. Con una sonrisa, lo abro. Tengo curiosidad por ver qué hay en su interior, y encuentro cremas hidratantes, toallitas refrescantes, tapones para los oídos, calcetines, antifaz, cepillo de dientes y pasta y alguna fragancia. ¡Increíble todo lo que trae esto!

Saciada mi curiosidad, lo dejo a un lado y voy a por *Ángela*, mi guitarra y fiel compañera. Con mimo, la extraigo de la preciosa funda que Adriana me regaló, me siento en mi sofá y comienzo a tocarla acompasándome a las canciones de Navidad que suenan.

Cantar o tocar la guitarra es algo que siempre me ha gustado. Suele rebajar mi ansiedad, mi nerviosismo.

Pero entonces oigo que suena el timbre de la puerta. Me levanto, voy hacia ella y, al abrir, sonrío al ver que es Frankie. Como siempre, nos damos un abrazo y este, enseñándome una bolsa, dice:

—Susan te manda algo de comida. Dice que estás muy delgado.

Eso me hace sonreír. Susan ya es madre y se nota.

—Solo falta que me llame «Tirillas» —señalo.

—*¡¿Tirillas?!* ¿Qué significa eso?

Sonriendo, dejo la bolsa que Frankie ha traído en la cocina y respondo:

—Delgado. Canijo. Poca cosa.

Mi amigo asiente, y, sentándonos los dos en los taburetes que hay junto a la encimera de la cocina, voy a hablar cuando dice:

—Pero ¿qué haces tú escuchando cancioncitas de Navidad?

Sonrío. Suena *All I Want for Christmas Is You*, el mítico tema de Mariah Carey.

—Es una bonita canción de Navidad, ¿no crees? —murmuro suspirando.

Frankie me mira. En sus ojos veo sorpresa y, mientras sonríe y niega con la cabeza, susurra:

—Está claro que te ha venido muy bien tu viaje a España con la Duendecilla.

No respondo. No puedo. Y, mirándome, añade:

—Johan me ha contado lo que ocurrió anoche con Emma.

Suspiro. Pongo los ojos en blanco y, cogiendo mi móvil, se lo entrego y digo mientras paro la música:

—Mira.

Durante unos minutos Frankie y yo visionamos en silencio lo que la cámara grabó de Emma. Cuando el vídeo acaba, mi amigo musita mirándome de nuevo:

—Pero ¿esta tía de qué va, diciéndote lo que te dice...?

Lo entiendo, demasiado fino ha sido.

—Conociéndola, mientras tenga esto en mi poder, no me volverá a molestar —respondo.

—¿Tú crees?

Asiento. Lo tengo claro. Si alguien viera ese vídeo, ella tendría más que perder que ganar.

—El tema Emma por fin está zanjado —afirmo.

Frankie sonríe, yo también, y acto seguido pregunta:

—¿Y el tema Duendecilla?

Niego con la cabeza, ese tema me tiene en un sinvivir.

—La cagué, hermano... —murmuro—. Estaba tan enfadado que le dije que se dejara de romanticismos absurdos. Que lo que habíamos vivido solo había sido una ilusión para pasar los días y, ¡joder!, ella me creyó.

Frankie cabecea mientras asimila lo que digo, y luego musita:

—Pero ¿cómo puedes ser tan idiota?

Vuelvo a asentir. Todo lo que me diga será cierto.

—¿Tú has visto cómo os miráis en el vídeo que hay en YouTube? —cuchichea.

Afirmo con la cabeza; lo sé, soy consciente de nuestras miradas, pero Frankie insiste:

—En la vida te he visto mirar así a una mujer. Joder, hermano, ¿de verdad no te das cuenta de que tus ojos hablan por sí solos?

Ambos sonreímos y, a continuación, mi amigo susurra:

—Te has enamorado..., dilo.

No abro la boca, no puedo.

—¡Dilo! —insiste.

—Frankie...

—¡Dilo!

Suspiro, niego con la cabeza y por fin declaro:

—Lo reconozco. Me he enamorado.

Según lo digo, sonrío, y Frankie pregunta mirándome:

—¿Tan difícil ha sido reconocer que el amor ha llegado a tu vida?

Sigo sonriendo, no lo puedo remediar, y él musita abrazándome:

—Ahora, igual que me lo has dicho a mí se lo tienes que decir a ella.

La sonrisa se me congela. Con lo enfadada que estaba conmigo, no sé cómo se tomaría oír algo así.

—Eso ya es más complicado —murmuro.

—Deacon...

Nos miramos en silencio. Frankie me conoce muy bien, sabe que a mí es mejor no agobiarme.

—¿En serio es la nieta de River Samuel Robinson? —pregunta entonces.

—Sí.

—¿Y por qué no nos lo dijo durante la gira?

—Porque su abuelo River, al que ella llama «yoyo», le dijo que, si quería ser respetada por su trabajo y por sí misma, evitara contar de quién era nieta.

—Buen consejo.

—Lo es —afirmo gustoso.

—¿Y cómo nadie se enteró nunca de que River vivía allí?

—Porque supo camuflarse muy bien y los vecinos lo protegieron.

—¿Lo estás diciendo en serio?

Asiento. En los días que he estado en Navacerrada he conocido a gente increíble.

—Muy en serio —aseguro—. Ni te imaginas la buena gente que encontré allí. De hecho, si no hubiera sido por una tipa despechada que subió el vídeo para jorobar a Adriana, aún seguiría en ese bonito lugar. Un sitio al que os tengo que llevar; os encantará.

Frankie comienza a preguntar sobre todo lo que se le ocurre y yo le contesto con sinceridad. Le hablo de los primos, tíos, amigos, hermanos, padres, sobrinos, perro y gato, y me escucha boquiabierto mientras yo vuelvo a ser consciente de que, junto a todos ellos, he vivido un bonito cuento de Navidad.

Cuando me pregunta por Adriana, respondo al tiempo que mis manos buscan el anillo de mi madre y su fuerza. Con el corazón abierto, me sincero y le cuento que, tras lo ocurrido primero con Hugo, luego con mis desafortunadas palabras y finalmente con *Deacon*, todo se desbarató de tal manera que terminó.

Como yo, Frankie entiende que lo que Adriana me dijo fue a causa de la tensión del momento y, aunque se lo compro, sigue doliéndome. Me duele mucho. En la vida querría que mi tocayo tuviera que estar pasando por lo que está pasando.

Deseoso de mostrarle todo lo que he vivido, le enseño las fotos que tengo en mi teléfono. Frankie las observa sorprendido.

—¿Te vestiste de Papá Noel? —murmura.

—Y participé en el concurso de jerséis de Navidad horteras. ¿Qué te parece el que me hice yo?

Frankie mira la foto, sonríe y luego dice:

—Una verdadera horterada... ¿Ganaste?

—Qué va, pero ¡quedé tercero!

Estamos riendo cuando ve la foto en la que sostengo el diente de Carlota con cara de asco y, soltando una risotada, exclama:

—¿En serio?

Asiento y miro la foto con cariño.

—Ni te imaginas cómo es esta niña... —musito—. Es increíble.

Cuando ve la fotografía en la que estoy bailando con la yaya, al reparar en su vestido de novia y en lo que le cuento, murmura:

—A ver..., a ver..., a ver..., que me pierdo. ¿Cómo que se casó con un muerto?

Sin titubear, le explico las cosas con la misma tranquilidad con que la Duendecilla me las explicaba a mí y, una vez que acabo, Frankie afirma boquiabierto:

—Cuando se lo cuente a Susan, no se lo va a creer.

Encantado, le muestro las fotografías de la Duendecilla y mías en la casa, en la nieve, en Segovia, bajo el muérdago. Todas son fotos preciosas, únicas.

—¿Sabes qué son para ellos las fotografías? —pregunto a continuación.

Frankie me mira, levanta las cejas en un gesto interrogativo y yo continúo:

—Bonitos momentos congelados en el tiempo.

—Qué buena definición.

Durante horas mi amigo y yo seguimos hablando. Hay cosas de mí que no le gustan con respecto a mi modo de actuar, él me las dice y yo lo escucho con atención. Entre nosotros a veces hay discusiones, pero si algo tenemos claro es que nuestra amistad y el respeto y el cariño que nos tenemos están por encima de nuestras riñas y desacuerdos.

—Quiero enseñarte algo —digo en un momento dado cogiendo la guitarra.

Frankie cabecea y yo comienzo a tocar la canción que he compuesto para Adriana. La canto sintiendo todas y cada una de las palabras que digo y, cuando acabo, mi amigo, que es un llorón, me mira con los ojos llenos de lágrimas y pregunta:

—Deacon, ¿qué estás haciendo aquí?

Oír eso hace que levante las cejas.

—Pero ¿no ves que has encontrado a la mujer de tu vida? —insiste él.

—Ella no quiere verme —replico.

—¿Y desde cuándo te rindes tú? ¿Desde cuándo Deacon Black no lucha por algo que se proponga?

—Frankie...

—Deacon, estamos hablando de sentimientos.

—¿Y...?

—Joder, hermano, ¿eres consciente de la bonita canción de amor que has escrito para ella? Dile de una santa vez que la quieres, que estás enamorado de ella... ¡Díselo!

Tomo aire. Luego miro a mi amigo y musito en confianza:

—No me sale, ¡joder, Frankie! Soy un gilipollas. Puedo cantar al amor, pero, luego, hablar de amor a la mujer a la que quiero ¡no me sale!

—Pero ¿por qué?

—No lo sé.

Él me mira y responde:

—Yo sí sé por qué. Y la culpa la tiene la imbécil de tu ex. Crees que todas las mujeres van a ser como ella y tú mismo te cierras a hablar de sentimientos. Te volviste desconfiado y frío, y ahora eres incapaz de darte cuenta de que Adriana ¡no es Emma! Y, joder, hermano, si ella es como dices, se merece que le digas no una cosa bonita, sino miles. Y, por eso, tienes que regresar a España.

—Frankie...

—Deacon, hazme caso y no seas cabezón.

Me niego. No es una cuestión de cabezonería.

—A ver, Frankie... —digo—. Si algo he odiado de Emma ha sido su terrible insistencia. Me niego a ser como ella. Odiaría atosigar a Adriana como Emma lo ha hecho conmigo.

—Tú nunca serías como ella..., ni queriendo —asegura.

Niego con la cabeza ante lo que ha dicho.

—Deacon, por el amor de Dios, ve y cántale esa canción —insiste él—. Tiene que saber cómo te sientes y lo que ella provoca en ti. Y si una vez que la escucha y habla contigo no quiere saber de ti, entenderé que te retires, pero no sin antes haberlo intentado.

Niego con la cabeza, pero él continúa:

—Te acompañaría, pero no puedo. En esta ocasión he de quedarme con Susan y la niña. Pero, hermano, por favor, ve, porque algo me dice que si la Duendecilla escucha esa canción, todo va a cambiar. ¿Y sabes por qué? Porque, como decía mamá Ángela, en Navidad todo es mágico y especial.

Oír sus palabras hace que me emocione. Si no hubiera vivido lo que he vivido no podría creer en la magia de la Duendecilla y en la Navidad. Por ello tomo aire y digo:

—De acuerdo. Iré.

—¡Ese es mi chico! —aplaude Frankie.

Instantes después, mientras Frankie habla por teléfono para contratarme un avión privado y escolta en cuanto llegue al aeropuerto de Madrid para viajar después a Navacerrada, miro mi reloj y mentalmente hago el cambio horario. Si aquí, en Nueva York, son las seis y diez de la tarde, en España son las doce y diez de la noche. Sin dudarlo, abro mi teléfono móvil, marco un número de teléfono y, mientras suenan los timbrazos, abro la caja de recuerdos de mi madre, cojo algo y, cuando oigo que responden al otro lado, saludo:

—Hola, Pulga.

Capítulo 52
Adriana

2 de enero

A primera hora de la mañana voy al veterinario para recoger a mi *Deacon* acompañada de Carlota y de mis padres. Ha ido todo tan bien que ahora, para su recuperación, puede volver ya a casa, aunque tendré que llevarlo durante un tiempo a fisioterapia.

En el veterinario hablo del tema con Vicente. Yo vivo con *Deacon* en Madrid, por lo que debería buscarme un fisio cerca de allí, pero entonces decido que, mientras se recupera, mi perro debe quedarse donde está, y más si yo comienzo a trabajar en la gira del grupo sueco. Es lo mejor para él, y mis padres lo aceptan encantados.

Una vez en casa, todos reciben a *Deacon* con vítores, besitos y cariños. Sé cuánto quieren todos a mi perro, como sé que mi perro los quiere a ellos. Después de que la yaya acondicione su camita en el salón, mi padre lo coloca allí y, minutos más tarde, se queda dormido junto a *Trece*. ¡Vaya dos!

Los miramos en silencio. El aspecto de *Deacon* no es el mejor, y mi madre comenta abrazándome:

—En cuanto se reponga, lo tendremos corriendo detrás de los conejos como siempre.

Asiento, opino igual que ella, y acto seguido decido hacer cosas por la casa.

Cuando entro en mi habitación, de pronto miro a mi alrededor y, sin pensarlo, comienzo a quitar todos los pósteres de Deacon Black. Creo que es una buena manera de dejar de martirizarme.

Mamá protesta. La yaya también. Papá solo me mira, pero, por suerte, mi hermano Adam y Carlos me apoyan. Creen que hago bien. Ya de paso, también quito las fotos de Pablo. Ambos son personas de mi pasado. Solo recuerdos.

Una vez que acabo, prosigo con otras cosas de mi cuarto y, cuando finalmente termino y miro el reloj, veo que es la una de la tarde.

En el salón *Deacon* está con Carlota. La niña, tirada a su lado, dibuja en el suelo mientras le hace compañía y, como aún queda una hora para comer, con paciencia cojo el teléfono, abro la libreta de mi yaya y telefoneo de vuelta a los periodistas que han llamado.

Como era de esperar, todos me atienden con respeto y, sobre todo, con admiración. Soy la nieta de River Samuel Robinson, una leyenda del rock americano, y desean todo lo que puedan y más de mí.

A las dos de la tarde decido dar por concluidas las llamadas y, cuando me siento a la mesa, indico mirando a mi yaya:

—Quieren entrevistaros a ti, a mamá y al tío. También a mí, por ser la nieta relacionada con el mundo de la música. He quedado en llamarlos pasadas las fiestas con la respuesta.

Mi yaya y mi madre asienten, y agrego:

—Por cierto, no os dije nada, pero han contactado conmigo para trabajar como técnica de sonido en la gira de un grupo sueco.

Según digo eso todos me miran, se alegran por mí.

—Todavía no sé fechas —indico—, pero, por lo poco que pude hablar con ellos, se trata de varios países europeos en marzo, abril y mayo.

Mi padre sonríe feliz de que tenga trabajo, y luego mi yaya pregunta:

—¿A qué hora empieza el evento de hoy?

Miro mi reloj, voy bien de tiempo.

—A las seis de la tarde —respondo—. La idea es que a las diez ya haya terminado todo.

—El pueblo está animado —afirma mi madre—. Cuando he bajado a por el pan, no os podéis imaginar la de gente que había caminando por la calle y comprando en los negocios locales, a la espera de que abrieran el polideportivo para ir cogiendo sitio.

Eso me gusta. Toda expectación siempre es buena para un concierto.

—Dijiste que se podría ver también por internet, ¿no? —interviene mi cuñado.

Asiento. El sobrino de Gregorio, que es una eminencia en esos temas, ha instalado un no sé qué que hará que las personas que tienen su entrada virtual puedan acceder al concierto.

—Vosotros venís, ¿verdad? —pregunto.

—Los tres —afirma mi hermano, que está dando de comer a su hija.

Gustosa, miro a la pequeña, que está sentada en su trona, y mi sobrina Carlota indica:

—Tía Minirri, papá, mamá, Hugo y yo también iremos.

—¡Genial, Cosita! Ya verás lo bien que lo vamos a pasar.

—Yo también voy —asegura mi yaya.

—Y tu madre y yo —dice mi padre.

Sorprendida, los miro. Ellos no suelen ir a eventos musicales, y menos de pop rock.

—Pero ¿desde cuándo sois tan modernos? —inquiero riendo.

Mis padres y mi yaya intercambian entonces una mirada extraña que no entiendo, mientras mi madre musita:

—Este no nos lo queremos perder.

Cabeceo sonriendo, pero de pronto mi hermano da un chillido.

—Hermoso, ¿qué pasa? —exclama mi yaya.

Carlos se levanta. Mi padre también. No entendemos el grito de mi hermano, pero este dice mirándonos:

—Que creo que le está saliendo un diente.

Bueno..., bueno..., bueno..., el revuelo que se monta alrededor de la mesa es espectacular.

Uno por uno vamos metiéndole el dedo en la boca a Aitana para tocarle la encía inferior y, sí, ¡le está saliendo un diente!

Mi hermano se emociona. Lloriquea. Carlos también. Carlota da saltos de alegría con mi madre y la yaya, y mi padre pregunta mirándome:

—¿En serio hay que ponerse de ese modo por un diente?

Divertida, sonrío y lo abrazo. En la familia somos así.

A las cinco de la tarde, tras despedirme con mimos y arrumacos de mi perro, me monto en el coche de mi padre y me dirijo al polideportivo, donde por suerte tengo plaza de aparcamiento reservada o las habría pasado canutas buscando sitio.

Mientras camino por la calle, soy consciente de que todos me miran y me señalan. Desde que salí en aquel vídeo con Deacon y se sabe ya de quién soy nieta, como dice mi yaya, ¡soy una celebridad!

No me gusta ser observada. Tengo la sensación de que ando mal, de que me voy a caer, y todo eso lo generan la inseguridad y el nerviosismo que ello me crea. Pienso en Deacon y de pronto entiendo muchas más cosas sobre él. No es agradable vivir así.

Por suerte, enseguida entro en el polideportivo y, tras saludar a compañeros que, como yo, se han unido a la causa y a los músicos, comenzamos a organizarlo todo, y a las seis en punto, con el polideportivo a rebosar, empieza el espectáculo.

Toda mi familia pasa por donde estoy para saludarme y eso me hace feliz, y cuando se van yo me centro en hacer lo que mejor sé hacer, mientras veo que la gente baila y se divierte a mi alrededor.

Un grupo tras otro van pasando por el escenario y el público, entregado, los aplaude. Da igual si son famosos o menos famosos. Que estén allí, colaborando con una buena causa, hace que la gente los quiera, y eso se nota en el ambiente.

A las nueve de la noche, tras tres horas de conciertos, estoy sedienta y, mirando al Pope y a Kiki, los llamo.

—¿Me traéis agüita?

Ellos asienten de inmediato, corren a por el agua y, cuando me la traen, me miran de tal manera que pregunto:

—¿Qué pasa?

—Nada —dice Kiki acalorado.

Sorprendida, les tiro unos cacahuetes que les dan en la cabeza e insisto:

—¿Qué?, ¿qué pasa?

El Pope me mira y, quitándose un cacahuete del pelo, gruñe:

—Joder, Minirri...

—¿Dónde está el Pulga? —pregunto curiosa.

Ellos se encogen de hombros, se miran de nuevo con aquel gesto que no entiendo y, antes de que yo pueda volver a preguntar, se van corriendo. ¿Qué les pasará?

Un nuevo grupo sale al escenario, y estoy mirándolos cuando siento un pellizco en la cintura y, al volverme, me encuentro con mi amiga Marga.

—¿Cómo lo llevas? —quiere saber.

Sonriendo, cabeceo mientras toco unos botones de la mesa.

—Bien —respondo—. La verdad es que creo que está yendo todo rodado. Ni un solo problema.

En ese instante llega Manolo, que es el bajo de un grupo que ya ha tocado y amigo del pueblo, y acercándose a mí murmura:

—Joder, Adri..., ha estado genial.

Encantada, asiento, y a continuación este y Marga se miran y mi amiga pregunta:

—¿A ti te gusta el agua?

Manolo dice que sí y ella replica:

—Entonces ya te gusta el sesenta por ciento de mí.

Oír eso me hace reír a carcajadas, como hace reír a Manolo, que, dándose un abrazo con Marga, se mofa:

—Margarita..., ¡qué sería la vida sin tu humor!

Una vez que él se marcha, Marga y yo disfrutamos del espectáculo, y, cuando el último tema del grupo acaba y la gente prorrumpe en aplausos, yo cuchicheo contenta:

—Un descansito de media hora y, luego, ¡vamos a por el último!

—¿Qué grupo es? —pregunta mi amiga.

—Se llaman Micoa. Son de Santander y hacen pop.

Veo que Marga asiente y luego sugiere:

—¿Vamos a tomar algo a esa barra?

—No debería moverme de aquí —digo.

—Venga, mujer, pero ¡si has dicho que aún queda media hora para la siguiente actuación! Luis se quedará aquí protegiendo tu castillo —se mofa.

La miro. Me sonríe. Y, tras avisar a Luis de que vuelvo dentro de veinte minutos, mi amiga y yo nos vamos a tomar algo. La verdad es que lo necesito.

Una vez que pedimos las bebidas, de pronto oigo que la gente suelta un rugido enorme, comienza a aplaudir y, sin más, empieza a sonar música. ¿Qué ocurre? De inmediato miro hacia el escenario y me quedo bloqueada al ver sobre él a Deacon, que, con su guitarra en las manos, comienza a interpretar una de sus famosas canciones. Mis ojos van rápidamente hacia la mesa de sonido y me quedo boquiabierta al ver a Luis al mando.

«¡¿Cómo?!»

Hiperventilo. Me agarro a la barra.

Pero ¿qué está haciendo Deacon aquí? ¿Cuándo ha llegado?

El propio sonido de mi corazón es tan fuerte que creo que resuena en todo el polideportivo, y cuando voy a moverme mi amiga murmura:

—Ni se te ocurra dar un paso.

—¡Marga!

—No hagas que tenga que amordazarte —insiste.

Mis primos llegan. Y, a lo Tarantino, se sitúan a mi alrededor y luego Kiki susurra:

—Lo siento, primula. Tienes que escucharlo. Él nos lo pidió.

Temblando como una hoja, veo que sobre el escenario, con su guitarra y un gorro de Navidad en la cabeza, Deacon canta y hace cantar y bailar a todos los presentes. El Pope me mira y cuchichea:

—¡Es la bomba el colega!

Asiento. Lo sé. Pero soy yo la que va a explotar como una bomba como no me dejen mover de aquí. La canción acaba y la gente aplaude a rabiar, y entonces Deacon, micrófono en mano, dice:

—Buenas noches, amigos. Soy Deacon Black, y os deseo de todo corazón que estéis pasando unas felices fiestas.

El público se viene arriba, tan arriba como siento yo el corazón en la boca.

—Por suerte para mí —prosigue—, alguien muy especial me trajo a este precioso lugar. Al principio, un neoyorquino como yo veía las cosas con los ojos, pero apenas miraba. Oía las cosas, pero no las escuchaba. Hasta que un día comencé a mirar y a escuchar con el alma y el corazón y todo en mi vida cambió a mejor.

De nuevo la gente aplaude, grita. Deacon se los está metiendo en el bolsillo. Entonces noto que alguien se coge a mi pierna y, al mirar hacia abajo, veo que es una emocionada Carlota, que exclama:

—Mira, tía, ¡es el tío Deacon! ¡Seguro que me ha traído chocolatitoooooos!

Medio paralizada, asiento, y en ese momento descubro al resto de mi familia a escasos metros de mí. Entonces, al ver sus sonrisas, comprendo que ya lo sabían; sabían que Deacon iba a aparecer aquí, y miro a mi amiga.

—Me hago responsable de lo que digo, no de lo que tú entiendas... —dice esta.

—¿Sabías que...?

—Sí.

—¿Desde cuándo?

—Desde que yo se lo conté porque Deacon me llamó —interviene el Pulga.

Boquiabierta, miro a Deacon, que sigue hablándole a un más que entregado público.

—Mi madre decía siempre que la Navidad era una bonita época del año para que pasaran cosas sorprendentes y mágicas. Y, sí, tenía razón. Cuando ella me faltó, creí que la Navidad se había acabado. Pero un día llegó a mi vida alguien muy especial, que en Tokio me hizo ponerme un gorro de Navidad como este y me hizo entender que, mientras mi madre estuviera aquí —añade mirándome mientras se toca el corazón—, la vida podía seguir siendo mágica y sorprendente.

Todo el mundo vuelve a aplaudir de nuevo y luego él prosigue:

—Y, bueno, amigos..., estoy aquí por dos causas. Una, para colaborar en el acto solidario que los vecinos del pueblo comenzaron para el colegio público. Y, la otra, para intentar convencer a la mujer de la que estoy total y completamente enamorado de que puedo ser un romántico y que soy lo que ella necesita en su vida.

Según dice eso, todo pero todo el mundo me mira, y yo me quiero morir. Por Dios, pero ¿qué hace?

—Me acabo de mear en las bragasssss —oigo que dice Marga—. El señor Evans ya se lo puede currar el día que se me declare.

Mis primos se parten de risa. Yo no.

—Creo... creo que me voy a desmayar —susurro.

—No jodas, primula —murmura Kiki.

Marga y yo nos miramos, y mi amiga indica:

—¿Eres consciente de la cantidad de móviles que te están enfocando? Si te desmayas, ¡mañana serás un meme en Instagram!

Joder, ¡ni desmayarme puedo!

Hiperventilo. En la vida me imaginé que algo tan rematadamente loco, inesperado y romántico me pasaría a mí. Y, mientras intento no desmayarme para no ser un meme en Instagram, oigo que Deacon dice:

—La canción que voy a cantar la compuse para ella. Al escribirla he de decir que afloró el Deacon romántico y enamorado... La canción se titula *Mi siempre*.

La gente aplaude, me mira y sonríe. Saben que la canción va para mí. Y Marga, emocionada, musita:

—Ay, que me lo comooooooooooo, ¡que te ha compuesto una canción!

—El primulo se lo monta bien, ¿eeeh? —afirma el Pulga.

Solo en el escenario, acompañado únicamente por *Ángela*, su guitarra, comienza a tocarla y luego a cantar:

El amor era un sueño olvidado
que cobró vida al encontrarnos.
Llegaste a un corazón duro y congelado,
pero a tu lado los días de nieve son extraños.
Y entonces me encontré con tu sonrisa,
y sin darme cuenta supe que tú eras lo que faltaba en mi vida.

Mi bonito amor eres tú, porque eres mi luz.
En la oscuridad vivía, hasta que llegaste a mi vida.
Mi bonito amor eres tú, y siempre te amaré
porque tú me das vida, solo con tu sonrisa.

Como una polilla, una y otra vez hacia ti iba,
porque te convertiste en la luz de mi vida.
Sin ti no soy nada, pero contigo lo soy todo,
y por eso, sin evitarlo, yo de ti me enamoro.
Y aquel día de frío, cuando te vi bajo la nieve,
sentí que al besarte tú eras «mi siempre».

Mi bonito amor eres tú, porque eres mi luz.
En la oscuridad vivía, hasta que llegaste a mi vida.

Mi bonito amor eres tú, y siempre te amaré
porque tú me das vida solo con tu sonrisa.

Conocerte me dio una familia y un hogar,
algo que solo gracias a ti he vuelto a encontrar.
Tú me hiciste creer en el todos para uno y uno para todos,
y esa gran unión es nuestro gran tesoro.
Y por todo esto, mi preciosa Duendecilla,
necesito que sepas que eres el amor de mi vida.

—Me lo vuelvo a comerrrr —susurra Marga aplaudiendo enloquecida.

El Deacon romántico que creí haber imaginado está ahí. Me acaba de declarar su amor, ante mi familia y ante cientos de personas que aplauden emocionadas, y yo... yo... no me lo puedo creer. Una parte de mí quiere correr a sus brazos para decirle que él es también el amor de mi vida, pero, en cambio, sin saber por qué, empujo al Pope, que cae sobre el Pulga, y echo a correr entre la gente hacia el coche de mi padre mientras oigo los gritos de mi familia, que me llama.

Capítulo 53

Deacon

En caravana junto con la familia, me dirijo hacia la casa familiar. Voy en el coche con Marga y la yaya y, mientras ellas hablan, dicen y comentan, yo apenas puedo respirar, aunque ahora, al ver el coche del padre aparcado, comienzo a hiperventilar. ¿Y si ella no quiere nada conmigo? ¿Y si no me da una oportunidad?

Entre las cosas que imaginé que podrían pasar, que ella saliera corriendo y desapareciera dejándome colgado delante de todo el mundo no era de las que entraban en mi cabeza. Pensé que mi declaración le gustaría, que le ablandaría el corazón incluso. Pero está visto que no ha sido así.

Una vez que los primos, que van en el coche de delante, abren el portón de la casa y entran, al ver a varias personas allí de pie, no digo nada, y la yaya comenta:

—Así todos los días, hermoso. Curiosos... curiosos y más curiosos.

Saber eso me apena, me molesta. Sé lo que es sentirse asfixiado por la popularidad. Y, cuando Marga para la *Merche* y nos bajamos, los primos, que ya se han apeado de su vehículo, se acercan a nosotros y el Pope dice dándome uno de sus bestiales manotazos:

—Madre mía, primulo... ¡Qué sobredosis de azúcar con la cancioncita!

Entiendo. Creo que me he pasado de romántico. Y luego Kiki señala:

—Oírte cantar eso me indica que estás ¡apollardado por la primula!

¡¿«Apollardado»?! ¿Qué es eso?

Pero, sin querer perder el tiempo preguntando, suspiro y él insiste:

—En la vida pensé que pudieras pasar de cantar «Tráeme tres cervezas para pasar una noche infernal» a cantar «Duendecilla, eres el amor de mi vida»...

—Cállate, tontorrón —lo regaña la yaya caminando hacia la casa.

—Pues a mí me ha parecido tannn románticooo —murmura Lourdes acercándose.

—En mi opinión, es una canción preciosa —afirma el Pulga.

—Ojalá alguien me dijera algo así a mí —cuchichea Cristina.

Oír la opinión de las primas y del Pulga es lo que me interesa. Adriana es una romántica como ellos, y si escribí esa canción fue por y para ella. Solo espero no haberme pasado.

—¡Tío Deaconnnnnnnn!

Al oír esa vocecilla, me vuelvo. Ver a la Cosita corriendo hacia mí me llena de felicidad y, justo antes de que llegue, abro la mochila que llevo a la espalda y, guiñándole el ojo, saco cinco Toblerone gigantes.

—¡Tus chocolatitos! —digo.

Carlota abre la boca. Salta, besa, abraza. Finalmente coge como puede lo que le entrego y su madre murmura acercándose:

—Por Dios, Deacon. Con uno era suficiente.

—Menudas lombrices le van a salir a esta niña en el culo con tanto chocolate. —Oigo que Honey ríe mirando a su nieto Hugo.

Todos sonríen y, de pronto, al notar algo en mi bolsillo, lo saco y, mirando a la yaya, que camina a mi lado, indico:

—Esta vez la he traído.

—¿Qué es lo que has traído?

Enseñándole algo que tenía guardado en la caja de recuerdos de mi madre, se lo enseño y musito:

—Estas figuritas son del belén que todos los años ponía mi madre. He traído dos para colocarlas en el tuyo. Una por mamá y otra por mí.

La yaya me mira. En sus ojos veo la emoción.

—Hermoso..., qué bonito lo que vas a hacer —susurra.

Sonrío y ella me abraza.

—Yo que tú, antes de ponerlas en el belén, hablaría con Minirri —suelta Marga—. Ese es mi consejo.

—Por supuesto —afirmo guardándome de nuevo las figuritas en el bolsillo.

La yaya me mira y asiente. Entiende, como entiendo yo, las palabras de Marga. Alfonso, acercándose junto a los tíos, Adam, Carlos y Aitana, indica:

—Minirri está en la casa. Mi coche está ahí.

El corazón me va a mil. Y, sin tiempo que perder, entro en lo que para mí es un hogar. Nada más entrar, lo primero que oigo es, cómo no, una cancioncita de Navidad. Suena *Have Yourself a Merry Little Christmas*, cantada por Sam Smith, y el vello de todo el cuerpo se me eriza.

No sé si es regresar a esta casa, la sensación de hogar, la canción, pero el caso es que de pronto me siento muy bien, y más cuando oigo a la yaya decir:

—Tiene que estar en su habitación.

Sonriendo, asiento y de pronto veo a mi tocayo tumbado en un lateral del salón, sobre una manta, y voy hacia él sin dudarlo. Está más delgado, magullado, y parece una lámpara por el collar isabelino que lleva para que no se chupe las heridas. Me mira con sus ojos redondos. Apenas se mueve, y yo, acercándome a él, le doy un beso en el hocico y susurro:

—Hey, colega, ¿cómo estás?

Mi tocayo me mira. Sé que mi presencia le agrada porque me lo hace saber aun sin hablar, aun sin moverse. Cogiendo con cuidado una de sus patas delanteras, la choco con la palma de mi mano y murmuro:

—Me alegra que estés mejor.

—¡Lo que me faltaba...! ¿Qué haces tú aquí?

¡Es ella!

¡Es su voz!

Al volverme me la encuentro junto a la yaya, con cara de mosqueo pero más preciosa que nunca. Lenta y pausadamente me incorporo del suelo y, cuando voy a hablar, veo que el resto de la familia entra en el salón de forma atropellada y Adriana, mirándolos, suelta:

—Y vosotros, ¿se puede saber qué queréis?

—Enterarnos de lo que pasa —declara Kiki.

Adriana los mira achinando los ojos. Malo, malo. Y, señalando al Pulga, le dice:

—Tú y yo ya hablaremos.

Él sonríe y luego afirma:

—Cuando quieras, primula.

—Ay, hija... Ha venido Deacon, ¿no te emociona? —pregunta Honey.

La que quiero y deseo que vuelva a ser mi chica se mueve, pero no me mira.

—Creo que os emociona más a vosotros —responde.

—¡Minirriiii! —gruñe la tía Maribel.

Como es habitual, comienzan a hablar entre ellos, a opinar. Le dicen cosas, y yo, consciente de que como sigan la van a enfadar más, pido alzando la voz para que me oigan:

—¿Podría hablar con ella unos segundos a solas, por favor?

—No jorobessss —se queja Lourdes—. Si nos vamos, no nos enteraremos.

—¡Serás cotilla! —Kiki ríe.

—Como si tú no quisieras saber qué es lo que quiere decirle —apostilla Marga.

De nuevo vuelven a decirse cosas. Lo de esta familia es de traca. Entonces veo que la Duendecilla levanta una ceja y, dirigiéndose a su hermana Virginia, pregunta:

—¿Puedes hacerlos desaparecer para que Deacon diga lo que tenga que decir y se pire de una vez, o tengo que matarlos?

—Pero, Minirriiiiiii, queremos saber —protesta Alfonso.

—¡Papáááá!

—La verdad, hermosa, es que la cosa está muy emocionante —tercia la yaya.

—Esto es increíble —oigo que dice la Duendecilla caminando hacia la chimenea.

Virginia, viendo el mosqueo de su hermana, y ayudada por el Pulga, que me mira con complicidad, comienza a empujarlos hacia la cocina mientras, con voz de ordeno y mando, indica:

—Vamos..., vamos..., ¡todos a la cocina!

—Pero, cuñadaaaaaa —gruñe Carlos.

—No quiero una palabra más, o juro que os las vais a ver conmigo —insiste con dureza.

—Ay, hermosa... ¡Si es que ibas para coronel! —señala la yaya.

Finalmente todos desaparecen y, una vez que nos quedamos ella y yo solos en el salón con mi tocayo, tras unos segundos de silencio me mira y pregunta:

—A ver, ¿qué quieres decirme?

La miro. Necesito conectar con ella.

—¡Hola!... —murmuro.

Según digo eso, Adriana suspira y suelta:

—Mira, Deacon... Déjate de «holas» y tonterías. Creo que las cosas quedaron claritas entre nosotros: ni yo soy para ti, ni tú eres para mí. Por lo que no entiendo qué es lo que estás haciendo aquí... ¿Qué quieres?

Estoy desconcertado. No sé cómo proceder, aunque sé lo que quiero. Sé por qué estoy aquí, y, sacando las dos figuritas del bolsillo, se las enseño y digo:

—He venido a poner las figuritas en el belén. Una por mí y otra por mi madre.

Ella observa desconcertada lo que tengo en las manos. Nerviosa, se suelta el cabello para después volver a recogérselo de esa manera que me vuelve loco.

—A ver, creo que...—dice con un hilo de voz.

—Realmente estoy aquí porque deseo seguir viviendo nuestra bonita película de Navidad —la corto.

Una vez dicho eso, me sorprendo. ¿He sido capaz de decir lo que he dicho? Y, envalentonado con la situación, voy a proseguir cuando musita:

—No te entiendo. Te juro que no te entiendo...

Vale. Comprendo lo que dice y comprendo también su escepticismo. Y, como necesito que me escuche, coloco las dos figuritas en el belén junto a la de ella. Eso hace que me mire. Sé que me la estoy jugando, que estoy dando por hecho muchas cosas. Pero, dispuesto a conseguir mi propósito, indico:

—Que estén junto a tu figurita es bonito, ¿verdad?

Ella no contesta, solo me mira. Durante una fracción de segundo creo que me va a mandar a la mierda; que me va a echar de la casa a gritos. Y, necesitado de llegar a ella como sea, insisto:

—Sé que lo que dijiste aquel día con respecto a *Deacon* no te salió del corazón. Tú no eres así.

Según digo eso, su gesto cambia. He dado en la tecla correcta, y, suavizando su tono, susurra:

—¿Cómo pude decirte eso...? Por supuesto que no tuviste la culpa de lo que le ocurrió. Pero estaba tan nerviosa y enfadada con toda la situación en general que hablé sin pensar y...

—Por mí está olvidado. Créeme. Te conozco lo suficiente como para saber que tú nunca pensarías algo tan horrible.

Me mira y parpadea. Creo que lo que está ocurriendo la descoloca. Entonces se interrumpe la cancioncita de Navidad que sonaba y empieza *The Christmas Song*, de Shawn Mendes y Camila Cabello, y sonrío. Aquí comienza mi plan de tocarle el corazón.

—¡¿Qué estáis haciendo?! —grita ella de inmediato.

No muy lejos oímos las voces y las risas de su familia y que Carlota dice:

—Tía..., ha sido el Pulga.

Adriana levanta una ceja sorprendida. Me mira y, sin desvelarle lo que he hablado con el Pulga, comento aprovechándome de su desconcierto:

—Es una bonita y romántica canción de Navidad, ¿no te parece?

Ella asiente. No puede decir que no.

—A ver, Deacon —murmura entonces—. Creo que...

—Te quiero.

¡Joder! ¡He dicho «Te quierooooo»!

Sí..., sí..., sí... ¡Lo he dicho!

Me mira. Toma aire. Y, cuando niega con la cabeza, insisto:

—Te quiero. Y te lo diré todas las veces que sean necesarias hasta que me creas. Y, sí, comenzamos por una conexión, pero esto que sentimos ahora es amor... Y, antes de que digas nada, solo tienes que ver nuestro vídeo cantando esta canción. Cómo nos miramos y cómo nos besamos me hace saber que lo nuestro es nuestra particular película de Navidad hecha realidad. Tú eres «mi siempre» y yo soy el tuyo.

Silencio. Solo se oye la preciosa canción y nuestras respiraciones, hasta que ella susurra:

—¿Qué haces tú hablando de amor y películas de Navidad, cuando es algo que...?

—Te quiero...

—¿Qué estás diciendo?

Una vez más, entiendo su escepticismo.

—¿Te ha gustado la canción que compuse para ti? —quiero saber.

Sin dudarlo, y a pesar de su gesto desconcertado, asiente.

—Cada palabra salió de mi corazón —indico—. Y, sí, cielo, no soy de escribir canciones románticas y azucaradas, pero contigo salió porque tú te la merecías. Espero que entiendas que *Mi siempre* es una canción única y especial, porque la compuse única y exclusivamente para ti.

Me mira. Con lo que estoy diciendo, hoy es a ella a quien no le salen las palabras. La tengo descuadrada. Cada cosa que digo sé que la hace pensar; sé que la hace recalcular la ruta que quiere tomar en su vida. E insisto:

—Como he dicho antes en el escenario, estoy total y completamente enamorado de ti.

—Deacon...

—Quiero estar contigo, como deseo que tú estés conmigo. Necesito seguir aprendiendo de ti, y a esto quiero añadir que adoro a tu familia y que ya la considero mía.

—¡Y nosotros te adoramos a ti, guapooooo! —oigo que dice entonces la tía Maribel.

Eso me hace sonreír, y mi preciosa chica murmura:

—Pero dijiste que...

—Sé lo que dije, como sé que lo hice mal, y te pido disculpas. Solo necesité estar separado de ti unas pocas horas para darme cuenta de que me haces reír, disfrutar, confiar, quererme y, sobre todo, conocerme. Me has enseñado que no he de correr por nadie que no camine hacia mí; que la fantasía es un país libre; que el amor entre dos personas puede ser real, y que eres el lugar al que siempre quiero regresar. Que los sueños no tienen límites porque solo hay que crearlos. Incluso me has vuelto a recordar cosas que mi madre me enseñó y que yo había olvidado.

—Pero... pero tú y yo somos muy diferentes. Hay demasiadas cosas que nos separan y...

—Dime qué nos separa...

Ella me mira y, cuando va a responder, se oye la voz del Pope:

—¡A ti te dan miedo las vacas y a ella no!

—Hermoso, ¡¿te quieres callar?!

—Es una bromaaaaaa...

Adriana me mira sin dar crédito y murmura:

—Te juro que a veces los mataría.

Oír eso me hace sonreír de nuevo, y cuchicheo:

—Los quieres demasiado. No mientas.

Esta vez es ella la que sonríe. ¡Vamos bien!

—Dime qué nos separa —repito.

—Tú vives en Nueva York y yo en España y...

—Eso tiene solución —la interrumpo—. Podemos pasar temporadas aquí y allí. ¿Dónde está el problema?

—Soy desordenada.

—Ah, no. —Sonrío—. Eso no es verdad. Tú solo les das espacio a las cosas para que decidan con libertad dónde quieren estar.

—También dices que soy rara...

—Amor, simplemente eres de edición limitada.

—Deacon... —Se ríe.

Bien, ¡voy bien! La miro e insiste, esta vez sonriendo:

—Adoro la Navidad y sus canciones. Me encantan las tradiciones con mi familia. El romanticismo me apasiona, y...

Doy un paso hacia ella. Su tono se va suavizando. Y, sin tocarla, respondo:

—Cielo, tú me has hecho adorar la Navidad, que vea el lado bonito de las canciones navideñas, que disfrute de las tradiciones con la familia, que abra mi corazón para ser un romántico y...

—Deacon, ¿tú te estás oyendo?

Asiento. Claro que me oigo, claro que sé lo que digo. Y, tocando el anillo de mi madre que llevo al cuello, busco el cierre y, tras desabrocharlo ante su atenta mirada, murmuro:

—Duendecilla...

Rápidamente ella da un paso hacia mí. Ahora veo susto en sus ojos, y susurra:

—Ni se te ocurra.

Sonrío. Sé que es una locura. De pronto comienza a sonar la canción *Please Come Home for Christmas*, de mi amigo Adam Lambert, y exclamo:

—¡Gracias, Pulga!

Agitada, ella me mira. Esa canción y también la anterior son especiales para nosotros. A continuación, enseñándole el anillo de mi madre, digo en voz baja:

—Lo más mágico que me ha ocurrido en mi vida ha sido conocerte, enamorarme de ti y querer ser «tu siempre».

—Deacon...

—Tú y yo comenzamos la casa por el tejado —prosigo, jugándomelo todo—. Pero sabemos que el tejado que construimos es robusto y que los cimientos que pondremos serán fuertes. Por ello, si tú quieres, si me lo permites, y aunque parezca una locura, deseo pasar el resto de mi vida contigo. Y por eso, y frente a tu hijo, que, por cierto, lleva mi nombre y ya lo considero también mío, te pregunto: ¿quieres casarte conmigo?

La Duendecilla deja de respirar y, la verdad, yo también.

Hasta este momento no había pensado hacer lo que estoy haciendo. Y entonces oigo ruido de pies que corren hacia el salón y la voz de Kiki que dice:

—¡¿En seriooooooooo?!

—¡La leche, primulo! —El Pope ríe.

—Jooooo, ¿por qué no me pasará esto a mí? —susurra Cristina.

—Ay, mi niñaaaaaa, que se me casa —lloriquea Honey.

—Como digas que no, perraca, ¡yo te mato! —afirma Marga.

—Minirri, di que sí, y tú, hermoso, ¡ponte de rodillas como manda la tradición! —pide la yaya.

Uno a uno, todos dan su opinión al respecto mientras de fondo suena esa canción que sé que le gusta y con la que una vez llamé su atención. Me mira. La miro. Solo con la mirada nos hablamos, nos entendemos, nos comunicamos. Y cuando finalmente sonríe y eso me hace respirar, clavo la rodilla en el suelo como dice la yaya y manda la tradición, y con seguridad insisto:

—Adriana Peña Robinson, ¿quieres casarte conmigo?

Quiere. Sé que quiere. Pero murmura:

—No.

¡¿No?! ¡¿He oído bien?! Y rápidamente añade:

—Es bromaaaaaaa.

¡La madre que la parió!, como suele decir su padre.

Su sonrisa, su mirada, la expresión de su cuerpo. Toda ella me hace saber la respuesta; tras unos segundos que se me hacen eternos, contesta:

—Sí, Deacon Black. Claro que quiero casarme contigo.

Oír eso era lo que necesitaba y, deseoso de ella, de mi amor, le pongo el anillo de mi madre, que le sienta como un guante, y tras levantarme hacemos eso que tan bien se nos da: besarnos.

Todos a nuestro alrededor ríen, aplauden, gritan. Está claro que lo que han visto y oído les ha encantado, y luego todos se lanzan hacia nosotros y comienzan a abrazarnos y a besuquearnos.

Mientras la familia nos felicita, mis ojos y los de mi futura mujer se encuentran una y otra vez. ¿En serio lo vamos a hacer? El amor y la necesidad que nos tenemos es algo que sé que a ambos nos estremece.

Pero de pronto noto que algo pasa entre mis piernas y, al mirar hacia abajo, veo que es *Trece*. El gato negro.

Me quedo paralizado. No, joder. No..., no..., no... No quiero pensar en lo que estoy pensando, pero mi chica susurra acercándose a mí:

—¿Sabías que en Japón y Gran Bretaña los gatos negros son sinónimo de buena suerte?

Oír eso me hace sonreír; una vez más, ella busca una solución a una de mis fobias. La atraigo hacia mí y la beso. Un beso nos lleva al siguiente, y al mirarnos murmuro:

—Si no te gusta el anillo, puedo comprarte uno en Cartier, Tiffany o donde quieras.

Mi amor se mira el dedo. En él está el sencillo anillo que mi madre lució con orgullo y que ha estado junto a mi corazón todo ese tiempo.

—Llevo el anillo más bonito del mundo. No necesito ninguno más —asegura.

Sus palabras me emocionan, me llegan al corazón. Entonces tira de mí, yo la sigo, e, ignorando a su familia, me conduce hasta su habitación.

Una vez que entramos en ella, entre risas me estampa contra la puerta y comienza a besarme con locura y pasión. ¡Joder, cómo me besa!

Su deseo, su locura, su descontrol es todo lo que necesito en mi vida. Y, parándome de pronto, murmuro asombrado:

—¿De verdad has dicho que sí?

Ella asiente, sonríe y pregunta:

—¿De verdad tú has preguntado lo que has preguntado?

Ahora soy yo el que asiente y sonríe, y, recordando algo, digo:

—¿Qué significa *apollardado*?

Mi chica sonríe, suelta una carcajada. Veo la guasa en sus ojos, y responde:

—«Atontado».

Asiento. Mi vocabulario en español crece increíblemente con mi nueva familia.

—Mira a tu derecha —oigo que musita ella entonces.

Obedeciendo, hago lo que pide, y de pronto mis ojos se encuentran con un cerrojo en la puerta. ¿En serio? ¿De verdad ha puesto un cerrojo?

Vaya... Vaya... Vaya...

Y, sin pensarlo, pero sonriendo, echo el cerrojo sabiendo que esta vez nadie podrá entrar a no ser que tire la puerta abajo.

Epílogo
Adriana

Navacerrada, agosto de 2025

—Pero ¡¿esta niña es un tiburón o una piraña?! —se queja mi hermana.

—Aisss, madre mía, esta criatura —murmura mi madre.

Según oigo eso, sonrío.

Mi sobrina Aitana, aquella a la que no le salían los dientes, ha aprendido que su boca es como un arma de destrucción masiva y, cuando algo no le gusta, ¡mordisco que te crio!

¡Fritos nos tiene a todos!

Carlota llora. Aitana le ha mordido en el brazo cuando esta ha intentado quitarle la bolsa de gusanitos, y aquí estoy yo, consolando a la Cosita, mientras mi hermano regaña a Aitana, que es una buena *personaja*. ¡Y decíamos de Carlota!

Kiki y el Pope están junto a la piscina con Hugo y mi cuñado Lucas, y veo que se están riendo de algo. Sigo la dirección de su mirada y, al ver al Pulga dándole cremita a Olivia, sonrío yo también. ¡Hay que ver qué enamorados están!

Mi sobrino Hugo está emocionado. Deacon le ha traído de Estados Unidos una cámara de fotos acuática que al parecer es una pasada. Yo no tengo ni idea, no entiendo de cámaras de fotos. Pero Hugo no para de ensalzarla y de disfrutar con ella dentro del agua.

Mi amiga Marga no está. Se ha ido de vacaciones a un lugar llamado Örnsköldsvik con Niklas, un sueco de casi dos metros que trabajaba de *climber* en el *tour* y que le presenté cuando vino a verme. Lleva un mes con él de viaje y, aunque la echo de menos, estoy feliz de verla a ella pletórica. Ya me contará sus andanzas cuando regrese. No quiero ni imaginar todo lo que me tendrá que explicar.

Estamos disfrutando de un precioso día de agosto en la piscina de la casa familiar cuando llegan mis primas Lourdes y Cristina. Vienen con mis tíos y, tras soltar los bártulos que llevaban en las manos, las chicas se tumban a tomar el sol, mientras mi tía se acerca y, señalando a Susan, que está a mi lado, indica mientras le entrega un paquetito:

—Dile que es para la niña.

Sorprendida por aquello, y tras poner la mosquitera para Everly, que está en el carrito, Susan abre el paquete. Es un gorrito de bebé a juego con un bañador de crochet que le ha hecho mi tía. Susan la abraza feliz y, una vez que mi tía se va, comenta:

—En esta familia sois todos encantadores.

Sonrío asintiendo. Sé que mi familia es genial. Y, mientras veo que el Pope empuja a Lucas a la piscina, respondo:

—Bueno, todos tenemos nuestros días.

Ambas reímos y entonces Deacon, Frankie y mi padre salen a la piscina, y Carlota grita:

—¡Tío Deacon, Aitana me ha mordido otra vezzzzzz!

Él mira a la agresora, que está sentada a la sombra comiéndose tranquilamente su bolsa de gusanitos junto a mi hermano. La niña, que es otro precioso monstruito, en este caso moreno, le sonríe. Y Deacon, intentando disimular una sonrisa, mira a Carlota y exclama:

—¡Ven con tu tío preferido, Cosita!

Ni que decir tiene que Carlota se refugia en sus brazos y, divertido, Deacon se lanza con ella a la piscina. A Carlota le encanta que haga eso, y más cuando se les suman los bestias de los primos, para horror de mis primas, que se quejan porque las empapan sin piedad.

—Toma, cariño, sé que estás sedienta —murmura Frankie.

Susan coge el vaso que este le da y, tras beber un trago, murmura:

—¡Qué buena está esta sangría!

Papá, que la oye, me mira y pregunta:

—¿Qué ha dicho?

Sonrío. Frankie y Susan solo hablan en inglés. Y, aunque gran parte de mi familia, gracias a mi yoyo, lo chapurrea, Deacon, mi sobrino Hugo y yo somos los intérpretes oficiales. Por ello, después de traducirle lo que ha dicho, mi padre comenta:

—Pues dile que, cuando pruebe la paella que estamos haciendo a la leña, se va a rechupetear los dedos.

Divertida, le traduzco a Susan, que aplaude encantada. ¡Va a comer paella!

Cuando Susan y Frankie, con Everly, se van a ver cómo mi yaya y familia preparan la gran paella, miro a mi perro *Deacon*, que está tumbado a mis pies. Su rehabilitación continúa. El golpe que sufrió por parte de aquel coche fue muy fuerte. Y, aunque cada día camina con más seguridad, cuando doy un paseo con él, lo último que quiere es acercarse a la carretera. Sin duda le tiene pánico. Pobrecito.

Cojo unas pocas patatas fritas y se las doy. Él se las come gustoso y, cuando ve a *Trece* pasar por el jardín, aun cojeando, se va con él. ¡Son los dos tan monos!

Desde donde estoy sentada, miro a mi chico, a Deacon. Se está poniendo rojo cangrejillo por el sol, pero, divertido, con una amplia sonrisa disfruta en compañía de mi familia en la piscina. Ya no se asusta por los golpes de mis primos ni por las bromas que le hacen. Se puede decir que está ya *casi* curado de espantos. Gustosa, observo sus ojos azules, su sonrisa, sus hombros y, uf..., todavía hay veces en que tengo que pellizcarme para asegurarme de que estoy despierta y no fue solo un bonito sueño de Navidad.

Doy un trago a mi vaso de sangría sin apartar la mirada de «mi siempre». La verdad es que mi padre prepara una sangría muy rica, y sonrío al oír la musiquita que suena por el altavoz que mi sobrino Hugo ha instalado sobre la mesa. Ahora no es música de Navidad. Ese género lo dejamos hasta que vuelva a llegar el momento. Suena la canción *Birds of a Feather*, de Billie Eilish, y mientras la tarareo sin apartar la mirada de Deacon, sé que, como dice la canción, lo amaré hasta el día que me muera.

Cuando acabó la Navidad, y después de tener mi reunión en Estocolmo con los suecos, viajé a Nueva York. Allí estuve quince días con Deacon y, la verdad, lo pasamos muy bien. En su precioso apartamento de Manhattan hablamos de cómo vamos a organizar nuestras vidas y, por supuesto, de nuestra boda, que hemos decidido celebrar en Navidad. Sí..., sí..., ¡en Navidad! En concreto la celebraremos el sábado 20 de diciembre en Navacerrada, con familia y amigos íntimos. Aunque, bueno, sabemos que todo el pueblo se implicará y la prensa, irremediablemente, asistirá.

Nunca he sido tradicional en bodas en mi vida. Pero en este caso me apetece serlo, y más viendo que a Deacon le hace ilusión. Mis yayos se casaron en la iglesia de la Natividad de Nuestra Señora de Navacerrada, mis padres también, y, oye, ¡que hemos decidido casarnos allí! Ni que decir tiene que tanto mi familia como Frankie y Susan están encantados. ¡El 20 de diciembre ya tenemos plan familiar!

Después regresé a Madrid, a Navacerrada. Mi perrete me necesitaba y yo quería estar con él. Los obreros que Deacon había buscado para arreglar el tejado al final también fueron contratados para subir la valla de toda la parcela y así evitar las miradas de los curiosos y para hacer una ampliación en la parte trasera de la casa. Esa ampliación, junto al estudio, será el museo de River Samuel Robinson, mi yoyo, que, si todo va bien, abriremos de manera oficial para Navidad.

La intención es que en esa época, además de la boda, hagamos una bonita y emotiva inauguración del museo, y Deacon, Frankie y yo nos estamos comunicando con todas las revistas musicales para que el evento tenga una buena cobertura mediática a nivel mundial. Mi yoyo se lo merece. No solo fue un personaje de la época con sus más y sus menos, sino también un buen músico, una excelente persona y un increíble marido, padre y abuelo. El museo estará abierto todos los días de la semana por la mañana, y, la verdad, estamos convencidos de que eso atraerá turismo, algo que vendrá genial a la economía de la casa y también del pueblo.

Los curiosos y los fotógrafos cuando más aparecen es cuando saben que Deacon viene a la casa familiar. Intentar salir a hacer una ruta o a pasear por el pueblo en ocasiones es complicado, pero no siempre. La comunidad que nos rodea lo protege como en su momento hizo con mi yoyo, y sin duda eso es de agradecer. Está claro que Navacerrada es un sitio especial.

A principios de verano, cuando terminé con el *tour* de los suecos, Deacon me sorprendió y fue a esperarme al aeropuerto a mi regreso. Nuestros encuentros siempre son increíbles, románticos y maravillosos. De pronto, el frío e impersonal músico que conocí es todo lo contrario, hablar de amor y sentimientos y demostrarlo le resulta ahora muy fácil. Y, la verdad, ¡anda que no lo disfruto yo!

La conexión que tenemos es increíble. Y, lo mejor, él respeta mi trabajo como yo respeto el suyo, y los celos no entran en nuestras vidas. Ni yo soy celosa ni Deacon lo es, algo que particularmente agradezco, pues con Pablo en ocasiones era insufrible.

Estoy pensando en todo eso mientras observo feliz al hombre que me tiene enamoradita perdida y que en este instante viene hacia mí sonriendo. Como diría Marga, ¡me lo como!

Una vez que llega, con esa naturalidad suya, me da un beso en los labios, me quita de la mano la patata frita que me iba a comer y, sentándose conmigo, murmura:

—Cuánta niña hay en esta familia, ¿verdad?

Siguiendo la dirección de su dedo me fijo en que Frankie está en el agua con Everly, Lucas con Carlota y Adam con Aitana.

—¡La verdad es que sí! —afirmo.

—Habrá que ir a por el niño, ¿no?

Según dice eso, lo miro ojiplática. ¡¿Qué?! ¡¿A qué viene esto?! Y, acto seguido, Deacon exclama sonriendo:

—Es bromaaaaa.

Oír eso me hace reír a carcajadas. Para el tema niño hemos decidido esperar unos añitos. ¡Pero, míralo, si hasta ha aprendido a bromear!

—Quien quiera comer que vaya a lavarse las manos y después a la mesa. La paella ya está —anuncia mi abuela.

—¡Yaya! —grita entonces el Pope—. ¿Puedes venir un momento?

Ella se encamina despreocupadamente hacia donde están mis primos y, de pronto, Kiki la coge en brazos y, sin pensarlo, se tira en bomba a la piscina con ella.

Enseguida Deacon y yo nos levantamos. ¡Que se cepilla a la yaya!

Instantes después, cuando tanto Kiki como la yaya sacan la cabeza del agua, la oigo decir:

—¡La madre que te parió, hermoso...! ¡Ahora me tendré que cambiar hasta de bragas!

La yaya se ríe. Todos nos reímos. Su sentido del humor es increíble. Entonces oigo que Frankie, que se acerca con su mujer y la pequeña Everly, murmura:

—Susan, si se me ocurriera hacerle eso a tu madre..., ¿qué pasaría?

—Mejor no quieras saberlo —se mofa la aludida.

Todos reímos. En ocasiones hay cosas que es mejor no saberlas. Mi yaya sale del agua empapada y va a cambiarse de ropa, y Deacon, mirando a Frankie y Susan, pregunta con guasa:

—¿Estáis seguros de que queréis venir en Navidad?

Ellos se miran y asienten felices. Lo tienen claro. Quieren vivir la Navidad con la familia que ya los ha adoptado.

—No nos la perderíamos por nada del mundo —afirma Susan.

Oír eso me hace feliz, como sé que hace feliz a Deacon. Sé que para él es especial tenernos a todos juntos porque por fin tiene su gran familia.

Instantes después, cuando todos vamos llegando a la mesa donde está colocada la gran paella, mi padre nos indica que debemos esperar porque la yaya se está cambiando de ropa. Eso hace que todos miremos a los artífices de lo ocurrido alborozados y los abucheemos.

—¿Cuánto tardará en venir Marieta? —pregunta Deacon.

—Cinco minutitos por lo menos —contesta mi padre.

De inmediato Deacon y yo nos miramos divertidos. Ambos estamos pensando lo mismo. Con complicidad y disimulo, damos un paso atrás, dos, tres... Y cuando desaparecemos del campo de visión de los demás, corriendo, entre besos y risas, llegamos a nuestra habitación, donde echamos el cerrojo, y... ¡fun, fun, fun!

Glosario

Background. Fondo del escenario que ve el público.
Backstage. Parte trasera del escenario oculta al público.
Blackout. Apagón sobre el escenario.
Climber. Técnico que trabaja en las alturas.
Cover. Versión.
Crush. Persona que te gusta.
Delay. Retraso, desfase.
Fee. Caché, honorarios.
Groupie. Fan que sigue a su ídolo allá adonde vaya.
Headset. Micrófono de diadema.
In-ear. Auricular inalámbrico que los músicos y cantantes utilizan para escuchar la música o su propia voz.
Manager. Representante de un artista.
Merchandising. Productos comerciales.
PA *(public address)*. Altavoces dirigidos al público del recinto.
Pipa. Currante para todo.
Rack. Soporte diseñado para transportar equipamiento técnico.
Rider. Documento que contiene todas las especificidades técnicas de un espectáculo.
Rigger. Técnico de montaje de escenario y escenografía.
Road manager. Persona responsable del artista o grupo que coordina desplazamientos, alojamientos, dietas y horarios.
Sold out. Entradas agotadas.
Staff. Personal, empleados.
Talkback. Sistema inalámbrico que permite que el equipo esté siempre comunicado.

Ticket manifest. Comprobante de entradas vendidas.
Tour. Gira.
Tour manager. Jefe y director de la gira que organiza y ayuda en la programación y administración del espectáculo.

Banda sonora

Sleigh Ride, ℗ 2024 Sony Music Entertainment, interpretada por Miley Cyrus.

It's Beginning to Look a Lot Like Christmas, ℗© 2011 Reprise Records, interpretada por Michael Bublé.

Rockin' Around the Christmas Tree, ℗© 1964 UMG Recordings, Inc., interpretada por Brenda Lee.

All I Want for Christmas Is You, ℗ 1994 Sony Music Entertainment, interpretada por Mariah Carey.

Please Come Home for Christmas, ℗© 2019 More Is More, LLC / Empire, interpretada por Adam Lambert.

The Christmas Song, ℗© 2020 Island Records, a division of UMG Recordings, Inc., interpretada por Shawn Mendes y Camila Cabello.

Santa's Coming for Us, ℗© under exclusive license to Atlantic Recording Corporation, 2021 Monkey Puzzle Music, Inc., interpretada por Sia.

White Christmas, ℗ 2023 Honest OG Recording, LLC, under exclusive license to Epic Records, a division of Sony Music Entertainment, interpretada por Meghan Trainor.

It's the Most Wonderful Time of the Year, ℗ 2013 Columbia Records, a division of Sony Music Entertainment, interpretada por Andy Williams.

Underneath the Tree, ℗ iroiro label © COUNTDOWN MEDIA GMBH, interpretada por Kelly Clarkson.

La bilirrubina, ℗© Karen Publishing Company, interpretada por Juan Luis Guerra.

Jingle Bell Rock, ℗© 1983 UMG Recordings, Inc., interpretada por Bobby Helms.

Let It Snow, ℗© 2021 Capitol Records & Schoolboy Records, interpretada por Tori Kelly y Babyface.

Christmas Eve, ℗© 2017 Kelly Clarkson under exclusive license to WEA International, interpretada por Kelly Clarkson.

Let It Snow! Let It Snow! Let It Snow!, ℗© J. Joes J. Edizioni Musicali, interpretada por Dean Martin.

Santa Tell Me, ℗ 2024 Danal Entertainment © 2024 MEGATUNEZ, interpretada por Ariana Grande.

Like It's Christmas, ℗© 2019 Jonas Brothers Recording, Limited Liability Company, interpretada por Jonas Brothers.

Holly Jolly Christmas, © 2014 ALEXA, interpretada por Michael Bublé.

Blame It on Christmas, ℗© Facet Records, 2021 Warner Records Inc., interpretada por Bebe Rexha y Shea Diamond.

I Need You Christmas, ℗© 2020 Jonas Brothers Recording, Limited Liability Company, under exclusive license to Republic Records, a division of UMG Recordings, Inc., interpretada por Jonas Brothers.

One I've Been Missing, ℗ 2019 Under Exclusive License to RCA, a division of Sony Music Entertainment UK Limited, interpretada por Little Mix.

Happy Xmas (War Is Over), ℗ 2023 Sony Music Entertainment, interpretada por Miley Cyrus, Mark Ronson y Sean Ono Lennon.

Oh Santa!, ℗ 2020 MARIAH, interpretada por Mariah Carey, Ariana Grande y Jennifer Hudson.

Last Christmas, © 1984 Sony Music Entertainment (UK) Ltd., interpretada por Wham!

Christmas (Baby Please Come Home), ℗ 1994 Sony Music Entertainment, interpretada por Mariah Carey.

Winter Wonderland, ℗© 2012 The Verve Music Group, a division of UMG Recordings, Inc., interpretada por Rod Stewart y Michael Bublé.

Have Yourself a Merry Little Christmas, ℗© 2022 Universal Music Operations Limited, interpretada por Sam Smith.

Birds of a Feather, ℗© 2024 Darkroom/Interscope Records, interpretada por Billie Eilish.